NEW YORK TIMES
BESTSELLER AUTOREN

Nah am Herzen

SILHOUETTE ™
Band 95033
1. Auflage: Juni 2012

SILHOUETTE ™ BÜCHER
erscheinen in der Harlequin Enterprises GmbH,
Valentinskamp 24, 20354 Hamburg
im Vertrieb von
MIRA® Taschenbuch

Konzeption/Reihengestaltung: fredebold&partner gmbh, Köln
Umschlaggestaltung: pecher und soiron, Köln
Redaktion: Mareike Müller
Titelabbildung: Thinkstock / Getty Images, München; Arcangel
Satz: GGP Media GmbH, Pößneck
Druck und Bindearbeiten: CPI – Ebner & Spiegel, Ulm
Printed in Germany
Dieses Buch wurde auf FSC®-zertifiziertem Papier gedruckt.
ISBN 978-3-86278-322-9

Tess Gerritsen

Verrat in Paris

Roman

Aus dem Amerikanischen von
Gisela Schmitt

PROLOG

Paris, 1973

*S*ie war zu spät. Das war so gar nicht Madelines Art. Bernard Tavistock bestellte sich noch einen Milchkaffee und trank ihn in aller Ruhe. Dabei schaute er sich immer wieder um, ob er seine Frau irgendwo entdecken konnte. Doch alles, was er sah, war die typische Szenerie des linken Seine-Ufers: Touristen und Einheimische, rot karierte Tischdecken, ein Sammelsurium an Sommerfarben. Und noch immer keine Spur von seiner Frau. Mittlerweile war sie schon eine halbe Stunde überfällig; dahinter steckte mehr als ein Verkehrsstau. Er bemerkte, dass er begonnen hatte, nervös mit dem Fuß zu wippen. In all den Jahren, in denen sie nun verheiratet waren, war Madeline kaum jemals zu einer Verabredung zu spät gekommen, und wenn, dann höchstens ein paar Minuten. Andere Männer mochten über ihre ewig unpünktlichen Gattinnen stöhnen und die Augen rollen, doch Bernard konnte sich nicht beschweren – er war mit einer Frau verheiratet, die immer pünktlich war. Einer schönen, schwarzhaarigen Frau. Einer Frau, die ihn auch nach fünfzehn Jahren Ehe noch zu überraschen, zu faszinieren, zu verführen vermochte.

Aber wo zum Teufel *blieb* sie?

Er schaute den Boulevard Saint-Germain hinauf und hinunter. Seine Nervosität wich langsam echter Sorge. Ob sie einen Unfall gehabt hatte? Oder ob sie in letzter Minute von ihrem Kontaktmann Claude Daumier beim französischen Geheimdienst alarmiert worden war? Schließlich hatten sich in den letzten zwei Wochen die Ereignisse überschlagen. Die Gerüchte über eine NATO-Sicherheitslücke – einen Maulwurf in ihren eigenen Reihen – hatten für allgemeines Unbehagen gesorgt, man fragte sich, wem man noch trauen konnte und wem nicht. Seit Tagen wartete Madeline auf Instruktionen vom MI 6 aus London. Vielleicht hatte man sie ja gerade kontaktiert.

Aber dann hätte sie sich gemeldet.

Er stand auf und wollte gerade zum Telefon gehen, als er sah, wie Mario, sein Kellner, ihm freundlich zuwinkte. Der junge

Mann bahnte sich geschickt seinen Weg durch die Tische.

„Monsieur Tavistock, gerade hat Madame für Sie angerufen."

Bernard seufzte erleichtert. „Wo ist sie?"

„Sie sagte, sie kann nicht zum Lunch kommen. Sie möchte sich aber mit Ihnen treffen."

„Wo?"

„Hier ist die Adresse." Der Kellner gab ihm einen Zettel, auf dem sich allem Anschein nach Spritzer einer Tomatensuppe befanden. Die Adresse war mit Bleistift notiert: Rue Myrha 66, Wohnung 5.

Bernard runzelte die Stirn. „Ist das nicht am Pigalle? Was um Himmels willen hat sie denn da zu suchen?"

Mario zuckte die Schultern in typisch französischer Manier, mit geneigtem Kopf und hochgezogenen Brauen. „Keine Ahnung. Sie hat mir die Adresse genannt, und ich habe sie aufgeschrieben."

„Vielen Dank." Bernard griff nach seinem Portemonnaie und gab dem Kellner das Geld für seine zwei Milchkaffee und ein großzügiges Trinkgeld.

„Merci", sagte der Kellner lächelnd. „Sehen wir Sie zum Abendessen, Monsieur Tavistock?"

„Wenn ich meine Frau finde", brummte Bernard und machte sich auf den Weg zu seinem Mercedes.

Während er zum Place Pigalle fuhr, schimpfte er die ganze Zeit vor sich hin. Was um alles in der Welt war in sie gefahren? Was wollte sie da? Es war nicht gerade der sicherste Ort in Paris für eine Frau – oder auch für einen Mann. Er tröstete sich mit dem Gedanken, dass seine liebe Madeline ganz gut auf sich aufpassen konnte. Sie war eine viel bessere Schützin als er, und die automatische Pistole, die sie in ihrer Handtasche hatte, war immer geladen – eine Vorsichtsmaßnahme, auf der er seit der Beinahe-Katastrophe in Berlin bestand. Es war beunruhigend, dass man heute nicht einmal mehr seinen eigenen Leuten trauen konnte. Überall saßen unfähige Leute, im MI 6, in der NATO, beim französischen Geheimdienst. Und damals war Madeline ganz allein gewesen in diesem Haus in der DDR, ohne jegliche Verstärkung. *Wenn ich nicht gerade noch rechtzeitig aufgetaucht wäre …*

Nein, so einen Horror wollte er nicht noch mal erleben.

Und sie hatte ihre Lektion gelernt. Die stets geladene Pistole war seitdem ihr ständiger Begleiter.

Er bog in die Rue de Chapelle ein und schüttelte angewidert den Kopf angesichts der heruntergekommenen Straße, der schäbigen Nightclubs, der leicht bekleideten Frauen, die an jeder Straßenecke standen. Sie sahen seinen Mercedes und boten ihre Dienste an. Verzweifelt. Die Amerikaner nannten diese Ecke „Pig Alley" statt Pigalle, „Schweinestraße". Hierher kam man, wenn man auf ein schnelles Abenteuer und sündiges Vergnügen aus war. Madeline, dachte er, bist du total verrückt geworden? Was machst du bloß hier?

Er bog auf den Boulevard Bayes, dann auf die Rue Myrha ab und parkte vor der Hausnummer 66. Ungläubig starrte er das Gebäude an und zählte drei Stockwerke – drei Stockwerke, nicht sehr vertrauenerweckend, aus bröckelndem Beton mit altersschwachen Balkonen. Und in dieser Feuerfalle wollte sie sich mit ihm treffen? Er schloss den Mercedes ab und dachte: Ich kann mich glücklich schätzen, wenn das Auto nachher noch da ist. Widerwillig betrat er das Haus.

Von innen sah das Gebäude bewohnt aus: Kinderspielzeug im Treppenhaus, Radiogedudel aus einer der Wohnungen. Er stieg die Treppe hoch. Der Geruch nach gebratenen Zwiebeln und Zigarettenrauch hing vermutlich ständig in der Luft. Die Wohnungen drei und vier befanden sich im ersten Stock. Er stieg durch das enge Treppenhaus weiter ins oberste Stockwerk. Nummer fünf war eine Mansardenwohnung; die niedrige Tür war im Dachvorsprung eingelassen.

Er klopfte. Keine Antwort.

„Madeline?", rief er. „Ist das ein Scherz?"

Immer noch keine Antwort.

Er versuchte, die Tür zu öffnen; sie war nicht abgeschlossen. Bernard schob sich in die Mansarde. Die Jalousien waren heruntergelassen. An der Wand stand ein großes Messingbett, dessen Laken noch zerwühlt waren. Auf einem Nachttisch standen zwei Gläser, eine leere Champagnerflasche und mehrere Plastikgegenstände, die man vorsichtig als „Sexspielzeug" bezeichnen würde. Das Zimmer roch nach Alkohol, nach der Hitze der Leidenschaft und nach Lust.

Bernards Blick wanderte zum Fußende des Messingbettes,

11

neben dem ein hochhackiger Damenschuh auf dem Boden lag. Er runzelte die Stirn, ging einen Schritt näher und sah, dass der Schuh in einer purpurrot schimmernden Lache lag. Als er das Bett umrundet hatte, blieb er ungläubig stehen.

Da lag seine Frau auf dem Boden, ihr ebenholzschwarzes Haar umgab sie wie schwarze Federn. Ihre Augen waren aufgerissen. Drei kleine Blutflecken beschmutzten ihre weiße Bluse.

Er fiel neben ihr auf die Knie. „Nein", sagte er. „*Nein!*" Er berührte ihr Gesicht, fühlte, dass ihre Wangen noch warm waren. Er presste sein Ohr auf ihre Brust, ihre blutbeschmierte Brust, und hörte keinen Herzschlag mehr, keinen Atem. Aus seinem Mund vernahm er ein Schluchzen, einen Laut ungläubiger Trauer. „*Madeline!*"

Plötzlich hörte er hinter sich ein anderes Geräusch – Schritte. Leise kamen sie näher …

Bernard drehte sich um. Irritiert starrte er auf die Pistole – Madelines Pistole –, die jetzt auf ihn gerichtet war. Er sah auf und blickte in das Gesicht der Person, die auf ihn zielte. Das alles ergab keinen Sinn, überhaupt keinen Sinn!

„Warum?", fragte Bernard.

Die Antwort war der dumpfe Knall der schallgedämpften Automatic. Die Wucht der Kugel schleuderte ihn zu Boden, neben Madeline. Für ein paar Sekunden war er sich der Nähe ihres Körpers bewusst, der Nähe ihres Haares, das wie Seide durch seine Finger glitt. Er streckte die Hand aus und streichelte schwach ihren Kopf. Meine Liebe, dachte er. Meine Allerliebste.

Dann fiel seine Hand schlaff herunter.

1. KAPITEL

Buckinghamshire, England
Zwanzig Jahre später

Jordan Tavistock lümmelte sich in Onkel Hughs Sessel und betrachtete amüsiert das Porträt seines Vorfahrens, des unglückseligen Grafen von Lovat. Es hatte schon eine gewisse Komik, dachte er, dass sie Lord Lovat den Ehrenplatz über dem Kaminsims zugeteilt hatten. Ein Paradebeispiel für ihre skurrile Art. Sie stellten ausgerechnet denjenigen ihrer Ahnen aus, der im wahrsten Sinne des Wortes seinen Kopf im Tower Hill verloren hatte. Er war der Letzte gewesen, den man in England offiziell enthauptet hatte – inoffizielle Enthauptungen zählten nicht. Jordan erhob sein Glas und trank einen Schluck Sherry auf das Wohl des glücklosen Grafen. Er war geneigt, sich ein zweites Glas einzugießen, aber es war schon halb sechs, und bald würden die Gäste zum Empfang anlässlich des „Sturms auf die Bastille" eintreffen. Ich sollte wenigstens ein paar meiner grauen Zellen übrig lassen, ermahnte er sich. Vielleicht brauche ich sie noch für den Small Talk. Small Talk rangierte unter Jordans meistgehassten Beschäftigungen ganz oben.

Meistens gelang es ihm, sich vor den Kaviar- und Krawattenrunden seines Onkels Hugh zu drücken, zu denen dieser so gern einlud. Aber der heutige Abend – veranstaltet zu Ehren seiner Hausgäste Sir Reggie und Lady Helena Vane – versprach, etwas interessanter zu werden als die üblichen Empfänge. Es war die erste große Party, die Onkel Hugh seit seinem Ausscheiden aus dem britischen Geheimdienst gab, und eine Reihe seiner ehemaligen Kollegen vom MI 6 wurde erwartet. Dazu kamen ein paar alte Bekannte aus seiner Zeit in Paris, die alle wegen des Wirtschaftsgipfels gerade in London weilten. Es könnte also ein spannender Abend werden. Denn immer, wenn Diplomaten und ehemalige Agenten aufeinandertrafen, kamen überraschende Geheimnisse ans Licht.

Jordan sah auf, als sein Onkel leise vor sich hin schimpfend ins Arbeitszimmer kam. Er trug bereits seinen Smoking und versuchte erfolglos, seine Fliege zu binden; schließlich gelang es ihm doch noch, eine Art störrischen Kreuzknoten zu machen.

„Jordan, hilf mir doch bitte mal mit diesem verdammten Ding", bat Hugh.

Jordan erhob sich aus seinem Sessel und löste den Knoten wieder.

„Wo ist Davis? Er kann so was viel besser als ich."

„Ich habe ihn gerade deine Schwester holen geschickt."

„Ist Beryl schon wieder weg?"

„Natürlich. Erwähne das Wort ‚Cocktailparty‘, und weg ist sie."

Jordan band seinem Onkel die Fliege. „Beryl mochte Partys noch nie. Mal ganz unter uns: Ich glaube, sie hat genug von den Vanes."

„Meinst du? Aber sie sind so nette Gäste. Sie passen so gut dazu ..."

„Es sind die kleinen Gemeinheiten, die sie austauschen."

„Ach, *das* meinst du. So waren sie schon immer. Mir fällt das schon gar nicht mehr auf."

„Ist dir aufgefallen, dass Reggie Beryl nachläuft wie ein Hündchen?"

Hugh lachte. „Bei hübschen Frauen *wird* Reggie zu einem Hündchen."

„Kein Wunder, dass Helena ihn dauernd anmeckert."

Jordan ging einen Schritt zurück und betrachtete die Fliege seines Onkels mit einem Stirnrunzeln.

„Wie sehe ich aus?"

„Das muss reichen."

Hugh sah auf die Uhr. „Ich sehe besser noch mal in der Küche nach, ob alles in Ordnung ist. Und warum sind die Vanes noch nicht unten?"

Wie aufs Stichwort hörten sie zwei streitende Stimmen im Treppenhaus. Lady Helena schimpfte wie so oft mit ihrem Mann. „*Irgendjemand* muss es dir ja mal sagen", rief sie gerade aus.

„Ja, und dieser Jemand bist immer du."

Sir Reggie flüchtete sich ins Arbeitszimmer, seine Frau folgte ihm. Jordan war bei jedem Treffen wieder aufs Neue erstaunt darüber, wie wenig die beiden zueinanderpassten. Der grauhaarige und gut aussehende Sir Reggie überragte seine unscheinbare Frau um Längen. Vielleicht lag es an Helenas Erbe, dass die beiden zusammengefunden hatten; mit Geld ließen sich gewisse Defizite schon seit jeher ausgleichen.

Als es kurz vor sechs war, schenkte Hugh vier Gläschen Sherry ein und reichte sie seinen Gästen. „Bevor die Massen ankommen", sagte er. „Ich trinke auf eure sichere Rückkehr nach Paris." Sie tranken. Dieser letzte Abend im Kreise alter Freunde hatte etwas von einer feierlichen Zeremonie.

Jetzt erhob Reggie sein Glas in Richtung des Gastgebers. „Auf die englische Gastfreundschaft, die wir immer wieder zu schätzen wissen!"

Von der Einfahrt hörte man einen Wagen auf dem Schotter vorfahren. Alle spähten aus dem Fenster, um zu sehen, wer die ersten Ankömmlinge waren. Der Chauffeur öffnete die Wagentür, und eine Dame in den Fünfzigern stieg aus, ihren reifen Körper umschmeichelte ein grünes Kleid, das über und über mit Perlen besetzt war. Hinter ihr tauchte ein junger Mann in einem lilafarbenen Seidenhemd auf. Er nahm ihren Arm.

„Ach du lieber Himmel, Nina Sutherland mit ihrem unmöglichen Sohn", murmelte Helena. „Auf welchem Besen ist *die* hierhergeflogen?"

Nina Sutherland bemerkte, dass die vier am Fenster standen. „Hallo Reggie! Helena!", rief sie mit einer Stimme, tief wie ein Fagott.

Hugh setzte sein Sherryglas ab. „Zeit, die Barbaren zu begrüßen", murmelte er seufzend. Und er und die Vanes verschwanden Richtung Vordertür, um die Gäste willkommen zu heißen.

Jordan ließ sich noch etwas Zeit, trank seinen Sherry aus, setzte ein Lächeln auf und machte sich bereit fürs Händeschütteln. Die Stürmung der Bastille – was für ein Vorwand für eine Party! Er strich noch einmal über seine Frackschöße und über sein Rüschenhemd und machte sich dann resignierend auf den Weg zum Eingang. Der Zirkus konnte losgehen.

Die Frage war nur, wo um Himmels willen seine Schwester war.

Diese ritt zur selben Zeit wie eine Besessene über eine Wiese. Die gute alte Froggie braucht Bewegung, dachte Beryl. Und ich auch.

Sie stemmte sich gegen den Wind, fühlte Froggies Mähne in ihrem Gesicht und sog den wunderbaren Geruch des Pferdes, des Klees und der juliwarmen Erde ein. Froggie freute sich genauso sehr wie sie, wenn nicht noch mehr. Beryl fühlte die angespannten Muskeln der Stute, ihre Bereitschaft, das Tempo noch weiter zu erhöhen. Sie ist ein Teufel, so wie ich, dachte Beryl und musste plötzlich laut lachen – dieses wilde Lachen, das der arme Onkel Hugh so fürchterlich fand. Doch hier draußen, auf freiem Feld, konnte sie so wild und wollüstig lachen, wie sie wollte. Keiner hörte sie. Könnte sie doch nur für immer so weiterreiten! Ihr Leben schien voller Zäune und Mauern zu sein. Zäune im Kopf, Zäune im Herzen. Sie trieb ihr Pferd weiter an, als ob sie, wenn sie schneller ritt, vor den bösen Gedanken fliehen könnte, die sie verfolgten.

Die Stürmung der Bastille. Ein komischer Anlass für eine Party.

Aber Onkel Hugh liebte solche Partys, und die Vanes waren nun mal alte Freunde der Familie; sie verdienten eine würdige Verabschiedung. Sie hatte sich die Gästeliste angesehen, und es standen dieselben langweiligen Leute wie immer darauf. Führten ausgediente Agenten und Diplomaten kein spannenderes Leben? Einen pensionierten James Bond konnte sie sich schließlich auch nicht gerade bei der Gartenarbeit vorstellen.

Doch genau damit beschäftigte sich Onkel Hugh den lieben langen Tag. Sein Highlight der Woche war die Ernte der ersten hybriden Nepaltomate gewesen – so früh hatte er noch nie eine Tomate geerntet! Und was die Freunde ihres Onkels betraf: *Die* konnte sie sich noch weniger vorstellen, wie sie durch dunkle Gassen in Paris oder Berlin schlichen. Vielleicht gerade noch Philippe St. Pierre – ihn vielleicht, als er noch jünger war; denn auch jetzt, mit zweiundsechzig, war er immer noch charmant und ein echter französischer Ladykiller. Und Reggie Vane hatte vor ein paar Jahren sicher auch keine so schlechte Figur gemacht. Aber die meisten von Onkel Hughs alten Kollegen wirkten doch eher … verbraucht.

Ich nicht. Niemals.

Sie galoppierte schneller und ließ Froggie freien Lauf.

Sie rasten über das letzte Stück Wiese und durch ein kleines Wäldchen. Froggie war inzwischen außer Atem und verfiel in einen langsameren Trab, schließlich ging sie Schritt. An der Steinmauer bei der Kirche hielt Beryl sie an und stieg ab. Der Friedhof lag verlassen da, die Grabsteine warfen lange Schatten über den Rasen. Beryl kletterte über die niedrige Mauer und ging zu der Stelle, die sie schon so oft besucht hatte. Ein schmucker Grabstein ragte über den beiden nebeneinanderliegenden Gräbern auf. Die Marmorplatte wurde nicht von Schnörkeln oder Engelsfiguren verziert. Dort stand nur ganz schlicht:

Bernard Tavistock, 1930–1973
Madeline Tavistock, 1934–1973
Auf Erden wie im Himmel sind wir zusammen.

Beryl kniete sich ins Gras und blickte versunken auf die letzte Ruhestätte ihrer Eltern. Morgen sind es zwanzig Jahre, dachte sie. Wenn ich mich nur besser an euch erinnern könnte! An eure Gesichter, euer Lächeln. Sie erinnerte sich nur an irgendwelche komischen, unwichtigen Dinge. An den Geruch von Lederkoffern, von Mums Parfüm und Dads Pfeife. An das Knistern des Papiers, wenn sie und Jordan die Geschenke auspackten, die Mum und Dad ihnen mitgebracht hatten. Puppen aus Frankreich. Spieldosen aus Italien. Und sie erinnerte sich, dass sie gelacht hatten. Sie hatten immer viel gelacht …

Beryl saß mit geschlossenen Augen da und lauschte wie vor zwanzig Jahren diesem glücklichen Geräusch. Im abendlichen Insektengeschwirr und dem Klirren von Froggies Trense und Zaumzeug hörte sie die Geräusche ihrer Kindheit.

Die Kirchenglocke schlug – sechs Uhr.

Unvermittelt richtete sich Beryl auf. Oh nein, war es wirklich schon so spät? Sie sah sich um und bemerkte, dass die Schatten länger geworden waren. Froggie stand an der Mauer und sah sie erwartungsvoll an. Oh Gott, dachte sie, Onkel Hugh ist bestimmt schon total sauer auf mich.

Sie rannte über den Friedhof und schwang sich auf Froggies Rücken. Und schon sprengten sie wieder über das Feld, Pferd und Reiterin zu einer Einheit verschmolzen. Zeit für die Abkürzung, entschied Beryl, und lenkte Froggie in Richtung der Bäume. Ein Sprung über eine kleine Steinmauer, ein Stück die Straße entlang, aber immerhin eine ganze Meile kürzer. Froggie schien zu verstehen, dass jede Minute zählte. Sie wurde schneller und näherte sich der Mauer mit der Anspannung eines erfahrenen Springpferds. Sie ließ das Hindernis sauber hinter sich, ein paar Zentimeter waren noch Platz gewesen. Beryl spürte den Wind im Gesicht, als ihr Pferd zum Sprung ansetzte und dann auf der anderen Seite wieder landete. Nun hatten sie das größte Hindernis schon hinter sich. Jetzt kam nur noch die Straßenkurve …

Sie sah etwas rot aufblitzen, dann hörte sie Reifenquietschen. Froggie scheute und bäumte sich auf. Der plötzliche Ruck kam unerwartet für Beryl. Sie wurde aus dem Sattel geschleudert und landete mit einem lauten Knall auf der Erde.

Als sich in ihrem Kopf nichts mehr drehte, war ihre erste Reaktion, sich zu wundern, dass sie überhaupt gestürzt war – und noch dazu aus einem so blöden Grund.

Ihr nächster Gedanke war, ob Froggie sich vielleicht verletzt hatte.

Beryl kam mühsam auf die Füße und rannte los, um das Pferd an den Zügeln zu packen. Froggie war immer noch erschrocken und trippelte nervös auf der Straße hin und her. Eine Autotür schlug zu, Schritte kamen näher, und das Tier wurde noch nervöser.

„Nicht näher kommen!", rief Beryl über ihre Schulter.

„Ist alles in Ordnung?", kam eine besorgte Frage. Es war eine Männerstimme, ein angenehmer Bariton. Ein Amerikaner?

„Mir geht's gut", erwiderte Beryl.

„Und was ist mit dem Pferd?"

Beruhigend auf Froggie einredend, kniete sich Beryl hin und tastete mit der Hand über das Vorderbein des Tiers. Die empfindlichen Knochen schienen alle heil geblieben zu sein.

„Geht's ihm gut?", erkundigte sich der Mann.

„Es ist eine Sie", antwortete Beryl. „Ja, ihr scheint's gut zu gehen."

„Ich könnte es Ihnen genau sagen", sagte der Mann trocken. „Wenn ich sie mir mal ansehen dürfte."

Beryl unterdrückte ein Lächeln, stand auf und drehte sich zu dem Mann um. Er hatte dunkle Haare und dunkle Augen. Und offensichtlich Humor – dieser Typ wirkte überhaupt nicht steif. Sie schätzte ihn auf über vierzig, seine Augen waren von attraktiven Lachfältchen umgeben. Er trug eine förmliche schwarze Krawatte, und seine breiten Schultern füllten die Smokingjacke beeindruckend aus.

„Tut mir sehr leid", sagte er. „Ich schätze, es war meine Schuld."

„Das ist eine Landstraße, wissen Sie. Hier sollte man nicht so schnell fahren. Man weiß nie, was sich hinter der nächsten Kurve verbirgt."

„Das ist mir jetzt auch klar."

Froggie stupste sie ungeduldig. Beryl streichelte den Hals ihres Pferdes und war sich des intensiven Blicks des Mannes bewusst.

„Ich habe aber eine Entschuldigung", sagte er. „Ich wurde in dem Dorf da hinten zurückgeschickt und bin zu spät dran. Ich suche einen Ort namens Chetwynd. Kennen Sie den?"

Sie nickte überrascht. „Sie wollen nach Chetwynd? Dann haben Sie die falsche Straße genommen."

„Wirklich?"

„Sie sind eine halbe Meile zu früh abgebogen. Fahren Sie zurück bis zur Hauptstraße und dann geradeaus weiter. Sie können den Abzweig nicht verpassen. Es ist ein Privatweg, er ist von großen Ulmen gesäumt."

„Dann halte ich nach den Ulmen Ausschau."

Sie stieg wieder auf und musterte den Fremden erneut. Selbst von hier oben hatte er noch eine beeindruckende Figur, schlank und elegant im Smoking. Und er wirkte so selbstsicher, wie jemand, der sich von niemandem einschüchtern lässt – nicht einmal von einer Frau, die auf einem neunhundert Pfund schweren Muskelpaket von Pferd sitzt.

„Sind Sie sicher, dass Ihnen nichts fehlt?", fragte er. „Es sah nach einem schlimmen Sturz aus."

„Es war nicht mein erster", entgegnete sie und lächelte. „Ich habe einen ziemlichen Dickkopf."

Der Mann lächelte auch und entblößte makellos weiße Zähne. „Dann muss ich mir keine Sorgen machen, dass Sie heute Abend noch ohnmächtig werden?"

„Eher werden *Sie* heute Abend noch ohnmächtig."

Er sah sie fragend an. „Wie bitte?"

„Ohnmächtig von langweiligem und endlosem Geschwätz. In Anbetracht Ihres Fahrtziels eine berechtigte Annahme." Lachend wendete sie das Pferd. „Schönen Abend noch", rief sie. Sie winkte ihm zum Abschied zu und ließ Froggie in Richtung Wald davontraben.

Als sie die Straße hinter sich ließ, fiel ihr ein, dass sie vor ihm in Chetwynd eintreffen würde. Wieder musste sie lachen. Vielleicht würde die Stürmung der Bastille doch spannender werden, als sie gedacht hatte. Sie gab dem Pferd die Sporen, und Froggie verfiel in einen Galopp.

Richard Wolf stand neben seinem gemieteten MG und sah die Frau fortreiten, ihr schwarzes Haar glitt ihr wie eine Mähne über die Schultern. Innerhalb von Sekunden war sie im Wald verschwunden und nicht mehr zu sehen. Er wusste nicht einmal ihren Namen, dachte er. Er musste Lord Lovat nach ihr fragen. *Sag mal, Hugh, kennst du eine schwarzhaarige Hexe, die hier die Gegend unsicher macht?* Sie war gekleidet wie die Mädchen vom Land, trug ein ausgewaschenes Hemd und Reiterhosen mit Grasflecken, aber ihrem Akzent nach war sie auf einer sehr guten Schule gewesen. Ein charmanter Widerspruch.

Er stieg wieder ins Auto. Inzwischen war es fast halb sieben; die Fahrt von London hierher hatte länger gedauert als angenommen. Diese verdammten Landstraßen! Er wendete den Wagen und fuhr zurück zur Hauptstraße, vor jeder Kurve bremste er vorsichtig ab. Man weiß nie, was einen hinter der nächsten Kurve erwartet. Eine Kuh vielleicht oder eine Ziege.

Oder noch eine Hexe auf einem Pferd.

Ich habe einen ziemlichen Dickkopf. Er lächelte. In der Tat. Sie rutscht aus dem Sattel – bums – und steht sofort wieder auf. Und frech ist sie noch dazu. Als ob ich eine Stute nicht von einem Hengst unterscheiden könnte. Das sieht man doch auf einen Blick.

Und noch etwas hatte er auf einen Blick festgestellt: dass sie ohne Frage eine Frau nach seinem Geschmack war. Rabenschwarzes Haar, fröhliche grüne Augen. *Sie erinnert mich ein bisschen an …*

Er schob den Gedanken weg, wollte die unangenehmen Bilder, die Albträume verdrängen. Die furchtbaren Erinnerungen an seinen ersten Auftrag, an sein Versagen. Es warf einen dunklen

Schatten auf seine Karriere; seitdem hatte er es sich angewöhnt, nie wieder etwas als selbstverständlich hinzunehmen. Schließlich *sollte* man in seiner Branche so arbeiten. Die Fakten überprüfen, nie den Quellen trauen und immer, immer beobachten, was hinter dem eigenen Rücken vorgeht.

Es machte ihm keinen Spaß mehr. *Vielleicht sollte ich Schluss machen und mich zur Ruhe setzen. Aufs Land ziehen wie Hugh Tavistock.* Aber Tavistock hatte natürlich einen Adelstitel und ein Anwesen und musste sich keine Sorgen machen, obwohl Richard die Vorstellung des massigen und kahl werdenden Hugh Tavistock als Graf belustigend fand. *Vielleicht sollte ich mich einfach auf meinen zehn Hektarn in Connecticut niederlassen, mich zum Grafen von sonst was erklären und Gurken ziehen.*

Aber er würde seine Arbeit vermissen. Diesen Hauch von Gefahr, das internationale Schachspiel der großen Geister. Die Welt veränderte sich so schnell, und von einem Tag auf den anderen wusste man nicht mehr, wer Freund oder Feind war …

Schließlich entdeckte er den Abzweig nach Chetwynd. Da standen die majestätischen Ulmen, von denen die schwarzhaarige Frau gesprochen hatte. Noch beeindruckender war freilich das Anwesen am Ende der Straße. Es war alles andere als ein einfaches Landhaus; es war ein Schloss mit Türmchen und efeuberankten Mauern. Kunstvoll angelegte Gärten dehnten sich kilometerweit aus, und es gab einen gepflasterten Weg zu einem mittelalterlichen Irrgarten. Und hierher hatte sich der alte Hugh Tavistock nach vierzig Jahren Dienst im Auftrag ihrer Majestät zurückgezogen. Das Grafendasein hatte also doch seine Vorteile – denn so viel Geld verdiente man sicher nicht als Staatsbediensteter. Und er hatte Hugh immer für einen bodenständigen Typen gehalten, keinesfalls für einen dieser noblen Gentlemen vom Lande. Er wirkte so unprätentiös, spielte sich nicht auf; er hatte immer den Eindruck eines zerstreuten Beamten gemacht, der eher zufällig ins Allerheiligste des MI 6 geraten war.

Von all der Grandezza amüsiert, schritt Richard die Stufen hoch, passierte die Sicherheitsschleuse und betrat sicheren Schrittes den Ballsaal.

Unter den Gästen bemerkte er eine Menge bekannter Gesichter. Der Londoner Wirtschaftsgipfel hatte Diplomaten und Finanzgrößen aus ganz Europa angelockt. Sofort entdeckte er den amerikanischen Botschafter bei der typisch prahlerischen Art von Kontaktpflege, die Diplomaten so an sich haben. Auf der anderen Seite des Raums standen drei Personen, die er noch aus Paris kannte. Philippe St. Pierre, der französische Finanzminister, vertieft ins Gespräch mit Reggie Vane, dem Chef der Pariser Filiale der Bank of London. Neben Reggie stand seine Frau Helena, die wie immer ignorant und schlecht gelaunt wirkte. Ob er diese Frau jemals glücklich gesehen hatte?

Das laute und etwas vulgäre Lachen einer Frau lenkte Richards Aufmerksamkeit auf eine weitere Bekannte aus Pariser Zeiten – Nina Sutherland, die Witwe des ehemaligen Botschafters, heute in einem Kleid aus grüner Seide, verziert mit Glasperlen. Obwohl ihr Mann schon lange tot war, tauchte sie noch immer in schöner Regelmäßigkeit auf allen diesen Veranstaltungen auf. Neben ihr stand ihr zwanzigjähriger Sohn Anthony, der angeblich Künstler war. In seinem lila Hemd war er jedenfalls eine ebenso auffällige Erscheinung wie seine Mutter. Ein prächtiges Gespann, die beiden! Wie ein Pfauenpärchen! Offensichtlich hatte Nina, eine ehemalige Schauspielerin, ihrem Sohn Anthony den Sinn für Extravaganz vererbt.

Um den Sutherlands nicht zu begegnen, wandte sich Richard dem Büfett zu, das von einer Eisskulptur in Form des Eiffelturms geschmückt wurde. Das Motto dieser Party war unübersehbar. Heute Abend war einfach *alles* französisch: die Musik, der Champagner, sogar eine Trikolore hing von der Decke.

„Da möchte man doch fast die ‚Marseillaise' schmettern", sagte eine Stimme.

Richard drehte sich um und sah einen großen blonden Mann neben sich stehen. Er war schlank, hatte einen aristokratischen Gesichtsausdruck und schien sich in dem gestärkten Hemd und dem Frack nicht unwohl zu fühlen. Lächelnd reichte er Richard ein Glas Champagner. Das Licht des Kronleuchters spiegelte sich in der perlenden Flüssigkeit. „Sie sind Richard Wolf", stellte der Mann fest.

Richard nickte und nahm das Glas. „Und Sie sind …?"

„Jordan Tavistock. Onkel Hugh hat mir gesagt, wer Sie sind. Da dachte ich, ich gehe mal rüber und stelle mich vor."

Die beiden schüttelten sich die Hände. Jordans Händedruck war fest, ganz anders, als Richard es von zarten Aristokratenhänden erwartet hätte.

„Sagen Sie", fing Jordan an und nahm sich selbst auch ein Glas Champagner, „in welche Kategorie gehören Sie? Agent, Diplomat oder Finanzexperte?"

Richard lachte. „Muss ich diese Frage beantworten?"

„Nein. Aber fragen schadet ja nichts. So kommt man besser ins Gespräch." Er nahm einen Schluck und lächelte. „Es ist eins von meinen Spielchen. Das macht die Partys interessanter. Ich schnappe ein paar Wörter auf und versuche herauszufinden, wer zum Geheimdienst gehört. Die Hälfte der Leute hier ist oder war dabei." Jordan sah sich im Raum um. „Stellen Sie sich vor, wie viele Geheimnisse in diesen Köpfen gespeichert sind."

„Sie kennen sich in der Branche wohl aus?"

„Wenn man in diesem Haushalt aufgewachsen ist, bleibt einem nichts anderes übrig." Jordan sah Richard einen Moment an. „Mal sehen. Sie sind Amerikaner ..."

„Stimmt."

„Und während die Firmenbosse alle zusammen in Stretchlimousinen hier eintrafen, kamen Sie allein."

„Bis jetzt alles richtig."

„Und Sie bezeichnen die Arbeit des Geheimdienstes als *die Branche.*"

„Richtig bemerkt."

„Also sind Sie vermutlich ... vom CIA?"

Richard schüttelte den Kopf und grinste. „Ich bin nur ein privater Sicherheitsberater. Sakaroff und Wolf, Inc."

Jordan grinste zurück. „Schlaue Tarnung."

„Das ist keine Tarnung. Ich bin echt. Alle diese Firmenbosse hier wollen absolute Sicherheit beim Gipfel. Eine IRA-Bombe könnte ihnen den Tag so richtig vermiesen."

„Und Sie heuert man an, damit die Bösewichte keine Chance haben", ergänzte Jordan.

„Genau", sagte Richard. Und er dachte: Alles klar, das ist Madelines und Bernards Sohn. Er sieht Bernard ziemlich ähnlich, er hat dieselben wachen braunen Augen, dieselben feinen Züge. Und er hat eine ungemein schnelle Auffassungsgabe und ist ein guter

Beobachter – eine unentbehrliche Begabung.

In diesem Moment wandte Jordan seine Aufmerksamkeit einem Neuankömmling zu. Richard drehte sich um, um zu sehen, wer gekommen war. Als er die Frau sah, zuckte er überrascht zusammen.

Es war die schwarzhaarige Hexe, die jetzt keine Reiterhosen und Stiefel mehr trug, sondern ein langes Abendkleid aus mitternachtsblauer Seide. Ihre Haare waren elegant hochgesteckt. Selbst aus dieser Entfernung fühlte er sich magisch angezogen von ihr – so wie jeder andere Mann im Saal.

„Das ist sie", murmelte Richard.

„Sie kennen sie?", fragte Jordan.

„Per Zufall. Ihr Pferd scheute vor mir auf der Straße. Sie war nicht besonders erfreut über den Sturz."

„Sie fiel vom Pferd?", fragte Jordan erstaunt. „Ich hätte nicht gedacht, dass das geht."

Die Frau glitt in den Saal und nahm sich ein Glas Champagner von einem Tablett. Der Raum war plötzlich von einem merklichen Wispern erfüllt.

„Sie weiß jedenfalls, wie man in einem Kleid eine gute Figur macht", sagte Richard bei ihrem Anblick bewundernd.

„Ich werde es ihr ausrichten", erwiderte Jordan trocken.

„Besser nicht."

Lachend stellte Jordan sein Glas ab. „Kommen Sie, Wolf. Ich stelle Sie offiziell vor."

Als sie auf sie zugingen, lächelte die Frau Jordan zur Begrüßung an. Dann wandte sich ihr Blick Richard zu, und ihre Miene spiegelte nicht mehr Unbeschwertheit, sondern Misstrauen wider. Nicht gut, dachte Richard. Sie erinnert sich, dass sie meinetwegen vom Pferd stürzte. Dass ich sie fast umgebracht hätte.

„So trifft man sich wieder", sagte sie höflich.

„Ich hoffe, Sie haben mir verziehen."

„Niemals." Dann lächelte sie. Und was für ein Lächeln!

Jordan sagte: „Meine Liebe, das ist Richard Wolf."

Die Frau streckte ihm die Hand hin. Richard nahm sie und war überrascht über ihren starken, sachlichen Händedruck. Als er ihr in die Augen sah, durchfuhr ihn die Erinnerung wie ein Schock. *Natürlich. Ich hätte es gleich bemerken müssen. Die schwarzen Haare. Die grünen Augen. Sie muss Madelines Tochter sein.*

„Wenn ich vorstellen darf: Beryl Tavistock", fuhr Jordan fort. „Meine Schwester."

„Und woher kennen Sie meinen Onkel Hugh?", fragte Beryl, als sie und Richard gemeinsam durch den Garten schlenderten. Inzwischen war es dunkel geworden, die sanfte Sommernacht umhüllte alles. Die Blumen waren in der Dunkelheit verschwunden, doch ihr Duft hing noch in der Luft, der Duft von Salbei und Rosen, Lavendel und Thymian. Im Dunkeln bewegt er sich wie eine Katze, dachte Beryl. So leise, so unergründlich.

„Wir lernten uns vor Jahren in Paris kennen", antwortete er. „Dann hatten wir lange keinen Kontakt mehr. Aber als ich vor ein paar Jahren meine Firma gründete, war Ihr Onkel so nett, mich zu beraten."

„Jordan sagte mir, Ihre Firma heißt Sakaroff und Wolf."

„Ja. Wir sind Sicherheitsberater."

„Und das ist Ihr echter Beruf?"

„Was meinen Sie?"

„Haben Sie denn keinen, wie soll ich sagen, *inoffiziellen* Job?"

Er lachte. „Sie und Ihr Bruder kommen wohl gern schnell zur Sache."

„Wir haben gelernt, direkt zu sein. Dann kann man sich den Small Talk sparen."

„Small Talk ist die Schmiere der Gesellschaft."

„Nein, Small Talk ist das, was die Gesellschaft davon abhält, die Wahrheit zu sagen."

„Und Sie wollen die Wahrheit hören", bemerkte er.

„Wollen wir das nicht alle?" Sie sah ihn an und versuchte, in der Dunkelheit seine Augen auszumachen, aber sie waren nicht mehr als Schatten in der Silhouette seines Gesichts.

„Die Wahrheit", sagte er, „ist, dass ich wirklich Sicherheitsberater bin. Ich habe eine Firma zusammen mit meinem Partner Niki Sakaroff …"

„Niki? Etwa Nikolai Sakaroff?"

„Haben Sie den Namen schon mal gehört?", fragte er vielleicht eine Spur zu unschuldig.

„Der Sakaroff, der früher beim KGB war?"

Eine kurze Pause. „Ja, früher", räumte er etwas widerwillig ein,

„hatte Niki vielleicht mal Verbindungen dahin."

„Verbindungen? Wenn ich mich recht erinnere, war Nikolai Sakaroff ein Oberst. Und jetzt ist er Ihr Geschäftspartner?" Sie lachte. „Der Kapitalismus treibt wirklich seltsame Blüten."

Eine Weile gingen sie schweigend nebeneinander her. Dann erkundigte sie sich leise: „Arbeiten Sie immer noch für den CIA?"

„Sagte ich, dass ich das je getan habe?"

„Das kann man leicht schlussfolgern. Ich bin übrigens sehr diskret. Die Wahrheit ist bei mir gut aufgehoben."

„Trotzdem möchte ich nicht verhört werden."

Sie lächelte ihn an. „Auch nicht unter Folter?"

In der Dunkelheit sah sie, dass er grinste. „Kommt auf die Foltermethode an. Wenn mir eine schöne Frau am Ohrläppchen knabbert, würde ich alles zugeben."

Der gepflasterte Weg endete beim Irrgarten. Einen Moment lang standen sie vor der dunklen Blätterwand.

„Kommen Sie, gehen wir rein", forderte sie ihn auf.

„Kennen Sie den Weg zurück nach draußen?"

„Mal sehen."

Sie führte ihn durch den Eingang, und schon waren sie von dichten Hecken umgeben. Doch sie kannte jeden Winkel und jede Sackgasse, und sie bewegte sich selbstsicher durch den Irrgarten. „Ich könnte hier mit verbundenen Augen durchgehen", versicherte sie.

„Sind Sie auf Chetwynd aufgewachsen?"

„In der Zeit zwischen den Internaten, ja. Ich kam zu Onkel Hugh, als ich acht war, nachdem Mum und Dad gestorben waren."

Sie zwängten sich durch die letzte Öffnung in der Hecke und waren im Zentrum angekommen. Auf einer kleinen Lichtung stand eine steinerne Bank, und der Mond schien hell genug, dass sie ihre Gesichter erkennen konnten.

„Sie waren auch in der Branche", sagte sie und ging über die grasbewachsene Lichtung. „Oder wussten Sie das schon?"

„Ja. Ich … habe von Ihren Eltern gehört."

Sie registrierte auf einmal einen vorsichtigen Unterton in seiner Stimme und fragte sich, was wohl der Grund dafür sei. Sie sah ihn bei der Steinbank stehen, die Hände in die Taschen gesteckt. *All diese Familiengeheimnisse. Es macht mich absolut krank. Warum*

26

kann nie mal einer die Wahrheit sagen?

„Was haben Sie von ihnen gehört?", fragte sie.

„Ich weiß, dass sie in Paris starben."

„Bei der Erfüllung ihrer Pflicht. Onkel Hugh sagt, es war eine klassische Mission und weigert sich, darüber zu sprechen. Also sprechen wir nie darüber." Sie blieb stehen und sah ihn an. „In letzter Zeit muss ich oft an sie denken."

„Warum?"

„Weil es am 15. Juli geschah. Morgen ist es zwanzig Jahre her." Er bewegte sich auf sie zu, sein Gesicht im Dunkeln unsichtbar. „Bei wem sind Sie dann aufgewachsen? Bei Ihrem Onkel?"

Sie lächelte. „‚Aufgewachsen' ist etwas übertrieben. Onkel Hugh gab uns ein Zuhause und überließ uns dann so ziemlich uns selbst, wenn wir nicht gerade im Internat waren. Jordan hat es ganz gut hingekriegt, glaube ich. Er hat studiert und so. Aber Jordie ist auch der Schlaumeier in unserer Familie."

Richard kam noch näher – so nah, dass sie dachte, sie könnte seine Augen im Dunkeln schimmern sehen. „Und was für eine sind Sie?"

„Ich schätze … Ich schätze, ich bin die Wilde."

„Die Wilde", murmelte er. „Ja, das kann ich bestätigen."

Er berührte ihr Gesicht. Die kurze Berührung verursachte ihr ein angenehmes Kribbeln. Plötzlich hörte sie ihr Herz laut klopfen, ihren schnellen Atem. *Warum lasse ich das zu?*, fragte sie sich. *Ich dachte, das hätte ich hinter mir. Und jetzt verleitet mich dieser Mann, den ich kaum kenne, dazu, wieder mitzuspielen – obwohl ich in diesem Spiel bekanntlich immer kläglich versage. So dumm, so impulsiv. Das ist doch Wahnsinn.*

Und ich bekomme Lust auf mehr …

Seine Lippen berührten ihre; es war ein wunderbar sanfter Kuss, der nach Champagner schmeckte. Sie verlangte noch einen Kuss, einen längeren Kuss. Einen Moment lang sahen sie sich an, kurz davor, der Versuchung zu erliegen.

Beryl gab ihr zuerst nach. Sie machte einen Schritt auf ihn zu. Er nahm sie in die Arme, hielt sie fest. Gierig suchte sie seine Lippen und küsste ihn.

„Die Wilde", flüsterte er. „Ja, ganz eindeutig."

„Und Fordernde …"

„Das glaub ich gerne."

„… und *sehr* Schwierige."

„Davon wüsste ich was …"

Sie küssten sich wieder, und sein heftiger Atem verriet ihr, dass auch ihn die Leidenschaft überwältigt hatte. Plötzlich kam ihr ein teuflischer Einfall.

Sie machte sich los. Kokett fragte sie: „Und, sagen Sie's mir jetzt?"

„Was?", fragte er völlig verwirrt.

„Für wen Sie wirklich arbeiten?"

Er schwieg einen Moment. „Sakaroff und Wolf, Inc.", sagte er. „Sicherheitsberatung."

„Falsche Antwort", teilte sie ihm mit. Dann lachte sie, drehte sich um und verließ den Irrgarten. Er sah ihr nach, wie sie in der Dunkelheit verschwand.

Paris

Um 20.45 Uhr trug Marie St. Pierre wie üblich ihre Gesichtscreme aus Bienenpollen auf, fuhr sich mit der Bürste durch ihre widerspenstigen grauen Haare und schlüpfte dann ins Bett. Sie schnappte sich die Fernbedienung und schaltete ihre Lieblingssendung ein – „Denver Clan". Obwohl die Sendung offensichtlich synchronisiert war und alles übertrieben amerikanisch aussah, gingen ihr die Episoden nah. Liebe und Macht. Schmerz und Vergeltung. Ja, Marie kannte sich mit Liebe und Schmerz aus. Nur mit der Vergeltung haperte es noch. Jedes Mal, wenn die Wut wieder in ihr hochkochte und sie ihre alten Rachefantasien durchzuspielen begann, musste sie nur an die Konsequenzen denken, und schon waren alle Rachegedanken dahin. Nein, sie liebte Philippe zu sehr. Sie hatten gemeinsam so vieles erreicht! Und vom Finanzminister zum Premier war es nur ein kleiner Schritt …

Sie richtete ihre Aufmerksamkeit auf den Fernseher, als in den Nachrichten vom Wirtschaftsgipfel in London berichtet wurde. Ob man Philippe sehen würde? Nein, man sah nur eine Aufnahme des Konferenztischs, fünf Sekunden, zwei Dutzend Männer in Anzug und Krawatte. Kein Philippe zu erkennen. Enttäuscht lehnte sie sich zurück und fragte sich zum hundertsten Mal, ob sie ihren Mann nach London hätte begleiten sollen. Aber sie hasste Fliegen, und er hatte sie gewarnt, die Reise würde anstrengend werden. Es sei angenehmer für sie, zu Hause zu bleiben, hatte er gesagt; London würde ihr sowieso nicht gefallen.

Trotzdem wäre es vielleicht ganz schön gewesen, für ein paar Tage mitzukommen. Sie beide, ganz allein in einem Hotelzimmer. Eine andere Umgebung, ein anderes Bett. Ein bisschen Abwechslung konnte ihre Ehe gut gebrauchen …

Plötzlich stieg ein Gedanke in ihr auf. Ein so schmerzhafter Gedanke, dass er direkt ins Herz traf. *Hier bin ich. Und da ist Philippe, ganz allein in London …*

Ob er wirklich allein war?

Zitternd saß sie da und überlegte. Bilder tauchten vor ihr auf. Schließlich musste sie ihrem Impuls nachgeben. Sie nahm das Telefon und wählte Nina Sutherlands Nummer in Paris.

Das Telefon klingelte und klingelte. Sie legte auf und versuchte es erneut. Immer noch nahm keiner ab. Sie starrte den Hörer an. Also ist Nina auch in London, dachte sie. Bei ihm, in seinem Hotelzimmer. Während ich zu Hause in Paris hocke.

Sie erhob sich aus dem Bett. „Denver" fing gerade an; sie ignorierte es. Stattdessen zog sie sich an. Vielleicht bilde ich mir ja nur etwas ein, versuchte sie sich zu beruhigen. Vielleicht ist Nina in Wirklichkeit zu Hause und geht nur nicht ans Telefon.

Sie würde bei Nina in Neuilly vorbeifahren und nachsehen, ob bei ihr Licht brannte.

Und wenn nicht?

Nein, darüber wollte sie jetzt noch nicht nachdenken.

Sie rannte die Treppe hinunter, schnappte sich ihre Handtasche und die Schlüssel, machte das Licht im Wohnzimmer aus und öffnete die Haustür. In dem Moment, als sie die kühle Nachtluft auf ihrem Gesicht spürte, hörte sie einen ohrenbetäubenden Knall.

Die Explosion riss sie zu Boden und schleuderte sie die Treppe hinunter. Instinktiv streckte sie die Arme aus und verhinderte so, dass ihr Kopf hart auf den Beton aufschlug. Vage nahm sie die auf sie herabregnenden Glassplitter wahr und dann das Flackern von Flammen. Langsam rollte sie sich auf den Rücken. Da lag sie nun und starrte auf die züngelnden Flammen, die aus ihrem Schlafzimmerfenster schossen.

Die war für mich bestimmt, dachte sie, diese Bombe war für mich bestimmt.

Als die Sirenen näher kamen, lag sie noch immer auf dem Rücken in den Glasscherben und dachte: Ist es jetzt schon so weit gekommen, mein Schatz?

Und sie beobachtete, wie ihr Schlafzimmer über ihr brannte.

2. KAPITEL

Buckinghamshire, England

*D*er Eiffelturm begann zu schmelzen. Jordan stand neben dem Büfetttisch und beobachtete, wie das Wasser von der Eisskulptur auf die Silberplatte mit den Austern tropfte. So viel zur Stürmung der Bastille, dachte er müde. Es war ein Abend, eine Party wie immer. Und die nahm ihren üblichen Verlauf.

„Du hattest mehr als genug Austern für heute, Reggie", hörte er eine mürrische Stimme sagen. „Denk doch an deine Gicht!"

„Ich hatte seit Monaten keine Probleme mehr damit."

„Nur weil *ich* dafür gesorgt habe, dass du Diät hältst", erwiderte Helena.

„Dann könntest du dich ja heute Abend um etwas anderes kümmern", sagte Reggie und nahm sich die nächste Auster. Er setzte sich die Muschel an den Mund und schlürfte sie aus. „Himmlisch" stand auf seinem Gesicht, als die glibberige Masse seine Kehle hinunterrann.

Helena schüttelte sich. „Es ist absolut ekelhaft, lebendige Tiere zu verspeisen." Sie sah Jordan an und bemerkte seinen leicht amüsierten Gesichtsausdruck. „Oder findest du das etwa nicht?"

Jordan zuckte diplomatisch mit den Schultern. „Kommt auf den jeweiligen Hintergrund an, würde ich sagen. In manchen Kulturen werden Termiten gegessen oder zitternde Fische. Ich habe auch gehört, dass man Affen den Schädel kahl schert, sie fixiert, damit sie sich nicht mehr bewegen können ..."

„Bitte nicht weiter!", stöhnte Helena.

Jordan floh, bevor die Auseinandersetzung eskalierte. Man sollte sich nie zwischen streitende Ehepartner stellen. Er vermutete, dass Lady Helena sowieso meistens die Oberhand behielt; das war bei Leuten mit Geld immer so.

Er schlenderte hinüber zu Finanzminister Philippe St. Pierre und fand sich urplötzlich in einer Vorlesung über die Weltwirtschaft wieder. Der Gipfel sei ein Misserfolg, erklärte Philippe. Die Amerikaner wollen Handelskonzessionen, aber ihre Steuerpolitik nicht ändern. Und so weiter und so weiter. Es war fast eine Erleichterung, als die glasperlenbestickte Nina Sutherland unvermittelt in die Unterhaltung platzte, ihren pfauenhaften Sohn Anthony im Schlepptau.

„Nicht nur die Amerikaner müssen sich bessern", schnaubte Nina. „Keiner von uns, nicht mal die Franzosen, macht seine Sache zurzeit besonders gut. Oder was sagst du, Philippe?"

Philippe errötete unter ihrem Blick. „Wir haben im Moment alle unsere Schwierigkeiten, Nina …"

„Die einen mehr, die anderen weniger."

„Wir haben es mit einer globalen Rezession zu tun. Da muss man Geduld haben."

Nina ereiferte sich. „Und wenn man sich das Warten nicht leisten kann?" Sie leerte ihr Glas in einem Zug und stellte es mit Vehemenz ab. „Was dann, Philippe, mein Liebling?"

Die Unterhaltung verstummte abrupt. Jordan bemerkte, dass Helena amüsiert zuschaute und dass Philippe sein Glas mit weiß gewordenen Fingerknöcheln umklammerte. Was zum Teufel ist denn hier los? fragte er sich. Eine kleine Privatfehde? Überhaupt waren an diesem Abend merkwürdige Spannungen zu spüren. Vielleicht lag es aber nur daran, dass der Champagner in Strömen floss. Reggie hatte ihm jedenfalls schon zu sehr zugesprochen. Ihr korpulenter Hausgast wanderte gerade wieder vom Austerntablett zum Champagnertisch. Mit unsicherer Hand nahm er sich ein Glas und führte es an die Lippen. Heute Abend benahmen sich alle etwas sonderbar. Sogar Beryl.

Insbesondere Beryl.

Er beobachtete seine Schwester, die gerade den Raum betrat. Ihre Wangen waren gerötet, ihre Augen glänzten. Knapp hinter ihr ging der Amerikaner, dessen Wangen ebenfalls gerötet waren, und der den Eindruck erweckte, dass er sich etwas unbehaglich fühlte. Aha, dachte Jordan und lächelte. Ein kleines Techtelmechtel im Garten gehabt, was? Schön für sie. Die arme Beryl konnte etwas Romantik gebrauchen – vielleicht würde sie dann endlich diesen chronisch untreuen Chirurgen vergessen.

Beryl nahm sich ein Glas Champagner vom Tablett einer der Hostessen und ging auf Jordan zu. „Na, amüsierst du dich?", fragte sie.

„Nicht so gut wie du, würde ich sagen." Er sah hinüber zu Richard Wolf, der gerade von einem amerikanischen Geschäftsmann in Beschlag genommen worden war. „Und?", flüsterte er. „Konntest du ihm ein Geständnis abringen?"

„Nicht ein Wort." Sie lächelte über den Rand ihres Glases hinweg. „Seine Lippen sind versiegelt."

„Ach ja?"

„Ich versuch's nachher noch mal. Erst muss er sich ein bisschen abkühlen."

Wie schön meine kleine Schwester aussieht, wenn sie glücklich ist, dachte Jordan. Was in letzter Zeit nicht so oft vorgekommen war, wie ihm schien. In ihrem Herzen brannte die Leidenschaft; und dadurch war sie viel verwundbarer, als sie jemals zugeben würde. Seit einem Jahr lebte sie sozusagen abstinent, hatte keine Lust mehr, auf die Piste zu gehen. Sie hatte sogar ihre Wohltätigkeitsarbeit im St. Luke-Krankenhaus aufgegeben – eine Tätigkeit, die ihr viel Spaß gemacht hatte. Aber es tat ihr zu weh, ständig ihrem früheren Geliebten über den Weg zu laufen.

Doch heute Abend sah er in ihren Augen wieder den alten Glanz und freute sich darüber. Und ihre Augen glänzten noch mehr, als Richard Wolf sie ansah. Die beiden warfen sich kokette Blicke zu. Fast konnte er die Spannung zwischen ihnen greifen.

„… natürlich eine verdiente Ehre, aber etwas zu spät. Oder was meinst du, Jordan?"

Jordan schaute verwundert in Reggie Vanes blutunterlaufene, rot geränderte Augen. Der Mann hatte eindeutig zu viel getrunken. „Entschuldigen Sie", sagte er. „Es tut mir leid, aber ich kann nicht ganz folgen."

„Die Medaille der Queen für Leo Sinclair. An Leo erinnern Sie sich, oder? Ein toller Typ. Starb vor eineinhalb Jahren. Oder sind es schon zwei Jahre?" Er schüttelte seinen Kopf, als wolle er sich Klarheit verschaffen. „Jedenfalls werden sie jetzt erst seiner Witwe die Medaille überreichen. Das ist doch unentschuldbar."

„Nicht jeder, der im Golfkrieg umkam, bekommt einen Orden", warf Nina Sutherland ein.

„Aber Leo war beim Geheimdienst", sagte Reggie. „Er verdiente eine Ehrung, vor allem, wenn man die Umstände seines Todes bedenkt."

„Vielleicht war es zunächst einfach ein Versehen", sagte Jordan.

„Irgendwelche Papiere wurden verlegt oder so was. Der MI 6 versucht, alle Opfer zu ehren, aber Leo muss ihnen irgendwie durch die Lappen gegangen sein."

„So wie Mum und Dad", sagte Beryl. „Sie starben auch im Dienst. Und sie bekamen auch nie einen Orden."

„Im Dienst?" entgegnete Reggie. „Wohl nicht so ganz." Unsicher führte er sein Glas zum Mund. Plötzlich stutzte er, denn er merkte, dass alle ihn anstarrten. Das Schweigen hielt an und wurde nur durch das Geklapper einer Austernschale auf einem Teller durchbrochen.

„Was meinst du mit ‚nicht ganz'?", wollte Beryl jetzt wissen.

Reggie räusperte sich. „Hugh hat es euch … doch sicher erzählt …" Er sah sich um und wurde blass. „Oh nein", murmelte er. „Da bin ich wohl in ein Fettnäpfchen getreten."

„Hat uns was erzählt, Reggie?", beharrte Jordan.

„Aber es war doch allgemein bekannt", sagte Reggie. „Es stand in Paris in allen Zeitungen …"

„Reggie", sagte Jordan absichtlich langsam. „Wir dachten, dass unsere Eltern in Paris erschossen wurden. Dass sie ermordet wurden. Stimmt das nicht?"

„Natürlich hatte es etwas mit einem Mord zu tun …"

„*Einem* Mord?", hakte Jordan nach. „Einzahl?"

Reggie sah sich um, leicht benebelt. „Ich bin nicht der Einzige hier, der weiß, wie es war. Ihr wart alle in Paris, als es passierte!"

Ein paar Sekunden lang sagte niemand etwas. Dann fügte Helena leise hinzu: „Das ist sehr lange her, Jordan. Zwanzig Jahre. Heute macht es keinen Unterschied mehr."

„Für uns schon", sagte Jordan. „Was geschah in Paris?"

Helena seufzte. „Ich habe Hugh immer gesagt, er soll ehrlich mit euch sein, statt euch zu belügen."

„Wie, *belügen*?", fragte Beryl.

Helena presste die Lippen aufeinander.

Schließlich war es Nina, die ihnen die Wahrheit sagte. Die schamlose Nina, der Taktgefühl und Diplomatie immer fremd gewesen waren. Sie sah die beiden direkt an und erklärte schlicht: „Die Polizei sagte, es war Mord, gefolgt von einem Selbstmord."

Beryl starrte Nina an. Diese hielt ihrem Blick stand. „Nein", flüsterte Beryl.

Helena berührte sanft ihre Schulter. „Du warst noch ein Kind, Beryl. Ihr beide. Und Hugh hielt es nicht für angemessen ...“

„Nein“, sagte Beryl wieder und entzog sich Helenas Hand. Sie wirbelte herum und verschwand, mit blauer Seide raschelnd, aus dem Ballsaal.

„Vielen Dank Ihnen allen“, sagte Jordan kalt. „Für die erfrischende Offenheit.“ Dann drehte auch er sich um und folgte seiner Schwester.

Er holte sie auf der Treppe ein. „Beryl?“

„Das ist nicht wahr“, sagte sie. „Das glaube ich nicht!“

„Natürlich stimmt es nicht.“

Sie blieb auf der Treppe stehen und sah ihn an. „Und warum behaupten es dann alle?“

„Üble Gerüchte. Was denn sonst?“

„Wo ist Onkel Hugh?“

Jordan schüttelte den Kopf. „Er ist nicht im Ballsaal.“

Beryl schaute in Richtung zweiter Stock. „Komm, Jordie“, forderte sie ihn mit Entschlossenheit in der Stimme auf. „Jetzt finden wir es heraus.“

Zusammen stiegen sie die Treppe hoch.

Hugh war in seinem Arbeitszimmer; durch die geschlossene Tür hörten sie ihn hektisch sprechen. Ohne anzuklopfen stürmten sie in das Zimmer und bauten sich vor ihm auf.

„Onkel Hugh?“, begann Beryl.

Hugh gab ihr ein Zeichen, still zu sein. Er drehte ihr den Rücken zu und telefonierte weiter: „Und das steht fest, Claude? Kein Leck in der Gasleitung oder so was?“

„Onkel Hugh!“

Dieser blieb stur. „Ja, ja“, sagte er ins Telefon, „ich richte es Philippe sofort aus. Ach Gott, das ist ein unpassender Moment, aber er hat wohl keine Wahl. Er muss heute Abend noch zurückfliegen.“ Fassungslos legte Hugh den Hörer auf und starrte das Telefon an.

„Hast du uns die Wahrheit gesagt?“, fragte Beryl nun. „Über Mum und Dad?“

Hugh drehte sich um und sah sie verwundert an. „Was? Wovon redest du?“

„Du hast gesagt, sie wurden bei einem Einsatz getötet“, sagte Beryl. „Du hast nie was von einem Selbstmord gesagt.“

„Wer hat euch das erzählt?"

„Nina Sutherland. Aber Reggie und Helena wussten es auch. Wie offensichtlich alle hier! Alle – bis auf uns!"

„Diese verdammte Sutherland!", knurrte Hugh. „Dazu hatte sie kein Recht."

Beryl und Jordan sahen ihn schockiert an. Beryl murmelte leise: „Das ist doch eine Lüge, oder?"

Hugh stand abrupt auf und ging zur Tür. „Wir sprechen später darüber", sagte er. „Ich muss mich jetzt um etwas anderes kümmern …"

„Onkel Hugh!", schrie Beryl. „Ist es eine Lüge?"

Hugh blieb stehen. Langsam drehte er sich um und sah sie an. „Ich habe das nie geglaubt", sagte er. „Keine Sekunde lang habe ich geglaubt, Bernard könnte ihr etwas antun …"

„Was sagst du da?", fragte Jordan. „Dad soll sie getötet haben?"

Die Antwort ihres Onkels war Schweigen. Mehr brauchten sie nicht. Einen Moment blieb Hugh im Türrahmen stehen. Dann sagte er leise: „Bitte, Jordan. Lass uns nachher darüber sprechen, wenn alle gegangen sind. Ich muss mich jetzt um Philippe kümmern." Er drehte sich um und verließ das Zimmer.

Beryl und Jordan sahen sich an. Der Schock der Erkenntnis stand beiden ins Gesicht geschrieben.

„Um Himmels willen, Jordie", sagte Beryl. „Dann stimmt es also doch."

Von der gegenüberliegenden Seite des Ballsaals hatte Richard beobachtet, wie Beryl hastig aus dem Raum stürmte und ein aufgebrachter Jordan ihr wenige Sekunden später genauso überstürzt folgte. Er fragte sich, was wohl passiert sein mochte, und folgte ihnen. Dann sah er Helena, die kopfschüttelnd auf ihn zukam.

„Eine Katastrophe", murmelte sie. „Zu viel Champagner heute Abend."

„Was war denn los?"

„Sie haben eben die Wahrheit erfahren. Über Bernard und Madeline."

„Wer hat es ihnen gesagt?"

„Nina. Aber es war eigentlich Reggies Schuld. Er ist so betrunken, dass er nicht mehr weiß, was er sagt."

Richard schaute zu der Tür, hinter der Jordan gerade verschwunden war. „Ich sollte mit ihnen reden und ihnen die ganze Geschichte erzählen."

„Ich denke, das ist Sache ihres Onkels, oder finden Sie nicht? Schließlich hat er es ihnen all die Jahre verschwiegen. Dann soll er es ihnen auch erklären."

Richard überlegte einen Moment, dann nickte er. „Sie haben recht. Natürlich. Vielleicht sollte ich stattdessen Nina Sutherland erwürgen."

„Und wenn Sie dabei sind, meinen Mann gleich mit. Sie haben meine Erlaubnis."

Richard drehte sich um und entdeckte Hugh Tavistock, der gerade wieder den Ballsaal betrat. „Und jetzt?", murmelte er, als der Mann auf sie zueilte.

„Wo ist Philippe?", fragte Hugh.

„Ich glaube, er wollte in den Garten gehen", erwiderte Helena. „Ist was passiert?"

„Der ganze Abend ist eine Katastrophe", erklärte Hugh. „Ich erhielt gerade einen Anruf aus Paris. In Philippes Wohnung ist eine Bombe hochgegangen."

Richard und Helena starrten ihn schockiert an.

„Oh Gott", flüsterte Helena. „Ist Marie ..."

„Es geht ihr gut. Sie ist nur leicht verletzt. Sie ist jetzt im Krankenhaus."

„Ein Mordversuch?", fragte Richard.

Hugh nickte. „Sieht ganz danach aus."

Lange nach Mitternacht erst fanden Jordan und Onkel Hugh Beryl. Sie hatte das alte Zimmer ihrer Mutter aufgesucht und hockte neben Madelines Überseekoffer. Der Deckel war aufgeklappt, und Madelines Habseligkeiten waren auf dem Bett und im Zimmer verstreut: seidene Sommerkleider, Blumenhüte, eine perlenbesetzte Abendhandtasche. Und auch ein paar Dinge, die nur für Madeline eine Bedeutung gehabt hatten: ein Stück Koralle, ein Kieselstein, ein Porzellanfrosch. Beryl hatte die Sachen aus dem Koffer genommen. Sie versuchte, durch die Gegenstände den Geist und die Wärme ihrer Mutter heraufzubeschwören.

Hugh betrat das Schlafzimmer und setzte sich auf einen Stuhl neben sie. „Beryl", setzte er an, „es ist an der Zeit, dass ich euch die Wahrheit erzähle."

„Das hättest du schon vor Jahren tun müssen", entgegnete sie und starrte den Porzellanfrosch in ihrer Hand an.

„Ihr wart beide noch so klein. Du warst erst acht, und Jordan war zehn. Ihr hättet es nicht verstanden ..."

„Wir hätten mit den Tatsachen umgehen können! Aber du hast sie uns verschwiegen!"

„Die Tatsachen waren zu schmerzhaft. Die französische Polizei schloss ..."

„Dad hätte ihr *niemals* etwas angetan", sagte Beryl. Sie sah Hugh so scharf an, dass er unwillkürlich zurückzuckte. „Weißt du nicht mehr, wie sie miteinander umgingen, Onkel Hugh? Wie verliebt sie waren? *Ich* weiß es noch!"

„Ich auch", warf Jordan ein.

Hugh nahm seine Brille ab und rieb müde seine Augen. „Die Wahrheit", erklärte er, „ist sogar noch schlimmer."

Beryl starrte ihn ungläubig an. „Was kann denn noch schlimmer sein als Mord und Selbstmord?"

„Vielleicht ... Vielleicht solltet ihr einfach mal die Akte lesen." Er stand auf. „Ich habe sie oben, in meinem Büro."

Sie folgten ihrem Onkel in den dritten Stock, in ein Zimmer, in dem sie fast nie gewesen waren und das immer verschlossen war. Er öffnete einen Aktenschrank und zog einen Ordner heraus. Es war ein Aktenordner vom MI 6, beschriftet mit „Tavistock, Bernard und Madeline".

„Ich hatte gehofft ... ich könnte euch das ersparen", sagte Hugh. „Ehrlich gesagt, glaube ich nicht, was hier drinsteht. Bernard war kein Verräter. Aber die Beweislage sah anders aus. Und eine bessere Erklärung habe ich auch nicht." Er gab Beryl die Akte.

Schweigend öffnete sie sie. Gemeinsam mit Jordan blätterte sie sie durch. Die Akte enthielt Kopien von dem Bericht der Pariser Polizei, inklusive Zeugenaussagen und Fotos vom Tatort. Die Unterlagen entsprachen dem, was Nina Sutherland behauptet hatte. Bernard hatte demnach dreimal aus kurzer Entfernung auf seine Frau geschossen und sich dann selbst die Waffe an die Schläfe gesetzt und abgedrückt. Die Fotos waren zu schrecklich, um sie sich anzusehen; Beryl blätterte schnell weiter und konzentrierte sich auf einen anderen Bericht, der vom französischen Geheimdienst stammte. Ungläubig las sie die Schlussfolgerungen wieder und wieder.

„Das ist unmöglich", schnaubte sie.

„Das haben sie gefunden. Eine Dokumententasche mit geheimen NATO-Akten. Waffeninformationen über die Alliierten. Sie war in der Wohnung, in der man die Leichen fand. Bernard hatte die Akten bei sich, als er starb – dabei hatten diese Akten außerhalb des Botschaftsgebäudes nichts zu suchen."

„Woher will man wissen, dass *er* sie mitgenommen hat?"

„Er hatte Zugang zu ihnen, Beryl. Er bildete die Schnittstelle zwischen Geheimdienst und NATO. Monatelang tauchten in der DDR NATO-Dokumente auf, die ein Informant mit dem Codenamen Delphi dort ablieferte. Wir wussten, dass wir in unseren Reihen einen Maulwurf hatten, aber wir wussten nicht, wer es war – bis man diese Dokumente bei Bernards Leiche fand."

„Und du glaubst, dass Dad Delphi war", sagte Jordan.

„Nein, das glaubte der französische Geheimdienst. Ich glaubte es nicht, aber die Fakten waren unwiderlegbar."

Einen Moment lang saßen Beryl und Jordan schweigend da. Die Beweislage war erdrückend.

„Aber du glaubst es immer noch nicht, oder, Onkel Hugh?", fragte Beryl leise. „Dass Dad der Maulwurf war?"

„Gegen die Beweisstücke war nichts vorzubringen, und es wäre in der Tat eine Erklärung für ihren Tod. Vielleicht ahnten sie, dass man sie entdeckt hatte. Bevor er eine solche Schande auf sich nähme, hätte Bernard vielleicht einen eleganteren Abgang gewählt. Das hätte zu ihm gepasst. Tod statt Schande."

Hugh sank in seinen Sessel zurück und strich sich müde mit den Fingern durch sein graues Haar. „Ich habe den Bericht, so gut es ging, unter Verschluss gehalten", fuhr er fort. „Die Suche nach Delphi wurde beendet. Für mich folgten danach ein paar unangenehme Jahre beim MI 6. Der Bruder des Verräters, kann man ihm trauen, solche Dinge. Und irgendwann war die Sache vergessen, und ich machte Karriere. Ich vermute, dass eigentlich niemand vom MI 6 dem Bericht Glauben schenkte. Keiner glaubte, dass Bernard ein Überläufer war."

„Ich glaube es auch nicht", sagte Beryl.

Hugh sah sie an. „Obwohl …"

„Ich *denke nicht daran*, es zu glauben. Es ist eine Lüge. Vielleicht versucht jemand vom MI 6, die Wahrheit zu vertuschen."

„Das ist doch lächerlich, Beryl."

„Mum und Dad können sich nicht mehr wehren! Wer sonst sollte ihre Partei ergreifen?"

„Deine Loyalität verdient allen Respekt, aber …"

„Und was ist mit deiner Loyalität?", erwiderte sie scharf. „Er war dein Bruder!"

„Ich habe es ja auch nie geglaubt."

„Hast du die Beweise je angezweifelt? Hast du mit dem französischen Geheimdienst gesprochen?"

„Ja, und ich habe Vertrauen in Daumiers Bericht. Er ist ein gründlicher Mensch."

„Daumier?", fragte Jordan. „Claude Daumier? Ist das nicht der Chef der Pariser Sektion?"

„Damals war er der Kontaktmann zum MI 6. Ich bat ihn, sich die Beweise anzusehen. Er kam zum selben Schluss."

„Dann ist dieser Daumier ein Idiot", sagte Beryl. Sie ging zur Tür. „Und das werde ich ihm persönlich sagen."

„Wo willst du hin?", fragte Jordan.

„Meine Sachen packen", antwortete sie. „Kommst du mit, Jordan?"

„Packen?", sagte Hugh. „Wo willst du denn hin, um Gottes willen?"

Beryl sah ihn an. „Wohin wohl? Nach Paris."

Richard Wolf erhielt den Anruf um sechs Uhr morgens. „Sie nehmen die Zwölf-Uhr-Maschine nach Paris", erklärte Claude Daumier. „Mir scheint, mein Freund, dass da eine unangenehme Geschichte wieder aufgewärmt wird."

Schlaftrunken setzte Richard sich im Bett auf und schüttelte den Kopf. „Wovon redest du, Claude? Wer fliegt nach Paris?"

„Beryl und Jordan Tavistock. Hugh hat mich gerade angerufen. Ich halte das für keine gute Entwicklung."

Richard fiel zurück in die Kissen. „Sie sind erwachsene Menschen, Claude", erwiderte er gähnend. „Wenn sie nach Paris fahren wollen …"

„Sie wollen Nachforschungen über Madeline und Bernard anstellen."

Richard schloss die Augen und stöhnte. „Na wunderbar. Das hat uns noch gefehlt."

„Das sage ich ja gerade."

„Kann Hugh es ihnen denn nicht ausreden?"

„Er hat's versucht. Aber seine Nichte ist …" Daumier seufzte. „Du hast sie ja kennengelernt. Du weißt also, was ich meine."

Ja, Richard wusste ganz genau, wie eigensinnig Miss Beryl Tavistock sein konnte. Wie die Mutter, so die Tochter. Auch Madeline war so unbeirrbar, so unaufhaltsam gewesen.

Und genauso hinreißend.

Er schüttelte die Erinnerungen an die Frau ab, die schon so viele Jahre tot war, und fragte: „Was wissen sie?"

„Sie haben den Bericht gelesen. Sie wissen von Delphi."

„Dann werden sie an den richtigen Stellen suchen."

„An den gefährlichen Stellen", korrigierte Daumier.

Richard setzte sich auf und fuhr sich mit den Fingern durchs Haar. Er wägte die Möglichkeiten und Gefahren ab.

„Hugh macht sich Sorgen um ihre Sicherheit", sagte Daumier.

„Ich auch. Wenn wahr ist, was wir denken …"

„Dann geraten sie in Treibsand."

„Und Paris ist so schon gefährlich genug", fügte Daumier hinzu, „wenn man das letzte Bombenattentat bedenkt."

„Wie geht es eigentlich Marie St. Pierre?"

„Sie hat nur ein paar Schürfwunden und blaue Flecken. Morgen kommt sie aus dem Krankenhaus."

„Was sagt der Bericht?"

„Semtex. Das obere Stockwerk wurde total zerstört. Glücklicherweise war Marie unten, als die Bombe explodierte."

„Hat jemand die Verantwortung übernommen?"

„Kurz nach der Bombe gab es einen Bekenneranruf. Ein Mann erklärte, er sei Mitglied einer Organisation namens ‚Kosmische Solidarität', die sich zu dem Anschlag bekennt."

„Kosmische Solidarität? Nie gehört."

„Wir auch nicht", sagte Daumier. „Aber du weißt ja, wie das heute ist."

Ja, das wusste Richard nur allzu gut. Jeder Spinner mit den richtigen Verbindungen konnte sich heute ein paar Gramm Semtex beschaffen, eine Bombe basteln und an der Revolution teilhaben – egal welcher. Kein Wunder, dass sein Geschäft boomte. In dieser schönen neuen Welt war Terrorismus ein Teil des Lebens. Und auf der ganzen Welt waren Mandanten bereit, viele Millionen Dollar für ihre Sicherheit auszugeben.

„Du siehst also, mein Lieber", fuhr Daumier fort, „Bernards Kinder haben keinen günstigen Zeitpunkt für ihre Parisreise gewählt. Und mit den Fragen, die sie stellen werden …"

„Kannst du nicht ein Auge auf sie haben?"

„Warum sollten sie mir vertrauen? Schließlich ist das in der Akte *mein* Bericht. Nein, sie brauchen einen anderen Freund hier, Richard. Jemanden mit scharfen Augen und unfehlbaren Instinkten."

„Und an wen hast du da gedacht?"

„Ich habe munkeln hören, dass du und Miss Tavistock euch ein bisschen nähergekommen seid?"

„Sie ist zu reich für mich und ich zu arm für sie."

„Ich bitte normalerweise nie um Gefallen", sagte Daumier gelassen. „Und Hugh auch nicht."

Aber jetzt bittest du mich um einen, vollendete Richard seinen Satz in Gedanken. Er seufzte. „Wie kann ich da Nein sagen?"

Nachdem er aufgelegt hatte, zögerte er kurz. Eigentlich ging es um einen reinen Babysitterjob – die Art von Auftrag, die er hasste. Aber dann dachte er daran, dass er Beryl Tavistock wiedersehen würde, und die Erinnerung an ihren Kuss im Garten ließ ihn vor Erwartung lächeln. *Sie ist viel zu reich für mich. Doch man muss auch träumen dürfen. Und außerdem bin ich es Bernard und Madeline schuldig.*

Selbst nach all den Jahren verfolgte ihr Tod ihn immer noch. Vielleicht war es an der Zeit, dass alle Fragen beantwortet würden, die er und Daumier vor zwanzig Jahren gestellt hatten. Dieselben Fragen, die der MI 6 und der CIA immer unterdrückt hatten.

Und jetzt steckte Beryl Tavistock ihre aristokratische Nase in diese Angelegenheit. Eine zugegebenermaßen sehr attraktive Nase, dachte er. Hoffentlich würde ihr ihre Neugier nicht zum Verhängnis.

Er stand auf und ging erst einmal unter die Dusche. Er hatte viel zu tun und sehr wenig Zeit für die Vorbereitungen, bevor er sich auf den Weg zum Flughafen machte.

Babysitten – wie er es hasste.

Aber wenigstens in Paris.

Anthony Sutherland starrte aus dem Flugzeugfenster und hoffte inständig, das Flugzeug möge bald landen. Es war schon ein verdammtes Pech, dass sie auf dieselbe Air-France-Maschine gebucht waren wie die Vanes! Und dann saßen sie auch noch genau auf den gegenüberliegenden Plätzen, nur durch den Gang von ihnen getrennt – es war unerträglich. Reggie Vane war für ihn ein ausgemachter Langweiler, vor allem wenn er betrunken war, und er befand sich gerade wieder auf dem besten Wege dahin. Zwei Whiskey Sour, und der Mann fing an zu jammern, wie sehr er das gute alte England vermisste, wo man das Essen kochte, wie es sich gehörte, und nicht in dieser grässlichen Butter anbriet. Wo man sich ordentlich in der Schlange anstellte, wo die Menschen nicht nach Zwiebeln und Knoblauch stanken. Er lebte jetzt schon zu lange in Paris, vielleicht sollte er seinen Job bei der Bank an den Nagel hängen und nach England zurückkehren? Er hatte so viele Jahre in der Pariser Filiale der Bank of London gearbeitet, jetzt könnte er doch eigentlich Platz machen für die vielen jungen, intelligenten Manager, die nachrücken wollten.

Lady Helena, die von ihrem Mann offensichtlich ebenso genervt war wie Anthony, sagte einfach: „Halt den Mund, Reggie", und bestellte ihm einen dritten Whiskey Sour.

Auch Helena interessierte Anthony nicht. Sie erinnerte ihn an ein unangenehmes Nagetier. Sie war der totale Gegensatz zu seiner Mutter! Die beiden Frauen saßen sich auf den Gangplätzen gegenüber, Helena adrett und bieder in ihrem Hahnentrittkostüm, Nina in ihrem aufregenden Hosenanzug aus weißer Seide. Nur eine Frau mit ausgeprägtem Selbstbewusstsein konnte weiße Seide tragen – so wie seine Mutter eben. Auch mit dreiundfünfzig war Nina noch eine aufregende Frau, ihr dunkles, frisch frisiertes Haar zeigte kaum Spuren von Grau, und ihre Figur ließ Zwanzigjährige vor Neid erblassen. Kein Wunder, dachte Anthony, sie ist meine Mutter.

Und wie üblich stichelte sie.

„Wenn du und Reggie Paris so sehr hasst", fragte Nina Helena schnippisch, „warum bleibt ihr dann da? Ich finde, Menschen, die diese Stadt nicht vergöttern, verdienen es nicht, dort zu leben."

„*Dir* gefällt Paris natürlich", sagte Helena.

„Es ist eine Sache der Auffassung. Wenn man offen ist für …"

„Dafür sind wir natürlich viel zu steif", fiel Helena ihr ins Wort.

„Das habe ich nicht gesagt. Aber ihr habt eben die typisch britische Denkweise. Gott ist ein Engländer, nach diesem Motto."

„Ist er das nicht?", fragte Reggie dazwischen.

Helena lachte nicht. „Ich denke nur", sagte sie, „dass die Welt ein gewisses Maß an Ordnung und Disziplin braucht, damit sie funktioniert."

Nina sah Reggie an, der laut schlürfend seinen Whiskey trank. „Ja, man merkt sofort, dass Disziplin euch über alles geht. Kein Wunder, dass der gestrige Abend eine Katastrophe wurde."

„Wir waren es nicht, die die Wahrheit hinaustrompetet haben", erwiderte Helena unwirsch.

„Immerhin war ich nüchtern genug, um zu wissen, was ich sage!" konterte Nina. „Sie hätten es sowieso irgendwann rausgefunden. Nachdem Reggie die Katze aus dem Sack gelassen hatte, fand ich es nur fair, ihnen endlich die Wahrheit über Bernard und Madeline zu sagen."

„Und was ist dabei herausgekommen?", stöhnte Helena. „Hugh sagt, dass Beryl und Jordan heute Nachmittag nach Paris fliegen. Und dann werden sie anfangen, in der Vergangenheit herumzustochern."

Nina zuckte die Schultern. „Das ist doch so lange her."

„Ich verstehe nicht, wie dir das so gleichgültig sein kann. Schließlich bist du doch diejenige, der das am ehesten schaden könnte."

Nina sah sie stirnrunzelnd an. „Wie meinst du das?"

„Ach, schon gut."

„Nein, raus damit! Was meinst du?"

„Nichts", beendete Helena die Unterhaltung.

Anthony wusste, dass seine Mutter vor Wut kochte, denn sie ballte die Hände zu Fäusten. Und sie bestellte einen zweiten Martini. Als sie aufstand, um ein bisschen im Gang auf und ab zu gehen, folgte er ihr. Sie trafen sich am hinteren Ende des Flugzeugs.

„Alles klar, Mutter?", fragte er.

Nina starrte wütend in Richtung erste Klasse. „Es ist verdammt noch mal Reggies Schuld", flüsterte sie. „Aber Helena hat recht. Ich bin diejenige, der das schaden könnte."

„Nach all der Zeit?"

„Sie werden die gleichen Fragen wieder stellen. In der Vergangenheit bohren. Und was ist, wenn diese Tavistock-Gören etwas herausfinden?"

Anthony sagte ruhig: „Das werden sie nicht."

Ninas Blick traf seinen. Aus diesem einen Blick sprachen zwanzig Jahre Gemeinsamkeit. „Du und ich gegen den Rest der Welt", hatte sie ihm früher immer vorgesungen. Und so hatten sie sich auch gefühlt – zu zweit in ihrem Pariser Apartment. Natürlich hatte sie ihre Liebhaber gehabt, unbedeutende Typen, kaum erwähnenswert. Aber Mutter und Sohn – eine stärkere Liebe gab es nicht.

Er sagte: „Du hast nichts zu befürchten. Wirklich."

„Aber die Tavistocks …"

„Sie sind harmlos." Er nahm ihre Hand und drückte sie aufmunternd. „Das garantiere ich dir."

3. KAPITEL

*V*om Fenster ihrer Suite im Pariser Hotel Ritz blickte Beryl auf den Place Vendôme mit seinen korinthischen Säulen und Steinbögen und auf die gut betuchten Touristen, die dort ihren Abendspaziergang machten. Sie war das letzte Mal vor acht Jahren in Paris gewesen, auf einem Trip mit ihren Freundinnen – drei wilde Schulfreundinnen, die am liebsten in die Bistros am linken Seine-Ufer gingen und das zwielichtige Nachtleben vom Montparnasse dem ausschweifenden Luxus der anderen Seite vorzogen. Sie hatten eine Menge Spaß damals, tranken viel zu viel Wein, tanzten auf den Straßen und flirteten mit jedem Franzosen, der ihnen über den Weg lief – und das waren einige.

Es kam ihr vor, als sei das eine Million Jahre her. Eine andere Zeit, ein anderer Lebensabschnitt.

Und jetzt stand sie an ihrem Hotelfenster und trauerte dieser unbeschwerten Zeit nach, die nie mehr wiederkommen würde. Ich habe mich zu sehr verändert, dachte sie. Es hat nichts mit den Enthüllungen über Mum und Dad zu tun, sondern mit mir. Ich bin so rastlos. Ich sehne mich nach … keine Ahnung, nach was. Vielleicht nach einem Sinn in meinem Leben? Denn den gibt es schon lange nicht mehr.

Sie hörte, wie die Tür aufging und Jordan durch die Verbindungstür zu seiner Suite hereinkam. „Claude Daumier hat endlich zurückgerufen", sagte er. „Er ist mit den Untersuchungen zu dem Bombenanschlag beschäftigt, aber er will uns gern zu einem frühen Abendessen treffen."

„Wann?"

„In einer halben Stunde."

Beryl wandte sich vom Fenster ab und sah ihren Bruder an. Sie hatten letzte Nacht beide kaum geschlafen. Obwohl Jordan frisch rasiert und perfekt gekleidet war, sah er erschöpft aus.

„Wir können von mir aus jederzeit losgehen", sagte sie.

Er musterte ihr Kleid. „Ist das nicht … von Mum?"

„Ja. Ich habe ein paar ihrer Sachen mitgenommen. Ich weiß selbst nicht genau, warum." Sie sah an dem Seidenkleid herunter. „Komisch, oder nicht? Wie gut es mir passt. Als ob es für mich gemacht wäre."

„Beryl, bist du sicher, dass du dir das antun willst?"

„Warum fragst du?"

„Es ist nur …" Jordan schüttelte den Kopf. „Du bist irgendwie nicht du selbst."

„Das ist keiner von uns, Jordie. Wie denn auch?" Sie sah wieder aus dem Fenster, auf die länger werdenden Schatten auf dem Place Vendôme. Denselben Blick musste auch ihre Mutter bei ihren Besuchen in Paris genossen haben. Dasselbe Hotel, vielleicht sogar dasselbe Zimmer. *Ich trage sogar ihr Kleid.* „Es kommt mir so vor, als wüssten wir nicht mehr, wer wir sind", sagte sie. „Wo wir herkommen."

„Wer du bist, wer ich bin, daran bestand nie ein Zweifel, Beryl. Egal was wir über sie herausfinden, es hat mit uns nichts zu tun."

Sie sah ihn an. „Also glaubst du, die Geschichte könnte wahr sein."

Er stockte. „Ich weiß es nicht", antwortete er zögernd. „Aber ich rechne mit dem Schlimmsten. Und das solltest du auch tun." Er ging zum Schrank und holte ihr Cape. „Komm, kleine Schwester. Es ist Zeit, den Tatsachen ins Auge zu blicken. Was auch immer das bedeuten mag."

Um sieben Uhr betraten sie das Café Le Petit Zinc, das Daumier als Treffpunkt vorgeschlagen hatte. Für die Franzosen war es noch zu früh zum Abendessen, und so war das Café leer bis auf ein einsames Paar, das bei Brot und Suppe saß. Sie nahmen in einer Nische im hinteren Teil des Cafés Platz und bestellten Wein und Brot, dazu Sellerie und eine Senfsoße zum Dippen. Nach einiger Zeit verließ das Pärchen das Lokal. Es wurde später und später. Ob Daumier seine Meinung geändert hatte und sie doch nicht treffen wollte?

Um zwanzig nach sieben öffnete sich schließlich die Tür, und ein drahtiger kleiner Franzose in Anzug und Krawatte betrat das Lokal. Angesichts seiner grauen Schläfen und der Aktentasche hätte man ihn genauso gut für einen Banker oder Anwalt halten können. Doch in dem Moment, als sich ihre Blicke trafen und er ihr kaum merklich zunickte, wusste sie, dass er Claude Daumier sein musste.

Doch er war nicht allein, ein zweiter Mann betrat das Restaurant. Gemeinsam näherten sie sich der Nische, in der Beryl und

Jordan Platz genommen hatten. Beryl erstarrte, als sie erkannte, wen Daumier mitgebracht hatte.

„Hallo Richard", sagte sie leise. „Ich wusste nicht, dass du auch in Paris bist."

„Wusste ich auch nicht", erwiderte er. „Bis heute Morgen jedenfalls nicht."

Man stellte sich einander vor und schüttelte sich die Hände. Dann setzten sich die beiden Männer zu ihnen. Beryl saß Richard gegenüber. Als er sie ansah, kribbelte es wieder in ihr, und sie musste an ihren Kuss denken. Beryl, du Idiotin, dachte sie ärgerlich, du lässt zu, dass er dich irritiert. Dass er dich verwirrt. Kein Mann hat das Recht dazu, so etwas mit dir zu machen – zumindest keiner, den du erst einmal geküsst hast. Und erst recht keiner, den du erst seit vierundzwanzig Stunden kennst.

Trotzdem konnte sie nicht vergessen, was im Garten von Chetwynd geschehen war. Der Geschmack seines Kusses! Sie schaute ihn an, als er sich ein Glas Wein einschenkte und das Glas an die Lippen führte. Wieder begegneten sich ihre Blicke. Sie fuhr sich mit der Zunge über ihre Lippen, die leicht nach dem Burgunder schmeckten.

„Und was führt dich nach Paris?", fragte sie und nickte ihm zu.

„Um ehrlich zu sein: Claude." Er deutete in Daumiers Richtung.

Auf Beryls fragenden Blick hin sagte Daumier: „Als ich hörte, dass mein alter Freund Richard in London ist, dachte ich mir: Warum soll ich ihn nicht um Rat fragen? Schließlich ist er Experte auf diesem Gebiet."

„Der Anschlag bei den St. Pierres", erklärte Richard. „Eine bisher unbekannte Organisation bekennt sich zu dem Bombenattentat. Claude meint, ich könnte herausfinden, um wen es sich handelt. Ich habe mich jahrelang mit sämtlichen terroristischen Gruppierungen beschäftigt."

„Und was haben Sie herausgefunden?", fragte Jordan.

„Noch nichts", gab er zu. „Die ‚Kosmische Solidarität' kennt mein Computer nicht." Er nahm noch einen Schluck Wein und sah sie an. „Aber die Reise ist nicht völlig umsonst", fügte er hinzu. „Seit ich weiß, dass ihr auch in Paris seid."

„Aus rein geschäftlichen Gründen", warf Beryl ein. „Fürs Vergnügen haben wir keine Zeit."

„Ganz sicher?"

„Ganz sicher", entgegnete sie knapp. Dann richtete sie ihre Aufmerksamkeit auf Daumier. „Mein Onkel hat Sie darüber informiert, warum wir hier sind. Richtig?"

Der Franzose nickte. „Ich weiß, dass Sie beide den Bericht gelesen haben."

„Von vorne bis hinten", fügte Jordan hinzu.

„Dann kennen Sie ja die Beweislage. Ich selbst habe die Zeugenaussagen und die Untersuchung des Coroners bestätigt …"

„Der Coroner könnte die Fakten falsch interpretiert haben", bemerkte Jordan.

„Ich sah die Leichen in der Mansarde liegen. Etwas, was ich wohl nie vergessen werde." Daumier hielt kurz inne, als wollte er die Erinnerung abschütteln. „Ihre Mutter starb mit drei Kugeln in der Brust. Neben ihr lag Bernard mit einer Kugel im Kopf. Auf der Waffe waren seine Fingerabdrücke. Es gab weder Zeugen noch andere Tatverdächtige." Daumier schüttelte den Kopf. „Die Beweise sprechen für sich."

„Aber was soll das Motiv gewesen sein?", fragte Beryl. „Warum sollte er jemanden umbringen, den er liebt?"

„Vielleicht liegt gerade hier das Motiv", sagte Daumier. „Liebe. Oder eher der Verlust von Liebe. Vielleicht hatte sie jemand anderen gefunden …"

„Das ist unmöglich", unterbrach Beryl ihn vehement. „Sie hat ihn geliebt."

Daumier sah sein Glas an. Leise sagte er: „Dann haben Sie nicht gelesen, was der Vermieter, Monsieur Rideau, bei der Polizei zu Protokoll gegeben hat?"

Beryl und Jordan sahen ihn erstaunt an. „Rideau? Ich erinnere mich nicht, in der Akte etwas von einem Rideau gelesen zu haben", antwortete Jordan.

„Weil ich diesen Teil der Akte für Hugh nicht beigefügt habe. Aus Gründen der … Diskretion."

Diskretion, dachte Beryl. Er wollte also eine peinliche Tatsache vertuschen.

„Die Mansarde, in der die Leichen gefunden wurden", erläuterte Daumier, „war von einer gewissen Mademoiselle Scarlatti angemietet worden. Nach Aussage des Vermieters Rideau benutzte

Frau Scarlatti die Wohnung nur ein- bis zweimal die Woche. Und nur zu einem bestimmten Zweck ..." Er machte eine vielsagende Pause.

„Um ihren Liebhaber zu treffen?", folgerte Jordan unumwunden.

Daumier nickte. „Nach den Todesschüssen sollte der Vermieter die Leichen identifizieren. Rideau sagte bei der Polizei aus, dass die Frau, die er als Mademoiselle Scarlatti kannte, dieselbe war, die tot in der Wohnung lag. Ihre Mutter."

Beryl sah ihn schockiert an. „Sie wollen mir sagen, meine Mutter hatte einen Geliebten?"

„Laut Aussage des Vermieters."

„Dann müssen wir mit diesem Vermieter sprechen."

„Das ist leider nicht möglich", sagte Daumier. „Das Gebäude wurde mehrfach verkauft, und Monsieur Rideau hat das Land verlassen. Ich habe keine Ahnung, wo er ist."

Beryl und Jordan schwiegen erstaunt. Das war also Daumiers Theorie, dachte Beryl. Dass ihre Mutter einen Liebhaber hatte, den sie ein- bis zweimal die Woche in der Wohnung in der Rue Myrha traf. Und dass ihr Vater es herausfand und dann erst sie und anschließend sich selbst umbrachte.

Sie sah Richard an und entdeckte etwas wie Mitgefühl in seinem Blick. Also glaubt er es auch, dachte sie. Plötzlich hasste sie ihn dafür, dass er hier war und das peinlichste Geheimnis ihrer Familie erfahren hatte.

Ein leises Piepen ertönte. Daumier griff in seine Innentasche und warf einen Blick auf seinen Pager. „Es tut mir leid, aber ich muss gehen", sagte er.

„Und was ist mit der geheimen Akte?", fragte Jordan. „Sie haben uns nichts zu Delphi gesagt."

„Darüber sprechen wir später. Dieses Attentat, Sie verstehen – wir stecken hier gerade in einer Krisensituation." Daumier glitt aus der Nische und griff nach seiner Aktentasche. „Morgen vielleicht? In der Zwischenzeit genießen Sie Ihren Aufenthalt in Paris. Und wenn Sie hier essen wollen, empfehle ich das Stubenküken. Ganz ausgezeichnet." Mit einem Nicken verabschiedete er sich und verließ eilig das Restaurant.

„Na, das war ja eine klare Auskunft", stellte Jordan frustriert fest. „Er schmeißt uns eine Bombe hin und geht selbst in Deckung. Er hat keine einzige unserer Fragen beantwortet."

„Ich glaube, das war von Anfang an sein Plan", spekulierte Beryl. „Uns etwas so Schreckliches mitzuteilen, dass wir nicht weiter fragen." Sie sah Richard an. „Habe ich recht?"

Er hielt ihrem Blick stand. „Warum fragst du mich das?"

„Weil ihr beide euch offensichtlich sehr gut kennt. Ist das Daumiers übliche Vorgehensweise?"

„Claude verrät keine Geheimnisse. Aber er hilft gern alten Freunden, und euer Onkel Hugh ist so ein alter Freund. Ich glaube, Claude handelt in eurem Interesse."

Alte Freunde, dachte Beryl. Daumier und Onkel Hugh und Richard Wolf – sie alle verband eine rätselhafte Vergangenheit, über die sie nicht sprechen wollten. Genau so kannte sie es von Chetwynd. Geheimnisvolle Männer, die in Limousinen vorfuhren und Hugh besuchten. Manchmal schnappte Beryl ein paar Gesprächsfetzen auf, hörte Namen, deren Bedeutung sie nur vermuten konnte. Yurtschenko. Andropow. Bagdad. Berlin. Schon vor langer Zeit hatte sie gelernt, keine Fragen zu stellen und keine Antworten zu erwarten. „Das ist nichts, worüber du dir deinen hübschen Kopf zerbrechen musst", sagte Hugh immer zu ihr.

Aber diesmal würde sie sich nicht abwimmeln lassen. Diesmal wollte sie Antworten.

Der Kellner brachte die Speisekarte. Beryl schüttelte den Kopf. „Wir gehen", entschied sie.

„Hast du keinen Hunger?", fragte Richard. „Claude sagt, das hier ist ein exzellentes Restaurant."

„Hat Claude dich gebeten, herzukommen?", wollte sie wissen. „Damit du uns fütterst und uns unterhältst und wir keinen Ärger machen?"

„Ich würde mich sehr freuen, wenn ich dich füttern darf. Und unterhalten." Er lächelte sie schalkhaft an. Sie sah in seine Augen und fühlte in sich wieder die Versuchung aufsteigen. *Bleib zum Dinner,* las sie aus seinem Lächeln. *Und danach ... Wer weiß? Alles ist möglich.*

Sie lehnte sich zurück. „Unter einer Bedingung essen wir mit dir."

„Und die wäre?"

„Du bist ehrlich zu uns. Keine Spielchen."

„Ich werd's versuchen."

„Warum bist du in Paris?"

„Claude bat mich um einen Rat, um einen persönlichen Ge-fallen. Da der Gipfel vorbei ist, habe ich zugesagt. Außerdem war ich neugierig."

„Wegen des Bombenanschlags?"

Er nickte. „,Kosmische Solidarität' ist mir neu. Ich versuche, immer auf dem Laufenden zu bleiben, was terroristische Grup-pierungen angeht. Das ist mein Geschäft." Er hielt ihr eine Spei-sekarte hin und lächelte. „Und das, Miss Tavistock, ist die reine Wahrheit."

Sie sah ihn an und konnte kein Anzeichen von Unehrlichkeit entdecken. Trotzdem sagte ihr Instinkt ihr, dass sich hinter diesem Lächeln mehr verbarg.

„Du glaubst mir nicht", sagte er.

„Woher willst du das wissen?"

„Wir essen also nicht zusammen?"

Bis zu diesem Moment hatte Jordan ihnen bei ihrem Schlag-abtausch lediglich zugehört. Jetzt mischte er sich ungeduldig ein. „Natürlich essen wir mit Ihnen. Denn ich habe Hunger, Beryl, und ich verlasse diesen Tisch nicht, ohne etwas gegessen zu haben."

Mit einem Seufzer der Resignation nahm Beryl die Speisekarte. „Hier haben wir die Antwort. Jordies Magen hat gesprochen."

Amiel Fochs Telefon klingelte exakt um Viertel nach sieben, abends.

„Ich habe einen neuen Auftrag für Sie", sagte der Anrufer. „Es ist dringend. Vielleicht haben Sie diesmal mehr Erfolg."

Die Kritik saß, und Amiel Foch, der seit fünfundzwanzig Jahren im Geschäft war, fiel es schwer, darauf nicht zu reagieren. Der Anrufer saß am längeren Hebel; er konnte sich die Beleidigung erlauben. Für Foch ging es auch darum, nicht zum alten Eisen abgeschoben zu werden. Heutzutage bekam er nur noch selten Aufträge. Mit zunehmendem Alter wurden die Reflexe eben nicht gerade besser.

Foch sagte gelassen: „Ich habe die Bombe exakt nach Ihren An-forderungen angebracht. Sie explodierte zur vorgegebenen Zeit."

„Und sorgte für nichts als für viel Dreck und einen Höllenlärm.

Das Zielobjekt wurde nicht einmal verletzt."

„Sie tat das Unerwartete – so etwas liegt nicht in meiner Macht."

„Dann wollen wir hoffen, dass sie diesmal die Situation unter Kontrolle haben."

„Wie lautet der Name?"

„Es sind zwei. Bruder und Schwester, Beryl und Jordan Tavistock. Sie wohnen im Ritz. Ich will wissen, wohin sie gehen und wen sie treffen."

„Sonst nichts?"

„Fürs Erste reicht das. Aber das kann sich jederzeit ändern, je nachdem, was sie herausfinden. Mit etwas Glück verschwinden sie einfach wieder nach England."

„Und wenn nicht?"

„Dann werden wir weitere Maßnahmen ergreifen."

„Und was ist mit Madame St. Pierre? Soll ich es noch mal versuchen?"

Der Anrufer zögerte. „Nein", sagte er schließlich. „Das hat Zeit. Die Tavistocks haben Priorität."

Während des Essens – sie hatten Wildlachs und Ente mit Himbeersoße bestellt – spielten sich Beryl und Richard geschickt Fragen und Antworten zu. Richard war versiert in derlei Wortgefechten und gab nur das Nötigste über seine eigene Person preis. Er war in Connecticut geboren und aufgewachsen. Sein Vater, ein ehemaliger Polizist, lebte noch. Nach seinem Abschluss an der Princeton University kam Richard zum US-Außenministerium und trat in den diplomatischen Dienst ein. Vor fünf Jahren verließ er den Staatsdienst und machte sich mit einer Firma für Sicherheitsberatung selbstständig. Das war die Geburtsstunde von Sakaroff und Wolf in Washington D.C.

„Und deshalb war ich letzte Woche in London", sagte er. „Diverse amerikanische Unternehmen forderten uns als Security an. Ich war der leitende Sicherheitsberater."

„Mehr hast du nicht gemacht in London?", hakte Beryl nach.

„Mehr habe ich nicht gemacht in London. Bis ich Hughs Einladung nach Chetwynd erhielt." Sein Blick traf sie.

Seine Direktheit machte sie nervös. *Ob er mir die Wahrheit sagt oder etwas erfindet? Oder ein Mittelding aus beidem?* Sein routiniert heruntergespulter Lebenslauf kam ihr irgendwie einstudiert vor, aber wahrscheinlich war er sogar wahr. Diese Leute vom Geheimdienst hatten immer so einen akkuraten Lebenslauf, in dem sich Wahrheit und Erfindung zu einer perfekten Einheit verbanden. Was wusste sie wirklich über ihn? Nur, dass er gern und viel lachte. Dass er einen beeindruckenden Appetit hatte und seinen Kaffee schwarz trank.

Und dass sie ihn wahnsinnig attraktiv fand.

Nach dem Essen bot er an, sie zurück zum Ritz zu bringen. Jordan setzte sich auf den Rücksitz, Beryl nahm vorne neben Richard auf dem Beifahrersitz Platz. Sie sah ihn immer wieder an, als sie den Boulevard Saint-Germain in Richtung Seine entlangfuhren. Der starke und chaotisch wirkende Verkehr schien ihm nichts auszumachen. An einer roten Ampel drehte er sich zu ihr und sah sie an, und dieser eine Blick im Halbdunkel des Wageninneren ließ ihr Herz Purzelbäume schlagen.

Er wendete seine Aufmerksamkeit wieder der Straße zu. „Es ist noch früh", sagte er. „Willst du wirklich schon zurück ins Hotel?"

„Wie lautet die Alternative?"

„Wir könnten noch etwas spazieren fahren. Oder spazieren gehen. Was du willst. Schließlich sind wir in Paris. Das sollten wir genießen." Seine Hand griff zum Schaltknüppel und streifte dabei ihr Knie. Ein Schauer durchfuhr sie – ein warmer, süßer, erwartungsvoller Schauer.

Er will mich verführen. Er will, dass mir schwindelig wird in Anbetracht sämtlicher Möglichkeiten. Oder ob das vom Wein kommt? Ein kleiner Spaziergang an der frischen Luft könnte nicht schaden.

Sie fragte nach hinten: „Was meinst du, Jordie? Hast du Lust auf einen Spaziergang?" Ein lautes Schnarchen war die Antwort.

Beryl drehte sich um und sah mit Erstaunen, dass ihr Bruder quer über der Rückbank lag. Eine schlaflose Nacht und zwei Gläser Wein zum Abendessen hatten ihre Wirkung nicht verfehlt. „Ich schätze, das heißt Nein", sagte sie lachend.

„Dann eben nur wir beide?"

Diese vorsichtig geäußerte Einladung ließ sie wieder sanft erschauern. Schließlich, dachte sie, war sie in Paris …

„Ein paar Schritte gern", sagte sie zustimmend. „Aber es ist besser, wenn wir Jordan vorher ins Bett bringen."

„Zu Ihren Diensten", erwiderte Richard bereitwillig. „Erster Halt, das Ritz."

Jordan schnarchte den ganzen Weg zum Hotel.

Sie spazierten durch die Tuilerien, auf einem geschotterten Pfad zwischen den streng angelegten Gärten und an Statuen vorbei, die im Licht der Straßenlaternen geisterhaft weiß schimmerten.

„Da sind wir wieder", sagte Richard, „bei einem Gartenspaziergang. Es wäre doch schön, wenn wir einen Irrgarten fänden, in dessen Mitte eine kleine steinerne Bank steht."

„Warum?", fragte sie lächelnd. „Hoffst du auf eine Wiederholung?"

„Mit einem etwas anderen Ende. Weißt du eigentlich, dass ich fünf Minuten brauchte, bis ich den Weg aus dem Irrgarten heraus gefunden hatte?"

„Ich weiß." Sie lachte. „Ich stand an der Haustür und habe die Minuten gezählt. Aber fünf Minuten, das ist gar nicht so schlecht. Obwohl andere Männer schneller waren."

„Ach so, das ist deine Methode, einen Mann zu testen? Du als das Stück Käse, das im Irrgarten als Köder ausliegt …"

„Und du die Maus."

Dann lachten sie beide, und ihre Stimmen hallten durch die Nacht.

„Und war meine Leistung … annehmbar?", fragte er.

„Durchschnitt."

Er machte einen Schritt auf sie zu, sein Lächeln schimmerte in der Dunkelheit. „Nicht besser als Durchschnitt?"

„Na gut, du hast recht. Immerhin war es dunkel."

„Das stimmt." Er kam noch näher, sodass sie ihren Kopf heben musste, wenn sie ihn ansehen wollte. Fast spürte sie die Hitze seines Körpers. „Sehr dunkel", flüsterte er.

„Vielleicht warst du ja auch ein wenig durcheinander?"

„Sehr sogar."

„Das *war* aber auch ein gemeiner Trick von mir …"

„Dafür sollte ich dich bestrafen."

Er streckte die Hände aus und berührte ihr Gesicht. Der Geschmack seiner Lippen schickte einen erregenden Schauer durch ihren Körper. Wenn das meine Strafe ist, dachte sie, begehe ich dasselbe Verbrechen wieder ... Seine Finger glitten durch ihr Haar und verfingen sich darin, je inniger er sie küsste. Ihre Knie wurden weich, aber es war ihr egal. Sie hörte ihn lustvoll stöhnen, und ihr war klar, dass diese Küsse gefährlich waren, für sie und für ihn. Doch auch das war ihr egal – sie war zu allem bereit.

Und dann hielt er ganz plötzlich inne.

Gerade hatte er sie noch geküsst, jetzt erstarrten seine Hände auf ihrem Gesicht. Aber er löste sich nicht von ihr. Sie spürte, dass sich sein Körper anspannte, und er hielt sie fest im Arm. Seine Lippen glitten zu ihrem Ohr.

„Geh los", flüsterte er. „Richtung Concorde."

„Was?"

„Beweg dich. Aber ganz normal. Ich nehme dich an der Hand."

Sie sah ihm ins Gesicht und bemerkte, dass er irgendetwas wahrgenommen hatte. Sie schluckte die Fragen herunter, die sie gern gestellt hätte, und ließ sich von ihm an die Hand nehmen. Sie drehten sich um und schlenderten gemächlich in Richtung Place de la Concorde. Er machte keinerlei Anstalten, ihr etwas zu erklären, aber daran, wie er ihre Hand umklammerte, spürte sie, dass etwas nicht in Ordnung war, dass das kein Spiel war. Sie spazierten wie ein ganz normales Liebespaar durch die Gärten, vorbei an den dunklen Blumenbeeten und den geisterhaft anmutenden Statuen. Beryl nahm nach und nach die Geräusche um sie herum wahr: den entfernten Verkehrslärm, den Wind in den Bäumen, ihre Schritte auf dem Schotterweg ...

Und die Schritte von jemand anderem, irgendwo hinter ihnen.

Nervös drückte sie seine Hand. Er erwiderte ihren Händedruck, und sofort verschwand ihre Angst. Ich kenne diesen Mann erst einen Tag, dachte sie, und trotzdem habe ich das Gefühl, dass ich mich auf ihn verlassen kann.

Richard beschleunigte den Schritt unmerklich. Der Fremde folgte ihnen noch immer. Sie hielten sich rechts und durchquerten den Park in Richtung Rue de Rivoli. Der Verkehrslärm wurde lauter und übertönte die Schritte ihres Verfolgers. Jetzt wurde es am gefährlichsten – sie verließen gleich die Dunkelheit des Parks, und ihr Verfolger musste handeln. Schon drang der helle Lichtschein von der Straße zu ihnen herüber. Wenn wir losrennen, schaffen wir es, überlegte sie. Wir rennen unter den

Bäumen her, und dann sind wir in Sicherheit, wieder unter Menschen. Sie machte sich bereit, loszusprinten, und wartete auf Richards Kommando.

Doch er machte keine plötzlichen Bewegungen. Auch ihr Verfolger nicht. Hand in Hand schlenderten sie und Richard scheinbar unbeschwert ins gleißende Licht der Rue de Rivoli.

Erst als sie in der Menge der Passanten untertauchten, normalisierte sich Beryls Puls wieder. Hier droht keine Gefahr mehr, versuchte sie sich zu beruhigen. Keiner würde es wagen, sie mitten auf einer belebten Straße anzugreifen.

Dann sah sie Richard an und bemerkte, dass seine Anspannung keineswegs gewichen war.

Sie überquerten die Straße und gingen bis zur nächsten Straßenecke.

„Bleib mal stehen", sagte er. „Schau dir eine Weile das Schaufenster an."

Sie blieben vor einem Schokoladengeschäft stehen. Durch die Scheibe sahen sie eine verführerische Auswahl an Konfekt: Himbeertörtchen, Trüffel und türkischer Honig, alles gebettet in ein Nest von Zuckerwatte. In dem Geschäft stand eine junge Frau an einem Bottich mit geschmolzener Schokolade, in den sie frische Erdbeeren tunkte.

„Worauf warten wir?", flüsterte Beryl.

„Mal sehen, was passiert."

Sie starrte ins Schaufenster, in dem sich die vorbeigehenden Passanten spiegelten. Ein Paar, Hand in Hand. Drei Studenten mit Rucksäcken. Eine Familie mit vier Kindern.

„Wir gehen weiter", entschied Richard nach einiger Zeit.

Sie schlenderten gemütlich die Rue de Rivoli in westlicher Richtung entlang. Sie erschrak, als er sie plötzlich nach rechts in eine Seitenstraße zog.

„Lauf los!", rief er.

Und plötzlich rannten sie. Sie bogen noch einmal scharf rechts ab und duckten sich unter einen Bogen. Im Schatten eines Hauseingangs zog er sie so nahe an sich, dass sie seinen Herzschlag an ihrer Brust und seinen Atem auf ihrer Stirn fühlte. Sie warteten.

Wenige Sekunden danach hörten sie Schritte. Die Schritte kamen näher, wurden langsamer. Plötzlich war nichts mehr zu hören. Starr vor Angst drückte sich Beryl fester gegen Richard und sah einen Schatten am Hauseingang vorbeigleiten. Die Schritte entfernten sich auf der Straße und verschwanden schließlich.

Richard schaute kurz die Straße hinunter, dann drückte er Beryls Hand. „Alles klar", flüsterte er. „Lass uns verschwinden."

Sie bogen auf die Castiglione und hörten erst auf zu rennen, als sie das Hotel erreicht hatten. Als sie sicher in ihrer Suite angekommen waren und Richard die Tür abgeschlossen hatte, fand sie wieder Worte.

„Was war das denn?", wollte sie wissen.

Er schüttelte den Kopf. „Ich weiß es auch nicht."

„Glaubst du, jemand wollte uns ausrauben?" Sie ging in Richtung Telefon. „Ich sollte vielleicht besser die Polizei rufen."

„Es ging ihm nicht um unser Geld."

„Was?" Sie sah ihn überrascht an.

„Denk doch mal nach. Er folgte uns selbst über die Rue de Rivoli, die voller Menschen war. Jeder normale Dieb hätte aufgegeben und wäre in den Park zurückgegangen. Aber er nicht. Er blieb an uns dran."

„Ich habe ihn nicht mal gesehen! Woher weißt du denn, dass …"

„Ein Mann mittleren Alters, klein und stämmig. Ein Typ, an den man sich nicht erinnert."

Sie starrte ihn an, und ihre Aufregung wurde wieder stärker. „Was sagst du da, Richard? Wir beide wurden gezielt verfolgt?"

„Ja."

„Aber wieso sollte dich jemand verfolgen?"

„Dasselbe könnte ich dich fragen."

„Ich bin doch völlig uninteressant."

„Vielleicht hat es damit zu tun, warum du nach Paris gekommen bist."

„Das ist doch lediglich eine Familienangelegenheit."

„Offensichtlich nicht. Immerhin wirst du von fremden Männern durch die Stadt verfolgt."

„Woher willst du wissen, dass nicht du verfolgt wurdest? Du arbeitest schließlich für den CIA!"

„Falsch. Ich arbeite für mich selbst."

„Das kannst du mir nicht erzählen! Ich bin praktisch im MI 6 groß geworden. Ich rieche euch Geheimdienstler kilometerweit!"

„Ach ja?" Er zog die Augenbrauen hoch. „Und der Geruch hat dich nicht abgeschreckt?"

„Das wäre vielleicht besser gewesen."

Er lief jetzt durchs Zimmer, rastlos wie ein Tier, schloss die Fenster, zog die Vorhänge zu. „Da ich deiner geschulten Nase offensichtlich nichts vormachen kann, kann ich es auch zugeben. Mein Job ist etwas weiter gefasst, als ich dir gegenüber eingeräumt habe."

„Na so was."

„Trotzdem glaube ich, dass der Mann *dich* verfolgt hat."

„Und aus welchem Grund, bitte?"

„Weil du in einem Minenfeld stocherst. Du verstehst das nicht, Beryl. Wenn deine Eltern umgebracht wurden, ging es dabei um mehr als nur um einen Sexskandal."

„Moment mal." Sie ging auf ihn zu und sah ihn unverwandt an. „Was weißt du darüber?"

„Ich wusste, dass du nach Paris kommst."

„Wer hat dir das gesagt?"

„Claude Daumier. Er rief mich in London an und sagte, dass Hugh sich Sorgen macht. Dass jemand auf dich und Jordan aufpassen soll."

„Du bist also unser Kindermädchen?"

Er lachte. „So kann man's auch sagen."

„Und was weißt du über meine Eltern?"

An seinem Zögern merkte sie, dass er seine Antwort sorgfältig abwog. Sie erwartete, dass er sie gleich anlügen würde.

Stattdessen überraschte er sie mit der Wahrheit. „Ich kannte sie beide", gestand er. „Ich war hier in Paris, als es passierte."

Diese Enthüllung erstaunte sie. Sie zweifelte keinen Moment lang daran, dass er ihr die Wahrheit gesagt hatte – warum sollte er diese Geschichte erfinden?

„Es war mein erster Auslandseinsatz", sagte er. „Ich dachte, dass ich mit Paris echt das große Los gezogen hätte. Denn die meisten Anfänger landen irgendwo im Nirgendwo. Aber ich kam nach Paris. Und hier traf ich Madeline und Bernard." Er sank müde in einen Sessel. „Es ist erstaunlich", sagte er und studierte Beryls Gesicht, „wie sehr du ihr ähnelst. Dieselben grünen Augen, dasselbe schwarze Haar. Allerdings hatte sie es meist zu einem losen

Knoten gebunden. Doch immer rutschten ein paar Strähnen raus und fielen ihr dann in den Nacken …" Die Erinnerung ließ ihn lächeln. „Bernard war verrückt nach ihr – so wie jeder Mann, der sie kennenlernte."

„Du auch?"

„Ich war damals erst zweiundzwanzig. Sie war die faszinierendste Frau, die ich je getroffen hatte." Ihre Blicke trafen sich. Leise fügte er hinzu: „Aber da kannte ich ihre Tochter noch nicht."

Sie sahen sich an, und Beryl fühlte sich wieder stark zu ihm hingezogen, zu diesem Mann, dessen Küsse sie schwindelig machten, dessen Berührung einen Stein schmelzen lassen konnte. Zu diesem Mann, der am Anfang nicht ehrlich zu ihr gewesen war.

Ich habe keine Lust mehr auf Geheimnisse, will keine Halbwahrheiten und Wahrheiten mehr auseinanderklamüsern. Und bei diesem Mann weiß man nie, was was ist.

Sie ging unvermittelt zur Tür. „Wenn wir nicht ehrlich zueinander sein können", sagte sie, „brauchen wir gar nicht zusammen zu sein. Wir sollten Gute Nacht sagen und Auf Wiedersehen."

„Das glaube ich nicht."

Sie drehte sich um und sah ihn missbilligend an. „Wie bitte?"

„Ich will mich nicht verabschieden. Erst recht nicht, seit ich weiß, dass du verfolgt wirst."

„Es geht dir also nur um meine Unversehrtheit?"

„Wäre das so schlimm?"

Sie lächelte ihn kühl an. „Ich kann sehr gut selbst auf mich aufpassen."

„Du bist hier in einer fremden Stadt. Hier können Dinge geschehen …"

„Ich bin nicht gerade allein hier." Sie ging quer durchs Zimmer und blieb vor der Verbindungstür zu Jordans Zimmer stehen. Sie riss sie auf und rief: „Wach auf, Jordie! Ich brauche deine brüderliche Hilfe!"

Aus seinem Bett kam keine Reaktion.

„Jordie?", sagte sie.

„Dein Bodyguard ist ja voll auf Zack", spottete Richard.

Verärgert schaltete Beryl das Licht ein. Von der plötzlichen Helligkeit geblendet, sah sie erstaunt auf Jordans Bett.

Es war leer.

4. KAPITEL

*D*iese Frau sieht mich schon wieder so an. Jordan schüttete etwas Zucker in seinen Cappuccino, rührte um und schaute zu der blonden Frau hinüber, die drei Tische weiter saß. Sofort wandte sie den Blick ab. Sie war eigentlich ganz attraktiv, dachte er. Mitte zwanzig, gute Figur, durchtrainiert, knackig. Ihr Haar war kurz geschnitten, ein paar Strähnchen fielen ihr in die Stirn. Sie trug einen schwarzen Pullover, einen schwarzen Rock und eine schwarze Strumpfhose. Mode oder Tarnung? Er blickte nach draußen auf die abendlichen Spaziergänger, die die Straße entlangflanierten. Aus dem Augenwinkel bemerkte er, dass die Frau ihn schon wieder anstarrte. Normalerweise würde er sich geschmeichelt fühlen, wenn ihn eine Frau so intensiv ansähe. Aber irgendwas stimmte mit dieser Dame nicht, das spürte er. Konnte man heutzutage nicht mal als Mann allein durch Paris streifen, ohne gleich von gierigen Frauen verfolgt zu werden?

Bisher war alles gut gelaufen. Nachdem Beryl und Richard weggegangen waren, hatte er das Hotelzimmer auf der Suche nach einer netten Kneipe verlassen. Er spazierte über den Place Vendôme, schaute in der Olympia Music Hall vorbei, nahm einen Mitternachtssnack im Café de la Paix – das war doch ein guter erster Abend in Paris!

Aber vielleicht sollte er langsam zu Bett gehen.

Er trank seinen Cappuccino aus, bezahlte und ging in Richtung Rue de la Paix. Nach einem halben Block bemerkte er, dass die Frau in Schwarz ihm folgte.

Er war vor einem Schaufenster stehen geblieben und sah sich Herrenanzüge an, als sich im Schaufenster ein blonder Haarschopf spiegelte. Er drehte sich um und sah sie auf der anderen Straßenseite. Auch sie betrachtete höchst interessiert eine Schaufensterauslage – die eines Wäschegeschäfts, wie er feststellte. Nach ihrem gesamten Outfit zu schließen, trug sie wahrscheinlich auch schwarze Unterwäsche.

Jordan setzte seinen Weg fort.

Auf der anderen Straßenseite folgte ihm die Frau.

Wie blöd, dachte er. Wenn sie flirten will, soll sie herkommen

61

und mich ansprechen. Mit einer direkten Anmache könnte er umgehen. So was war ehrlich, und ehrliche Frauen mochte er. Aber dieses Versteckspiel nervte ihn.

Er ging einen halben Block weiter. Sie auch.

Er blieb stehen und tat so, als würde erneut ein Schaufenster seine volle Aufmerksamkeit auf sich ziehen. Sie tat es ihm gleich. Das ist doch lächerlich, befand er. Ich habe jetzt von diesem Quatsch die Nase voll.

Er ging über die Straße und direkt auf sie zu.

„Mademoiselle?", sagte er.

Sie drehte sich um und sah ihn überrascht an. Offensichtlich hatte sie damit nicht gerechnet.

„Mademoiselle", wiederholte er. „Darf ich fragen, warum Sie mir folgen?"

Sie öffnete den Mund, schloss ihn wieder und starrte ihn mit ihren großen grauen Augen an. Mit ziemlich hübschen Augen, wie er fand.

„Vielleicht verstehen Sie mich nicht? *Parlez-vous anglais?*"

„Ja", murmelte sie. „Ich spreche Englisch."

„Dann können Sie mir sicher verraten, warum Sie mich verfolgen."

„Ich verfolge Sie nicht."

„Doch, das tun Sie."

„Das stimmt nicht!" Sie blickte die Straße rauf und runter. „Ich gehe spazieren. So wie Sie."

„Sie folgen mir auf Schritt und Tritt. Sie bleiben stehen, wenn ich stehen bleibe, und Sie beobachten mich."

„Das ist ja absurd!" Wütend funkelte sie ihn an. Gespielt oder echt? Er war sich nicht sicher. „Ich habe nicht das geringste Interesse an Ihnen, Monsieur! Das bilden Sie sich ein!"

„Ach ja?"

Statt einer Antwort drehte sie sich um und stolzierte die Rue de la Paix hinunter.

„Das glaube ich nicht!", rief er ihr hinterher.

„Ihr Engländer seid alle gleich!", schimpfte sie ihn über die Schulter an.

Jordan sah ihr nach, als sie davonstürmte, und fragte sich, ob er vielleicht wirklich falsche Schlüsse gezogen hatte. Wenn ja, hatte er sich gerade zum Idioten gemacht! Die Frau bog um eine Ecke und verschwand, und er empfand einen kurzen Moment lang Bedauern. Immerhin war sie recht attraktiv gewesen. Große graue Augen, unglaublich schöne Beine.

Aber was soll's.

Er drehte sich um und setzte seinen Weg zum Hotel fort. Als er die Lobby des Ritz betreten wollte, brachte ihn eine Art siebter Sinn dazu, stehen zu bleiben und sich umzudrehen. In einem Hauseingang bemerkte er eine schnelle Bewegung, und er erhaschte einen Blick auf blonde Haare, die gerade im Dunkel verschwanden.

Sie folgte ihm also immer noch.

Daumier nahm nach dem fünften Klingeln den Hörer ab. „Hallo?"

„Claude, ich bin's", sagte Richard. „Lässt du uns verfolgen?"

Eine kleine Pause, dann antwortete Daumier: „Eine reine Vorsichtsmaßnahme, mein Freund. Sonst nichts."

„Zu unserem Schutz oder zu unserer Beobachtung?"

„Natürlich zu eurem Schutz! Ein Gefallen für Hugh …"

„Na super! Wir haben uns zu Tode erschreckt! Du hättest mir wenigstens Bescheid sagen können." Richard sah Beryl an, die nervös im Zimmer auf und ab lief. Sie würde es nicht zugeben, aber sie hatte Angst, und sie war froh, dass er trotz all ihrer Versuche, ihn rauszuschmeißen, geblieben war. „Noch was", fuhr er, zu Daumier gewandt, fort. „Jordan ist uns abhandengekommen."

„Abhandengekommen?"

„Er ist nicht in seinem Zimmer. Wir ließen ihn vor ein paar Stunden hier zurück, seitdem ist er verschwunden."

Einen Moment war es still. „Das ist bedenklich", befand Daumier.

„Wissen deine Leute, wo er ist?"

„Meine Agentin hat sich noch nicht gemeldet. Ich denke, dass sie sich …"

„*Sie?*", unterbrach ihn Richard.

„Nicht gerade unsere erfahrenste Frau, wie ich zugeben muss, aber doch effektiv."

„Uns hat heute Abend ein Mann verfolgt."

Daumier lachte. „Richard, ich bin enttäuscht von dir! Ich hätte dir zugetraut, dass du diesen Unterschied kennst!"

„Ich kenne den Unterschied, verdammt noch mal!"

„Bei Colette gibt es eigentlich auch kein Vertun. Sie ist sechsundzwanzig, ziemlich hübsch, blonde Haare."

„Es war ein Mann, Claude."

„Hast du sein Gesicht gesehen?"

„Nicht deutlich. Aber er war klein und stämmig."

„Colette ist eins siebzig groß und sehr schlank."

„Sie war es nicht."

Daumier schwieg ein paar Sekunden. „Das ist merkwürdig", erwiderte er dann. „Wenn es keiner von uns war ..."

Plötzlich sprintete Richard zur Tür. Es hatte geklopft. Beryl stand wie versteinert da. Verängstigt schaute sie ihn an.

„Ich ruf dich wieder an, Claude", flüsterte Richard ins Telefon. Leise legte er auf.

Es klopfte wieder, diesmal etwas lauter.

„Los", sagte er, „frag, wer da ist."

Mit zitternder Stimme rief sie: „Wer ist da?"

„Bist du angezogen?", ertönte die Antwort. „Oder soll ich morgen früh wiederkommen?"

„Jordan!", rief Beryl erleichtert. Sie rannte zur Tür und öffnete. „Wo warst du?"

Ihr Bruder schlenderte herein, sein blondes Haar war vom Nachtwind zersaust. Er sah Richard und blieb stehen. „Entschuldigung. Wenn ich bei irgendwas störe ..."

„Du störst nicht!", fuhr Beryl dazwischen. Sie schloss die Tür ab und sah ihren Bruder an. „Wir waren ganz krank vor Sorge."

„Ich war nur spazieren!"

„Du hättest mir einen Zettel schreiben können!"

„Warum? Ich war nur um die Ecke." Jordan ließ sich in einen Sessel fallen. „Ich hatte einen recht netten Abend, jedenfalls bis ich bemerkte, dass mich eine Frau verfolgte."

Richard sah ihn überrascht an. „Eine Frau?"

„Sah ziemlich gut aus. Aber leider nicht wirklich mein Typ. Ein bisschen zu vampirmäßig für meinen Geschmack."

„War sie blond?", fragte Richard. „Ungefähr eins siebzig? Mitte zwanzig?"

Jordan schüttelte verwundert und mit großen Augen den Kopf.

„Und gleich sagen Sie mir ihren Namen.“

„Colette.“

„Ist das ein neuer Trick, Richard?“, fragte Jordan lachend. „Oder außersinnliche Wahrnehmung?“

„Sie ist Agentin beim französischen Geheimdienst“, erklärte Richard. „Schutzüberwachung, das ist alles.“

Beryl seufzte erleichtert. „Ach, deshalb werden wir verfolgt. Und ich war schon halb wahnsinnig vor Angst.“

„Das ist auch durchaus angemessen“, erwiderte Richard. „Der Mann, der uns verfolgt hat, arbeitet nämlich nicht für Daumier.“

„Aber du sagtest doch gerade …“

„Daumier hat heute Abend nur einen Agenten auf uns angesetzt. Diese Colette. Offensichtlich hat sie Jordan beschattet.“

„Und wer hat uns dann verfolgt?“, wollte Beryl wissen.

„Ich habe keine Ahnung.“

Schweigen. Dann fragte Jordan gereizt: „Habe ich was verpasst? Warum werden wir jetzt alle verfolgt? Und was hat Richard damit zu tun?“

„Richard“, sagte Beryl verkrampft, „war nicht ganz ehrlich mit uns.“

„In Bezug auf was?“

„Er vergaß zu erwähnen, dass er 1973 hier in Paris war. Er kannte Mum und Dad.“

Jordan sah Richard an. „Und deshalb sind Sie jetzt hier?“, fragte er leise. „Um uns davon abzuhalten, die Wahrheit zu erfahren?“

„Nein“, sagte Richard. „Ich bin hier, um dafür zu sorgen, dass die Wahrheit Sie beide nicht das Leben kostet.“

„Ist die Wahrheit denn so gefährlich?“

„Offensichtlich ist jemand so besorgt, dass er Sie beide verfolgen lässt.“

„Dann glauben Sie auch nicht, dass es Mord und Selbstmord war?“, erkundigte sich Jordan.

„Wenn es so einfach wäre – wenn Bernard einfach Madeline erschossen und sich dann selbst das Leben genommen hätte –, würde das nach so vielen Jahren keinen mehr interessieren. Aber offenbar interessiert es doch jemanden. Und er – oder sie – beobachtet jeden Ihrer Schritte.“

Beryl war außergewöhnlich schweigsam. Sie setzte sich aufs

Bett. Das hochgesteckte Haar begann sich zu lösen, und die ersten seidigen Strähnen fielen ihr in den Nacken. Einmal mehr wurde sich Richard ihrer Ähnlichkeit mit Madeline bewusst. Die Frisur und dieses Seidenkleid. Jetzt erkannte er das Kleid – es gehörte tatsächlich ihrer Mutter.

Er beschloss, ihnen die Wahrheit zu sagen. „Ich habe es nie geglaubt", sagte er. „Keine Sekunde lang habe ich geglaubt, dass Bernard sie erschossen hat."

Langsam schaute Beryl zu ihm hinüber. Die Vorsicht und das Misstrauen in ihrem Blick erweckten in ihm den Wunsch, ihr Vertrauen zu erlangen. Doch so weit war sie noch nicht, dass sie ihm vertrauen würde. Vielleicht würde sie nie so weit sein.

„Wenn er sie nicht erschossen hat", fragte sie, „wer war es dann?"

Richard ging auf sie zu. Sanft streichelte er ihr Gesicht. „Ich weiß es nicht", sagte er. „Aber ich werde dir helfen, es herauszufinden."

Nachdem Richard gegangen war, wandte sich Beryl ihrem Bruder zu. „Ich traue ihm nicht", sagte sie. „Er hat uns zu oft angelogen."

„Er hat uns nicht wirklich angelogen", stellte Jordan fest. „Er hat nur ein paar Tatsachen verschwiegen."

„Oh, natürlich. Zufälligerweise hat er uns verschwiegen, dass er Mum und Dad kannte. Und dass er in Paris war, als sie starben. Jordie, er könnte es selbst gewesen sein!"

„Er scheint ziemlich gut mit Daumier befreundet zu sein."

„Ja und?"

„Onkel Hugh vertraut Daumier."

„Und das heißt, dass wir Richard Wolf trauen müssen?" Sie schüttelte den Kopf und lachte. „Du bist wohl doch etwas erschöpfter, als du denkst."

„Und du bist wohl doch verknallter, als du denkst", konterte er. Gähnend machte er sich auf den Weg in sein eigenes Zimmer.

„Was soll denn das heißen?", wollte sie wissen.

„Nur, dass deine Gefühle für diesen Mann offensichtlich immer stärker werden. Oder warum kämpfst du die ganze Zeit gegen ihn an?"

Sie folgte ihm, unaufgeregt tuend, zur Verbindungstür. „Immer stärker werden?", fragte sie ungläubig.

„Siehst du?" Er schnaufte ein paar Mal laut und grinste. „Träum süß, Schwesterlein. Schön, dass du wieder mit im Spiel bist." Dann schloss er die Tür.

Als Richard in Daumiers Wohnung ankam, war der Franzose noch wach, aber er trug schon seinen Morgenmantel und Pantoffeln. Die neuesten Erkenntnisse über den Anschlag auf das Haus der St. Pierres lagen auf dem Küchentisch, daneben standen ein Teller mit Würstchen und ein Glas Milch. Auch vierzig Jahre beim französischen Geheimdienst hatten nichts an seiner Gewohnheit geändert, in der Nähe des Kühlschranks zu arbeiten.

Daumier zeigte auf die Papiere: „Mir ist das ein Rätsel. Eine Semtex-Bombe explodierte unter dem Bett. Die Zeitschaltuhr war auf 21 Uhr 10 eingestellt – zu der Zeit läuft Marie St. Pierres Lieblingssendung im Fernsehen. Man hat den Eindruck, es war ein Insider am Werk. Nur hat er einen Fehler gemacht – Philippe war in England." Er sah Richard an. „Das ist doch ein unmöglicher Patzer."

„Terroristen sind normalerweise schlauer", pflichtete Richard ihm bei. „Vielleicht war es als Warnung gemeint. Ein subtiler kleiner Hinweis. So was wie ‚Wir kriegen dich, wenn wir wollen.'"

„Mir liegt immer noch keine Information zu dieser Liga der ‚Kosmischen Solidarität' vor." Müde fuhr sich Daumier mit den Fingern durchs Haar. „Die Untersuchung hat bislang zu keinem Ergebnis geführt."

„Dann kannst du dich vielleicht kurz meinem kleinen Problem zuwenden."

„Deinem Problem? Ach ja, die Tavistocks." Daumier lehnte sich zurück und sah ihn an. „Man hört, du kommst sehr gut mit Hughs Nichte zurecht?"

„Heute Abend hat uns jemand verfolgt", sagte Richard, „der nicht deine Agentin Colette war. Kannst du herausfinden, wer es war?"

„Dazu brauche ich Anhaltspunkte", erwiderte Daumier. „Ein Mann mittleren Alters, klein und stämmig – das sagt mir nichts. Jeder könnte ihn engagiert haben."

„Es muss jemand gewesen sein, der weiß, dass sie in Paris sind."

„Hugh hat die Vanes darüber informiert. Vielleicht haben sie es ja jemandem erzählt. Wer war sonst noch in Chetwynd?"

Richard vergegenwärtigte sich den Abend des Empfangs und Reggies Indiskretion. Dieser verdammte Reggie Vane und seine Schwäche für Alkohol. Er war an allem schuld. Ein paar Gläser Champagner zu viel, und schon löste sich seine Zunge. Trotzdem konnte er Reggie gut leiden. Eigentlich war er harmlos; und mit Sicherheit hatte er Beryl nicht verletzen wollen. Fast könnte man sagen, dass er väterliche Gefühle für sie hatte.

Richard sagte: „Die Vanes hätten es allen möglichen Leuten erzählen können. Philippe St. Pierre. Nina und Anthony Sutherland. Wer weiß, wem."

„Also sprechen wir von einer unbekannten Anzahl", seufzte Daumier.

„Die Liste ist nicht gerade kurz", musste Richard zugeben.

„Ist diese ganze Aktion wirklich eine gute Idee, Richard?", fragte Daumier. „Immerhin hat man damals verhindert, dass wir die Wahrheit erfahren. Falls du dich erinnerst."

Natürlich erinnerte er sich. Er hatte sich damals über die Weisung aus Washington gewundert: „Untersuchung beenden." Eine ähnliche Order hatte auch Claude von seinem Chef beim französischen Geheimdienst erhalten. Und so war die Suche nach Delphi und dem Leck bei der NATO unvermittelt eingestellt worden. Ohne Erklärung, ohne Begründung. Richard hatte natürlich seine Vermutungen. Man hatte Washington offensichtlich über die Wahrheit informiert, und dort hatte man Angst vor den Konsequenzen.

Als einen Monat später der amerikanische Botschafter Stephen Sutherland von einer Pariser Brücke in den Tod sprang, fühlte Richard seine Vermutungen bestätigt. Sutherland war ein politischer Gesandter; hätte man ihn als Spion entlarvt, wäre das eine Schande für den Präsidenten persönlich gewesen.

Und so wurde die Sache mit dem Maulwurf nie offiziell aufgeklärt.

Stattdessen wurde Bernard Tavistock nach seinem Tod als Delphi geoutet. Wie gut muss es manchen Leuten in den Kram gepasst haben, ihn als den Schuldigen zu präsentieren, dachte Richard. Warum sollte man nicht alles auf einen Toten schieben? Der konnte sich ja nicht mehr gegen die Anschuldigungen wehren.

Und jetzt, zwanzig Jahre später, jagt mich dieses Delphi-Gespenst wieder.

Mit neuer Entschlossenheit erhob sich Richard aus dem Stuhl. „Dieses Mal, Claude, finde ich ihn. Und keine Anweisung aus Washington wird mich aufhalten."

„Zwanzig Jahre sind eine lange Zeit. Beweise können verschwunden sein. Und die Politik hat sich geändert."

„Aber eines hat sich nicht geändert – der Schuldige. Was, wenn wir schiefgelegen haben? Wenn Sutherland nicht der Maulwurf war? Dann lebt Delphi vielleicht noch und macht immer weiter."

Und Daumier fügte hinzu: „Und ist äußerst besorgt."

Beryl erwachte am nächsten Morgen davon, dass Richard an ihre Tür klopfte. Sie blinzelte erstaunt, als er ihr eine Papiertüte in die Hand drückte, aus der es köstlich nach frischen Croissants duftete.

„Frühstück", verkündete er. „Du kannst im Wagen essen. Jordan wartet schon unten auf uns."

„Warten? Worauf?"

„Dass du fertig wirst. Beeil dich, wir haben um acht Uhr eine Verabredung."

Verwirrt fuhr sie sich durch die verwuschelten Haare. „Ich wüsste nicht, dass ich eine Verabredung für heute Morgen getroffen habe."

„Nein, das war ich. Und es ist ein echter Glücksfall, dass es geklappt hat, denn der Mann empfängt nicht mehr oft Besucher. Seine Frau gestattet es nicht."

„Wessen Frau?", fragte sie aufgeregt.

„Die Ehefrau von Chefinspektor Broussard. Der Kriminalbeamte, der damals mit dem Mordfall deiner Eltern befasst war." Richard hielt inne. „Du willst ihn doch sprechen, Beryl, oder?"

Das weiß er doch, dachte sie und raffte ihren seidenen Morgenmantel zusammen. Er hat mich überrumpelt. Ich bin kaum wach, und er steht hier und drängt mich zur Eile. Und seit wann war Jordan ein Frühaufsteher? Ihr Bruder schaffte es sonst doch nie vor acht Uhr aus dem Bett.

„Du musst nicht mitkommen", sagte er und wandte sich zum Gehen. „Jordan und ich können …"

„Gib mir zehn Minuten!", rief sie und schloss die Tür hinter ihm.

Nach exakt neun Minuten war sie unten.

Richard fuhr mit der Routine eines Mannes, der sich in Paris auskannte. Sie überquerten die Seine und fuhren auf überfüllten Boulevards in Richtung Süden. Der Verkehr ist so schlimm wie in London, dachte Beryl, als sie das Gewimmel von Bussen und Taxis sah. Zum Glück fährt *er*.

Sie hatte ihr Croissant gegessen und fegte die Krümel von dem Aktenordner, den sie auf dem Schoß hatte. In dem Ordner befand sich der zwanzig Jahre alte Polizeibericht, den Inspektor Broussard damals unterschrieben hatte. Sie fragte sich, an wie viele Details sich der Mann noch erinnern würde. Sicher hatten sich nach dieser langen Zeit in seiner Erinnerung sämtliche Mordfälle vermischt. Aber es bestand immerhin eine geringe Chance, dass er sich an die eine oder andere Einzelheit erinnerte, die in dem Bericht nicht auftauchte.

„Kennst du Broussard?", fragte sie Richard.

„Wir haben uns bei der Untersuchung kennengelernt, als ich von der Polizei vernommen wurde."

„Du wurdest vernommen? Warum?"

„Er sprach mit allen Bekannten deiner Eltern."

„Aber von dir steht nichts in der Akte."

„Von vielen Leuten steht nichts in der Akte."

„Zum Beispiel?"

„Philippe St. Pierre. Botschafter Sutherland."

„Ninas Mann?"

Richard nickte. „Das waren politisch sensible Namen. St. Pierre war im Finanzministerium und ein enger Freund des damaligen Premierministers. Sutherland war der amerikanische Botschafter. Sie waren beide nicht tatverdächtig, also hielt man ihre Namen aus der Akte raus."

„Der brave Inspektor schützte also die Mächtigen?"

„Er war einfach nur diskret."

„Und warum tauchte dein Name nicht auf?"

„Ich spielte keine große Rolle. Ich wurde nur zur Ehe deiner Eltern befragt. Ob sie sich jemals gestritten haben, ob sie unglücklich erschienen, solche Dinge. Ich war nicht besonders wichtig."

Sie griff nach der Akte auf ihrem Schoß. „Dann sag mir", bat sie, „warum du dich jetzt so engagierst?"

„Weil du und Jordan euch eingemischt habt und Claude Daumier mich bat, mich um euch zu kümmern." Er sah sie an und fuhr leise fort: „Und weil ich es eurem Vater schuldig bin. Er war ... ein guter Mann." Sie dachte, er würde noch etwas hinzufügen, aber er drehte sich um und konzentrierte sich wieder auf die Straße.

„Wolf", fragte Jordan, der auf dem Rücksitz saß, „wissen Sie, dass wir verfolgt werden?"

„Was?" Beryl drehte sich um und suchte den Verkehr hinter ihnen ab. „Welches Auto?"

„Der blaue Peugeot, zwei Autos hinter uns."

„Ich sehe ihn", sagte Richard. „Er folgt uns schon seit dem Hotel."

„Du weißt die ganze Zeit, dass wir verfolgt werden?", fragte Beryl. „Warum hast du denn nichts gesagt?"

„Ich habe es mir nur gedacht. Sieh dir mal den Fahrer an, Jordan. Blonde Haare, Sonnenbrille. Definitiv eine Frau."

Jordan lachte. „Ach ja, meine kleine Vampirin. Colette."

Richard nickte. „Sie gehört zu den Guten."

„Wie kannst du da so sicher sein?", fragte Beryl.

„Weil sie eine von Daumiers Agenten ist. Das heißt, sie beschützt uns. Sie ist keine Bedrohung." Richard bog vom Boulevard Raspail ab. Einen Augenblick später entdeckte er einen Parkplatz und fuhr rechts ran. „Sie kann auf unser Auto aufpassen, solange wir drin sind."

Beryl sah sich das große Backsteingebäude auf der gegenüberliegenden Straßenseite an. Über dem Eingangsportal stand *Maison de Convalescence*. „Was ist das?"

„Ein Pflegeheim."

„Und hier lebt Inspektor Broussard?"

„Schon seit etlichen Jahren", antwortete Richard und sah mit einem Blick des Bedauerns an dem Gebäude hoch. „Seit seinem Schlaganfall."

Dem Foto an der Wand konnte man entnehmen, dass Exchefinspektor Broussard früher ein eindrucksvoller Mann gewesen war. Das Bild zeigte einen bulligen Franzosen mit gezwirbeltem

Schnauzbart und einer wahren Löwenmähne, der majestätisch auf den Treppen einer Pariser Polizeistation posierte.

Er hatte wenig Ähnlichkeit mit der eingefallenen Gestalt, die halb gelähmt vor ihnen im Bett lag.

Madame Broussard huschte durch das Zimmer und sprach Englisch mit der präzisen Grammatik einer ehemaligen Englischlehrerin. Sie schüttelte ihrem Mann das Kissen auf, kämmte ihn, wischte ihm die Spucke vom Kinn. „Er erinnert sich an alles", sagte sie. „An jeden Fall, an jeden Namen. Aber er kann nicht sprechen und keinen Stift halten. Und genau das frustriert ihn! Deshalb erlaube ich eigentlich keinen Besuch. Er würde so gern sprechen können, doch er kann die Worte nicht formulieren. Nur manchmal ein paar. Und das macht ihn wütend! Manchmal, wenn Freunde da waren, ist er tagelang wütend." Sie ging ans Kopfende des Bettes, als wollte sie ihn schützen. „Sie stellen ihm nur wenige Fragen, haben Sie verstanden? Wenn er anfängt, sich zu ärgern, müssen Sie sofort gehen."

„Wir verstehen", versicherte Richard. Er zog sich einen Stuhl heran und setzte sich neben das Bett. Beryl und Jordan sahen, wie er die Polizeiakte aufklappte und die Fotos vom Tatort auf die Bettdecke legte, damit Broussard sie sehen konnte. „Ich weiß, dass Sie nicht sprechen können", begann er, „aber sehen Sie sich diese Bilder bitte an. Nicken Sie, wenn Sie sich an den Fall erinnern."

Madame Broussard übersetzte für ihren Mann. Er starrte das erste Foto an, das Madelines und Bernards Leichen zeigte. Sie lagen da wie ein Liebespaar, um sie herum eine Blutlache. Ungeschickt berührte Broussard das Foto, seine Finger ruhten auf Madelines Gesicht. Seine Lippen formten ein Wort.

„Was sagt er?", erkundigte sich Richard.

„*La Belle*. Eine schöne Frau", antwortete Madame Broussard. „Sehen Sie? Er erinnert sich."

Der alte Mann sah sich jetzt die anderen Fotos an, seine linke Hand begann vor Aufregung zu zittern. Er versuchte mit aller Macht zu sprechen, doch heraus kamen nur unverständliche Laute. Madame Broussard beugte sich vor, um ihn zu verstehen. Erstaunt schüttelte sie den Kopf.

„Wir haben den Bericht gelesen", sagte Beryl, „den er vor zwanzig Jahren geschrieben hat. Er kam zu dem Schluss, dass es sich um Mord und Selbstmord handelte. Hat er das wirklich geglaubt?"

Wieder übersetzte Madame Broussard.

Broussard musterte Beryl eindringlich. Er wirkte erstaunt, beinahe so, als würde er sie wiedererkennen.

Seine Frau wiederholte die Frage. Glaubte er, dass es sich um Mord und Selbstmord gehandelt hatte?

Langsam schüttelte Broussard den Kopf.

Jordan fragte: „Versteht er die Frage?"

„Natürlich!", fuhr Madame Broussard ihn an. „Ich sagte Ihnen doch, dass er alles versteht."

Der Mann tippte jetzt auf eines der Fotos, als ob er etwas zeigen wollte. Seine Frau fragte ihn etwas auf Französisch. Daraufhin tippte er noch stärker auf das Bild.

„Versucht er, uns etwas zu zeigen?", fragte Beryl.

„In der Ecke des Fotos", sagte Richard. „Da sieht man einen leeren Flur."

Broussards Körper zitterte, so sehr quälte er sich damit, sich verständlich zu machen. Seine Frau beugte sich wieder zu ihm, um seine Worte zu entschlüsseln. Sie schüttelte den Kopf. „Es ergibt keinen Sinn."

„Was hat er gesagt?", fragte Beryl.

„*Serviette*. Also Serviette oder Handtuch. Ich verstehe das nicht." Sie nahm ein Handtuch vom Waschbecken und hielt es ihrem Mann hin. „*Serviette de toilette?*"

Verärgert schüttelte er den Kopf und schlug das Handtuch weg.

„Ich weiß nicht, was er meint", sagte Madame Broussard seufzend.

„Aber ich vielleicht", warf Richard ein. Er beugte sich zu Broussard hinunter. „*Porte documents?*", fragte er.

Broussard seufzte erleichtert auf und sank ins Kissen zurück. Er nickte erschöpft.

„Das hat er also versucht, zu sagen", sagte Richard. „*Serviette porte documents.* Aktentasche."

„Aktentasche?", wiederholte Beryl. „Glaubst du, er meint die mit der geheimen Akte?"

Richard sah Broussard fragend an. Der Mann war erschöpft, sein Gesicht sah grau aus vor dem weißen Bettzeug.

Madame Broussard sah ihren Mann an und schritt ein. „Keine Fragen mehr, Mr Wolf! Sehen Sie ihn an! Er ist völlig fertig – er kann Ihnen nichts mehr sagen. Bitte gehen Sie jetzt!"

Sie scheuchte sie eiligst aus dem Zimmer und hinaus auf den Flur. Eine Nonne mit einem Tablett voller Medikamente ging an ihnen vorbei. Am Ende des Flurs sang eine Frau im Rollstuhl sich selbst französische Schlaflieder vor.

„Madame Broussard", sagte Beryl. „Wir haben noch mehr Fragen, aber für Ihren Mann ist das zu anstrengend. In dem Bericht ist noch von einem anderen Polizeibeamten die Rede – einem gewissen Etienne Giguere. Wie können wir ihn erreichen?"

„Etienne?" Madame Broussard sah sie überrascht an. „Wissen Sie es denn nicht?"

„Was denn?"

„Er starb vor neunzehn Jahren. Er wurde von einem Auto überfahren, als er über die Straße ging." Sie schüttelte traurig den Kopf. „Der Fahrer wurde nie ausfindig gemacht."

Beryl sah Jordans erstaunten Blick; sie sah in seinen Augen dasselbe Unbehagen, das sie auch verspürte.

„Noch eine letzte Frage", sagte Jordan. „Wann hatte Ihr Mann den Schlaganfall?"

„1974."

„Also auch vor neunzehn Jahren."

Madame Broussard nickte. „Für die Abteilung war es eine Katastrophe. Erst der Schlaganfall meines Mannes, und drei Monate später kommt Etienne ums Leben." Seufzend wandte sie sich wieder in Richtung Zimmer. „Aber so ist das Leben, nicht wahr? Man kann ja nichts dagegen machen."

Als sie wieder draußen waren, standen sie einen Moment stumm in der Sonne und versuchten, die deprimierende Stimmung wieder abzuschütteln.

„Fahrerflucht?", begann Jordan. „Man hat den Fahrer nie ausfindig gemacht? Irgendwie kommt mir das komisch vor."

Beryl sah am Eingangsportal hoch. „*Maison de Convalescence*", murmelte sie sarkastisch. „Hier kann man doch nicht gesund werden. Hier stirbt man eher." Sie bekam eine Gänsehaut und ging zum Auto. „Bitte lasst uns fahren."

Sie fuhren in Richtung Norden, zur Seine. Wieder folgte ihnen der blaue Peugeot, doch diesmal nahm keiner von ihnen Notiz von ihm; die französische Agentin war schon ein Teil ihres Lebens geworden – fast sogar ein beruhigender.

Plötzlich sagte Jordan: „Halten Sie an, Wolf. Lassen Sie mich am Boulevard Saint-Germain raus. Das heißt, hier wäre es noch besser."

Richard fuhr rechts ran. „Warum hier?"

„Wir sind gerade an einem Café vorbeigefahren …"

„Oh Jordan", stöhnte Beryl. „Du hast nicht schon wieder Hunger?"

„Ich treffe euch im Hotel", verabschiedete sich Jordan und stieg aus. „Außer, ihr beide wollt mitkommen?"

„Und dir beim Essen zusehen? Nein danke, ich passe."

Jordan knuffte seine Schwester freundschaftlich und warf die Autotür zu. „Ich nehme ein Taxi zurück. Bis später!" Winkend drehte er sich um und ging den Boulevard hinunter, seine blonden Haare glänzten in der Sonne.

„Zurück zum Hotel?", fragte Richard sanft.

Sie sah ihn an und dachte: Ich muss mich die ganze Zeit beherrschen, um ihm widerstehen zu können. Ich sehe ihm in die Augen und sehne mich sofort danach, in seinen Armen zu liegen. Wie leicht wäre es, ihm zu glauben. Und genau das ist die Gefahr.

„Nein", sagte sie und schaute nach vorn. „Noch nicht."

„Wohin dann?"

„Pigalle. Rue Myrha."

Er zögerte. „Bist du sicher, dass du dahin willst?"

Sie nickte und sah die Akte auf ihrem Schoß an. „Ich will sehen, wo sie gestorben sind."

Café Hugo. Ja, das war es, dachte Jordan und sah sich draußen zwischen den gut besetzten Tischen um. Karierte Tischdecken, ein Heer von Kellnern, die Espresso und Cappuccino servieren. Vor genau zwanzig Jahren war Bernard in diesem Café gewesen und hatte Kaffee getrunken. Dann hatte er bezahlt und war gegangen, um in einem Haus am Pigalle ermordet zu werden. Das wusste Jordan aus der Zeugenaussage des Kellners, den die Polizei damals verhört hatte. Doch das war verdammt lange her, dachte Jordan. Den Kellner gab es hier wahrscheinlich längst nicht mehr. Aber man konnte es ja mal versuchen.

Zu seiner Überraschung stellte er fest, dass Mario Cassini noch immer als Kellner angestellt war. Er war jetzt Mitte vierzig, hatte grau melierte Haare und lustige Lachfältchen. Mario nickte und sagte: „Ja, natürlich erinnere ich mich. Die Polizei hat damals drei- oder viermal mit mir gesprochen. Jedes Mal habe ich ihnen dasselbe gesagt. Monsieur Tavistock kam jeden Morgen auf einen Café au Lait vorbei. Manchmal war Madame dabei. Ah, sie war sehr schön!"

„Aber an diesem bestimmten Tag war sie nicht dabei?"

Mario schüttelte den Kopf. „Er war allein. Hier saß er." Er deutete auf einen leeren Tisch in der Nähe des Bürgersteigs. Das rot karierte Tischtuch flatterte im Wind. „Er wartete lange auf Madame."

„Aber sie kam nicht?"

„Nein. Dann rief sie an und bat mich, ihm zu sagen, dass er sie woanders treffen soll. Ich notierte die Adresse und gab den Zettel Monsieur Tavistock."

„Sie hat mit Ihnen gesprochen? Am Telefon?"

„*Oui*. So war es."

„Und das war die Adresse am Pigalle?"

Mario nickte.

„Mein Vater – Monsieur Tavistock –, war er sauer? Hatte er einen schlechten Tag?"

„Nein. Er war – wie sagt man – besorgt. Er konnte nicht verstehen, was Madame am Pigalle macht. Er bezahlte den Kaffee und ging. Später las ich dann in der Zeitung, dass er tot ist. Ah, *horrible!* Die Polizei bat um Mithilfe. Also rief ich an und sagte, was ich wusste." Mario schüttelte den Kopf über die Tragödie: den Verlust einer so schönen Dame wie Madame Tavistock und eines so großzügigen Herrn wie ihrem Mann.

Hier gibt es keine neuen Informationen, dachte Jordan. Er drehte sich um, um zu gehen, doch dann blieb er noch einmal stehen.

„Sind Sie sicher, dass es Madame Tavistock war, die Sie angerufen hat?", hakte er nach.

„Die Anruferin sagte, sie ist es", entgegnete Mario.

„Haben Sie ihre Stimme erkannt?"

Mario zögerte. Nur einen Moment lang, aber lange genug für Jordan, um zu erkennen, dass er nicht absolut sicher war. „Ja", sagte Mario. „Wer sonst hätte es sein können?"

In seine Gedanken vertieft, verließ Jordan das Café und ging ein paar Schritte den Boulevard Saint-Germain hinunter. Er wollte zu Fuß ins Hotel zurückgehen. Doch einen halben Block weiter entdeckte er den blauen Peugeot. Meine kleine blonde Vampirin ist wieder da, dachte er, und verfolgt mich. Beide hatten dieselbe Richtung; er könnte sie ja fragen, ob sie ihn mitnehmen würde.

Er ging auf den Peugeot zu und öffnete die Beifahrertür. „Würden Sie mich zum Ritz mitnehmen?", fragte er lächelnd.

Eine wütende Colette starrte ihn an. „Was bilden Sie sich eigentlich ein?", fuhr sie ihn an. „Raus aus meinem Auto!"

„Jetzt kommen Sie schon. Sie brauchen nicht gleich hysterisch zu werden ..."

„Verschwinden Sie!", schrie sie so laut, dass ein Passant stehen blieb und sie beobachtete.

Jordan glitt ruhig auf den Vordersitz. Er bemerkte, dass sie wieder ganz in Schwarz war. War das die Masche von Geheimagenten? „Zum Ritz ist es noch weit. Es ist doch sicher nicht verboten, wenn Sie mich zum Hotel zurückfahren."

„Ich weiß nicht, wer Sie sind und was Sie von mir wollen", behauptete sie.

„Aber ich weiß, wer *Sie* sind. Sie heißen Colette, Sie arbeiten für Claude Daumier, und Sie sollen mich im Auge behalten", sagte Jordan und bedachte sie mit einem unwiderstehlichen Grinsen. „Es ist doch sinnvoller, wenn Sie mich mitnehmen, als wenn Sie mich den ganzen Boulevard entlang verfolgen. Das erspart uns beiden die Unannehmlichkeiten dieses Katz-und-Maus-Spiels."

Ihre Augen lachten ihn jetzt an. Sie umklammerte das Lenkrad und schaute angestrengt nach vorne, doch er sah um ihren Mund ein Lächeln spielen. „Machen Sie die Tür zu", sagte sie. „Und schnallen Sie sich an. Das ist Gesetz."

Als sie den Boulevard Saint-Germain hinunterfuhren, musterte er sie näher. Er fragte sich, ob sie wirklich so tough war oder es nur so aussah. Der schwarze Lederrock und ihr mürrischer Gesichtsausdruck konnten nicht verbergen, dass sie eigentlich sehr hübsch war.

„Wie lange arbeiten Sie schon für Daumier?", fragte er.

„Drei Jahre."

„Und das sind Ihre üblichen Aufträge? Fremde Männer beschatten?"

„Ich folge meinen Anweisungen, egal wie sie lauten."

„Aha. Der gehorsame Typ." Jordan lehnte sich zurück und grinste. „Was hat Ihnen Daumier über diesen Auftrag gesagt?"

„Ich soll aufpassen, dass Ihnen und Ihrer Schwester nichts passiert. Da heute Herr Wolf bei ihr ist, dachte ich, ich kümmere mich um Sie." Sie hielt inne und murmelte vor sich hin: „Was nicht so leicht ist, wie ich dachte."

„Ich bin aber kein schwieriger Mensch."

„Aber Sie sind unberechenbar. Sie überraschen mich." Ein Auto hupte hinter ihnen. Verärgert schaute Colette in den Rückspiegel. „Der Verkehr wird jeden Tag schl…"

Auf ihr plötzliches Schweigen sah Jordan sie an. „Stimmt was nicht?"

„Alles in Ordnung", sagte sie nach einem Moment. „Ich habe nur langsam Halluzinationen."

Jordan drehte sich um und schaute durch die Rückscheibe. Er sah nichts außer der endlosen Autoschlange, die sich den Boulevard entlangschob. Er betrachtete erneut Colette. „Was macht eine hübsche Frau wie Sie beim Geheimdienst?"

Sie lächelte – das erste richtige Lächeln, wie er bemerkte. Die Sonne ging auf. „Ich verdiene mir meine Brötchen."

„Lernt man da interessante Leute kennen?"

„Geht so."

„Und der Liebesfaktor?"

„Ist leider nicht sehr hoch."

„Wie schade. Vielleicht sollten Sie sich eine andere Arbeit suchen."

„Zum Beispiel?"

„Das könnten wir beim Abendessen besprechen."

Sie schüttelte den Kopf. „Es ist nicht gestattet, sich mit einem Objekt anzufreunden."

„Ach, das bin ich also", sagte er seufzend. „Ein Objekt."

In einer Seitenstraße in der Nähe vom Ritz ließ sie ihn aussteigen. Als er schon draußen war, drehte er sich noch mal um und bat sie: „Kommen Sie wenigstens mit auf einen Drink."

„Ich bin im Dienst."

„Aber es ist doch langweilig, den ganzen Tag nur im Auto zu hocken und darauf zu warten, dass ich wieder etwas Unberechenbares anstelle."

„Danke, aber nein danke." Sie lächelte – ein charmantes Lausbubenlächeln, das nicht alles ausschloss.

Jordan gab sich vorerst geschlagen und ging ins Hotel.

Oben angekommen, lief er eine Weile im Zimmer auf und ab und dachte über das nach, was er gerade im Café Hugo erfahren hatte. Dieser Anruf von Madeline – er passte nicht ins Bild. Warum sollte sie sich mit Bernard ausgerechnet am Pigalle treffen? Mit der Mord-Selbstmord-Theorie ließ sich das jedenfalls kaum vereinbaren. Ob der Kellner gelogen hatte? Oder vielleicht hatte er es einfach falsch verstanden. Wie konnte er bei dem Straßenlärm sicher sein, dass es sich bei der Anruferin um Madeline Tavistock gehandelt hatte?

Ich muss zurück in dieses Café und Mario fragen, ob es die Stimme einer Engländerin war.

Also verließ er das Hotel erneut und trat nach draußen ins helle Mittagslicht. Vor dem Haupteingang stand ein Taxi, aber der Fahrer war nirgends zu sehen. Vielleicht parkte Colette ja noch um die Ecke; dann könnte er sie bitten, ihn zurück zum Boulevard Saint-Germain zu fahren. Er bog in die Seitenstraße ein und sah den blauen Peugeot noch an derselben Stelle stehen. Colette saß drin; durch die verdunkelte Windschutzscheibe konnte er ihre Silhouette hinter dem Steuer ausmachen.

Er ging zum Auto und klopfte an die Scheibe. „Colette?", rief er. „Können Sie mich noch mal mitnehmen?"

Sie antwortete nicht.

Jordan öffnete die Tür und schwang sich auf den Beifahrersitz. „Colette?"

Sie saß ganz still, ihre Augen starrten geradeaus. Einen Moment lang begriff er nichts. Dann sah er die dünne Blutspur, die von ihrem Haaransatz bis zum schwarzen Rollkragenpullover verlief. Voller Panik rüttelte er an ihrer Schulter. „*Colette?*"

Ihr Körper geriet ins Rutschen und fiel ihm auf den Schoß.

Er starrte ihren Kopf an, der jetzt in seinen Armen lag. An ihrer

Schläfe war ein einziges kleines Einschussloch.

Er erinnerte sich nicht, wie er aus dem Wagen kam. Aber er erinnerte sich, dass eine Passantin anfing zu schreien. Dann sah er die schockierten Gesichter der Menschen, die der Schrei angelockt hatte. Sie deuteten auf den Frauenarm, der schlaff aus dem Fahrzeug hing. Und sie blickten ihn fassungslos an.

Wie betäubt sah Jordan auf seine Hände.

Sie waren voller Blut.

5. KAPITEL

Aus der Menge der Passanten, die an der Ecke zusammengekommen waren, beobachtete Amiel Foch, wie dem Engländer Handschellen angelegt wurden und er von der Polizei abgeführt wurde. Das war nicht so vorgesehen, dachte er. Er hatte nicht im Traum daran gedacht, dass so etwas passieren könnte.

Aber er hätte sich auch nicht vorstellen können, dass er Colette LaFarge noch einmal sehen würde. Oder noch schlimmer, von ihr gesehen würde. Sie hatten nur einmal zusammengearbeitet, und das war vor drei Jahren auf Zypern. Er hatte gehofft, dass sie ihn nicht erkennen würde, als er mit gesenktem Kopf an ihrem Wagen vorüberging. Aber als er gerade an ihr vorbei war, hörte er sie erstaunt seinen Namen rufen.

Ich hatte keine andere Wahl, dachte er, als er zusah, wie die Sanitäter ihren leblosen Körper in einen Krankenwagen hoben. Beim französischen Geheimdienst glaubte man, er sei tot. Colette hätte ihnen nun das Gegenteil erzählen können. Er musste es tun.

Es war nicht leicht für ihn gewesen. Doch als er sich zu ihr umdrehte, war seine Entscheidung bereits gefallen. Er war langsam zurück zum Auto gegangen. Durch die Windschutzscheibe hatte er auf ihrem Gesicht die Verwunderung darüber gesehen, dass ihr tot geglaubter Kollege lebte. Wie gelähmt hatte sie dagesessen und ihn angestarrt wie eine Erscheinung. Sie hatte sich nicht gerührt, als er zur Fahrertür ging. Und sie hatte sich auch nicht gerührt, als er seine schallgedämpfte Automatic durch die Autoscheibe auf sie richtete und feuerte.

Was für eine Verschwendung – so eine hübsche Frau, dachte er, als der Krankenwagen davonfuhr. Aber sie hätte es besser wissen müssen.

Die Menge zerstreute sich. Auch er sollte besser gehen.

Foch machte einen Schritt in Richtung Bordstein. Unauffällig ließ er seine Pistole in den Rinnstein fallen und schob sie mit dem Fuß in einen Gully. Die Waffe war sowieso gestohlen und der Besitzer nicht mehr aufzuspüren; es war besser, wenn man sie in der Nähe des Tatorts fand. Das würde die Sache für Jordan Tavistock schwieriger machen.

Ein paar Blocks weiter betrat er eine Telefonzelle. Er rief seinen Kunden an.

„Jordan Tavistock wurde gerade wegen Mordverdachts festgenommen", sagte Foch.

„Mord an wem?", kam die scharfe Antwort.

„An einem von Daumiers Agenten. Einer Frau."

„War es Tavistock?"

„Nein. Ich war es."

Plötzlich fing sein Kunde an zu lachen. „Das ist wirklich köstlich! Ich bitte Sie, Jordan zu verfolgen, und daraufhin sorgen Sie dafür, dass er wegen Mordverdachts verhaftet wird. Ich bin sehr gespannt, was Sie mit seiner Schwester anstellen!"

„Was soll ich tun?", fragte Foch.

Eine Pause folgte. „Ich denke, wir sollten die Sache endgültig klären", hörte er. „Machen Sie Schluss."

„Die Frau ist kein Problem. Aber ihr Bruder wird schwer zu fassen sein, wenn ich es nicht schaffe, irgendwie ins Gefängnis zu kommen."

„Sie könnten sich doch auch verhaften lassen."

„Und wenn sie meine Fingerabdrücke nehmen?" Foch schüttelte den Kopf. „Das muss ein anderer übernehmen."

„Ich werde jemanden finden", kam die Antwort. „Aber eins nach dem anderen. Jetzt ist erst mal Beryl Tavistock dran."

Inzwischen besaß ein Türke das Gebäude in der Rue Myrha. Er hatte es zu renovieren versucht und die Hauswand gestrichen, die vergammelten Balkone abgerissen und die fehlenden Dachziegel ersetzt. Doch das Haus wie auch die gesamte Straße schienen sich einer Verschönerung zu widersetzen. Es sei die Schuld der Mieter, erklärte Herr Zamir, als er mit ihnen die beiden Treppen ins Dachgeschoss hochstieg. Was soll man gegen Mieter tun, die ihren Kindern alles erlauben? Seinem Äußeren nach zu urteilen, war Zamir ein erfolgreicher Geschäftsmann, dessen maßgeschneiderter Anzug und exzellentes Englisch auf eine reiche Herkunft schließen ließen. In dem Haus lebten vier Familien, sagte er, die alle immer pünktlich die Miete zahlten. In der Dachwohnung lebte allerdings niemand – es habe die ganzen Jahre Probleme gegeben, sie zu vermieten. Natürlich hatten sich immer wieder Leute die

Wohnung angesehen, aber wenn sie von dem Mord hörten, war ihr Interesse ganz schnell erloschen. Dieser alberne Aberglaube! Oh, die Menschen behaupteten alle, sie glaubten nicht an Gespenster, aber wenn sie dann in ein Zimmer kamen, in dem jemand gestorben war ...

„Wie lange steht die Wohnung denn schon leer?", fragte Beryl.

„Seit einem Jahr. Seit ich das Haus gekauft habe. Und davor ..." Er zuckte die Schultern. „Keine Ahnung. Vielleicht steht sie schon jahrelang leer." Er schloss die Tür auf. „Sie können sich gern umsehen."

Eine Woge muffiger Luft schlug ihnen entgegen, als sie die Tür öffneten – der Geruch eines Raums, der zu lange nicht gelüftet worden war. Es war kein unattraktives Zimmer. Die Sonne schien durch ein großes, schmutziges Fenster herein. Von hier oben konnte man auf die Rue Myrha schauen. Auf der Straße sah Beryl Kinder beim Fußballspielen. Die Wohnung war leer; es gab nur nackte Wände und einen kahlen Flur. Durch eine geöffnete Tür konnte man ins Bad sehen, sie sah ein angeschlagenes Waschbecken und angelaufene Armaturen.

Schweigend ging Beryl durch die Wohnung, ihr Blick schweifte über den Holzfußboden. Neben dem Fenster blieb sie stehen. Der Fleck war kaum mehr zu erkennen, geblieben war nur noch ein brauner Schimmer auf den Eichendielen. Wessen Blut ist das? fragte sie sich. Mums? Dads? Oder das von ihnen beiden? Sie schauderte, während ihr Blick auf den Fleck geheftet blieb.

„Ich habe versucht, den Fleck mit Sand zu entfernen", unterbrach Zamir sie in ihren Gedanken. „Aber er ist zu tief im Holz drin. Immer, wenn ich denke, ich habe es geschafft, ist er nach ein paar Wochen wieder da." Er seufzte. „Es macht den Leuten Angst, wissen Sie. Den Mietern gefallen solche Erinnerungen im Fußboden nicht."

Beryl schluckte und sah aus dem Fenster. Warum in dieser Straße? fragte sie sich. In diesem Zimmer? Warum gerade in diesem Zimmer in Paris?

Sie fragte leise: „Wem gehörte das Haus denn vorher, Herr Zamir? Ich meine, vor Ihnen?"

„Es gab viele Besitzer. Vor mir gehörte es einem Monsieur Rosenthal. Und vor ihm einem Monsieur Dudoit."

„Zur Zeit des Mordes", sagte Richard, „war der Besitzer ein gewisser Jacques Rideau. Kennen Sie ihn?"

„Nein, tut mir leid. Das muss schon viele Jahre her sein."

„Zwanzig."

„Dann kenne ich ihn nicht." Zamir ging zur Tür. „Ich lasse Sie jetzt allein. Wenn Sie Fragen haben, ich habe jetzt eine Weile in Nummer drei zu tun."

Beryl hörte, wie der Mann die knarrenden Stufen hinunterstieg. Sie sah Richard an, der in einer Ecke stand und nachdenklich auf den Flur hinaussah. „Woran denkst du gerade?", fragte sie.

„An Inspektor Broussard. Wie er versuchte, uns etwas auf dem Foto zu zeigen. Die Stelle, auf die er getippt hat, muss irgendwo hier sein. Links von der Tür."

„Hier ist nichts. Und auf dem Foto war auch nichts."

„Das ist es ja gerade. Das schien ihn so verstört zu haben. Und dann noch die Sache mit der Aktentasche …"

„Die NATO-Akte", sagte sie leise.

Er sah sie an. „Wie viel wisst ihr über Delphi?"

„Ich weiß nur, dass weder Mum noch Dad Delphi war. Sie wären nie zur anderen Seite übergelaufen."

„Es gibt immer Gründe, überzulaufen."

„Aber nicht für sie. Das Geld haben sie jedenfalls nicht gebraucht."

„Haben sie mit den Kommunisten sympathisiert?"

„Die Tavistocks doch nicht!"

Er ging auf sie zu. Mit jedem seiner Schritte schien ihr Puls schneller zu werden. Er stand so nah vor ihr, dass sie sich beinahe bedroht fühlte. Wenn da nicht gleichzeitig ein aufregendes Prickeln gewesen wäre. Leise sagte er: „Es kann auch Erpressung gewesen sein."

„Du meinst, sie hatten etwas zu verbergen."

„Das hat doch jeder."

„Aber nicht jeder wird deshalb zum Verräter."

„Kommt auf das Geheimnis an, würde ich sagen. Und darauf, wie viel der Betreffende zu verlieren hat."

Schweigend blickten sie sich an, und sie fragte sich, was er eigentlich über ihre Eltern wusste. Und wie viel er davon verheimlichte. Sie ahnte, dass er mehr wusste, als er vorgab, und spürte, dass das Misstrauen wie eine Sperre zwischen ihnen stand. Immer wieder diese Geheimnisse und Halbwahrheiten. Sie war in einem Haushalt aufgewachsen, in dem bestimmte Gespräche einfach tabu waren. *Ich weigere mich, weiter so zu leben.*

Sie wandte sich ab. „Es gab nichts, womit man sie hätte erpressen können."

„Du warst doch damals erst acht Jahre alt und in England im Internat. Woher willst du das also wissen? Was weißt du schon über ihre Ehe oder ihre Geheimnisse? Was, wenn es doch deine Mutter war, die diese Wohnung angemietet hat, um sich hier mit ihrem Geliebten zu treffen?"

„Ich weigere mich, das zu glauben."

„Wäre das so schwer zu akzeptieren? Sie war ein Mensch, warum sollte sie nicht einen Liebhaber gehabt haben?" Er fasste sie an den Schultern, damit sie ihn ansah. „Sie war eine wunderschöne Frau, Beryl. Wenn sie gewollt hätte, hätte sie jeden Mann haben können!"

„Du willst eine Schlampe aus ihr machen!"

„Ich ziehe nur alle Möglichkeiten in Betracht."

„Dass sie die Queen und ihr Vaterland verkauft hat, damit ihr kleines Geheimnis unentdeckt bleibt?" Ärgerlich löste sie sich aus seinem Griff. „Tut mir leid, Richard, aber da bin ich ganz anderer Meinung. Und wenn du sie wirklich gekannt hättest, dann würdest du ihr nie so etwas unterstellen." Sie drehte sich um und ging zur Tür.

„Ich kannte deine Mutter. Ich kannte Madeline", sagte er. „Und zwar ziemlich gut."

Sie blieb abrupt stehen und drehte sich zu ihm um. „Was willst du damit sagen?"

„Wir … bewegten uns in denselben Kreisen. Nicht im selben Team, aber wir wurden für ähnliche Aufträge eingesetzt."

„Das hast du mir nie gesagt."

„Ich wusste nicht, wie viel ich dir sagen konnte. Wie viel du wissen darfst." Er begann, langsam im Raum umherzugehen. Er wog jedes seiner Worte genau ab. „Es war mein erster Auftrag. Ich hatte gerade meine Ausbildung bei Langley beendet …"

„Beim CIA?"

Er nickte. „Ich wurde direkt nach der Uni rekrutiert. Ich hatte das eigentlich nicht vor, aber irgendwie waren sie an meine Doktorarbeit gekommen, eine Analyse der Waffenvorkommen in Libyen. Sie wussten, dass ich mehrere Sprachen fließend spreche und dass ich ziemlich viel Studentenförderung kassiert hatte. Und damit lockten sie mich – mit der Rückzahlung meines Kredits. Und mit den Auslandsreisen. Natürlich faszinierte mich auch die Vorstellung, als Analyst beim Geheimdienst zu arbeiten …"

„Und so lerntest du meine Eltern kennen?"

Er nickte. „Bei der NATO wusste man, dass es einen Maulwurf gibt, der in Paris sitzen musste. Geheime Waffeninformationen gelangten in die DDR. Ich war gerade erst in Paris angekommen, also war ich sauber. Ich bekam die Order, mit Claude Daumier vom französischen Geheimdienst zusammenzuarbeiten. Ich sollte einen Waffenbericht schreiben, der nahe genug an der Wahrheit dran war, um glaubwürdig zu sein, ihr aber nicht entsprach. Er wurde verschlüsselt und an ausgewählte Botschaftsangehörige in Paris übermittelt. Wir wollten so herausfinden, wo sich das Leck befand."

„Und was hatten meine Eltern damit zu tun?"

„Sie waren bei der britischen Botschaft. Bernard im Bereich Kommunikation, Madeline im Protokollwesen. In Wirklichkeit arbeiteten beide für den MI 6. Bernard war einer der wenigen, der Zugriff zu geheimen Akten hatte."

„Also gehörte er zu den Verdächtigen?"

Richard nickte. „Wie alle. Briten, Amerikaner, Franzosen. Bis hin zu den jeweiligen Botschaftern selbst." Wieder begann er, auf und ab zu gehen und sich seine Worte zurechtzulegen. „Die gefälschte Akte wurde an die Botschaften geschickt. Wir warteten darauf, ob sie – wie die anderen – auch in der DDR auftauchen würde. Aber das geschah nicht. Sie landete hier, in diesem Zimmer. In einer Aktentasche." Er blieb stehen und sah sie an. „Mit deinen Eltern."

„Und damit schloss sich die Akte Delphi", sagte sie. Bitter fügte sie hinzu: „Man hatte einen Sündenbock, der glücklicherweise tot war und sich nicht mehr wehren konnte."

„Ich habe es nicht geglaubt."

„Trotzdem hast du die Untersuchung nicht weitergeführt."

„Wir hatten keine andere Wahl."

„Es war dir egal, wie die Wahrheit aussieht!"

„Nein, Beryl. Wir hatten keine Wahl. Man befahl uns, die Untersuchung einzustellen."

Sie starrte ihn an. „Wer befahl das?"

„Meine Anweisungen kamen damals direkt aus Washington, Claudes Anweisungen gingen vom französischen Premierminister aus. Also wurden sämtliche Untersuchungen sofort eingestellt."

„Und meine Eltern wurden als Verräter hingestellt", sagte sie.

„Wie praktisch. Akte geschlossen." Angewidert drehte sie sich um und lief aus dem Zimmer.

Er folgte ihr auf der Treppe nach unten. „Beryl! Ich habe nie daran geglaubt, dass es Bernard war!"

„Aber du hast die Schuld auf ihn abgewälzt!"

„Ich sagte doch, ich handelte auf Anweisung …"

„Und der musstest du natürlich folgen."

„Ich wurde kurz drauf nach Washington zurückgerufen. Ich konnte den Fall nicht weiter verfolgen."

Sie verließen das Gebäude und fanden sich im Chaos der Rue Myrha wieder. Ein Fußball flog an ihnen vorbei, kurz darauf folgte eine Gruppe zerlumpter Kinder. Beryl blieb auf dem Bürgersteig stehen. Das grelle Sonnenlicht blendete sie. Der Straßenlärm, das Kindergeschrei – sie war plötzlich orientierungslos. Sie drehte sich um und sah an dem Gebäude hoch, zum Fenster der Dachwohnung. Plötzlich schossen ihr Tränen in die Augen.

„Was für ein Ort, um zu sterben", flüsterte sie. „Was für ein schrecklicher Ort …"

Sie stieg in Richards Auto und zog die Tür zu. Es war eine Erleichterung, den Lärm und das Chaos der Rue Myrha auszublenden.

Richard glitt hinters Steuer. Einen Moment saßen sie schweigend da und beobachteten die schmutzigen Kinder beim Fußballspielen.

„Ich fahre dich jetzt zurück ins Hotel", sagte er.

„Ich will zu Claude Daumier."

„Warum?"

„Ich will seine Version dessen hören, was passiert ist. Ich will mich versichern, dass du mir die Wahrheit sagst."

„Das tue ich, Beryl."

Sie drehte sich zu ihm um. Sein Blick hielt ihrem stand. Einen ehrlicheren Blick gibt es nicht, dachte sie. Was nur beweist, dass ich zu leichtgläubig bin. Sie wollte ihm gern glauben, und genau das war gefährlich. Es war diese verdammte Anziehungskraft zwischen ihnen – das Feuer der Hormone, die Erinnerung an seine Küsse –, die ihr Urteilsvermögen benebelte. *Was hat dieser Mann bloß an sich? Ich sehe ihn an, atme seinen Duft ein, und schon will ich ihn am liebsten ausziehen. Und mich dazu.*

Sie schaute nach vorn und versuchte, all die unterschwelligen Botschaften zwischen ihnen zu ignorieren. „Ich will mit Daumier sprechen."

Nach einer Weile sagte er: „In Ordnung. Wenn es dazu dient, dass du mir glaubst."

Es stellte sich heraus, dass Daumier nicht in seinem Büro war, als Richard ihn anrief; er war gerade fortgegangen, um noch einmal mit Marie St. Pierre zu sprechen. Also fuhren sie zum Cochin-Krankenhaus, in dem Marie noch immer lag.

Schon vom anderen Ende des Korridors konnte man erkennen, welches Zimmer das von Marie war; ein halbes Dutzend Polizisten hielt vor ihrer Tür Wache. Daumier war noch nicht eingetroffen. Madame St. Pierre wurde informiert, dass Lord Lovats Nichte da war, und bat Beryl und Richard sofort herein.

Es stellte sich heraus, dass sie an diesem Nachmittag nicht die einzigen Besucher waren. Neben dem Krankenbett saßen Nina Sutherland und Helena Vane. Offensichtlich war eine kleine Teeparty im Gange, es gab Gebäck und Sandwiches, die auf einem Rollwagen vor dem Fenster standen. Die Patientin nahm allerdings nichts von den Leckereien zu sich. Sie saß aufrecht im Bett und gab das Bild einer traurigen, müde aussehenden französischen Hausfrau ab, die einen zu ihrem grauen Haar passenden grauen Bademantel trug. Ihre einzigen sichtbaren Verletzungen schienen ein blauer Fleck im Gesicht und ein paar Kratzer auf den Armen zu sein. Man sah der Frau an, dass es ihre Seele war, die am schwersten verwundet war. Jeder andere Patient wäre schon längst entlassen worden; nur ihrem Status als Gattin von St. Pierre war diese Sonderbehandlung zu verdanken.

Nina goss zwei Tassen Tee ein und reichte sie Beryl und Richard. „Seit wann sind Sie in Paris?", fragte sie.

„Jordan und ich sind gestern angekommen", sagte Beryl. „Und Sie?"

„Wir sind zusammen mit Helena und Reggie zurückgeflogen." Nina lehnte sich zurück und schlug die Beine übereinander. „Ich dachte mir, ich sollte gleich heute Morgen mal bei Marie vorbeigehen und schauen, wie es ihr geht. Die Arme, ein bisschen Aufmunterung tut ihr gut."

Ein Blick in das Gesicht von Marie St. Pierre machte mehr als deutlich, dass von Aufmunterung bislang keine Rede sein konnte.

„Was ist nur los in dieser Welt?", fragte Nina und balancierte vorsichtig ihre Teetasse. „Überall nur noch Wahnsinn und Anarchie! Nicht einmal in der Upper Class bleibt man davor verschont."

„Gerade nicht in der Upper Class", sagte Helena.

„Haben die Untersuchungen schon etwas Neues ergeben?", erkundigte sich Beryl.

Marie St. Pierre seufzte. „Sie bestehen darauf, dass es ein terroristischer Anschlag war."

„Aber natürlich", sagte Nina. „Wer sonst sollte das Haus eines Politikers in die Luft jagen wollen?"

Marie senkte den Blick. Sie schaute auf ihre Hände, die knochigen Finger, die verschränkt in ihrem Schoß lagen. „Ich habe Philippe vorgeschlagen, dass wir Paris für eine Weile verlassen sollten. Vielleicht schon heute Abend, wenn ich entlassen werde. Wir könnten in die Schweiz fahren …"

„Eine ausgezeichnete Idee", murmelte Helena beipflichtend. Sie drückte Marie die Hand. „Ihr müsst mal raus, nur ihr beide."

„Aber wenn ihr die Flucht ergreift", warf Nina ein, „denken die Terroristen, sie haben gewonnen."

„Du kannst das leicht sagen", erwiderte Helena. „In deinem Haus wurde ja auch keine Bombe gelegt."

„Dann würde ich gerade in Paris bleiben", gab Nina zurück. „Keinen Zentimeter würde ich …"

„Musst du ja auch nicht."

„Was?"

Helena sah weg. „Nichts."

„Wovon sprichst du, Helena?"

„Ich denke nur", sagte Helena, „dass Marie das tun soll, was sie für richtig hält. Eine Weile aus Paris wegzugehen, ist doch sinnvoll. Dazu würde jede Freundin ihr raten."

„Ich *bin* ihre Freundin."

„Ja", murmelte Helena, „natürlich."

„Hast du gerade was anderes unterstellt?"

„Nein, habe ich nicht."

„Was murmelst du dauernd vor dich hin, Helena? Das macht mich ganz verrückt. Ist es so schwer, die Dinge offen auszusprechen?"

„Bitte!", stöhnte Marie.

Ein Klopfen an der Tür unterbrach ihren Streit. Ninas Sohn Anthony kam herein. Wie immer trug er ein extravagantes Hemd, diesmal in Stahlblau, und eine Lederjacke. „Bist du fertig, Mum?", fragte er Nina.

Sofort stand Nina auf. „Mehr als das", antwortete sie in einem beleidigten Tonfall und ging in Richtung Tür. Dort blieb sie kurz stehen und sah Marie noch einmal an. „Ich spreche als Freundin", sagte sie. „Ich finde, ihr solltet in Paris bleiben." Sie nahm Anthonys Arm und rauschte ab.

„Um Himmels willen, Marie", murmelte Helena nach einer Weile. „Warum gibst du dich noch mit dieser Frau ab?"

Marie sah winzig aus in ihrem Bett. Sie zuckte die Schultern.

Sie sind sich beide so gleich, dachte Beryl und verglich Marie St. Pierre und Helena. Beide sind keine Schönheiten, beide sind schon etwas älter und mit Männern verheiratet, die sich nicht mehr für sie interessieren.

„Ich finde, du bist eine Heilige, dass du diese Schlampe überhaupt reingelassen hast", sagte Helena. „Wenn es nach mir ginge ..."

„Man muss ja friedlich sein", sagte Marie nur.

Sie versuchten, sich zu viert weiter zu unterhalten, aber immer wieder entstanden lange Pausen. Und über all den Gesprächen über die Explosion und die ruinierten Möbel, über die zerstörten Kunstgegenstände und beschädigten Familienerbstücke schwebte etwas anderes, etwas Unausgesprochenes. Dass es zusätzlich zu den materiellen Verlusten noch einen Verlust gab, der wesentlich schwerer wog. Man musste Marie St. Pierre nur in die Augen sehen, um zu wissen, dass ihr Leben zerstört war.

Selbst als ihr Mann Philippe auftauchte, wurde Marie nicht munterer. Vielmehr schien sie vor seinem Kuss zurückzuweichen. Sie wandte das Gesicht ab und sah zur Tür, die sich erneut öffnete. Claude Daumier kam herein, sah Beryl und blieb überrascht stehen. „Sie sind hier?"

„Wir haben auf Sie gewartet", sagte Beryl.

Daumier sah Richard an, dann wieder Beryl. „Ich habe euch schon gesucht."

„Was ist denn los?", fragte Richard.

„Die Sache ist … etwas delikat." Daumier bedeutete ihnen, ihm zu folgen. „Es wäre am besten", sagte er, „wenn wir das unter uns besprechen."

Sie folgten ihm hinaus auf den Gang und gingen an der Schwesternstation vorbei. In einer ruhigen Ecke blieb Daumier stehen und wandte sich Richard zu.

„Gerade hat mich die Polizei angerufen. Man hat Colette tot in ihrem Wagen gefunden. Nahe dem Place Vendôme."

„Colette?", sagte Beryl. „Die Agentin, die Jordan beschattete?"

Daumier nickte grimmig.

„Oh Gott", murmelte Beryl. „Jordie …"

„Er ist in Sicherheit", sagte Daumier schnell. „Ich versichere Ihnen, er ist nicht in Gefahr."

„Aber wenn man sie getötet hat, könnten sie …"

„Er wurde festgenommen", klärte Daumier sie auf. Sein leicht mitleidiger Blick ruhte auf der schockierten Beryl. „Wegen Mordverdachts."

Lange nachdem alle anderen gegangen waren, saß Helena noch bei Marie im Krankenzimmer. Eine Zeit lang schwiegen sie; gute Freundinnen müssen nicht immer viele Worte machen. Aber dann hielt es Helena nicht länger aus. „Es ist unerträglich", sagte sie. „Das kannst du nicht zulassen."

Marie seufzte. „Was soll ich denn machen? Sie hat so viele Freunde, kennt so viele Leute, die sie gegen mich aufstacheln könnte. Und gegen Philippe …"

„Aber du musst etwas tun. Irgendwas. Weigere dich, mit ihr zu sprechen."

„Ich habe keine Beweise. Nie habe ich Beweise."

„Du brauchst keine Beweise. Benutz deine Augen! Sieh dir doch an, wie sie miteinander umgehen. Immer schwirrt sie um ihn herum, lächelt ihn an. Vielleicht hat er dir gesagt, dass es vorbei ist, aber man sieht, dass es nicht so ist. Wo ist er denn überhaupt? Du liegst im Krankenhaus, und er besucht dich fast nie. Und wenn doch, gibt er dir einen Schmatz auf die Wange und verschwindet gleich wieder."

„Er hat so viel zu tun. Der Wirtschaftsgipfel ..."

„Natürlich", schnaubte Helena verächtlich. „Männer haben immer so furchtbar wichtige Dinge zu tun!"

Marie begann zu weinen, sie schluchzte nicht, sie weinte lautlos, bemitleidenswert. Still zu leiden – das war typisch für sie. Nie beschwerte sie sich oder protestierte, ihr Herz brach im Stillen. Für die Liebe der Männer ertragen wir diesen Schmerz, dachte Helena bitter.

Marie flüsterte: „Es ist noch schlimmer, als du denkst."

„Was kann denn noch schlimmer sein?"

Marie antwortete nicht. Sie sah ihre Schürfwunden auf dem Arm an. Es waren nur ein paar kleine Kratzer, aber in ihrem Blick spiegelte sich echte Verzweiflung.

Das ist es also, dachte Helena erschrocken. Sie glaubt, sie wollen sie umbringen. Warum wehrt sie sich nicht? Warum kämpft sie nicht?

Aber Marie hatte nicht den nötigen Willen. Das sah man schon an ihren herabhängenden Schultern.

Meine liebe, arme Freundin, dachte Helena und sah Marie mitleidig an, wie sehr wir uns ähneln. Und wie verschieden wir doch sind.

Ein Mann saß auf der Bank gegenüber von ihm und beäugte Jordans Kleidung, seine Schuhe und seine Uhr. So wie der riecht, hat der ganz schön getankt, dachte Jordan angewidert. Oder ging dieser fürchterliche Gestank nach billigem Wein und Schweiß vielleicht von dem anderen Zelleninsassen aus? Jordan sah zu dem Mann hinüber, der selig schnarchend in der anderen Ecke lag. Ja, das war wahrscheinlicher.

Der Mann auf der Bank starrte ihn immer noch an. Jordan versuchte, ihn zu ignorieren, aber der Blick des Mannes war so aufdringlich, dass Jordan irgendwann die Beherrschung verlor. „Was glotzen Sie so?"

„*C'est en or?*", fragte der Mann.

„Wie bitte?"

„*La montre. C'est en or?*" Der Mann deutete auf Jordans Uhr.

„Natürlich ist das Gold!", antwortete Jordan.

Der Mann grinste und entblößte dabei einen Mund voller verfaulter Zähne. Er stand auf und schob sich auf den Platz neben Jordan. Genau neben ihn. Dann deutete er auf Jordans Schuhe.

„*C'est italienne?*"

Jordan seufzte. „Ja, italienische Schuhe."

Der Mann beugte sich rüber und befingerte die Jackentasche von Jordans Leinenjackett.

„Also gut, es reicht", sagte Jordan. „Behalten Sie Ihre Finger bei sich! *Laissez-moi tranquille!*"

Das Lächeln des Mannes wurde breiter. Er zeigte auf seine eigenen Schuhe, einer Kreation aus Plastik und Pappkarton. „Gefallen?"

„Sehr hübsch", grunzte Jordan.

Schritte näherten sich, und man hörte einen Schlüsselbund klimpern.

Der Mann, der in der Ecke schlief, wachte plötzlich auf und fing an, lauthals seine Unschuld zu beteuern. „*Je suis innocent! Je suis innocent!*"

„Monsieur Tavistock?", rief der Wachmann.

Jordan sprang auf. „Ja?"

„Mitkommen."

„Wohin gehen wir?"

„Sie haben Besuch."

Die Wache führte ihn über den Gang, vorbei an überfüllten Zellen. Ach du liebe Güte, dachte Jordan, der seine Zelle schon schlimm genug fand. Er folgte dem Wärter durch eine Tür in den Eingangsbereich. Sofort drangen alle möglichen Geräusche an sein Ohr. Überall Telefonklingeln, Stimmengewirr. Mehrere Häftlinge warteten darauf, dass sie verhört wurden, eine Frau schrie, es sei ein Fehler, alles ein Fehler. Durch das französische Stimmengewirr hindurch hörte Jordan, wie jemand seinen Namen rief.

„Beryl?", stieß er erleichtert hervor.

Sie rannte auf ihn zu und warf ihn mit ihrer stürmischen Umarmung beinahe um. „Jordie! Mein armer Jordie, alles klar?"

„Mir geht's gut."

„Wirklich?"

„Jetzt, wo du hier bist." Hinter ihr sah er Richard und Daumier stehen. Jetzt würde sich alles aufklären.

Beryl ließ ihn los und sah ihn beunruhigt an. „Du siehst schrecklich aus."

„Und riechen tu ich wahrscheinlich noch schlimmer." Er wandte sich an Daumier und sagte: „Hat man etwas über Colette herausgefunden?"

Daumier schüttelte den Kopf. „Ein einziger Schuss, neun Millimeter, in die Schläfe. Eine Hinrichtung, keine Zeugen."

„Und was ist mit der Tatwaffe?", fragte Jordan. „Wie können sie mich verdächtigen, wenn sie nicht mal die Waffe haben?"

„Sie haben sie", erwiderte Daumier. „Sie wurde im Rinnstein gefunden, in der Nähe des Wagens."

„Und keine Zeugen?", wollte Beryl wissen. „Am helllichten Tag?"

„Es ist eine Seitenstraße. Da kommen nicht viele Leute vorbei."

„Aber irgendjemand dort muss doch etwas gesehen haben. Es waren doch Menschen unterwegs."

Daumier nickte unglücklich. „Eine Frau gab zu Protokoll, sie habe einen Mann gesehen, der sich mit Gewalt Zutritt zu Colettes Wagen verschaffte. Aber das war auf dem Boulevard Saint-Germain."

Jordan stöhnte. „Na toll. Das stimmt."

Beryl runzelte die Stirn. „Du?"

„Ich überredete sie, mich zurück zum Hotel zu fahren. In ihrem Auto wimmelt es sicher von meinen Fingerabdrücken."

„Was passierte, nachdem Sie eingestiegen waren?", fragte Richard.

„Sie ließ mich beim Ritz raus. Ich ging nach oben, aber nach ein paar Minuten ging ich wieder herunter, um mit ihr zu sprechen. Da fand ich sie …" Stöhnend hielt er sich den Kopf. „Lieber Gott, das kann doch nicht wahr sein."

„Haben Sie etwas gesehen?", drängte Richard.

„Nichts. Aber …" Jordan hob langsam den Kopf. „Colette vielleicht."

„Aber Sie sind sich nicht sicher?"

„Als wir zum Hotel fuhren, schaute sie dauernd in den Rückspiegel. Sie sagte, sie würde schon Gespenster sehen. Ich schaute auch raus, sah allerdings nur den Verkehr." Niedergeschlagen wandte er sich an Daumier. „Ich fühle mich wirklich schuldig. Ich denke dauernd, wenn ich besser aufgepasst hätte, wenn ich nicht so sehr …"

„Sie konnte sich selbst schützen", unterbrach ihn Daumier. „Sie hätte darauf gefasst sein müssen."

„Das verstehe ich ja gerade nicht", sagte Jordan. „Es traf sie offenbar total unvorbereitet." Er sah auf die Uhr. „Es ist noch eine Weile hell. Wir könnten zurück zum Boulevard Saint-Germain gehen und jeden meiner Schritte nachvollziehen. Vielleicht erinnere ich mich an etwas."

Sein Vorschlag wurde mit betretenem Schweigen quittiert.

„Jordie", sagte Beryl sanft, „das geht nicht."

„Was meinst du damit?"

„Du kommst nicht raus."

„Aber sie müssen mich rauslassen! Ich war es nicht!" Er sah Daumier an. Bestürzt sah er, dass der Franzose bedauernd den Kopf schüttelte.

Richard sagte: „Wir tun alles, was in unserer Macht steht, Jordan. Wir kriegen Sie schon hier raus."

„Hat schon jemand Onkel Hugh angerufen?"

„Er ist nicht in Chetwynd", sagte Beryl. „Keiner weiß, wo er ist. Er ist offensichtlich gestern Abend weggefahren, ohne jemandem Bescheid zu sagen. Wir gehen gleich zu Reggie und Helena, sie haben Freunde bei der Botschaft. Vielleicht können die was erreichen."

Schockiert von den Neuigkeiten, stand Jordan im Chaos von drängelnden Häftlingen und Polizisten. Ich bin im Gefängnis, und Onkel Hugh ist verschwunden, dachte er. Dieser Albtraum wird immer schlimmer.

„Und die Polizei glaubt, ich bin schuldig?", wagte er zu fragen.

„Leider", sagte Daumier.

„Und Sie, Claude? Was glauben Sie?"

„Er weiß, dass du unschuldig bist!", erklärte Beryl. „Das wissen wir alle. Gib uns nur Zeit, damit wir das aufklären können."

Jordan drehte sich um zu seiner Schwester, seiner schönen, eigensinnigen Schwester. Sie war der Mensch, der ihm am nächsten stand. Er nahm seine Uhr ab und legte sie ihr in die Hand.

Sie sah ihn fragend an. „Was soll das?"

„Sicher ist sicher. Ich bin vielleicht etwas länger hier. Ich will, dass du den nächsten Flieger nach London nimmst und nach Hause fährst. Verstehst du?"

„Ich fahre nirgendwohin."

„Oh doch. Richard wird sich schon darum kümmern."

„Und wie will er das anstellen?", blaffte sie ihn an. „Mich an den Haaren ins Flugzeug schleifen?"

„Wenn es nötig ist."

„Du brauchst mich hier!"

„Beryl." Er nahm sie an den Schultern und sprach leise und vernünftig auf sie ein. „Eine Frau wurde ermordet. Und sie war dafür ausgebildet, sich selbst zu verteidigen."

„Das bedeutet nicht, dass ich die Nächste bin."

„Es bedeutet, dass jemand Angst hat und zurückschlagen wird. Du musst nach Hause fahren."

„Und dich hierlassen?"

„Claude ist ja hier. Und Reggie …"

„Also, ich fliege nach Hause und lasse dich hier im Knast verschimmeln?" Sie schüttelte vehement den Kopf. „Du glaubst wirklich, das würde ich tun?"

„Wenn dir an mir liegt, tust du's."

Sie schob ihr Kinn vor. „Gerade weil mir an dir liegt", sagte sie, „würde ich das nie tun." Sie umarmte ihn heftig und voller Entschiedenheit. Dann wischte sie sich die Tränen weg und drehte sich zu Richard um. „Wir gehen. Je eher wir mit Reggie sprechen, desto schneller ist die Sache geklärt."

Jordan sah seiner Schwester hinterher. Das war mal wieder typisch, dachte er, als sie sich eigensinnig ihren Weg durch die Menge aus Taschendieben und Prostituierten bahnte. „Beryl!", rief er. „Flieg nach Hause! Sei doch kein Idiot!"

Sie blieb stehen und sah ihn an. „Ich kann nichts dafür, Jordie. Liegt in der Familie." Dann drehte sie sich um und verschwand.

6. KAPITEL

*D*ein Bruder hat recht", sagte Richard. „Du solltest nach Hause fliegen."

„Fang du nicht auch noch an", zischte sie ihn über die Schulter an.

„Ich fahr dich zurück ins Hotel, damit du packen kannst. Dann bringe ich dich zum Flughafen."

„Du und welche Armee?"

„Kannst du nicht einmal einen Ratschlag annehmen?" Richard schien ungehalten.

Sie fuhr herum und baute sich auf dem überfüllten Bürgersteig vor ihm auf. „Ratschlag ja, Anweisung nein!"

„Okay, dann hör mir mal einen Moment zu. Es war schon Wahnsinn, überhaupt nach Paris zu kommen. Ich verstehe durchaus, warum du das getan hast. Du wolltest die Wahrheit über den Tod deiner Eltern herausfinden. Aber es hat sich einiges verändert, Beryl. Eine Frau wurde ermordet. Das ist eine ganz andere Liga."

„Und was soll mit Jordan passieren? Soll ich ihn einfach hierlassen?"

„Darum kümmere ich mich. Ich werde mit Reggie sprechen. Wir besorgen ihm den besten Anwalt …"

„Und ich fahre nach Hause und tu so, als ob mich das alles nichts anginge?" Sie starrte die Uhr an, die sie in der Hand hielt. Jordans Uhr. Leise sagte sie: „Er ist meine Familie. Ist dir aufgefallen, wie schlecht er aussah? Es bringt ihn um, wenn er dableiben muss. Wenn ich ihn jetzt alleinlasse, kann ich mir das nie verzeihen."

„Aber wenn dir etwas passiert, kann Jordan sich das nie verzeihen. Und ich mir auch nicht."

„Du bist nicht für mich verantwortlich."

„Aber du musst jetzt verantwortlich handeln."

„Und wer hat das beschlossen?"

Er streckte die Hand nach ihr aus und nahm ihr Gesicht in seine Hände. „Ich", flüsterte er und küsste sie. Sie war so überrascht über diesen intensiven Kuss, dass sie so schnell gar nicht reagieren konnte; zu viele wunderbare Gefühle überwältigten sie. Sie hörte ihn lustvoll stöhnen, fühlte seine begierige Zunge in ihrem Mund. Ihr Körper reagierte, jeder Nerv vibrierte vor Begierde. Sie nahm den Straßenverkehr nicht mehr wahr und auch die Passanten nicht. Es gab nur noch sie beide, ihre Münder und Körper, die sich aneinanderpressten. Den ganzen Tag hatten sie dagegen angekämpft, dachte sie. Und den ganzen Tag hatte sie gewusst, dass es sinnlos war. Sie hatte gewusst, dass es dazu kommen würde – ein Kuss in den Straßen von Paris, und sie wäre verloren.

Sanft löste er sich von ihr und sah sie an. *„Deshalb* musst du Paris verlassen", murmelte er.

„Weil du es mir befiehlst?"

„Nein, weil es sinnvoll ist."

Sie trat einen Schritt zurück, wollte eine Distanz zwischen ihnen schaffen, damit sie sich – irgendwie – wieder unter Kontrolle bekam. „Für dich vielleicht", sagte sie leise. „Aber nicht für mich." Sie drehte sich um und stieg in sein Auto.

Er setzte sich auf den Fahrersitz und schloss die Tür. Sie schwiegen eine Weile, und doch konnte sie seine Frustration spüren.

„Was kann ich tun, damit du deine Meinung änderst?", fragte er.

„Damit ich meine Meinung ändere?" Sie sah ihn an, und es gelang ihr, ein kompromissloses Lächeln aufzusetzen. „Absolut nichts."

„Die Situation ist ziemlich verfahren", sagte Reggie Vane. „Wenn die Anklagepunkte nicht so schwerwiegend wären – vielleicht Diebstahl oder Körperverletzung –, dann könnte die Botschaft eventuell etwas ausrichten. Aber bei Mord? Tut mit leid, da können wir uns diplomatisch nicht einmischen."

Sie saßen in Reggies Arbeitszimmer zu Hause, einem männlich wirkenden, dunkel getäfelten Raum, der Hughs Arbeitszimmer in Chetwynd ähnelte. In den Bücherregalen standen englische Klassiker, an der Wand hingen Jagdszenen mit Füchsen und Hunden und Reitern. Bei dem steinernen Kamin handelte es sich, so Reggie, um eine originalgetreue Kopie des Kamins aus seinem Elternhaus in Cornwall. Selbst der Geruch von Reggies Tabak erinnerte Beryl an zu Hause. Irgendwie war es tröstlich, dass es hier, am Stadtrand von Paris, einen Ort gab, der wie ein Stück England erschien.

„Aber der Botschafter kann doch sicher etwas tun?", beharrte Beryl. „Wir reden schließlich von Jordan, nicht von irgendeinem

Fußball-Hooligan. Außerdem ist er unschuldig."

„Natürlich ist er unschuldig", sagte Reggie. „Glaub mir, wenn ich irgendetwas für ihn tun könnte, müsste Jordan keinen Moment länger in dieser Zelle sitzen." Er setzte sich neben sie auf die Couch und nahm ihre Hände in seine. Dann sah er sie mit seinen gütigen blauen Augen an. „Beryl, mein Liebes, das musst du verstehen. Auch der Botschafter kann keine Wunder wirken. Ich habe mit ihm gesprochen, und er macht sich keine großen Hoffnungen."

„Also kannst du nichts tun und er auch nicht?", fragte Beryl niedergeschlagen.

„Ich werde ihm einen Anwalt besorgen – einen, mit dem die Botschaft zusammenarbeitet. Das ist ein ausgezeichneter Mann, der auf solche Fälle spezialisiert ist. Und auf englische Mandanten."

„Dann können wir nur auf einen guten Anwalt hoffen?"

Reggies Antwort war ein bedauerndes Kopfnicken.

In ihrer Enttäuschung nahm Beryl nicht wahr, dass Richard dicht hinter ihr stand und ihr jetzt schützend seine Hände auf die Schultern legte. Wie sehr ich plötzlich von ihm abhängig bin, dachte sie. Er ist ein Mann, dem ich nicht trauen sollte, und ich tue es trotzdem.

Reggie sah Richard an. „Was ist mit dem Geheimdienst?", erkundigte er sich. „Gibt's schon was Neues?"

„Der französische Geheimdienst arbeitet mit der Polizei zusammen. Sie nehmen die ballistische Untersuchung an der Waffe selbst vor. Man hat keine Fingerabdrücke darauf gefunden. Dank der Tatsache, dass er Lord Lovats Neffe ist, wird die Sache bevorzugt behandelt. Aber es ist nun mal eine Mordanklage, und das Opfer ist eine Französin. Wenn die Presse davon Wind bekommt, werden sie es so darstellen, als ob das verwöhnte junge Bürschchen aus England mit seinen Beziehungen einer Anklage entkommen will."

„Und gegen uns Briten haben sie sowieso etwas", sagte Reggie. „Nach dreißig Jahren in Frankreich weiß ich, wovon ich rede. Ich sag's euch, sobald mein Jahr bei der Bank abgelaufen ist, gehe ich zurück nach Hause." Sein Blick wanderte sehnsüchtig zu dem Gemälde über dem Kamin. Es zeigte ein Landhaus, das von blauen Glyzinienblüten umrankt war. „Helena hasste Cornwall – sie fand das Haus zu primitiv. Aber für meine Eltern reichte es, und für mich reicht es auch." Er sah Beryl an. „Es ist schrecklich, so weit weg von zu Hause Ärger zu haben. Da merkt man erst, wie verwundbar man ist. Und daran ändert weder eine gute Herkunft noch Geld etwas."

„Ich habe Beryl gesagt, sie soll nach Hause fahren", sagte Richard.

Reggie nickte. „Der Meinung bin ich auch."

„Das kann ich nicht", erwiderte Beryl. „Die Ratten verlassen das sinkende Schiff."

„Du wärst zumindest eine lebendige Ratte", entgegnete Richard.

Verärgert löste sie sich aus seinem Griff. „Aber immer noch eine Ratte."

Reggie nahm ihre Hand. „Beryl", sagte er leise, „hör zu. Ich war der älteste Freund deiner Mutter – wir sind zusammen aufgewachsen. Daher empfinde ich eine besondere Verantwortung für dich. Du glaubst nicht, wie weh es mir tut, eins von Madelines Kindern in einer so schrecklichen Klemme zu sehen. Es ist schon schlimm genug, dass Jordan in der Patsche sitzt. Ich will mir nicht auch noch Sorgen um dich machen müssen ..." Er drückte ihre Hand. „Hör auf Mr Wolf. Er ist ein feinfühliger Mensch. Du kannst ihm vertrauen."

Du kannst ihm vertrauen. Beryl spürte Richards Blick, er war so intensiv wie eine Berührung, und ihre Wirbelsäule spannte sich an. Sie konzentrierte sich auf Reggie. Der liebe Reggie, dessen frühere Freundschaft mit Madeline ihn fast zu einem Familienmitglied machte.

Sie sagte: „Ich weiß, du willst nur das Beste für mich, Reggie, aber ich kann jetzt nicht aus Paris weg."

Die beiden Männer sahen sich an und wechselten enttäuschte Blicke. Aber überrascht waren sie nicht. Schließlich hatten sie beide Madeline gekannt; von ihrer Tochter war dieselbe Sturheit zu erwarten.

Es klopfte an die Tür des Arbeitszimmers. Helena steckte den Kopf herein. „Darf ich reinkommen?"

„Natürlich", antwortete Beryl.

Helena betrat den Raum. Sie hatte ein Tablett mit Tee und Biskuits dabei, das sie auf dem Beistelltisch abstellte. „Ich frage lieber vorher", sagte sie mit einem Lächeln und goss vier Tassen ein, „bevor ich in Reggies Reich eindringe." Sie gab Beryl eine Tasse. „Sind wir denn schon weitergekommen?"

Als Antwort erntete sie Schweigen. Ihr war klar, was das bedeutete, und sie sah Beryl bedauernd an. „Oh Beryl. Es tut mir so leid. Und du kannst *wirklich* gar nichts tun, Reggie?"

„Ich tue es bereits", sagte Reggie sichtlich genervt. Er drehte ihr den Rücken zu, nahm eine Pfeife vom Kaminsims und steckte sie sich an. Einen Moment lang war nur das Klappern der Teetassen auf den Untertellern zu hören und das sanfte Schmatzen von Reggie, der an seiner Pfeife sog.

„Reggie?", versuchte es Helena noch einmal. „Einen Anwalt anzurufen, ist lediglich eine Reaktion. Wie wäre es mit einer *Aktion?*"

„Zum Beispiel?", fragte Richard.

„Na ja, das Verbrechen an sich. Wir wissen alle, dass Jordan es nicht gewesen sein kann. Wer war es dann?"

Reggie seufzte vernehmlich. „Du bist wohl kaum als Kriminalkommissar geeignet."

„Trotzdem muss diese Frage beantwortet werden. Die junge Frau wurde ermordet, während sie Jordan beschützen sollte. Das hat doch alles damit zu tun, dass Jordan überhaupt in Paris ist. Mir will nur nicht in den Kopf, warum ein zwanzig Jahre zurückliegender Mordfall heute noch jemandem gefährlich werden kann."

„Es ging um mehr als nur um Mord", gab Beryl zu bedenken. „Auch um Spionage."

„Die Sache mit dem NATO-Leck", sagte Reggie zu Helena. „Du erinnerst dich, Hugh hat uns davon erzählt."

„Oh ja. Delphi." Helena sah Richard an. „Der MI 6 hat ihn nie wirklich identifiziert, oder?"

„Sie hatten eine Vermutung", antwortete Richard.

„Ich selbst habe mich gefragt", sagte Helena und nahm sich ein Biskuit, „ob es nicht Botschafter Sutherland war. Schließlich hat er kurz nach dem Tod von Madeline und Bernard Selbstmord begangen."

Richard nickte. „Da denken Sie und ich in dieselbe Richtung, Lady Helena."

„Obwohl er natürlich auch andere Gründe gehabt haben könnte, um von dieser Brücke zu springen. Wenn ich mit Nina verheiratet wäre, hätte ich mich auch schon lange umgebracht." Helena biss energisch in ihr Biskuit – wie um zu zeigen, dass auch unscheinbare Frauen nicht unbedingt kraftlos sein müssen.

Reggie klopfte seine Pfeife aus und sagte: „Darüber sollten wir nicht spekulieren."

„Aber man macht sich schon seine Gedanken, oder etwa nicht?" Als Reggie seine Gäste zur Haustür brachte, war es schon lange dunkel. Für die Jahreszeit war die Nacht zu kalt und zu feucht. Selbst die hohen Mauern um das Anwesen der Vanes konnten das Gefühl der Bedrohung nicht fernhalten, das an jenem Abend in der Luft lag.

„Ich verspreche dir", sagte Reggie, „dass ich alles tun werde, was in meiner Macht steht."

„Ich weiß nicht, wie ich dir danken soll", murmelte Beryl.

„Schenk mir ein Lächeln, meine Liebe. Ja, so ist es recht." Reggie zog sie an den Schultern zu sich und küsste sie auf die Stirn. „Du wirst deiner Mutter von Tag zu Tag ähnlicher. Ein größeres Kompliment kann ich dir nicht machen, finde ich." Er wandte sich an Richard. „Du kümmerst dich um sie?"

„Ich verspreche es", versicherte Richard.

„Gut. Denn sie ist alles, was wir noch haben." Traurig tätschelte er Beryls Wange. „Alles, was wir noch von Madeline haben."

„Waren die beiden schon immer so zueinander?", fragte Beryl. „Reggie und Helena?"

Richard hatte den Blick auf die Straße gerichtet. „Wie meinst du das?"

„Dass sie so lieblos miteinander umgehen. Sich gegenseitig niedermachen."

Er lachte in sich hinein. „Ich bin so daran gewöhnt, dass mir das schon gar nicht mehr auffällt. Ja, ich glaube, das war schon so, als ich sie vor zwanzig Jahren kennengelernt habe. Ich denke, es hat was damit zu tun, dass er was gegen Helenas Geld hat. Kein Mann fühlt sich gerne ausgehalten."

„Nein", sagte sie leise und richtete den Blick nach vorn. „Ich schätze, das mag kein Mann gern." Wäre es auch bei uns beiden so, fragte sie sich. Würde er mir mein Vermögen vorhalten? Würde diese Abneigung sich über die Jahre so steigern, dass wir wie

Reggie und Helena enden würden, deren gemeinsames Leben die Hölle ist?

„Außerdem kommt dazu", fuhr Richard fort, „dass Reggie Paris nie gemocht hat und auch nie gerne bei der Bank war. Helena hat ihn bequatscht, diese Stelle anzunehmen."

„Aber ihr scheint es hier doch auch nicht gerade gut zu gefallen."

„Nein. Und deshalb keifen sie sich immer an. Ich erinnere mich an Partys, auf denen sie waren und auf denen auch deine Eltern waren. Das war ein Gegensatz wie Tag und Nacht. Bernard und Madeline wirkten immer wie frisch verliebt. Andererseits musste sich jeder Mann zumindest ein bisschen in deine Mutter verlieben. Es ging gar nicht anders."

„Was war denn so besonders an ihr?", fragte Beryl. „Du hast mal gesagt, dass sie … bezaubernd war."

„Als ich sie kennenlernte, war sie schon Ende dreißig. Sie hatte hier und da ein graues Haar und ein paar Lachfältchen. Aber sie war faszinierender als jede Zwanzigjährige, die ich kannte. Es überraschte mich sehr, zu hören, dass sie gar nicht von Geburt an adelig war."

„Sie stammte aus Cornwall. Spanische Vorfahren. Dad traf sie eines Sommers, als er dort Urlaub machte." Beryl lächelte. „Er sagte, dass sie ihn bei einem Wettlauf besiegte, noch dazu barfuß. Und da wusste er, dass sie die Richtige für ihn war."

„Sie passten in jeder Hinsicht gut zusammen. Ich vermute, das faszinierte mich so an den beiden – ihr Glücklichsein. Meine Eltern hatten sich scheiden lassen. Es war eine ziemlich unschöne Trennung, und seitdem habe ich keine besonders hohe Meinung von der Ehe. Aber bei deinen Eltern sah es so leicht aus." Er schüttelte den Kopf. „Ihr Tod hat mich sehr schockiert. Ich konnte einfach nicht glauben, dass Bernard …"

„Er war es nicht. Ich weiß, dass er es nicht war."

Nach einer Pause sagte Richard: „Ich auch."

Sie fuhren eine Zeit lang, ohne etwas zu sagen. Die Lichter des Gegenverkehrs erhellten immer wieder ihre Gesichter.

„Hast du deshalb nie geheiratet?", fragte sie. „Wegen der Scheidung deiner Eltern?"

„Das war ein Grund. Der andere war, dass ich nie die richtige

Frau getroffen habe." Er sah sie an. „Warum bist du nicht verheiratet?"

Sie zuckte die Schultern. „Nie der richtige Mann."

„Aber es gab doch bestimmt jemanden in deinem Leben."

„Ja, gab es. Für eine ganze Weile." Sie verschränkte die Arme vor der Brust und starrte hinaus in die vorbeifliegende Dunkelheit.

„Und es hat nicht funktioniert?"

Ihr gelang ein mühseliges Lachen. „Zum Glück nicht."

„Höre ich da eine Spur von Verbitterung?"

„Eher Enttäuschung. Als wir uns kennenlernten, dachte ich, er ist was Besonderes. Er war Chirurg und kurz davor, auf eine Hilfsmission nach Nigeria zu gehen. Man trifft selten jemanden, dem die Menschheit wirklich am Herzen liegt. Ich besuchte ihn zweimal in Afrika. Da war er wirklich in seinem Element."

„Und was geschah dann?"

„Wir waren eine Weile zusammen. Und dann merkte ich langsam, wie er sich selbst sah – als toller weißer Retter. Er rauschte in ein primitives Buschkrankenhaus, rettete ein paar Menschenleben und flog dann wieder nach England, um sich dort bewundern zu lassen. Und Bewunderung konnte er nie genug bekommen, wie sich herausstellte. Eine einzige Frau, die ihn vergötterte, reichte nämlich nicht. Es musste gleich ein Dutzend sein." Leise fügte sie hinzu: „Und ich wollte die Einzige sein." Sie lehnte sich im Sitz zurück und schaute hinaus auf die funkelnden Lichter von Paris. Die Stadt des Lichts, dachte sie. Eine Stadt, die gleichzeitig voller Schatten war, voller dunkler Gassen und noch dunklerer Geheimnisse.

Zurück am Place Vendôme, blieben sie noch eine Weile im Auto sitzen. Sie sagten nichts, saßen nur nebeneinander da. Wir sind beide erschöpft, dachte sie. Und die Nacht ist noch nicht vorbei. Ich muss für Jordan ein paar Sachen packen – die Zahnbürste, Kleidung zum Wechseln – und sie ihm ins Gefängnis bringen …

„Ich kann dich also nicht überreden, abzureisen", sagte er.

Sie schaute hinaus auf den Platz und sah die Silhouette eines Liebespaars, das Arm in Arm durch die Dunkelheit spazierte. „Nein. Nicht, bevor man Jordan freigelassen hat. Nicht, bis wir diese Sache zu Ende gebracht haben."

„Ich hatte befürchtet, dass du so reagieren würdest. Aber es überrascht mich nicht. Erst neulich hast du zu mir gesagt, du hättest einen Dickkopf!"

Sie sah ihn an und erahnte im Halbdunkeln sein Lächeln. „Es ist nicht meine Dickköpfigkeit, Richard. Es ist Loyalität. Jordan gegenüber, meinen Eltern gegenüber. Wir sind Tavistocks, verstehst du, und wir halten zusammen."

„Dass du Jordan nicht im Stich lassen willst, sehe ich ein. Aber deine Eltern sind tot."

„Das ist eine Sache der Ehre."

Er schüttelte den Kopf. „Bernard und Madeline haben von dieser Art Ehrerweisung nichts mehr. Das ist ja wie im Mittelalter, als man für etwas so Abstraktes wie einen Familiennamen in die Schlacht zog."

Sie stieg aus dem Wagen. „Dein Familienname bedeutet dir offensichtlich überhaupt nichts", sagte sie kalt.

Er sprang aus dem Wagen und begleitete sie durch die Hotelhalle zum Aufzug. „Vielleicht liegt es daran, dass ich Amerikaner bin; jedenfalls ist mein Name für mich das, was *ich* daraus mache. Ich trage mein Familienwappen nicht auf der Stirn."

„Das kannst du eben nicht verstehen."

„Natürlich nicht", erwiderte er scharf, als sie aus dem Aufzug stiegen. „Ich bin ja nur ein dummer Yankee."

„Das habe ich nicht gesagt!"

Er folgte ihr in ihr Zimmer und schlug geräuschvoll die Tür hinter sich zu. „Aber es ist offensichtlich, dass ich ihrer Ladyschaft nicht gut genug bin."

Sie wirbelte herum und sah ihn wütend an. „Das hältst du mir also vor! Meinen Namen und mein Vermögen."

„Was mich stört, hat nichts damit zu tun, dass du eine Tavistock bist."

„Und was stört dich dann?"

„Dass du so unvernünftig bist!"

„Aha. Meine Dickköpfigkeit."

„Ganz genau. Und dein sinnloses Ehrgefühl. Und deine … deine …"

Sie baute sich vor ihm auf. Sie reckte ihr Kinn nach vorn und sah ihm in die Augen. „Meine was?"

Er nahm ihr Gesicht in seine Hände und küsste sie auf den

Mund. Es war ein langer und heftiger Kuss, sodass sie kaum noch Luft bekam. Als er sie schließlich losließ, hatte sie weiche Knie, und ihr Puls rauschte ihr in den Ohren.

„*Das* stört mich", sagte er. „Ich kann nicht klar denken, wenn du in der Nähe bist. Ich kann nicht mal mehr meine Schnürsenkel binden. Du gehst an mir vorbei, du siehst mich an, und meine Gedanken gehen in eine Richtung, die ich jetzt nicht näher erläutern will. In einer solchen Situation macht man Fehler. Und ich mache nicht gern Fehler."

„Du kannst dich nicht konzentrieren, und ich muss deshalb nach Hause fliegen?" Sie drehte sich um und ging in Richtung der Verbindungstür zu Jordans Zimmer. „Entschuldige, Richard", sagte sie, als sie am Fenster vorbeiging, „aber du musst deine männlichen Hormone vielleicht besser …"

Der Rest des Satzes wurde vom Splittern der Fensterscheibe übertönt.

Reflexartig sprang sie zur Seite. Im nächsten Moment war Richard bei ihr und riss sie zu Boden.

Eine zweite Kugel schwirrte durchs Fenster und schlug mit dumpfem Klatschen in der Wand gegenüber ein.

„Licht aus!", rief Richard. „Wir müssen das Licht ausmachen!" Er kroch zur Nachttischlampe. Er hatte es noch nicht ganz geschafft, da zersplitterte das zweite Fenster. Glassplitter rieselten auf ihn herab.

„Richard!", schrie Beryl.

„Bleib unten!" Er holte tief Luft und rollte sich über den Boden. Dann riss er die Lampenschnur aus der Steckdose. Im nächsten Moment war das Zimmer in Dunkelheit getaucht. Der einzige Lichtschein kam durch die Fenster herein, von den Laternen auf dem Place Vendôme. Eine beängstigende Stille legte sich über den Raum. Nur ihr Herz hörte Beryl laut klopfen.

Langsam richtete sie sich auf.

„Nicht bewegen!", warnte Richard sie.

„Er kann uns nicht sehen."

„Vielleicht hat er ein Infrarotgewehr. Bleib unten!"

Beryl ließ sich wieder fallen. Glassplitter bohrten sich durch ihren Ärmel in ihre Haut. „Von wo kam das?"

„Vermutlich von einem der Gebäude auf der anderen Seite des

Platzes. Mit einem Präzisionsgewehr."

„Und was machen wir jetzt?"

„Wir bitten um Verstärkung." Sie hörte ihn in der Dunkelheit herumkriechen, dann fiel das Telefon zu Boden. Einen Moment später hörte sie ihn fluchen. „Die Leitung ist tot. Jemand hat das Kabel durchtrennt."

Wieder stieg Panik in Beryl auf. „Du meinst, sie waren hier im Zimmer?"

„Das bedeutet …" Er verstummte plötzlich.

„Richard?"

„Psst. Sei mal still."

Obwohl ihr Herz so laut klopfte, hörte sie das leise Surren des Hotelfahrstuhls, der in diesem Moment auf ihrer Etage hielt.

„Ich glaube, wir haben ein Problem", sagte Richard.

7. KAPITEL

*E*r kann nicht rein", sagte Beryl. „Die Tür ist abgeschlossen."

„Sicher haben sie einen Nachschlüssel. Wenn sie vorher schon mal hier waren ..."

„Was machen wir jetzt?"

„Jordans Zimmer. Beeil dich!"

Sie kroch sofort zur Verbindungstür. Erst als sie sie erreicht hatte, bemerkte sie, dass Richard ihr nicht gefolgt war.

„Komm!", flüsterte sie.

„Geh vor. Ich halte sie auf."

Sie starrte ihn ungläubig an. „Was?"

„Sie checken sicher dieses Zimmer zuerst, um herauszufinden, ob sie uns getroffen haben. Ich halte sie auf, und du kannst durch Jordans Zimmer verschwinden. Nimm das Treppenhaus, und bleib nicht stehen!"

Beryl hockte bewegungslos vor der Verbindungstür. *Das ist Selbstmord. Er hat keine Pistole, er hat überhaupt keine Waffe bei sich.* Doch schon schlüpfte er durch das Halbdunkel. Sie sah, wie er sich neben die Tür stellte, um auf den Angriff zu warten. Ihr Herz raste bei dem Gedanken, dass ihm etwas zustoßen könnte.

Es klopfte. Panik stieg in ihr auf. „Mademoiselle Tavistock?", hörte sie eine männliche Stimme. Beryl gab keine Antwort; sie traute sich nicht. „Mademoiselle?", erklang die Stimme noch einmal.

Richard gestikulierte hektisch in der Dunkelheit. *Verschwinde jetzt!*

Ich kann ihn nicht hierlassen, dachte sie. Ich kann ihm das nicht allein überlassen.

Ein Schlüssel drehte sich im Schloss.

Es war keine Zeit mehr, über die Risiken nachzudenken. Beryl schnappte sich die Nachttischlampe, krabbelte hinüber zu Richard und postierte sich neben ihm.

„Was machst du da, verdammt?", flüsterte er.

„Sei still", zischte sie ihm zu.

Die beiden drückten sich flach an die Wand, als die Tür sich öffnete. Ein paar Sekunden lang passierte nichts, dann hörten sie

Schritte. Langsam fiel die Tür ins Schloss, und die Umrisse der Eindringlinge waren auszumachen – zwei Männer, die jetzt im Dunkeln standen. Beryl spürte, wie Richard neben ihr die Muskeln anspannte. Beinahe hörte sie sein stummes „eins-zwei-drei". Plötzlich sprang er auf den Mann zu, der am nächsten bei ihnen stand; die Wucht seines Angriffs riss die beiden Männer zu Boden.

Beryl hob die Lampe und ließ sie auf den Kopf des zweiten Eindringlings krachen. Er sackte vor ihr in sich zusammen, fiel auf die Knie, Gesicht nach unten, und stöhnte. Sie hockte sich neben ihn und durchsuchte ihn nach Waffen. Durch seine Jacke fühlte sie einen harten Gegenstand unter seinem Arm. Ein Pistolenhalfter? Sie rollte ihn auf den Rücken. Ein Lichtschein fiel durch den Türspalt auf sein Gesicht. Da erkannte sie ihren Fehler.

„Oh Gott", sagte sie. Sie sah Richard an, der gerade seinen Gegner beim Kragen gepackt hatte und ihn gegen die Wand drängte. „Richard, nicht!", schrie sie. „Tu ihm nicht weh!"

Er ließ von ihm ab, hielt den Mann aber weiter am Kragen gepackt. „Warum nicht, verdammt noch mal?", rief er.

„Weil es die Falschen sind!" Sie ging zum Schalter an der Wand und schaltete das Licht ein.

Richard blinzelte, das helle Licht blendete ihn. Er starrte den Hotelmanager an, der sich in seinem Griff wand. Dann drehte er sich um und sah zu dem Mann herüber, der stöhnend an der Tür lag. Es war Claude Daumier.

Sofort ließ Richard den Hotelmanager los, der völlig verängstigt zurückwich. „Entschuldigung", sagte Richard. „Ich habe mich geirrt."

„Wenn ich gewusst hätte, dass Sie es sind", sagte Beryl und presste einen Eisbeutel auf Daumiers Kopf, „hätte ich nicht so hart zugeschlagen."

„Wenn Sie gewusst hätten, dass ich es bin", brummte Daumier, „hätten Sie hoffentlich überhaupt nicht zugeschlagen." Er setzte sich auf und griff dabei nach dem Eisbeutel, sodass er nicht runterrutschen konnte. „*Zut alors*, was haben Sie da benutzt, *chérie*? Einen Backstein?"

„Eine Lampe. Keine besonders große übrigens." Sie musterte Richard und den Hotelmanager. Beide waren schlimm zugerichtet – vor allem der Manager. Ein blaues Auge zeugte deutlich von Richards Faust. Jetzt, da der Tumult vorbei war, sie in Sicherheit waren und im Büro des Hotelmanagers saßen, fand Beryl die Situation eigentlich sehr komisch: Ein erfahrener Agent des französischen Geheimdienstes war durch eine Lampe außer Gefecht gesetzt worden. Richard rieb sich noch immer seine schmerzenden Fingerknöchel. Und der arme Hotelmanager hielt geflissentlich Abstand zu diesen Knöcheln. Sie hätte sich kaputtlachen können – wenn nicht alles so beängstigend gewesen wäre.

Es klopfte. Automatisch verkrampfte sich Beryl, entspannte sich aber sofort wieder, als ein Polizist hereinkam. Mein Adrenalinspiegel ist immer noch hoch, dachte sie, als Daumier und der Polizist sich auf Französisch unterhielten. Ich rechne immer noch mit dem Schlimmsten.

Der Polizist entfernte sich wieder und zog die Tür hinter sich zu.

„Was hat er gesagt?", fragte Beryl.

„Die Schüsse wurden von einem Gebäude von der gegenüberliegenden Seite des Platzes abgefeuert", sagte Daumier. „Auf dem Dach wurden die Patronenhülsen gefunden."

„Und der Schütze?", fragte Richard.

Daumier schüttelte bedauernd den Kopf. „Ist verschwunden."

„Dann ist er also noch irgendwo unterwegs", stellte Richard fest. „Und wir wissen nicht, wann er wieder zuschlagen wird." Er wandte sich an den Manager. „Was ist mit der Telefonleitung? Wer könnte sie durchtrennt haben?"

Der Mann wich einen Schritt zurück, als ob er einen weiteren Schlag erwartete. „Ich weiß es nicht, Monsieur! Eines der Zimmermädchen sagte, sie habe heute für ein paar Stunden ihren Hauptschlüssel vermisst."

„Also hätte jeder reinkommen können."

„Aber es war niemand von unserem Personal! Wir haben viele wichtige Gäste, da können wir uns ungeprüfte Angestellte nicht leisten."

„Ich möchte, dass alle noch mal überprüft werden."

Der Manager nickte kleinlaut, dann verließ er das Büro.

Richard ging im Raum auf und ab, dabei lockerte er seine Krawatte. „Wir haben es mit einem Eindringling zu tun, der die Telefonleitung durchtrennt hat. Mit einem Schützen auf der anderen

Seite des Platzes. Mit einem Präzisionsgewehr, das auf Beryls Zimmer gerichtet ist. Claude, es wird immer schlimmer."

„Warum will man mich töten?", fragte Beryl. „Was habe ich getan?"

„Du hast zu viele Fragen gestellt." Richard wandte sich Daumier zu. „Du hattest Recht, Claude. Die Sache ist noch lange nicht erledigt."

„Wir waren beide im Zimmer", wandte Beryl ein. „Woher willst du wissen, dass *ich* gemeint war?"

„Weil nicht ich am Fenster vorbeigegangen bin."

„Aber du bist beim CIA."

„Die korrekte Bezeichnung lautet: Du *warst* beim CIA. Ich bin für niemanden eine Bedrohung."

„Aber ich etwa?"

„Ja. Schon wegen deines Namens – von deiner Neugier mal ganz abgesehen." Er sah Daumier an. „Wir brauchen eine sichere Unterkunft, Claude. Kannst du dich darum kümmern?"

„Wir haben in Passy ein Apartment für Zeugen, die beschützt werden müssen. Das könnt ihr benutzen."

„Wer weiß davon?"

„Meine Leute. Und ein paar Beamte aus dem Ministerium."

„Das sind zu viele."

„Was anderes kann ich euch nicht anbieten. Die Wohnung ist mit einer Alarmanlage ausgestattet, und ich kann Wachen abstellen."

Richard überlegte kurz und wog die Risiken gegeneinander ab. Schließlich nickte er. „Für heute Nacht wird das reichen. Morgen müssen wir uns etwas anderes überlegen. Vielleicht ein Flugticket." Er sah Beryl an.

Diesmal protestierte sie nicht. Sie spürte, wie das Adrenalin sich langsam abbaute. Gerade eben hatte sie noch völlig unter Strom gestanden; jetzt erschien ihr ein Flugzeug nach Hause wie eine vernünftige Alternative. Ein kurzer Flug über den Ärmelkanal, und schon wäre sie sicher in Chetwynd. Die Versuchung war groß – es klang alles so einfach.

Und sie war so unheimlich müde.

Abwesend hörte Beryl zu, wie Daumier die nötigen Anrufe erledigte. Schließlich legte er auf und sagte: „Ich habe einen Wagen und Begleitschutz geordert. Beryls Sachen werden später in die Wohnung gebracht. Oh, und Richard: Das wirst du sicher gern mitnehmen." Er griff in die Innentasche seines Jacketts und brachte eine halb automatische Pistole zum Vorschein. Er reichte sie Richard. „Ich leihe sie dir. Ganz unter uns, natürlich."

„Du bist sicher, dass du ohne sie auskommst?"

„Ich habe noch eine." Daumier löste sein Schulterhalfter und gab es ebenfalls Richard. „Du kannst noch damit umgehen?"

Richard überprüfte den Magazinhalter und nickte grimmig. „Ich denke schon."

Ein Polizist klopfte. Der Wagen war da.

Richard nahm Beryls Arm und half ihr beim Aufstehen. „Zeit, für eine Weile abzutauchen. Bist du bereit?"

Sie schaute die Pistole an, die er in der Hand hielt, bemerkte, wie routiniert er damit umging, wie gekonnt er sie in das Halfter schob. Ein Profi, dachte sie. Wie gut kenne ich dich eigentlich, Richard Wolf?

Aber im Moment war diese Frage irrelevant. Er war der Einzige, auf den sie zählen konnte, er war derjenige, dem sie vertrauen musste.

Sie verließ das Zimmer und folgte ihm.

„Hier sollten wir sicher sein. Zumindest für heute Nacht." Richard verriegelte die Tür zweimal und drehte sich zu ihr um.

Sie stand mitten im Wohnzimmer, mit verschränkten Armen, und war wie betäubt. Das war nicht die selbstbewusste, eigensinnige Beryl, die er kannte. Das war eine Frau, die gerade die Hölle erlebt hatte und wusste, dass es noch nicht vorbei war. Er wollte zu ihr gehen, sie in den Arm nehmen und ihr versprechen, dass sie in seiner Gegenwart sicher war. Aber sie beide wussten, dass er dieses Versprechen eventuell nicht würde halten können. Schweigend ging er durch die Wohnung, überprüfte, ob alle Fenster verriegelt und die Vorhänge geschlossen waren. Ein Blick nach draußen verriet ihm, dass zwei Männer das Gebäude bewachten, einer am vorderen und einer am hinteren Eingang. Unsere Absicherung, dachte er. Falls meine Aufmerksamkeit nicht ausreicht. Und sie *würde* nicht ausreichen. Denn früher oder später würde auch er schlafen müssen.

Nachdem er sich überzeugt hatte, dass alle Fenster und Türen versperrt waren, ging er zurück ins Wohnzimmer. Beryl saß auf der Couch und war sehr schweigsam, ganz still. Sie wirkte beinahe ... besiegt.

„Alles in Ordnung?", fragte er.

Sie zuckte mit den Schultern, als ob diese Frage keine Rolle spielte – als ob sie sich auf wichtigere Dinge konzentrieren sollten.

Er zog seine Jacke aus und warf sie über einen Sessel. „Du hast noch nichts gegessen. In der Küche steht was."

Ihr Blick ruhte auf seinem Schulterhalfter. „Warum hast du Schluss gemacht?", fragte sie.

„Du meinst, mit der Firma?"

Sie nickte. „Als ich sah, wie du die Waffe hältst, ist mir plötzlich wieder eingefallen, was du früher gemacht hast."

Er setzte sich neben sie. „Ich habe nie jemanden umgebracht, falls du das meinst."

„Aber du wurdest dafür ausgebildet."

„Zur Selbstverteidigung. Das ist nicht dasselbe wie Mord."

Sie nickte bedächtig, als ob es ihr schwerfalle, ihm zuzustimmen.

Er nahm die Glock aus dem Halfter und hielt sie ihr hin. Sie betrachtete sie mit unverhohlenem Abscheu.

„Ich weiß, was du denkst", sagte er. „Das ist eine halb automatische Waffe. Neun-Millimeter-Geschosse, sechzehn Patronen pro Magazin. Für manche Leute ist diese Pistole ein Kunstwerk. Für mich ist sie so was wie die letzte Möglichkeit. Etwas, was ich hoffentlich nie benutzen muss." Er legte die Pistole auf den Couchtisch. Sie verstärkte noch den Eindruck der Bedrohung. „Nimm sie mal in die Hand, wenn du willst. Sie ist nicht schwer."

„Lieber nicht." Beryl erschauderte und sah in die andere Richtung. „Ich habe keine Angst vor Waffen. Ich meine, ich hatte schon ein Gewehr in der Hand. Ich bin früher mit Onkel Hugh schießen gegangen – Tontauben schießen."

„Das ist nicht ganz dasselbe."

„Nein. Nicht ganz."

„Du hast mich gefragt, warum ich aufgehört habe." Er zeigte auf die Glock. „Das war ein Grund. Ich habe nie jemanden getötet, und ich will auch nie in die Situation kommen. Für mich war der Geheimdienst wie ein Spiel. Eine Herausforderung. Das Feindbild war klar – die Sowjets und die DDR. Aber heute ..." Er nahm die Pistole und hielt sie nachdenklich in der Hand. „Die Welt hat sich verändert. Heute weiß man nicht mehr, wer der Feind ist. Und ich wusste, dass ich eines Tages die Grenze erreicht haben würde. Ich war schon kurz davor."

„Die Grenze?"

„Mein Alter, weißt du. Mit vierzig reagiert man nicht mehr wie mit zweiundzwanzig. Ich rede mir ein, dass ich dafür wenigstens klüger geworden bin, aber in Wirklichkeit bin ich nur vorsichtiger. Und ich riskiere viel weniger." Er sah sie an. „Egal um wen es geht."

Ihr Blick traf seinen. Als sie sich so ansahen, hatte er das Gefühl, dass er am liebsten draufloserzählen würde. Dass er am allerwenigsten ihr Leben riskieren wollte. Wann war aus dieser Sache mehr als nur ein Babysitterjob geworden, fragte er sich. Wann war es zu etwas ganz anderem geworden? Zu einer Mission, einer Obsession.

„Du machst mir Angst, Richard", sagte sie.

„Du meinst die Pistole."

„Nein, dich. Weil ich so wenig über dich weiß. Weil du mir so viel verheimlichst."

„Ich verspreche dir, dass ich ab jetzt ganz ehrlich zu dir bin."

„Und dabei kommen dann wieder solche Halbwahrheiten heraus. Wie zum Beispiel, dass du meine Eltern nicht kennst. Oder nicht weißt, wie sie starben. Verstehst du, ich erlebe hier gerade meine Kindheit wieder! Onkel Hugh und seine Heimlichtuerei." Sie stieß einen frustrierten Seufzer aus und wandte den Blick ab. „Und dann sehe ich dich ... mit diesem Ding."

Er streichelte ihr Gesicht und drehte es zärtlich in seine Richtung. „Das ist nur ein böser Moment", murmelte er. „Bald ist alles vorbei." Sie sah ihn an, ihre Augen waren klar und feucht, das Haar fiel über ihre Schultern. Sie will mir vertrauen, dachte er. Aber sie hat Angst.

Er konnte nicht anders. Er küsste sie. Einmal. Zweimal. Beim zweiten Mal spürte er, wie ihre Lippen nachgaben, wie ihr ganzer Körper weich wurde. Er küsste sie ein drittes Mal und ließ seine Finger durch ihr seidiges Haar gleiten. Sie seufzte, sie ergab sich, sie lud ihn ein, sie sank auf die Couch.

Und plötzlich beugte er sich über sie. Ihre Lippen trafen sich. Sie waren wie elektrisiert. Sie legte die Arme um seinen Hals und zog ihn an sich – und erschrak. Schon wieder diese verdammte Pistole! Das Halfter hatte sich in ihre Brust gedrückt und sie damit an all die unschönen Dinge erinnert, die heute geschehen waren. Und an all die Gefahren, die noch auf sie lauerten.

Er betrachtete sie, ihr Haar, das auf den Kissen ausgebreitet war, und in ihren Augen sah er eine Mischung aus Furcht und Begehren. Nicht jetzt, dachte er. Nicht so.

Langsam rückte er von ihr ab, und sie setzten sich wieder auf. Einen Moment lang saßen sie stumm nebeneinander auf der Couch und berührten sich nicht.

Sie sagte: „Ich bin noch nicht so weit. Ich vertraue dir mein Leben an, Richard. Aber mein Herz, das ist was anderes."

„Ich verstehe."

„Dann verstehst du sicher auch, dass ich kein Fan von James Bond bin oder von Typen, die auch nur entfernt so sind wie er. Waffen beeindrucken mich nicht und genauso wenig die Männer, die sie benutzen." Sie stand auf und entfernte sich von der Couch. Ging gezielt auf Abstand zu ihm.

„Und was beeindruckt dich?", fragte er. „Wenn nicht die Waffe eines Mannes?"

Sie drehte sich zu ihm um, und er bemerkte, dass sie amüsiert war. Die alte Beryl, dachte er. Gott sei Dank ist sie noch da!

„Aufrichtigkeit", sagte sie, „das ist es, was mich beeindruckt."

„Dann sollst du das auch bekommen. Das verspreche ich dir."

Sie drehte sich um und ging in Richtung Schlafzimmer. „Das werden wir ja sehen."

Jordan war nicht gerade beeindruckt von seinem Anwalt, nein, er war überhaupt nicht beeindruckt.

Der Mann hatte fettige Haare und einen fettigen kleinen Schnurrbart, und er sprach Englisch mit dem aufgesetzten Akzent eines zweitklassigen Schauspielers, der den typischen Franzosen mimte. All diese lang gezogenen „e" und *„Mon Dieus"!* Aber immerhin, dachte Jordan, hat Beryl ihn angeheuert, er muss also einer der besten Anwälte in Paris sein.

Vielleicht ist er es aber doch nicht, dachte Jordan und sah über den Tisch hinweg den schmeichlerischen Monsieur Jarre an.

„Keine Sorge", sagte der Mann. „Ich werde mich um alles kümmern. Ich sehe mir jetzt die Akten an, und ich bin sicher, dass wir schnell einen Weg finden, um Sie freizubekommen."

„Was ist mit der Untersuchung?", fragte Jordan. „Hat sich schon etwas Neues ergeben?"

„Es geht nur sehr langsam voran. Sie wissen doch, wie das ist, Monsieur Tavistock. In einer großen Stadt wie Paris ist die Polizei überlastet. Sie müssen Geduld haben."

„Und mein Onkel? Konnten Sie ihn inzwischen erreichen?"

„Er ist mit meiner Vorgehensweise völlig einverstanden."

„Dann kommt er nach Paris?"

„Er ist aufgehalten worden. Die Geschäfte lassen nicht zu, dass er wegfährt. Es tut mir leid."

„Er ist zu Hause? Aber ich dachte ..." Jordan verstummte. Hatte nicht Beryl gesagt, dass Onkel Hugh gar nicht in Chetwynd war?

Monsieur Jarre erhob sich. „Seien Sie versichert, dass alles für Sie getan wird. Ich habe bei der Polizei erreicht, dass sie in eine komfortablere Zelle verlegt werden."

„Vielen Dank", sagte Jordan, der noch immer über die Bemerkung über Onkel Hugh rätselte. Als der Anwalt gerade den Raum verlassen wollte, rief Jordan: „Monsieur Jarre? Hat mein Onkel zufällig erwähnt, wie die ... Verhandlungen in London gelaufen sind?"

Der Anwalt sah ihn an. „So wie ich ihn verstanden habe, sind sie noch im Gange. Aber ich bin mir sicher, das wird er Ihnen selbst sagen." Er nickte ihm zum Abschied zu. „Guten Abend, Monsieur Tavistock. Ich hoffe, Ihre neue Zelle sagt Ihnen etwas mehr zu." Und damit ging er.

Was zum Teufel geht hier vor? überlegte Jordan. Darüber dachte er den ganzen Weg zu seiner Zelle nach – zu seiner neuen Zelle. Ein Blick auf die dunklen Gestalten, die ihn dort erwarteten, verstärkten sein Misstrauen Monsieur Jarre gegenüber zusätzlich. *Diese* Zelle sollte ihm mehr zusagen?

Widerwillig trat Jordan ein. Er zuckte zusammen, als die Tür hinter ihm zuschlug. Der Schließer ging davon, seine Schritte hallten über den Flur.

116

Die beiden Zellenbewohner starrten auf seine italienischen Schuhe, die in krassem Gegensatz zu der regulären Gefängniskleidung standen, die er trug.

„Hallo", sagte Jordan, weil er das Gefühl hatte, etwas sagen zu müssen.

„*Anglais?*", erkundigte sich einer der beiden Männer nach seiner Herkunft.

Jordan schluckte. „*Oui. Anglais.*"

Der Mann grunzte und deutete auf eine leere Pritsche. „Deine."

Jordan ging zu der Pritsche, setzte das Bündel mit seiner Kleidung am Fußende ab und streckte sich auf der Matratze aus. Die beiden anderen schwatzten auf Französisch weiter, während Jordan sich immer noch Gedanken über den schmierigen Anwalt machte und warum ihn dieser über seinen Onkel belogen hatte. Wenn er nur mit Beryl Kontakt aufnehmen und sie fragen könnte, was los ist ...

Er setzte sich auf, als sich Schritte der Zelle näherten. Es war die Wache, die einen neuen Häftling brachte – einen Mann mit schütterem Haar, rundem Gesicht und Watschelgang. Er sah eigentlich ganz nett aus, ein Typ Mann, den man eher hinter einem Verkaufstresen im Laden um die Ecke vermuten würde. Nicht gerade der typische Verbrecher, dachte Jordan. Aber das bin ich schließlich auch nicht.

Der Mann betrat die Zelle, und man wies ihm die vierte und letzte Pritsche zu. Er setzte sich und sah aus, als sei er überrascht über die Umstände, in denen er sich befand. Sein Name war François, und nach dem, was Jordan mit seinen dürftigen Französischkenntnissen verstehen konnte, schien er ein Verbrechen begangen zu haben, das mit dem schwachen Geschlecht zu tun hatte. Vielleicht hatte er eine Prostituierte angesprochen? François schien nicht besonders erpicht darauf, es zu erzählen. Er saß ganz einfach auf seinem Bett und starrte den Fußboden an. Wir sind beide Neulinge hier, dachte Jordan.

Die anderen beiden Insassen beobachteten Jordan immer noch. Es waren mürrische junge Männer, beide ganz offensichtlich Soziopathen. Auf die würde er ein Auge haben müssen.

Das Abendessen kam – ein grauenhaftes Gulasch mit französischem Weißbrot. Jordan starrte die braune Masse an und dachte sehnsüchtig an das Dinner vom Vorabend – pochierten Lachs und gebratenes Stubenküken. Aber na gut. Man musste eben essen, was es gab. Schade, dass zum Essen kein Wein gereicht wurde. Ein schöner Beaujolais vielleicht oder ein schlichter Burgunder. Er aß einen Bissen Gulasch und kam zu dem Schluss, dass er sich sogar über einen schlechten Wein freuen würde – Hauptsache, er würde diesen faden Geschmack des Essens überdecken. Jordan zwang sich, das Gulasch zu essen, und gelobte im Stillen, dass er als Erstes, wenn er hier rauskäme – *falls* er hier rauskäme –, in ein gutes Restaurant gehen würde.

Um Mitternacht wurde das Licht ausgeschaltet. Jordan streckte sich auf der Decke aus und versuchte zu schlafen, aber es gelang ihm nicht. Zum einen, weil seine Zellengenossen so laut schnarchten, als wollten sie Tote aufwecken. Zum anderen, weil die Ereignisse des Tages ihm durch den Kopf gingen. Die Fahrt mit Colette über den Boulevard Saint-Germain. Wie sie in den Rückspiegel geschaut hatte. Wenn er nur genauer darauf geachtet hätte, wer ihnen zum Hotel gefolgt sein könnte. Und dann erinnerte er sich wider Willen daran, wie er sie im Auto gefunden hatte, wie ihr Blut an seinen Händen geklebt hatte.

In ihm stieg Wut auf – eine ohnmächtige Wut über ihren Tod. Es ist meine Schuld, dachte er. Wenn sie ihn nur nicht hätte bewachen müssen!

Doch das konnte nicht der Grund sein, warum man sie umgebracht hatte, überlegte er weiter. Er war ja gar nicht in der Nähe, als der Mord geschah. Warum wurde sie dann getötet? Hatte sie vielleicht etwas gewusst, irgendetwas gesehen …?

… oder jemanden?

Seine Gedanken rasten in eine neue Richtung. Colette musste im Rückspiegel jemanden erkannt haben, jemanden in einem Auto, das ihnen folgte. Nachdem sie Jordan beim Ritz abgesetzt hatte, hatte sie diesen Jemand vielleicht noch einmal gesehen. Oder der Jemand hatte sie gesehen und wusste, dass sie ihn identifizieren konnte.

Also musste der Killer jemand sein, den Colette gekannt hatte. Jemand, den sie *er*kannt hatte.

Er war so mit seinem Gedankenpuzzle beschäftigt, dass er den quietschenden Bettfedern von einem der Nachbarbetten keine

Aufmerksamkeit schenkte. Erst als er eine leise Bewegung wahrnahm, machte er sich klar, dass einer seiner Zelleninsassen auf sein Bett zukam.

Es war dunkel; er konnte die Gestalt nur schemenhaft erkennen. Einer der beiden jungen Ganoven, dachte er, der sich seine Jacke holen wollte.

Jordan lag absolut bewegungslos da und zwang sich, ruhig und gleichmäßig zu atmen. *Lass den Feigling in dem Glauben, dass ich schlafe. Wenn er nahe genug dran ist, habe ich eine Überraschung für ihn.*

Der Schatten huschte lautlos durch die Dunkelheit. Jetzt war er noch zwei Meter entfernt, jetzt noch eineinhalb. Jordans Herz hämmerte, er spannte seine Muskeln an. *Noch ein bisschen näher. Noch ein bisschen. Gleich streckt er die Hand nach meiner Jacke am Fußende aus ...*

Aber der Mann bewegte sich auf das Kopfende des Bettes zu. Jordan machte im Dunkeln eine Bewegung aus – einen Arm, der zum Schlag ausholte. Jordans Hand schoss in dem Moment nach vorn, als sein Angreifer zuschlug.

Er bekam den anderen Mann am Handgelenk zu fassen und hörte ihn einen Laut der Überraschung ausstoßen. Jetzt versuchte sein Angreifer, ihn mit der freien Hand zu erwischen. Jordan wehrte den Schlag ab und sprang aus dem Bett. Das Handgelenk seines Angreifers noch immer umklammert, drehte er ihm den Arm um. Schmerzensschreie folgten. Der Mann strampelte, um sich loszumachen, doch Jordan hielt ihn fest. Er würde ihn nicht davonkommen lassen. Nicht, ohne ihm eine Lektion zu erteilen. Er schubste den Mann rückwärts und hörte zu seiner Befriedigung, wie er gegen die Wand schlug. Der Mann stöhnte und versuchte, sich aus seinem Griff zu winden. Wieder gab Jordan ihm einen Schubs. Diesmal stolperten sie beide und fielen auf das Bett eines ihrer schlafenden Mithäftlinge. Der Mann, den Jordan festhielt, fing an, sich wild hin und her zu werfen. Jordan bemerkte plötzlich, dass dieser Mann nicht mehr nur versuchte, sich zu befreien. Dieser Mann schien einen Krampf zu haben.

Er hörte Schritte, dann ging das Licht in der Zelle an. Eine Wache schrie ihn auf Französisch an.

Jordan ließ seinen Angreifer los und schreckte überrascht zurück. Es war der mondgesichtige François. Der Mann lag mit zuckenden Gliedern und rollenden Augen auf dem Bett. Der junge Ganove, auf dem François gelandet war, rollte sich panisch von seinem Körper weg und beobachtete schockiert die Szenerie.

François gab ein letztes schmerzvolles Grunzen von sich und blieb dann still liegen.

Sekundenlang starrten alle ihn an und erwarteten, dass er sich wieder bewegen würde. Er bewegte sich nicht mehr.

Die Wache rief nach Unterstützung. Eine zweite Wache kam angerannt. Er schrie die Häftlinge an, zurückzutreten, dann kamen sie zu zweit in die Zelle und untersuchten den leblosen François. Langsam richteten sie sich auf und sahen Jordan an.

„*Est mort*", murmelte einer der beiden.

„Das ... das ist unmöglich!", sagte Jordan. „Wie kann er tot sein? Ich habe nicht so fest zugeschlagen!"

Die Wachen beachteten ihn kaum. Die anderen beiden Häftlinge hatten plötzlich neuen Respekt vor Jordan und wichen in die andere Ecke der Zelle zurück.

„Ich will ihn mir ansehen!", forderte Jordan. Er schob sich an den Wärtern vorbei und kniete sich neben François. Ein Blick genügte, und er wusste, dass sie recht hatten. François war tot.

Jordan schüttelte den Kopf. „Das verstehe ich nicht ..."

„Monsieur, Sie kommen mit", sagte eine der Wachen.

„Ich kann ihn nicht getötet haben!"

„Aber Sie sehen doch, er ist tot."

Jordan bemerkte plötzlich ein kleines Rinnsal aus Blut, das François' Wange herunterlief. Er beugte sich über ihn. Jetzt erst entdeckte er den winzig kleinen Pfeil, der im Schädel des Mannes steckte.

„Verdammt, was ist das?", murmelte Jordan. Er suchte mit den Augen den Boden nach einer Spritze ab, nach einer Dart-Pistole – nach irgendwas, womit diese Nadel abgeschossen worden sein könnte. Auf dem Boden und auf dem Bett konnte er nichts entdecken. Dann sah er die Hand des Toten. In seiner linken Faust hielt er etwas umklammert. Jordan öffnete die verkrampften Finger, das Ding fiel heraus und landete auf dem Bettzeug.

Ein Kugelschreiber.

Sofort riss man ihn hoch und schob ihn in Richtung Zellentür.

„Los", befahl der Wärter. „Raus hier!"

„Wohin?"

„Dahin, wo du keinem was antun kannst." Die Wache dirigierte Jordan hinaus auf den Flur und schloss die Zellentür ab. Jordan erhaschte einen letzten Blick auf seine Zellengenossen, die ihn ängstlich ansahen, und dann wurde er den Gang hinunter in eine Einzelzelle gebracht, die offensichtlich für sehr gefährliche Insassen vorgesehen war. Doppelt mit Stäben gesichert, kein Fenster, kein Mobiliar, nur eine Betonplatte als Bett. Und eine Glühbirne, die unbarmherzig hell von der Decke leuchtete.

Jordan sank auf das Betonbett und wartete. Worauf? fragte er sich. Auf den nächsten Angriff? Auf die nächste Krise? Konnte dieser Albtraum überhaupt noch schlimmer werden?

Eine Stunde verging. Er konnte nicht schlafen, weil das Licht so grell war. Dann kündigten Schritte und Schlüsselgerassel einen Besucher an. Er sah einen Wachmann und einen gut gekleideten Gentleman mit einer Aktentasche.

„Monsieur Tavistock?", sagte der Gentleman.

„Da außer mir niemand hier ist", murmelte Jordan, während er aufstand, „muss es sich dabei offensichtlich um mich handeln."

Die Tür wurde aufgeschlossen, und der Mann mit der Aktentasche trat ein. Er sah sich mit einem Ausdruck von Entsetzen in der spartanischen Zelle um. „Diese Bedingungen sind ja unerhört", sagte er.

„Ja. Und ich verdanke sie meinem wunderbaren Anwalt", erklärte Jordan.

„Aber *ich* bin Ihr Anwalt." Der Mann streckte ihm zur Begrüßung die Hand entgegen. „Henri Laurent. Ich wäre gern früher gekommen, aber ich war in der Oper. Ich habe Monsieur Vanes Nachricht erst vor einer Stunde erhalten. Er sagte, es sei ein Notfall."

Jordan schüttelte verwirrt den Kopf. „Vane? Reggie Vane hat sie geschickt?"

„Ja. Ihre Schwester bat um meine Dienste. Und Monsieur Vane …"

„Beryl hat Sie engagiert? Wer um Himmels willen war dann …" Jordan verstummte. Plötzlich ergaben die bizarren Ereignisse einen Sinn. Einen entsetzlichen Sinn. „Monsieur Laurent", sagte

Jordan. „Vor ein paar Stunden war schon mal ein Anwalt bei mir. Ein Monsieur Jarre."

Laurent runzelte die Stirn. „Man hat mir nichts von einem anderen Anwalt gesagt."

„Er behauptete, meine Schwester hätte ihn engagiert."

„Aber ich habe mit Monsieur Vane gesprochen. Er sagte mir ausdrücklich, Mademoiselle Tavistock wünsche *meinen* Rechtsbeistand. Wie, sagten Sie, soll der Kollege heißen?"

„Jarre."

Laurent schüttelte den Kopf. „Ein Strafverteidiger dieses Namens ist mir nicht bekannt."

Jordan saß eine Weile stumm da und versuchte, die Ereignisse zu durchschauen. Langsam hob er den Kopf und sah Laurent an. „Ich denke, Sie rufen am besten sofort Reggie Vane an."

„Warum?"

„Heute Nacht hat man versucht, mich umzubringen." Jordan schüttelte den Kopf. „Wenn das so weitergeht, Monsieur Laurent, bin ich morgen früh tot."

8. KAPITEL

*S*ie verfolgten sie wieder. Die schwarzen Hunde. Sie hörte sie im Unterholz rascheln und wusste, dass sie näher kamen.

Sie packte Froggie am Zaumzeug und versuchte, sie zu beruhigen, aber die Stute hatte Angst. Plötzlich riss sich Froggie los und bäumte sich auf.

Die Hunde griffen an.

Sie stürzten sich mit einem Mal auf den Hals des Pferdes und rissen ihn mit ihren rasiermesserscharfen Zähnen auf. Froggie schrie vor Angst, sie klang wie ein Mensch. Ich muss sie retten, dachte Beryl. Ich muss die Hunde in die Flucht schlagen. Aber sie war wie gelähmt. Sie konnte nur dastehen und voller Horror beobachten, wie ihr Pferd in die Knie ging und auf den Waldboden stürzte.

Die Hunde mit ihren blutverschmierten Schnauzen drehten sich um und nahmen Beryl ins Visier.

Sie wachte auf, ihr Atem ging schnell, ihre Hände verkrampften sich in der Dunkelheit. Erst als ihre Panik nachließ, hörte sie, wie Richard ihren Namen rief.

Sie drehte sich um und sah ihn in der Tür stehen. Im Zimmer hinter ihm brannte Licht, das seine nackten Schultern in der Dunkelheit schimmern ließ.

„Beryl?", sprach er sie erneut an.

Sie atmete tief durch und versuchte, den Albtraum endgültig abzuschütteln. „Ich bin wach", sagte sie.

„Du musst aufstehen."

„Wie viel Uhr ist es?"

„Vier Uhr morgens. Claude hat gerade angerufen."

„Warum?"

„Wir sollen ihn auf der Polizeistation treffen. Und zwar so schnell wie möglich."

„Auf der Polizeistation?" Sie setzte sich plötzlich auf. „Geht es um Jordan? Ist was passiert?"

Im Halbdunkel sah sie Richard nicken. „Man hat versucht, ihn umzubringen."

„Geniale Methode", sagte Claude Daumier, als er den Kugelschreiber behutsam auf den Tisch legte. „Eine Subkutannadel und eine Druckspritze. Ein kleiner Einstich und die Substanz wird dem Opfer injiziert."

„Welche Substanz?", fragte Beryl.

„Das wird noch untersucht. Morgen früh ist der Autopsietermin. Aber es scheint klar, dass diese Substanz den Tod herbeigeführt hat. Das Opfer hat keine Verletzungen, die auf etwas anderes schließen lassen."

„Dann wird man Jordan nicht für diesen Mord verantwortlich machen können?", fragte Beryl erleichtert.

„Kaum. Er kommt in Isolationshaft, keine Mithäftlinge, zwei Wachen vor der Tür. Es sollte keine weiteren Vorkommnisse geben."

Die Tür des Konferenzzimmers öffnete sich. Jordan kam herein, von zwei Wärtern begleitet. Du lieber Gott, er sieht furchtbar aus, dachte Beryl, während sie aufstand und auf ihn zuging, um ihn zu umarmen. Noch nie hatte sie ihren Bruder so ungepflegt gesehen. Am Kinn sprossen ihm dichte blonde Bartstoppeln und seine Häftlingskleidung war total zerknittert. Doch als sie sich wieder losließen, erkannte sie in seinen Augen immer noch den alten Jordan, den gut gelaunten und ironischen Jordan.

„Und dir ist nichts passiert?", fragte sie.

„Ich habe nicht mal einen Kratzer", sagte er. „Na gut, vielleicht doch", räumte er mit einem Blick auf seine mit blauen Flecken verzierte Faust ein. „Das ist der Tod meiner Maniküre."

„Jordan, ich habe nie einen Anwalt namens Jarre angeheuert. Der Mann war ein Betrüger."

„Das habe ich mir schon gedacht."

„Ich habe einen Monsieur Laurent engagiert, von dem Reggie sagt, dass er der Beste überhaupt ist. Er sollte so schnell wie möglich zu dir kommen."

„Bedauerlicherweise wird mich aber selbst der Beste nicht so schnell hier rausholen können", merkte Jordan niedergeschlagen an. „Ich scheine mich zu einem Langzeitbewohner dieser netten Einrichtung zu entwickeln. Falls mich das Essen nicht vorher umbringt."

„Kannst du nicht einmal ernst sein?"

„Du hast eben das Gulasch hier nicht probiert."

Erschöpft wandte sich Beryl an Daumier. „Was ist mit dem Toten? Wer war er?"

„Laut Unterlagen der Haftanstalt", sagte Daumier, „handelt es sich um François Parmentier, einen Hausmeister. Er saß wegen ordnungswidrigen Verhaltens ein."

„Und wie kam er in Jordans Zelle?", erkundigte sich Richard.

„Es scheint so, dass sein Anwalt, Monsieur Jarre, den Antrag stellte, seine beiden Mandanten in eine Zelle zu verlegen."

„Nicht nur den Antrag", fügte Richard hinzu. „Es war wohl Bestechung. Jarre und der tote Mann bildeten ein Team."

„Und in wessen Auftrag?", fragte Jordan.

„Im Auftrag derselben Leute, die versucht haben, Beryl umzubringen", erwiderte Richard.

„*Was?*"

„Vor ein paar Stunden wurde mit einem Präzisionsgewehr auf sie geschossen."

„Und du bist immer noch in Paris?" Jordan wandte sich an seine Schwester. „Jetzt reicht's. Du fliegst nach Hause, Beryl. Und zwar sofort."

„Ich habe auch schon versucht, ihr das begreiflich zu machen", sagte Richard. „Aber sie will nicht hören."

„Natürlich nicht. Das tut meine liebe kleine Schwester nie."

„Stimmt, Jordie", sagte Beryl. „Ich habe keine andere Wahl. Deshalb bleibe ich hier."

„Du könntest getötet werden."

„Du auch."

Sie standen sich gegenüber, keiner bereit, nachzugeben. Wir sind an einem toten Punkt angelangt, dachte Beryl. Er macht sich meinetwegen Sorgen und ich mir seinetwegen. Und weil wir beide Tavistocks sind, wird sich keiner von uns geschlagen geben.

Aber ich habe die Oberhand. Er ist im Gefängnis und ich nicht.

Jordan drehte sich um und ließ sich auf einen Stuhl fallen. „Verdammt noch mal, überzeugen Sie sie, Wolf!", murmelte er.

„Das versuche ich ja", sagte Richard. „Dabei haben wir übrigens die grundlegende Frage noch gar nicht geklärt – wer will, dass ihr getötet werdet?"

Sie verfielen in Schweigen. Völlig erschöpft sah Beryl ihren

Bruder an. Er war doch der Schlaumeier in der Familie! Wenn er keine Antwort darauf wusste, wer dann?

„Der Schlüssel zu allem", überlegte Jordan, „ist François, der Tote." Er sah Daumier an. „Was weiß man sonst über ihn? Hat er Freunde, Familie?"

„Eine Schwester", antwortete Daumier, „die in Paris lebt."

„Haben Ihre Leute schon mit ihr gesprochen?"

„Das ist überflüssig."

„Wieso?"

„Sie ist, wie sagt man …?" Daumier tippte sich an die Stirn. „*Retardataire*. Sie lebt im Pflegeheim Sacre Cœur. Die Nonnen sagen, sie kann nicht sprechen und befindet sich in einem sehr schlechten Gesundheitszustand."

„Und was ist mit seiner Arbeit?", fragte Richard. „Er war Hausmeister?"

„In der Galerie Annika, einer Kunstgalerie in Auteuil. Das ist eine renommierte Galerie, bekannt für ihre Sammlung zeitgenössischer Kunst."

„Und was hält man in der Galerie von ihm?"

„Ich habe nur kurz mit Annika gesprochen. Sie sagt, dass er ein stiller, verlässlicher Mensch war. Sie kommt später, um unsere Fragen zu beantworten." Er sah auf die Uhr. „In der Zwischenzeit sollten wir alle versuchen, etwas zu schlafen. Wenigstens ein paar Stunden."

„Und was wird aus Jordan?", fragte Beryl. „Woher soll ich wissen, dass er hier sicher ist?"

„Wie gesagt, er wird in eine Einzelzelle verlegt. Strikt isoliert …"

„Das könnte eine falsche Entscheidung sein", gab Richard zu bedenken. „Dann gibt es keine Zeugen."

Wenn ihm irgendwas passiert … Beryl sah ihren Bruder an und erschauderte.

Jordan nickte. „Wolf hat recht. Ich würde mich sicherer fühlen, wenn noch jemand mit mir in der Zelle wäre."

„Aber sie könnten dich wieder zusammen mit einem angeheuerten Killer einsperren", wandte Beryl ein.

„Ich weiß, mit wem ich die Zelle teilen möchte", sagte Jordan. „Zwei harmlose Jungs. Hoffe ich."

Daumier nickte. „Ich werde es veranlassen."

Es versetzte Beryl einen Stich, als Jordan ging. In der Tür blieb er noch einmal stehen und winkte ihr zum Abschied zu. Sie spürte, dass ihr alles viel näher ging als ihm. Aber das ist typisch Jordie, versuchte sie sich aufzumuntern. Nie verliert er seine gute Laune.

Draußen dämmerte es gerade, und der morgendliche Verkehrslärm schwoll an. Beryl, Richard und Daumier standen auf dem Bürgersteig, jeder von ihnen kurz vor dem Zusammenbruch.

„Jordan ist jetzt sicher“, sagte Daumier. „Dafür sorge ich.“

„Ich möchte, dass er mehr als sicher ist“, entgegnete Beryl. „Ich möchte, dass er da rauskommt.“

„Dafür müssen wir seine Unschuld beweisen.“

„Dann tun wir das eben“, sagte sie.

Daumier sah sie an, er hatte Ringe unter den Augen. Der freundliche Franzose, in dessen Gesicht die Jahre ihre Spuren hinterlassen hatten, wirkte plötzlich viel älter. Er sagte: „Was Sie tun müssen, *chérie*, ist, auf der Hut sein. Und unsichtbar bleiben.“ Er ging zu seinem Wagen. „Heute Abend reden wir weiter.“

Als Beryl und Richard in der Wohnung in Passy ankamen, war Beryl kurz vorm Einnicken. Das letzte bisschen Anspannung war gewichen, sie hatte keinerlei Energie mehr. Glücklicherweise schien wenigstens Richard noch voll da zu sein, dachte sie, als sie aus dem Wagen stieg. Wenn sie jetzt umkippte, könnte er sie die Treppen hochtragen.

Und das tat er im Prinzip auch. Er legte den Arm um sie und führte sie durch die Tür und den Flur entlang ins Schlafzimmer. Dort setzte er sich zu ihr aufs Bett.

„Schlaf“, sagte er, „solange du willst.“

„Eine Woche sollte reichen“, murmelte sie.

Er lächelte. Und obwohl die Müdigkeit ihr Wahrnehmungsempfinden beeinträchtigte, fühlte sie wieder das Knistern zwischen ihnen. Trotz ihrer Erschöpfung spürte sie Verlangen in sich aufsteigen. Sie erinnerte sich daran, wie er ohne Hemd in der Tür zu ihrem Schlafzimmer gestanden hatte. Sie dachte, es wäre sehr leicht, ihn jetzt in ihr Bett einzuladen, eine Umarmung, ein Kuss. Und dann viel, viel mehr. *Mein Verstand ist schon ganz vernebelt, ich konzentriere mich nicht mehr auf die wirklich wichtigen Dinge. Ich sehe ihn an, rieche ihn, und schon kann ich nichts anderes mehr denken, als dass ich ihn will.*

Er küsste sie sacht auf die Stirn. „Ich bin direkt nebenan", sagte er und verließ das Zimmer.

Sie war zu müde, um sich auszuziehen, und lag völlig bekleidet auf dem Bett. Draußen war es jetzt schon hell, und Verkehrslärm drang in ihr Zimmer. Sobald dieser Albtraum vorbei war, dachte sie, musste sie eine Weile auf Distanz zu ihm gehen. Um wieder sie selbst zu werden. Ja, das würde sie tun. Sie würde sich in Chetwynd verstecken und darauf warten, dass diese wahnsinnige Anziehungskraft zwischen ihnen beiden verschwand.

Doch als sie die Augen schloss, kehrten die Bilder zurück, lebendiger und verführerischer als je zuvor. Sie folgten ihr in ihre Träume.

Richard schlief fünf Stunden und stand kurz vor Mittag auf. Er duschte, machte sich Eier und Toast und fühlte sich wieder fit. Der Tag war zu kurz für die vielen Dinge, die zu erledigen waren; der Schlaf würde warten müssen.

Er schaute zu Beryl rein und sah, dass sie noch schlief. Gut. Wenn sie aufwachen würde, sollte er von seiner Runde zurück sein. Und für den Fall, dass er noch nicht wieder da wäre, hinterließ er ihr eine Nachricht auf dem Nachttisch. „Bin kurz weggegangen, aber um drei wieder da. R." Dann legte er kurzerhand die Pistole daneben. Für den Fall, dass sie sie braucht, dachte er.

Nachdem er sich versichert hatte, dass die beiden Wachen noch da waren, verließ er die Wohnung und schloss die Tür hinter sich ab.

Sein erster Stopp war die Rue Myrha, Hausnummer 66, das Gebäude, in dem Madeline und Bernard gestorben waren.

Er hatte sich den Bericht der Pariser Polizei noch einmal vorgenommen und wieder und wieder die Aussage des Vermieters durchgelesen. Monsieur Rideau hatte behauptet, er habe die beiden Leichen am Nachmittag des 15. Juli 1973 gefunden und sofort die Polizei benachrichtigt. Bei der Befragung hatte er angegeben, dass die Dachwohnung an eine gewisse Mademoiselle Scarlatti vermietet war, die die Wohnung in unregelmäßigen Abständen nutzte und die Miete immer in bar bezahlte. Von Zeit zu Zeit hatte er aus der Wohnung Stöhnen und Wimmern und eine männliche Stimme gehört. Aber die einzige Person, die er jemals zu Gesicht bekam, war Mademoiselle Scarlatti, die er nicht genau beschreiben konnte, weil sie stets Kopftuch und Sonnenbrille trug. Trotzdem war Monsieur Rideau sicher, dass die tote Frau in der Wohnung die wollüstige Scarlatti war. Und der tote Mann? Der Vermieter hatte ihn noch nie gesehen.

Drei Monate nach seiner Zeugenaussage verkaufte Monsieur Rideau das Haus und verließ mit seiner Familie das Land.

Dieses letzte Detail war in dem Polizeibericht nur in einer Fußnote vermerkt: „Vermieter steht nicht länger für Zeugenaussagen zur Verfügung. Hat Frankreich verlassen."

In Richard keimte der leise Verdacht auf, dass der Wegzug des Vermieters ihre wichtigste Spur sein könnte. Wenn er Rideaus momentanen Aufenthaltsort ausfindig machen und ihn nach den Begebenheiten von vor zwanzig Jahren fragen könnte …

Er klopfte an jeder Wohnung, aber es ergaben sich keine Spuren. Zwanzig Jahre waren eine lange Zeit; Leute waren ein- und wieder ausgezogen. Niemand erinnerte sich an Monsieur Rideau.

Richard ging nach draußen und blieb kurz auf dem Bürgersteig stehen. Ein Ball flog an ihm vorbei, dem eine Horde zerlumpter Kinder hinterherlief. Das endlose Fußballspiel, dachte er belustigt, als er das Gewirr aus schmuddeligen Armen und Beinen betrachtete.

Über die Köpfe der Kinder hinweg entdeckte er eine alte Frau, die auf ihrer Veranda saß. Er schätzte sie auf mindestens siebzig. Vielleicht lebte sie schon so lange hier, dass sie die ehemaligen Bewohner der Straße noch kannte.

Er ging hinüber zu der Frau und sprach sie auf Französisch an. „Guten Tag."

Sie erwiderte seinen Gruß mit einem freundlichen, zahnlosen Grinsen.

„Ich versuche, jemanden zu finden, der sich an Monsieur Jacques Rideau erinnert. Ihm gehörte das Haus da drüben." Er deutete auf die Nummer 66.

Sie antwortete ebenfalls auf Französisch: „Er ist weggezogen."

„Kannten Sie ihn?"

„Sein Sohn war oft bei uns."

„Ich habe gehört, die Familie hat Frankreich verlassen."

Sie nickte. „Sie gingen nach Griechenland. Ich frage mich, wie sie das gemacht haben. Er mit seinem alten Auto! Und was die

Kinder für Kleider anhatten! Aber plötzlich ziehen sie in eine Villa." Sie seufzte. „Und ich bin immer noch hier. Und hier werde ich auch bleiben."

Richard schaute sie fragend an. „Villa?"

„Es hieß damals, sie hätten eine Villa am Meer. Natürlich kann es sein, dass das nicht stimmt – der Junge hat ja immer Geschichten erfunden. Warum sollte er plötzlich die Wahrheit sagen? Jedenfalls hat er behauptet, es wäre eine Villa, an der Blumen hochrankten." Sie lachte. „Inzwischen sind sie bestimmt eingegangen."

„Die Familie?"

„Die Blumen. Hier haben sie noch nicht mal ihre Geranien gegossen."

„Wissen Sie genauer, wohin sie gezogen sind?"

Die Frau zuckte die Schultern. „Irgendwohin ans Meer. Aber ist in Griechenland nicht alles am Meer?"

„Wissen Sie den Namen des Ortes?"

„Warum sollte ich mich an so was erinnern? Er war ja nicht *mein* Freund."

Richard wollte gerade frustriert weggehen, da wurde ihm bewusst, was die Frau gerade gesagt hatte. „Sie meinen, der Sohn des Vermieters war der Freund Ihres Kindes?"

„Meiner Enkelin."

„Hat er sie mal angerufen? Oder Briefe geschrieben?"

„Ein paar. Dann nicht mehr." Sie schüttelte den Kopf. „So sind die jungen Leute. Nichts ist für die Dauer."

„Hat sie die Briefe aufgehoben?"

Die Frau lachte. „Alle. Um ihrem Mann zu beweisen, dass sie schon als Mädchen begehrt war und er einen tollen Fang gemacht hat."

Es brauchte einige Überredungskunst vonseiten Richards, bis die alte Frau ihn hineinbat. Sie gingen durch einen schmalen Gang in die Küche. Ihre Wohnung war dunkel und klein. Zwei kleine Kinder saßen am Tisch und kauten an Brotscheiben. Eine andere Frau – schätzungsweise Mitte dreißig, aber ihre Augen sahen älter aus – saß daneben und fütterte einen Säugling.

„Er will deine Briefe sehen, die von Gerard", sagte die Großmutter.

Die junge Frau sah Richard misstrauisch an.

„Es ist wichtig, dass ich mit seinem Vater spreche", erklärte Richard.

„Sein Vater will nicht gefunden werden", sagte sie und fütterte weiter das Baby.

„Warum nicht?"

„Woher soll ich das wissen? Das hat Gerard mir nicht gesagt."

„Hat es was mit dem Mord an den beiden Engländern zu tun?" Sie hielt in der Bewegung inne. „Sind Sie auch Engländer?"

„Nein, Amerikaner." Er nahm ihr gegenüber Platz. „Erinnern Sie sich an die Morde?"

„Das ist lange her." Sie wischte dem Baby das Gesicht ab. „Ich war damals erst fünfzehn."

„Gerard schrieb Ihnen eine Weile und dann plötzlich nicht mehr. Wieso nicht?"

Die Frau lachte verbittert. „Er hatte kein Interesse mehr. Typisch Mann."

„Oder ihm ist etwas zugestoßen. Vielleicht konnte er Ihnen nicht mehr schreiben, obwohl er gern gewollt hätte."

Wieder zögerte sie.

„Wenn ich nach Griechenland fahre, kann ich das für Sie herausfinden. Ich muss nur wissen, wie der Ort heißt."

Sie saß einen Moment nachdenklich da. Dann wischte sie dem Baby das Kinn ab. Sie sah ihre beiden anderen Kinder an, denen die Nase lief und die quengelten. Sie würde am liebsten fliehen, dachte Gerard. Sie wünscht, ihr Leben wäre anders verlaufen. Egal wie, aber anders. Und sie denkt an ihren Freund aus vergangenen Tagen und daran, wie es wohl für sie beide geworden wäre in der Villa am Meer …

Sie stand auf und ging in ein anderes Zimmer. Kurz darauf kam sie zurück und legte einen kleinen Stapel Briefe auf den Tisch.

Es waren nur vier – nicht gerade ein besonders starker Liebesbeweis. Alle steckten noch in den Umschlägen. Richard überflog ihren Inhalt und bemerkte die teenagerhafte Sehnsucht, mit der sie geschrieben waren. „Ich komme zu dir zurück. Ich werde dich immer lieben. Vergiss mich nicht …" Doch im vierten Brief war die Leidenschaft deutlich abgekühlt.

Es gab keine Absenderadresse, weder in den Briefen noch auf den Umschlägen. Offensichtlich hatte man versucht, den Aufenthaltsort der Familie geheim zu halten. Aber auf einem der Umschläge war ganz deutlich der Poststempel zu lesen: Paros, Griechenland.

Richard gab der Frau die Briefe zurück. Sie hielt sie einen Moment umklammert, als ob sie ihre Erinnerungen festhielte. *Es ist so lange her, fast ein Leben lang, und was ist aus mir geworden ...*

„Wenn Sie Gerard finden ... Wenn er noch lebt", sagte sie, „fragen Sie ihn ..."

„Ja?", sagte Richard sanft.

Sie seufzte. „Fragen Sie ihn, ob er sich an mich erinnert."

„Das mache ich."

Sie hielt die Briefe immer noch fest. Dann legte sie sie seufzend zur Seite und begann erneut, das Baby zu füttern.

Er hatte noch eine Sache zu erledigen, bevor er in die Wohnung zurückkehrte: das Pflegeheim Sacre Cœur.

Es war eine sichtbar schlechtere Einrichtung als die, die Richard am Tag zuvor besucht hatte. Hier gab es keine Einzelzimmer, keine sanftmütigen Nonnen, die durch die Flure liefen. Das hier war nur unwesentlich besser als ein Gefängnis, ein überfülltes noch dazu. Pro Zimmer gab es drei oder vier Patienten, von denen nicht wenige ans Bett gefesselt waren. Julee Parmentier, François' zurückgebliebene Schwester, bewohnte eines der schlimmsten Zimmer. Halb bekleidet lag sie auf einer Matratze mit Plastiküberzug. Sie trug schützende Fausthandschuhe; um ihre Hüfte war ein Gürtel geschlungen, der auf beiden Seiten des Betts befestigt war und ihr gerade genug Spielraum bot, dass sie sich umdrehen konnte. Aufsetzen konnte sie sich nicht. Sie schien Richards Anwesenheit kaum zu registrieren; stattdessen stöhnte sie und starrte unablässig an die Decke.

„So ist sie seit vielen Jahren", erklärte die Schwester. „Sie hatte mit zwölf Jahren einen Unfall. Sie fiel vom Baum und prallte mit dem Kopf auf Steine."

„Kann sie gar nicht sprechen? Gar nicht kommunizieren?"

„Wenn ihr Bruder François da war, lächelte sie, sagte er. Er bestand darauf, sie lächeln gesehen zu haben. Aber ..." Die Schwester zuckte die Achseln. „Ich habe nie was bemerkt."

„Hat er sie oft besucht?"

„Jeden Tag. Immer um die gleiche Uhrzeit, um neun Uhr morgens. Er blieb bis zum Mittagessen, dann ging er zur Arbeit in die Galerie."

„Jeden Tag?"

„Ja. Und sonntags blieb er länger – bis vier Uhr."

Richard sah die Frau im Bett an und versuchte sich vorzustellen, wie es für François gewesen sein musste, stundenlang in diesem Raum zu sitzen, mit diesen Geräuschen und diesem Geruch. Er hatte jede freie Minute bei seiner Schwester verbracht, ohne dass sie ihn auch nur erkannt hätte.

„Es ist eine Tragödie", sagte die Schwester. „François war ein guter Mensch."

Sie verließen das Zimmer und ließen die mitleiderregende Gestalt auf ihrem Plastiklaken allein.

„Was wird jetzt aus ihr?", fragte Richard. „Wird sich jetzt noch jemand um sie kümmern?"

„Das spielt kaum noch eine Rolle."

„Warum sagen Sie das?"

„Ihre Nieren versagen." Die Schwester sah den Flur entlang, zu Julee Parmentiers Zimmer, und schüttelte traurig den Kopf. „In ein, zwei Monaten ist sie tot."

„Aber Sie müssen doch wissen, wohin er gegangen ist", beharrte Beryl.

Der französische Agent zuckte kaum merklich mit den Schultern. „Er hat es nicht gesagt, Mademoiselle. Er hat mir nur aufgetragen, die Wohnung zu bewachen. Damit Ihnen nichts passiert."

„Mehr hat er nicht gesagt? Er ist dann einfach weggefahren?"

Der Mann nickte.

Frustriert drehte Beryl sich um und ging zurück in die Wohnung. Sie las noch einmal Richards Nachricht: „Bin kurz weggegangen, aber um drei wieder da." Keine Erklärung, keine Entschuldigung. Sie zerknüllte den Zettel und warf ihn in den Mülleimer. Und was sollte sie machen? Den ganzen Tag darauf warten, bis er zurückkäme? Und was war mit Jordan? Was war mit der Untersuchung?

Und was war mit Mittagessen?

Ihr Magenknurren ließ sich nicht mehr ignorieren. Sie ging in die Küche und öffnete den Kühlschrank. Ungläubig starrte sie auf den Inhalt: ein Karton Eier, ein Laib Brot und ein verschrumpeltes Würstchen. Kein Obst, kein Gemüse, nicht mal eine mickrige Karotte. Zweifelsohne hatte ein Mann den Einkauf erledigt.

Ich denke nicht daran, das da zu essen, sagte sie sich und schloss die Kühlschranktür. Aber ich denke auch nicht daran zu verhungern. Ich will was Richtiges essen – mit ihm oder ohne ihn.

Daumiers Männer hatten am Abend zuvor ihre Sachen in die Wohnung gebracht. Sie holte ihr unauffälligstes schwarzes Kleid aus dem Schrank, versteckte ihr Haar unter einem breitkrempigen Hut und setzte eine dunkle Sonnenbrille auf. Gar nicht schlecht, fand sie, als sie sich im Spiegel betrachtete.

Dann verließ sie die Wohnung.

Der Wachmann vor der Tür kam sofort auf sie zu. „Mademoiselle, Sie dürfen die Wohnung nicht verlassen."

„Aber *er* durfte gehen", konterte sie.

„Mr Wolf hat uns extra angewiesen …"

„Ich habe Hunger", sagte sie. „Ich werde übellaunig, wenn ich Hunger habe, und ich habe keine Lust auf Eier und Toastbrot. Wenn Sie mir bitte sagen würden, wo die nächste Métro-Station ist …"

„Sie wollen *alleine* gehen?", fragte er erschrocken.

„Wenn Sie mich nicht begleiten."

Der Mann blickte voller Unbehagen die Straße hinunter. „Diesbezüglich habe ich keine Anweisung."

„Dann gehe ich jetzt eben", erwiderte sie und schritt eilig davon.

„Kommen Sie zurück!"

Sie ging weiter.

„Mademoiselle!", rief er. „Ich hole das Auto!"

Sie drehte sich um und schenkte ihm ein strahlendes Lächeln.

„Mit Vergnügen."

Ihre beiden Bewacher begleiteten sie in ein Restaurant in Auteuil, gleich um die Ecke. Sie vermutete, dass sie dieses Restaurant nicht wegen des guten Essens ausgewählt hatten, sondern wegen des kleinen Gastraums und der leicht im Blick zu behaltenden Eingangstür. Das Essen war kaum mehr als mittelmäßig: eine fade Vichysoisse und ein Stück Lamm, das auch als Leder durchgegangen wäre. Aber Beryl war so hungrig, dass sie alles aufaß und anschließend noch Appetit auf *tarte aux pommes* hatte.

Nach dem Essen waren ihre beiden Begleiter bester Stimmung. Vielleicht war diese Leibwächter-Nummer gar nicht so schlecht, wenn die Lady jeden Tag ein Essen springen ließ. Sie ließen Beryl sogar gewähren, als sie auf der Rückfahrt zur Wohnung darum bat, kurz anzuhalten. Es dauere nicht lang, sagte sie, sie wolle sich nur eine neue Kunstausstellung ansehen. Sie könne ja etwas entdecken, was ihr gefalle.

Also begleiteten die Männer sie in die Galerie Annika.

Die Galerie entpuppte sich als riesiger, hoher Ausstellungsraum – die drei Stockwerke waren durch offene Gänge und Wendeltreppen miteinander verbunden. Die Sonne schien durch eine Kuppel herein und beleuchtete eine Sammlung von Bronzeskulpturen, die im ersten Stock aufgestellt war.

Eine junge Frau mit auffälliger roter Igelfrisur eilte auf sie zu und begrüßte sie. Ob Mademoiselle etwas Bestimmtes zu sehen wünsche?

„Darf ich mich einfach etwas umsehen?", fragte Beryl. „Oder vielleicht könnten Sie mir ein paar Gemälde zeigen. Nichts zu Modernes allerdings – ich präferiere klassische Künstler."

„Selbstverständlich", sagte die Frau und geleitete Beryl und ihre Begleiter auf der Wendeltreppe nach oben.

Die meisten Bilder, die hier hingen, waren schrecklich. Landschaften, die von deformierten Tieren bevölkert wurden. Vögel mit Hundeköpfen. Stadtszenen mit überdeutlich kubistischen Gebäuden. Die junge Frau blieb vor einem Gemälde stehen und sagte: „Vielleicht gefällt Ihnen so etwas?"

Beryl warf einen Blick auf die nackte Jägerin, die ein totes Kaninchen hochhielt, und sagte: „Ich glaube nicht." Sie ging weiter und schaute sich die exzentrische Ansammlung von Gemälden, Stoffbildern und Tonmasken an. „Wer sucht die Werke aus, die hier ausgestellt werden?", fragte sie.

„Annika, die Besitzerin der Galerie."

Beryl blieb vor einer besonders grotesken Maske stehen – einem Mann mit einer gespaltenen Zunge. „Sie hat … ein einzigartiges Gespür für Kunst."

„Sehr gewagt, finden Sie nicht? Sie bevorzugt Künstler, die gern Risiken eingehen."

„Ist sie hier? Ich würde sie gerne kennenlernen."

„Im Moment nicht." Die Frau schüttelte traurig den Kopf. „Einer unserer Angestellten starb letzte Nacht. Annika muss mit der Polizei sprechen."

„Oh, das tut mir leid."

„Es war unser Hausmeister." Die Frau seufzte. „Es kam sehr unerwartet."

Sie kehrten ins erste Stockwerk zurück. Da entdeckte Beryl ein Kunstwerk, das sie vielleicht kaufen könnte. Es war eine der Bronzestatuen, eine Variation des Madonna-mit-Kind-Themas. Doch als sie die Skulptur von Nahem betrachtete, sah sie, dass es kein Kind war, das da an der Mutterbrust lag, sondern ein Schakal.

„Faszinierend, nicht wahr?"

Beryl erschauderte und sah die junge Frau an. „Welcher brillante Geist hat sich das ausgedacht?"

„Ein neuer Künstler. Ein junger Mann, der gerade versucht, sich in Paris einen Namen zu machen. Wir geben heute Abend ihm zu Ehren einen Empfang. Vielleicht haben Sie Lust, zu kommen?"

„Wenn ich es möglich machen kann."

Die Frau griff in ein Körbchen und holte eine elegante Einladung hervor. Sie gab sie Beryl. „Wenn Sie heute Abend Zeit haben, kommen Sie doch bitte vorbei."

Beryl wollte die Karte gerade in ihre Handtasche gleiten lassen, als ihr der Name des Künstlers ins Auge fiel. Sie kannte ihn.

Galerie Annika presente:
Les sculptures de Anthony Sutherland
17 juillet 7–9 du soir.

9. KAPITEL

Das ist Wahnsinn", sagte Richard. „Ein nicht hinnehmbares Risiko."

Zu seiner Verärgerung stapfte Beryl hinüber zum Kleiderschrank und begutachtete ihre Garderobe. „Was ist für heute Abend wohl angemessen? Klassisch oder leger?"

„Du wirst ein prima Ziel abgeben", warnte Richard sie. „Eine Vernissage! Öffentlicher geht es wohl nicht! Das kommt überhaupt nicht infrage!"

Beryl nahm ein enges schwarzes Seidenkleid aus dem Schrank, stellte sich vor den Spiegel und hielt es sich an. „An einem öffentlichen Ort ist man am sichersten", bemerkte sie.

„Du solltest hierbleiben! Stattdessen läufst du fast sorglos durch die Stadt ..."

„Du auch."

„Ich hatte etwas zu erledigen."

Sie drehte sich um und ging ins Schlafzimmer. „Ich ebenfalls", rief sie ihm fröhlich zu.

Er ging ihr nach, blieb dann aber in der Tür stehen, als er sah, dass sie sich auszog. Er drehte sich um und lehnte sich mit dem Rücken an den Türpfosten. „Lust auf ein Drei-Sterne-Menü zählt nicht als Notwendigkeit", rief er ihr zu.

„Es war kein Drei-Sterne-Menü. Nicht mal ein halber Stern. Aber immer noch besser als Eier und vergammeltes Brot."

„Du bist echt ein verwöhntes Kätzchen! Du würdest vermutlich eher verhungern, als das zu essen, was die anderen Katzen bekommen."

„Stimmt. Ich bin eine verwöhnte Perserkatze und will meine Sahne und meine Hühnerleber."

„Ich hätte dir was zu essen mitgebracht. Inklusive Katzenminze."

„Du warst nicht da."

Und das war ein Fehler gewesen, wie ihm jetzt klar wurde. Diese Frau konnte man keine Sekunde allein lassen. Sie war so verdammt unberechenbar.

Nein, eigentlich *war* sie berechenbar. Sie tat alles, was sie *nicht* tun sollte.

Und er wollte nicht, dass sie heute Abend die Wohnung verließ.

Er hörte, wie sie in das schwarze Kleid stieg, die Seide raschelte, der Reißverschluss wurde zugezogen. Er kämpfte gegen die Bilder an, die nun in seinem Kopf auftauchten – ihre langen Beine, ihre kurvigen Hüften … Er merkte, dass er vor Enttäuschung die Zähne aufeinanderbiss. Er war enttäuscht von ihr, von sich selbst, von den Ereignissen, die er nicht unter Kontrolle hatte.

„Kannst du mir helfen?", bat sie.

Er drehte sich um und sah sie mit dem Rücken vor ihm stehen. Ihr Nacken war sozusagen in Kussweite.

„Der Verschluss", sagte sie und warf ihre Haare über die Schulter. Er roch das blumige Aroma ihres Shampoos. „Ich bekomme ihn nicht zu."

Er hakte den Verschluss in die Öse und ließ seinen Blick über ihre nackten Schultern wandern. „Wo hast du das Kleid her?", fragte er.

„Ich habe es aus Chetwynd mitgebracht." Sie ging hinüber zur Frisierkommode und legte Ohrringe an. Das Seidenkleid schmiegte sich perfekt an ihren Körper. „Warum fragst du?"

„Es ist von Madeline, oder nicht?"

Sie drehte sich um und sah ihn an. „Ja, das stimmt", sagte sie leise. „Stört dich das?"

„Es ist nur …" Er atmete laut aus. „Es passt dir so gut. Kurve für Kurve."

„Und du denkst, du hast ein Gespenst vor dir."

„Ich erinnere mich, dass sie das Kleid mal bei einem Empfang in der Botschaft trug." Er hielt inne. „Es ist irgendwie gruselig, aber das Kleid scheint wie für dich gemacht."

Sie ging langsam auf ihn zu und sah ihn dabei an. „Ich bin nicht sie, Richard."

„Ich weiß."

„Egal wie sehr du dir auch wünschst, dass sie zurückkommt …"

„Sie?" Er nahm ihre Handgelenke und zog sie an sich heran. „Wenn ich dich ansehe, sehe ich nur Beryl. Natürlich sehe ich die Ähnlichkeit. Die Haare, die Augen. Aber *du* bist die, die ich ansehe. Und du bist die, die ich will." Er beugte sich zu ihr und drückte ihr sanft einen Kuss auf die Lippen. „Deshalb möchte ich, dass du heute Abend hierbleibst."

„Als deine Gefangene?", fragte sie.

„Wenn's sein muss." Wieder küsste er sie und hörte sie zufrieden schnurren. Sie warf den Kopf zurück, und seine Lippen glitten ihren weichen Hals hinab, der so verführerisch nach Parfum duftete.

„Dann wirst du mich wohl fesseln müssen ...", flüsterte sie.

„Alles, was du willst."

„... denn anders wirst du es nicht schaffen, mich hierzubehalten." Mit einem provozierenden Lachen machte sie sich los und verschwand im Bad.

Richard unterdrückte ein frustriertes Stöhnen. Vom Flur aus beobachtete er, wie sie ihr Haar hochsteckte. „Was erwartest du eigentlich genau von dieser Veranstaltung?", wollte er wissen.

„Das weiß man nie. Das ist doch gerade das Spannende, wenn sich Geheimdienstleute treffen. Man hält Augen und Ohren offen. Mal sehen, was sich ergibt. Ich finde, wir haben schon eine Menge über François herausgefunden. Wir wissen, dass er eine kranke Schwester hat. Das bedeutet, dass er Geld brauchte. Mit seiner Arbeit als Hausmeister in der Kunstgalerie wird er schwerlich die Kosten für ihre Betreuung aufgebracht haben. Vielleicht war er verzweifelt und hätte alles getan, um an Geld zu kommen. Sogar jemanden umbringen."

„Deine Logik ist unwiderlegbar."

„Danke."

„Aber trotzdem ist dein Plan Wahnsinn. Du musst dich nicht dem Risiko aussetzen ..."

„Mach ich aber." Sie drehte sich zu ihm um, ihr Haar war jetzt zu einem Knoten hochgesteckt. „Jemand will Jordan und mich umbringen. Also werde ich heute Abend da sein. Die perfekte Zielscheibe."

Sie ist ein wunderbares Wesen, dachte er. Es liegt an ihrem Stammbaum, an den Genen von Bernard und Madeline. Sie hält sich für unbesiegbar.

„Das ist also dein Plan, ja?", sagte er. „Den Killer dazu zu bewegen, dass er einen Zug macht."

„Wenn ich damit Jordan retten kann."

„Und was hält den Killer davon ab, seinen Job auszuführen?"

„Meine zwei Leibwächter. Und du."

„Ich bin nicht unfehlbar, Beryl."

„Aber nah dran."

„Ich könnte einen Fehler machen, nicht aufmerksam genug sein."

„Ich vertraue auf dich."

„Aber ich vertraue nicht auf mich!" Er begann aufgeregt im Schlafzimmer auf und ab zu gehen. „Ich bin seit Jahren nicht mehr in dem Geschäft. Ich bin aus der Übung, ich habe keine Kondition mehr. Ich bin zweiundvierzig, Beryl, und meine Reflexe sind nicht mehr so wie früher."

„Gestern schienen sie mir noch gut genug zu sein."

„Wenn du diese Wohnung verlässt, Beryl, kann ich nicht mehr für deine Sicherheit garantieren."

Sie kam auf ihn zu und sah ihn kühl an. „Tatsache ist, Richard, dass du nirgends für meine Sicherheit garantieren kannst. Nicht hier drin, nicht auf der Straße, nicht auf dieser Vernissage. Wenn ich noch länger in dieser Wohnung bleibe, wenn ich noch länger diese Wände anstarren muss und mir vorstelle, was alles passieren könnte, werde ich wahnsinnig. Es ist besser für mich, wenn ich *nicht* hier bin, wenn ich etwas unternehme. Jordan kann gerade nicht, also muss ich das übernehmen."

„Du musst den Köder spielen?"

„Unsere einzige Spur ist der tote François. Irgendjemand hat ihn engagiert, Richard. Irgendjemand, der vielleicht Verbindungen zur Galerie Annika hat."

Einen Moment lang sah Richard sie an und dachte: Sie hat natürlich recht. Zu demselben Schluss bin ich auch gekommen. Sie ist clever genug, um zu wissen, was getan werden muss. Und rücksichtslos genug.

Er ging zum Nachttisch und nahm die Glock. Eineinhalb Pfund Stahl und Plastik, mehr hatte er nicht, um sie zu beschützen. Es schien ihm minderwertig und nutzlos angesichts der Gefahren, die vor der Haustür lauerten.

„Du kommst also mit?", fragte sie.

Er drehte sich um und sah sie an. „Meinst du, ich lasse dich allein gehen?"

Sie lächelte so selbstbewusst, dass ihm angst und bange wurde. Ihre Mutter Madeline hatte dasselbe Lächeln gehabt. Madeline, die genauso selbstsicher gewesen war.

Er ließ die Glock in das Schulterhalfter gleiten. „Ich bin bei dir, Beryl", sagte er, „auf Schritt und Tritt."

Anthony Sutherland stand wie ein kleiner Kaiser neben seiner Bronzefigur der Madonna mit Schakal. Er trug ein Piratenhemd aus schwarzer Seide, eine schwarze Lederhose und Stiefel aus Schlangenleder. Die Blitzlichter der Fotografen schienen ihn kein bisschen nervös zu machen. Die Kunstkritiker waren angesichts der Ausstellung in Aufruhr. „Aufwühlend." „Erschreckend." „Bilder, die jegliche Konvention sprengen." Das waren nur ein paar der Kommentare, die Beryl aufschnappte, als sie durch die Galerie wanderte.

Sie und Richard blieben stehen, um sich eine weitere Bronzeplastik von Anthony anzusehen. Auf den ersten Blick hielt man es für zwei nackte Figuren, die sich liebevoll umarmen. Doch bei näherem Hinsehen erkannte man, dass sie sich gegenseitig bei lebendigem Leibe verschlangen.

„Ist das nicht eine Allegorie auf die Ehe?", hörten sie eine bekannte Stimme sagen. Es war Reggie Vane, der in der einen Hand ein Glas Champagner und in der anderen zwei Tellerchen mit leckeren Kanapees balancierte.

Er beugte sich vor und küsste Beryl liebevoll auf die Wange. „Du siehst heute Abend einfach wunderbar aus, mein Liebes. Deine Mutter wäre stolz auf dich."

„Reggie, ich hatte keine Ahnung, dass du dich für moderne Kunst interessierst", sagte Beryl.

„Tu ich auch nicht. Helena hat mich hergeschleppt." Er blickte angewidert in die Runde. „Mein Gott, ich hasse solche Veranstaltungen. Aber die St. Pierres sind da, und Marie besteht immer darauf, dass Helena auch kommt, um ihr Gesellschaft zu leisten." Er stellte sein Champagnerglas auf dem Kopf der Plastik ab und lachte über den skurrilen Effekt. „Sieht doch gleich viel besser aus, oder? Wenn sich die beiden schon gegenseitig auffressen, kann etwas Blubberwasser zum Herunterspülen nicht schaden."

Eine elegant gekleidete Dame stürmte heran und schnappte sich das Glas. „Bitte zeigen Sie doch etwas mehr Respekt vor der Kunst, Mr Vane!", schimpfte sie.

„Ich wollte nicht respektlos sein, Annika", beschwichtigte Reggie die Galeristin. „Ich fand nur, etwas Humor könnte dem Werk nicht schaden."

„Es ist absolut perfekt, so wie es ist." Annika wischte mit ihrer Serviette kurz über die Bronzeköpfe und trat einen Schritt zurück, um die ineinander verschlungenen Figuren zu betrachten. „Skurrilität würde seine Botschaft zerstören."

„Und wie lautet die Botschaft?", erkundigte sich Richard.

Die Frau mit dem jungenhaft kurz geschnittenen Haar drehte sich zu ihm um und zeigte deutliches Interesse. „Die Botschaft", sagte sie und sah Richard dabei intensiv an, „ist, dass Monogamie eine zerstörerische Einrichtung ist."

„Das ist die Ehe, das stimmt", brummte Reggie.

„Aber die freie Liebe", führte die Frau weiter aus, „kennt keine Beschränkungen und steht allen Vergnügungen offen gegenüber – sie ist eine positive Kraft."

„Ist das Anthonys Interpretation des Werks?", fragte Beryl.

„Das ist *meine* Interpretation." Annika ließ ihren Blick zu Beryl wandern. „Sind Sie eine Freundin von Anthony?"

„Eine Bekannte. Ich kenne seine Mutter, Nina."

„Wo ist Nina eigentlich?", wunderte sich Reggie. „Man würde doch erwarten, dass sie bei dieser *ruhmvollen* Veranstaltung für ihren *Darling* Anthony ganz vorne mit dabei ist."

Beryl musste über Reggies Nachahmung von Nina lachen. Ja, wenn Queen Nina Publikum wollte, musste sie nur eine dieser edlen Veranstaltungen organisieren, und schon hätte sie ihr Publikum. Selbst die bedauernswerte Marie St. Pierre, eben erst aus dem Krankenhaus entlassen, durfte nicht fehlen. Marie stand mit Helena Vane zusammen, die beiden Frauen wirkten wie zwei Spatzen inmitten von lauter Pfauen. Es war klar zu erkennen, warum die beiden so gut befreundet waren; beide waren völlig unscheinbar, und beide waren unglücklich verheiratet. Dass es in den Ehen der beiden nicht gut lief, war heute Abend deutlich zu bemerken. Die Vanes gingen einander aus dem Weg: Helena stand in einer Ecke und feuerte mit ihren Blicken Giftpfeile durch den Raum, und Reggie hielt sich möglichst fern von ihr. Marie St. Pierres Mann war nicht einmal anwesend.

„Also das Werk rühmt die freie Liebe?", sagte Reggie und betrachtete die Plastik nun mit viel mehr Sympathie.

„So sehe ich es jedenfalls", entgegnete Annika. „So sollten Mann und Frau sich lieben."

„Damit bin ich einverstanden", stimmte Reggie sofort zu. „Man sollte die Ehe verbieten."

Die Galeristin sah Richard provozierend an. „Und was meinen Sie dazu, Mr …?"

„Wolf", sagte Richard. „Es tut mir leid, ich sehe das nicht so." Er nahm Beryls Arm. „Sie entschuldigen uns. Wir wollen uns noch den Rest der Ausstellung anschauen."

Als er Beryl zur Wendeltreppe führte, flüsterte sie: „Oben ist nichts."

„Ich will die oberen Stockwerke überprüfen."

„Anthonys Werk ist nur im ersten Stock."

„Ich habe gesehen, wie Nina vor ein paar Minuten nach oben schlüpfte. Ich will wissen, was sie da macht."

Sie erklommen die Stufen zum zweiten Stockwerk der Galerie. Von der Brüstung blickten sie hinunter auf die Menge im ersten Stock. Es war eine Schickimicki-Veranstaltung, überall hervorragend sitzende Frisuren und Seidengarderobe. Annika stand jetzt neben Anthony im Rampenlicht, und das Blitzlichtgewitter ging erneut los. Sie umarmten und küssten sich, während die Menge applaudierte.

„Ach, die freie Liebe", seufzte Beryl. „Damit scheint Annika sich ja auszukennen."

„Das würde ich auch so sehen."

Beryl lächelte ihn hintergründig an. „Armer Richard. Er hat heute Abend Dienst und kann sich gar nicht amüsieren."

„Leider nicht. Sie würde mich bei lebendigem Leib verspeisen. Wie bei der Statue."

„Bist du denn nicht ein bisschen in Versuchung geraten?"

Er sah sie amüsiert an. „Was hast du vor, Beryl?"

„Nichts."

„Ich weiß genau, was du willst. Du willst mich testen. Du willst sichergehen, dass ich nicht so bin wie dein Chirurg. Der, wie du mir erzählt hast, an die freie Liebe glaubte."

Beryls Lächeln verschwand augenblicklich. „Tue ich das?", fragte sie leise.

„Das ist dein Recht." Er drückte ihre Hand und sah wieder hinunter auf die Menge. Er ist immer wachsam, passt immer auf mich auf, dachte sie. Ich würde ihm mein Leben anvertrauen. Aber mein Herz? Ich weiß immer noch nicht ...

In der unteren Galerie begann eine Zwei-Mann-Band zu spielen. Als die sanften Klänge von Flöte und Gitarre den Raum füllten, spürte Beryl, wie jemand sie beobachtete. Sie sah hinunter auf die Bronzestatuen und entdeckte Anthony Sutherland, der neben seiner Madonna mit Schakal stand. Er starrte sie an. Und der Ausdruck in seinen Augen war kalte Berechnung.

Instinktiv zog sie sich von der Brüstung zurück.

„Was ist?", fragte Richard.

„Anthony. Er sieht mich so komisch an."

Aber da hatte sich Anthony schon abgewandt und schüttelte gerade Reggie Vane die Hand. Ein merkwürdiger junger Mann, dachte Beryl. Was für ein kranker Geist denkt sich solche Albtraum-Visionen aus? Frauen, die Schakale säugen. Paare, die einander verspeisen. Ob es so schrecklich gewesen war, als Sohn von Nina Sutherland aufzuwachsen?

Sie wanderte mit Richard durch den zweiten Stock der Galerie, doch Nina war nirgends zu sehen.

„Warum willst du sie unbedingt sprechen?", fragte Beryl.

„Will ich gar nicht. Aber sie schlich so klammheimlich nach oben, als ob sie nicht entdeckt werden wollte."

„Und du hast sie entdeckt."

„Es war ihr Kleid. Ihr Markenzeichen – das Kleid mit den Glasperlen."

Sie beendeten den Rundgang durch den zweiten Stock und machten sich auf den Weg in den dritten. Auch hier keine Spur von Nina. Als sie weiterschlenderten, hörten die Musiker im untersten Stock plötzlich auf zu spielen. In der Pause, die darauf folgte, hörte Beryl Ninas Stimme – ein paar laute Silben – und dann plötzlich Flüstern. Eine andere Stimme antwortete ihr, die Stimme eines Mannes.

Die Stimmen kamen aus einer Nische direkt vor ihnen.

„Es ist ja nicht so, dass ich keine Geduld gehabt hätte", sagte Nina. „Oder nicht versucht hätte, Verständnis zu haben."

„Ich weiß. Ich weiß ..."

„Weißt du, wie das für *mich* ist? Für Anthony? Machst du dir überhaupt eine Vorstellung davon? Seit Jahren warten wir darauf, dass du eine Entscheidung triffst."

„Euch hat es doch nie an etwas gefehlt."

„Oh, da dürfen wir uns aber glücklich schätzen! Meine Güte, wie großzügig von dir!"

„Der Junge hat das Beste vom Besten bekommen – alles, was er wollte. Jetzt ist er 21. Ich stehe nicht mehr in der Verantwortung für ihn."

„Deine Verantwortung", sagte Nina, „fängt jetzt erst an."

Richard schob Beryl um die Ecke, gerade als Nina aus der Nische auftauchte. Sie stürmte an ihnen vorbei, zu verärgert, um sie beide zu bemerken. Sie hörten ihre hohen Absätze auf den Stufen nach unten.

Einen Moment später trat eine zweite Gestalt aus der Nische. Sie bewegte sich wie ein alter Mann.

Es war Philippe St. Pierre.

Er ging zur Brüstung und schaute hinunter auf die Menge. Fast schien es, als wollte er sich aus dem dritten Stock in die Tiefe stürzen. Dann seufzte er tief und folgte Nina die Stufen hinab.

Im untersten Stockwerk zerstreute sich die Menge allmählich. Anthony war bereits gegangen; die Vanes auch. Aber Marie St. Pierre stand noch immer in ihrer Ecke, die verlassene Frau, die darauf wartet, dass man sie abholt. Am anderen Ende des Raums stand ihr Ehemann Philippe mit einem Glas Champagner in der Hand. Zwischen den beiden befand sich die makabre Skulptur, der Mann und die Frau aus Bronze, die einander bei lebendigem Leib verspeisten.

Beryl dachte, dass Anthony mit seinem Kunstwerk vielleicht ins Schwarze getroffen hatte. Wenn die Menschen nicht aufpassten, konnte die Liebe sie vereinnahmen, sie zerstören. Wie sie Marie zerstört hatte.

Das Bild von Marie St. Pierre, allein und verloren in der Ecke, beschäftigte Beryl noch auf dem Weg zurück zur Wohnung. Sie dachte, es müsste schwer sein, die Frau eines Politikers zu spielen – immer souverän, immer freundlich, immer für ihn da, bloß keine Xanthippe sein. Selbst wenn man wusste, dass der eigene Mann in eine andere Frau verliebt war.

„Sie muss es schon seit Jahren wissen", sagte Beryl leise.

Richard hielt den Blick auf die Straße gerichtet, als er sie zurück nach Passy chauffierte. „Wer?", fragte er.

„Marie St. Pierre. Sie muss von ihrem Mann und Nina gewusst haben. Jedes Mal, wenn sie Anthony ansieht, erkennt sie die Ähnlichkeit. Und das muss wehtun. Und trotzdem hat sie ihn die ganze Zeit ertragen."

„Und Nina", ergänzte Richard.

Beryl lehnte sich zurück. Sie war verwirrt. *Ja, sie erträgt Nina. Und das verstehe ich nicht. Wie kann sie so nett zu der Geliebten ihres Mannes sein, so höflich? Und zu seinem Bastard von Sohn …*

„Hältst du Philippe für Anthonys Vater?"

„Natürlich, davon sprach Nina doch. Dieses Gerede von Philippes Verantwortung. Sie meinte damit: für Anthony." Sie hielt inne. „Die Kunstschule muss sehr teuer sein."

„Und Philippe wird über die Jahre ein nettes Sümmchen zur Unterstützung des Jungen hingelegt haben. Ganz abgesehen von Ninas Ansprüchen, ihrem extravaganten Geschmack, um es mal so zu nennen. Ihre Witwenrente hätte niemals ausgereicht, um …"

„Was meinst du?", fragte Beryl.

„Ich muss gerade an ihren Mann, Stephen Sutherland, denken. Er brachte sich einen Monat nach dem Tod deiner Eltern um – er sprang von einer Brücke."

„Ja, das hast du mir erzählt."

„Ich habe all die Jahre geglaubt, sein Tod hinge mit der Delphi-Sache zusammen. Ich hielt ihn für den Maulwurf und dachte, er hätte sich umgebracht, weil er kurz vor der Enttarnung stand. Aber was, wenn die Gründe für seinen Selbstmord rein persönlicher Natur waren?"

„Seine Ehe."

„Und der kleine Anthony. Vielleicht hatte Stephen herausgefunden, dass er gar nicht sein Sohn war."

„Aber wenn Stephen Sutherland nicht Delphi war …"

„… dann müssen wir wieder von vorn anfangen. Eine unbekannte Person. Oder mehrere."

Oder mehrere. Von denen vielleicht noch jemand am Leben war. Und Angst vor Entdeckung hatte.

Instinktiv drehte sie sich um, um zu kontrollieren, ob sie verfolgt würden. Hinter ihnen war der Peugeot mit den beiden französischen Agenten; dahinter konnte sie nur eine Reihe Lichter erkennen. Richard hat recht gehabt, dachte sie. Sie hätte in der Wohnung bleiben sollen. Sie hätte sich bedeckt halten sollen, sich unsichtbar machen sollen. Heute Nachmittag konnte jemand sie gesehen haben. Oder sie wurde jetzt gerade verfolgt, und jemand beobachtete sie aus dieser Lichterflut heraus.

Plötzlich wünschte sie sich zurück in die Wohnung, in die Sicherheit dieser vier Wände. Die Fahrt nach Passy kam ihr endlos vor, eine Fahrt durch die Dunkelheit, die voller Gefahren steckte.

Als sie endlich vor dem Gebäude ankamen, hatte sie es eilig, ins Haus zu kommen. Sie setzte schon einen Fuß auf den Bordstein, als Richard sie zurück in den Wagen zog.

„Steig noch nicht aus", sagte er. „Lass erst die Männer nachsehen."

„Du glaubst doch nicht wirklich …"

„Es ist eine Vorsichtsmaßnahme. Standardprozedur."

Beryl beobachtete, wie die beiden französischen Agenten die Treppe hochstiegen und die Haustür aufschlossen. Während der eine auf der Treppe Wache hielt, verschwand der andere im Haus.

„Wie könnte jemand von der Wohnung wissen?", fragte sie.

„Bestechung. Undichte Stellen."

„Du glaubst doch nicht, dass Claude Daumier …"

„Ich will dir keine Angst machen, Beryl. Ich denke nur, dass wir vorsichtig sein sollten."

Sie sah, wie in der Wohnung das Licht anging. Erst im Wohnzimmer, dann im Schlafzimmer. Schließlich gab der Mann auf der Treppe ihnen ein Zeichen, dass alles in Ordnung war.

„Okay, alles scheint sauber zu sein", sagte Richard und stieg aus. „Los jetzt."

Beryl stieg aus. Sie wandte sich dem Gebäude zu und machte einen Schritt auf dem Bürgersteig – und wurde rücklings gegen den Wagen geschleudert, als eine Explosion die Umgebung erschütterte. Glassplitter regneten vom Haus auf die Straße. Sekunden später war der Himmel hell erleuchtet, Flammen loderten aus den Fensterscheiben. Beryl sank zu Boden, in ihren Ohren hallte noch die Explosion nach. Sie starrte wie betäubt auf die züngelnden Flammen.

Sie hörte nicht, wie Richard nach ihr rief, bemerkte nicht, dass er neben sie gekrochen war, bis sie schließlich seine Hände auf ihrem Gesicht spürte. „Bist du in Ordnung?", rief er. „Beryl, sieh mich an!"

Sie nickte kraftlos. Dann ließ sie ihren Blick zum Eingang schweifen, wo der Körper des französischen Agenten ausgestreckt auf dem Boden lag.

„Bleib hier!", befahl Richard, als er zu dem Mann sprintete. Er kniete sich neben ihn und fühlte seinen Puls. Im nächsten Moment war er wieder bei Beryl. „Steig ins Auto", sagte er.

„Was ist mit den Männern?"

„Der hier ist tot. Und der andere hatte sowieso keine Chance."

„Das kannst du nicht wissen!"

„Steig einfach ein!", forderte Richard sie auf. Er öffnete die Tür und schob sie regelrecht hinein. Dann lief er hinüber zur Fahrerseite und setzte sich hinters Steuer.

„Wir können sie nicht hier liegen lassen!", heulte Beryl.

„Müssen wir aber." Er ließ den Motor an und fuhr mit quietschenden Reifen davon.

Beryl starrte auf die vorbeifliegenden Straßen. Richard fuhr wie ein Wahnsinniger, doch sie war zu überrascht, um Angst zu haben, zu verwirrt, um sich auf etwas anderes zu konzentrieren als auf die vielen Rücklichter vor ihnen.

„Jordan", flüsterte sie. „Was ist mit Jordan?"

„Im Moment müssen wir an dich denken."

„Sie haben die Wohnung ausfindig gemacht. Dann können sie auch ihn erwischen!"

„Darum kümmere ich mich später. Erst bringen wir dich in Sicherheit."

„Wo?"

Er zog über zwei Spuren in eine Haltebucht. „Mir fällt schon was ein. Irgendwo."

Irgendwo. Sie starrte hinaus auf die Lichter von Paris. Eine Stadt von ungeheurer Ausdehnung, ein Lichtermeer. Eine Million Orte, an denen man sich verstecken konnte.

An denen man sterben konnte.

Sie erschauderte und sank tief in den Sitz. „Und dann was?", flüsterte sie. „Was passiert als Nächstes?"

Er sah sie an. „Wir verlassen Paris. Und das Land."

„Du meinst – wir fahren nach Hause?"

„Nein. In England ist es auch nicht sicher." Er richtete den Blick wieder auf die Straße. Das Auto raste durch die Dunkelheit. „Wir fliegen nach Griechenland."

Daumier nahm nach dem zweiten Klingeln ab. „*Allo?*"

Eine ihm bekannte Stimme fragte ihn ungehalten: „Was zum Teufel ist los?"

„Richard?", sagte Daumier. „Wo bist du?"

„An einem sicheren Ort. Du wirst verstehen, dass ich ihn dir nicht nenne."

„Und Beryl?"

„Ihr ist nichts passiert. Obwohl ich das über deine beiden Männer leider nicht sagen kann. Wer wusste von der Wohnung, Claude?"

„Nur meine Leute."

„Wer sonst noch?"

„Ich habe niemandem davon erzählt. Ich hielt sie für einen sicheren Ort."

„Offensichtlich hast du dich getäuscht. Jemand hat uns gefunden."

„Ihr habt heute Morgen beide die Wohnung verlassen. Vielleicht hat man einen von euch verfolgt."

„Mich jedenfalls nicht."

„Dann Beryl. Du hättest ihr nicht erlauben sollen, das Haus zu verlassen. Vielleicht wurde sie am Nachmittag in der Galerie Annika gesehen und ab dann verfolgt. Warum seid ihr nicht in der Wohnung geblieben?"

„Es war mein Fehler, du hast recht. Ich hätte sie nicht allein lassen sollen. Ich kann es mir nicht erlauben, noch mehr Fehler zu machen."

Daumier seufzte. „Du und ich, Richard, wir kennen uns so lange. Es ist jetzt nicht der richtige Zeitpunkt, um einander das Vertrauen zu kündigen."

Einen Moment lang blieb es am anderen Ende der Leitung stumm. Dann sagte Richard: „Es tut mir leid, aber ich habe keine andere Wahl, Claude. Wir tauchen unter."

„Dann werde ich euch nicht mehr helfen können."

„Da müssen wir allein durch. Ohne deine Hilfe."

„Richard, warte ..."

Aber Richard hatte schon aufgelegt. Daumier starrte den Hörer an, dann legte er ihn langsam auf die Gabel. Es hatte keinen Zweck, zu versuchen, den Anruf zurückverfolgen zu lassen; Richard hatte mit Sicherheit aus einer Telefonzelle angerufen – und sicher aus einer anderen Gegend als der, in der sie wohnten. Der Mann war mal Profi gewesen; er kannte die Tricks.

Vielleicht – aber nur vielleicht – würden die beiden deshalb überleben.

„Viel Glück, mein Freund", murmelte Daumier. „Ich fürchte, du wirst es brauchen."

Richard riskierte einen weiteren Anruf von der Telefonzelle, diesmal nach Washington, D.C.

Sein Geschäftspartner nahm den Anruf in seiner üblichen un-charmanten Art entgegen. „Hier Sakaroff."

„Niki, ich bin's."

„Richard? Ist es schön in Paris? Lässt du's dir gut gehen?"

„Es ist beschissen. Pass auf, ich kann nicht lange reden. Es gibt Schwierigkeiten."

Niki seufzte. „Warum überrascht mich das nicht?"

„Es geht um den alten Delphi-Fall. Erinnerst du dich? Paris, 1973. Das Leck bei der NATO."

„Ach ja."

„Delphi ist wieder zum Leben erwacht. Ich brauche deine Hilfe, um ihn zu identifizieren."

„Ich war beim KGB, Richard, nicht bei der Stasi."

„Aber du hattest Kontakte in die DDR."

„Nicht direkt. Ich hatte nicht viel mit den Stasi-Agenten zu tun. Die DDR-Leute, weißt du ... die agierten lieber eigenständig."

„Wer *hat* denn dann Ahnung von Delphi? Es muss doch einen alten Kontakt geben, an den du dich wegen Informationen wenden kannst."

Es folgte eine kurze Pause. „Vielleicht ..."

„Ja?"

„Heinrich Leitner", sagte Sakaroff. „Er kann dir möglicherweise weiterhelfen. Er hat die Stasi-Operationen in Paris betreut. Aber er war kein Feldspieler – er hat Ostberlin nie verlassen. Vielleicht weiß er dennoch, worum es bei Delphi ging."

„Okay, mit diesem Mann muss ich reden. Wie komme ich an ihn ran?"

„Das ist das Schwierige. Er ist in Berlin ..."

„Kein Problem. Da fahren wir hin."

„... in einem Hochsicherheitsgefängnis."

Richard stöhnte. „Das *ist* ein Problem." Frustriert drehte er sich um und schaute aus der Telefonzelle auf die U-Bahn-Station. „Ich muss ihn treffen, Niki."

„Du brauchst eine offizielle Erlaubnis. Das dauert Tage. Papiere, Unterschriften ..."

„Das muss ich eben in Kauf nehmen. Wenn du ein paar Anrufe erledigen könntest, würde das die Sache sicher beschleunigen."

„Dafür kann ich nicht garantieren."

„Ich habe verstanden. Ach, und eins noch", sagte Richard. „Wir suchen einen Hugh Tavistock. Er scheint verschwunden zu sein. Hast du was davon gehört?"

„Nein, aber ich werde mal bei meinen Quellen nachhören. Noch was?"

„Das sag ich dir dann."

Sakaroff grunzte. „Ich habe befürchtet, dass du das sagst."

Richard hängte auf. Als er die Telefonzelle verließ, sah er sich in der U-Bahn-Station um. Ihm fiel nichts Verdächtiges auf, nur die üblichen Nachtschwärmer – Händchen haltende Paare, Studenten mit Rucksäcken.

Die Bahn nach Creteil-Préfecture rollte ein. Richard stieg ein, fuhr drei Stationen und stieg wieder aus. Er wartete ein paar Minuten auf dem nächsten Bahnsteig und betrachtete die Leute. Niemand kam ihm bekannt vor. Er war erleichtert, dass er nicht verfolgt wurde, und stieg in die Bahn nach Bobigny-Picasso. An der Haltestelle Gare de l'Est stieg er aus, verließ die U-Bahn-Station und machte sich eilig auf den Weg zur Pension.

Beryl war noch wach und saß in einem Sessel am Fenster. Sie hatte das Licht ausgeschaltet, und in der Dunkelheit war sie nicht mehr als eine Silhouette vor dem nächtlichen Himmel. Er schloss die Tür und verriegelte sie. „Beryl", begrüßte er sie. „Alles in Ordnung?"

151

Er dachte, dass er sie nicken sah. Oder zitterte nur ihr Kinn, als sie tief Luft holte und ein leises Seufzen von sich gab?

„Hier sind wir sicher", sagte er. „Zumindest für heute Nacht."

„Und morgen?", kam ihre gemurmelte Frage.

„Darüber machen wir uns Gedanken, wenn es so weit ist."

Sie lehnte sich in den Sesselkissen zurück und starrte vor sich hin. „War es so, Richard? Als du noch beim Geheimdienst warst? Ein Leben von Tag zu Tag, ohne dass man es wagt, an Morgen zu denken?"

Er ging langsam zu ihrem Sessel. „Manchmal war es so. Manchmal wusste ich nicht, ob es ein Morgen für mich geben würde."

„Vermisst du dieses Leben?" Sie sah ihn an. Er konnte ihr Gesicht nicht sehen, aber er spürte, dass sie ihn betrachtete.

„Dieses Leben habe ich hinter mir gelassen."

„Aber vermisst du es? Die Aufregung? Die Gefahren?"

„Beryl. Beryl, bitte." Er nahm ihre Hand; sie fühlte sich an wie ein Klumpen Eis.

„Hat es dir denn kein bisschen Spaß gemacht?"

„Nein." Er zögerte. Dann verbesserte er sich: „Doch. Eine kurze Zeit lang. Als ich sehr jung war. Bevor es alles zu real wurde."

„So wie heute Abend. Heute Abend war es real für mich. Als ich den jungen Mann da liegen sah …" Sie schluckte. „Heute Mittag haben wir zusammen gegessen, verstehst du, zu dritt. Sie aßen Kalb. Dazu eine Flasche Wein und hinterher Eis. Und ich habe sie zum Lachen gebracht …" Sie sah zur Seite.

„Am Anfang kommt es einem vor wie ein Spiel", sagte Richard. „Ein Fantasiekrieg. Doch dann merkt man irgendwann, dass die Kugeln echt sind. Und die Menschen auch." Er hielt ihre Hand in seiner und wünschte sich, er könnte sie wärmen. Ihre Hand und sie selbst. „Genau das ist mir passiert. Plötzlich war alles so echt. Und da war eine Frau …"

Sie saß ganz still, wartete ab, hörte zu. „Hast du sie geliebt?", fragte sie leise.

„Nein, ich habe sie nicht geliebt. Aber ich mochte sie, sehr sogar. Es war in Berlin, vor dem Fall der Mauer. Wir versuchten, einen Überläufer in den Westen zu schmuggeln. Und meine Partnerin ist in eine Falle geraten. Der Wachtposten eröffnete sofort das Feuer."

Er hob Beryls Hand an seine Lippen und küsste sie, hielt sie fest. „Hat sie es … nicht geschafft?"

Er schüttelte den Kopf. „Und plötzlich war das Ganze kein Spiel mehr. Ich sah ihren Körper da im Niemandsland liegen. Und ich konnte nicht zu ihr. Ich musste sie dort liegen lassen, für die anderen …" Er ließ ihre Hand los. Er ging zum Fenster und sah hinaus auf die Lichter von Paris. „Danach hörte ich auf. Ich wollte nicht noch einen Tod auf mein Gewissen laden. Ich wollte nicht länger … verantwortlich sein." Er drehte sich zu ihr um. Im schwachen Licht der Stadt sah ihr Gesicht blass aus, beinahe durchscheinend. „Deshalb fällt mir das hier so schwer, Beryl. Weil ich weiß, was passieren kann, wenn ich einen Fehler mache. Weil ich weiß, dass dein Leben davon abhängt, was ich als Nächstes tun werde."

Eine Weile saß Beryl nur still da und beobachtete ihn. Sie spürte seinen Blick in der Dunkelheit. Wie immer knisterte es zwischen ihnen. Aber heute Nacht war da mehr als sonst, mehr als nur das Begehren.

Sie erhob sich aus dem Sessel. Obwohl er sich nicht bewegte, spürte sie seinen Blick über ihren Körper gleiten, und als sie langsam auf ihn zuging, konnte sie seinen Atem hören. Sie streckte die Hand aus und berührte sein unrasiertes Gesicht. „Richard", flüsterte sie, „ich will dich."

Dann warf sie sich in seine Arme. Keine Umarmung, kein Kuss hatten ihr je so die Sinne geraubt wie der Kuss, der jetzt folgte. Wir sind wie das Bronze-Paar, dachte sie. Ausgehungert. Wollen einander am liebsten auffressen.

Aber bei ihnen ging es um Liebe, nicht um Zerstörung.

Sie stöhnte und ließ den Kopf nach hinten fallen, als sein Mund ihren Hals entlangglitt. Sie fühlte jede Bewegung seiner Hände durch den seidigen Stoff ihres Kleides. Lieber Gott, wenn sie schon solche Empfindungen hatte, solange sie noch angezogen war, welche süßen Qualen würde sie erst erleben, wenn er ihre nackte Haut berührte? Ihre Brüste erbebten unter seiner Berührung, und ihre Brustspitzen wurden hart.

Er zog den Reißverschluss ihres Kleids auf und ließ es von ihren Schultern rutschen.

Es glitt an ihren Hüften herunter und verwandelte sich in ein

Häufchen Seide auf dem Fußboden. Dann zeichnete er langsam die Konturen ihres Körpers nach. Mit seinen Lippen berührte er ihren Hals, ihre Brüste, ihren Bauch. Sie erschauderte vor Lust, packte seine Haare und stöhnte: „Das kannst du nicht machen …"

„Alles ist erlaubt", murmelte er, als er ihr die Strumpfhose auszog. „In der Liebe und im Krieg …"

Als er sie ganz ausgezogen und sich auch seiner Kleider entledigt hatte, konnte sie nichts mehr sagen, nicht mehr protestieren. Sie hatte plötzlich kein Gefühl mehr für Zeit und Raum; es gab nur noch die Dunkelheit, die Wärme seiner Berührung und die Lust, die in ihr bebte. Sie bekam kaum mit, wie sie aufs Bett fielen. Sie sank erwartungsvoll auf die Matratze und hörte ihrer beider schnellen Atem. Dann presste sie sich an ihn, drängte ihn an sich und in sich.

Ausgehungert, dachte sie, als seine Lippen ihren Mund erforschten.

Und sie stürzten sich aufeinander, wie zwei Verhungernde sich auf ein Festmahl stürzen.

Er fasste nach ihrer Hand, und ihre Finger umklammerten einander immer fester und fester, als ihre Körper sich vereinigten, sich aneinanderrieben, gemeinsam jubilierten. Selbst als die letzten Schauer der Begierde verklungen waren, hielt er noch immer ihre Hand.

Jetzt ließ er sie langsam los und umfasste ihr Gesicht. Er küsste sie sanft auf die Lippen, auf die Lider. „Nächstes Mal", flüsterte er, „lassen wir es langsamer angehen. Dann werde ich es nicht so eilig haben, das verspreche ich."

Sie lächelte ihn an. „Keine Beschwerden."

„Nein?"

„Nein. Aber beim nächsten Mal …"

„Ja?"

Sie drehte sich unter ihm, und sie rollten über die Laken, bis sie schließlich auf ihm saß. „Nächstes Mal", murmelte sie und näherte ihre Lippen seiner Brust, „bin ich diejenige, die die Zügel in der Hand hält."

Er stöhnte, als ihr heißer Mund seinen Bauch berührte und sich langsam nach unten bewegte.

„Du hast doch gesagt, alles ist erlaubt …"

„… in der Liebe und im Krieg." Er lachte. Und vergrub seine Hände in ihrem Haar.

Sie trafen sich am selben Ort wie immer, im Lagerhaus hinter der Galerie Annika. An den Wänden stapelten sich Dutzende von Kisten mit Bildern und Skulpturen von Möchtegern-Künstlern, von denen die meisten zweifellos untalentierte Amateure waren, die auf einen Platz in der Galerie hofften. Aber wer kann ernsthaft beurteilen, was Kunst ist und was Schrott? dachte Amiel Foch, der sich in diesem Raum voll eingesperrter Träume umsah. *Für mich ist das alles das Gleiche. Farbe und Leinwand.*

Foch drehte sich um, als die Tür des Lagerhauses geöffnet wurde. „Die Bombe ist hochgegangen wie geplant", sagte er. „Der Job ist erledigt."

„Der Job ist *nicht* erledigt", war die Antwort. Anthony Sutherland tauchte aus der Nacht auf und betrat das Lagerhaus. Die Tür schlug hinter ihm zu. Das Echo hallte über den Betonboden. „Die Frau sollte verschwinden. Aber sie ist noch am Leben. Und Richard Wolf auch."

Foch starrte Anthony an. „Es war ein verzögerter Zünder, der zwei Minuten nach Betreten der Wohnung die Explosion auslöst! Er kann nicht von alleine losgegangen sein."

„Jedenfalls sind sie noch am Leben. Bisher ist Ihre Erfolgsquote katastrophal. Sie konnten noch nicht mal diese dumme Marie St. Pierre erledigen …"

„Um Madame St. Pierre kümmere ich mich noch …"

„Vergessen Sie sie! Jetzt geht es um die Tavistocks. Sie sollen sterben! Meine Güte, die sind wie Katzen! Sie haben sieben verdammte Leben!"

„Jordan Tavistock ist immer noch in Polizeigewahrsam. Ich kann arrangieren …"

„Jordan können wir eine Weile vernachlässigen. Da, wo er ist, bedeutet er keine Gefahr. Aber um Beryl müssen wir uns so schnell wie möglich kümmern. Ich vermute, dass sie und Wolf Paris verlassen werden. Sie müssen sie finden."

„Wie?"

„Der Profi sind Sie."

„Richard Wolf ist ebenfalls ein Profi", sagte Foch. „Es wird schwierig sein, ihn zu finden. Ich kann auch keine Wunder vollbringen."

Minutenlang schwiegen die beiden Männer. Foch beobachtete seinen Auftraggeber, wie er zwischen den Kisten auf und ab ging, und dachte: Dieser Junge hat nichts von seiner Mutter. Sie ist kaltschnäuzig genug, um die Sache durchzuziehen. Und hat die Nerven, nicht vor den Konsequenzen zurückzuschrecken.

„Ich kann nicht blind auf die Suche gehen", sagte Foch. „Ich brauche eine Spur. Vielleicht wollen sie nach England?"

„Nein, nicht nach England." Anthony blieb unvermittelt stehen. „Nach Griechenland. Auf die Insel Paros."

„Sie meinen ... zu den Rideaus?"

„Wolf wird versuchen, mit Rideau Kontakt aufzunehmen, da bin ich mir sicher." Anthony schnaubte verächtlich. „Meine Mutter hätte sich schon vor Jahren um diesen Rideau kümmern sollen. Na ja, es ist immer noch genug Zeit."

Foch nickte. „Ich fahre nach Paros."

Nachdem Foch gegangen war, stand Anthony Sutherland allein im Lagerhaus und sah sich die Kisten an. Hier drin sind so viele Hoffnungen und Träume, dachte er. Aber nicht meine. Meine sind ausgestellt. Jeder kann sie sehen und bewundern. Die Werke dieser armen Looser verschimmeln hier für immer in den Kisten. Aber ich bin der neue Star von Paris.

Man brauchte mehr als nur Talent und Glück. Man brauchte Philippe St. Pierres Geld. Geld, das immer sofort da war, wenn seine Mutter keines mehr hatte.

Mein Vater Philippe, dachte Anthony und lachte. Nach all den Jahren hat er immer noch keine Ahnung. Das muss ich meiner wunderbaren Mutter hoch anrechnen – sie weiß, wie sie ihn immer wieder rumkriegt.

Aber weibliche Tricks halfen auch nicht immer.

Wenn Nina diese Sache doch nur vor Jahren geklärt hätte! Stattdessen hatte sie einen Zeugen übrig gelassen, den Mann sogar bezahlt, damit er das Land verließ. Und solange dieser Zeuge am Leben war, war er eine Zeitbombe, die auf einer einsamen griechischen Insel vor sich hintickte.

Anthony verließ das Lagerhaus, ging die Straße hinunter und

stieg in seinen Wagen. Es war Zeit, nach Hause zu fahren. Er wollte seiner Mutter keinen Anlass zur Sorge bereiten. Schließlich war sie der einzige Mensch auf der Welt, der ihn wirklich liebte. Und der ihn verstand.

Wir sind uns unglaublich ähnlich, Mutter und ich, dachte er und lächelte. Er ließ den Wagen an und verschwand in der Nacht.

Um neun Uhr morgens kamen sie, um ihn aus seiner Zelle zu holen. Es gab keine Erklärungen, nur die Schlüssel klickten im Schloss, gefolgt von einem schroffen Befehl auf Französisch.

Und jetzt? fragte sich Jordan, als er der Wache durch den Flur zum Besucherzimmer folgte. Er ging hinein, blinzelte im grellen Licht der Neonröhren.

Reggie Vane wartete auf ihn. Er winkte Jordan zu einem Stuhl. „Setz dich. Du siehst furchtbar aus, mein Junge. Wie geht es dir?"

„Ich fühle mich auch furchtbar", gab Jordan zu und sank auf den Stuhl.

Reggie nahm ebenfalls Platz. Er beugte sich vor und flüsterte verschwörerisch: „Ich habe dir das mitgebracht, worum du gebeten hattest. Um die Ecke ist eine nette kleine *charcuterie*. Da gibt es eine wunderbare Ententerrine. Und ein paar Baguettes." Er schob ihm unter dem Tisch eine Papiertüte hin. *„Bon appétit."*

Jordan schaute in die Tüte und seufzte erfreut. „Reggie, alter Kumpel, du bist ein Heiliger."

„Ich hatte auch noch ein paar Lauchtörtchen besorgt, aber der Polizist am Eingang bestand darauf, dass ihm auch etwas zusteht."

„Und was ist mit Wein? Hast du ein oder zwei anständige Flaschen beschaffen können?"

Reggie schob ihm unter dem Tisch eine zweite Tüte zu, in der es klirrte. „Natürlich. Einen Beaujolais und einen ganz ordentlichen Pinot noir. Leider beide mit Schraubverschluss – Korkenzieher sind hier nicht erlaubt. Und du musst ihnen die Flaschen geben, sobald sie leer sind. Wegen des Glases, du weißt schon."

Jordan schaute zufrieden auf den Beaujolais. „Wie hast du denn das geschafft, Reggie?"

„Eine Hand wäscht halt die andere. Ach ja, die Bücher, um die du gebeten hattest – Helena bringt sie dir am Nachmittag vorbei."

„Hervorragend!" Jordan lächelte. „So kann man selbst im Gefängnis noch ein zivilisiertes Leben führen." Er sah Reggie an. „Und was gibt's Neues? Seit gestern habe ich nichts mehr von Beryl gehört."

Reggie seufzte. „Diese Frage habe ich befürchtet."

„Was ist passiert?"

„Ich glaube, sie und Wolf haben Paris verlassen. Nach der Explosion gestern Abend ..."

„*Was?*"

„Ich habe es heute Morgen von Daumier gehört. In der Wohnung, in der Beryl untergebracht war, ging gestern Abend eine Bombe hoch. Zwei französische Agenten kamen ums Leben. Wolf und deiner Schwester geht es gut, aber sie wollen eine Weile untertauchen und verlassen das Land."

Jordan stieß einen Seufzer der Erleichterung aus. Gott sei Dank war Beryl nicht mehr in Paris. Eine Sache weniger, um die man sich sorgen musste.

„Was hat es mit der Bombe auf sich?", fragte er. „Was meint Daumier?"

„Seine Leute glauben, dass es Parallelen gibt."

„Wozu?"

„Zu dem Anschlag bei den St. Pierres."

Jordan starrte ihn an. „Aber das war doch ein terroristischer Anschlag. Diese ‚Kosmische Solidarität' oder irgend so eine Organisation ..."

„Offensichtlich hinterlassen Bomben so etwas Ähnliches wie Fingerabdrücke. An ihrer Machart kann man ihren Schöpfer erkennen. Und beide Bomben haben denselben Zündmechanismus. Oder so was."

Jordan schüttelte den Kopf. „Warum sollten Terroristen einen Anschlag auf Beryl verüben? Oder auf mich? Wir sind Zivilisten."

„Vielleicht denken sie da anders."

„Oder es waren überhaupt keine Terroristen", sagte Jordan und sprang auf. Er ging im Zimmer auf und ab, um frisches Blut in seine Beine, in sein Gehirn zu pumpen. Nach den vielen Stunden in der Zelle war sein Körper total schlaff; er würde gerne einen flotten Spaziergang machen, mal an die frische Luft gehen. „Was ist", sinnierte er, „wenn der Anschlag auf das Haus der St. Pierres gar nicht von Terroristen verübt wurde? Was, wenn dieser Un-

sinn von der ‚Kosmischen Solidarität' nur ein Ablenkungsma-
növer war, um vom eigentlichen Motiv abzulenken?"

„Du meinst, es war kein politisch motivierter Anschlag?"

„Genau."

„Und wer sollte Philippe St. Pierre umbringen wollen?"

Jordan blieb abrupt stehen, denn ihm fiel etwas ein. „Nicht Philippe", sagte er leise. „Seine Frau, Marie."

„*Marie* soll die Bombe gelegt haben?"

„Nein! Marie war das *Ziel!* Sie war doch allein zu Hause, als
die Bombe explodierte. Alle dachten, dass das ein Fehler war, fal-
sches Timing. Aber der Bombenleger wusste genau, was er tat. Er
wollte Marie umbringen, nicht ihren Mann." Jordan sah Reggie
alarmiert an. „Du musst Wolf erreichen. Und ihm sagen, was mir
gerade aufgegangen ist."

„Ich weiß nicht, wo er ist."

„Dann frag Daumier."

„Er weiß es auch nicht."

„Dann finde heraus, wohin mein Onkel verschwunden ist.
Wenn ich jemals meine Familie gebraucht habe, dann jetzt."

Nachdem Reggie gegangen war, begleitete der Wärter Jordan
zurück zu seiner Zelle. Als er eintrat, nahm er wieder die vertrauten Gerüche wahr – den Geruch von saurem Wein und un-
gewaschenen Körpern. Wieder zu Hause, dachte er und sah die
beiden Franzosen an, die in ihren Betten schnarchten, dieselben
Männer, mit denen er die Zelle in seiner ersten Nacht im Gefängnis geteilt hatte. Ein Betrunkener, ein Dieb und er. Sie gaben
ein nettes kleines Trio ab. Er ging zu seiner Pritsche und setzte die
beiden Papiertüten mit dem Essen und dem Wein ab. Wenigstens
musste er nicht noch mehr von diesem Gulasch herunterwürgen.

Er legte sich hin und starrte die Spinnweben in den Ecken an. Es
gab so viele Spuren, denen man folgen, die man überprüfen musste.
*Der Killer läuft frei herum, und ich bin hier drin, hinter Gittern
und nutzlos. Ich kann meine Theorien nicht bestätigen. Wenn mir
nur jemand helfen könnte, dem ich vertrauen kann, der ohne jeden
Zweifel auf meiner Seite steht ... Wo zum Teufel ist Beryl?*

Der Besitzer der griechischen Taverne stellte zwei Gläser Retsina
auf den Tisch. „Im Sommer haben wir so viele Touristen", sagte

159

er mit einem Schulterzucken. „Ich kann nicht jeden Ausländer im Auge behalten."

„Aber dieser Rideau ist kein Tourist", entgegnete Richard. „Er lebt seit zwanzig Jahren auf der Insel. Ein Franzose."

Der Besitzer der Taverne lachte. „Franzosen, Holländer, das ist doch alles das Gleiche", brummte er und schlurfte zurück in die Küche.

„Schon wieder eine Sackgasse", murmelte Beryl. Sie nahm einen Schluck Retsina und verzog das Gesicht. „Wie kann jemand dieses Zeug trinken?"

„Manche mögen es sogar gern", sagte Richard. „Man gewöhnt sich daran."

„Dann gewöhne ich mich vielleicht beim nächsten Mal daran." Sie schob ihr Glas weg und sah sich in dem schummrigen Gastraum um. Es war Mittagszeit, und die Passagiere des letzten Kreuzfahrtschiffes flohen vor der Hitze in die Taverne. In ihren Einkaufstüten hatten sie die typischen Mitbringsel: griechische Krüge, Fischermützen, Bauerntrachten. Angesichts des Gewirrs aus einem halben Dutzend Sprachen verstand Beryl, warum die Einheimischen einen Franzosen nicht von einem anderen Ausländer unterscheiden konnten. Die Ausländer kamen her, gaben ihr Geld aus und verschwanden wieder. Was lohnte es sich groß, mehr über sie zu wissen?

Der Wirt kam wieder aus der Küche. Er trug ein Tablett mit Calamari, das er auf dem Tisch absetzte, an dem eine deutsche Familie saß. Bevor er erneut verschwand, fragte Richard ihn: „Wer könnte diesen Franzosen denn kennen?"

„Sie verschwenden Ihre Zeit", sagte der Wirt. „Ich sage Ihnen, auf dieser Insel gibt es keinen Rideau."

„Er kam mit seiner Familie her", erklärte Richard. „Mit seiner Frau und seinem Sohn. Der Junge müsste jetzt um die dreißig sein. Er heißt Gerard."

Plötzlich fiel hinter dem Tresen mit lautem Geklapper ein Teller zu Boden. Die dunkeläugige Frau am Zapfhahn sah Richard fragend an. „Gerard?", sagte sie.

„Gerard Rideau", sagte Richard. „Kennen Sie ihn?"

„Sie weiß gar nichts", insistierte der Wirt und bedeutete der jungen Frau, in die Küche zu gehen.

„Da habe ich aber einen anderen Eindruck", erwiderte Richard.

Die Frau sah ihn an, als ob sie nicht wüsste, was sie tun sollte, was sie sagen sollte.

„Wir kommen aus Paris", sagte Beryl. „Es ist sehr wichtig, dass wir mit Gerards Vater sprechen."

„Sie sind keine Franzosen", stellte die Frau fest.

„Nein, ich bin Engländerin." Beryl wies mit dem Kopf in Richards Richtung. „Und er ist Amerikaner."

„Er sagte … Er sagte, vor einem Franzosen sollte ich mich in Acht nehmen."

„Wer?"

„Gerard."

„Er hat recht, er muss vorsichtig sein", bestätigte Richard. „Aber er sollte wissen, dass es noch gefährlicher für ihn geworden ist. Es könnten mehr Leute nach Paros kommen und nach seiner Familie fragen. Er muss *jetzt* mit uns sprechen." Er deutete auf den Wirt. „Er ist Ihr Zeuge. Falls irgendwas schiefgeht."

Die Frau zögerte, dann ging sie in die Küche. Kurz darauf war sie wieder da. „Er geht nicht ans Telefon", sagte sie. „Ich fahre Sie hin."

Es war eine lange Fahrt über eine einsame, schlaglochreiche Straße zum Strand von Logaras. Staubwolken wehten durchs offene Fenster hinein und bedeckten das schwarze Haar der Fahrerin. Sie hieß Sofia und war auf der Insel geboren. Ihr Vater war der Manager des Hotels am Hafen; jetzt kümmerten sich ihre drei Brüder um das Geschäft. Sie würde es besser machen, dachte sie, aber natürlich war die Meinung einer Frau nichts wert, also arbeitete sie in Theos Taverne, grillte Calamari und rollte Weinblätter. Sie sprach vier Sprachen; das musste man, erklärte sie, wenn man in der Tourismusbranche überleben wollte.

„Woher kennen Sie Gerard?", fragte Beryl.

„Wir sind befreundet", lautete die Antwort.

Ein Liebespaar, vermutete Beryl, als die Frau rot wurde.

„Seine Familie ist aus Frankreich", sagte Sofia. „Seine Mutter starb vor fünf Jahren, aber sein Vater lebt noch. Allerdings heißen sie nicht Rideau. Vielleicht …" – sie sah sie hoffnungsvoll an – „suchen Sie nach einer anderen Familie?"

„Vermutlich haben sie ihren Namen geändert", sagte Beryl.

Sie parkten in der Nähe des Strands und gingen hinunter zum Wasser. „Da", sagte Sofia und deutete auf ein Surfbrett, das in einiger Entfernung durchs Wasser glitt. „Das ist Gerard." Sie winkte und rief ihm etwas auf Griechisch zu.

Sofort wendete er das Surfbrett, das bunte Segel flatterte im Wind. Mit Rückenwind segelte Gerard auf den Strand zu. Er sah aus wie ein braun gebrannter Adonis und zog das Brett auf den Sand.

„Gerard", sagte Sofia, „diese Herrschaften suchen einen Mann namens Rideau. Ist das dein Vater?"

Sofort ließ Gerard das Surfbrett fallen. „Wir heißen nicht Rideau", antwortete er kurz. Dann drehte er sich um und ging davon.

„Gerard?", rief Sofia.

„Lassen Sie mich mit ihm reden", sagte Richard, und er folgte dem Mann am Strand entlang.

Beryl stand neben Sofia und beobachtete, wie sich die beiden Männer unterhielten. Gerard schüttelte den Kopf und behauptete, er wisse nichts von einer Familie Rideau. Durch den Wind hörte Beryl Richards Stimme und die Worte „Bombe" und „Mord". Sie sah, wie Gerard sich nervös umdrehte. Er hatte Angst, das merkte sie.

„Ich hoffe, ich habe das Richtige getan", sagte Sofia. „Er macht sich Sorgen."

„Das sollte er auch."

„Was hat sein Vater getan?"

„Sein Vater hat nichts getan. Aber er weiß etwas."

Am anderen Ende des Strands wurde Gerard immer aufgebrachter. Schließlich drehte er sich abrupt um und steuerte auf Sofia zu. Richard war gleich hinter ihm.

„Was ist los?", fragte Sofia.

„Wir fahren sofort los", zischte Gerard ihr zu. „Zu meinem Vater."

Diesmal fuhren sie an der Küste entlang, knorrige Olivenhaine zu ihrer Linken und das graugrüne Ägäische Meer zur Rechten. Der Geruch von Gerards Sonnenmilch erfüllte den Wagen. Wie trocken und karg das Land war, stellte Beryl fest, als sie den Blick über das Grasgebüsch schweifen ließ. Aber einem Mann aus einem Pariser Armenviertel musste diese Gegend wie das Paradies vorkommen.

„Mein Vater", erzählte Gerard beim Fahren, „spricht kein Englisch. Ich werde ihm erklären müssen, was Sie ihn fragen wollen. Vielleicht erinnert er sich nicht."

„Ich bin mir sicher, dass er sich erinnert", sagte Richard. „Es war der Grund, warum Sie damals Paris verließen."

„Das war vor zwanzig Jahren. Es ist lange her."

„Erinnern *Sie* sich denn?", fragte Beryl vom Rücksitz. „Sie waren damals wie alt? Fünfzehn, sechzehn?"

„Fünfzehn", antwortete Gerard.

„Dann müssen Sie sich an die Rue Myrha 66 erinnern. Das Haus, in dem Sie gewohnt haben."

Gerard hielt das Steuer fest, als sie auf eine ungeteerte Straße abbogen. „Ich weiß noch, dass die Polizei kam und sich die Dachgeschosswohnung ansehen wollte. Sie befragten meinen Vater. Eine Woche lang, jeden Tag."

„Und die Frau, die die Wohnung gemietet hatte?", erkundigte sich Richard. „Ihr Name war Scarlatti. Erinnern Sie sich an sie?"

„Ja. Sie hatte einen Mann", sagte Gerard. „Ich habe sie immer durch die Tür belauscht. Jeden Mittwoch. Die Geräusche, die sie machten!" Gerard schüttelte amüsiert den Kopf. „Das war sehr aufregend für einen Jungen in meinem Alter."

„Also benutzte diese Mademoiselle Scarlatti die Wohnung als Liebesnest?", fragte Beryl.

„Sie war immer nur da, wenn sie Sex hatte."

„Wie sahen die beiden aus?"

„Der Mann war groß – an mehr erinnere ich mich nicht. Die Frau hatte dunkle Haare. Sie trug immer ein Kopftuch und eine Sonnenbrille. Ich kann mich nicht genau an ihr Gesicht erinnern, aber ich weiß noch, dass sie ziemlich schön war."

Wie meine Mutter, dachte Beryl. Irrte sie sich nicht vielleicht doch? War es tatsächlich ihre Mutter gewesen, die ihren Liebhaber in dieser heruntergekommenen Wohnung am Pigalle empfangen hatte?

Leise fragte sie: „War die Frau Engländerin?"

Gerard überlegte. „Könnte sein."

„Aber Sie sind sich nicht sicher."

„Ich war noch jung. Ich dachte, dass sie eine Ausländerin sei, aber ich hatte keine Vermutung, woher sie stammen könnte. Nach den Morden hieß es dann, sie sei Engländerin gewesen."

„Haben Sie die Leichen gesehen?"

Gerard schüttelte den Kopf. „Mein Vater hat es verboten."

„Also war ihr Vater der Erste, der sie gesehen hat?", fragte Richard.

„Nein, das war der Mann."

Richard sah Gerard überrascht an. „Welcher Mann?"

„Mademoiselle Scarlattis Liebhaber. Wir sahen, wie er die Stufen zum Dachgeschoss hinaufstieg. Dann kam er in Panik wieder heruntergerannt. Da ahnten wir, dass etwas nicht stimmte, und riefen die Polizei."

„Was passierte mit dem Mann?"

„Er fuhr weg. Ich habe ihn nie wieder gesehen. Ich vermutete, er hatte Angst, dass man ihn beschuldigen könnte. Und dass er uns deshalb das Geld schickte."

„Bestechungsgeld", sagte Richard. „Das hatte ich vermutet."

„Weil sie schweigen sollten?", fragte Beryl.

„Oder damit sie falsch aussagten." Er fragte Gerard: „Wie bekamen Sie das Geld?"

„Ein Mann mit einer Aktentasche kam ein paar Stunden, nachdem man die Leichen entdeckt hatte, zu uns. Ich hatte ihn noch nie gesehen – ein kleiner, eher stämmiger Franzose. Er verschwand mit meinem Vater in einem Hinterzimmer. Ich habe nicht gehört, worüber sie geredet haben. Dann ging der kleine Mann wieder."

„Und Ihr Vater hat nie mit Ihnen darüber gesprochen?"

„Nein. Und er schärfte uns ein, dass wir der Polizei nichts davon sagen dürften."

„Und Sie sind sicher, dass in der Aktentasche Geld war?"

„Was denn sonst?"

„Woher wollen Sie das wissen?"

„Weil wir auf einmal Sachen hatten. Neue Kleider, einen Fernseher. Und nicht viel später gingen wir dann nach Griechenland und kauften das Haus hier. Da, sehen Sie?" Er deutete auf eine ausgedehnte Villa mit rotem Dach, die in einiger Entfernung zu sehen war. Als sie näher kamen, sah Beryl die Bougainvillea, die an den weißgewaschenen Wänden herrlich emporrankte und über die überdachte Veranda kroch. Gleich unterhalb des Hauses schlugen die Wellen auf den einsamen Strand.

Sie parkten neben einem staubbedeckten Citroën und stiegen aus. Der Wind pfiff von der See her und trieb ihnen Sand ins Gesicht. Es war kein anderes Haus in Sichtweite, die Villa stand allein inmitten der Felsen auf einem kargen Hügel.

„Papa?", rief Gerard und erklomm die steinernen Stufen. Mit Schwung öffnete er das schmiedeeiserne Tor. „Papa?"

Keine Antwort.

Gerard öffnete die Eingangstür und betrat das Haus, Beryl und Richard folgten ihm. Ihre Schritte hallten in den stillen Räumen wider.

„Ich habe aus der Taverne hier angerufen", sagte Sofia. „Es ging keiner ans Telefon."

„Sein Wagen steht draußen", sagte Gerard. „Er muss hier sein."

Er ging durchs Wohnzimmer in Richtung Esszimmer. „Papa?", sagte er und blieb auf der Türschwelle stehen. Seiner Kehle entwich ein unterdrückter Schrei. Er machte einen Schritt nach vorn und schien auf die Knie zu fallen. Über seine Schulter hinweg erhaschte Beryl einen Blick auf das Esszimmer.

Ein Holztisch erstreckte sich über die Länge des Raums. Am einen Ende des Tisches saß ein grauhaariger Mann, dessen Kopf in den Teller gefallen war. Kichererbsen und Reis waren über den Tisch verteilt.

Richard schob sich an Gerard vorbei und lief zu dem Mann. Vorsichtig hob er den Kopf an.

In der Stirn des Mannes war ein Einschussloch.

10. KAPITEL

miel Foch saß an einem Tisch in einem Straßencafé, schlürfte einen Espresso und beobachtete die vorbeischlendernden Touristen. Nicht gerade eines der typischen Exemplare mit Zahnprothese und dicker Brille, stellte er fest, als eine gut gebaute Rothaarige an ihm vorüberging. Es schien die Zeit der Flitterwöchner zu sein. Mittlerweile war es fünf Uhr nachmittags, und die letzte Fähre nach Piräus würde in einer halben Stunde ablegen. Wenn die junge Tavistock die Insel heute Abend noch verlassen wollte, würde sie diese Fähre nehmen müssen. Darum behielt er den Landungssteg im Auge.

Er verspeiste den letzten Rest seiner gefüllten Weinblätter und widmete sich dem Nachtisch, einem Walnusstörtchen in Sirup. Komisch, jedes Mal, wenn er einen Job erledigt hatte, überfiel ihn ein unbändiger Appetit. Bei anderen Männern mochte Gewalt die Libido steigern, eine starke Begierde nach wildem, hemmungslosem Sex auslösen. Amiel Foch dagegen bekam Essensgelüste; kein Wunder, dass er Gewichtsprobleme hatte.

Es war ihm ein Leichtes gewesen, den alten Franzosen Rideau zu erledigen; Wolf und die Frau umzubringen, würde hingegen nicht ganz so einfach werden. Vorhin hatte er kurz in Erwägung gezogen, sie in einen Hinterhalt zu locken, aber Rideaus Haus befand sich an einem einsamen Küstenstreifen. Den einzigen Zugang bildete die acht Kilometer lange Schotterstraße, und er konnte seinen Wagen nirgendwo abstellen, ohne entdeckt zu werden. Für Foch gab es eine goldene Regel, an die er sich unter allen Umständen hielt: immer einen Fluchtweg offen halten. Das Haus von Rideau, das mitten in der kargen Landschaft thronte, bot keinerlei Rückzugsmöglichkeiten. Außerdem war Richard Wolf bewaffnet und würde nach Zeichen von Gefahr Ausschau halten.

Amiel Foch war kein Feigling. Aber er war auch kein Dummkopf.

Es war weitaus vernünftiger, auf die nächste Gelegenheit zu warten – vielleicht würde sie sich in Piräus ergeben, in den überfüllten Straßen und dem Verkehrschaos. Dort kamen immer wieder Fußgänger ums Leben. Ein Unfall, zwei tote Touristen – das würde niemanden groß interessieren.

Fochs Blick wurde konzentrierter, als die Nachmittagsfähre in den Hafen einfuhr. Es stiegen nur wenige Passagiere aus; die Insel Paros lag schließlich nicht auf der üblichen Touristenroute Mykonos–Rhodos–Kreta. Am Ende des Landungsstegs standen bereits ein paar Dutzend Personen, die darauf warteten, an Bord gehen zu können. Schnell verschaffte sich Foch einen Überblick über die wartende Menge. Konsterniert nahm er zur Kenntnis, dass weder Beryl Tavistock noch Wolf dabei war. Er wusste, dass sie heute auf der Insel gewesen waren: Sein Kontaktmann hatte die beiden am Morgen in einer Taverne gesehen. Ob sie die Insel auf einem anderen Weg schon wieder verlassen hatten?

Da bemerkte er einen Mann mit ausgewaschener Windjacke und Fischermütze. Obwohl er die Schultern einzog, sah man, dass er groß war – mindestens eins fünfundachtzig – und von athletischer Gestalt. Der Mann drehte sich zur Seite, und Foch konnte einen Blick auf sein Gesicht erhaschen und den dunklen Schatten eines Dreitagebarts erkennen. Das war tatsächlich Richard Wolf. Er schien allerdings allein unterwegs zu sein. Wo war die Frau?

Foch zahlte die Rechnung und wanderte hinüber zum Landungssteg. Er mischte sich unter die übrigen Passagiere und studierte ihre Gesichter. Es waren einige Frauen darunter, sonnengebräunte Touristinnen, griechische Hausfrauen, schlicht in Schwarz gekleidet, und ein paar Hippies in Blue Jeans. Aber Beryl Tavistock war nicht dabei.

Er verspürte eine leichte Panik. Hatten sich Wolf und die Frau getrennt? Wenn ja, würde er sie nie finden. Sollte er auf der Insel bleiben und sie suchen?

Die Masse der Passagiere auf dem Landungssteg geriet in Bewegung.

Er wog seine Chancen ab und entschloss sich, Wolf zu folgen. Es war besser, bei der sichtbaren Beute zu bleiben. Früher oder später würde Wolf sich wieder mit der Frau treffen. Dann würde Foch den rechten Moment abpassen, sich bis dahin aber ruhig verhalten.

Der Mann mit der Fischermütze ging über den Landungssteg und verschwand im Passagierraum. Kurz darauf folgte ihm Foch und setzte sich auf einen Platz zwei Reihen hinter ihm, direkt neben einen alten Mann, der eine Kiste mit gesalzenem Fisch dabeihatte. Nicht viel später wurden die Maschinen gestartet, und die Fähre entfernte sich langsam vom Anleger.

Foch lehnte sich zurück und behielt Wolf fest im Blick. Der Geruch nach Benzin und getrocknetem Fisch war übelkeiterregend. Noch dazu schlingerte die Fähre über die Wellen, sodass Foch fürchtete, dass ihm sein Essen samt Espresso wieder hochkommen würde. Er stand auf und wankte nach draußen. Dann stellte er sich an die Reling und holte ein paar Mal tief Luft, damit die Übelkeit vorüberging. Als es ihm besser ging, machte er sich auf den Weg zurück in den Passagierraum. Er kam den Gang entlang, passierte Wolf –

– oder besser den Mann, den er für Wolf gehalten hatte.

Er trug den gleichen schäbigen Anorak und die gleiche Fischermütze. Aber dieser Mann war frisch rasiert und jünger. Es war definitiv ein anderer Mann!

Foch sah sich im Passagierraum um. Kein Wolf zu sehen. Er lief nach draußen. Kein Wolf zu sehen. Er stieg die Stufen zum Oberdeck hoch. Auch hier kein Wolf.

Er drehte sich um, sah die Insel Paros hinter sich verschwinden und unterdrückte ein Fluchen. Er war einer Finte aufgesessen! Sie waren immer noch auf der Insel – so musste es sein.

Und ich sitze auf dem Schiff nach Piräus fest.

Foch schlug mit der Hand auf die Reling und verfluchte seine eigene Dummheit. Wolf hatte ihn überlistet – wieder einmal. Der alte Profi und seine Trickkiste. Es hatte keinen Zweck, den Mann im Passagierraum zu befragen; er war wahrscheinlich nur irgendein Einheimischer, den Wolf angeheuert hatte, um mit ihm den Platz auf der Fähre zu tauschen.

Er sah auf die Uhr und überschlug, wie lange es dauern würde, bis er mit einem gecharterten Boot wieder auf die Insel käme. Mit viel Glück könnte er sie heute Abend noch finden. Wenn sie dann noch da waren. Er schwor sich, dass er sie finden würde. Wolf mochte ein Profi sein, aber das war er schließlich auch.

Aus einem Café beobachtete Richard, wie die Fähre ablegte und den Hafen verließ. Er seufzte erleichtert. Der alte Verwechslungstrick hatte funktioniert; keiner war ihm gefolgt, als er die Fähre wieder verlassen hatte. Ihm war ein bestimmter Mann verdächtig vorgekommen – ein kahl werdender Typ im unauffälligen Touristenlook. Richard hatte bemerkt, wie der Mann die einsteigenden Passagiere beobachtet und wie sein Blick kurz auf seinem Gesicht innegehalten hatte.

Ja, das war er. Für ihn legte er den Köder aus.

Die Verwechslungsnummer war ein Kinderspiel.

Kaum hatte er den Passagierraum betreten, hatte er den Anorak und die Mütze auf einen Sitz geworfen, war den Gang entlanggegangen und hatte das Schiff über den anderen Ausgang wieder verlassen. Vorher hatte er mit Sofias Bruder – eins fünfundachtzig groß und schwarzhaarig – vereinbart, dass dieser auf seinen Sitzplatz schlüpfen, sich Anorak und Mütze anziehen und das Gesicht auf die Arme legen würde, wie um zu schlafen.

Richard hatte an Deck hinter ein paar Kisten gewartet, bis alle Passagiere an Bord gegangen waren. Dann war er wieder von der Fähre geklettert.

Keiner war ihm gefolgt.

Er verließ das Café und stieg in Sofias Wagen.

Bis zu der Bucht waren es knapp zehn Kilometer. Sofia und ihre Brüder hatten das Boot der Familie, die *Melina*, klargemacht, der Motor lief, der Anker war gelichtet, zum Ablegen bereit. Richard kletterte aus dem Ruderboot und kletterte über eine Strickleiter an Deck der *Melina*.

Dort wartete Beryl auf ihn. Er nahm sie in den Arm und küsste sie. „Es ist alles in Ordnung", murmelte er. „Ich habe ihn abgehängt."

„Ich hatte Angst, dass du *mich* abhängst."

„Keine Chance." Er ließ sie los und lächelte sie an. Ihr schwarzes Haar flatterte im Wind, ihre Augen waren so kristallgrün wie die Ägäis, und sie erinnerte ihn an eine griechische Göttin. Circe, Aphrodite. Eine Frau, die einen Mann für immer in ihrem Bann halten konnte.

Der Anker wurde gelichtet. Sofias Brüder lenkten die *Melina* hinaus auf die offene See.

Anfangs war es eine anstrengende Fahrt, der Sommerwind blies kräftig und konstant, und sie hatten mit einem recht starken Seegang zu kämpfen. Aber als die Sonne unterging und sich der Himmel zu einem wunderschönen Rot verfärbte, ebbte der Wind plötzlich ab, und das Wasser wurde ganz ruhig und spiegelglatt.

Beryl und Richard standen an Deck und betrachteten die dunkler werdenden Umrisse der Inseln.

Sofia sagte: „Wir werden heute Abend sehr spät ankommen."

„In Piräus?", erkundigte sich Richard.

„Nein, da ist zu viel los. Wir legen in Monemvassia an, da sieht uns keiner."

„Und dann?"

„Dann geht jeder seiner eigenen Wege. Das ist für uns alle sicherer." Sofia sah hinüber zum Ruder, wo ihre beiden Brüder standen. Sie lachten und schlugen einander auf den Rücken. „Seht sie euch an! Sie halten das Ganze für ein nettes kleines Abenteuer! Wenn sie Gerards Vater gesehen hätten …"

„Sind Sie in Ordnung?", fragte Beryl.

Sofia sah sie an. „Ich mache mir Sorgen um Gerard. Vielleicht suchen sie nach ihm."

„Das glaube ich nicht", sagte Richard. „Er war noch ein Junge, als sie Paris verließen. Seine Zeugenaussage stellt für sie keine Gefahr dar."

„Er hat sich an genügend Dinge erinnert, die er *Ihnen* sagen konnte", erwiderte Sofia.

Richard schüttelte den Kopf. „Aber ich weiß nicht, wie das alles zusammenpasst."

„Vielleicht weiß es der Mörder. Und darum sucht er womöglich als Nächstes nach Gerard." Sofia sah wieder zum Ruder, hinüber zur Insel. Hinüber zu Gerard, der sich geweigert hatte, zu fliehen. „Er ist so eigensinnig. Das wird ihn eines Tages noch umbringen", murmelte sie und ging in die Kabine.

„Was glaubst du, was er meinte?", fragte Beryl. „Was war das für ein Geschäft mit dem kleinen Mann mit der Aktentasche? War darin das Schweigegeld für Rideau?"

„Zum Teil."

„Du meinst, es war noch etwas anderes in der Aktentasche", sagte sie. „Nicht nur das Geld."

Er drehte sich um und sah den Glanz der untergehenden Sonne auf ihrem Gesicht, sah ihren eindringlichen Blick. Sie ist schlau, dachte er. Sie weiß genau, was ich denke. Er sagte: „Da bin ich sicher. Ich glaube, der Liebhaber unserer geheimnisvollen Mademoiselle Scarlatti fand sich in einer äußerst delikaten Lage wieder.

Da liegen zwei Leichen in seinem Liebesnest, und die Polizei ist bereits alarmiert. Er sieht nur eine Möglichkeit, um seine Probleme auf einen Schlag loszuwerden. Er schickt einen Mann los, um Rideau ein Schweigegeld zu zahlen, damit dieser der Polizei nichts von ihm erzählt."

„Und das zweite Problem?"

„Sein Status als Maulwurf."

„Delphi?"

„Vielleicht wusste er, dass der Geheimdienst ihm auf die Spur gekommen war. Also steckt er die NATO-Dokumente in eine Aktentasche ..."

„Und lässt den Mann, den er engagiert hat, die Aktentasche in der Dachwohnung abstellen", brachte Beryl seinen Gedankengang zu Ende. „Neben der Leiche meines Vaters."

Richard nickte. *Das* war es wohl, was Inspektor Broussard uns zu sagen versuchte – etwas mit einer Aktentasche. Erinnerst du dich an das Polizeifoto von der Mordszene? Er deutete immer wieder auf diese leere Stelle neben der Tür. Was, wenn die Aktentasche erst *nach* den Polizeiaufnahmen dort abgestellt worden ist? Dem Inspektor war spätestens da klar, dass sie erst nach den Morden dort auftauchte."

„Aber er konnte der Sache nicht weiter nachgehen, weil der französische Geheimdienst die Aktentasche konfiszierte."

„Genau."

„Weil der Geheimdienst davon ausging, dass mein Vater die Dokumente mit in die Dachwohnung gebracht hatte." Sie sah ihn an, ihre Augen glänzten vor Entschlossenheit. „Wie können wir das beweisen? Irgendwas davon?"

„Wir müssen Mademoiselle Scarlattis Liebhaber ausfindig machen."

„Aber unser einziger Zeuge war Rideau. Und Gerard war noch ein Junge. Er erinnert sich kaum daran, wie der Mann aussah."

„Dann bleibt uns nur ein Weg. Es gibt einen Menschen, der weiß, wer Delphi wirklich war – sein ehemaliger Spionagechef in der DDR. Heinrich Leitner."

Sie starrte ihn überrascht an. „Weißt du, wie wir an ihn rankommen?"

„Er sitzt in einem Hochsicherheitsgefängnis in Berlin ein. Das

Problem ist, dass der deutsche Bundesnachrichtendienst uns nicht gerade freien Zugang zu seinen Häftlingen gestatten wird."

„Vielleicht als diplomatische Gefälligkeit?"

Sein Lachen klang skeptisch. „Ein Ex-CIA-Agent gehört bestimmt nicht zu den beliebtesten Antragstellern. Außerdem will Leitner mich vielleicht gar nicht sehen. Trotzdem müssen wir es versuchen." Er drehte sich um und blickte über den Bug hinaus auf das dunkler werdende Meer.

Er spürte, wie sie sich neben ihn stellte, spürte ihre Nähe so intensiv wie die Strahlen der untergehenden Sonne. Es machte ihn wahnsinnig, dass sie sich so nahe waren und nicht miteinander schlafen konnten. Er ertappte sich dabei, wie er die Stunden zählte, bis sie wieder alleine sein würden, bis er sie wieder ausziehen, sie lieben könnte. *Und ich habe sie für zu reich für jemanden mit meiner Herkunft gehalten. Vielleicht ist sie das auch. Vielleicht ist das hier nur ein Fieber, das vorübergeht, das uns beide trauriger, aber weiser werden lässt. Aber im Moment kann ich an nichts anderes denken als an sie, im Moment will ich nur sie.*

„Also dahin fahren wir als Nächstes", flüsterte sie. „Nach Berlin."

„Es ist riskant." Ihre Blicke trafen sich im samtigen Licht der Dämmerung. „Die Sache könnte schiefgehen …"

„Nicht, wenn du da bist", sagte sie leise.

Ich hoffe, du hast recht, dachte er, als er sie an sich zog. Ich hoffe nur, du hast recht.

Die Würfel klapperten gegen die Zellenwand und blieben mit einer Fünf und einer Sechs nach oben liegen.

„Ja! Ja!", jubelte Jordan und reckte triumphierend die Faust nach oben. „Was macht das? Zehntausend Francs? *Dix mille?*"

Seine Mithäftlinge Leroi und Fofo nickten resignierend.

Jordan streckte die Hand aus. „Zahltag, meine Herren." Zwei schmuddelige Stück Papier wurden ihm in die Hand gedrückt. Jordan grinste. „Noch eine Runde?"

Fofo schüttelte die Würfel, warf sie gegen die Wand und stöhnte. Eine Drei und eine Fünf. Leroi würfelte einen Zweierpasch.

Jordan würfelte wieder eine Fünf und eine Sechs. Seine Zelleninsassen übergaben ihm zwei weitere schmuddelige Papierfetzen.

Morgen bin ich Millionär, freute sich Jordan und betrachtete den wachsenden Stapel von Schuldscheinen vor sich. Auf dem Papier zumindest. Er nahm die Würfel und wollte sie gerade wieder gegen die Wand werfen, als sich Schritte näherten.

Reggie Vane stand vor der Zellentür, in der Hand einen Korb mit Räucherlachs und Crackern. „Das schickt dir Helena", sagte er, als er den Korb durch die kleine Öffnung unten in der Tür der Zelle schob. „Ach ja, es sind auch frische Stoffservietten drin und so was. Mit Papierservietten ist es ja kein richtiges Essen, nicht wahr?"

„In der Tat", stimmte Jordan zu und nahm erfreut den Korb mit den Leckereien entgegen. „Du bist wahrhaft ein echter Freund, Reggie."

„Nun ja …" Reggie grinste und räusperte sich. „Was tut man nicht alles für ein Kind von Madeline."

„Hat Onkel Hugh sich gemeldet?"

„Er ist immer noch unerreichbar, wie das Personal in Chetwynd mir mitteilte."

Jordan setzte frustriert den Korb ab. „Das ist aber wirklich seltsam! Ich sitze im Gefängnis. Beryl ist verschwunden. Und Onkel Hugh ist wahrscheinlich in einer geheimen Mission für den MI 6 unterwegs." Er begann, in der Zelle auf und ab zu gehen, und schien nicht zu bemerken, dass Fofo und Leroi inzwischen hungrig den Inhalt des Korbs inspizierten. „Und was hat die Untersuchung der Bombenexplosion ergeben? Irgendetwas Neues?"

„Zwischen den beiden Attentaten gibt es deutliche Zusammenhänge. Die Bomben wurden aus denselben Materialien hergestellt. Offensichtlich hatte ein und dieselbe Person sowohl Beryl als auch die St. Pierres im Auge."

„Ich glaube ja, dass insbesondere Marie St. Pierre das Ziel war." Jordan blieb stehen und sah Reggie an. „Nehmen wir mal an, dass Marie das Ziel des Attentats war. Wo wäre das Motiv?"

Reggie zuckte die Schultern. „Sie ist nicht gerade die Sorte Frau, die sich Feinde macht."

„Weißt du wirklich nichts? Sie und deine Frau sind schließlich beste Freundinnen. Helena muss doch wissen, wer versucht haben könnte, Marie umzubringen."

Reggie warf ihm einen besorgten Blick zu. „Nun ja, da ist schon etwas … Aber es gibt keinen Beweis."

Jordan ging auf ihn zu. „Woran denkst du?"

„Es sind nur Gerüchte. Etwas, was Helena mal erwähnt hat."

„Etwas wegen Philippe?"

Reggie blickte nach unten. „Ich komme mir etwas … nun ja, nicht gerade sehr gentlemanlike vor, wenn ich jetzt damit komme. Es liegt schon viele Jahre zurück."

„Was denn?"

„Die Affäre zwischen Philippe und Nina."

Jordan starrte ihn durch die Gitterstäbe an. Da haben wir es, dachte er. Da haben wir das Motiv. „Seit wann weißt du das?", fragte er.

„Ich habe vor fünfzehn oder zwanzig Jahren zum ersten Mal davon gehört. Verstehst du, ich wusste nie, warum Helena Nina nicht ausstehen kann. Sie hasst sie regelrecht. Du weißt ja, wie Frauen manchmal sind, mit ihren boshaften Blicken. Ich dachte, sie wäre lediglich eifersüchtig. Meine Helena kam mit … nun ja, attraktiven Frauen nie zurecht. Sie wird sogar sauer, wenn ich eine schöne Frau ihrer Meinung nach zu lange ansehe."

„Wie hat sie von Philippe und Nina erfahren?"

„Marie hat es ihr erzählt."

„Wer wusste noch davon?"

„Ich glaube, nicht viele. Die arme Marie wollte mit ihrer Demütigung kaum hausieren gehen. Dass der eigene Mann mit einem Miststück wie Nina rummacht!"

„Und trotzdem blieb sie all die Jahre Philippes Ehefrau."

„Sie ist eben ein loyaler Mensch. Und was hätte es auch gebracht, öffentlich Ärger zu machen deswegen und seine Karriere zu ruinieren? Jetzt ist er Finanzminister. Die Chancen stehen nicht schlecht, dass er es ganz nach oben schafft. Und Marie mit ihm. So hat es sich langfristig also auch für sie ausgezahlt."

„Wenn sie es noch erlebt."

„Du willst doch damit nicht andeuten, dass Philippe seine eigene Frau umbringen würde? Und wenn ja, warum erst jetzt?"

„Vielleicht hat sie ihm ein Ultimatum gestellt. Denk doch mal nach, Reggie! Er steht kurz davor, Premierminister zu werden. Und dann sagt Marie: ‚Deine Geliebte oder ich. Du hast die Wahl!'"

Reggie überlegte. „Wenn er sich für Nina entscheidet, müsste er seine Frau loswerden."

„Ja, aber wenn er sich für Marie entscheidet? Und Nina im Regen stehen lässt?"

Stirnrunzelnd sahen sie einander durch die Gitterstäbe an.

„Ruf Daumier an", schlug Jordan vor. „Sag ihm, was du mir gerade erzählt hast, das mit der Affäre. Und sag ihm, er soll Nina überwachen lassen."

„Du glaubst doch nicht im Ernst ..."

„Ich glaube", unterbrach ihn Jordan, „dass wir das Ganze aus einem völlig falschen Blickwinkel betrachtet haben. Der Bombenanschlag war nicht politisch motiviert. Diese Nummer mit der ‚Kosmischen Solidarität' war nichts als eine Nebelkerze, die das wahre Motiv für den Anschlag verschleiern sollte."

„Du meinst, es liegt ein persönliches Motiv vor?"

Jordan nickte. „Das ist bei Mord in der Regel so."

Das Flugzeug nach Berlin war nur halb voll, und der einzige logische Grund dafür, dass dieses ungepflegte Paar in der ersten Klasse saß, war wohl, dass sie tatsächlich dafür bezahlt hatten. Angesichts ihres Aussehens fand die Flugbegleiterin dies reichlich unglaubwürdig. Beide trugen dunkle Sonnenbrillen, zerknitterte Kleidung und sahen ziemlich erschöpft aus. Der Mann hatte sich seit etwa einer Woche nicht rasiert, wie die Bartstoppeln am Kinn verrieten. Die Frau hatte einen schweren Sonnenbrand, und ihre schwarzen Haare waren ungekämmt und staubig. Das einzige Gepäckstück der beiden war die Handtasche der Frau, ein zerbeultes Strohding, das voller Sand war. Die Flugbegleiterin sah sich die Flugscheine der beiden an. Athen – Rom – Berlin. Mit gezwungenem Lächeln fragte sie, ob die beiden einen Cocktail wünschten.

„Eine Bloody Mary", sagte die Frau in perfektem British English.

„Einen Rob Roy", sagte der Mann. „Nicht zu bitter."

Die Stewardess ging nach hinten, um die Getränke zu holen. Als sie zurückkam, hielten der Mann und die Frau Händchen und sahen sich mit dem erschöpften Lächeln zweier Überlebender an. Sie nahmen die Getränke vom Tablett.

„Auf uns?", fragte der Mann.

„Auf jeden Fall", antwortete die Frau.

Grinsend stießen die beiden an.

Der Essenstrolley kam, und es wurden Hummerpastetchen und Lammkrone an Wildreis mit Champignonköpfchen serviert. Die beiden nahmen von allem je zwei Portionen und beendeten ihre Mahlzeit mit einer kleinen Flasche Wein. Dann rollten sie sich zusammen wie erschöpfte Welpen, kuschelten sich aneinander und schliefen ein.

Sie schliefen die ganze Strecke nach Berlin. Erst als das Flugzeug am Terminal andockte, schreckten die beiden aus dem Schlaf hoch. Dann aber waren beide sofort hellwach und aufmerksam. Als die Passagiere das Flugzeug verließen, behielt die Flugbegleiterin das merkwürdige Paar aus Athen im Auge. Irgendwie war sie misstrauisch geworden, denn normalerweise sahen Erste-Klasse-Passagiere nicht aus wie Clochards.

Das Paar stieg als Letztes aus.

Die Stewardess folgte den beiden bis zur Passagierrampe und sah ihnen nach, wie sie auf die kleine Gruppe wartender Personen zugingen. Sie schafften es bis zum Warteraum.

Dann stellten sich ihnen zwei Männer in den Weg. Das Paar blieb sofort stehen und versuchte, zurück ins Flugzeug zu entkommen. Wie durch Zauberei tauchten drei weitere Männer auf und schnitten ihnen den Fluchtweg ab. Das Paar war gefangen.

Die Flugbegleiterin erhaschte einen Blick auf das angstverzerrte Gesicht der Frau, auf den grimmigen Gesichtsausdruck des Mannes, eines Mannes, der verloren hatte. Sie war sich gleich sicher gewesen, dass mit den beiden etwas nicht stimmte. Vielleicht waren sie Terroristen oder international operierende Diebe. Und jetzt nahm die Polizei sie in Haft. Sie beobachtete, wie das Paar durch die murmelnde Menge abgeführt wurde. Definitiv keine Erste-Klasse-Passagiere, dachte sie befriedigt. So was sah man doch immer sofort.

Richard und Beryl wurden in einen fensterlosen Raum geschoben. „Hierbleiben!", wurde ein Kommando gebellt, und mit einem Knall schlug die Tür hinter ihnen zu.

„Die haben auf uns gewartet", sagte Beryl. „Woher wussten sie, dass wir auf dem Weg nach Berlin waren?"

Richard ging zur Tür und überprüfte den Türknauf. „Nichts zu machen", brummte er. „Wir sind eingeschlossen." Frustriert begann er, auf der Suche nach einem anderen Fluchtweg durch das Zimmer zu gehen.

„Wir haben die Tickets bar bezahlt. Sie können es nicht gewusst haben. Und das war Flughafenpersonal, Richard. Wenn sie uns umbringen wollten, warum sollten sie uns dann zuerst einsperren?"

„Damit sie euch die Köpfe eben nicht vom Hals schießen", sagte eine ihnen wohlbekannte Stimme. „Deshalb."

Beryl wirbelte erstaunt herum. Ein stämmiger Mann war gerade durch die Tür hereingekommen. „Onkel Hugh?"

Lord Lovat begutachtete missmutig ihre zerknitterte Kleidung und ihr zersaustes Haar. „Du siehst schlimm aus. Seit wann stehst du auf Gypsy-Look?"

„Seit wir durch halb Griechenland getrampt sind. Und Kreditkarten sind übrigens *nicht* die präferierte Zahlungsweise in kleinen griechischen Dörfern."

„Aber ihr habt es nach Berlin geschafft." Er sah Richard an. „Gute Arbeit, Wolf."

„Ich hätte etwas Unterstützung gebrauchen können", murrte Richard.

„Und wir hätten sie gern zur Verfügung gestellt. Aber wir hatten keine Ahnung, wo ihr seid, bis ich mit deinem Partner Sakaroff gesprochen habe. Er sagte, du wärest auf dem Weg nach Berlin. Wir haben gerade erst herausgefunden, dass ihr den Umweg über Athen genommen habt."

„Und was machst *du* in Berlin, Onkel Hugh?", wollte Beryl wissen. „Ich dachte, du bist auf einer geheimen Mission."

„Ich bin angeln."

„Aber offensichtlich nicht nach Fischen."

„Nach Antworten. Die hoffentlich Heinrich Leitner geben kann." Er sah sich noch einmal Beryls Kleidung an und seufzte. „Lasst uns ins Hotel fahren, damit ihr euch frisch machen könnt. Dann besuchen wir Herrn Leitner im Gefängnis."

„Haben wir eine Erlaubnis, mit ihm zu sprechen?", fragte Richard überrascht.

„Was meinst du, was ich in den letzten Tagen hier gemacht habe?

Ich habe die verantwortlichen Beamten zum Essen ausgeführt!"
Er winkte sie aus dem Raum. „Der Wagen wartet."

In Onkel Hughs Hotelsuite duschten sie sich den griechischen Staub und Sand der letzten drei Tage ab. Frische Kleidung wurde aufs Zimmer geliefert, mit freundlicher Empfehlung der Rezeption – nüchterner Business-Look, die angemessene Kleidung für einen Besuch im Hochsicherheitstrakt.

„Woher sollen wir wissen, ob Leitner uns die Wahrheit sagt?", fragte Richard, als sie in der Limousine auf dem Weg zum Gefängnis saßen.

„Wir wissen es nicht", sagte Hugh. „Wir wissen nicht einmal, wie viel er uns sagen *kann*. Er hat die Operationen in Paris von Ostberlin aus geleitet, daher kennt er die Codenamen, aber nicht unbedingt die Gesichter."

„Dann kann eventuell also auch nichts dabei herauskommen."

„Wie ich bereits sagte, Wolf, es ist ein Angelausflug. Manchmal hat man einen alten Reifen am Haken, manchmal einen Lachs."

„Oder, wie in diesem Fall, einen Maulwurf."

„Wenn er kooperativ ist."

„Bist du bereit für die Wahrheit?", fragte Richard. Die Frage war an Hugh gerichtet, aber sein Blick ruhte auf Beryl. Delphi konnte immer noch Bernard oder Madeline sein, verrieten seine Augen.

„Im Moment würde ich sagen, die Unwissenheit ist gefährlicher", stellte Hugh fest. „Und wir müssen auch an Jordan denken. Ich habe Leute, die auf ihn aufpassen. Aber es besteht immer die Möglichkeit, dass etwas schiefgehen kann."

Es ist schon einiges schiefgegangen, dachte Beryl und betrachtete durch die Autoscheibe die grauen und heruntergekommenen Häuser Ostberlins.

Das Gefängnis war noch abstoßender – eine massive Betonfestung, die von Elektrozäunen umgeben war. Höchste Sicherheitsstufe, stellte sie fest, als sie den Spießrutenlauf durch die Sicherheitsschleusen und Metalldetektoren begannen. Man hatte Onkel Hugh offensichtlich erwartet, schien sein Ansinnen allerdings eher lästig zu finden. Erst als sie das Büro des Gefängnisleiters betraten, wurde der Umgangston höflicher. Becher mit heißem Tee wurden gereicht und den Männern Zigarren angeboten. Hugh nahm an; Richard lehnte ab.

„Bis vor Kurzem war Leitner sehr unkooperativ", erklärte der Beamte und zündete sich eine Zigarre an. „Zunächst bestritt er, überhaupt etwas mit der Sache zu tun zu haben. Aber unsere Akten über ihn beweisen das Gegenteil. Er war es, der für die Operationen in Paris zuständig war."

„Hat Leitner Namen genannt? Ist er genauer geworden?" fragte Richard.

Der Leiter sah Richard durch die Wolke von Zigarrenrauch an. „Sie waren beim CIA, richtig, Mr Wolf?"

Richard nickte kurz. „Vor Jahren. Ich bin schon lange nicht mehr im Geschäft."

„Aber dann verstehen Sie, was es bedeutet, von seinen ehemaligen Partnern verfolgt zu werden."

„Ja, das verstehe ich."

Der Beamte stand auf und blickte aus dem Fenster auf den Stacheldraht. „Berlin ist voll von Leuten, die versuchen, vor ihrem eigenen Schatten davonzulaufen, vor ihrem alten Leben. Ob es um Geld ging oder um Ideologie, sie arbeiteten für einen Herrn. Und jetzt ist dieser Herr tot, und sie verstecken sich vor der Vergangenheit."

„Leitner ist schon im Gefängnis. Er hat nichts zu verlieren, wenn er mit uns spricht."

„Aber die Leute, die für ihn arbeiteten – die noch nicht bekannt sind –, haben alles zu verlieren. Die Stasi-Akten können inzwischen eingesehen werden. Und jeden Tag kommen neugierige Bürger und öffnen Akten und entdecken die Wahrheit. Und stellen fest, dass ihr Freund oder Ehemann oder Geliebter für den Feind gearbeitet hat." Der Leiter des Gefängnisses drehte sich um, und seine blassen blauen Augen richteten sich auf Richard. „Deswegen hat sich Leitner bisher geweigert, Namen zu nennen: um seine ehemaligen Agenten zu schützen."

„Aber Sie sagten gerade, er ist neuerdings etwas kooperativer?"

„In den letzten Wochen war er es."

„Warum?"

Der Gefängnisleiter zögerte. „Herzprobleme, sagen die Ärzte. Sein Herz macht es nicht mehr lange. In zwei, drei Monaten …" Er zuckte die Schultern. „Leitner weiß, dass das Ende naht. Und für etwas Komfort ist er manchmal bereit, zu reden."

„Dann könnte er unsere Fragen eventuell beantworten."

„Wenn er in Stimmung ist." Der Beamte wandte sich zur Tür. „Also, sehen wir nach, in welcher Gemütsverfassung Herr Leitner sich heute befindet."

Sie folgten ihm über die gesicherten Korridore, vorbei an fest installierten Kameras und grimmig dreinblickenden Wachen, ins Herz des Gebäudekomplexes. Hier gab es keine Fenster; selbst die Luft schien hermetisch von der Außenwelt abgeriegelt zu sein. Von hier gibt es kein Entkommen, dachte Beryl. Nur durch den Tod.

Sie blieben vor einer Zelle mit der Nummer fünf stehen. Zwei Wärter, jeder mit einem eigenen Schlüssel, öffneten separate Schlösser. Die Tür öffnete sich.

Drinnen saß ein alter Mann auf einem Holzstuhl. Er hatte eine Sauerstoffmaske auf der Nase sitzen. Seine Gefängniskleidung – gelbbraunes Hemd und Hose, kein Gürtel – war für den verfallenden Körper zu groß geworden. Das Neonlicht ließ sein Gesicht gelblich aussehen. Hinter dem Stuhl stand ein Sauerstofftank; außer dem zischenden Geräusch des Gases, das in seine Nasenlöcher strömte, war es still in der Zelle.

Der Gefängnisleiter begrüßte ihn: „Guten Tag, Heinrich."

Leitner sagte nichts. Er quittierte den Gruß lediglich mit einem Augenblinzeln.

„Ich habe Lord Lovat aus England dabei. Sie kennen seinen Namen?"

Wieder blinzelte der alte Mann mit den blauen Augen. Und dann flüsterte er kaum hörbar: „MI 6."

„Das stimmt", sagte Hugh. „Inzwischen in Pension."

„Ich auch", kam die Antwort ohne jeglichen Humor. Leitners Blick fiel auf Beryl und Richard.

„Meine Nichte", erklärte Hugh. „Und ein ehemaliger Kollege, Richard Wolf."

„CIA?", fragte Leitner.

Richard nickte. „Auch in Pension."

Leitner brachte ein schwaches Lächeln zustande. „Wie unterschiedlich wir unseren Ruhestand genießen." Er sah wieder Hugh an. „Und Sie wollten einfach mal beim ehemaligen Feind vorbeischauen? Das ist aber nett."

„Nicht direkt", sagte Hugh.

Leitner fing an zu husten, und diese Anstrengung war beinahe zu viel für ihn; als er schließlich wieder in seinen Stuhl zurücksank, war sein Gesicht bläulich angelaufen. „Was wollen Sie wissen?"

„Die Identität Ihres Doppelagenten in Paris. Codename Delphi."

Leitner schwieg.

„Der Name ist Ihnen sicher geläufig, Herr Leitner. Delphi hat jahrelang wertvolle Informationen geliefert. Er war Ihre Verbindung zur NATO. Erinnern Sie sich?"

„Das ist zwanzig Jahre her", murmelte Leitner. „Die Welt hat sich verändert."

„Wir wollen nur seinen Namen. Das ist alles."

„Damit ihr Delphi einlochen könnt wie mich? Ihm die Sonne und die frische Luft zum Atmen wegnehmen?"

„Damit das Morden ein Ende hat", sagte Richard.

Leitner runzelte die Stirn. „Welches Morden?"

„Das aktuelle Morden. Gerade wurde eine französische Agentin in Paris ermordet. Und in Griechenland ein Mann erschossen. Beide Taten hängen mit Delphi zusammen."

„Das ist nicht möglich", entgegnete Leitner.

„Warum nicht?"

„Delphi wurde stillgelegt."

Hugh sah ihn fragend an. „Soll das heißen, er ist tot?"

„Das ergibt doch keinen Sinn", sagte Richard. „Wenn Delphi tot ist, warum wird immer noch gemordet?"

„Vielleicht", erwiderte Leitner, „hat das alles gar nichts mit Delphi zu tun."

„Oder vielleicht lügen Sie", sagte Richard.

Leitner lächelte. „Könnte auch sein." Unvermittelt begann er wieder zu husten; es klang, als würde er ersticken. Er konnte nur wieder sprechen, weil er nach jedem Satz die Sauerstoffmaske überzog. „Delphi war ein bezahlter Rekrut", sagte er. „Kein überzeugter Anhänger. Sie verstehen, dass wir die echten Anhänger bevorzugten. Die waren nicht so teuer."

„Er tat es also nur wegen des Geldes?", fragte Richard.

„Eine recht ansehnliche Summe, die da im Lauf der Jahre zusammenkam."

„Wann hörte er auf?"

„Als es ein Risiko für alle Beteiligten wurde. Also beendete Delphi die Zusammenarbeit. Und verwischte seine Spuren, bevor Ihr Geheimdienst ihn enttarnen konnte."

„Und deshalb wurden meine Eltern umgebracht?", fragte Beryl. „Weil Delphi seine Spuren verwischen musste? War es deshalb?"

Leitner sah sie fragend an. „Ihre Eltern?"

„Bernard und Madeline Tavistock. Sie wurden in einer Dachwohnung am Pigalle erschossen."

„Ein Mord und ein Selbstmord. Ich habe den Bericht gelesen."

„Oder vielleicht wurden beide von ihm umgebracht. Von Delphi."

Leitner sah Hugh an. „Ich habe keinen solchen Befehl erteilt. Und das ist die Wahrheit."

„Das bedeutet, dass etwas von dem, was Sie uns gesagt haben, *nicht* die Wahrheit ist?", versuchte es Richard.

Leitner nahm einen tiefen Zug Sauerstoff und atmete schmerzerfüllt aus. „Die Wahrheit ist trügerisch", flüsterte er. „Was spielt das jetzt noch für eine Rolle?" Er sank in seinem Stuhl zurück und sah den Gefängnisleiter an. „Ich möchte mich jetzt ausruhen. Gehen Sie und nehmen Sie diese Leute mit."

„Herr Leitner", sagte Richard. „Ich habe nur noch eine letzte Frage: Ist Delphi wirklich tot?"

„Er wurde stillgelegt", antwortete er. „Das ist das Wort, das ich benutzt habe."

„Also ist er nicht tot."

„Für Ihre Zwecke", sagte Leitner mit einem Lächeln, „ist er das."

*E*in Schläfer. Delphi muss ein Schläfer sein", sagte Richard. Sie hatten sich nicht getraut, die Frage in der Limousine zu diskutieren – sie wussten ja nicht, für wen der Fahrer wirklich arbeitete. Aber hier, in einem lauten Restaurant, in dem die Kellner hin und her liefen, konnte Richard endlich seine Theorie loswerden. „Ich bin mir sicher, dass er das gemeint hat."

„Ein Schläfer?", fragte Beryl.

„Das ist jemand, der zum Beispiel Jahre zuvor auf Vorrat rekrutiert wird", erklärte ihr Onkel. „Als junger Erwachsener. Die Person kann jahrelang inaktiv sein. In der Regel führt sie ein normales Leben und versucht, sich eine einflussreiche Stellung zu verschaffen. Und dann kommt das Signal, und der Schläfer wird aktiviert."

„Also das meinte er", sagte Beryl. „Nicht tot, aber auch nicht aktiv."

„Genau."

„Und damit dieser Schläfer von Nutzen für sie ist, muss er eine einflussreiche Stellung innehaben. Oder nahe genug daran sein", sagte Beryl nachdenklich.

„Was haargenau auf Stephen Sutherland zutrifft", überlegte Richard. „Amerikanischer Botschafter. Zugang zu allen Sicherheitsinformationen."

„Oder Philippe St. Pierre", ergänzte Hugh. „Finanzminister. Wird gehandelt als der nächste französische Premier …"

„Und ist damit extrem anfällig für Erpressung", fügte Beryl hinzu, die an Nina und Philippe dachte. Und an Anthony, ihr uneheliches Kind.

„Ich werde Daumier informieren", sagte Hugh. „Er soll St. Pierre noch mal überprüfen lassen."

„Und wenn er schon dabei ist", sagte Richard, „soll er Nina gleich auch überprüfen."

„Nina?"

„Wir sprechen von einflussreichen Positionen! Sie war immerhin die Frau eines Botschafters und die Geliebte von St. Pierre. Beide könnten ihr während der Zeit Geheimnisse anvertraut haben."

Hugh schüttelte den Kopf. „Von ihrem zweistelligen IQ mal ganz abgesehen, käme ich nie auf die Idee, dass Nina Sutherland für den Geheimdienst arbeiten könnte."

„Und gerade deshalb wäre es doch möglich."

Hugh sah sich ungeduldig nach dem Kellner um. „Wir müssen sofort nach Paris fahren", sagte er und legte das Geld für ihren Kaffee auf den Tisch. „Es ist nicht abzusehen, was mit Jordan geschieht."

„Wenn es Nina wäre ... Meinst du, sie könnte Jordan etwas antun?", fragte Beryl.

„In all den Jahren habe ich Nina Sutherland nie mit auf der Liste gehabt", sagte Hugh. „Denselben Fehler will ich jetzt nicht wieder machen."

Daumier traf sie am Flughafen Paris-Orly direkt am Ausgang. „Ich habe die Sicherheitsakten von Philippe und Nina noch einmal überprüft", berichtete er, als sie gemeinsam in seinem Wagen saßen. „St. Pierre ist sauber. Seine Vorgeschichte ist wirklich einwandfrei. Wenn er der Schläfer ist, gibt es dafür keinen Beweis."

„Und Nina?"

Daumier seufzte vernehmlich. „Unsere liebe Nina stellt ein Problem dar. Es gab da eine Geschichte, die bei ihrer ersten Überprüfung nicht beachtet wurde. Sie hatte mit achtzehn ihren ersten Theaterauftritt in London. Es war eine kleine, eher unbedeutende Rolle, aber der Beginn ihrer Schauspielkarriere. Damals hatte sie ein Verhältnis mit einem ihrer Schauspielerkollegen – einem Ostdeutschen namens Bert Klausner, der behauptete, ein Überläufer zu sein. Doch drei Jahre später verschwand er aus England, und seitdem hat man nie wieder etwas von ihm gehört."

„Ein Führungsoffizier?"

„Möglicherweise."

„Und wie kam es, dass diese Affäre bei Ninas Überprüfung nicht weiter berücksichtigt wurde?", erkundigte sich Beryl.

Daumier zuckte die Schultern. „Es wurde vermerkt, als Nina und Sutherland heirateten. Damals verließ sie das Theater, um einzig und allein die Frau eines Diplomaten zu werden. Sie hatte keine offizielle Position. Normalerweise sind Überprüfungen von Ehepartnern – vor allem, wenn sie Amerikaner sind – nicht erforderlich. Also fiel Nina durchs Raster."

„Es gibt also ein Indiz für eine mögliche Anwerbung", stellte Beryl fest. „Und sie könnte durch ihren Mann Zugang zu den NATO-Geheimnissen gehabt haben. Aber es lässt sich nicht beweisen, dass sie Delphi ist. Und dass sie eine Mörderin ist, schon gar nicht."

„Das ist wahr", pflichtete Daumier ihr bei.

„Ich bezweifle auch, dass sie es jemals zugeben würde", sagte Richard. „Nina war mal Schauspielerin. Sie würde sich vermutlich überall durchlavieren."

„Deshalb habe ich folgenden Vorschlag", sagte Daumier. „Wir stellen ihr eine Falle und verleiten sie, aus ihrer Deckung zu kommen."

„Mit welchem Köder?"

„Jordan."

„Kommt nicht infrage!", protestierte Beryl.

„Er hat schon zugesagt. Heute Nachmittag wird er aus dem Gefängnis entlassen. Wir bringen ihn in ein Hotel, wo er sich möglichst auffällig verhalten soll."

Hugh lachte. „Das ist keine große Herausforderung für Jordan."

„Meine Leute werden an strategischen Punkten im Hotel postiert sein. Falls – und sobald – ein Angriff erfolgt, sind sie bereit für den Zugriff."

„Das könnte schiefgehen", wandte Beryl ein. „Er könnte verletzt werden …"

„Das kann im Gefängnis auch passieren", erwiderte Daumier. „Und so bekommen wir vielleicht wenigstens die Antwort."

„Auch wenn es jemanden das Leben kosten könnte."

„Haben Sie einen besseren Vorschlag?"

Beryl sah Richard an, dann ihren Onkel. Beide sagten nichts. Ich kann nicht fassen, dass sie damit einverstanden sind, dachte sie.

Sie sah Daumier an. „Und was soll *ich* machen?"

„Du würdest die Sache nur komplizieren, Beryl", sagte Hugh. „Es ist besser, wenn du nicht auf der Bildfläche erscheinst."

„Die Sicherheitsvorkehrungen bei den Vanes sind exzellent", sagte Daumier. „Reggie und Helena haben bereits zugestimmt, dass Sie dort wohnen können."

„Aber ich habe nicht zugestimmt", entgegnete Beryl.

„Beryl." Das war Richard. Er klang ruhig, aber unnachgiebig. „Jordan ist sicher und wird beschützt. Man ist auf einen Angriff vorbereitet. Diesmal wird nichts schiefgehen."

„Kannst du dafür garantieren? Kann das einer von euch?"

Keiner sagte etwas.

„Man kann für gar nichts garantieren, Beryl", sagte Daumier ruhig. „Das ist unsere Chance. Vielleicht unsere einzige Chance, Delphi zu fassen."

Frustriert sah Beryl aus dem Fenster und ging in Gedanken alle Möglichkeiten durch. Sie sah ein, dass es keine Alternative gab, wenn sie den Fall lösen wollten. Leise sagte sie: „Ich bin einverstanden – unter einer Bedingung."

„Und die wäre?"

Sie schaute Richard an. „Ich will, dass du bei ihm bist. Ich vertraue dir, Richard. Wenn du auf Jordan aufpasst, weiß ich, dass ihm nichts geschieht."

Richard nickte. „Ich werde an seiner Seite sein."

„Wer weiß außer uns von diesem Plan?", fragte Hugh.

„Nur ein paar meiner Leute", sagte Daumier. „Ich habe vor allem darauf geachtet, dass Philippe St. Pierre nichts erfährt."

„Was wissen Reggie und Helena?", fragte Beryl.

„Nur, dass Sie einen sicheren Aufenthaltsort benötigen. Sie tun es ihren alten Freunden zuliebe."

Wie eine alte Freundin wurde Beryl dann auch von den Vanes in ihrem Haus empfangen. Sobald sich die Tore hinter der Limousine geschlossen hatten und die hohen Mauern des Grundstücks sie umgaben, fühlte sie sich geborgen. Alles kam ihr so vertraut vor: die englische Tapete, das Tablett mit Tee und Gebäck auf dem Beistelltisch, die Blumen, deren Duft die Räume erfüllte. Hier würde ihr sicher nichts passieren …

Sie hatte kaum Zeit, sich von Richard zu verabschieden. Während Daumier und Hugh draußen im Wagen warteten, nahm Richard Beryl in den Arm. Sie hielten sich ein letztes Mal umschlungen und küssten sich.

„Du bist hier absolut sicher", flüsterte er. „Verlass auf keinen Fall das Grundstück."

„Ich mache mir Sorgen um dich. Um dich und um Jordan."

„Ich passe auf, dass ihm nichts passiert." Er hob ihr Kinn an und küsste sie auf den Mund. „Und das verspreche ich dir." Er streichelte ihr Gesicht und grinste sie an, ein zuversichtliches Grinsen, das ihr zu verstehen gab, dass alles in Ordnung war.

Dann ging er.

Sie stand in der Tür und beobachtete, wie der Wagen vom Grundstück rollte, wie sich die Eisentore hinter ihm schlossen. Ich bin bei dir, dachte sie. Was auch passiert, Richard, ich bin ganz nahe bei dir.

„Komm, Beryl", sagte Reggie und legte ihr liebevoll den Arm um die Schulter. „Ich habe in solchen Dingen einen unfehlbaren Instinkt. Ich bin mir sicher, dass alles gut wird."

Sie sah in Reggies lächelndes Gesicht. Gott sei Dank haben wir Freunde, dachte sie. Und ließ sich von Reggie ins Haus führen.

Jordan kniete auf allen vieren in seiner Zelle und schüttelte die Würfel in seiner Hand. Seine Zellenkumpane, die beiden verwahrlosten, übel riechenden Ganoven – oder ging dieser Geruch inzwischen auch von ihm selbst aus? –, hockten hinter ihm, trampelten mit den Füßen und schrien. Jordan würfelte; die Würfel kullerten über den Boden und prallten gegen die Wand. Zwei Fünfer.

„*Zut alors!*", stöhnten seine Mithäftlinge.

Jordan reckte triumphierend die Faust in die Höhe. „*Oh, là là!*" Erst jetzt bemerkte er die Besucher, die ihn durch die Gitterstäbe ansahen. „Onkel Hugh!", sagte er und sprang auf die Füße. „Bin ich froh, dich zu sehen!"

Hugh sah sich ungläubig in der Zelle um. Auf einer Pritsche war ein rot-weiß kariertes Tischtuch ausgebreitet, darauf standen ein Teller mit Rindfleischscheiben und pochiertem Lachs sowie eine Schüssel Trauben. Eine Flasche Wein war in einem Plastikeimer kalt gestellt. Und auf einem Stuhl neben dem Bett erblickte er ordentlich aufgereiht ein halbes Dutzend Bücher im Ledereinband, außerdem eine Vase mit Rosen. „Und das ist ein Gefängnis?", witzelte Hugh.

„Oh, ich habe es uns ein bisschen schön gemacht", sagte Jordan. „Das Essen hier ist ungenießbar, also habe ich mir was kommen lassen. Und etwas Lesestoff dazu. Aber", sagte er mit einem Seufzen, „leider ist es trotzdem immer noch zu sehr Gefängnis."

Er tippte gegen die Gitterstäbe. „Wie man sieht." Er sah Daumier an. „Sind wir so weit?"

„Wenn Sie noch wollen."

„Ich habe keine andere Wahl, oder? Wenn man die Alternative bedenkt."

Der Wärter sperrte die Zellentür auf, und Jordan ging hinaus. Sein Kleiderbündel hatte er dabei. Aber er konnte nicht gehen, ohne sich ordentlich von seinen Zellengenossen zu verabschieden. Er drehte sich um und sah, dass Fofo und Leroi ihn traurig ansahen. „Das war's dann wohl", sagte er. „Es war …", er dachte einen Moment nach, weil ihm das richtige Wort nicht gleich einfiel, „eine einzigartige Erfahrung." Einem inneren Impuls folgend, warf er dem ungläubigen Fofo seine maßgeschneiderte Leinenjacke zu. „Ich glaube, die könnte dir passen", sagte er. „Trag sie in Ehren." Er winkte ihnen noch einmal zu und folgte dann seinen Begleitern. Sie verließen das Gebäude und stiegen in Daumiers Wagen.

Sie fuhren zum Ritz – Jordan wohnte wieder im selben Zimmer. Ein durchaus angemessener Ort für einen Mordanschlag, dachte er sarkastisch, als er aus der Dusche kam und einen frischen Anzug anzog.

„Kugelsichere Fenster", sagte Daumier. „Mikrofone im vorderen Zimmer. Gegenüber im Flur sind zwei Männer stationiert. Und das hier ist für Sie." Daumier griff in seine Aktentasche und entnahm ihr eine automatische Pistole. Er gab sie Jordan, der mit hochgezogenen Brauen die Waffe begutachtete.

„Worst-Case-Szenario? Ich soll mich selbst verteidigen?"

„Eine Vorsichtsmaßnahme. Kennen Sie sich damit aus?"

„Ich denke, ich werde zurechtkommen", antwortete Jordan und hantierte wie ein Profi am Abzug herum. Er sah Richard an. „Und jetzt?"

„Essen gehen im Hotelrestaurant", sagte Richard. „Lassen Sie sich Zeit, und sehen Sie zu, dass möglichst viele Angestellte auf Sie aufmerksam werden. Geben Sie ein großzügiges Trinkgeld, benehmen Sie sich auffällig. Und anschließend kehren Sie auf Ihr Zimmer zurück."

„Und dann?"

„Warten wir ab, wer klopft."

„Und wenn keiner klopft?"

„Keine Sorge", sagte Daumier. „Die kommen schon. Garantiert."

Amiel Foch erreichte der Anruf knapp dreißig Minuten später. Es war das Zimmermädchen – dieselbe Frau, die eine Woche vorher so nützlich gewesen war, als er sich Zutritt zu den Suiten der Tavistocks hatte verschaffen müssen.

„Er ist wieder da", berichtete sie. „Der Engländer."

„Jordan Tavistock? Aber der ist doch im Gefängnis …"

„Ich habe ihn gerade im Hotel gesehen. Zimmer 315. Er scheint alleine zu sein."

Foch verzog überrascht das Gesicht. Vielleicht hatten die Beziehungen dieser Tavistocks gefruchtet. Er war jetzt wieder ein freier Mann – und ein verwundbares Ziel. „Ich muss in sein Zimmer", sagte Foch. „Heute Abend."

„Das geht nicht."

„Sie haben es schon einmal getan. Ich bezahle das Doppelte."

Das Zimmermädchen schnaubte verächtlich. „Das reicht nicht. Ich setze schließlich meinen Job aufs Spiel."

„Ich bezahle mehr als genug. Geben Sie mir nur einfach wieder den Generalschlüssel."

Stille. Dann sagte die Frau: „Erst den Umschlag. Dann den Schlüssel."

„Einverstanden", sagte Foch und legte auf. Danach rief er sofort Anthony Sutherland an. „Jordan Tavistock wurde aus dem Gefängnis entlassen", teilte er ihm mit. „Er wohnt wieder im Ritz und hält sich im Moment auch dort auf. Soll ich den Auftrag zu Ende führen?"

„Aber diesmal wünsche ich, dass es klappt, und wenn ich mich persönlich darum kümmern muss. Wann schlagen wir zu?"

„Ich glaube nicht, dass es klug ist …"

„Wann schlagen wir zu?"

Foch schluckte seine Verärgerung hinunter. Es wäre falsch, Sutherland mitzunehmen. Der Junge war nichts anderes als ein Voyeur, der einmal das Gefühl von ultimativer Macht verspüren wollte – indem er jemanden umbrachte. Foch war das schon vor Jahren aufgefallen, als sie sich kennenlernten. Er hatte es ihm sofort angesehen, dass dieser Mann immer neue Kicks brauchte, intensive Erfahrungen, in sexueller Hinsicht und auch sonst.

Und jetzt wollte der junge Mann eine neue Erfahrung machen. Mord. Das war ein Fehler, mit Sicherheit ein großer Fehler.

„Denken Sie daran, wer Sie bezahlt, Monsieur Foch", sagte Sutherland. „Außerordentlich gut bezahlt. Ich treffe hier die Entscheidungen, nicht Sie."

Und wenn es dumme, gefährliche Entscheidungen sind? fragte sich Foch. Schließlich sagte er: „Heute Abend. Wir warten, bis er schläft."

„Heute Abend", wiederholte Sutherland. „Ich werde da sein."

Um halb zwölf knipste Jordan in seinem Hotelzimmer das Licht aus, stopfte drei Kissen unter die Bettdecke und arrangierte sie so, dass man sie für einen menschlichen Körper halten könnte. Dann nahm er neben Richard seine Position an der Tür ein. Sie saßen in der Dunkelheit und warteten darauf, dass etwas passierte. Dass irgendwas passierte. Bisher war der Abend gähnend langweilig gewesen. Daumier hatte ihn zu einem Gefangenen in seinem eigenen Hotelzimmer gemacht. Er hatte zwei Stunden lang ferngesehen, *Paris Match* durchgeblättert und fünf Kreuzworträtsel gelöst. Was muss ich tun, um den Mörder anzulocken? fragte er sich. Ihm eine Extra-Einladung schicken?

Seufzend lehnte er sich gegen die Wand. „Ist das die Arbeit, die Sie früher gemacht haben, Wolf?", fragte er leise.

„Ja, Warten gehörte oft dazu. Und Langeweile", sagte Richard. „Und immer wieder auch Momente äußerster Angst."

„Und warum haben Sie den Dienst quittiert? Wegen der Langeweile oder wegen der Angst?"

Richard antwortete nicht gleich. „Wegen der Entwurzelung."

„Aha. Der Mann sehnt sich nach Heim und Herd." Jordan lächelte. „Und wie passt da meine Schwester ins Bild?"

„Beryl ist ... eine besondere Frau."

„Damit haben Sie meine Frage nicht beantwortet."

„Die Antwort lautet: Ich weiß es nicht", gab Richard zu. Er straffte die Schultern, um seine Muskulatur zu entspannen. „Manchmal kommt es mir so vor, als passten wir überhaupt nicht zusammen. Natürlich kann ich mir einen Smoking anziehen und mit einem Kognakschwenker in der Gegend herumstehen. Aber ich will niemandem etwas vormachen, am allerwenigsten mir selbst. Und Beryl auch nicht."

„Sie glauben wirklich, dass es das ist, was sie braucht? Einen Spießer im schwarzen Anzug?"

„Ich weiß nicht, was sie braucht. Oder was sie will. Ich weiß, dass sie vermutlich denkt, dass sie verliebt ist. Aber wie zum Teufel kann man sich da sicher sein, bei allem, was hier vorgeht?"

„Am besten, man wartet ab, bis Ruhe eingekehrt ist. Und entscheidet dann."

„Und muss mit den Konsequenzen leben."

„Aber ihr seid schon ein Paar, oder nicht?"

Richard sah ihn überrascht an. „Interessieren Sie sich immer so stark für das Liebesleben Ihrer Schwester?"

„Ich bin ihr nächster männlicher Verwandter. Und deshalb muss ich ihre Ehre verteidigen." Jordan lachte leise. „Eines Tages muss ich Sie vielleicht erschießen, Wolf. Vorausgesetzt, ich überlebe diese Nacht."

Sie lachten beide. Und dann warteten sie wieder.

Um ein Uhr nachts hörten sie, wie sich auf dem Flur ganz leise eine Tür schloss. Hatte da gerade jemand das Treppenhaus verlassen? Jordan war plötzlich hellwach, Adrenalin schoss durch seinen Körper. Er flüsterte: „Haben Sie das gehört …"

Richard war bereits in die Hocke gegangen. In der Dunkelheit spürte Jordan die Anspannung des anderen Mannes. Wo waren Daumiers Agenten? fragte er sich in Panik. Waren sie beide am Ende allein?

Langsam drehte sich ein Schlüssel im Schloss. Jordan erstarrte, sein Herz hämmerte, seine Handflächen wurden feucht. Die Pistole in seiner Hand fühlte sich rutschig an.

Die Tür ging auf; zwei Gestalten stahlen sich langsam ins Zimmer. Ihr erstes Ziel war das Bett. Eine einzige Kugel konnte der Mann abfeuern, bevor sich Richard von der Seite auf ihn stürzte. Durch die Wucht seines Angriffs wurden beide Männer zu Boden gerissen.

Jordan hielt dem zweiten Eindringling die Pistole an die Rippen und rief: „Keine Bewegung!"

Zu Jordans völliger Überraschung drehte sich der Mann einfach um und floh aus dem Zimmer.

Jordan folgte ihm in den Flur und sah gerade noch, wie die zwei französischen Agenten den Flüchtenden zu Boden warfen. Sie zerrten ihn wieder auf die Beine, obwohl er sich wehrte und um sich trat. Erstaunt sah Jordan den Mann an. „Anthony?"

„Ich blute!", heulte Anthony Sutherland. „Sie haben mir die Nase gebrochen! Sie haben mir die Nase gebrochen!"

„Heul weiter, und sie brechen dir noch mehr!", fuhr Richard ihn an.

Jordan drehte sich um und sah Richard, der den Schützen aus dem Zimmer zerrte. Er schob seinen Kopf zurück, damit Jordan sein Gesicht sehen konnte. „Sehen Sie ihn sich gut an. Erkennen Sie ihn?"

„Das ist doch mein falscher Anwalt", sagte Jordan. „Monsieur Jarre."

Richard nickte und zwang den Franzosen mit dem schütteren Haar in die Knie. „Jetzt müssen wir nur noch seinen richtigen Namen herausfinden."

„Es ist schon außergewöhnlich", freute sich Reggie, „wie sehr du deiner Mutter ähnlich siehst."

Der Butler hatte schon lange die Kaffeetassen abgeräumt, und Helena war nach oben verschwunden, um das Gästezimmer fertig zu machen. Beryl und Reggie saßen zu zweit in der holzgetäfelten Bibliothek und genehmigten sich einen Schluck Brandy. Im Kamin knisterte ein Feuer – nicht etwa, weil dieser Juliabend so kalt war, sondern der Atmosphäre wegen. Um durch das vertraute Flackern der Flammen die Schrecken der Nacht zu vertreiben und es sich ein wenig gemütlich zu machen.

Beryl umklammerte ihren Kognakschwenker und betrachtete den Widerschein des Kaminfeuers in der goldenen Flüssigkeit. Sie sagte: „Wenn ich mich an sie erinnere, dann als Kind. Ich erinnere mich nur an Dinge, die ein Kind wichtig findet. Ihr Lächeln. Ihre weichen Hände."

„Ja, das war Madeline."

„Man hat mir erzählt, dass sie bezaubernd war."

„Das war sie", bestätigte Reggie leise. „Sie war die netteste, außergewöhnlichste Frau, die ich je gekannt habe …"

Beryl sah ihn an und bemerkte, dass er ins Feuer starrte, gerade so, als sähe er in den Flammen alte Gespenster. Sie schenkte ihm einen liebevollen Blick. „Mutter hat mir mal erzählt, dass du ihr ältester und bester Freund bist."

„Ja?" Reggie lächelte. „Ich schätze, das ist wahr. Wir haben schon als Kinder zusammen gespielt, weißt du. In Cornwall …" Er blinzelte, und sie glaubte einen Moment, Tränen in seinen Augen schimmern zu sehen. „Ich war der Erste, weißt du", murmelte er. „Vor Bernard. Vor …" Seufzend lehnte er sich im Sessel zurück. „Aber das ist lange her."

„Du denkst noch oft an sie."

„Ja." Er leerte seinen Brandy. Unsicher schenkte er sich ein weiteres Glas ein – sein drittes. „Jedes Mal, wenn ich dich ansehe, denke ich: ‚Da ist Madeline, sie lebt.' Und dann denke ich daran, wie sehr ich sie vermisse …" Plötzlich erstarrte er und sah zur Tür. Dort stand Helena und schüttelte traurig den Kopf. „Ich glaube, du hast für heute Abend genug."

„Es ist erst mein dritter."

„Und wie viele sollen es noch werden?"

„Nicht mehr viele, wenn's nach dir geht."

Helena machte einen Schritt auf ihn zu und nahm seinen Arm. „Komm, Liebling. Du hast Beryl lange genug wach gehalten. Es ist Zeit, schlafen zu gehen."

„Es ist erst ein Uhr."

„Beryl ist müde. Und du solltest vernünftig sein."

Reggie sah seinen Gast an. „Ja, vielleicht hast du recht." Er stand auf und ging mit unsicheren Schritten auf Beryl zu. Sie drehte sich um, als er sich vorbeugte, um ihr einen Kuss auf die Wange zu geben. Es war ein feuchter Kuss, der nach Brandy roch, und sie musste sich zusammenreißen, um nicht vor ihm zurückzuweichen. Er richtete sich wieder auf, und erneut meinte sie Tränen in seinen Augen zu erkennen.

„Gute Nacht, mein Liebes", sagte er. „Bei uns bist du in Sicherheit."

Mitleidig sah Beryl den alten Mann aus der Bibliothek schlurfen.

„Er verträgt einfach nicht mehr so viel wie früher", sagte Helena seufzend. „Die Jahre vergehen, und er vergisst, dass die Dinge sich verändern. Inklusive seiner Aufnahmefähigkeit für Alkohol." Sie lächelte Beryl an. „Ich hoffe, er hat dich nicht zu sehr gelangweilt."

„Überhaupt nicht. Wir haben über Mutter geredet. Er sagte, ich erinnere ihn an sie."

Helena nickte. „Ja, du siehst ihr wirklich sehr ähnlich. Natürlich kannte ich sie nicht so gut wie Reggie." Sie setzte sich auf die Armlehne des Sessels. „Ich weiß noch, als ich sie das erste Mal getroffen habe. Es war auf unserer Hochzeit. Madeline und Bernard waren da, selbst gerade frisch verheiratet. Man sah ihnen an, dass sie ein glückliches Paar waren …" Helena nahm Reggies Kognakschwenker und wischte den Tisch ab. „Als wir uns fünfzehn Jahre später in Paris wiedertrafen, war sie kein bisschen älter geworden. Es war schon beinahe beängstigend, wie wenig sie sich verändert hatte, während die vergangenen Jahre bei allen anderen ihre Spuren hinterlassen hatten."

Es folgte eine lange Pause. Dann fragte Beryl: „Hatte sie einen Liebhaber?" Sie hatte so leise gesprochen, dass ihre Worte kaum zu hören waren.

Es folgte ein langes Schweigen. Sie glaubte schon, Helena hätte ihre Frage tatsächlich nicht mitbekommen. Aber dann sagte sie: „Das sollte nicht verwundern, oder? Madeline hatte etwas Magisches an sich. Sie hatte das gewisse Etwas, das uns anderen fehlt. Das ist das Schicksal, weißt du. Das ist nichts, was man sich erarbeiten kann. Man hat es, oder man hat es nicht. Man erbt es wie den berühmten silbernen Löffel im Mund."

„Meine Mutter wurde nicht mit einem silbernen Löffel im Mund geboren."

„Den brauchte sie auch nicht. Sie hatte ja das gewisse Etwas."

Unvermittelt drehte sich Helena um und ging. Doch in der Tür blieb sie stehen und sah Beryl lächelnd an. „Bis morgen. Gute Nacht!"

Beryl nickte. „Gute Nacht, Helena."

Lange starrte Beryl ihr nach. Sie hörte, wie Helena nach oben ging. Beryl ging hinüber zum Kamin und schaute in die verlöschende Glut. Sie dachte an ihre Mutter und fragte sich, ob Madeline jemals hier gestanden hatte, in dieser Bibliothek, in diesem Haus. Natürlich hatte sie hier gestanden. Reggie war ihr ältester Freund. Sie hatten sich bestimmt gegenseitig besucht, die beiden Ehepaare, wie früher in England …

Bevor Helena darauf bestanden hatte, dass Reggie die Stelle in Paris annahm.

Plötzlich stellte sie sich die Frage: *Warum?* Gab es einen unausgesprochenen Grund dafür, dass die Vanes England so plötzlich verlassen hatten? Helena war in Buckinghamshire aufgewachsen; ihr Zuhause war vielleicht drei Kilometer von Chetwynd entfernt. Es war sicher nicht leicht gewesen, den gesamten Hausstand zusammenzupacken, alles zurückzulassen, was einem lieb war, und in eine Stadt zu ziehen, in der man sich nicht einmal verständigen konnte. Eine solche Entscheidung traf man nicht leichten Herzens.

Außer, man lief vor etwas davon.

Beryl hob den Kopf und ertappte sich dabei, wie sie eine lächerliche Figur auf dem Kaminsims anstarrte: einen fetten kleinen Mann mit Gewehr. Darauf prangte die Inschrift: „Reggie Vane – Höchstwahrscheinlich wird er sich eines Tages selbst in den Fuß schießen. Tremont Gun Club." Daneben stand noch mehr Nippes aus Reggies Vergangenheit – eine Fußballmedaille, ein altes Fotos seiner Cricket-Mannschaft, ein versteinerter Frosch. Angesichts dieser Gegenstände schloss Beryl darauf, dass es sich hier um Reggies Privatgemach handelte, den Raum, in den er sich vor der Welt zurückzog. Den Raum, in dem er seine Geheimnisse aufbewahrte.

Sie sah sich die Fotos an. Nirgends sah sie ein Bild von Helena. Auch auf dem Schreibtisch und auf dem Bücherregal stand keins – was sie merkwürdig fand. In der Bibliothek ihres Vaters standen überall Bilder von Madeline. Beryl ging hinüber zu Reggies Schreibtisch und öffnete leise die Schubladen. In der obersten herrschte das übliche Durcheinander aus Stiften und Büroklammern. In der zweiten Schublade fand sie ein Bündel cremefarbenes Briefpapier und ein Adressbuch. Sie schloss die Schubladen wieder und begann, im Raum auf und ab zu gehen. Sie dachte: Das ist also das Zimmer, in dem du deine privaten Schätze hütest. In dem du deine Erinnerungen versteckst, selbst vor deiner Frau …

Ihr Blick ruhte auf einem Fußschemel mit Lederbezug. Er schien zu dem Sessel zu gehören, aber er stand falsch, nämlich neben dem Sessel, sodass er seinen Zweck nicht erfüllte … Außer, man wollte ihn als Leiter benutzen.

Sie sah sich die Mahagoni-Schrankwand an, vor der sie stand. In den Regalen, hinter Glas, antiquarische Bücher. Der Schrank war gut und gerne zwei Meter fünfzig hoch. Oben auf dem Schrank stand ein Set aus zwei Porzellanschüsseln.

Beryl schob den Schemel hinüber zum Schrank, stieg darauf und griff nach der ersten Schüssel. Sie war leer und voller Staub. Die zweite auch. Als sie die Schüsseln zurück auf den Schrank stellte, spürte sie plötzlich einen Widerstand. Sie machte sich lang, und ihre Finger bekamen etwas Lederiges, Glattes zu fassen. Sie erwischte eine Ecke davon und zog es vom Schrank.

Es war ein Fotoalbum.

Sie nahm es mit hinüber zum Kamin und setzte sich vor das erlöschende Feuer. Dann öffnete sie das Album und betrachtete das erste Foto. Es zeigte ein lachendes, schwarzhaariges Mädchen. Das Mädchen war vielleicht zwölf, saß auf einer Schaukel und ließ die nackten Beine baumeln. Der Rock bauschte sich über ihren Oberschenkeln. Auf der nächsten Seite wieder ein Foto desselben Mädchens. Da war es etwas älter, trug Sonntagskleidung und hatte Blumen ins Haar geflochten. Und noch mehr Bilder, alle von dem schwarzhaarigen Mädchen: Mal trug es Anglerstiefel und stand fischend in einem Bach, mal winkte es aus einem Auto, mal hing es kletternd an einem Ast. Und zum Schluss – ein Hochzeitsfoto. Es war in der Mitte durchgerissen, der Ehemann fehlte, und nur die Braut war zu sehen.

Eine Ewigkeit starrte Beryl das Gesicht der Braut an, das Gesicht, das sie kannte – und das ihr so ähnelte. Sie berührte die lächelnden Lippen, die hochgesteckten Haarsträhnen der Frau auf dem Foto. Sie fragte sich, wie es für einen Mann sein musste, wenn er eine Frau so verzweifelt liebte und sie dann an einen anderen verlor. Die er so sehr liebte, dass er ihretwegen in ein anderes Land floh. Und dann tauchte sie ausgerechnet in derselben Stadt auf. Und er musste feststellen, dass sich seine Gefühle für sie auch nach fünfzehn Jahren nicht verändert hatten und dass es nichts gab, was seinen Schmerz lindern konnte … solange sie lebte.

Beryl klappte das Album zu und ging zum Telefon. Sie wusste nicht, wie sie Richard erreichen konnte, also rief sie bei Daumier an. Dort sprang nur der Anrufbeantworter an, der sie mit geschäftsmäßig klingendem Französisch begrüßte.

Nach dem Signalton sagte sie: „Hallo Claude, hier Beryl. Ich muss Sie sofort sprechen. Ich glaube, ich habe neues Beweismaterial gefunden. Bitte holen Sie mich ab! Sobald Sie …" Sie hielt plötzlich inne, ihre Hand mit dem Hörer erstarrte. Was war das für ein Klicken in der Leitung?

Sie lauschte angestrengt nach weiteren Geräuschen, hörte aber nur ihr eigenes Herzklopfen – und Stille. Sie legte auf. Der andere Apparat, dachte sie. Jemand hat am anderen Apparat mitgehört.

Schnell stand sie auf. *Ich darf nicht hierbleiben, nicht in diesem Haus. Nicht unter einem Dach mit ihm. Nicht in dem Wissen, dass er es gewesen sein könnte.*

Das Album an sich gepresst, lief sie aus der Bibliothek und durch die Eingangshalle. Nachdem sie die Alarmanlage ausgeschaltet hatte, verließ sie das Haus.

Die Nacht war kühl, der Himmel klar, und die Sterne funkelten mit den Lichtern der Stadt um die Wette. Sie ließ ihren Blick über den Hof schweifen und sah, dass die Eisentore geschlossen waren – und sicher auch abgeschlossen. Als leitender Bankangestellter in Paris gab Reggie ein attraktives Ziel für Verbrecher und Terroristen ab; wahrscheinlich hatte er das beste Sicherheitssystem, das es gab.

Ich muss von hier verschwinden, beschloss sie. Ohne dass es jemand mitbekommt.

Und was dann? Zur nächsten Polizeistation trampen? Zu Daumiers Wohnung? *Egal, Hauptsache nicht hierbleiben.*

Sie sah sich um, suchte die hohe Mauer nach einer Tür oder einem Ausgang ab. Sie fand ein weiteres Tor, aber auch das war verschlossen. Es führt also kein Weg daran vorbei, dachte sie, ich muss über die Mauer klettern. Beryl entdeckte einen Apfelbaum, von dem ein Ast über die Mauer hing. Sie umklammerte das Fotoalbum mit einer Hand und kletterte auf den Baum. Es war nicht schwierig, von einem Ast zum nächsten zu klettern, doch bei jeder ihrer Bewegungen fielen ein paar Äpfel geräuschvoll herunter. Als sie auf der Mauer angekommen war, warf sie das Fotoalbum auf den Gehweg und sprang hinterher. Dann schnappte sie sich das Album und lief auf die Straße.

Plötzlich blendete sie das grelle Licht einer Taschenlampe, und sie blieb stehen.

„Also kein Einbrecher", hörte sie plötzlich eine Stimme sagen.

„Was um Himmels willen machst du da, Beryl?"

Blinzelnd konnte Beryl Helenas Silhouette ausmachen. „Ich … Ich wollte einen Spaziergang machen. Aber das Tor war abgeschlossen."

„Ich hätte dir doch aufgemacht."

„Ich wollte dich nicht wecken." Sie drehte sich um. „Könntest du bitte die Taschenlampe in eine andere Richtung halten? Du blendest mich."

Der Lichtstrahl senkte sich nach unten und verweilte auf dem Fotoalbum in Beryls Arm. Beryl presste das Album gegen ihre Brust. Sie hatte gehofft, Helena würde es nicht entdecken. Doch es war zu spät. Sie hatte es bereits gesehen.

„Wo war das?", fragte Helena leise. „Wo hast du das her?"

„Aus der Bibliothek", sagte Beryl. Es hatte keinen Sinn, zu lügen; schließlich hielt sie das Beweisstück in der Hand.

„All die Jahre", murmelte Helena. „Er hat es also all die Jahre behalten. Dabei hatte er mir geschworen …"

„Was, Helena? Was hat er dir geschworen?"

Stille. „Dass er sie nicht mehr liebt", kam die geflüsterte Antwort. Darauf folgte ein bitteres Lachen. „Ich habe gegen einen Geist verloren. Es war hoffnungslos, als sie noch lebte. Aber jetzt ist sie tot, und ich komme immer noch nicht gegen sie an. Denn die Toten werden nicht älter, weißt du. Sie bleiben immer jung und schön. Und perfekt."

Beryl machte einen Schritt auf sie zu und wollte sie mitleidig in den Arm nehmen. „Sie hatten kein Verhältnis, Helena. Das weiß ich."

„Ich war ihm nie gut genug."

„Aber er hat dich geheiratet. Das hat doch mit Liebe zu tun …"

Helena wollte ihren Trost nicht und wandte sich ab. „Von wegen! Reine Bosheit war das! Eine dumme männliche Geste, um ihr zu zeigen, dass man ihn nicht verletzen kann. Wir heirateten einen Monat nach ihr. Ich war sein Trostpreis, verstehst du? Ich hatte die richtigen Verbindungen. Und Geld. Das hat er gerne genommen. Aber meine Liebe interessierte ihn nie!"

Wieder versuchte Beryl, sie zu trösten; erneut schob Helena sie beiseite. Beryl sagte leise: „Das muss ein Ende haben, Helena. Leb dein Leben ohne ihn. Du bist noch jung genug …"

„Er *ist* mein Leben."

„Aber du musst es all die Jahre gewusst haben! Du musst doch geahnt haben, dass Reggie derjenige war …"

„Es war nicht Reggie."

„Helena, überleg doch mal!"

„*Es war nicht Reggie.*"

„Er war besessen von ihr, konnte nicht von ihr lassen! Dass ein anderer Mann sie haben würde …"

„Ich war es."

Diese drei Worte, so gelassen ausgesprochen, ließen Beryl das Blut in den Adern gefrieren. Sie starrte die Frau an, die vor ihr stand, und plötzlich kam ihr der Gedanke an Flucht. Sie könnte auf der Straße davonrennen, an der nächsten Haustür klopfen … Sie wollte gerade an Helena vorbeirennen, als sie ein Klicken vernahm. Eine Pistole wurde entsichert.

„Du siehst ihr so ähnlich", flüsterte Helena. „Als ich dich vor Jahren zum ersten Mal in Chetwynd sah, kam es mir fast so vor, als sei sie zurückgekehrt. Und jetzt muss ich sie ein zweites Mal töten."

„Aber ich bin nicht Madeline …"

„Es spielt keine Rolle, wer du bist. Du weißt es." Helena hob den Arm, und Beryl sah im Halbdunkel die Pistole in ihrer Hand. „Rüber zur Garage, Beryl", sagte sie. „Wir machen eine kleine Spazierfahrt."

12. KAPITEL

„Amiel Foch", sagte Daumier und blätterte in einem Aktenordner. „Sechsundvierzig Jahre alt, ehemals beim französischen Geheimdienst. Galt seit drei Jahren als tot, nach einem Hubschrauberabsturz vor Zypern …"

„Er hat seinen eigenen Tod vorgetäuscht?", fragte Richard.

Daumier nickte. „Es ist nicht so einfach, aus dem Geheimdienst auszutreten und dann sozusagen als Söldner weiterzuarbeiten. Man würde gewissen Einschränkungen unterliegen."

„Wenn man aber als tot gilt …"

„Genau." Daumier überflog die nächste Seite. „Hier steht es", sagte er. „Das ist die Verbindung, nach der wir suchen. 1972 war Monsieur Foch unser Kontaktmann zu den Amerikanern. Offensichtlich gab es damals eine telefonische Drohung gegen die Familie von Botschafter Sutherland. Danach blieb Amiel Foch jahrelang in Verbindung mit den Sutherlands. Später bekam er dann andere Aufträge, bis er … starb."

„Und damit für Privatkunden tätig werden konnte. Für Aufträge aller Art", ergänzte Hugh.

„Inklusive Mord." Daumier klappte den Ordner zu und sagte zu seinem Assistenten: „Bringen Sie Mrs Sutherland herein."

Die Frau, die zur Tür hereinstolzierte, war die gleiche selbstbewusste und unverfrorene Nina wie immer. Sie rauschte ins Zimmer, sah ihr Publikum voller Verachtung an und ließ sich dann graziös auf einem Stuhl nieder. „Ist es nicht ein bisschen spät, um mich zu einem Auftritt hierherzubestellen?", fragte sie.

Und einen Auftritt hatten sie zu erwarten, dachte Richard. Falls es ihnen nicht gelänge, sie in ihrer Selbstsicherheit zu erschüttern. Er nahm sich einen Stuhl und setzte sich ihr gegenüber. „Sie wissen, dass Anthony festgenommen wurde?"

Einen Moment lang flackerte in ihren Augen Angst auf. „Es handelt sich natürlich um einen Irrtum. Anthony hat in seinem ganzen Leben noch nie etwas Schlimmes getan."

„Wie wäre es mit Anstiftung zum Mord? Anheuern eines Killers?" Richard hob eine Augenbraue. „Dafür gibt es eine Reihe Zeugen. Ich würde sagen, das reicht, um für einige Zeit hinter Gittern zu verschwinden."

„Aber er ist noch ein Kind und nicht …"

„Er ist volljährig. Und damit voll strafmündig." Richard sah Daumier an. „Claude und ich sprachen gerade darüber, dass es wirklich eine Schande ist. So jung im Gefängnis zu landen! Wie alt mag er sein, wenn er rauskommt, Claude? Fünfzig bestimmt, oder?"

„Eher sechzig", sagte Daumier.

„Sechzig." Richard schüttelte den Kopf und seufzte. „Mit sechzig hat man das Leben hinter sich. Keine Frau. Keine Kinder." Richard sah Nina mitleidig an. „Keine Enkelkinder …"

Ninas Gesicht war aschgrau. Sie flüsterte: „Was verlangen Sie von mir?"

„Kooperation."

„Und was bekomme ich dafür?"

„Wir könnten uns für ein mildes Urteil einsetzen", bot Daumier an. „Schließlich ist er wirklich noch ein Kind. Es könnte mildernde Umstände geben."

Nina schluckte und sah weg. „Es ist nicht seine Schuld. Er hat es nicht verdient …"

„Er ist verantwortlich für den Tod zweier französischer Agenten. Und für den versuchten Mord an Marie St. Pierre und Jordan."

„Er hat nichts getan!"

„Für die Schmutzarbeit hat er Amiel Foch angeheuert. Was haben Sie da bloß für ein Monster erzogen, Nina?"

„Er hat nur versucht, mich zu beschützen!"

„Wovor?"

Nina ließ den Kopf hängen. „Vor der Vergangenheit", flüsterte sie. „Es ist niemals vorbei. Alles verändert sich, nur nicht die Vergangenheit."

Die Vergangenheit, dachte Richard und erinnerte sich an Heinrich Leitners Worte. Wir stehen immer in ihrem Schatten. „Sie waren Delphi", sagte er. „Stimmt's?"

Nina antwortete nicht.

Er beugte sich zu ihr hinüber und senkte seine Stimme zu einem leisen, beinahe vertraulichen Murmeln. „Vielleicht haben Sie am Anfang aus Spaß mitgemacht", gestand er ihr zu. „Ein lustiges Spiel um Spione und Gegenspione. Vielleicht fanden Sie das spannend. Oder war es das Geld, das Sie reizte? Was auch immer der Grund gewesen sein mag, Sie haben der Gegenseite das eine oder andere Geheimnis gesteckt. Daraus wurden dann später geheime Akten. Und plötzlich hatte man Sie in der Hand."

„Ich war nicht lange dabei!"

„Trotzdem war es schon zu spät. Der Geheimdienst der NATO hat Wind von der Sache bekommen und war kurz davor, die Sache aufzuklären. Also versuchten Sie, irgendwie von sich abzulenken. Es gelang Ihnen, Bernard und Madeline in ihr Liebesnest in der Rue Myrha zu locken, und dort haben Sie die beiden erschossen."

„Nein."

„Dann legten Sie die Dokumente neben Bernards Leiche ab."

„Nein."

Richard packte Nina an den Schultern und zwang sie, ihn anzusehen. „Und dann spazierten Sie davon und lebten unbeschwert ein fröhliches Leben. War es nicht so?"

Nina schluchzte mitleiderregend. „Ich habe die beiden nicht umgebracht!"

„War es nicht so?"

„Ich schwöre Ihnen, dass ich die beiden nicht umgebracht habe! Sie waren schon tot!"

Richard ließ sie los. Nina sank auf dem Stuhl zurück, ihr Körper wurde von heftigem Weinen geschüttelt.

„Wer war es dann?", wollte Richard wissen. „Amiel Foch?"

„Nein, darum habe ich ihn nie gebeten."

„Philippe?"

Sie sah ihn scharf an. „Nein! *Er* war es, der die beiden fand. Er war total panisch, als er mich anrief. Er hatte Angst, man könnte ihn beschuldigen. Daraufhin rief ich erst Foch an. Ich bat ihn, dem Vermieter, Rideau, ein Angebot zu unterbreiten. Er sollte ihm Geld geben, damit er falsch aussagt."

„Und wer hat die Dokumente dann hinterlegt? Wer hat sie neben die Leichen gelegt?"

„Foch. Aber da hatte man schon die Polizei gerufen. Foch musste die Aktentasche in die Dachwohnung schmuggeln."

Jordan fiel ihr ins Wort. „Sie hat gerade zugegeben, dass sie Delphi ist. Und jetzt sollen wir glauben, dass irgendein großer Unbekannter der Mörder ist?"

„Das ist die Wahrheit!", beharrte Nina.

„Aber klar", sagte Jordan spöttisch. „Und der Mörder suchte sich zufällig dieselbe Wohnung aus, in der Sie sich jede Woche mit Philippe trafen?"

Nina schüttelte erstaunt den Kopf. „Ich weiß nicht, wie er auf unsere Wohnung kam."

„Sie müssen es gewesen sein. Oder Philippe", sagte Jordan.

„Ich hätte nie ... Er hätte nie ..."

„Wer wusste sonst noch von der Wohnung?", fragte Richard.

„Niemand."

„Marie St. Pierre?"

„Nein." Sie schwieg. Dann flüsterte sie: „Doch, vielleicht ..."

„Also wusste Philippes Frau Bescheid."

Nina nickte niedergeschlagen. „Aber sonst niemand."

„Moment mal", sagte Jordan plötzlich. „*Natürlich* wusste es noch jemand."

Alle sahen ihn an.

„Was?", sagte Richard.

„Reggie hat es mir erzählt. Helena wusste von dem Verhältnis – Marie hatte es ihr erzählt. Und wenn Marie von der Wohnung in der Rue Myrha wusste ..."

„... dann wusste auch Helena davon." Richard starrte Jordan an. Sofort hatten beide denselben Gedanken.

Beryl.

Beide standen unvermittelt auf. „Wir brauchen Verstärkung!", rief Richard Daumier zu. „Wir fahren schon mal vor!"

„Zu den Vanes?"

Richard gab keine Antwort; er war bereits zur Tür hinaus.

„Steig ein!", forderte Helena sie auf.

Beryl blieb stehen, die Hand am Türgriff des Mercedes. „Man wird dir Fragen stellen, Helena."

„Und ich werde sie beantworten. Ich habe geschlafen, verstehst du. Ich habe die ganze Nacht geschlafen. Und als ich aufwachte, warst du weg. Du bist vom Grundstück verschwunden und wurdest nicht mehr gesehen."

„Reggie wird sich erinnern ..."

„Reggie wird sich an gar nichts erinnern. Er ist sturzbesoffen.

Soweit er weiß, war ich die ganze Zeit im Bett."

„Man wird dich verdächtigen …"

„Es ist zwanzig Jahre her, Beryl. In diesen zwanzig Jahren hat mich keiner je verdächtigt." Sie hob die Waffe. „Und jetzt steig ein. Du fährst. Oder willst du, dass ich meine Geschichte ändern und erzählen muss, dass ich einen vermeintlichen Einbrecher erschossen habe?"

Beryl starrte auf die Pistolenmündung, die auf ihre Brust gerichtet war. Sie hatte keine andere Wahl. Helena würde sie tatsächlich erschießen. Sie stieg ein.

Helena setzte sich auf den Beifahrersitz und warf ihr die Schlüssel in den Schoß. „Lass den Motor an."

Beryl drehte den Schlüssel im Zündschloss; der Mercedes schnurrte wie eine zufriedene Katze. „Meine Mutter wollte dich nie verletzen", sagte Beryl leise. „Sie war nie an Reggie interessiert. Sie wollte ihn nicht."

„Aber er wollte *sie*. Oh, ich weiß noch, wie er sie immer ansah! Weißt du, er sagte im Schlaf ihren Namen. Ich lag neben ihm, und er dachte an sie. Ich wusste nie, ich wusste wirklich nie, ob sie nicht …" Sie schluckte. „Fahr los."

„Wohin?"

„Zum Tor raus. Los!"

Beryl fuhr den Mercedes aus der Garage und rollte über den kopfsteingepflasterten Hof. Helena betätigte eine Fernbedienung, und das Eisentor öffnete sich und schloss sich wieder hinter ihnen. Vor ihnen lag die von Bäumen gesäumte Straße. Es waren keine anderen Autos unterwegs, es gab keine Zeugen.

Das Lenkrad rutschte in ihren schweißnassen Händen. Beryl musste es fest umklammern, damit ihre Hände nicht zitterten. „Mein Vater hat dir nie etwas getan", flüsterte sie. „Warum musstest du ihn umbringen?"

„Irgendjemand musste doch der Schuldige sein. Warum nicht ein Toter? Und außerdem war es ja Ninas Wohnung – das machte alles noch praktischer." Sie lachte. „Du hättest mal sehen sollen, was Nina und Philippe alles veranstalteten, um die Sache zu vertuschen."

„Und Delphi?"

Helena schüttelte erstaunt den Kopf. „Was für ein Delphi?"

Sie hat keine Ahnung, dachte Beryl. Wir haben die ganze Zeit die falschen Schlüsse gezogen. Richard ahnt nicht im Traum, was wirklich geschehen ist.

Die Straße wurde kurviger und schlängelte sich zwischen den Bäumen hindurch. Es war stockdunkel. Sie fuhren tiefer in den Bois de Boulogne hinein. Ob man mich da finden wird, fragte sich Beryl verzweifelt und vollkommen entmutigt. In irgendeinem einsamen Wäldchen? Oder auf dem schlammigen Grund eines Tümpels?

Sie schaute auf die von den Scheinwerfern erhellte Straße. Sie näherten sich der nächsten Kurve.

Das ist vielleicht die einzige Chance, die ich habe. Entweder lasse ich es zu, dass sie mich erschießt, oder ich versuche zu kämpfen. Sie lenkte den Wagen geradeaus. Dann trat sie aufs Gas. Der Motor heulte auf, die Reifen quietschten. Beryl wurde in ihren Sitz gedrückt, als der Mercedes einen Satz nach vorn machte.

Helena schrie „Nein!" und versuchte, ihr ins Lenkrad zu greifen. Kurz bevor sie gegen den Baum knallten, gelang es Helena, den Wagen zur Seite zu lenken. Der Mercedes überschlug sich mehrfach, Scheiben splitterten, und die beiden Frauen wurden gegen das Armaturenbrett geschleudert.

Der Wagen blieb auf dem Dach liegen. Alle vier Räder drehten sich noch.

Es war die plärrende Hupe, die Beryl wieder zu Bewusstsein brachte. Und die Schmerzen. Sie hatte fürchterliche Schmerzen im Bein. Sie versuchte, sich zu bewegen, und stellte fest, dass ihr Oberkörper zwischen Lenkrad und Sitz eingeklemmt war und ihr Kopf irgendwo zwischen Windschutzscheibe und Armaturenbrett. Obwohl es ihr höllische Schmerzen bereitete, schaffte sie es, sich ein paar Zentimeter zu bewegen. Sie musste einen Moment Pause machen und rang um Atem, während sie darauf wartete, dass der Schmerz in ihrem Bein nachließ. Mit zusammengebissenen Zähnen gelang es ihr, sich ein Stück weiter zu schieben. War das der Fahrersitz? In der Dunkelheit und in dem Durcheinander konnte sie nichts erkennen. Sie war völlig orientierungslos.

Trotzdem nahm sie den Benzingeruch wahr, der von Sekunde zu Sekunde intensiver wurde. *Ich muss zum Fenster und mich irgendwie rausquetschen, bevor das Auto explodiert.* Blind tastete sie ihre Umgebung ab und fühlte plötzlich etwas Warmes. Und Feuchtes. Sie drehte den Kopf und sah Helenas Leiche.

Beryl fing an zu schreien. Jetzt hatte sie es noch eiliger, aus dem Wagen zu kommen, diesen leblosen Augen zu entkommen. Sie robbte zum Fenster. Ein erneuter Schmerz, noch heftiger als der erste, durchfuhr ihr Bein. Ihr stiegen die Tränen hoch. Endlich bekam sie die Fensteröffnung zu fassen, ertastete Glassplitter und dann … einen Ast! *Gleich habe ich's geschafft. Gleich.*

Halb kletterte sie, halb robbte sie vorwärts, dann quetschte sie sich durch die Fensteröffnung. Kaum lag ihr Körper auf der Erde, gab der Boden unter ihr nach, und sie rutschte eine grasbewachsene Böschung hinunter. Sie landete in einem Graben, nahe bei ein paar Bäumen.

Plötzlich erhellte ein Lichtblitz den Himmel. Mit schmerzverzerrtem Blick sah sie die ersten Flammen auflodern. Wenige Sekunden später hörte sie Glas bersten und dann einen fürchterlichen Knall, als die Flammen den Wagen verschlangen.

Warum, Helena? Warum? Die Flammen zuckten, dann wurde es plötzlich dunkel um sie herum. Sie schloss die Augen und lag zitternd im Laub.

Fünf Kilometer vom Haus der Vanes entfernt, entdeckten sie das Feuer. Es war ein brennendes Auto, das sich offensichtlich überschlagen hatte. Ein Mercedes.

„Das ist Helenas Wagen", rief Richard. „Mein Gott, das ist Helenas Wagen!" Er sprang aus dem Auto und rannte auf den brennenden Mercedes zu. Beinahe stolperte er über einen Schuh, der auf der Fahrbahn lag. Zu seinem Schrecken war es ein Pump. „*Beryl!*", schrie er. Gerade wollte er sich verzweifelt auf die Wagentür stürzen, als die Flammen höher schlugen. Eine Fensterscheibe explodierte, Glas flog auf die Straße. Die kochende Hitze ließ ihn zurückweichen, er nahm den Geruch seiner eigenen verkohlten Haare wahr. Er versuchte, das Gleichgewicht zu halten, und wollte sich gerade in die Flammen stürzen, als Jordan ihn am Arm festhielt.

„Warte!", schrie Jordan.

Richard machte sich los. „Ich muss sie da rausholen!"

„Hör doch mal!"

Und jetzt hörte auch er es – ein leises Stöhnen, kaum wahrnehmbar. Es kam nicht aus dem Wagen, sondern irgendwo aus Richtung der Bäume.

Sofort rannten er und Jordan ins Gebüsch. Sie riefen Beryls Namen. Wieder hörte Richard das Stöhnen, jetzt näher, irgendwo unterhalb der Straße. Er stieg die Böschung hinab und landete in einem Abwassergraben.

Und da fand er sie, da lag sie im Laub. Sie war kaum bei Bewusstsein.

Er hob sie hoch und erschrak, wie schlaff und kalt ihr Körper sich anfühlte. Sie hat einen Schock, stellte er fest. Uns bleibt nicht mehr viel Zeit …

„Sie muss sofort ins Krankenhaus!", rief er. Mit festen Schritten trug er sie zum Wagen.

Jordan rannte voraus und riss die Wagentür auf. Richard schlüpfte mit Beryl auf dem Arm auf die Rückbank.

„Fahr los!", forderte er ihn auf.

„Festhalten", sagte Jordan, als er auf den Fahrersitz kletterte. „Das wird eine wilde Fahrt."

Mit quietschenden Reifen schoss der Wagen davon. Bleib bei mir, Beryl, flehte Richard lautlos den Körper in seinen Armen an. Bitte, Liebling. Bleib bei mir …

Doch als der Wagen durch die Dunkelheit jagte, schien sie in seinem Arm immer kälter zu werden.

Durch den Schleier der Narkose hörte sie ihn ihren Namen sagen, aber seine Stimme schien so unendlich weit weg, an einem weit entfernten Ort, den sie nicht erreichen konnte. Dann spürte sie seine Hand auf ihrer und wusste, dass er bei ihr war. Sie konnte sein Gesicht nicht sehen; sie hatte nicht die Kraft, ihre Augen zu öffnen. Aber sie wusste trotzdem, dass er da war – und dass er noch da sein würde, wenn sie am nächsten Tag aufwachte.

Doch es war Jordan, der am nächsten Morgen an ihrem Bett saß. Die späte Vormittagssonne schien auf seine hellen Haare, ein in Leder eingeschlagener Gedichtband lag in seinem Schoß. Er las Milton. Mein lieber Jordan, dachte sie. Auf ihn kann man sich verlassen, und immer ist er so ausgeglichen. Wenn ich bloß auch diese innere Ruhe hätte!

Jordan sah von seiner Lektüre auf und bemerkte, dass sie wach war. „Schön, dass du wieder bei uns bist, Schwesterlein", sagte er mit einem Lächeln.

Sie stöhnte. „Ich bin mir nicht sicher, ob ich da wieder sein will."

„Was macht das Bein?"

„Es bringt mich um."

Er griff nach der Klingel. „Zeit, sich eine Dosis Morphium zu gönnen."

Aber auch Wunder brauchen Zeit. Nachdem die Schwester ihr eine Injektion gegeben hatte, schloss Beryl die Augen und wartete darauf, dass der Schmerz nachließe und selige Taubheit über sie herabsänke.

„Ist es schon besser?", fragte Jordan.

„Noch nicht." Sie holte tief Luft. „Ich hasse es, krank zu sein. Sprich mit mir. Bitte."

„Worüber?"

Richard, dachte sie. Bitte sprich mit mir über Richard. Warum er nicht hier ist. Warum nicht er auf diesem Stuhl sitzt …

Jordan sagte leise: „Er war hier. Heute Morgen. Aber dann rief Daumier an."

Sie lag still da und sagte kein Wort. Sie wollte mehr hören.

„Er macht sich Sorgen um dich, Beryl. Ganz sicher." Jordan klappte sein Buch zu und legte es auf den Nachttisch. „Er scheint wirklich ein netter Kerl zu sein. Und ziemlich fähig."

„Fähig", murmelte sie. „Ja, das stimmt."

„Er ist nicht einfach abgehauen. Er hat sich um dich gekümmert."

„Aus reiner Gefälligkeit", erinnerte sie ihn. „Onkel Hugh gegenüber."

Er antwortete ihr nicht. Offenbar hatte auch Jordie seine Zweifel daran, ob sie beide zusammenpassten. Genau wie sie. Die hatte sie von Anfang an gehabt.

Das Morphium begann endlich zu wirken. Sie merkte, wie sie langsam in den Schlaf driftete. Nur beiläufig nahm sie noch wahr, dass Richard das Zimmer betrat und leise mit Jordan sprach. Sie flüsterten irgendwas von Helena und dass ihr Körper bis zur Unkenntlichkeit verbrannt war. Als das Medikament schon langsam ihr Gehirn benebelte, stieg plötzlich eine grässliche Erinnerung in ihr auf – Flammen, die das Auto verschlangen, die Helena verschlangen.

Das war Helenas Strafe dafür, dass sie zu sehr geliebt hatte.

Sie spürte, dass Richard ihre Hand nahm und sie küsste.

Und welche Strafe stand ihr bevor?

EPILOG

*F*roggie war unruhig, sie stampfte im Stall und wieherte, denn sie wollte raus.

„Sieh dir die Arme an", sagte Beryl und seufzte. „Sie wurde in letzter Zeit viel zu selten bewegt, ich glaube, das macht sie ganz verrückt. Du musst sie für mich reiten."

„Ich? Ich soll mich auf den Rücken dieses ... wild gewordenen Viehs schwingen?", schnaubte Jordan. „Mir liegt eigentlich recht viel an meinem Hals."

Beryl humpelte auf ihren Krücken hinüber zum Stall. Sofort streckte Froggie den Kopf zur Tür heraus und stupste sie mit einem „Ich will raus"-Blick an. „Komm, sie ist so brav!"

„So brav und unberechenbar."

„Sie braucht mal wieder einen größeren Ausritt."

Jordan sah seine Schwester an, wie sie unsicher auf ihrem Gipsbein und den Krücken balancierte. Sie kam ihm blass und ausgelaugt vor, als ob die lange Zeit im Krankenhaus ihr sämtliche Energie geraubt hätte. Es war normal, dass sie nach dem massiven Blutverlust und der Operation ihres Oberschenkelbruchs zunächst sehr mitgenommen gewirkt hatte. Doch inzwischen war der Bruch gut verheilt, der Schmerz nur noch Erinnerung. Und trotzdem schien sie nur noch ein Schatten ihrer selbst zu sein.

Es war Richard Wolfs Schuld.

Immerhin war der Typ so anständig gewesen, sich nicht schon während ihres Krankenhausaufenthalts zu verabschieden. Vielmehr war er die ganze Zeit bei ihr gewesen, hatte jeden Tag stundenlang an ihrem Krankenbett gesessen. Und die Blumen! Jeden Morgen hatte er ihr einen frischen Blumenstrauß gebracht.

Dann war er eines Tages plötzlich verschwunden. Jordan wusste nicht, was dahintersteckte. Als er an jenem Morgen ins Zimmer seiner Schwester gekommen war, hatte sie am Fenster gesessen, und es war bereits alles gepackt, fertig zur Abreise nach Chetwynd.

Vor drei Wochen waren sie schließlich zurückgeflogen. Seitdem grübelte sie die ganze Zeit, dachte er und betrachtete ihr bleiches Gesicht.

„Na los, Jordie", sagte sie. „Lass sie ein bisschen laufen. Ich darf erst in einem Monat wieder reiten."

Resigniert öffnete Jordan die Stalltür und führte Froggie heraus, um sie zu satteln. „Du benimmst dich hoffentlich, junge Dame", beschwor er das Tier. „Wehe, du bäumst dich auf. Wehe, du wirfst mich ab. Und wehe, du trampelst deinen armen, wehrlosen Reiter tot!"

Froggie warf ihm einen Blick zu, der in der Pferdesprache so etwas wie „Mal sehen" bedeutete.

Jordan saß auf und winkte Beryl zum Abschied zu.

„Pass auf sie auf!", rief Beryl ihm zu. „Pass auf, dass sie sich nicht wehtut!"

„Deine Fürsorge ist rührend", konnte er ihr gerade noch entgegnen, bevor Froggie in einem wahnsinnigen Galopp aufs Feld zuraste. Jordan drehte sich noch einmal um und sah Beryl gedankenverloren vor der Stalltür stehen. Sie erschien ihm klein und zerbrechlich. Das war nicht die Beryl, die er kannte. Ob sie jemals wieder zu sich selbst finden würde?

Froggie jagte mit ihm auf den Wald zu. Er klammerte sich fest an die Mähne, als das Tier schnurstracks auf die Steinmauer zusteuerte. „Dieses verdammte Hindernis musst du wohl einfach nehmen, was?", knurrte er. „Und das bedeutet, dass auch ich dieses verdammte Hindernis …"

Gemeinsam flogen sie über die Mauer, völlig problemlos. Ich halte mich noch immer im Sattel, dachte Jordan und setzte ein triumphierendes Grinsen auf. Gar nicht so leicht, mich loszuwerden, wie?

Das war sein letzter Gedanke, bevor Froggie ihn abwarf.

Glücklicherweise landete Jordan auf einem großen Mooshaufen. Als er unter den sich drehenden Baumwipfeln wieder zu sich kam, hörte er in der Ferne so etwas wie Reifenquietschen auf Schotter. Dann hörte er, wie jemand seinen Namen rief. Benommen setzte er sich auf.

Froggie stand über ihm und wirkte keineswegs so, als ob es ihr leidtäte. Hinter ihr stieg Richard Wolf aus einem roten MG.

„Alles in Ordnung?", rief Richard und rannte zu ihm.

„Sagen Sie mal, Wolf", stöhnte Jordan. „Haben Sie es darauf abgesehen, alle Tavistocks umzubringen? Oder geht es Ihnen um jemand speziellen?"

Lachend half Richard ihm auf die Beine. „Ich schiebe hiermit jegliche Verantwortung auf das Pferd."

Die beiden Männer sahen Froggie an. Sie antwortete darauf mit einem Laut, der verdächtig nach einem Lachen klang.

Richard fragte leise: „Wie geht es Beryl?"

Jordan klopfte sich den Schmutz von der Hose. „Ihr Bein verheilt gut."

„Und abgesehen vom Bein?"

„Nicht so toll." Jordan richtete sich auf und sah dem anderen Mann ins Gesicht. „Warum sind Sie verschwunden?"

Seufzend schaute Richard in Richtung Chetwynd. „Weil sie mich darum gebeten hat."

„Was?" Jordan starrte ihn ungläubig an. „Das hat sie mir nicht verraten …"

„Sie ist eine Tavistock, wie du. Sich beschweren und jammern ist verboten. Oder sein Gesicht zu verlieren. Es ist ihr Stolz."

„Ach wirklich", sagte Jordan. „Gab es Streit?"

„Nicht einmal das. Nur die Unterschiede zwischen uns …" Er schüttelte den Kopf und lachte. „So ist es nun mal, Jordan. Sie bevorzugt Tee und Toastbrot, ich Kaffee und Doughnuts. Sie würde es in Washington nicht aushalten. Und ich glaube nicht, dass ich mich an … das hier gewöhnen könnte." Er zeigte auf die sanfte Hügellandschaft rund um Chetwynd.

Du wirst dich daran gewöhnen, dachte Jordan. Und sie sich auch. Denn jeder Trottel kann sehen, dass ihr beide zusammengehört.

„Na ja", sagte Richard, „als dann Niki anrief und mich daran erinnerte, dass wir einen Auftrag in Neu-Delhi zu erledigen hatten, sagte Beryl mir, ich sollte ruhig gehen. Sie dachte, es wäre gut, wenn wir mal eine Weile nicht zusammen wären. Sie meinte, das macht auch die königliche Familie so. So könnte man feststellen, ob die Distanz die Gefühle für den anderen verschwinden lässt."

„Und?"

Richard grinste. „Keine Chance", antwortete er und stieg wieder ins Auto. „Es könnte gut sein, dass ich mich doch auf eure durchgeknallte Familie einlasse. Irgendwelche Einwände?"

„Keine", erwiderte Jordan. „Aber ich hätte durchaus einen Rat für dich, falls ihr vorhabt, ein langes und gesundes Leben miteinander zu verbringen."

„Und wie lautet der Rat?"

„Erschieß dieses Pferd!"

Lachend löste Richard die Handbremse und fuhr eiligst in Richtung Chetwynd davon.

Richtung Beryl.

Als Jordan den MG hinter der Kurve verschwinden sah, dachte er: Viel Glück, mein liebes Schwesterlein. Ich freue mich, dass endlich einer von uns beiden jemanden gefunden hat, den er liebt. Ich wünschte, dieses Glück hätte ich auch …

Er drehte sich zu Froggie um. „Und was dich angeht", sagte er laut, „werde ich dir schon zeigen, wer hier der Boss ist."

Froggie schnaubte ihn an. Dann schüttelte sie triumphierend die Mähne, drehte sich um und sprengte in Richtung Chetwynd davon. Ohne ihren Reiter.

„Es passt gar nicht zu dir, dass du die ganze Zeit vor dich hin grübelst", sagte Onkel Hugh, als er die nächste Tomate abpflückte und in den Korb legte. Mit seinem Schlapphut wirkte er eher wie ein Gärtner und nicht wie der Hausherr. Auf den Knien rutschend, pflückte er vorsichtig eine weitere Tomate. „Ich möchte mal wissen, warum du in letzter Zeit so traurig bist. Dein Bein ist doch so gut wie verheilt."

„Es ist nicht das Bein", entgegnete Beryl.

„Man meint ja fast, du würdest verkrüppelt bleiben."

„Es hat nichts mit dem Bein zu tun."

„Was ist es denn dann?", fragte Hugh. „Oh, es hat mit ihm zu tun, habe ich recht?"

Seufzend griff Beryl nach ihren Krücken und erhob sich von der Gartenbank. „Ich will nicht darüber sprechen."

„Das willst du nie."

„Genau", sagte sie und humpelte stur über den Steinpfad zum Irrgarten. Sie passierte das Lavendelbeet, und die Gerüche des sommerlichen Gartens strömten ihr entgegen. Diesen Pfad sind wir gemeinsam gegangen, dachte sie. Und jetzt ging sie ihn allein.

Sie betrat den Irrgarten und manövrierte sich auf ihren Krücken um alle Ecken und Biegungen. Schließlich hatte sie das Zentrum erreicht und setzte sich auf die steinerne Bank. Und schon wieder grübele ich, stellte sie fest. Onkel Hugh hat recht. Ich muss damit aufhören und wieder anfangen zu leben.

Aber dazu musste es ihr erst einmal gelingen, nicht mehr an ihn zu denken. Ob es ihm gelungen war, nicht mehr an sie zu denken? Wieder ergriffen die Zweifel und Ängste Besitz von ihr. Sie hatte ihn auf die Probe gestellt, dachte sie, und er war durchgefallen.

Aus der Ferne hörte sie, wie jemand ihren Namen rief. Zuerst so leise, dass sie dachte, sie hätte es sich nur eingebildet. Aber da war es wieder – und das Rufen kam näher!

Schwankend erhob sie sich auf ihren Krücken. „*Richard?*"

„Beryl?", rief er. „Wo bist du?"

„Im Irrgarten!"

Seine Schritte kamen näher. „Wo?"

„Im Zentrum!"

Durch die hohen Hecken hörte sie ihn unbeholfen lachen. „Und jetzt soll ich den Weg zu dem Stück Käse finden?"

„Stell dir einfach vor", forderte sie ihn heraus, „es ist ein Test, ob du mich wirklich liebst."

„Oder ob ich komplett verrückt bin", brummte er, als er den Irrgarten betrat.

„Ich bin ziemlich sauer auf dich, weißt du", rief sie.

„Das habe ich bemerkt."

„Du hast nicht geschrieben, nicht angerufen, gar nichts!"

„Ich hatte so viel damit zu tun, ein Flugzeug zurück nach London zu bekommen. Und außerdem solltest du mich doch vermissen. Ist mir das etwa gelungen?"

„Nein, ist es nicht."

„Nein?"

„Überhaupt nicht." Sie biss sich auf die Lippe. „Na ja, vielleicht ein bisschen …"

„Also hast du mich *doch* vermisst …"

„Aber nicht so viel."

„Ich habe *dich* vermisst."

Sie zögerte. „Ja?", fragte sie leise.

„So sehr, dass ich, wenn ich jetzt nicht sofort das Zentrum dieses verdammten Irrgartens finde …"

„Was?", fragte sie atemlos.

Das Rascheln von Zweigen ließ sie herumfahren. Auf einmal war er neben ihr, nahm sie in die Arme und küsste sie so innig auf den Mund, dass ihr ganz schwindelig wurde. Die Krücken entglitten ihr und fielen auf den Boden. Sie brauchte sie nicht mehr – jetzt war er ja da, um sie festzuhalten.

Er machte sich los und lächelte sie an. „Schön, Sie wiederzusehen, Miss Tavistock", flüsterte er.

„Du bist zurückgekommen", murmelte sie. „Du bist wirklich zurückgekommen."

„Hast du nicht damit gerechnet?"

„Heißt das etwa, du hast nachgedacht? Über uns?"

Er lachte. „Ich konnte mich kaum auf etwas anderes konzentrieren. Nicht auf den Auftrag, nicht auf den Kunden. Schließlich musste ich sogar Niki bitten, für mich einzuspringen, damit ich die Sache mit dir klären konnte."

Sie fragte ihn leise: „Und du meinst, da *kann* man etwas klären?"

Sanft nahm er ihr Gesicht in die Hände. „Ich weiß es nicht. Manche Leute würden uns wahrscheinlich keine Chance geben."

„Wahrscheinlich hätten sie recht. Es gibt so viele Punkte, in denen wir nicht zusammenpassen …"

„Und genau so viele, in denen wir zusammenpassen." Er näherte sein Gesicht dem ihren und küsste sie sanft. „Ich gebe zu, dass ich nie ein echter Gentleman sein werde. Ich mag kein Cricket. Und du müsstest mir eine Pistole an die Schläfe setzen, damit ich auf ein Pferd steige. Aber wenn du über diese schrecklichen Fehler hinwegsehen kannst …"

Sie warf die Arme um seinen Hals. „Welche Fehler?", flüsterte sie und küsste ihn.

In der Ferne schlugen die alten Kirchenglocken. Sechs Uhr. Die Stunde der Dämmerung, der sanften Schatten und süßen Gerüche. Und die Stunde der Liebe, dachte Beryl, als er sie lachend in den Arm nahm.

Ganz bestimmt, der Liebe.

– ENDE –

Tess Gerritsen

Die Meisterdiebin

Roman

Aus dem Amerikanischen von
Patrick Hansen

NEW YORK TIMES
BESTSELLER AUTOREN

PROLOG

*S*imon Trott stand auf dem schwankenden Deck der *Cosima*, als er die Flammen entdeckte, die die samtschwarze Nacht erhellten. Das Feuer loderte in der Nähe der Küste und zuckte wie eine feurige Zunge übers Wasser.

„Das ist sie", sagte der Kapitän der *Cosima* zu Trott, während beide Männer nach vorn starrten. „Die *Max Havelaar*. Das Feuerwerk dürfte sie nicht lange überleben." Er drehte sich um. „Volle Kraft voraus!", rief er seinem Steuermann zu.

„Dürfte kaum Überlebende geben", meinte Trott.

„Sie haben einen Notruf abgesetzt, also scheint noch jemand am Leben zu sein."

Als sie sich dem sinkenden Schiff näherten, schossen die Flammen plötzlich hoch wie ein Vulkan, dessen Lavaregen den Ozean zu entzünden schien.

„Langsam! Im Wasser ist Treibstoff!", rief der Kapitän laut nach hinten.

„Ich drossle die Fahrt", antwortete der Mann am Ruder.

Trott hangelte sich an der Reling nach vorn und starrte auf das Inferno. Die *Max Havelaar* sank bereits. Das Heck lag schon fast unter Wasser, der Bug ragte empor. In wenigen Minuten würde sie für immer verschwunden sein. Das Wasser war tief, eine Bergung unmöglich. Hier, zwei Meilen vor der spanischen Küste, würde die *Havelaar* ihre letzte Fahrt beenden.

Eine weitere Explosion jagte Funken in den nächtlichen Himmel. In den wenigen Sekunden, bevor es wieder dunkel wurde, sah Trott, wie sich etwa hundert Meter von der *Havelaar* entfernt etwas bewegte. Etwas Längliches, Flaches tanzte auf den Wellen. Dann hörte er Männer rufen.

„Hier! Wir sind hier!"

„Das Rettungsboot", sagte der Kapitän und richtete den Suchscheinwerfer in die Richtung, aus der die Stimmen kamen. „Da sind sie. Zwei Uhr!"

„Ich sehe sie", antwortete der Steuermann und änderte den Kurs. Vorsichtig lenkte er das Schiff durch den Treibstoff, der brennend an der Oberfläche trieb. Als sie näher kamen, hörte Trott die freudigen Rufe der Überlebenden. Es waren Italiener, und sie schrien alle durcheinander. Wie viele mochten es sein? Fünf, vielleicht sechs. Sie wedelten mit den Armen.

„Scheint fast die ganze Crew der *Havelaar* zu sein", sagte der Kapitän und drehte sich um. „Wir brauchen hier jetzt jeden freien Mann."

Sekunden später war die Mannschaft der *Cosima* an Deck. Schweigend standen sie an der Bugreling und starrten auf das Rettungsboot.

Im kalten Licht des Scheinwerfers konnte Trott die Überlebenden ausmachen. Es waren sechs. Er wusste, dass die *Max Havelaar* mit acht Mann an Bord aus Neapel ausgelaufen war. Waren die anderen beiden noch im Wasser?

Das Boot trieb jetzt an der Steuerbordseite.

„Hier ist die *Cosima!* Wer seid ihr?", rief er hinunter.

„*Max Havelaar!*", kam die Antwort.

„Sind alle gerettet?"

„Zwei sind tot!"

„Seid ihr sicher?"

„Die Maschine, sie ist explodiert! Ein Mann wurde unter Deck eingeschlossen."

„Und der achte?"

„Wurde ins Wasser geschleudert, kann nicht schwimmen!"

Womit er so gut wie tot ist, dachte Trott und sah zur Crew der *Cosima* hinüber. Sie warteten auf den Befehl zum Eingreifen.

Das Rettungsboot war jetzt fast längsseits.

„Wir werfen euch gleich eine Leine zu", rief Trott nach unten.

Als es so weit war, stand einer der Überlebenden auf, um die Leine zu ergreifen.

Trott gab seinen Männern das Signal, auf das sie warteten, und sie gehorchten.

Die erste Salve traf ihr Opfer, als es die Arme nach seinen vermeintlichen Rettern ausstreckte. Der Mann kam nicht einmal mehr dazu, zu schreien. Der Kugelhagel von der *Cosima* zerfetzte das Boot und seine wehrlosen Insassen. Ihre Entsetzensschreie wurden vom Rattern der automatischen Waffen übertönt.

Als es vorbei war und endlich wieder Stille herrschte, lagen die Leichen übereinander im Rettungsboot. Zu hören waren nur die Wellen, die gegen den Rumpf der *Cosima* schlugen.

Eine allerletzte Explosion ließ Funken durch die Nacht regnen. Der Bug der *Max Havelaar* ragte noch steiler nach oben, dann glitt sie langsam in die Tiefe.

Das Boot, von Kugeln durchlöchert, war schon halb untergegangen. Ein Mann von der *Cosima* warf einen Ersatzanker über Bord. Mit dumpfem Aufprall landete er zwischen den Leichen. Das Boot kenterte, und die Toten glitten ins Meer.

„Unsere Arbeit ist getan, Captain", sagte Trott gelassen und wandte sich ab. „Ich schlage vor, wir kehren nach …"

Plötzlich erstarrte er. Was war das? Etwa fünfzig Meter vom Boot entfernt hatte sich etwas bewegt. Trott kniff die Augen zusammen. Da war es wieder. Etwas Silbriges tauchte kurz auf und verschwand wieder unter einer Welle.

„Dort drüben!", rief er. „Eröffnet das Feuer!"

Verwirrt sahen seine Leute ihn an.

„Was haben Sie gesehen?", fragte der Kapitän.

„Vier Uhr. Etwas ist aufgetaucht."

„Ich sehe nichts."

„Nehmt es trotzdem unter Feuer."

Einer der Männer zielte kurz und drückte ab. Der Feuerstoß ließ winzige Fontänen aufspritzen.

Alle starrten auf die Stelle. Nichts geschah. Die See beruhigte sich wieder, bis sie glatt wie ein Spiegel war.

„Ich weiß, dass ich etwas gesehen habe", knurrte Trott.

Der Kapitän zuckte mit den Schultern. „Na ja, jetzt ist es nicht mehr da … Hart Backbord!", befahl er dem Steuermann.

Die *Cosima* beschrieb einen Halbkreis und wurde immer schneller. Trott ging nach hinten und starrte misstrauisch auf die ruhige See zwischen dem aufgewühlten Kielwasser. Plötzlich kam es ihm vor, als wäre wieder etwas Silbriges aufgetaucht. Es dauerte nur einen Wimpernschlag, dann war es weg.

Ein Fisch, dachte er und wandte sich zufrieden ab.

Ja, das musste es gewesen sein. Ein Fisch.

1. KAPITEL

 „Ein kleiner Einbruch, das ist alles, was ich verlange." Veronica Cairncross sah bittend zu ihm hinauf. Tränen schimmerten in ihren saphirblauen Augen. Sie trug ein aufregendes schulterfreies Seidenkleid, dessen weiten Rock sie malerisch auf dem antiken Zweiersofa drapiert hatte. Das braune Haar war kunstvoll frisiert und mit winzigen Zuchtperlen verziert.

Mit dreiunddreißig war sie noch atemberaubender, noch eleganter als mit fünfundzwanzig. Damals hatte er sie kennengelernt, und inzwischen hatte sie nicht nur einen Adelstitel erworben, sondern wurde wegen ihres Stils und ihrer geistreichen Konversation zu jeder Party der feinen Londoner Kreise eingeladen. Aber eins hatte sich bis heute nicht geändert und würde sich nie ändern.

Veronica Cairncross war noch immer eine Idiotin.

Warum hätte sie sich sonst in eine so missliche Lage gebracht?

Und wie immer war es der gute alte Freund Jordan Tavistock, der ihr heraushelfen sollte. Aber dieses Mal war ihre Bitte einfach zu absurd.

„Das kommt nicht infrage, Veronica", erwiderte Jordan. „Ohne mich."

„Tu es für mich, Jordie!", flehte sie. „Stell dir vor, was passiert, wenn du es nicht tust. Wenn er diese Briefe Oliver zeigt …"

„Der arme alte Ollie wird einen Anfall bekommen. Ihr werdet euch ein paar Tage lang streiten, und dann wird er dir verzeihen. Das wird passieren."

„Und wenn er mir nicht verzeiht? Wenn er nun die …" Sie schluckte und senkte den Blick. „… Scheidung will?", flüsterte sie.

„Wirklich, Veronica", seufzte Jordan. „Daran hättest du vor dieser Affäre denken sollen."

Betrübt starrte sie nach unten. „Ich habe gar nicht nachgedacht. Das ist das Problem."

„Nein, offenbar hast du das nicht."

„Ich konnte doch nicht ahnen, dass Guy so schwierig sein würde. Man könnte meinen, ich hätte ihm das Herz gebrochen! Ich bin doch nicht verliebt oder so etwas. Und jetzt droht er, es allen zu erzählen! Welcher Gentleman sinkt so tief?"

„Keiner."

„Ohne die Briefe, die ich ihm geschrieben habe, könnte ich einfach alles abstreiten. Dann wäre es Guys Wort gegen meins, und bestimmt würde Ollie mir glauben."

„Was genau steht in den Briefen?", fragte Jordan.

„Dinge, die ich besser nicht geschrieben hätte."

„Liebesschwüre? Süßholzgeraspel?"

Sie stöhnte. „Viel schlimmer."

„Deutlicher, meinst du?"

„Weitaus deutlicher."

Jordan betrachtete ihren gesenkten Kopf, an dem die Perlen im Lampenschein glänzten. Schwer zu glauben, dass ich diese Frau einmal attraktiv fand, dachte er. Aber das war Jahre her. Er war erst zweiundzwanzig gewesen. Und ein wenig naiv. Was jetzt hoffentlich nicht mehr zutraf.

Veronica Dooley war ihm am Arm eines alten Studienkameraden aus Cambridge begegnet. Der Kamerad war bald wieder verschwunden, und Jordan hatte das Interesse des Mädchens geerbt. Ein paar Wochen lang hatte er geglaubt, sich verliebt zu haben, war jedoch schnell zur Vernunft gekommen. Sie hatten sich friedlich getrennt und waren Freunde geblieben. Veronica hatte schließlich Oliver Cairncross geheiratet. Obwohl Sir Oliver gute zwanzig Jahre älter als sie war, war es die klassische Verbindung zwischen Geld und Schönheit. Jordan hatte die beiden immer für ein zufriedenes Paar gehalten.

Wie sehr er sich doch geirrt hatte.

„Ich rate dir, Ollie alles zu sagen. Er wird dir vergeben. Da bin ich mir ganz sicher."

„Selbst wenn, sind da immer noch die Briefe. Guy bringt es fertig, sie an die falschen Leute zu schicken. Wenn die Medien davon Wind bekommen, wird Ollie womöglich in aller Öffentlichkeit erniedrigt."

„Du glaubst, das bringt er fertig?"

„Zweifellos. Ich würde ihm die Briefe ja abkaufen, aber seit ich in Monte Carlo so viel Geld verloren habe, hält Ollie mich ziemlich knapp. Und von dir kann ich mir nichts leihen. Ich meine, es gibt Dinge, um die man Freunde einfach nicht bitten darf."

„Ich würde sagen, ein Einbruch gehört dazu", entgegnete Jordan trocken.

„Aber es wäre doch kein Einbruch! Ich habe die Briefe geschrieben, also sind es meine. Ich hole mir nur zurück, was mir gehört." Sie beugte sich vor. „Es wäre doch ganz einfach, Jordie. Ich weiß, in welcher Schublade er sie aufbewahrt. Deine Schwester feiert am Samstagabend ihre Verlobung. Wenn du ihn hierher einladen könntest ..."

„Beryl kann Guy Delancey nicht ausstehen."

„Lad ihn trotzdem ein! Und während er hier in *Chetwynd* Champagner schlürft ..."

„... breche ich in sein Haus ein?" Jordan schüttelte den Kopf. „Und wenn ich erwischt werde?"

„Guys Personal hat samstagabends frei. Es wird niemand da sein. Und selbst wenn du ertappt wirst, kannst du es als lustigen Streich ausgeben. Nimm vorsichtshalber eine aufblasbare Puppe mit, und sag ihnen, die wolltest du in sein Bett legen. Sie werden dir glauben. Du bist schließlich ein Tavistock!"

Er runzelte die Stirn. „Deshalb bittest du ausgerechnet mich darum? Weil ich ein Tavistock bin?"

„Nein, weil du der klügste Mann bist, den ich kenne. Weil du noch nie eins meiner Geheimnisse verraten hast." Vertrauensvoll sah sie ihm in die Augen. „Und weil du der Einzige bist, auf den ich mich verlassen kann."

Verdammt. Damit hatte er rechnen müssen.

„Tu es für mich, Jordie", bat sie sanft. „Versprich mir, dass du es tust."

Er rieb sich die Stirn. „Ich denke darüber nach." Resigniert ließ er sich in den Sessel sinken und starrte auf die Gemälde seiner Vorfahren an der Wand. Alles ehrenwerte Gentlemen, dachte er. Kein einziger Einbrecher darunter.

Bis jetzt.

Um fünf nach elf gingen die Lichter im Quartier der Dienstboten aus. Der gute alte Whitmore war pünktlich wie immer. Um neun Uhr hatte er seine Runde durchs Haus gemacht. Um halb zehn hatte er unten aufgeräumt und war in die Küche gegangen, vielleicht um sich einen Tee zu machen. Um zehn Uhr hatte er sich oben vor seinen Fernseher gesetzt. Um fünf nach elf hatte er das Licht gelöscht.

So war es an jedem Abend der vergangenen Woche gewesen. Clea hatte das Haus seit dem letzten Samstag beobachtet und vermutete, dass sich daran bis zu seinem Tod auch nichts ändern würde. Butler legten großen Wert auf Ordnung.

Jetzt stellte sich nur noch die Frage, wann er endlich einschlafen würde.

Clea erhob sich hinter der Eibenhecke und wechselte von einem Fuß auf den anderen, um die eingeschlafenen Beine zu wecken. Die Reithose klebte an der Haut, denn der Rasen war feucht. Obwohl es warm war, fror sie. Nicht nur vor Kälte, sondern auch vor Aufregung, Vorfreude und … jawohl, auch Angst. Die Angst war nicht groß. Sie war ziemlich sicher, dass man sie nicht erwischen würde. Trotzdem, ein Risiko bestand immer.

Sie würde Whitmore zwanzig Minuten zum Einschlafen geben, mehr nicht. Schließlich war es möglich, dass Guy Delancey früher als erwartet von der Party heimkam. Und sie wollte nicht mehr im Haus sein, wenn er es betrat.

Inzwischen musste der Butler eingeschlafen sein.

Clea huschte um die Hecke und sprintete über den Rasen, bis sie hinter einem Busch in Deckung gehen konnte. Im Haus bewegte sich nichts. Kein Laut, kein Licht. Zum Glück für sie mochte Guy Delancey keine Hunde. Ein bellender Vierbeiner war das Letzte, was sie jetzt brauchte.

Sie schlich um eine Hausecke und über die gepflasterte Terrasse zur Glastür. Wie erwartet, war sie verschlossen. Aber, auch das hatte sie erwartet, das Schloss war kein Problem. Es war alt und rostig. Sie holte den Satz Dietriche aus der Gürteltasche und probierte sie einen nach dem anderen. Der vierte passte.

Ein Kinderspiel.

Sie öffnete die Tür und betrat die Bibliothek. Im Mondschein sah sie die deckenhohen Bücherregale. Jetzt kam der schwierige Teil. Wo war *das Auge von Kaschmir?* Hier bestimmt nicht, dachte sie, während sie den Strahl ihrer Taschenlampe über die Wände wandern ließ. Trotzdem sah sie sich gründlich um.

Kein Auge von Kaschmir.

Sie schlüpfte auf den Flur. Ihre Lampe erhellte poliertes Holz und antike Vasen. Sie schlich durchs Wohnzimmer und den angrenzenden Wintergarten. Kein Auge von Kaschmir. Die Küche und das Esszimmer ließ sie aus. Delancey würde es nicht dort verstecken, wo das Personal ein und aus ging.

Blieben die Zimmer im ersten Stock.

Clea ging die geschwungene Treppe hinauf, leise wie eine Katze. Oben blieb sie stehen und lauschte. Nichts. Links lag der Flügel, in dem die Dienstboten wohnten, rechts musste sich Delanceys Schlafzimmer befinden. Sie ging nach rechts und steuerte das Zimmer am Ende des Flurs an.

Die Tür war unverschlossen. Sie schlüpfte hinein.

Durch die Balkonfenster fiel das Mondlicht. Es war ein imposanter Raum. Die hohen Wände waren mit Gemälden bedeckt, das Bett antik und breit genug, um einen ganzen Harem zu beherbergen. Außerdem gab es eine ebenso große Kommode, einen Schrank, Nachttische und einen Sekretär. Nahe der Balkontür gab es einen Sitzbereich mit zwei Sesseln und einem niedrigen Tisch auf einem Perserteppich, vermutlich ebenfalls antik.

Clea stöhnte auf. Es würde Stunden dauern, dieses Zimmer zu durchsuchen.

Sie begann mit dem Sekretär, zog sämtliche Schubladen auf und forschte nach verborgenen Nischen. Dann wühlte sie sich in der Kommode durch riesige Berge von Wäsche und gebügelten Taschentüchern. Kein Auge von Kaschmir. Sie wollte gerade den Kleiderschrank öffnen, als sie ein Geräusch hörte und erstarrte.

Es war ein leises Rascheln und kam von draußen. Da war es wieder, lauter diesmal.

Sie wirbelte zu den Fenstern herum. Am Balkongeländer bewegten sich die Glyzinienranken, dann tauchte über den Blättern plötzlich eine dunkle Gestalt auf. Clea sah den Kopf des Kletterers, sein blondes Haar, und versteckte sich blitzschnell hinter dem Schrank.

Na, wunderbar. Sie würden Nummern ziehen müssen. Damit hatte sie nicht gerechnet. Ein anderer Einbrecher. Noch dazu ein unfähiger, dachte sie, als draußen ein Blumentopf klapperte. Dann herrschte Ruhe. Ihr *Kollege* lauschte. Der alte Whitmore musste taub sein, wenn er das überhört hatte!

Quietschend ging die Balkontür auf.

Clea zog sich noch weiter hinter den Schrank zurück. Wenn er sie nun bemerkte? Sie attackierte? Sie hatte nichts dabei, mit dem sie sich hätte verteidigen können.

Sie zuckte zusammen, als sie ein verärgertes Flüstern hörte.

„Verdammt!"

Oh nein. Der Typ war eher eine Gefahr für sich selbst.

Schritte kamen näher.

Clea presste sich gegen die Wand. Die Schranktür schwang auf und stoppte kurz vor ihrem Gesicht. Sie hörte Kleiderbügel klappern, dann wurde eine Schublade aufgezogen. Eine Taschenlampe flackerte auf, ihr Schein drang durch den Spalt der Schranktür. Der Mann murmelte etwas in bestem Oxfordenglisch, während er den Inhalt durchwühlte.

„Muss verrückt sein. Genau das bin ich, vollkommen verrückt. Möchte wissen, wie sie mich dazu überredet hat, so etwas Dummes zu tun ..."

Clea konnte nicht anders. Die Neugier siegte. Sie beugte sich vor und spähte durch den Spalt. Stirnrunzelnd starrte der Eindringling in die offene Schublade. Sein Profil war markant, klassisch, aristokratisch. Sein Haar war weizenblond und noch ein wenig zerzaust vom Kampf mit der Glyzinie. Er war nicht wie ein Einbrecher gekleidet. Die Smokingjacke und schwarze Fliege sahen eher nach Cocktailparty aus.

Er wühlte weiter und gab plötzlich einen zufriedenen Laut von sich. Sie konnte nicht sehen, was er herausnahm. Bitte, dachte sie. Nicht das Auge von Kaschmir. So dicht davor zu sein und es dann zu verlieren ...

Sie starrte über seine Schulter, um zu sehen, was er in die Jackentasche gleiten ließ. So konzentriert, dass sie fast zu spät reagierte, als er die Schranktür zuwarf. Ihre Schulter prallte gegen die Wand.

Dann herrschte Stille.

Langsam glitt der Strahl der Taschenlampe um die Ecke des Schranks, gefolgt vom Umriss eines Männerkopfs.

Clea blinzelte ins grelle Licht. Sie konnte ihn nicht erkennen, aber er sie. Eine Ewigkeit lang bewegte sich keiner von ihnen.

„Wer zum Teufel sind Sie?", fragte er nach einer Weile.

Die Gestalt antwortete nicht. Jordan ließ den Lichtstrahl an ihr hinabwandern. Über die bis zu den Augenbrauen heruntergezogene Mütze, das mit dunkler Farbe verschmierte Gesicht, den schwarzen Rollkragenpullover und die ebenfalls tiefschwarze Hose.

„Zum letzten Mal ... wer sind Sie?", wiederholte er scharf.

Als Antwort erhielt er nur ein rätselhaftes Lächeln, das ihn überraschte. In genau dem Moment sprang die Gestalt in Schwarz wie eine Katze auf ihn zu. Jordan taumelte zurück und stieß gegen den Bettpfosten. Der Eindringling hastete zur Balkontür. Jordan machte einen Satz und packte ein Hosenbein. Sie fielen beide zu Boden und prallten gegen den Sekretär. Stifte segelten durch die Luft. Jordans Gegner wand sich und rammte ihm ein Knie in den Schritt. Der Schmerz war höllisch, und fast hätte er ihn losgelassen. Der Einbrecher bekam eine Hand frei und kroch davon.

In letzter Sekunde sah Jordan den Brieföffner, dessen Spitze auf ihn zusauste. Er ergriff das Handgelenk und drehte es, bis die Waffe aus den Fingern glitt. Die Gestalt schlug mit beiden Fäusten auf Jordan ein. Er wehrte die Schläge ab und riss dabei dem Mann die Mütze vom Kopf.

Langes blondes Haar strömte wie ein Fächer auf den Boden und glänzte im Mondschein. Verblüfft starrte Jordan darauf.

Eine Frau!

Einen endlosen Moment lang starrten sie einander an. Ihre Herzen so dicht beieinander, dass jeder das Klopfen des anderen spürte.

Eine Frau.

Ohne jede Vorwarnung reagierte sein Körper auf eine Weise, die rein instinktiv und nicht zu unterdrücken war. Sie war zu warm, zu nah. Und sehr, sehr feminin. Selbst durch die Kleidung hindurch waren die sanften Kurven einfach zu offensichtlich. Genauso wie seine Erregung für sie.

„Lassen Sie mich los", flüsterte sie.

„Erst sagen Sie mir, wer Sie sind."

„Sonst was?"

„Sonst werde ich ..."

Sie lächelte zu ihm hinauf, und ihr Mund war seinem so nah, dass er keinen klaren Gedanken mehr fassen konnte.

Erst als der Fußboden knarrte und Schritte sich näherten, setzte sein Verstand wieder ein. Vom Flur her drang Licht herein, und eine Männerstimme ertönte. „Was ist los? Wer ist da?"

Blitzartig sprangen Jordan und die Frau auf und rannten auf den Balkon. Die Frau stieg als Erste über das Geländer und kletterte wie ein Affe an der Glyzinie hinab. Als Jordan unten ankam, sprintete sie bereits über den Rasen.

An der Eibenhecke holte er sie ein und hielt sie fest. „Was hatten Sie dort drin zu suchen?"

„Was hatten *Sie* dort drin zu suchen?", entgegnete sie.

Im Schlafzimmer ging das Licht an. „Diebe! Kommt ja nicht zurück!", rief eine zornige Stimme vom Balkon. „Ich habe die Polizei gerufen!"

„Ich verschwinde", sagte die Frau und eilte zum Waldrand.

Jordan seufzte. „Gute Idee", murmelte er und hastete hinterher.

Eine Meile lang rannten sie nebeneinanderher, wichen Dornenbüschen aus und duckten sich unter Zweige. Es war anstrengend, aber die Frau ermüdete nicht und bewegte sich wie jemand in Topform. Erst als sie den Wald hinter sich hatten, merkte er, dass auch ihr Atem schneller ging.

Er hätte auf der Stelle umfallen können.

Am Rand einer Wiese blieben sie stehen. Der Himmel war wolkenlos, der Wind warm und würzig.

„Sagen Sie", keuchte er, „machen Sie das hier beruflich?"

„Ich bin keine Diebin, falls Sie das meinen."

„Sie benehmen sich auf jeden Fall wie eine. Und sehen auch aus wie eine."

„Ich bin keine Diebin." Sie lehnte sich gegen einen Baum. „Sind Sie einer?"

„Natürlich nicht!"

„Was soll das heißen, natürlich nicht? Wäre das unter Ihrer Würde, oder was?"

„Überhaupt nicht. Das heißt ... Ich meine ..." Er schüttelte den Kopf. „Was meine ich eigentlich?"

„Ich habe nicht die leiseste Ahnung."

„Ich bin kein Dieb", erklärte er nachdrücklich. „Das Ganze war ... nur ein Streich, mehr nicht."

„Ich verstehe." Ihr Blick war skeptisch. Der Mondschein erhellte ihr Gesicht, und jetzt, da er sie in Ruhe betrachten konnte, sah er, dass sie recht hübsch war. Er dachte daran, wie sie unter ihm gelegen hatte, und das Verlangen durchströmte ihn erneut. Verdammt. Er brauchte ihr nur nahe zu kommen, und schon drehten seine dämlichen Hormone durch.

Er trat zurück und zwang sich, nur ihr Gesicht zu sehen. Unter all der Farbe war es kaum zu erkennen, aber ihre Stimme würde er nicht so schnell vergessen. Sie war leise und kehlig, der Akzent ganz sicher nicht englisch. Amerikanisch?

„Was haben Sie aus dem Schrank genommen?", fragte sie. „Gehörte das auch zum Streich?"

„Das ... haben Sie gesehen?"

„Allerdings." Herausfordernd hob sie das Kinn. „Wollen Sie immer noch behaupten, dass es nur ein Streich war?"

Seufzend griff er in seine Jacke. Sofort zuckte sie zurück und wirbelte herum. „Nein, warten Sie!", hielt er sie zurück. „Es ist keine Waffe, nur ein Beutel." Er öffnete den Beutel. Sie beobachtete ihn, misstrauisch und bereit zur Flucht. „Es ist kindisch, ich weiß ... Aber lustig." Der Inhalt quoll heraus, und die Frau erschrak hörbar. „Sehen Sie? Keine Waffe." Er hielt es ihr hin. „Eine aufblasbare Puppe. Wenn man sie aufpustet, wird daraus eine nackte Frau."

Sie beugte sich vor. „Anatomisch korrekt?", fragte sie neugierig.

„Ich bin nicht sicher. Ich meine ..." Er sah sie an und musste plötzlich an ihre Anatomie denken. Er räusperte sich. „Ich habe es nicht nachgeprüft."

Sie musterte ihn mitfühlend.

„Aber es beweist, dass ich nur einen Streich spielen wollte", fügte er hinzu, während er sich bemühte, die schlaffe Puppe in den Beutel zurückzustopfen.

„Es beweist nur, dass Sie schlau genug waren, sich eine harmlose Erklärung zurechtzulegen. Für den Fall, dass man Sie schnappt. Was bei Ihnen durchaus wahrscheinlich war."

„Und welche Erklärung hätten Sie gehabt? Falls Sie erwischt worden wären?", fragte er.

„Ich hatte gar nicht vor, mich erwischen zu lassen", erwiderte sie und setzte sich in Bewegung. „Alles lief sehr gut. Bis Sie aufgetaucht sind."

„Was lief gut? Der Einbruch?"

„Ich bin keine Diebin."

Er folgte ihr durch das hohe Gras. „Und warum sind Sie in das Haus eingedrungen?"

„Um etwas zu beweisen."

„Was?"

„Dass es geht. Ich habe Mr Delancey gerade bewiesen, dass er eine Alarmanlage braucht. Und meine Firma wird sie einbauen."

„Sie arbeiten für eine Sicherheitsfirma?" Er lachte. „Welche?"

„Warum fragen Sie?"

„Mein zukünftiger Schwager arbeitet in der Branche. Vielleicht kennt er Ihre Firma."

Sie lächelte zurück. Ihre Lippen waren verführerisch, ihre Zähne strahlend weiß im Mondschein. „Ich arbeite für *Nimrod Associates.*" Dann ging sie weiter.

„Warten Sie, Miss …"

Sie winkte ihm zu, drehte sich jedoch nicht um.

„Ich habe Ihren Namen nicht verstanden!", rief er.

„Und ich Ihren nicht", antwortete sie über die Schulter. „Belassen wir es dabei."

Ihr blondes Haar schimmerte in der Dunkelheit. Und dann war sie fort. Plötzlich kam ihm die Nacht kälter und schwärzer vor. Nur sein Verlangen erinnerte noch an sie.

Ich hätte sie nicht gehen lassen sollen, dachte er. Ich weiß, dass sie eine Diebin ist. Aber was hätte er tun können? Sie zur Polizei schleifen? Und erklären, dass er sie in Guy Delanceys Schlafzimmer erwischt hatte, wo keiner von ihnen etwas verloren hatte?

Müde schüttelte Jordan den Kopf und machte sich auf den weiten Weg zu seinem Auto. Er musste nach *Chetwynd* zurück. Es wurde immer später, und bestimmt würde man ihn bald auf der Party vermissen.

Wenigstens hatte er seinen Auftrag erfüllt und Veronicas Briefe gestohlen. Er würde sie ihr geben und den gebührenden Dank entgegennehmen. Schließlich hatte er ihre Ehe gerettet, und das würde er ihr sagen.

Und danach würde er ihr den Hals umdrehen.

2. KAPITEL

*I*n *Chetwynd* war die Party noch in vollem Gang. Durch die offenen Fenster des Ballsaals drangen Lachen, Streichermusik und das Klingen von Champagnergläsern nach draußen. Jordan stand in der Einfahrt und überlegte, wie er unauffällig hineingelangen konnte. Über die Hintertreppe? Nein. Dann würde er durch die Küche gehen müssen, und das würde beim Personal Verdacht erregen. Über das Spalier an der Mauer und durch Onkel Hughs Schlafzimmer? Ganz sicher nicht. Für heute hatte er genug von Kletterpflanzen. Er würde einfach den Vordereingang nehmen und hoffen, dass die Gäste zu viel getrunken hatten, um sich über seinen zerzausten Zustand zu wundern.

Er rückte die Fliege zurecht, wischte das Laub vom Jackett und betrat das Haus.

Zu seiner Erleichterung war niemand in der Eingangshalle. Auf Zehenspitzen schlich er an der Tür zum Ballsaal vorbei und die Treppe hinauf. Er war schon fast oben, als unter ihm eine Stimme ertönte.

„Jordie, wo um alles in der Welt hast du gesteckt?"

Jordan unterdrückte ein Stöhnen und drehte sich zu seiner Schwester Beryl um, die am Fuß der Treppe stand. Ihr Gesicht war gerötet und schöner denn je. Mit ihrer eleganten Frisur und in dem schulterfreien grünen Kleid sah sie hinreißend aus. Sie war verliebt, und es tat ihr gut. Seit sie sich vor einem Monat mit Richard Wolf verlobt hatte, lächelte sie fast immer.

In diesem Moment lächelte sie nicht.

Sie starrte auf seine zerknautschte Jacke, die durchnässten Hosenbeine und verdreckten Schuhe und schüttelte den Kopf. „Ich frage dich lieber nicht."

„Dann lass es."

„Ich tue es trotzdem. Was ist passiert?"

Er drehte sich um und ging weiter. „Ich war spazieren."

„Das ist alles?" Ihr Kleid raschelte, als sie ihm folgte. „Erst bringst du mich dazu, diesen schrecklichen Guy Delancey einzuladen ... der übrigens trinkt wie ein Verdurstender und sämtlichen Frauen in den Po kneift. Dann verschwindest du einfach und tauchst in diesem Aufzug wieder auf!"

Er verschwand in seinem Schlafzimmer.

Sie ließ sich nicht abschütteln.

„Es war ein langer Spaziergang", sagte er.

„Es war eine lange Party."

„Beryl." Seufzend sah er sie an. „Das mit Guy Delancey tut mir wirklich leid. Aber ich kann jetzt nicht darüber reden. Es ist vertraulich."

„Aha." Sie ging zur Tür. „Ich kann verschwiegen sein."

„Ich auch." Jordan lächelte. „Deshalb sage ich kein Wort."

„Na ja, dann solltest du dich jetzt umziehen. Sonst wird jemand dich fragen, warum du an Glyzinien hochkletterst." Leise schloss sie die Tür hinter sich.

Jordan schaute an sich hinab. Erst jetzt bemerkte er das Blatt in seinem Knopfloch.

Er zog einen frischen Smoking an, kämmte sich das Laub aus dem Haar und ging nach unten.

Obwohl es schon nach Mitternacht war, floss der Champagner noch in Strömen, und die Stimmung war so ausgelassen wie bei seinem Abgang vor eineinhalb Stunden. Er nahm sich ein volles Glas und mischte sich unter die Gäste. Niemand schien sein Fehlen bemerkt zu haben. Er arbeitete sich zum Büfett vor und lud sich schottischen Lachs auf den Teller. Ein Einbruch war harte Arbeit, und er hatte Hunger.

Als ihm Parfümduft in die Nase stieg und eine Hand seinen Arm berührte, drehte er sich um. Es war Veronica Cairncross. „Und?", flüsterte sie aufgeregt. „Wie ist es gelaufen?"

„Der Butler hatte nicht frei!"

„Oh nein", seufzte sie. „Also hast du sie nicht bekommen …"

„Doch. Sie sind oben."

„Wirklich?" Sie strahlte ihn an. „Oh, Jordie!" Sie umarmte ihn und hinterließ ein Stück Lachs auf seinem Smoking. „Du hast mir das Leben gerettet."

„Ich weiß, ich weiß." Plötzlich sah er Veronicas Ehemann Oliver auf sie zukommen. Unauffällig löste er sich aus ihren Armen. „Oliver kommt", flüsterte er.

Veronica drehte sich um und empfing ihn mit ihrem Tausend-Watt-Lächeln. „Liebling, da bist du ja! Ich habe dich aus den Augen verloren."

„Du scheinst mich nicht sehr zu vermissen", brummte Sir Oliver und warf Jordan einen missmutigen Blick zu.

Armer Kerl, dachte Jordan. Ein Mann, der mit Veronica verheiratet war, hatte Mitleid verdient. Sir Oliver war ein anständiger Bursche, ein Nachkomme der angesehenen Cairncross-Familie, die ihren Reichtum mit Keksen gemacht hatte. Obwohl er zwanzig Jahre älter als seine Frau und so kahl wie eine Billardkugel war, hatte er erfolgreich um Veronicas Hand angehalten – und sie seitdem mit Brillantringen ausstaffiert.

„Es ist spät", sagte Oliver. „Meinst du nicht, Veronica, wir sollten aufbrechen?"

„Jetzt schon? Es ist erst kurz nach Mitternacht."

„Ich habe morgen früh eine Besprechung. Und ich bin ziemlich müde."

„Na gut, dann müssen wir wohl." Veronica seufzte und schenkte Jordan ein verschwörerisches Lächeln. „Ich glaube, heute Nacht werde ich gut schlafen."

Aber bitte neben deinem Ehemann, dachte Jordan.

Als die Cairncrosses gegangen waren, entdeckte Jordan den fettigen Lachs an seinem Revers. Verdammt. Das war jetzt schon der zweite Smoking. Er säuberte ihn, so gut er konnte, nahm sein Glas und stürzte sich wieder ins Getümmel.

Sein zukünftiger Schwager, Richard Wolf, stand in der Nähe der Musiker und sah so glücklich aus, wie man es von einem Mann kurz vor der Hochzeit erwartete.

„Und wie geht es unserem Ehrengast?", fragte Jordan.

Richard lächelte. „Ich musste so viele Hände schütteln, dass mir die Finger schmerzen."

„Schon dich ein wenig." Jordans Blick wanderte dorthin, wo besonders laut gelacht wurde. Es war Guy Delancey, der offenbar recht angeheitert war und sich gerade zu einem drallen jungen Mädchen beugte. „Leider tut das hier nicht jeder", knurrte Jordan.

„Das kann man wohl sagen", meinte Wolf. „Weißt du, der Knabe hat versucht, Beryl anzubaggern. Vor meinen Augen."

„Und hast du ihre Ehre verteidigt?"

„Das brauchte ich nicht", erwiderte Richard lachend. „Sie kann gut selbst auf sich aufpassen."

Delanceys Hand lag jetzt am Rücken seines Opfers und glitt langsam abwärts.

„Was finden Frauen denn nur an einem solchen Kerl?", fragte Richard.

„Wer kann schon wissen, was Frauen an einem Mann reizt?", sagte Jordan und sah Richard wieder an. „Sag mal, hast du je von einer Sicherheitsfirma namens *Nimrod Associates* gehört?"

„Hier oder im Ausland?"

„Keine Ahnung. Hier, nehme ich an."

„Nie gehört. Aber ich könnte mich erkundigen."

„Da wäre ich dir dankbar."

„Warum interessiert sie dich?"

„Oh …" Jordan zuckte gleichgültig mit den Schultern. „Jemand hat sie erwähnt."

Richard betrachtete ihn aufmerksam. Verdammt. Der Mann hatte mal für den Nachrichtendienst gearbeitet, was manchmal hilfreich, oft aber auch störend war. Ich muss vorsichtig sein, dachte Jordan.

Zum Glück kam Beryl angeschlendert, um ihrem Zukünftigen einen Kuss zu geben. Sekunden später hielt Richard sie in den Armen und hatte den Rest der Welt vergessen.

Junge Liebe, verrückte Hormone, ging es Jordan durch den Kopf, während er sein Glas leerte. Dass seine eigenen Hormone heute Abend äußerst aktiv waren, lag nicht nur am Champagner.

Wieder musste er an die Frau denken.

An ihre Stimme, ihr Lachen, ihre katzenhafte Geschmeidigkeit, als sie sich unter ihm wand …

Hastig stellte er das Glas ab. Kein Champagner mehr. Die Erinnerung war berauschend genug. Er hielt nach einem Kellner mit Mineralwasser Ausschau und sah, wie sein Onkel Hugh den Ballsaal betrat.

Den ganzen Abend hatte Hugh den perfekten Gastgeber und stolzen Onkel der Braut gespielt und mit Frauen geflirtet, die jung genug waren, um seine Enkeltöchter zu sein. Aber jetzt wirkte er ziemlich durcheinander.

Jordan sah, wie er zu Guy Delancey eilte. Die beiden Männer wechselten schnell einige hastige Worte, und Delanceys Kinn zuckte plötzlich hoch. Dann verließ er sichtlich aufgeregt den

Ballsaal und rief nach seinem Wagen.

„Was ist denn da los?", murmelte Jordan.

Beryl drehte sich um, als Onkel Hugh auf sie zukam. „Er wirkt nicht sehr glücklich."

„Was für ein unschönes Ende eines schönen Abends", knurrte Hugh.

„Was ist geschehen?", fragte Beryl.

„Guy Delanceys Butler hat angerufen und einen Einbruch gemeldet. Jemand ist über den Balkon ins Schlafzimmer eingedrungen. Was für eine Frechheit!"

„Wurde etwas gestohlen?", erkundigte Richard sich.

„Das weiß ich noch nicht." Hugh schüttelte den Kopf. „Macht einem fast ein schlechtes Gewissen, was?"

„Schlechtes Gewissen?" Jordan rang sich ein unbeschwertes Lachen ab. „Warum denn?"

„Wenn wir Delancey nicht eingeladen hätten, wäre der Einbrecher …"

„Das ist doch Unsinn", unterbrach Jordan ihn. „Der Einbrecher … Ich meine, wenn es ein Einbrecher war …"

„Was soll es denn sonst gewesen sein?", fragte Beryl.

„Ich finde nur … man sollte keine voreiligen Schlüsse ziehen."

„Natürlich war es ein Einbrecher", beharrte Hugh.

„Es könnte andere Erklärungen geben … Oder?"

Niemand antwortete.

Lächelnd nippte Jordan am Mineralwasser. Aber die ganze Zeit spürte er den misstrauischen Blick seiner Schwester.

Das Telefon läutete, als Clea in ihr Hotelzimmer zurückkehrte. Bevor sie abnehmen konnte, verstummte es, aber sie wusste, dass es bald wieder läuten würde. Tony war nervös. Irgendwann würde sie mit ihm reden müssen, aber erst musste sie sich von der Beinahekatastrophe dieses Abends erholen. Und überlegen, was sie als Nächstes unternehmen sollte. Was Tony als Nächstes tun sollte.

Sie wühlte in ihrem Koffer, bis sie die Miniflasche Brandy fand, die sie im Flugzeug bekommen hatte. Dann ging sie ins Bad, ließ einen Fingerbreit Wasser ins Glas laufen und nippte am Drink, während sie betrübt in den Spiegel starrte. Sie feuchtete einen

Waschlappen an und wischte sich damit die Tarnfarbe aus dem Gesicht.

Das Telefon läutete zum zweiten Mal.

Mit dem Glas in der Hand eilte sie hinüber. „Hallo?"

„Clea?" Es war Tony. „Was ist passiert?"

Sie sank aufs Bett. „Ich habe es nicht."

„Warst du im Haus?"

„Natürlich war ich im Haus! Aber unten war er nicht, und als ich gerade oben war, wurde ich gestört."

„Von Delancey?"

„Nein. Von einem anderen Einbrecher." Sie lachte müde. „Delanceys Haus scheint bei denen ziemlich beliebt zu sein."

Am anderen Ende gab es ein langes Schweigen. Dann stellte Tony ihr eine Frage, bei der es ihr kalt den Rücken hinunterlief. „Bist du sicher, dass es nur ein Einbrecher war? Und keiner von Van Weldons Leuten?"

Cleas Finger krampften sich um das Glas Brandy. „Nein, das kann man nicht wissen."

„Es wäre doch möglich, oder? Vielleicht ahnen sie, was du vorhast, und sind jetzt selbst auch hinter dem Auge von Kaschmir her."

„Sie können mir nicht gefolgt sein! Ich habe aufgepasst."

„Clea, du kennst diese Typen nicht …"

„Ich weiß genau, mit wem ich es zu tun habe!", versicherte sie ihm nachdrücklich.

„Es tut mir leid", sagte Tony sanft. „Natürlich weißt du das. Besser als jeder andere. Aber mir ist da was zu Ohren gekommen."

„Was?"

„Van Weldon hat Freunde in London. Freunde in den höchsten Kreisen."

„Der hat überall Freunde."

„Außerdem habe ich gehört …" Tony senkte die Stimme. „Sie haben erhöht. Du bist ihnen jetzt eine Million Dollar wert, Clea. Tot."

Ihre Hände zitterten, als sie hastig einen Schluck Brandy nahm. Tränen der Wut und der Verzweiflung traten in ihre Augen. Rasch blinzelte sie sie fort.

„Ich finde, du solltest es mal wieder mit der Polizei versuchen", meinte Tony.

„Den Fehler mache ich kein zweites Mal."

„Was willst du sonst tun? Den Rest deines Lebens auf der Flucht verbringen?"

„Die Beweise sind hier. Ich brauche sie nur zu finden. Dann werden sie mir glauben müssen."

„Du schaffst es nicht allein, Clea!"

„Ich schaffe es. Ganz sicher."

„Delancey wird aber wissen, dass jemand eingebrochen ist. In spätestens vierundzwanzig Stunden gleicht sein Haus einer Festung."

„Dann verschaffe ich mir eben anders Zutritt", entgegnete sie entschlossen.

„Wie?"

„Indem ich durch die Haustür spaziere. Er hat eine Schwäche, weißt du. Für Frauen."

Tony stöhnte auf. „Nein, Clea."

„Ich werde mit ihm fertig."

„Das glaubst du nur."

„Ich bin ein großes Mädchen, Tony."

„Das macht mich krank. Wenn ich mir vorstelle, du und …" Er gab einen Laut des Ekels von sich. „Ich gehe zur Polizei."

Clea stellte das Glas ab. „Tony, es geht nicht anders. In einer Woche etwa weiß Van Weldon, wo ich bin. Bis dahin muss ich handeln."

„Unterschätz Delancey nicht."

„Für den bin ich nur eine weitere naive Gespielin. Eine reiche, würde ich sagen. Das dürfte seine Aufmerksamkeit wecken."

„Und wenn er dir zu viel davon widmet?"

Clea zögerte. Bei der Vorstellung, mit diesem öligen Guy Delancey zu schlafen, wurde ihr übel. Na ja, mit etwas Glück würde es nicht so weit kommen.

Sie würde dafür sorgen.

„Ich schaffe es schon", sagte sie. „Hör dich weiter um, ja? Finde heraus, ob etwas zum Verkauf angeboten wird. Und bleib in Deckung."

Nachdem sie aufgelegt hatte, saß sie auf dem Bett und dachte daran, wann sie Tony zuletzt gesehen hatte. In Brüssel. Damals waren sie beide so glücklich. Tony hatte einen nagelneuen Rollstuhl bekommen, ein ziemlich sportliches Gefährt. Er hatte gerade den Verkauf von vier mittelalterlichen Bildteppichen an einen italienischen Industriellen vermittelt. Clea war auf dem Weg nach Neapel, um das Geschäft abzuschließen. Sie feierten zusammen. Auch die Tatsache, dass sie ihre finstere Jugend endgültig hinter sich gelassen hatten. Sie lachten, tranken Wein und sprachen über die Männer in Cleas Leben und die Frauen in Tonys. Dann hatten sich ihre Wege getrennt.

Das war erst einen Monat her, aber es kam ihr vor wie eine Ewigkeit.

Sie griff nach dem Glas und leerte es. Dann wühlte sie in ihrem Koffer nach dem Haarfärbemittel. Sie starrte auf das Model auf der Packung und fragte sich, ob sie etwas Dezenteres hätte wählen sollen. Nein, Guy Delancey war nicht der Typ dafür. Bei ihm half nur die Holzhammermethode.

Und Zimtrot war genau richtig.

„Ich habe mich nach *Nimrod Associates* erkundigt", sagte Richard. „Es gibt keine Firma dieses Namens, jedenfalls nicht hier in England."

Sie saßen zu dritt auf der Terrasse und genossen ein spätes Frühstück. Wie immer benahmen Beryl und Richard sich so, wie man es von einem frisch verlobten Paar erwartete. Sie lachten Wange an Wange und tauschten verliebte Blicke aus.

Erst nach zwei Tassen Kaffee begann Jordans Gehirn langsam wieder zu funktionieren. Das lag nicht nur am Champagner, sondern auch daran, dass er schlecht geschlafen hatte. Immer wieder war er schweißnass aus einem Traum erwacht, in dem die unbekannte Frau die Hauptrolle spielte. Ihr Gesicht hatte er nicht erkennen können, nur ihr glänzendes Haar. Und er hatte ihre Finger gespürt. Ihre Finger und ihre Lippen, als sie ihn küsste, während ihr Körper sich an seinem bewegte. Er hatte ihr in die Augen geschaut. Die Augen einer Raubkatze.

Jetzt, am hellen Tag, war ihm klar, was der Traum bedeutete. Eine Raubkatze. Ein Panther. Die Frau war gefährlich.

Kopfschüttelnd verdrängte er das Bild und goss sich den dritten Kaffee ein.

Beryl biss in einen Toast mit Orangenmarmelade. „Sag mal,

Jordie, woher kennst du diese *Nimrod Associates?"*

„Wie?" Schuldbewusst sah er seine Schwester an. „Oh, ich weiß nicht."

„War es nicht gestern Abend?", meinte Richard.

Automatisch nahm Jordan sich eine Scheibe Toast. „Ja, ich glaube, Veronica erwähnte den Namen."

Beryl ließ ihn nicht aus den Augen. Das war der Nachteil, wenn man seiner Schwester so nahe stand. Sie merkte sofort, wenn er auswich.

„Du scheinst dich gut mit Veronica Cairncross zu verstehen", sagte sie.

„Na ja." Er lachte. „Wir versuchen, Freunde zu bleiben."

„Wenn ich mich recht entsinne, wart ihr irgendwann mal mehr als Freunde."

„Das ist lange her."

„Ja. Bevor sie geheiratet hat."

Jordan setzte eine erstaunte Miene auf. „Du glaubst doch nicht etwa … Meine Güte, das kann nicht dein Ernst sein …"

„Du benimmst dich in letzter Zeit so seltsam. Ich will nur herausfinden, was mit dir los ist."

„Nichts, Beryl. Mit mir ist absolut nichts los." Abgesehen davon, dass ich kriminell geworden bin, dachte er und nippte am heißen Kaffee.

„Seht mal, da ist die Polizei", rief Richard, und Jordan hätte sich fast verschluckt.

Ein Streifenwagen hielt in der Einfahrt. Constable Glenn stieg aus. Seine Uniform saß wie immer tadellos. Er winkte dem Trio auf der Terrasse zu.

Das war's. Gleich werde ich festgenommen, und morgen ist mein Bild in allen Zeitungen, schoss es Jordan durch den Kopf, als der Polizist die Stufen heraufkam.

„Guten Morgen", begrüßte Constable Glenn sie fröhlich. „Darf ich fragen, ob Lord Lovat zu Hause ist?"

„Sie haben ihn gerade verpasst", erwiderte Beryl. „Onkel Hugh ist für eine Woche nach London gefahren."

„Oh. Dann sollte ich mit Ihnen reden."

„Setzen Sie sich doch." Lächelnd zeigte Beryl auf einen Korbsessel. „Frühstücken Sie mit uns."

240

Großartig, dachte Jordan. Was würde sie ihm noch anbieten? Tee? Kaffee? Meinen Bruder, den Dieb?

Constable Glenn nahm Platz und strahlte die Tasse Kaffee an, die sie ihm hinstellte. Er nahm einen Schluck. „Ich nehme an", begann er und stellte die Tasse ab, „Sie haben bereits von dem Einbruch bei Mr Delancey gehört."

„Ja, gestern Abend. Haben Sie schon eine Spur?", erkundigte sich Beryl.

„Allerdings." Glenn lächelte Jordan zu.

Jordan lächelte matt zurück.

„Ausgezeichnete Polizeiarbeit", lobte Beryl.

„Nun, nicht ganz", gab der Constable zu. „Eher ein Fall von Achtlosigkeit. Die Einbrecherin hat ihre Mütze verloren. Wir haben sie in Mr Delanceys Schlafzimmer gefunden."

„Einbrecherin?", wiederholte Richard. „Sie meinen, es war eine Frau?"

„Davon gehen wir aus. Vorläufig. In der Mütze befand sich ein sehr langes blondes Haar, mehr als schulterlang. Kennen Sie jemanden, auf den das passen würde?" Wieder sah er Jordan an.

„Nicht, dass ich wüsste", sagte Jordan rasch. „Das heißt … unter unseren Bekannten gibt es einige Blondinen, aber keine davon ist eine Einbrecherin."

„In diesem Jahr hat es in dieser Gegend schon drei Einbrüche gegeben. Und die Täterin kann durchaus jemand sein, den Sie kennen. Mr Tavistock, Sie würden sich wundern, wozu manche Menschen fähig sind, selbst in Ihren Kreisen."

Jordan räusperte sich. „Kaum zu glauben."

„Diese Frau, wer immer sie ist, ist ziemlich unverfroren. Sie hat im Erdgeschoss eine verschlossene Tür geknackt und ist nach oben gelangt, ohne den Butler zu wecken. Erst dort wurde sie unvorsichtig, machte Lärm und wurde verjagt."

„Wurde etwas gestohlen?", fragte Beryl.

„Nicht soweit Mr Delancey weiß."

Also hatte Delancey den Diebstahl der Briefe nicht gemeldet. Oder er hatte ihr Fehlen noch gar nicht bemerkt.

„Diesmal hat sie einen Fehler begangen", meinte Constable Glenn. „Aber vielleicht schlägt sie ja wieder zu. Davor wollte ich Sie warnen. Delancey wohnt ganz in der Nähe, also könnte

Chetwynd ihr nächstes Ziel sein." Erneut schaute er Jordan ins Gesicht.

Und wieder hatte Jordan das ungute Gefühl, dass der brave Constable mehr wusste, als er zugab. Oder liegt das nur an meinem schlechten Gewissen? fragte er sich und wich dem Blick des Constable aus.

Glenn stand auf. „Sie werden Lord Lovat von meinem Besuch erzählen?", fragte er Beryl.

„Natürlich. Aber uns wird schon nichts passieren. Schließlich haben wir hier bei uns einen Sicherheitsexperten." Sie strahlte Richard an.

„Ich werde mir das Haus bald genauer ansehen", versprach ihr Verlobter.

Der Constable nickte zufrieden. „Dann wünsche ich Ihnen einen guten Tag. Ich werde Sie auf dem Laufenden halten."

Sie sahen ihm nach, als er forschen Schrittes zum Streifenwagen ging und davonfuhr. „Ich möchte wissen, warum er uns persönlich gewarnt hat."

„Wahrscheinlich wollte er nur Onkel Hugh einen Gefallen tun", mutmaßte Beryl. „Constable Glenn hat vor Jahren für das MI 6 als Beschatter gearbeitet. Ich glaube, er fühlt sich noch als Teil des Teams."

„Trotzdem werde ich das Gefühl nicht los, dass dies mehr als ein gewöhnlicher Einbruch war."

„Eine Einbrecherin", sagte Beryl nachdenklich. „Was für Zustände …" Plötzlich lachte sie. „Aber eigentlich bin ich heilfroh."

„Warum?", wollte Richard wissen.

„Ach, es ist albern."

„Erzähl es mir trotzdem."

„Na ja … nach gestern Abend dachte ich …" Sie lachte noch lauter und hielt die Hand vor den Mund. „Ich befürchtete schon, Jordie wäre der Einbrecher!", gestand sie kichernd.

Richard stimmte in ihr Lachen ein.

Jordan biss in seinen Toast. Obwohl seine Kehle plötzlich wie ausgedörrt war, schaffte er es, den Bissen herunterzuschlucken. „Das finde ich überhaupt nicht komisch."

Die beiden bogen sich vor Lachen.

Clea entdeckte Guy Delancey, als er zum Erfrischungszelt ging. Es war die dreiminütige Pause zwischen dem dritten und vierten Chukker. Er verschwand kurz in der Menge, und sie befürchtete schon, dass all ihre Detektivarbeit umsonst gewesen war. Sie hatte im Dorf erfahren, dass die gehobenen Kreise der Grafschaft sich an diesem Nachmittag beim Polo treffen würden. Daraufhin hatte sie bei Delancey angerufen, sich dem Butler als Lady Soundso vorgestellt und gefragt, ob Mr Delancey wie geplant zum Polo gehen würde.

Der Butler hatte ihr versichert, dass sein Arbeitgeber dort sein würde.

Sie hatte die letzte Stunde damit verbracht, ihn zu suchen, und wollte ihn jetzt nicht aus den Augen verlieren.

Also bahnte sie sich einen Weg durch die im edlen Country-Stil gekleideten Zuschauer. Der Geruch der Pferde und des schlammigen Polofelds wurde schnell durch teure Parfüms überlagert. Clea setzte eine selbstsichere Miene auf und betrat das grün-weiß gestreifte Zelt. Es gab Dutzende von Tischen, alle mit weißem Damast bedeckt, silberne Eiskübel mit Champagner und rotwangige Mädchen, die mit beladenen Tabletts umhereilten. Und die Ladies. Wie elegant sie gekleidet waren! Wie elegant ihr Englisch klang! Clea zögerte. Du meine Güte, wie sollte sie das nur schaffen?

Delancey stand an der Bar, allein und mit einem Drink in der Hand. Jetzt oder nie, dachte sie.

Sie schlenderte zum Tresen und stellte sich neben Delancey, würdigte ihn jedoch keines Blicks, sondern konzentrierte sich ganz auf den jungen Barkeeper.

„Ein Glas Champagner", sagte sie.

„Sofort", erwiderte der Mann eilfertig.

Während sie wartete, spürte sie Delanceys Blick. So gelassen wie möglich drehte sie den Kopf, bis er in ihr Blickfeld geriet. Tatsächlich, er musterte sie.

Der Barkeeper stellte ihr das Glas hin. Sie nippte daran und seufzte, dann strich sie sich langsam und sinnlich mit gespreizten Fingern durch das rote Haar.

„Ein langer Tag, was?"

Clea sah ihn kurz an. Er war modisch gebräunt und trug

Kaschmir. Obwohl er groß und breitschultrig war, wirkte er nicht besonders fit, und die Hand mit dem Whiskey zitterte leicht.

Sie lächelte anmutig. „Ja, das war es." Sie seufzte wieder und nahm noch einen kleinen Schluck. „Ich fürchte, ich vertrage das Fliegen einfach nicht. Und jetzt haben meine Freunde mich auch noch versetzt."

„Sie sind gerade eingeflogen? Von wo?"

„Paris. Ich wollte ein paar Wochen bleiben, bin aber früher abgereist. Es gefiel mir nicht."

„Ich war im letzten Monat dort und fühlte mich auch nicht sehr wohl. Ich empfehle Ihnen die Provence. Viel netter", antwortete er.

„Provence? Das muss ich mir merken."

Er rückte näher. „Sie sind keine Engländerin, nicht wahr?"

Sie schenkte ihm ein schüchternes Lächeln. „Merkt man mir das etwa an?"

„Der Akzent. Amerikanerin?"

„Oh, Sie sind aber schnell", sagte sie und sah zufrieden, wie geschmeichelt er sich fühlte. „Sie haben recht, ich bin Amerikanerin. Aber ich lebe schon lange in London. Seit mein Mann gestorben ist."

„Oh." Mitfühlend schüttelte er den Kopf. „Das tut mir leid."

„Er war zweiundachtzig." Sie betrachtete ihn über ihr Glas hinweg. „Seine Zeit war abgelaufen."

Sie sah ihm an, was er dachte. Der Alte war bestimmt stinkreich. Warum würde ein so hübsches junges Ding ihn sonst heiraten? Also ist sie jetzt eine reiche Witwe …

Delancey kam noch näher. „Sie waren hier mit Ihren Freunden verabredet?"

„Sie sind nicht gekommen", erwiderte sie betrübt. „Ich bin mit dem Zug aus London gekommen. Sie wollten mich im Wagen mitnehmen. Jetzt muss ich wohl wieder die Bahn nehmen."

„Unsinn!" Er strahlte sie an. „Ich möchte mich nicht aufdrängen, aber wenn Sie nichts Besseres vorhaben, führe ich Sie gern herum. Unser Dorf ist wunderschön." .

„Aber ich möchte Ihnen keine Umstände machen."

„Ganz im Gegenteil. Es wäre mir ein Vergnügen."

Sie musterte ihn, als ob sie nicht wüsste, ob sie ihm vertrauen konnte. „Ich kenne ja noch nicht einmal Ihren Namen …"

Er streckte die Hand aus. „Guy Delancey. Freue mich, Ihre Bekanntschaft zu machen. Und Sie sind …"

„Diana", sagte sie und gab ihm lächelnd die Hand. „Diana Lamb."

3. KAPITEL

*D*er vierte Chukker war gerade vier Minuten alt, als Oliver Cairncross den Ball mit einem wuchtigen Schlag zwischen die Pfosten der gegnerischen Mannschaft beförderte. Die Zuschauer applaudierten begeistert. Sir Oliver riss sich den Helm vom Kopf und deutete eine Verbeugung an.

„Sieh ihn dir an", murmelte Veronica. „Sie benehmen sich wie Kinder. Werden sie denn nie erwachsen?"

Auf dem Feld setzte Sir Oliver den Helm wieder auf und winkte seiner Frau zu. Er runzelte die Stirn, als er sah, wie sie sich zu Jordan beugte.

„Oh nein", seufzte Veronica. „Er hat dich gesehen." Sie sprang auf und winkte zurück, ganz die stolze Ehefrau. „Er ist so verdammt eifersüchtig", murmelte sie, als sie sich wieder setzte.

Verblüfft sah Jordan sie an. „Er glaubt doch nicht etwa, dass du und ich …"

„Du bist nun einmal mein alter Freund. Da macht er sich natürlich so seine Gedanken."

Natürlich, dachte Jordan. Wer mit Veronica verheiratet war, hatte allen Grund, an der Treue seiner Frau zu zweifeln.

Veronica beugte sich wieder zu ihm. „Hast du sie mit?"

„Wie verlangt." Er holte das Bündel Briefe aus der Jacke.

Sie riss sie ihm aus der Hand. „Du hast sie doch nicht etwa gelesen?"

„Selbstverständlich nicht."

„Was für ein Gentleman!" Zärtlich kniff sie ihm in die Wange. „Versprich, dass du niemandem davon erzählst."

„Keiner Seele. Aber das war wirklich das letzte Mal, Veronica. Sei bitte ab jetzt diskret. Oder besser noch, du hältst dich an dein Ehegelübde."

„Oh, das werde ich!", erklärte sie feierlich, bevor sie aufstand. „Wohin willst du?"

„Ich will die hier für immer verschwinden lassen!" Sie wedelte mit der Hand. „Ich rufe dich an, Jordie." Im Mittelgang der Tribüne begegnete sie einem breitschultrigen Mann. Sofort blieb sie stehen und warf einen interessierten Blick über die Schulter.

Kopfschüttelnd wandte Jordan sich wieder dem Spielfeld zu.

Männer und Pferde donnerten vorbei, auf der Jagd nach einem Gummiball. Hin und her ging das Match der schwitzenden Reiter auf den dampfenden Vierbeinern. Jordan hatte sich nie sonderlich für Polo begeistern können. Ein paar Mal hatte er selbst gespielt und stets blaue Flecken davongetragen. Er traute Pferden nicht. Sie ihm auch nicht, und bei dem unweigerlichen Machtkampf zwischen Mensch und Tier hatten sie einen deutlichen, vierhundert Pfund schweren Vorteil.

Vier Chukker standen noch aus, aber Jordan hatte genug. Er verließ die Tribüne und steuerte das Erfrischungszelt an.

Dort schlenderte er an die Bar und bat um ein Glas Wasser. Daran nippend suchte er nach einem freien Tisch und entdeckte einen in der Ecke. Auf dem Weg dorthin erkannte er den Mann, der am Nachbartisch saß. Es war Guy Delancey. Ihm gegenüber, mit dem Rücken zu Jordan, saß eine Frau mit leuchtend rotem Haar. Die beiden schienen in ein vertrauliches Gespräch vertieft zu sein, und Jordan hielt es für besser, sie nicht zu stören. Also ging er an ihnen vorbei und nahm unauffällig Platz.

„Genau der richtige Ort, um seine Sorgen zu vergessen", sagte Guy gerade. „Sonne. Puderzuckerstrände. Kellner, die einem jeden Wunsch erfüllen. Wollen Sie nicht mitkommen?"

Die Frau lachte. „Geht das nicht etwas zu schnell, Guy? Wir haben uns doch gerade erst kennengelernt, und da soll ich mit Ihnen in die Karibik fliegen …"

Langsam drehte Jordan sich nach der Stimme um und starrte auf ihr von zimtrotem Haar eingerahmtes Gesicht. Obwohl sie nicht titelbildschön war, hatten ihre Augen etwas Hypnotisches. Über den anmutig geschwungenen Wangenknochen waren sie dunkel und rätselhaft. Wie die einer Katze, dachte er unwillkürlich. Eines Panthers!

Sie war es. Sie musste es sein.

Als würde sie merken, dass jemand sie beobachtete, hob sie den Kopf und schaute zu Jordan hinüber. Als ihre Blicke sich trafen, zuckte sie zusammen. Selbst das Rouge verbarg nicht, wie blass sie wurde. Sie starrten einander an, und jeder wusste, dass er erkannt worden war.

Was jetzt? überlegte Jordan. Sollte er Guy Delancey warnen? Die Frau hier und jetzt zur Rede stellen? Was sollte er sagen? *Guy,*

alter Junge, das ist die Frau, die ich in deinem Schlafzimmer er-
wischt habe, als wir beide in dein Haus einbrachen ...

Guy drehte sich zu ihm um. „Hallo, Jordan!", rief er fröhlich. „Habe gar nicht gemerkt, dass Sie hinter mir sitzen."

„Ich ... wollte nicht stören." Jordan sah, wie die Frau nach ihrem Drink griff und hastig einen Schluck nahm.

Guy folgte seinem Blick. „Sie kennen sich?", fragte er.

Sie antworteten gleichzeitig.

„Ja", gestand Jordan.

„Nein", erwiderte die Frau.

Guy runzelte die Stirn. „Sind Sie nicht sicher?"

Die Frau kam Jordan zuvor. „Wir haben uns gesehen. Letzte Woche bei Sotheby's, nicht wahr? Aber wir sind einander noch nie vorgestellt worden." Sie sah Jordan in die Augen.

Ganz schön frech, dachte er.

„Dann muss ich das nachholen", sagte Guy. „Das ist Lord Lovats Neffe, Jordan Tavistock." Stolz zeigte er auf seine Begleiterin. „Und das ist Diana Lamb."

Die Frau reichte ihm eine schmale Hand, als Jordan seinen Stuhl in ihre Richtung drehte. „Freue mich, Ihre Bekanntschaft zu machen, Mr Tavistock."

„Sie beide sind sich also auf einer Auktion bei Sotheby's begegnet", sagte Guy.

„Ja. Schrecklich enttäuschende Kollektion", meinte sie. „Der St.-Augustine-Nachlass. Ich habe kein einziges Gebot abgegeben." Wieder sah sie Jordan an. „Sie?"

Die Herausforderung in ihrem Blick entging ihm nicht. Und da war noch etwas. Eine Warnung. Wenn Sie mich verraten, sagten die fröhlich funkelnden braunen Augen, verrate ich Sie.

„Haben Sie, Jordie?", fragte Guy.

„Nein", murmelte Jordan. „Kein einziges."

Die Frau lächelte triumphierend. Okay, diese Runde war an sie gegangen, aber die nächste würde er gewinnen. Er würde die richtige Antwort parat haben und ...

„Schlimme Zeiten. Eine Schande. Finden Sie nicht auch, Jordan?", sagte Guy.

Jordan hob den Kopf. „Wie bitte?"

„Man hat es nicht leicht. Wussten Sie, dass die Middletons ihren

Landsitz in Greystones jetzt zur Besichtigung freigeben und Eintrittsgelder nehmen müssen?"

„Nein", erwiderte Jordan.

„Wie erniedrigend das sein muss. All diese wildfremden Leute trampeln durchs Haus und fotografieren die Toilette. So tief würde ich nie sinken."

„Manchmal bleibt einem keine andere Wahl", meinte Jordan und warf Clea einen Blick zu.

„Aber natürlich! Sie würden doch wohl keine Touristen nach *Chetwynd* lassen, oder?"

„Nein, ganz sicher nicht."

„Underhill wird jedenfalls keine Attraktion. Außerdem ist es viel zu riskant. Seit dem Einbruch bin ich da sehr empfindlich. Man kann nie wissen, wer sich alles als Tourist ausgibt, um alles auszukundschaften."

„Da haben Sie recht", sagte Jordan und sah der Frau in die Augen. „Man kann gar nicht vorsichtig genug sein. Oder was meinen Sie, Miss Lamb?"

Die kleine Diebin verzog keine Miene, sondern lächelte unschuldsvoll.

„Allerdings", pflichtete Guy ihm bei. „Wenn ich daran denke, was bei Ihnen für ein Vermögen an den Wänden hängt …"

„Vermögen", wiederholte die Frau leise, und ihre Augen wurden schmal.

„Ein Vermögen würde ich es nicht gerade nennen", beteuerte Jordan rasch.

„Er ist so bescheiden", sagte Guy. „*Chetwynd* hat eine Sammlung, auf die jedes Museum stolz wäre."

„Jedes Bild ist gesichert", meinte Jordan. „Und zwar perfekt gesichert."

Die Rothaarige lachte. „Ich glaube Ihnen, Mr Tavistock."

„Das hoffe ich."

„Ich würde mir *Chetwynd* gern einmal ansehen."

„Ich bin sicher, Jordan wird uns einladen", sagte Guy und drückte ihre Hand, bevor er sich erhob. „Ich lasse den Wagen vorfahren, ja? Wenn wir jetzt fahren, entgehen wir dem Gedränge auf dem Parkplatz."

„Ich komme mit."

„Nein, nein. Trinken Sie in Ruhe aus. Ich bin gleich zurück."
Er verschwand in der Menge.

Die Frau wandte sich wieder Jordan zu. Feige war sie nicht, das
stand fest. Sie lächelte.

Charles Ogilvie stand auf der anderen Seite des Zelts, als er die
Frau entdeckte. Sie musste es sein. Ihre Haarfarbe war nicht zu
verwechseln. *Zimtrot,* nur so konnte man ihre prächtige Mähne
beschreiben. Gute Arbeit. Ogilvie hatte die Schachtel im Abfalleimer gefunden, als er heute Morgen ihr Hotelzimmer durchsucht
hatte. Die Haare in ihrer Bürste hatten seinen Verdacht bestätigt.
Miss Clea Rice hatte sich mal wieder in Windeseile verwandelt.
Sie wurde immer besser. Zweimal hatte sie ihn fast abgeschüttelt.

Aber er war erfahren, und sie wusste nicht, wie er aussah!

Unauffällig schlenderte er in ihre Nähe, um sie sich genauer anzusehen. Kein Zweifel, sie war Clea Rice. Sie hatte reichlich Lippenstift und Rouge aufgetragen, aber ihre Wangenknochen verrieten sie. Der Mann, der gerade aufgestanden war und sich jetzt
entfernte, war Guy Delancey.

Aber den anderen kannte Charles Ogilvie nicht.

Der Unbekannte war blond, schlank, groß und tadellos gekleidet. Er setzte sich auf den Stuhl, den Delancey gerade ge-
räumt hatte, und beugte sich zu Clea Rice. Die beiden schienen
sich zu kennen. Das war beunruhigend. Wer war er? In dem Dos-
sier über Clea war er nicht erwähnt.

Ogilvie nahm den Deckel vom Teleobjektiv, duckte sich hinter
die Weinbar und machte ein paar Fotos. Erst vom Profil des
Blonden, dann von Clea. Ob er ihr neuer Partner war? Die Frau
war gerissen. Seit drei Wochen beschattete er sie nun schon, und
sie hatte sich seinen Respekt erworben.

Aber war sie schlau genug, um am Leben zu bleiben?

Er legte einen neuen Film ein und hob die Kamera.

„Das Haar gefällt mir", sagte Jordan.

„Danke", erwiderte die Frau.

„Etwas auffällig, finden Sie nicht?"

„Genau das soll es sein."

„Ich verstehe. Guy Delancey."

Sie neigte den Kopf. „Manche Männer sind einfach zu berechenbar."

Er lächelte. „Übrigens, es gibt keine Firma namens *Nimrod Associates*. Wer sind Sie? Ist Diana Lamb Ihr richtiger Name?"

„Ist Jordan Tavistock Ihrer?"

„Ja. Und Sie haben meine Frage nicht beantwortet."

„Weil ich Sie viel interessanter finde." Sie beugte sich vor, und unwillkürlich starrte er in den Ausschnitt ihres geblümten Kleids.

„Ihnen gehört also *Chetwynd*?"

Er zwang sich, ihr ins Gesicht zu sehen. „Meinem Onkel Hugh."

„Und diese tolle Gemäldekollektion? Gehört die auch ihm?"

„Der Familie, über die Jahre gesammelt."

„Gesammelt?" Sie lächelte. „Offenbar habe ich Sie unterschätzt, Mr Tavistock. Sie sind nicht der Amateur, für den ich Sie gehalten habe."

„Wie bitte?"

„Sie sind ein Profi. Ein Dieb und Gentleman!"

„Das bin ich nicht!", protestierte er, während ihr Parfüm ihm in die Nase stieg. Es hatte eine berauschende Wirkung. „Diese Kunstwerke sind seit Generationen im Besitz meiner Familie!"

„Aha. Ihre Vorfahren waren ebenfalls Profis?"

„Das ist doch absurd …"

„Oder sind Sie der erste in Ihrer Familie?"

Jordan packte die Tischkante und zählte stumm bis fünf. „Ich bin kein Dieb und war es auch nie."

„Aber ich habe Sie gesehen, erinnern Sie sich? Sie wühlten im Kleiderschrank und nahmen etwas heraus. Papiere, glaube ich. Also sind Sie ein Dieb."

„Nicht so wie Sie."

„Wenn Sie ein so reines Gewissen haben, warum sind Sie nicht zur Polizei gegangen?"

„Vielleicht tue ich das noch."

„Das bezweifle ich." Sie lächelte triumphierend. „Was den Diebstahl angeht, so halte ich Ihren für verwerflicher. Sie machen aus Ihren Freunden Opfer."

„Wohingegen Sie aus Ihren Opfern Freunde machen."

„Guy Delancey ist kein Freund."

„Wie konnte ich mich nur so täuschen? Also, was haben Sie nun vor, kleine Miss Lamb? Ihn erst verführen und dann ausnehmen?"

„Berufsgeheimnis", antwortete sie ruhig.

„Warum sind Sie so sehr auf Delancey fixiert? Finden Sie es nicht zu riskant, es zweimal bei demselben Opfer zu versuchen?"

„Wer hat gesagt, dass er das Opfer ist?" Sie hob das Glas an den Mund und nippte anmutig daran. Er fand jede ihrer Bewegungen seltsam faszinierend. Wie ihre Lippen sich öffneten. Wie der Champagner sie befeuchtete. Er bekam einen trockenen Hals und musste schlucken.

„Was hat Delancey, das Sie unbedingt wollen?", fragte er.

„Was waren das für Papiere, die Sie genommen haben?"

„Das funktioniert nicht."

„Was funktioniert nicht?"

„Versuchen Sie nicht, den Spieß einfach umzudrehen. Sie sind hier der Dieb."

„Und Sie nicht?"

„Was ich aus dem Schrank geholt habe, war rein privat und ansonsten völlig wertlos."

„Und was ich von Guy Delancey will, ist meine Privatangelegenheit", antwortete sie scharf.

Plötzlich kam Jordan eine Idee. Guy Delancey hatte eine Affäre mit Veronica Cairncross gehabt und danach versucht, sie zu erpressen. Hatte er das etwa auch mit anderen Frauen gemacht? Gehörte Diana Lamb oder jemand, der ihr nahestand, ebenfalls zu seinen Opfern?

Oder will ich mir diese Frau nur schönreden? fragte er sich. War sie einfach nur eine gewöhnliche Einbrecherin, die sich an fremdem Eigentum bereichern wollte?

Wie schade, dachte er, dass dieses hübsche Gesicht mit den Alabasterwangen und haselnussbraunen Augen früher oder später aus einem Zellenfenster schauen würde.

„Kann ich Ihnen das irgendwie ausreden?", fragte er.

„Warum sollten Sie?"

„Ich finde nur, Sie verschwenden Ihre … Talente. Außerdem ist es moralisch falsch."

Sie wedelte mit der Hand. „Manchmal ist es nicht ganz klar, ob etwas richtig oder falsch ist."

Diese Frau war unverbesserlich! „Ich mag Guy Delancey zwar

nicht besonders, aber ich lasse nicht zu, dass er ausgeplündert wird."

„Ich nehme an, Sie wollen ihm sagen, wie wir uns begegnet sind?" Ihr Blick war vollkommen furchtlos.

„Nein. Aber ich werde ihn warnen."

„Aufgrund welcher Beweise?"

„Aufgrund eines Verdachts."

„An Ihrer Stelle wäre ich vorsichtig." Sie nahm einen Schluck. „Man kann schnell selbst in Verdacht geraten."

Da hatte sie recht, das wussten sie beide. Nein, das war einfach zu riskant. Er würde nicht nur seinen, sondern auch Veronicas Ruf aufs Spiel setzen.

„Ich werde Sie im Auge behalten", kündigte er an. „Sie werden nicht einmal einen Teelöffel stehlen können. Ich werde auftauchen, wenn Sie es am wenigsten erwarten. Kurz gesagt, Miss Lamb, wenn Sie einen falschen Schritt machen, werde ich Alarm geben."

„Das können Sie nicht tun", flüsterte sie schnell und sah ihn flehentlich an.

„Ich kann. Ich muss."

„Es geht um zu viel! Sie dürfen nicht alles kaputt machen …"

„Was kaputt machen?"

Sie wollte gerade antworten, als sich eine Hand auf ihre Schulter legte. Es war Guy Delancey.

„Ich wollte Sie nicht erschrecken", sagte er fröhlich. „Ist alles in Ordnung?"

„Ja. Ja, alles ist in Ordnung." Obwohl sie wieder blass geworden war, warf sie Delancey ein vielversprechendes Lächeln zu. „Steht der Wagen bereit?"

„Am Tor, Mylady." Guy half ihr hoch und nickte Jordan zu. „Wir sehen uns, Jordan."

Jordan fing den wütenden Blick der Frau auf, als sie Delancey mit gestrafften Schultern in die Menge folgte.

Du bist gewarnt, Diana Lamb, dachte er. Und wenn sie diese Warnung missachtete …

Er zog ein Taschentuch heraus, nahm ihr Champagnerglas am Stiel vom Tisch und betrachtete es. Außer rubinrotem Lippenstift war daran auch das, was er brauchte. Er lächelte.

Fingerabdrücke.

Ogilvie schob den Deckel auf das Teleobjektiv seiner Kamera. Er hatte mehr als genug Fotos von dem blonden Mann. Heute Abend würde er sie nach London weiterleiten und dann hoffentlich erfahren, wer der Unbekannte war. Dass Clea Rice jetzt mit einem Partner arbeitete, beunruhigte ihn. Bisher war sie immer allein gewesen.

Er würde so schnell wie möglich mehr über den blonden Knaben herausfinden müssen. Er musste wissen, mit wem er es zu tun hatte.

Die Frau stand auf und ging mit Guy Delancey hinaus. Ogilvie verstaute die Kamera in der Tasche und folgte den beiden in diskretem Abstand. Mit ihrem roten Haar, das im Sonnenschein zu leuchten schien, war sie kaum zu verlieren. So war Clea Rice, sie tat immer das Unerwartete.

Sie verschwand kurz in der Menge, und er ging schneller. Am Tor stieg sie in einen wartenden Bentley. Hektisch blickte Ogilvie sich auf dem Parkplatz um. Sein schwarzer MG war von lauter Nobellimousinen umringt. Frustriert sah er dem Bentley nach. Aber er wusste, in welchem Hotel sie wohnte und dass sie für drei Nächte im Voraus bezahlt hatte.

Er beschloss, den blonden Mann zu beschatten.

Fünfzehn Minuten später tauchte der Mann am Tor auf. Als er in einen champagnerfarbenen Jaguar stieg, saß Ogilvie abfahrbereit in seinem MG. Er notierte sich das Kennzeichen und folgte ihm über kurvenreiche Alleen und vorbei an Weiden, auf denen Pferde grasten.

Vollblüter für Blaublüter, dachte Ogilvie verächtlich. Wer war dieser Mann?

Als der Jaguar endlich auf einen Privatweg abbog, erhaschte Ogilvie im Vorbeifahren einen Blick auf einen prächtigen Landsitz inmitten eines riesigen Parks.

Der Name des Anwesens stand in Bronze auf den Säulen, die die Einfahrt markierten.

Chetwynd.

„Du hast es weit gebracht, Clea Rice", murmelte Ogilvie. Dann wendete er den MG. Es war sechzehn Uhr. Er musste sich beeilen, wenn er seinen Bericht nach London noch absetzen wollte.

Victor Van Weldon hatte einen schlechten Tag gehabt. Das Atmen fiel ihm schwer, und die Ärzte hatten ihm Sauerstoff verordnet. Die Flasche war an seinem Rollstuhl befestigt, und die Schläuche steckten in seinen Nasenlöchern. Und wieder einmal spürte er, wie sterblich er war.

Ausgerechnet jetzt musste Simon Trott natürlich auf einer Besprechung bestehen.

Van Weldon hasste es, so schwach und verletzlich gesehen zu werden. All die Jahre war er stolz auf seine Stärke gewesen. Auf seine Rücksichtslosigkeit. Jetzt war er ein alter, sterbender Mann, und Trott sollte sein Nachfolger werden. Aber noch war er nicht bereit, ihm die Zügel zu übergeben. Bis zu meinem letzten Atemzug gehört die Firma mir! dachte er verbissen.

Es klopfte an der Tür, und Van Weldon drehte den Rollstuhl dorthin. Sein jüngerer Partner betrat das Zimmer, und seine Miene verriet, dass er keine gute Nachricht brachte.

Noch hat er wohl Angst vor mir, fuhr es Van Weldon plötzlich durch den Kopf.

„Was haben Sie in Erfahrung gebracht?", fragte Van Weldon und musterte Trott.

„Ich glaube, ich weiß, warum Clea Rice nach England will", sagte Trott. „Es gibt Gerüchte ... auf dem schwarzen Markt ..." Er räusperte sich.

„Was für Gerüchte?"

„Angeblich prahlt ein Engländer mit einem geheimen Kauf, den er getätigt hat. Er behauptet, er hätte kürzlich ...", Trott senkte den Blick, „... das Auge von Kaschmir gekauft."

„Unser Auge von Kaschmir? Unmöglich."

„So lautet das Gerücht."

„Das Auge ist doch gar nicht auf dem Markt! Niemand kann es kaufen."

„Seit die Sammlung verlegt wurde, haben wir nicht überprüft, ob es sich noch darin befindet. Es kann gut sein, dass ..."

Die beiden Männer wechselten einen Blick. Van Weldon begriff. Wir haben einen Dieb in unseren Reihen. Einen Verräter!

„Wenn Clea Rice ebenfalls von diesem Gerücht gehört hat, könnte das für uns katastrophal sein", sagte Van Weldon.

„Das ist mir klar."

„Wer ist dieser Engländer?"

„Er heißt Guy Delancey. Wir versuchen bereits, ihn zu finden."

Van Weldon nickte. Er ließ sich wieder in den Rollstuhl sinken und sog den Sauerstoff ein. „Finden Sie Delancey", befahl er sanft. „Ich habe das Gefühl, wenn Sie ihn haben, haben Sie auch Clea Rice."

4. KAPITEL

*A*uf die neue Freundschaft", sagte Guy, während er Clea ein randvolles Glas Champagner reichte. „Auf die neue Freundschaft", murmelte sie und nippte daran. Wenn sie nicht aufpasste, würde der Alkohol ihr zu Kopf steigen, und das durfte nicht passieren. Was sollte sie tun? Delancey hatte offenbar mehr im Sinn als nur einen harmlosen kleinen Flirt.

Er setzte sich zu ihr auf die Couch, und sie musste sich beherrschen, um nicht zurückzuzucken. Sie musste ihn hinhalten, bis sie ihm genug Informationen entlockt hatte.

Sie lächelte anmutig. „Ihr Haus gefällt mir."

„Danke."

„Und die Bilder! Was für eine Sammlung. Alles Originale, nehme ich an?"

„Natürlich." Stolz zeigte Guy auf die Gemälde an den Wänden. „Ich klappere sämtliche Auktionen ab. Wenn sie mich bei Sotheby's hereinkommen sehen, reiben sie sich schon die Hände. Aber das hier sind nicht die Prunkstücke meiner Kollektion."

„Nein?"

„Nein, die sind in meinem Stadthaus in London. Dort empfange ich die meisten Gäste. Außerdem sind die Sicherheitsvorkehrungen dort besser."

Verdammt, dachte Clea. Bewahrte er es also in London auf? Dann hatte sie hier in Buckinghamshire nur wertvolle Zeit verschwendet.

„Die liegt mir heutzutage sehr am Herzen", flüsterte er und beugte sich zu ihr. „Sicherheit."

„Vor Diebstahl, meinen Sie?", fragte sie unschuldig.

„Ich meine Sicherheit im Allgemeinen ... die Kälte eines einsamen Betts." Ohne Vorwarnung presste er die Lippen auf ihre. „Ich suche schon so lange nach der richtigen Frau", wisperte er. „Nach einer Seelengefährtin ..."

Ob Frauen wirklich auf diesen Unsinn hereinfielen und sich von Delancey verführen ließen?

„Und als ich vorhin in deine Augen schaute, dachte ich mir, vielleicht habe ich sie gefunden."

Clea hatte Mühe, ihn nicht einfach auszulachen. Sie schaffte es, seinen forschenden Blick zu erwidern. „Aber man muss vorsichtig sein", sagte sie leise.

„Ganz meine Meinung."

„Herzen sind so zerbrechlich. Vor allem meins."

„Ja, ich weiß." Er küsste sie noch leidenschaftlicher, und es war mehr, als sie ertragen konnte.

Sie löste sich von ihm, atemlos vor Zorn. Guy blieb unbeeindruckt. Im Gegenteil, er deutete ihre Atemlosigkeit als Zeichen der Erregung.

„Das geht mir zu schnell", keuchte sie.

„Aber so muss es sein."

„Ich bin noch nicht bereit …"

„Ich mache dich bereit", erwiderte er, während er eine Hand auf ihre Brust legte und sie knetete, als wäre sie ein Brotteig.

Clea sprang auf und wich zurück. Am liebsten hätte sie ihm einen Kinnhaken verpasst, aber das wäre taktisch ungeschickt. „Bitte, Guy", begann sie mit zitternder Stimme. „Vielleicht später. Wenn wir uns besser kennen. Wenn ich das Gefühl habe, dich zu kennen. Als Person, meine ich."

„Als Person?" Verärgert schüttelte er den Kopf. „Was genau willst du wissen?"

„Nur die kleinen Dinge, die viel über dich verraten. Zum Beispiel …" Sie wies auf die Bilder. „Ich weiß, du sammelst Kunst. Aber ich sehe hier nur Bilder. Sammelst du sonst noch etwas?"

Er zuckte mit den Schultern. „Alte Waffen."

„Siehst du?" Strahlend ging sie auf ihn zu. „Das finde ich faszinierend! Das beweist mir, dass du ein abenteuerlustiger Mann bist."

„Tatsächlich?" Er wirkte geschmeichelt. „Ja, das tut es wohl."

„Was für Waffen?"

„Antike Schwerter. Pistolen. Ein paar Dolche."

Ihr Herz schlug schneller. *Dolche.* Sie näherte sich ihm noch mehr. „Wie erotisch."

„Findest du?"

„Ja … alte Waffen. Die verbinde ich mit Rittern in schimmernden Rüstungen und Ladies in Burgtürmen." Sie schlug die Hände zusammen. „Ich bekomme eine Gänsehaut, wenn ich nur daran denke."

„Ich hatte keine Ahnung, dass es so auf Frauen wirkt", sagte er staunend. Mit plötzlicher Begeisterung erhob er sich. „Kommen Sie mit, Mylady." Er nahm ihre Hand. „Ich werde dir eine Sammlung zeigen, bei der es dir kalt den Rücken hinunterläuft. Dazu gehört auch ein neues Prunkstück. Etwas, das ich unter der Hand aus sehr privater Quelle habe."

„Du meinst vom Schwarzmarkt?"

„Sogar noch privater."

Er führte sie in die Halle und die Treppe hinauf. Also im Obergeschoss, dachte sie. Vermutlich im Schlafzimmer.

Irgendwo läutete ein Telefon. Guy ignorierte es.

Am Ende der Treppe wandte er sich nach rechts.

„Sir?", rief eine Stimme. „Ein Anruf für Sie."

Delancey sah über die Brüstung zu seinem grauhaarigen Butler hinunter. „Schreiben Sie es auf", befahl er.

„Aber es ist …"

„Ja?"

Der Butler räusperte sich. „Es ist Lady Cairncross."

Guy verzog das Gesicht. „Was will sie?"

„Sie möchte Sie sofort sehen."

„Jetzt?"

Guy eilte nach unten. Clea lauschte.

„Kein guter Zeitpunkt, Veronica", hörte sie ihren Gastgeber sagen. „Könntest du nicht … Ich habe jetzt zu tun … Nein, Veronica, das darfst du nicht! Lass uns ein anderes Mal darüber … Hallo? Hallo?" Wütend legte er auf.

„Sir?", fragte der Butler. „Kann ich helfen?"

Guy fuhr zu ihm herum. „Ja! Ja, sorgen Sie dafür, dass Miss Lamb nach Hause gebracht wird."

„Sie meinen … jetzt gleich?"

„Ja. Na los!"

Guy eilte wieder nach oben, packte Cleas Arm und wollte sie zur Treppe ziehen. „Tut mir schrecklich leid, Darling, aber mir ist etwas dazwischengekommen. Geschäftlich, du verstehst."

Clea blieb stehen. „Geschäftlich?"

„Ja, ein Notfall … ein Klient …"

„Klient? Aber ich weiß ja nicht einmal, womit du dein Geld verdienst!"

„Mein Chauffeur wird dir ein Hotelzimmer besorgen. Ich hole dich morgen um fünf ab, ja? Wir machen uns einen schönen Abend."

Er gab ihr einen flüchtigen Kuss und schob sie praktisch durch die Haustür. Der Chauffeur hielt schon die Wagentür auf. Clea blieb nichts anderes übrig, als einzusteigen.

„Ich rufe dich an!", rief Guy und winkte.

Als der Wagen durchs Tor fuhr, hämmerte Clea zornig auf die Armlehne. Ich war so dicht davor, dachte sie. Er hatte ihr den Dolch zeigen wollen. Ohne den verdammten Anruf hätte sie ihn schon in den Händen gehalten.

Wer zum Teufel war diese Veronica?

Veronica Cairncross legte auf und drehte sich zu Jordan um. „Und? Meinst du, der Anruf hat gewirkt?"

„Wenn nicht, wird dein Besuch es tun", erwiderte er.

„Muss ich wirklich hin? Ich möchte mit dem Mann nichts mehr zu tun haben."

„Wir müssen diese Frau aus seinem Haus bekommen, bevor sie Schaden anrichtet."

„Wir könnten die Polizei verständigen", schlug Veronica vor.

„Damit alles auffliegt? Mein nächtlicher Besuch bei Guy? Die gestohlenen Briefe?" Jordan machte eine Kunstpause. „Deine Affäre mit Delancey?"

Heftig schüttelte sie den Kopf. „Nein, natürlich nicht."

„Ich dachte mir, dass du das sagen würdest."

Resigniert nahm Veronica ihre Tasche und ging zur Tür. „Na gut. Ich habe dir diese Sache eingebrockt. Schätze, da schulde ich dir einen Gefallen."

„Außerdem ist es deine Bürgerpflicht", stellte Jordan fest. „Die Frau ist eine Diebin. Wie immer du zu Guy stehst, du darfst nicht zulassen, dass er ausgeraubt wird."

„Guy?" Sie lachte. „Was aus dem wird, ist mir egal. Ich denke an deine Einbrecherlady. Wenn sie geschnappt wird und bei der Polizei auspackt ..."

„Dann ist mein Ruf ruiniert."

Veronica nickte. „Und meiner auch, fürchte ich."

Clea streifte die Pumps ab, schmiss die Handtasche auf einen Sessel und warf sich stöhnend auf das Hotelbett. Was für ein grauenhafter Tag. Sie hasste Polo, fand Guy Delancey unausstehlich und ihr rotes Haar schrecklich. Alles, was sie wollte, war schlafen, das Auge von Kaschmir vergessen, alles vergessen. Aber jedes Mal, wenn sie die Augen schloss, kehrten die Albträume zurück, und sie durchlitt wieder die alten Ängste.

Sie versuchte, sie mit angenehmeren Erinnerungen abzuwehren. Sie dachte an den Sommer 1972, als sie acht und Tony zehn war und sie für das Foto posierten, das später auf Onkel Walters Kaminsims stand. Tony legte seinen mageren Arm um ihre schmalen Schultern, und sie grinsten in die Kamera wie zwei kleine Ganoven, die noch in der Ausbildung steckten. Und genau das taten sie, und zwar beim besten Lehrer der Welt, Onkel Walter. Sie fragte sich, wie es dem alten Knaben wohl im Gefängnis erging. Bald stand seine Begnadigung an. Vielleicht hatte die Haft ihn verändert, wie Tony.

Wie sie selbst.

Vielleicht würde Onkel Walter ein ehrliches Leben beginnen.

Und vielleicht konnten Schweine fliegen.

Sie zuckte zusammen, als das Telefon läutete, und griff nach dem Hörer. „Hallo?"

„Diana, Darling! Ich bin's!"

Sie verdrehte die Augen. „Hallo, Guy."

„Das vorhin tut mir ehrlich leid. Verzeihst du mir?"

„Ich denke darüber nach."

„Mein Chauffeur hat erzählt, dass du noch ein paar Tage im Dorf bleibst. Gibst du mir die Chance, es wiedergutzumachen? Morgen Abend? Kammermusik und Abendessen bei einem guten Freund und danach zu mir?"

„Ich weiß nicht."

„Ich zeige dir auch meine Waffensammlung." Seine Stimme wurde schmeichelnd. „Denk an all die Ritter in schimmernden Rüstungen. Maiden in Not …"

Sie seufzte. „Na gut."

„Ich hole dich um fünf ab. Am *Village Inn.*"

„Einverstanden", sagte sie schließlich. Sie legte auf und merkte erst jetzt, dass sie rasende Kopfschmerzen hatte. Ha! Das war die

261

Strafe dafür, dass sie Mata Hari spielte.

Nein, die echte Strafe kam, wenn sie mit dem Mistkerl ins Bett gehen musste.

Stöhnend stand sie auf und ging ins Bad, um sich den Geruch abzuwaschen, den die Polopferde und Guy Delanceys schmierige Finger an ihr hinterlassen hatten.

Delancey war angetrunken, als er sie am nächsten Tag abholte. Sie zögerte erst, sich in seinen Wagen zu setzen, aber ihr blieb keine Wahl.

„Müsste heute Abend eigentlich eine lustige Truppe werden", meinte er, als sie eine kurvenreiche Landstraße entlangfuhren. Hohe Hecken ließen nicht erkennen, was ihnen entgegenkam. Clea konnte nur hoffen, dass alle Autos sich links hielten und nicht überholten. „Auf die Musik stehe ich nicht, eher auf die Gespräche danach."

Und die Drinks, dachte sie und umklammerte die Sitzlehnen, als sie einen Baum nur knapp verfehlten.

„Wird Veronica auch dort sein?"

Er warf ihr einen verwirrten Blick zu. „Wie?"

„Veronica. Die Frau, die gestern anrief. Sie wissen schon, Ihre Klientin."

„Ach ja, die." Sein Lachen klang gezwungen. „Nein, sie mag keine Musik. Ich meine, Rock ’n’ Roll schon, aber keine Klassik. Nein, sie wird nicht dort sein." Er zögerte. „Jedenfalls hoffe ich das", fügte er leise hinzu.

Zwanzig Minuten später wurde seine Hoffnung schlagartig enttäuscht, als sie das Musikzimmer der Forresters betraten. „Ich glaub’s nicht", hörte Clea ihn murmeln, als eine Frau mit rotbraunem Haar und einer exquisiten Perlenkette auf sie zueilte. Aber es war nicht die Frau, die Cleas Blick auf sich zog.

Es war der Begleiter der Frau, ein Mann, der sie gelassen und ein wenig belustigt betrachtete. Oder war es Triumph, den sie in Jordan Tavistocks sherrybraunen Augen wahrnahm?

Guy räusperte sich nervös. „Hallo, Veronica", brachte er heraus.

„Ich habe schon gehört, dass es eine neue Lady in deinem Leben gibt."

„Nun … ja …" Guy rang sich ein mattes Lächeln ab.

Veronica streckte Clea die Hand entgegen. „Ich bin Veronica Cairncross."

Clea ergriff sie. „Diana Lamb."

„Wir sind alte Freunde, Guy und ich", erklärte Veronica. „Sehr alte Freunde. Trotzdem überrascht er mich ab und zu."

„Umgekehrt wird ein Schuh draus", schnaubte Guy. „Seit wann schwärmst du für Kammermusik?"

„Seit Jordan mich eingeladen hat."

„Oliver ist so vertrauensvoll."

„Wer ist Oliver?", fragte Clea ihn.

Guy lachte. „Ach, niemand. Nur ihr Ehemann."

„Du bist unverschämt", zischte Veronica und stolzierte davon.

„Das musst du gerade sagen", konterte Guy und folgte ihr aus dem Raum.

Jordan und Clea wechselten einen Blick.

„Muss Liebe schön sein", seufzte er.

„Sind die beiden denn noch verliebt?"

„Offensichtlich."

„Haben Sie Veronica deshalb mitgebracht? Um mir ins Handwerk zu pfuschen?"

Jordan nahm zwei Gläser mit Weißwein vom Tablett des Butlers und reichte Clea eins. „Wie ich schon sagte, Miss Lamb … Sie heißen doch Miss Lamb, oder? Ich habe vor, Sie vor einem kriminellen Leben zu bewahren. Jedenfalls solange Sie in meiner Gegend sind."

„In Ihren Jagdgründen, meinen Sie?"

Er lächelte nur.

„Was, wenn ich feierlich verspreche, Ihr Revier zu respektieren?"

„Und verschwinden?", fragte er.

„Vorausgesetzt, Sie halten Ihren Teil der Abmachung."

Sein Blick wurde misstrauisch. „Was soll das heißen?"

Clea musterte ihn. Er war nicht nur attraktiv. In seinen Augen sah sie Intelligenz, Humor und Entschlossenheit. Als Einbrecher mochte er unbegabt sein, aber er hatte Klasse, besaß Kontakte und war als Insider mit dieser Gegend vertraut. Er schien wohlhabend genug zu sein, um nicht für jemanden arbeiten zu müssen. Aber, wer weiß, vielleicht konnte sie ja mit ihm arbeiten.

Und vielleicht würde es ihr sogar Spaß machen.

Sie winkte Jordan in eine ruhige Ecke. „Hier ist mein Vorschlag", sagte sie. „Ich helfe Ihnen, Sie helfen mir."

„Wobei?"

„Ein harmloser Job. Eigentlich nichts."

„Nur ein kleiner Einbruch?" Er schüttelte den Kopf. „Wieso kommt mir das bekannt vor?"

„Wie?"

„Schon gut." Er seufzte und nahm einen Schluck Wein. „Was, wenn ich fragen darf, wäre die Gegenleistung?"

„Was möchten Sie?"

Sein Blick verschmolz mit ihrem. Und sie sah ihm an, dass sie beide das Gleiche gedacht hatten.

„Darauf antworte ich nicht", sagte er verlegen.

„Ich dachte daran, Ihnen meinen Rat als Expertin anzubieten. Ich glaube, Sie können ihn gebrauchen."

„Privatunterricht in der Kunst des Einbruchs? Ein wirklich verlockendes Angebot."

„Natürlich werde ich Ihnen nicht dabei helfen", warf sie rasch ein. „Aber ich könnte Ihnen Tipps geben."

„Aus persönlicher Erfahrung?"

Über ihr Weinglas hinweg lächelte sie ihn an. Einbrüche waren nicht gerade ihre Spezialität, aber sie hatte ein Talent dafür. Vermutlich hatte sie es von Onkel Walter geerbt. „Ich bin gut genug, um meinen Lebensunterhalt zu verdienen."

„Leider muss ich das Angebot ablehnen."

„Ich könnte viel für Ihre Karriere tun."

„Ich bin nicht in Ihrer Branche tätig."

„In welcher denn?", platzte sie frustriert heraus.

Es dauerte eine Weile, bis er antwortete. „Ich bin ein Gentleman."

„Und was noch?"

„Nur Gentleman."

„Ist das ein Beruf?"

„Ja." Er lächelte. „Vollzeit sogar. Trotzdem lässt er mir genügend Zeit für andere Dinge. Für Verbrechensbekämpfung vor Ort, zum Beispiel."

„Na schön." Sie seufzte. „Was muss ich Ihnen bieten, damit Sie mir nicht in die Quere kommen? Und nicht auftauchen, wenn es nun wirklich nicht passt?"

„Damit Sie Ihren Job beim armen alten Guy Delancey zu Ende bringen können?"

„Danach sehen Sie mich nie wieder. Versprochen."

„Was hat er denn so Verlockendes?"

Sie starrte in ihr Weinglas. Nein, sie würde es ihm nicht erzählen. Sie durfte es nicht. Denn sie vertraute ihm nicht. Wenn er vom Auge von Kaschmir erfuhr, würde er es vielleicht selbst haben wollen. Was sollte sie dann tun? Sie hatte keinerlei Beweise.

Und Victor Van Weldon würde ungeschoren davonkommen.

„Es muss ziemlich wertvoll sein", sagte er.

„Nein, sein Wert ist eher …" Sie suchte nach etwas, das ihm glaubhaft erscheinen würde. „Sentimental."

Er runzelte die Stirn. „Ich verstehe nicht."

„Guy hat etwas, das meiner Familie gehört. Seit Generationen. Es wurde uns vor einem Monat gestohlen, und wir wollen es zurück."

„Warum gehen Sie nicht zur Polizei?"

„Delancey wusste, dass es heiß war, als er es kaufte. Glauben Sie, er würde zugeben, dass er es hat?"

„Also wollen Sie es zurückstehlen?"

„Mir bleibt nichts anderes übrig." Sie hob den Blick und sah die Unsicherheit in seinen Augen. Nur ein Flackern, aber immerhin. Nahm er ihr die Geschichte wirklich ab? Es erstaunte sie, wie mies sie sich plötzlich fühlte. Sie hatte in letzter Zeit viele Lügen erzählen müssen, um am Leben zu bleiben. Aber Jordan Tavistock anzulügen erschien ihr irgendwie … kriminell. Was überhaupt keinen Sinn ergab, denn genau das war er ja auch. Ein Dieb und Gentleman, dachte sie. Mit einem Lächeln, bei dem ihre Knie weich wurden.

Was war nur in dem Wein? Der Raum schien immer wärmer zu werden. Und sie immer atemloser.

Guy Delanceys Rückkehr war wie ein kalter Windstoß. „Es fängt an", verkündete er.

„Was denn?", murmelte Clea.

„Die Musik. Komm, wir setzen uns."

Endlich wandte sie sich ihm zu. Er sah grimmig aus. „Was ist mit Veronica?"

„Bitte erwähne diesen Namen nicht in meiner Gegenwart", knurrte er.

In diesem Moment betrat Veronica den Raum und ignorierte Guy demonstrativ. „Jordie, Darling", säuselte sie und hakte sich besitzergreifend bei ihm ein. „Setzen wir uns, ja?"

Schicksalsergeben ließ Jordan sich ins Musikzimmer führen.

Das Streichquartett aus London stimmte bereits die Instrumente. Clea und Guy saßen auf der linken, Jordan und Veronica auf der rechten Seite, aber zwischen Guy und Veronica flogen während des ganzen Konzerts andauernd giftige Blicke hin und her.

Auf Dvořák folgte erst Bartók, dann Debussy. Clea hörte nicht richtig zu, sondern überlegte angestrengt, wie nah sie dem Auge von Kaschmir kommen konnte. Hoffentlich war dies der letzte Abend, an dem sie Guy Delancey ertragen, Lügen auftischen und mit dieser albernen roten Farbe im Haar herumlaufen musste. Erst als die Musiker sich verbeugten, merkte sie, dass das Konzert zu Ende war.

Danach gab es dekorativ präsentierte Kuchen, Kanapees und Wein. Reichlich Wein. Guy war schon bei der Ankunft nicht mehr nüchtern gewesen, und jetzt arbeitete er sich langsam an eine Alkoholvergiftung heran. Offenbar ertrug er es nicht, Veronica mit ihrem neuen Begleiter flirten zu sehen.

Clea sah, wie er sich das nächste Glas Wein nahm, und beschloss, seinem Exzess Einhalt zu gebieten. Aber wie konnte sie das, ohne eine Szene zu machen?

In diesem Moment griff Jordan ein. Sie hatte ihn nicht darum gebeten, aber offenbar hatte er die Gläser mitgezählt. Er näherte sich Guy. „Vielleicht sollten Sie sich etwas bremsen, alter Junge."

„Keine Ahnung, was Sie meinen", erwiderte Guy mit schwerer Zunge.

„Das ist schon Ihr sechstes Glas Wein. Und Sie wollen die Lady nach Hause fahren."

„Das schaffe ich schon."

„Kommen Sie, Delancey", beschwor Jordan ihn. „Etwas Selbstbeherrschung."

„Selbst…beherrschung?", wiederholte Delancey empört und so laut, dass um sie herum alle Gespräche verstummten. „*Sie* haben es gerade nötig! Sie lassen sich mit der Frau eines anderen ein und erzählen mir etwas von Selbstbeherrschung?"

„Niemand hat sich mit der Frau eines anderen eingelassen."

„Als ich das getan habe, war ich wenigstens so anständig, diskret zu sein!"

Veronica schrie entsetzt auf und rannte hinaus.

„Feigling!", rief Guy ihr nach.

„Delancey, bitte", murmelte Jordan. „Dies ist nicht der richtige Ort, um …"

„Veronica, bitte!" Guy drängte sich durch die Gästemenge zur Tür. „Warum stehst du nicht endlich einmal zu dem, was du getan hast? Veronica!"

Jordan sah Clea an. „Der ist hinüber. Sie dürfen nicht mit ihm fahren."

„Ich werde mit ihm fertig."

„Dann nehmen Sie ihm die Schlüssel ab und fahren selbst."

Genau das hatte sie vor. Doch als sie das Haus verließ, sah sie, dass Guy und Veronica sich noch immer lautstark stritten. Guy war so betrunken, dass er sich kaum noch auf den Beinen halten konnte. Als er Clea bemerkte, schwankte er auf sie zu und packte ihre Hand. „Komm schon, lass uns fahren!"

„Nicht in deinem Zustand." Sie riss sich los. „Gib mir die Wagenschlüssel, Guy."

„Ich kann fahren."

„Nein, kannst du nicht. Gib mir die Schlüssel."

„Dann sieh zu, wie du nach Hause kommst!", schrie er sie an. „Zur Hölle mit euch beiden! Zur Hölle mit den Frauen!" Mühsam öffnete er die Fahrertür seines Wagens.

„Verdammter Idiot", murmelte Veronica. „Er wird sich umbringen."

Sie hat recht, dachte Clea und riss die Wagentür wieder auf. „Steig aus."

„Verschwinde."

„Lass mich fahren."

„Hau ab!"

Clea packte seinen Arm. „Ich bringe dich nach Hause. Leg dich auf den Rücksitz."

„Ich lasse mir von einer Frau nichts befehlen!", brüllte er und stieß sie fort.

Clea taumelte zurück und landete im Gesträuch. Versoffener Idiot, dachte sie. Während sie ihre Halskette von einem Zweig löste, hörte sie, wie er den Motor zu starten versuchte. Vergeblich. Fluchend schlug er auf das Lenkrad ein und drehte wieder und wieder den Zündschlüssel. Clea setzte sich gerade auf, als der Wagen endlich ansprang und Guy losfuhr. Kopfschüttelnd sah sie ihm nach.

Trottel!

Die Explosion warf sie nach hinten. Sie segelte über die Sträucher hinweg und landete flach auf dem Rücken unter einem Baum. Sie war viel zu entsetzt, um den Schmerz zu spüren. Als Erstes nahm sie die Schreie, das Scheppern der Blechteile auf der Straße und das Prasseln der Flammen wahr. Mühsam richtete sie den Oberkörper auf und kroch auf allen vieren davon. Weg von dem Baum, weg vom brennenden Auto.

Ihr Gehirn begann zu funktionieren und sagte ihr Dinge, die sie lieber nicht wissen wollte. Ihr Kopf begann zu dröhnen. Sie war nicht sicher, ob sie weinte. Es war zu laut. Sie fragte sich, ob die Wärme an ihren Wangen Tränen oder Blut war. Verzweifelt kroch sie weiter. Ich muss weg, sonst bin ich tot, hämmerte es in ihrem Kopf.

Plötzlich stellten sich ihr zwei Schuhe in den Weg. Sie hob den Kopf. Ein Mann starrte auf sie hinab. Ein Mann, der ihr irgendwie bekannt vorkam.

Er lächelte. „Ich bringe Sie ins Krankenhaus."

„Nein, ich ..."

„Kommen Sie. Sie sind verletzt." Er griff nach ihrem Arm. „Sie brauchen einen Arzt."

„Nein!"

Seine Hand löste sich in nichts auf. Genau wie der Rest des Mannes.

Clea kauerte sich auf der Erde zusammen, während alles sich um sie zu drehen begann. Sie hörte eine andere Stimme, die vertraut klang. Hände umfassten ihre Schultern.

„Diana? Diana!"

Warum nannte er sie so? Das war nicht ihr Name. Blinzelnd sah sie nach oben. In Jordan Tavistocks besorgtes Gesicht.

Und dann wurde sie ohnmächtig.

5. KAPITEL

*D*er Arzt schaltete den Augenspiegel aus und die Deckenleuchte ein. „Neurologisch scheint alles intakt zu sein. Aber sie hat eine Gehirnerschütterung, und die kurze Ohnmacht macht mir Sorgen. Ich schlage vor, Sie lassen sie eine Nacht hier. Nur zur Beobachtung."

„Ich bin ganz Ihrer Meinung, Doktor", sagte Jordan.

Die Frau lag im Bett. Ihr rotes Haar war voller Gras und Laub. Das Blut an ihrem Gesicht war getrocknet.

„Sehr gut. Ich rechne zwar nicht mit Komplikationen, aber wir können nicht vorsichtig genug sein."

„Ich kann nicht hierbleiben", protestierte die Frau matt.

„Natürlich bleiben Sie", sagte Jordan.

„Nein, ich muss hier heraus!" Sie setzte sich auf und schwang die Beine über die Bettkante.

Jordan legte ihr die Hände auf die Schultern. „Was zum Teufel tun Sie, Diana?"

„Ich muss … muss …" Sie verstummte und schüttelte den Kopf.

„Sie dürfen nicht aufstehen, nicht mit einer Gehirnerschütterung." Behutsam drückte er sie zurück aufs Bett und deckte sie zu. Sie war blass geworden und sah so schwach und zerbrechlich aus, als würde nur die Bettdecke sie daran hindern, einfach davonzuschweben. Nur ihre Augen waren voller Leben und … was? Angst? Trauer? Hatte sie etwa echte Gefühle für Guy Delancey gehabt?

„Ich schicke Ihnen eine Schwester, Miss Lamb", sagte der Arzt. „Jetzt ruhen Sie sich aus, dann geht es Ihnen bald wieder besser."

Jordan drückte ihre Hand, die sich anfühlte wie ein Eisklumpen. Dann folgte er dem Arzt widerwillig auf den Korridor.

„Was ist mit Mr Delancey?", fragte er. „Kennen Sie seinen Zustand?"

„Er ist noch im OP. Sie müssen sich oben erkundigen. Ich fürchte, es gibt nicht viel Hoffnung."

„Es wundert mich, dass er überhaupt noch am Leben ist. Nach der Explosion …"

„Sie glauben wirklich, dass es eine Bombe war?"

„Ich bin sicher", erwiderte Jordan.

Der Arzt sah zur Schwesternstation hinüber, wo ein Polizist darauf wartete, die Frau befragen zu können. Zwei seiner Kollegen hatten das bereits getan und wenig Rücksicht auf ihren Zustand genommen. Der Doktor schüttelte den Kopf. „Was ist nur aus der Welt geworden? Nicht einmal hier in der Provinz sind wir vor Anschlägen von Terroristen sicher …"

Terroristen? fragte Jordan sich. Er bezweifelte, dass es Terroristen waren. Der Anschlag hatte allein Delancey gegolten. Ein halbes Dutzend anderer Gäste war glimpflich davongekommen.

Er nahm den Lift nach oben. Im Warteraum wimmelte es von Polizisten, von denen keiner ihm etwas sagen konnte oder wollte. Er erfuhr lediglich, dass Delancey noch operiert wurde.

Er fuhr wieder nach unten. Der Polizist trank Kaffee und plauderte mit einer hübschen Krankenschwester. Jordan ging an ihnen vorbei und öffnete die Tür von Dianas Zimmer.

Ihr Bett war leer.

Er eilte zum Bad und klopfte. „Diana?" Keine Antwort. Er schaute hinein. Sie war nicht da, nur ihr Nachthemd. Es lag auf dem Boden.

Er riss den Schrank auf. Ihre Kleidung und Handtasche waren nicht mehr da.

Warum schlich sie sich aus dem Krankenhaus? Wie ein Dieb in der Nacht?

Weil sie genau das ist, du verdammter Idiot!

Er rannte auf den Korridor. Sie war nirgends zu sehen. Der Trottel von Polizist flirtete noch immer mit der Schwester. Jordan eilte zum Treppenhaus. Vermutlich hatte sie den Lift gemieden, um nicht in der Halle anzukommen. Bestimmt war sie durch den Seitenausgang direkt zum Parkplatz gegangen.

Dies war der vierte Stock. Als er Diana zuletzt gesehen hatte, war sie so schwach gewesen, dass sie kaum auf den Beinen stehen konnte. Konnte sie es bis nach unten schaffen? Oder war sie bewusstlos geworden und gestürzt?

Voller Besorgnis hastete er die Treppe hinunter.

In ihrem Kopf hämmerte es unbarmherzig, und die hohen Absätze brachten sie beinahe um, aber sie eilte weiter. Wie ein Soldat beim Gewaltmarsch. Nicht stehen bleiben, nur nicht stehen bleiben.

Der Feind ist dir dicht auf den Fersen.

Also marschierte sie weiter die Straße entlang. Zweimal hörte sie einen Wagen näher kommen und versteckte sich im Gebüsch. Das nächste Dorf konnte nicht mehr als ein paar Meilen entfernt sein. Wenn sie einen Bahnhof fand, würde sie aus Buckinghamshire verschwinden. Aus England.

Und dann wohin?

Nein, daran durfte sie nicht denken. Sie hatte jämmerlich versagt und stand jetzt ganz oben auf Van Weldons Abschussliste. Ich darf jetzt nicht aufgeben, ermahnte sie sich. Ich muss weiter. Die Straße verschwamm vor ihren Augen. Ihr wurde schwindlig und übel. Sie fiel auf die Knie und fürchtete, sich übergeben zu müssen. Unter ihr schien der Asphalt zu vibrieren, und durch den Nebel, der ihr Gehirn einhüllte, drang ein Geräusch.

Ein Auto, das von hinten kam.

Sie hob den Kopf und sah in zwei Scheinwerfer, die schnell näher kamen. Mühsam stand sie auf, aber plötzlich drehte sich alles um sie herum. Die Scheinwerfer tanzten und verschwammen. Sie sank zu Boden und biss sich verzweifelt in die Hand. Eine Wagentür wurde zugeworfen, Kies knirschte unter Schuhen, und sie wusste, dass es zu spät war. Man hatte sie gefunden.

„Nein", rief sie und schlang die Arme um sich. „Bitte nicht!"

„Es ist alles gut …"

„Nein!", schrie sie verzweifelt. Oder sie bildete es sich nur ein. Ihr Gesicht wurde gegen eine breite Brust gepresst, und ihr Aufschrei war nicht lauter als ein ersticktes Flüstern. Sie schlug auf den Angreifer ein, traf ihn am Rücken, an den Schultern. Aber sein Griff um sie wurde nur fester.

„Hören Sie auf, Diana, bitte! Ich tue Ihnen nichts. Hören Sie auf damit!"

Schluchzend hob sie den Kopf und sah durch die Tränen hindurch, wer es war. Jordan. Ihre Hände krallten sich in seine Jacke. Sie fühlte sich so warm an. Wie der Mann selbst. Sie starrte ihn an und fühlte sich plötzlich schwerelos in seinen kräftigen Armen.

Und dann lag sein Mund auf ihrem, und das Gefühl der Taubheit wich einer Flut herrlichster Empfindungen. Sein Kuss bot ihr seine Wärme, seine Stärke, seine Sicherheit, und sie sog sie in sich auf, bis sie sie in tiefster Seele fühlte. Sie wollte mehr davon und erwiderte den Kuss wie eine Frau, die in den Armen eines Mannes endlich das gefunden hatte, wonach sie sich schon so lange sehnte. Nicht Verlangen, nicht Leidenschaft, sondern Geborgenheit. Schutz. Sie klammerte sich an ihn.

Keiner von ihnen hörte den Wagen näher kommen.

Es waren die Scheinwerfer in der Ferne, die sie auseinanderfahren ließen. Clea starrte die Landstraße entlang und geriet in Panik. Sie riss sich aus Jordans Armen und warf sich kopfüber zwischen die Büsche.

„Warte!", rief Jordan. „Diana?"

Sie kroch weiter, obwohl ihr die Beine den Dienst versagten. Sie hörte, wie Jordan ihr folgte. Dann hielt er sie am Arm fest.

„Diana …"

„Sie werden mich sehen!"

„Wer?"

„Lass mich los."

Hinter ihnen quietschten Bremsen. Jemand stieg aus. Clea machte sich so klein wie möglich.

„Hallo!", rief ein Mann. „Alles in Ordnung?"

Bitte, Jordan, flehte Clea stumm. Sag ihm nicht, dass ich hier bin …

„Ja, alles in Ordnung", antwortete Jordan.

„Sie haben angehalten. Wollte nur mal eben nachsehen …", kam die Antwort.

„Ich …" Jordan lachte verlegen. „Ein dringendes Bedürfnis."

„Oh. Na ja, dann will ich nicht weiter stören." Eine Wagentür fiel ins Schloss, und die Rücklichter wurden schnell kleiner.

Clea schluchzte vor Erleichterung auf. „Danke", flüsterte sie.

Einen Moment betrachtete er sie schweigend. Dann zog er sie zu sich hinauf. Sie schwankte und musste sich an ihm festhalten.

„Komm", sagte er sanft. „Ich bringe dich zurück ins Krankenhaus."

„Nein."

„In deinem Zustand kannst du doch nicht durch die Nacht wandern."

„Ich kann nicht zurück."

„Wovor hast du Angst? Vor der Polizei?"

„Lass mich los!"

„Die werden dich nicht festnehmen. Du hast nichts getan." Er zögerte. „Oder doch?"

Sie riss sich los, und das kostete sie den letzten Rest Kraft, den sie noch besaß. Die Dunkelheit schlug über ihr zusammen wie schwarzes Wasser. Später wusste sie nicht mehr, wie sie zu Boden gesunken und in seinen Armen gelandet war. Aber dann war er da und trug sie zum Wagen. Sie war zu erschöpft, um sich zu wehren. Er setzte sie auf den Beifahrersitz, ihr Kopf fiel gegen die Tür, und sie kämpfte gegen die aufsteigende Übelkeit. Ich darf ihm nicht seine edlen Lederpolster ruinieren, dachte sie und nahm wie durch einen Schleier wahr, dass der Wagen sich in Bewegung setzte.

Sie packte Jordans Ärmel. „Bitte … nicht ins Krankenhaus."

„Wenn du unbedingt willst, bringe ich dich ins Hotel", gab er nach. „Aber du brauchst jemanden, der sich um dich kümmert."

„Ins Hotel kann ich auch nicht."

Er runzelte die Stirn. „Na gut, Diana", seufzte er. „Sag mir einfach, wohin du willst."

„Zum Bahnhof."

Er schüttelte den Kopf. „Du bist nicht reisefähig."

„Doch."

„Du kannst dich kaum auf den Beinen halten!"

„Ich muss!", rief sie verzweifelt. „Ich muss!"

Schweigend musterte er sie. „Ich lasse dich nicht in einen Zug steigen."

Zornig hob sie den Kopf und funkelte ihn an. „Dazu hast du kein Recht! Du hast keine Ahnung, was mir …"

„Hör zu! Ich bringe dich an einen sicheren Ort. Du musst mir vertrauen." Er sah ihr in die Augen. Sein Blick war beschwörend. Es wäre so einfach, ihr Schicksal in seine Hände zu legen. Sie wollte ihm vertrauen. Sie vertraute ihm.

Mir bleibt nichts anderes übrig, dachte sie, während ihr schwindlig wurde und sie den Kopf auf die angezogenen Knie fallen ließ.

„Wie geht es ihr?", fragte Richard, als Jordan in die Bibliothek kam und sich einen Brandy einschenkte.

„Sie hat schreckliche Angst. Beryl bringt sie gerade zu Bett. Vielleicht bekommen wir morgen mehr aus ihr heraus."

Jordan leerte den Drink mit wenigen Schlucken und nahm sich einen wohlverdienten zweiten. Er spürte Richards fragenden Blick, als er sich in den Sessel am Kamin setzte. Einen dreifachen Brandy herunterzukippen war sonst nicht seine Art.

Aber Frauen an der Landstraße aufzusammeln und nach Hause zu bringen auch nicht.

Zum Glück hatte Beryl ihn nicht mit Fragen gelöchert. So war seine Schwester. In einer Krise tat sie einfach, was getan werden musste. Diana ... oder wie immer sie hieß ... war bei ihr in guten Händen.

Aber irgendwann würden die Fragen kommen, und Jordan wusste nicht, wie er sie beantworten sollte. Er wusste nicht einmal, warum er sie mitgenommen hatte. Er wusste nur, dass sie entsetzliche Angst hatte und er sie nicht im Stich lassen durfte. Aus irgendeinem Grund fühlte er sich für sie verantwortlich.

Es war sicher verrückt, aber er wollte sich für sie verantwortlich fühlen.

Jordan rieb sich mit beiden Händen über das Gesicht. „Was für eine Nacht", stöhnte er.

„Autobomben. Frauen, die aus dem Krankenhaus weglaufen. Warum hast du uns denn nicht erzählt, was uns erwartet?", fragte Richard.

„Weil ich keine Ahnung davon hatte! Ich dachte, ich hätte es mit einer kleinen Einbrecherin zu tun."

Sein Schwager kam näher. „Ich frage mich, für wen die Bombe gedacht war."

„Was?" Er sah hoch. Er hatte großen Respekt vor Richard. Die vielen Jahre im Geheimdienst hatten Beryls zukünftigen Mann gelehrt, um die Ecke zu denken und möglichst keine voreiligen Schlüsse zu ziehen.

„Die Bombe war in Guy Delanceys Wagen", sagte Richard. „Sie kann ihm gegolten haben. Oder ..."

Jordan runzelte die Stirn. „Oder auch nicht."

„Richtig", meinte Richard. „Sie sollte mit ihm im Wagen sitzen. Die Bombe hätte auch sie getötet."

„Sie hat Angst. Aber sie hat mir noch nicht erzählt, wovor sie Angst hat."

„Was weißt du über diese Frau?", fragte Richard.

„Nur, dass sie sich Diana Lamb nennt. Ich bin nicht einmal sicher, was ihre natürliche Haarfarbe ist! Erst ist sie blond, dann rothaarig."

„Was ist mit den Fingerabdrücken von ihrem Glas?"

„Onkel Hughs Freund hat sie bei Scotland Yard durch den Computer gejagt. Ohne Ergebnis. Was mich allerdings nicht wundert. Ich glaube, sie ist Amerikanerin."

„Warum hast du mir das nicht gesagt? Ich hätte die Abdrücke in die USA schicken können."

„Ich durfte dir nichts sagen." Jordan lächelte. „Ich hatte es Veronica versprochen."

Sein Schwager lachte. „Und ein Gentleman wie du hält in jedem Fall sein Wort."

„Ja. Aber es gibt Umstände, bei denen ich eine Ausnahme mache. Autobomben, zum Beispiel." Jordan starrte in den Schwenker und überlegte, ob er sich noch einen Brandy gönnen sollte. Nein, besser nicht. Delancey war ein abschreckendes Beispiel dafür, was zu viel Alkohol anrichten konnte.

Er stellte das Glas ab. „Das Motiv", sagte er leise. „Warum sollte jemand Diana ermorden wollen?"

„Oder Delancey."

„Das ist einfach zu beantworten. Es gibt jede Menge abgelegter Geliebten und betrogener Ehemänner, die ihn gern umbringen würden."

„Deine Freundin Veronica und ihr Mann, zum Beispiel."

„Ich glaube kaum, dass die …"

„Trotzdem kommen sie in Betracht", unterbrach Richard ihn. „Jeder ist verdächtig."

Als jemand die Bibliothek betrat, drehten sie sich um. Beryl sah sie an. „Wer ist verdächtig?"

„Für Richard kommt jede infrage, die mit Guy Delancey eine Affäre hatte", antwortete Jordan.

Seine Schwester lachte. „Es wäre einfacher, mit denen anzufangen, die keine hatten. Das sind viel weniger." Sie fing den fragenden Blick ihres Verlobten auf. „Nein, ich hatte keine", fügte sie scharf hinzu.

„Habe ich etwas gesagt?", fragte Richard.

„Du hast es gedacht."

Jordan stand auf. „Ich gehe jetzt besser zu Bett. Gute Nacht.“

„Jordan!“, rief Beryl ihm nach. „Was ist mit Diana?“

„Was soll mit ihr sein?“

„Willst du mir nicht erklären, was eigentlich los ist?“

„Nein.“

„Warum nicht?“

„Weil ich nicht die leiseste Ahnung habe“, erwiderte er müde und verließ die Bibliothek. Er war Beryl eine Erklärung schuldig, aber er war zu erschöpft, um die Geschichte ein zweites Mal zu erzählen. Das überließ er Richard.

Auf halbem Weg zu seinem Schlafzimmer blieb er stehen. Nach kurzem Zögern drehte er um und ging zum Gästezimmer.

Vor der Tür zögerte er erneut, dann klopfte er. „Diana? Sind Sie noch wach?“

Keine Antwort. Leise trat er ein.

In der Ecke brannte eine Lampe, und ihr mildes Licht fiel auf das Bett. Diana lag zusammengerollt auf der Seite, die Arme schützend um sich, das Haar in rotgoldenen Wellen auf dem Kissen. Das Nachthemd gehörte Beryl und war ihr zu groß. Jordan wusste, dass er gehen sollte, aber er konnte nicht und setzte sich in den Sessel neben dem Bett. Wie klein sie aussah, wie schutzlos sie war.

„Meine kleine Diebin“, flüsterte er.

Plötzlich seufzte sie und schlug die Augen auf. Blinzelnd schaute sie zu ihm hoch.

„Es tut mir leid.“ Er stand auf. „Ich wollte dich nicht wecken. Schlaf weiter.“ Er wandte sich zur Tür.

„Jordan?“

Er drehte sich um und verspürte den verrückten Wunsch, sie an sich zu ziehen und ihr die Angst zu nehmen.

„Ich … muss dir etwas sagen“, wisperte sie.

„Das kann bis morgen warten.“

„Nein. Es ist nicht fair von mir, dich mit hineinzuziehen und in Gefahr zu bringen.“

Er trat ans Bett. „Die Bombe. Im Auto. War sie für Guy?“

„Ich weiß es nicht.“ An ihren Wimpern glitzerten Tränen. „Vielleicht. Vielleicht war sie auch für mich. Ich kann nicht sicher sein. Das ist das Schreckliche daran. Nicht zu wissen, ob ich sterben sollte. Ich denke dauernd …“ Sie sah ihn an. „Ich denke dauernd,

277

es war meine Schuld ... Das mit Guy. Er hat nichts Schlimmes getan. Nichts wirklich Schlimmes. Er war einfach nur zu gierig. Aber das hat er nicht verdient." Sie senkte den Blick. „Er hat es nicht verdient, zu sterben."

„Noch ist er am Leben."

„Du hast die Explosion gesehen! Glaubst du allen Ernstes, jemand überlebt so etwas?"

„Nein. Um ehrlich zu sein, ich glaube nicht, dass er überlebt." Sie schwiegen einen Moment.

„Warum glaubst du, dass du die Zielscheibe gewesen sein könntest?", fragte er.

„Weil ..." Sie holte tief Luft und stieß sie wieder aus. „Weil es schon einmal passiert ist."

„Bomben?"

„Nein. Unfälle."

„Wann?"

„Vor ein paar Wochen. In London. Ein Taxi hat mich fast überfahren."

„In London kann das jedem passieren", meinte er trocken und musterte sie.

„Das war nicht das einzige Mal."

„Es gab noch einen Vorfall?"

Sie nickte. „In der U-Bahn. Ich stand auf dem Bahnsteig, und jemand versuchte, mich vor den Zug zu stoßen."

Skeptisch starrte er sie an. „Bist du sicher, Diana? Meinst du nicht, jemand hat dich aus Versehen angerempelt?"

„Für wie dumm hältst du mich?", fuhr sie ihn an. „Ich werde doch wohl noch merken, wenn jemand mir einen Stoß verpasst!" Schluchzend verbarg sie das Gesicht in den Händen.

Ihr Ausbruch kam so unerwartet, dass er zunächst nicht wusste, wie er reagieren sollte. Dann legte er ihr sanft eine Hand auf die Schulter. Diese eine Berührung reichte aus, etwas zwischen ihnen überspringen zu lassen. Ein Verlangen. Durch das zarte Nachthemd fühlte er die Wärme ihrer Haut und dachte daran, wie er sie vorhin geküsst und wie ihr Mund geschmeckt hatte.

Hastig unterdrückte er, was sich in ihm ausbreitete, und setzte sich aufs Bett. „Erzähl mir genau, was in der U-Bahn passiert ist."

„Du glaubst mir sowieso nicht."

„Gib mir eine Chance. Bitte.“

Sie sah ihn an. „Ich fiel auf die Schienen. Der Zug fuhr gerade ein. Ohne den Mann …“

„Ein Mann? Er hat dich hochgezogen?“

Sie nickte. „Ich weiß nicht einmal seinen Namen. Er zog mich auf den Bahnsteig. Ich wollte ihm danken, aber er sagte nur, ich sollte vorsichtiger sein. Und dann war er weg.“ Sie schüttelte den Kopf. „Mein Schutzengel.“

Jordan fragte sich, wie jemand so kaltblütig sein konnte, eine Frau vor die U-Bahn zu stoßen. „Warum sollte jemand dich umbringen? Was hast du getan?“

Sie zuckte zusammen, als hätte er sie geohrfeigt. „Was soll das heißen, was habe ich getan?“

„Ich versuche doch nur zu verstehen …“

„Glaubst du etwa, ich hätte das hier irgendwie verdient? Ich hätte mich schuldig gemacht?“, fragte sie empört.

„Diana, für einen Mord, einen Mordversuch gibt es meistens ein Motiv. Und du hast mir noch nicht gesagt, wie das aussehen könnte.“

Er wartete auf ihre Antwort, aber sie schwieg.

„Diana“, begann er leise. „Du musst mir vertrauen.“

„Ich muss niemandem vertrauen.“

„Wenn ich dir helfen soll …“

„Das hast du bereits getan. Mehr kann ich unmöglich von dir verlangen.“

„Dann erzähl mir wenigstens, in was ich geraten bin“, bat er. „Wenn hier Bomben hochgehen, möchte ich wissen, warum sie es tun.“

Sie kauerte sich nur noch mehr zusammen. Frustriert stand er auf, ging zur Tür und dann wieder zurück. Verdammt, er musste es wissen.

„Wenn du es mir nicht sagst, werde ich die Polizei verständigen müssen“, drohte er.

Erstaunt sah sie hoch und lachte bitter. „Die Polizei? Das glaube ich kaum.“

„Wieso?“

„Hast du schon vergessen, wo wir uns begegnet sind? In Delanceys Schlafzimmer.“

Seufzend schob er sich das Haar aus der Stirn. „Okay … Ich bin bei Guy eingebrochen, um einer Lady einen Gefallen zu tun."

„Was für einen Gefallen?"

„Sie hatte ihm ein paar … indiskrete Briefe geschrieben und wollte sie zurück."

„Also der Freundschaftsdienst eines Gentlemans?"

„So könnte man es nennen."

„Von einer Lady war bisher nicht die Rede."

„Weil ich ihr versprochen hatte, nicht darüber zu reden. Ihre Ehe ist nicht die stabilste. Aber jetzt ist Delancey schwer verletzt, und hier gehen Bomben hoch. Ich finde, es ist höchste Zeit für die Wahrheit." Er warf ihr einen durchdringenden Blick zu. „Du nicht auch?"

Sie dachte kurz nach und sah zur Seite. „Okay." Sie atmete tief durch. „Ich bin auch keine Diebin."

„Warum warst du in Delanceys Schlafzimmer?"

„Ich habe nur meinen Job gemacht. Wir suchen nach Beweisen. Für einen Versicherungsbetrug."

Jordan lachte. „Willst du jetzt behaupten, dass du bei der Polizei bist?"

Trotzig hob sie den Kopf. „Was ist daran so komisch?"

„Bei welcher Einheit? Hier bei der Ortspolizei? Scotland Yard? Oder vielleicht Interpol?"

„Ich … arbeite für einen Privatdetektiv."

„Für welchen?"

„Du würdest die Firma nicht kennen."

„Aha. Und um wen, wenn ich fragen darf, geht es bei deinen Nachforschungen?"

„Er ist kein Engländer. Sein Name spielt keine Rolle."

„Und was hat Guy Delancey damit zu tun?"

Erschöpft rieb sie sich die Augen. „Vor einigen Wochen hat Guy einen antiken Dolch gekauft, der als *das Auge von Kaschmir* bekannt ist", begann sie mit emotionsloser Stimme. „Er befand sich zusammen mit anderen wertvollen Stücken auf einem Schiff namens *Max Havelaar*. Es sank direkt vor der Küste Spaniens. Der Eigentümer, ein Belgier, forderte von der Versicherung zweiunddreißig Millionen Dollar. Für das Schiff und die Ladung."

Jordan runzelte nachdenklich die Stirn. „Aber Delancey hat

diesen Dolch erst kürzlich gekauft. Wann?"

„Vor drei Wochen. Nach dem Untergang der *Max Havelaar.*"

„Dann … war der Dolch gar nicht an Bord."

„Offenbar nicht."

„Und das ist es, was du jetzt beweisen willst? Dass der Eigentümer des Schiffs, dieser Belgier, die Versicherung betrügt?", fragte Jordan.

Sie nickte. „Er kassiert die Versicherungssumme und verkauft die Antiquitäten, die angeblich auf dem Meeresgrund liegen."

„Woher wusstest du, dass Delancey den Dolch gekauft hat?"

Erschöpft sank sie aufs Bett zurück. „Er hat damit geprahlt. Er hat Freunden von einem Dolch aus dem siebzehnten Jahrhundert erzählt, den er aus privater Quelle hat. Ein Dolch mit einem Saphir am Griff. Das sprach sich unter Händlern und Sammlern herum. Von der Beschreibung her konnte es nur das Auge von Kaschmir sein."

„Und den wolltest du Delancey stehlen?"

„Nicht stehlen. Ich wollte nur feststellen, ob und wo er ihn hat. Damit er später als Beweisstück beschlagnahmt werden kann."

War das die Wahrheit? Oder nur eine neue Geschichte, um ihn zufriedenzustellen? „Du hast mir vorhin gesagt, dass du etwas stehlen wolltest, das mal deiner Familie gehört hat."

Sie zuckte mit den Schultern. „Ich habe gelogen."

„Wirklich?"

„Ich wusste nicht, ob ich dir trauen kann."

„Und jetzt traust du mir?"

„Du hast mir keinen Grund gegeben, es nicht zu tun." Sie musterte ihn, als würde sie in seinem Gesicht nach einem verräterischen Zeichen suchen. Nach etwas, das bewies, dass sie gerade einen schweren Fehler begangen hatte. Dann lächelte sie. Anmutig, fast verführerisch. „Und du warst sehr nett zu mir. Ein wahrer Gentleman."

Nett? dachte er und stöhnte innerlich auf. Gab es etwas, das die Hoffnungen eines Mannes brutaler zunichtemachte, als *nett* genannt zu werden?

„Ich kann dir vertrauen", sagte sie. „Oder nicht? Warum sollte ich dir nicht vertrauen?"

Er ging wieder hin und her und verstand nicht, warum er ihr

diese abwegige Geschichte glauben wollte. Vermutlich hatte er einfach zu lange in ihre Rehaugen geschaut.

„Warum bist du so wütend? Ich war ehrlich zu dir", beteuerte sie.

„Warst du das?"

„Ja." Sie wich seinem Blick nicht aus. „Das mit dem Belgier, der *Max Havelaar*, dem Dolch … stimmt alles. Und das mit der Gefahr auch", fügte sie leise hinzu.

Wofür die Autobombe Beweis genug ist, dachte er.

Ja, er glaubte ihr jedes Wort. Was bedeutete, dass er entweder den Verstand verloren hatte oder viel zu müde war, um noch logisch zu denken.

Sie mussten beide schlafen.

Er wusste, dass er ihr eine gute Nacht wünschen und das Zimmer verlassen sollte. Aber stattdessen beugte er sich zu ihr hinab und küsste sie auf die Stirn. Ihr Duft war berauschend.

Sofort wich er zurück. „Hier bist du sicher."

„Ich glaube dir. Auch wenn ich nicht genau weiß, warum ich es tue."

„Du tust es, weil ich dir mein Wort als Gentleman gebe." Lächelnd schaltete er die Lampe aus und ging aus dem Zimmer.

Solange niemand wusste, dass sie hier war, konnte ihr nichts passieren.

6. KAPITEL

Clea wartete, bis es im Haus vollkommen still war, dann stieg sie aus dem Bett. Ihr Kopf schmerzte noch, und der Boden schien unter ihren Füßen zu schwanken, aber sie ging zur Tür und öffnete sie einen Spalt weit.

Am Ende des Flurs brannte eine kleine Lampe. Daneben stand ein Telefon.

Sie schlich hin, nahm den Hörer ab und wählte Tonys Nummer in Brüssel. Okay, es war ein Ferngespräch, aber es musste sein, und die Tavistocks konnten es sich gewiss leisten.

Tony meldete sich nach dem vierten Läuten. „Clea?"

„Ich bin in Schwierigkeiten", flüsterte sie. „Irgendwie müssen sie mich gefunden haben."

„Wo bist du?"

„In Sicherheit, im Moment jedenfalls. Tony, sie haben Delancey erwischt. Er liegt im Krankenhaus und wird wahrscheinlich nicht überleben."

„Was? Wie …"

„Eine Autobombe. Hör zu, ich glaube, ich komme vorläufig nicht an das Auge heran. Sein Haus wird jetzt von der Polizei observiert."

Er antwortete nicht. Sie dachte schon, die Leitung wäre unterbrochen worden. „Was hast du jetzt vor?", fragte er schließlich.

„Ich weiß es nicht." Als es irgendwo knarrte, sah sie sich nervös um. Nur ein altes Haus, dachte sie mit klopfendem Herzen. „Wenn sie mich gefunden haben, können sie dich auch finden. Verschwinde aus Brüssel."

„Clea, ich muss dir etwas sagen …"

Sie wirbelte herum, als aus einem der Schlafzimmer ein neuerliches Geräusch drang. Jemand war wach! Rasch legte sie auf, kehrte in ihr Zimmer zurück und lauschte an der geschlossenen Tür. Zu ihrer Erleichterung hörte sie nichts mehr. Sie drehte den Schlüssel und klemmte vorsichtshalber einen Stuhl unter die Klinke. Dann schlüpfte sie ins Bett.

Der Kopfschmerz klang langsam ab. Wenn sie morgen früh wieder fit war, würde sie *Chetwynd* verlassen und untertauchen, bevor Van Weldons Männer sie aufspürten. Bisher hatte sie Glück gehabt, aber darauf konnte sie sich nicht verlassen. Nicht bei den Leuten, mit denen sie es zu tun hatte.

Sie würde die Frisur wechseln und ihr Haar braun färben. Und eine Brille tragen. Ja, damit konnte sie es vielleicht schaffen, nach London zu gelangen. Und wenn sie erst aus England weg war, würde Van Weldon vielleicht das Interesse an ihr verlieren.

Vielleicht würde sie sogar eine alte Frau werden können.

Vielleicht.

Tony ließ den Hörer auf die Gabel fallen. „Sie hat einfach aufgelegt", sagte er zu dem anderen Mann. „Ich konnte sie nicht hinhalten."

„Vielleicht hat es gereicht."

„Verdammt, sie klang sehr verängstigt. Könnt ihr es nicht abblasen?"

„Noch nicht. Wir haben noch nicht genug. Aber es dauert nicht mehr lange."

„Woher wissen Sie das?"

„Van Weldon ist ihr dicht auf den Fersen. Bald wird er wieder zuschlagen."

Tony beobachtete, wie Archie MacLeod eine Zigarette aus der Schachtel nahm und damit gegen sein Feuerzeug klopfte. Inzwischen kannte er jede Eigenart, jede Marotte dieses Mannes. Der Kerl ging ihm auf die Nerven.

Aber MacLeod wusste alles über ihn, über die Jahre im Gefängnis. Wenn er nicht kooperierte, würden MacLeod und Interpol dafür sorgen, dass jeder Antiquitätenhändler in Europa von seiner Vergangenheit erfuhr. Sie würden ihn ruinieren. Tony blieb nichts anderes übrig, als bei ihrem verrückten Plan mitzumachen. Und zu beten, dass Clea es überlebte.

„Sie haben Van Weldon zu dicht an sie herangelassen", sagte er. „Clea wäre fast mit dem Wagen in die Luft geflogen."

„Ist sie aber nicht."

„Ihr Mann hat nicht aufgepasst, geben Sie es zu!"

MacLeod stieß eine Rauchwolke aus. „Na gut, wir haben nicht damit gerechnet. Aber Ihre Cousine lebt noch, oder? Wir behalten sie im Auge."

Tony lachte. „Sie wissen ja nicht einmal, wo sie jetzt ist!"

MacLeods Handy summte. Er hob es ans Ohr, lauschte kurz und sah Tony an. „Wir wissen genau, wo sie ist."

„Der Anruf?"

„Ein Privatanschluss. Gehört einem gewissen Hugh Tavistock in Buckinghamshire."

Tony schüttelte den Kopf. „Wer ist das?"

„Das überprüfen wir gerade. Vorläufig ist sie sicher. Wir haben unseren Mann vor Ort informiert."

Tony setzte sich aufs Bett. „Wenn Clea das hier erfährt, bringt sie mich um."

MacLeod lachte. „Wie ich Ihre Cousine kenne, kann das durchaus sein."

„Sie haben sie verloren", sagte Simon Trott.

Victor Van Weldon ließ sich nicht anmerken, wie sehr ihn diese Nachricht aufregte.

„Wie ist das passiert?", fragte er mit eisiger Ruhe.

„Im Krankenhaus. Sie wurde nach dem Sprengstoffanschlag eingeliefert und ist spurlos verschwunden."

„War sie verletzt?"

„Eine Gehirnerschütterung."

„Dann kann sie nicht weit gekommen sein. Spürt sie auf."

„Das versuchen sie gerade. Aber sie befürchten …"

„Was?", fragte Van Weldon scharf.

„Dass sie sich an die Behörden gewandt hat."

Wieder spürte Van Weldon, wie die riesige Faust sich um seinen Brustkorb schloss. Er schnappte nach Luft und wartete darauf, dass der Anfall vorüberging. Diesmal ist es besonders schlimm, dachte er. Und alles wegen dieser Frau. Er holte das Fläschchen mit dem Nitroglyzerin heraus und schob sich zwei Tabletten unter die Zunge. Langsam ließ der Druck nach. Noch nicht, dachte er. Noch bin ich nicht bereit, zu sterben.

Er hob den Kopf. „Gibt es Beweise dafür?"

„Sie ist uns einfach zu oft entkommen. Ohne fremde Hilfe kann sie das wirklich nicht geschafft haben. Hilfe von der Polizei. Oder Interpol."

„Nicht Clea Rice. Die würde der Polizei nie vertrauen." Er steckte das Fläschchen Nitroglyzerin wieder ein und holte tief

Luft. Der Schmerz war weg.

„Sie hat Glück gehabt, das ist alles", knurrte Van Weldon und wedelte mit der Hand. „Aber irgendwann wird es sie im Stich lassen."

Clea hatte nicht so lange schlafen wollen, aber die Gehirnerschütterung hatte sie benommen gemacht, das Bett war so weich und bequem gewesen, und sie hatte sich sicher gefühlt. So sicher wie seit Wochen nicht mehr. Als sie endlich aufstand, schien die Sonne durchs Fenster, und vom stechenden Kopfschmerz war nur noch ein dumpfes Pochen geblieben.

Ich bin noch am Leben, dachte sie staunend.

Um sie herum erwachte das Haus langsam zum Leben. Dielen knarrten, Wasser rauschte in den Leitungen. Es war zu spät, um unbemerkt zu verschwinden. Also würde sie für einige Stunden den Gast spielen müssen. Irgendwann würde sie sich dann unauffällig zurückziehen und zu Fuß zum Bahnhof gehen. Mehr als ein paar Meilen konnte er nicht entfernt sein. Das würde sie schaffen.

Clea sah sich um. Ihr verdrecktes und zerrissenes Kleid lag über einer Sessellehne. Ihre Strümpfe waren zerfetzt. Ausgerechnet die Pumps, die sie so gequält hatten, standen fast unversehrt vor ihr. Lieber würde sie barfuß laufen, als sie noch einmal anzuziehen. Oder in Hausschuhen? Sie entdeckte ein Paar neben der Kommode, pinkfarben und flauschig. Im Schrank fand sie einen seidenen Morgenmantel. Sie streifte ihn über, schlüpfte in die Hausschuhe und nahm den Stuhl von der Tür. Leise ging sie hinaus.

Die anderen Bewohner waren alle schon auf. Clea schlich nach unten. Der Anblick, der sich ihr bot, glich einem Foto in einem edlen Lifestyle-Magazin. Die Familie saß an einem Tisch auf der Terrasse und frühstückte. Am schmiedeeisernen Geländer blühten Kletterrosen, dahinter erstreckte sich der gepflegte Rasen und um ihn herum der herbstliche Park mit goldbraunem Laub. Und erst die Leute! Da war Beryl mit ihrem titelbildschönen Gesicht und den schimmernden schwarzen Haaren. Da war Richard Wolf, schlank und sportlich, den Arm um Beryl gelegt.

Und da war Jordan.

Man sah ihm nicht an, was für eine Nacht er hinter sich hatte.

Er war elegant wie immer und wirkte vollkommen entspannt. Das blonde Haar glänzte silbrig in der Morgensonne, und das Tweedsakko saß perfekt an den breiten Schultern. Clea beobachtete sie durch die breite Glastür und staunte, wie perfekt sie aussahen. Dies war eine andere Welt. Eine Welt, die sie nie kennengelernt hatte, zu der sie nie gehören würde. Durch ihre Adern strömte das falsche Blut.

Als sie sich umdrehen wollte, um wieder nach oben zu gehen, hörte sie ihren Namen. Jordan war aufgestanden und rief nach ihr. Er winkte sie heraus. Die Chance zur Flucht war somit fürs Erste vertan.

Clea strich den Morgenmantel glatt, fuhr sich mit den Fingern durchs Haar und betrat die Terrasse. Erst jetzt dachte sie an die pinkfarbenen Slipper an ihren Füßen. Die Dinger machten ein schlurfendes Geräusch auf den Steinplatten.

Jordan zog ihr einen Stuhl heraus. „Ich wollte gerade nach dir sehen. Fühlst du dich besser?"

Nervös zupfte sie am Morgenmantel. „Meine Sachen sind hinüber, und ich wusste nicht, was ich anziehen …"

„Das ist in Ordnung. Wir sind hier nicht so förmlich."

Nicht so förmlich? Beryl trug Kaschmir und eine Reithose, Jordan Tweed. Clea setzte sich. Während Jordan ihr Kaffee eingoss und Rührei und Würstchen auf ihren Teller tat, starrte sie auf seine Hände. Lange, schmale Finger. Winzige hellblonde Haare an den Handgelenken. Die Hände eines Aristokraten, dachte Clea und erinnerte sich unwillkürlich daran, wie eben diese Hände sie mitten in der Nacht am Rand der Landstraße gestützt und gehalten hatten.

„Magst du keine Eier?"

Eier. Ja. Automatisch griff sie nach der Gabel und spürte die Blicke der anderen, als sie den ersten Bissen nahm.

„Ich wollte Ihnen ein paar frische Sachen bringen", sagte Beryl. „Aber Ihre Tür schien zu klemmen."

„Ich habe einen Stuhl unter den Griff geklemmt."

„Oh." Beryl lächelte.

Niemand sagte etwas. Alle sahen Clea beim Essen zu. Ihre Blicke waren nicht unfreundlich, nur … erstaunt.

„Eine alte Gewohnheit", erklärte Clea und gab Sahne in den

Kaffee. „Ich traue Schlössern einfach nicht, wissen Sie. Sie sind so leicht zu überwinden."

„Tatsächlich?", sagte Beryl.

„Vor allem die an Schlafzimmertüren. Selbst die modernen sind in fünf Sekunden zu knacken."

„Was Sie nicht sagen", murmelte Beryl.

Clea hob den Blick und stellte fest, dass alle sie fasziniert beobachteten. Errötend starrte sie auf den Teller. Was rede ich nur für einen Unsinn, dachte sie.

Als Jordan nach ihrer Hand griff, zuckte sie zusammen.

„Diana, ich habe ihnen alles gesagt."

Sie schaute ihn an. „Ihnen alles gesagt? Du meinst ... über ..."

„Alles. Wie wir uns kennengelernt haben. Die Anschläge auf dein Leben. Ich musste es ihnen sagen. Wenn sie dir helfen sollen, müssen sie alles wissen."

„Glauben Sie mir, wir wollen Ihnen wirklich helfen", sagte Beryl. „Sie können uns vertrauen. So sehr, wie Sie Jordie vertrauen."

Cleas Hände zitterten, und sie legte sie in den Schoß. Sie bitten mich, ihnen zu vertrauen, dachte sie betrübt. Dabei bin ich diejenige, die nicht die Wahrheit sagt.

„Wir haben Mittel und Wege, die dir bestimmt nützen könnten", erklärte Jordan nachdrücklich. „Verbindungen zum Geheimdienst. Und Richards Firma ist auf Sicherheitsfragen spezialisiert. Falls du Hilfe brauchst ..."

Das Angebot war verlockend. Seit Wochen war sie nun schon allein unterwegs. Von Hotel zu Hotel. Nie sicher, wem sie vertrauen durfte und wohin es sie als Nächstes verschlagen würde. Sie war es leid, auf der Flucht zu sein.

Trotzdem war sie noch nicht bereit, ihr Leben in fremde Hände zu legen. Nicht einmal in Jordans.

„Ich bitte Sie nur um einen einzigen Gefallen", sagte sie leise. „Ich möchte zum nächsten Bahnhof gefahren werden. Und vielleicht ..." Lachend schaute sie auf ihre Hausschuhe. „Ein paar Sachen zum Anziehen."

Beryl stand auf. „Das lässt sich machen." Sie zupfte am Ärmel ihres Verlobten. „Komm schon, Richard. Lass uns in meinem Schrank wühlen."

Clea blieb allein mit Jordan zurück. Einen Moment saßen sie schweigend da. In den Bäumen gurrten Tauben. Eine Wolke driftete vor die Sonne, und die Farben des Herbstlaubs wurden matt.

„Dann verlässt du uns also", sagte Jordan.

„Ja." Sorgfältig faltete sie ihre Stoffserviette zusammen und legte sie auf den Tisch. Sie versuchte, unbeteiligt zu bleiben, doch ihre Sinne verschworen sich gegen sie. In der Nacht, mit dem ersten Kuss, hatten sie beide eine unsichtbare Schwelle überschritten und ein Land betreten, in dem es keine Grenzen, sondern nur unendliche Möglichkeiten gab.

Mehr ist es nicht, sagte Clea sich streng. Möglichkeiten. Fantastereien, die im Nebel der Halbwahrheiten lauerten. Sie hatte ihm so viele Lügen, so viele verschiedene Versionen ihrer Geschichte erzählt. Die schlimmste Wahrheit kannte er noch nicht! Wer sie war. Was sie war.

Was sie gewesen war.

„Wohin willst du als Nächstes?", fragte er.

„London. Ich schaffe das hier nicht allein, das ist klar. Meine … Partner werden die Nachforschungen fortsetzen."

„Und was wirst du tun?"

Sie lächelte. „Einen leichteren Fall übernehmen. Einen, bei dem keine Autobomben explodieren."

„Diana, falls du je meine Hilfe brauchst …"

Ihre Blicke trafen sich, und in seinem sah sie mehr als nur das Angebot, ihr zu helfen. Sie wehrte sich gegen die Versuchung, ihm alles zu sagen und ihn damit in Gefahr zu bringen.

Sie schüttelte den Kopf. „Ich habe ein paar sehr fähige Kollegen, die sich um mich kümmern werden. Trotzdem, danke."

Er nickte kurz und sprach das Thema nicht mehr an.

Der Mann im grauen Anzug saß auf dem Bahnsteig, blätterte in einer Zeitung und behielt über den Rand hinweg die Fahrgäste im Auge, die auf den Zwölf-Uhr-fünfzehn-Zug nach London warteten. Plötzlich entdeckte er Clea Rice. Sie kam aus dem Waschraum und trug ein Kostüm mit Hahnentrittmuster, das ihr zu groß war. Das Haar war fast völlig unter einem Kopftuch verborgen. Nur ein paar rote Strähnen schauten hervor. Das und die Art, wie sie sich bewegte, verrieten sie. Sie schaute sich immer wieder nervös um und hielt sich von der Bahnsteigkante fern.

Unauffällig tastete er nach der Automatik, die er unter der Achsel trug. Nein, nicht hier.

Er beschloss, sie in den Zug steigen zu lassen und ihr zu folgen. Vielleicht ergab sich eine bessere Gelegenheit, wenn sie wieder ausstieg ...

Er holte die Fahrkarte heraus und mischte sich unter die anderen Reisenden.

Clea Rice nahm also den Zwölf-Uhr-fünfzehn nach London. Nicht sehr schlau von ihr, dachte Charles Ogilvie, während er hinter ihr in der Schlange am Fahrkartenschalter stand. Ihr von *Chetwynd* zum Bahnhof zu folgen war kein Problem gewesen. Jordan Tavistocks champagnerfarbener Jaguar war nicht gerade das unauffälligste Gefährt.

Und jetzt wollte sie am helllichten Tag in einen Zug steigen und nach London fahren.

Ogilvie kaufte seine Karte und folgte der Frau auf den Bahnsteig, wo sie sofort im Waschraum verschwand. Er wartete. Etwa zwei Dutzend Reisende warteten mit ihm. Eine Mischung aus Geschäftsleuten und Hausfrauen.

Ogilvie musterte sie aus den Augenwinkeln, bis er einen Mann im grauen Anzug entdeckte, der eine Zeitung unter dem Arm trug und ihm bekannt vorkam. Woher?

Das Krankenhaus. Gestern Abend. Der Mann hatte sich am Kiosk in der Eingangshalle eine Zeitung gekauft.

Und jetzt stieg er in den Zwölf-fünfzehn nach London. Direkt hinter Clea Rice.

Das Adrenalin strömte durch Ogilvies Adern. Wenn etwas geschehen würde, dann bald. Vielleicht nicht hier, aber im Zug oder beim nächsten Halt. Eine Pistolenmündung am Hinterkopf. Clea Rice würde sterben, ohne ihren Mörder gesehen zu haben.

Der Mann im grauen Anzug schob sich näher an Clea heran.

Ogilvie drängte sich nach vorn, die Jacke aufgeknöpft, das Schulterholster in Griffweite, den Blick auf den Mann gerichtet. Wenn es so weit war, musste er blitzschnell handeln, sonst war Clea Rice verloren.

Eine zweite Chance würde er nicht bekommen, dessen war er sich bewusst.

Sie war fast da. Fast da.

Clea ballte die Faust um die Fahrkarte, als wäre sie ein Talisman, während der Zug einfuhr. Sie dachte an den Vorfall in der U-Bahn und ließ anderen den Vortritt. Nie wieder würde sie an einer Bahnsteigkante stehen, wenn ein Zug kam.

Der Zug hielt. Die Reisenden stiegen ein.

Clea drängte sich ins Gewühl. Sie hatte den Fuß auf die erste Stufe des Waggons gestellt, als eine Hand ihren Arm ergriff und sie zurück auf den Bahnsteig zog.

Sie wirbelte herum und hob einen Arm, um den Angreifer abzuwehren. Kurz bevor ihre Fingernägel sich in sein Gesicht bohrten, erstarrte sie.

„Jordan?", sagte sie entgeistert.

Er packte ihr Handgelenk. „Lass uns von hier verschwinden."

„Was soll das?"

„Das erkläre ich dir später. Komm jetzt."

„Aber ich will den Zug …"

Er zerrte sie hinter sich her. Sie versuchte, sich loszureißen, aber er umfasste ihre Schultern und drückte sie an sich. „Hör zu", flüsterte er. „Jemand ist uns von *Chetwynd* hierhergefolgt. Du kannst den Zug nicht nehmen."

Wortlos nickte sie und setzte sich wieder in Bewegung.

Wie aus dem Nichts tauchte ein Mann vor ihnen auf. Ein Mann in einem grauen Anzug. Sein Gesicht war nicht weiter bemerkenswert. Es war die Pistole in seiner Hand, die Cleas entsetzten Blick auf sich zog.

Sie wurde nach rechts geworfen, bevor der erste Schuss fiel. Etwas rammte ihre Schulter und schob sie zur Seite. Jordan. Wie in Zeitlupe sah sie sein Tweedsakko auf sich zukommen, dann taumelte sie, stürzte und fiel auf die Knie. Den Aufprall spürte sie im ganzen Körper. Der Kopfschmerz setzte wieder ein, so heftig, dass alles vor ihren Augen verschwamm.

Um sie herum ertönten Schreie. Mühsam kam sie wieder auf die Beine und suchte nach dem Angreifer. In Panik stoben die Menschen auf dem Bahnsteig auseinander. Jordan stand vor ihr, aber über seine Schulter hinweg sah sie den Mann mit der Waffe.

In genau diesem Moment hob er sie und zielte.

Der Knall war ohrenbetäubend. Clea zuckte zusammen, aber

sie fühlte keinen Schlag, keinen Schmerz, nur grenzenloses Erstaunen darüber, dass sie noch am Leben war.

Auch im Gesicht des Attentäters spiegelte sich Fassungslosigkeit. Er starrte auf seine Brust, wo der Blutfleck sich schnell auf dem Hemd ausbreitete. Dann wankte er und brach zusammen.

„Weg von hier!", bellte eine Stimme irgendwo neben Clea. Sie schaute in die Richtung und sah einen zweiten Mann mit einer Waffe. Mit hektischen Handbewegungen bedeutete er ihr, nicht länger hierzubleiben.

Der Mann im grauen Anzug kroch auf Händen und Knien über den Bahnsteig, röchelnd und fluchend, die Pistole noch in der Hand. Erst als Jordan sie an einer Schulter packte, riss Clea sich aus der Erstarrung. Plötzlich funktionierten ihre Beine wieder, und sie rannte los. Jeder Schritt war wie ein Nagel, der in ihren schmerzenden Kopf getrieben wurde. Sie hörte Jordan hinter sich. Dann hatten sie das Ende des Zuges erreicht, sprangen auf die Gleise und hasteten zum gegenüberliegenden Bahnsteig.

Clea kletterte als Erste hinauf und drehte sich nach Jordan um. Sie streckte ihm den Arm entgegen, um ihm zu helfen.

„Warte nicht auf mich", keuchte er, als sie beide oben waren. „Renn weiter ... zum Parkplatz ..."

„Ich muss auf dich warten. Du hast die verdammten Wagenschlüssel!"

Der Jaguar stand in der Nähe der Ausfahrt. Jordan warf Clea die Schlüssel zu. „Fahr du", sagte er.

Sie widersprach nicht, sondern setzte sich ans Steuer. Sekunden später raste sie mit quietschenden Reifen vom Parkplatz.

Keine hundert Meter entfernt rasten zwei Streifenwagen mit heulenden Sirenen an ihnen vorbei zum Bahnhof.

Clea schaute in den Rückspiegel. Sie schienen es geschafft zu haben. „Du hast gesagt, jemand ist uns von *Chetwynd* zum Bahnhof gefolgt. Woher wusstest du das?"

„Eine ganze Weile fuhr ein schwarzer MG hinter uns her. Dann fiel er plötzlich zurück. Ich dachte, ich hätte mich geirrt."

„Aber du bist trotzdem umgekehrt, um mich zu holen."

„Als ich vom Parkplatz fuhr, tauchte der schwarze MG wieder auf. Er fuhr gerade in eine Lücke. Da wurde mir klar, dass ..." Er verzog leicht das Gesicht. „Willst du mir nicht endlich erklären, was zum Teufel los ist?"

„Jemand hat gerade versucht, uns umzubringen."

„Das habe ich gemerkt. Wer war der Mann?"

„Du meinst seinen Namen?" Sie schüttelte den Kopf. „Ich habe keine Ahnung."

„Und der andere? Der, der uns das Leben gerettet hat?"

„Seinen Namen kenne ich auch nicht. Aber ..." Sie zögerte. „Ich glaube, ich habe ihn schon mal gesehen. In London. In der U-Bahn."

„Dein Schutzengel?"

„Aber diesmal hast du ihn gesehen, also ist er kein Engel." Sie sah wieder in den Spiegel. Noch immer folgte ihnen kein anderer Wagen. Wohin jetzt? *Chetwynd?*

„Wir können nicht nach *Chetwynd* zurück", sagte Jordan, als hätte er ihre Gedanken erraten. „Damit werden sie rechnen."

„*Du* kannst dorthin zurück."

„Da bin ich nicht so sicher."

„Hinter dir sind sie nicht her."

„Würdest du mir sagen, wer *sie* sind?"

„Dieselben Leute, die Guy Delanceys Wagen in die Luft gesprengt haben."

„Diese Leute ... Haben die etwas mit dem mysteriösen Belgier zu tun? Oder war das auch nur ein Märchen?"

„Es ist die Wahrheit. Gewissermaßen."

Jordan stöhnte auf. „Gewissermaßen?"

Sie warf ihm einen Blick zu und sah, wie angespannt sein Gesicht war. Er hat genauso große Angst wie ich, dachte sie.

„Ich finde, ich habe ein Recht, die ganze Wahrheit zu erfahren", sagte er.

„Später." Sie fuhr noch schneller. „Jetzt will ich erst einmal aus dieser Grafschaft weg. Wenn wir in London sind ..."

„London?" Er schüttelte den Kopf. „Stell dir das nicht so einfach vor. Wenn diese Leute so gefährlich sind, wie du behauptest, werden sie sämtliche Straßen überwachen."

Ein champagnerfarbener Jaguar würde ihnen bestimmt nicht entgehen. Sie würde ihn loswerden müssen. Und Jordan auch. Sie wollte ihn nicht noch einmal in Lebensgefahr bringen.

„Da vorn ist eine Querstraße", sagte er. „Bieg ab."

„Wohin führt sie? Nach London?"

„Nein. Zu einem Landgasthof. Ich kenne die Eigentümer. Es gibt eine Scheune, in der wir den Wagen verstecken können."

„Und wie komme ich nach London?"

„Gar nicht. Wir tauchen unter und überlegen uns den nächsten Schritt."

„Wir müssen weiter!", widersprach sie. „Notfalls zu Fuß! Ich bleibe hier nicht länger als nötig ..."

„Aber ich fürchte, ich muss", murmelte er.

Wieder warf sie ihm einen Blick zu. Und was sie sah, ließ sie das Lenkrad verreißen.

Er hatte die Jacke zurückgeschlagen und starrte auf sein Hemd. Es war blutig.

7. KAPITEL

*O*h, mein Gott", entfuhr es Clea. „Warum hast du nichts gesagt?"

„Es ist nicht schlimm."

„Woher weißt du das?"

„Ich atme noch, oder?", entgegnete Jordan.

„Na wunderbar." Clea wendete so scharf, dass der Jaguar kurz ins Schleudern kam. „Wir fahren ins Krankenhaus."

„Nein." Er packte ihre Hand. „Dort kriegen sie dich sofort."

„Soll ich dich verbluten lassen?"

„Es hat aufgehört." Er schaute an sich hinab. Der rote Fleck hatte sich ausgebreitet. „Wie sagen sie in Krimis immer: *Es ist nur eine Fleischwunde.*"

„Und wenn nicht? Wenn du innere Blutungen hast?"

„Dann melde ich mich. Glaub mir", fügte er mit einem schiefen Lächeln hinzu. „Im Grunde meines Herzens bin ich ein Feigling."

Ein Feigling? dachte sie. Wenn es einen Mann gab, der nicht feige war, dann dieser.

„Fahr zum Gasthof", beharrte er. „Wenn es schlimmer wird, kann ich immer noch einen Arzt rufen."

Widerwillig wendete sie wieder. Die von Hecken gesäumte Straße wurde schmaler und mündete in eine mit Kies bestreute Einfahrt, an deren Ende das *Munstead Inn* inmitten eines herbstlichen Bauerngartens lag.

Clea stieg aus und half Jordan vom Beifahrersitz.

„Lass mich allein gehen", bat er. „Das ist unauffälliger."

„Du könntest ohnmächtig werden."

„Etwas so Peinliches würde ich nie tun." Leise stöhnend zog er sich aus dem Wagen und schaffte es aus eigener Kraft durch den Garten und die Stufen hinauf.

Ein älterer Gentleman öffnete ihnen. „Wenn das nicht der junge Mr Tavistock ist", rief er freudig.

Jordan lächelte. „Hallo, Munstead. Haben Sie ein Zimmer frei?"

„Für Freunde von Ihnen immer!" Der Mann trat zur Seite. „*Chetwynd* ist voll belegt, was?"

„Nun ja, das Zimmer ist für mich und die Lady."

„Für Sie und …" Überrascht und mit großen Augen sah Munstead ihn an. Dann grinste er. „Vertraulich, was?"

„Es sollte unter uns bleiben."

Munstead zwinkerte. „Schon verstanden, Sir."

Clea wusste nicht, wie es Jordan gelang, in seinem Zustand so unbeschwert zu plaudern. Während der alte Mann nach dem Schlüssel suchte, erkundigte Jordan sich höflich nach Mrs Munsteads Gesundheit, dem Garten und den Kindern. Unter normalen Umständen hätte Clea die romantische Atmosphäre des abgelegenen Gasthofs zu schätzen gewusst, aber jetzt wollte sie nur, dass Jordan sich hinlegte, damit sie nach seiner Schusswunde sehen konnte.

Als sich die Zimmertür hinter dem Wirt schloss, schob Clea Jordan mit sanfter Gewalt aufs Bett und zog ihm das Sakko aus. Die Blutspur auf dem Hemd führte bis unter den rechten Arm.

Sie knöpfte es auf. Das Blut war getrocknet, und der Stoff klebte an der Haut. Vorsichtig schlug sie es auseinander. Was zum Vorschein kam, sah nicht aus wie ein Einschuss, sondern eher wie eine Schnittwunde.

Sie seufzte vor Erleichterung. „Das sieht nach einem Streifschuss aus. Du hast Glück gehabt."

Stirnrunzelnd starrte er auf seine Brust. „Vielleicht war es eher eine himmlische Fügung als Glück."

„Wie?"

„Gib mir doch mal die Jacke."

Sie reichte ihm das Tweedsakko. Das Einschussloch war leicht zu finden. Es befand sich auf der rechten Brustseite. Jordan griff in die Innentasche und holte eine Uhr an einer Kette heraus. Der goldene Deckel wies eine hässliche Delle auf.

„Eine helfende Hand aus dem Jenseits", sagte er und gab Clea die Taschenuhr.

Sie ließ den Deckel aufschnappen. Auf der Innenseite war der Name *Bernard Tavistock* eingraviert.

„Mein Vater", erklärte Jordan. „Als er starb, habe ich sie geerbt. Offenbar passt er noch immer auf mich auf."

„Dann solltest du sie immer bei dir tragen." Sie gab sie ihm zurück. „Damit sie auch die nächste Kugel abfangen kann."

„Ich hoffe, es wird keine nächste Kugel geben. Die hier war schon unangenehm genug."

Sie ging ins Bad, tauchte ein Handtuch in warmes Wasser und wrang es aus. Als sie die Wunde säuberte, streifte ihr Kopf seinen, und sie atmete seinen erregenden Duft ein. Blut und Schweiß und Aftershave und dazu sein warmer Atem, der über ihre Wangen strich. Verzweifelt versuchte sie, es zu ignorieren und sich nur auf die Wunde zu konzentrieren.

„Ich habe gar nicht mitbekommen, dass du getroffen wurdest", sagte sie.

„Es war der erste Schuss. Ich bin praktisch hineingestolpert."

„Gestolpert! Du hast mich weggestoßen, du Idiot."

Er lachte. „Ritterlichkeit wird nicht belohnt."

Unvermittelt nahm sie sein Gesicht zwischen die Hände und küsste ihn. Sie wusste sofort, dass es ein Fehler war. Ihrem Magen erging es wie in der Achterbahn, als sie den Druck seiner Lippen fühlte und ihn aufstöhnen hörte. Bevor er sie an sich ziehen konnte, wich sie zurück.

„Siehst du, du irrst dich", flüsterte sie. „Ritterlichkeit wird durchaus belohnt."

„Wenn das so, bin ich es vielleicht noch mal."

„Lass es lieber. Einmal ist ritterlich, zweimal ist dumm."

Atemlos konzentrierte sie sich wieder auf seine Wunde. Obwohl sie seine Lippen auf ihren schmeckte, sah sie ihm nicht ins Gesicht.

Sie wischte die letzten trockenen Blutspuren fort und richtete sich auf. „Womit sollen wir sie verbinden?"

„Im Wagen ist ein Verbandkasten."

„Ich hole ihn."

„Fahr gleich den Wagen in die Scheune."

Clea eilte aus dem Zimmer und atmete tief durch, als sie ins Freie trat. Endlich hatte sie sich wieder im Griff.

Sie fuhr den Jaguar ins Versteck, holte den Verbandkasten und sog die frische, nach Heu duftende Luft ein. Ich kann es mir nicht erlauben, mich ablenken zu lassen, ermahnte sie sich. Nicht einmal durch Jordan.

„Ich habe den Wagen versteckt", sagte sie, als sie das Zimmer wieder betrat.

Er stand am Fenster und antwortete nicht.

„Was ist?", fragte sie.

„Ich habe in *Chetwynd* angerufen."

Sein abrupter Stimmungswechsel irritierte sie. „Warum?"

„Um ihnen zu erzählen, was passiert ist."

„Es ist besser, wenn sie es nicht wissen. Und sicherer ..."

„Für wen?"

„Für alle. Sie könnten vielleicht mit den falschen Leuten reden und uns ..."

„Wenn ich mich nicht auf meine eigene Familie verlassen kann, auf wen dann?", fragte er zornig.

Seine Reaktion schockierte sie. Sie setzte sich auf die Bettkante. „Ich beneide dich um dein Vertrauen." Sie öffnete den Verbandkasten. „Komm her. Ich möchte die Wunde verbinden."

Er setzte sich neben sie. Keiner sagte etwas, während sie Mullbinden und Pflaster herausnahm. Er zuckte zusammen, als sie die Wunde desinfizierte, schwieg jedoch noch immer.

Das machte ihr Angst. Zwischen ihnen war etwas anders, seit sie wiedergekommen war. Und es hatte mit seinem Anruf in *Chetwynd* zu tun. Sie wagte nicht, ihn danach zu fragen, denn sie befürchtete, auch die letzte Verbindung zwischen ihnen zu kappen. Also schwieg sie und wehrte sich gegen die Panik. Hatte sie ihn verloren? Oder noch schlimmer, war er jetzt gegen sie?

„Richard ist auf dem Weg hierher", sagte er, als sie das letzte Pflaster andrückte.

Sie starrte ihn an. „Du hast ihm gesagt, wo wir sind?"

„Ich musste. Er hat mir etwas zu sagen."

„Hättet ihr das nicht am Telefon besprechen können?"

„Nein. Er muss es mir ins Gesicht sagen." Jordan zögerte. „Es geht um dich."

Er weiß es, dachte sie entsetzt. Sie hasste sich und ihre Vergangenheit.

„Was hat er gesagt?", fragte sie leise.

„Nur dass du nicht ganz ehrlich warst ... was deine Identität betrifft."

„Wie ..." Sie räusperte sich. „Wie hat er das herausgefunden?"

„Durch deine Fingerabdrücke."

„Welche Fingerabdrücke?"

„Beim Polomatch. Dein Glas im Erfrischungszelt."

Es dauerte einen Moment, bis sie begriff. „Dann hast du ..."

Er nickte. „Ich habe das Glas mitgenommen. Bei Scotland Yard waren die Abdrücke nicht registriert, also habe ich Richard gebeten, in den USA nachzuforschen. Dort hatten sie deine Abdrücke im Computer."

Sie sprang auf. „Ich habe dir vertraut!"

„Ich wollte dir nicht wehtun."

„Nein, du hast nur hinter mir hergeschnüffelt."

„Was hätte ich denn tun sollen? Ich musste es wissen."

„Warum ist es dir wichtig, wer ich bin?"

„Ich wollte sicher sein, dass ich dir glauben kann."

„Also wolltest du beweisen, dass ich lüge?"

„Habe ich es bewiesen?"

Lachend schüttelte sie den Kopf. „Du hast es erwartet."

„Ich weiß nicht, was ich erwartet habe."

„Vielleicht, dass ich eine getarnte Prinzessin bin? Und jetzt bist du enttäuscht, weil ich keine Prinzessin, sondern ein Frosch bin. Ich bin auch enttäuscht, dass ich meiner Vergangenheit nicht entrinnen kann. Sie verfolgt mich wie eine dieser kleinen Regenwolken über dem Kopf einer Comicfigur." Sie senkte den Blick und betrachtete das Blumenmuster auf dem Teppich. Dann seufzte sie.

„Na ja, ich danke dir für deine Hilfe. Kein Mann hat sich mir gegenüber so sehr als Gentleman erwiesen. Ich wünschte … Ich hatte gehofft …" Sie schüttelte den Kopf und ging zur Tür.

„Wohin willst du?"

„Nach London. Es ist ein weiter Weg."

Mit drei Schritten war er bei ihr. „Du darfst nicht gehen."

„Ich muss weiterleben."

„Und wie lange? Was passiert am nächsten Bahnhof?"

„Willst du noch eine Kugel abbekommen?"

Er ergriff ihren Arm und zog sie an sich. „Ich weiß nicht, was ich will … aber das hier … muss ich tun", flüsterte er.

Er presste sie an die Wand, die Lippen auf ihren, sein Körper ein warmes, lebendiges Fluchthindernis. Ihr Atem ging so schnell und laut, dass sie die Schritte auf der Treppe nicht hörten.

Als es an der Tür klopfte, fuhren sie auseinander.

„Wer ist da?", rief Jordan.

„Ich bin es."

Jordan öffnete.

Auf dem Flur stand Richard Wolf. Er sah von Cleas gerötetem Gesicht zu Jordans nackter Brust, sagte jedoch nichts, sondern trat ein und schloss hinter sich ab. Erst jetzt bemerkte Clea, dass er einen Hefter mit Unterlagen bei sich hatte.

„Niemand ist dir gefolgt?", fragte Jordan.

„Nein." Richard sah Clea an, und sein Blick war so kühl, dass sie sich am liebsten verkrochen hätte. Er weiß alles, dachte sie panisch. Der Ordner enthielt ihre Vergangenheit. Wer und was sie gewesen war. Wie würde Jordan reagieren? Zornig, enttäuscht, angewidert?

Niedergeschlagen und mutlos ging sie zum Bett und ließ sich daraufsinken. Sie senkte den Kopf, denn sie wollte die Gesichter der Männer nicht sehen, wenn die beiden über sie sprachen. Sie würde einfach dasitzen, alles zugeben und dann gehen. Diesmal würde Jordan sie bestimmt nicht aufhalten. Im Gegenteil. Er würde froh sein, sie loszuwerden.

„Ihr Name ist nicht Diana Lamb", begann Richard. „Sondern Clea Rice."

Jordan sah die Frau an, aber sie sagte nichts. Sie saß nur da, mit gesenkten Schultern und hängendem Kopf. Das war nicht die tatkräftige Diana … Clea, die er kannte.

Richard reichte ihm den Hefter. „Das ist mir vor einer Stunde aus Washington gefaxt worden."

„Von Niki?"

Richard nickte. Nikolai Sakaroff war sein Teilhaber. Wenn jemand wusste, wie man an vertrauliche Informationen gelangte, dann der ehemalige KGB-Oberst.

„Ihre Abdrücke waren bei der Polizei in Massachusetts gespeichert", erklärte Richard. „Der Rest war einfach."

Jordan schlug den Hefter auf. Die erste Seite war die körnige Kopie eines Steckbriefs, drei Fotos, eins von vorn, zwei Profile. Die Schärfe hatte unter dem Faxen noch mehr gelitten, aber die junge Clea war zu erkennen. Sie lächelte nicht, sondern starrte mit großen verwirrten Augen und zusammengepresstem Mund in die Kamera. Das Haar fiel ihr auf die Schultern und war vermutlich blond. Jordan sah zu der Frau auf dem Bett hinüber. Sie hatte sich nicht bewegt.

Er blätterte um.

„Vor drei Jahren ist sie verurteilt worden, weil sie einen Straftäter beherbergt und Beweismittel vernichtet hat", sagte Richard. „Zehn Monate im Staatsgefängnis von Massachusetts, wegen guter Führung vorzeitig entlassen."

Jordan wandte sich ihr zu. „Stimmt das?"

Sie lachte bitter. „Ja."

Er sah Richard an. „Wer war der Straftäter?"

„Sein Name ist Walter Rice. Er ist noch in Haft."

„Rice? Ist er mit ihr verwandt?"

„Mein Onkel", sagte Clea dumpf.

„Was hat er verbrochen?"

„Einbruch. Betrug. Hehlerei." Sie zuckte mit den Schultern. „Onkel Walter hat eine lange und abwechslungsreiche Karriere hinter sich."

„Bei der Clea mitgewirkt hat", ergänzte Richard trocken.

Ihr Kinn fuhr hoch. „Das ist nicht wahr!"

„Nein? Was ist mit Ihrem Vorstrafenregister als Jugendliche? Mit zwölf wurden Sie erwischt, als Sie gestohlenen Schmuck verpfänden wollten. Mit vierzehn sind Sie und Ihr Cousin in ein halbes Dutzend Häuser in Beacon Hill eingebrochen."

„Ich war noch ein Kind! Ich wusste nicht, was ich tat!"

„Was haben Sie denn geglaubt, was Sie tun?"

„Alles, was Onkel Walter uns gesagt hat." Sie senkte den Blick wieder. „Er hat sich um uns gekümmert … Ich bin bei ihm aufgewachsen. Wir waren zu dritt. Mein Cousin Tony, mein Onkel und ich. Ich weiß, was wir getan haben, war falsch. Aber die Einbrüche waren für mich wie ein Spiel. Eine Mutprobe. Es ging mir nicht um das Geld. Nie!" Sie sah auf. „Es war die Herausforderung, das Abenteuer."

„Und ob es richtig oder falsch war, hat dich nicht interessiert?", fragte Jordan.

„Deshalb habe ich aufgehört. Mit achtzehn bin ich bei Onkel Walter ausgezogen und war acht Jahre lang eine brave Bürgerin. Ich schwöre es."

„Aber Ihr Onkel hat weitergemacht. Laut Polizei hat er Dutzende von Einbrüchen in den Villenvierteln von Boston begangen. Zum Glück ist nie jemand verletzt oder gar getötet worden", sagte Richard und warf ihr einen strengen Blick zu.

„Onkel Walter würde nie jemandem wehtun! Er hatte ja nicht einmal eine Waffe! Und er hat nur die bestohlen, die mehr als genug hatten", protestierte sie.

„Natürlich. Er ist nur dort eingebrochen, wo es sich lohnte." Sie starrte auf ihre Hände.

Eine überführte Kriminelle, dachte Jordan. Sie sah nicht so aus. Aber sie hatte ihn getäuscht, von Anfang an, und er wusste, dass er seinen Augen, seinem Instinkt nicht mehr trauen durfte. Jedenfalls nicht bei ihr.

Er konzentrierte sich wieder auf die Unterlagen. Außer einigen Notizen in Niki Sakaroffs präziser Handschrift gab es noch die Kopie eines Zeitungsartikels über Walter Rice, der es in Boston zu zweifelhaftem Ruhm gebracht hatte. Clea sagte die Wahrheit. Ihr Onkel hatte nie jemanden verletzt. Außerdem hatte er bei seinen Einbrüchen stets eine rote Rose zurückgelassen. Als Entschuldigung an seine Opfer.

Ein wachsamer Hauseigentümer hatte ihn schließlich überrascht und in den Arm geschossen. Zwei Tage später war Walter in der Wohnung seiner Nichte verhaftet worden.

Kein Wunder, dass sie meine Wunde so fachmännisch verbunden hat, dachte Jordan. Sie hat Übung darin.

„Was ist mit diesem Tony?", fragte er.

„Der hat sechs Jahre abgesessen. Niki hat herausgefunden, dass er in Europa mit gestohlenen Antiquitäten handelt", antwortete Richard.

„Haltet Tony aus dieser Sache heraus. Er ist jetzt sauber", beteuerte Clea. „Ihr habt mich doch schon verurteilt. Es gibt nichts mehr zu sagen."

„Es gibt noch viel zu sagen", widersprach Jordan. „Wer versucht, dich zu ermorden? Und erschießt dabei vielleicht mich?"

„Wenn ich weg bin, lässt er dich in Ruhe."

„Wer?"

„Der Mann, von dem ich dir erzählt habe."

„Der Belgier."

„Welcher Belgier?", wollte Richard wissen.

„Sein Name ist Van Weldon", sagte Clea. „Er hat seine Leute überall."

Eine Weile sagte keiner etwas. Dann sah Richard sie an. „Victor Van Weldon?"

Sie zuckte zusammen und starrte ihn voller Angst an. „Sie … kennen ihn?"

„Nein. Ich habe nur den Namen gehört. Erst kürzlich." Richard runzelte die Stirn. „Ich habe mit einem der Polizisten über den Mann gesprochen, der auf dem Bahnhof erschossen wurde."

„Über den Mann, der uns töten wollte?", fragte Jordan.

Richard nickte. „Ein gewisser George Fraser. Engländer, mit Londoner Adresse. Sie haben versucht, Angehörige zu finden, haben aber nur herausgefunden, wo er arbeitet. Die Reederei Van Weldon."

Jordan sah, wie Clea fröstelte, als der Firmenname fiel. Dann stand sie auf und trat ans Fenster.

„Was ist mit dem, der diesen Fraser erschossen hat?", fragte Jordan.

„Der ist entkommen."

„Mein Schutzengel", flüsterte Clea. „Warum?"

„Sagen Sie es uns", meinte Richard.

„Ich weiß, warum man mich töten will. Aber nicht warum jemand will, dass ich am Leben bleibe."

Jordan ging zu ihr und legte eine Hand auf ihre Schulter. „Warum will Victor Van Weldon dich tot sehen?"

„Weil ich weiß, was mit der *Max Havelaar* passiert ist."

„Warum sie gesunken ist, meinst du?"

Sie nickte. „Sie hatte nichts Wertvolles an Bord. Es war ein Versicherungsbetrug. Und die Besatzung wurde einfach beseitigt."

„Woher weißt du das alles?"

„Weil ich dort war." Sie drehte sich zu ihm um. Ihr Gesicht war blass, ihre Augen groß. „Ich war an Bord der *Max Havelaar*, als sie unterging."

*T*ony verkauft Antiquitäten, das stimmt", begann Clea. „Aber nicht illegal. Seit seinem Unfall im letzten Jahr sitzt er im Rollstuhl, und er bat mich, für ihn nach Neapel zu fliegen. Dort lernte ich zwei italienische Seeleute kennen." Sie sah wieder aus dem Fenster. „Carlo und Giovanni ..."

Die beiden waren Erster und Nautischer Offizier auf einem Schiff im Hafen gewesen. Die beiden flirteten mit ihr, bedrängten sie jedoch nicht. Giovanni war mit Tony befreundet, und allein das reichte aus, um ihr den Respekt der beiden Südländer zu sichern.

„Wir verbrachten mehrere Abende zusammen", erzählte sie leise. „Sie waren so süß ... so höflich. Wie jüngere Brüder. Und als sie dann auf die Idee kamen, mich auf ihrem Schiff nach Belgien mitzunehmen, war ich begeistert."

„Als Passagier?", fragte Jordan.

„Als eine Art blinder Passagier", erklärte sie. „Der Kapitän hatte nichts dagegen, solange ich unter Deck blieb, bis wir aus dem Hafen ausgelaufen waren. Er wollte keinen Ärger mit dem Eigner."

„Du hast ihnen vertraut?"

„Ja. Es klingt vielleicht verrückt, ich weiß. Aber sie waren so harmlos." Clea lächelte wehmütig. „Ich war so abenteuerlustig. Wir hatten alles genau geplant. Ich sollte für die acht Mann an Bord kochen. Platz war genug. Die Ladung bestand aus einigen Kisten mit Kunstgegenständen für eine Auktion in Brüssel. Sie schmuggelten mich abends an Bord, und ich wartete im Laderaum, bis wir aus dem Hafen waren. Giovanni brachte mir Tee und Kekse."

„Und es war die *Max Havelaar*?", fragte Richard.

Sie schluckte. „Ja, es war die *Max Havelaar*. Ein altes Schiff. Alles war verrostet. Ich fand es seltsam, dass ein so großes Schiff nur ein paar Kisten mit Kunstgegenständen transportierte. An einer hing ein Frachtbrief. Ich überflog ihn und stellte fest, dass in den Kisten ein Vermögen steckte."

„Stand der Eigentümer darauf?"

„Ja. Die Firma von Van Weldon. Ich war neugierig, wollte hineinsehen, aber die Kisten waren alle vernagelt. Aber eine hatte ein Astloch, und ich leuchtete hinein. Was ich dann aber sah, machte überhaupt keinen Sinn."

„Was war drin?"

„Steine. Auf dem Boden der Kiste lagen nur Steine." Clea drehte sich um. Die beiden Männer starrten sie verwirrt an.

„Haben Sie mit der Besatzung darüber gesprochen?", wollte Richard wissen.

„Nur mit Giovanni. Er lachte und meinte, das könne nicht sein. Man hätte ihm gesagt, der Inhalt sei sehr wertvoll. Die Firma Van Weldon hätte sie selbst verladen."

„Und dann?"

„Ich bestand darauf, mit Vicenzo zu sprechen. Das war der Kapitän. Aber auch der lachte mich aus und fragte, warum eine Firma denn Steine verschiffen sollte. Außerdem war er beschäftigt. Wir näherten uns der Südküste von Sardinien, und er musste auf andere Schiffe achten. Er versprach mir, sich die Kisten später anzusehen. Als wir Sardinien passiert hatten, gingen sie mit mir in den Laderaum. Sie öffneten eine der Kisten und wühlten sich durch Sägespäne und alte Zeitungen bis auf den Boden. Statt der erwarteten Kunstgegenstände fanden sie Steine."

„Und da hat der Kapitän Ihnen endlich geglaubt?"

„Natürlich. Er beschloss, sich mit Neapel in Verbindung zu setzen. Also gingen wir wieder auf die Brücke. Als wir dort ankamen, explodierte der Maschinenraum."

Richard und Jordan sagten nichts, sondern lauschten grimmig, als sie die letzten Minuten der *Max Havelaar* schilderte.

In der Panik nach der Explosion waren die Steine vergessen. Giovanni funkte ein letztes SOS, das Feuer breitete sich aus, sie ließen das Rettungsboot zu Wasser und sprangen in das dunkle Mittelmeer.

„Das Wasser war so kalt", fuhr sie fort. „Als ich wieder auftauchte, stand die *Havelaar* in Flammen. Carlo und der Zweite Maat waren schon im Rettungsboot und dabei, Vicenzo an Bord zu ziehen. Giovanni war noch im Wasser. Ich war immer eine gute Schwimmerin gewesen, also wollte ich warten, bis alle anderen im Boot waren." Es war ihr wie ein böser Traum erschienen. Unwirklich. Angst hatte sie nicht gehabt. Noch nicht.

„Ich wusste, dass die Küste nur zwei Meilen entfernt war. Am Morgen hätten wir dort sein können. Als alle anderen im Boot waren, schwamm ich hin. Sie wollten mich gerade hochziehen, als wir ein Motorengeräusch hörten."

„Ein anderes Schiff?", fragte Jordan.

„Ja. Eine Art Rennboot. Die Männer schrien und winkten. Ein Suchscheinwerfer erfasste uns. Eine Stimme rief uns etwas zu. Auf Englisch. Sie nannte den Namen des Rennboots. *Cosima.* Giovanni hatte gerade meine Hand gepackt …" Sie zögerte. „Da begann die *Cosima* auf uns zu schießen."

„Auf das Rettungsboot?", rief Jordan entsetzt.

„Zunächst begriff ich gar nicht, was los war. Ich hörte die Männer schreien. Dann ließ Giovanni meine Hand los. Ich sah, dass er zusammengesackt war und mich anstarrte. Ich kam gar nicht darauf, dass es Schüsse waren. Bis jemand ins Wasser fiel. Es war Vicenzo", flüsterte sie.

„Wie bist du entkommen?"

„Ich bin getaucht und unter Wasser geschwommen, bis mir fast die Lunge platzte. Weg von dem Scheinwerfer. Ich kam hoch, um nach Luft zu schnappen. Ich glaube, sie haben auf mich geschossen, aber sie verfolgten mich nicht. Ich schwamm die ganze Nacht hindurch, bis ich die Küste erreichte."

Sie senkte den Kopf.

„Sie haben sie alle getötet", wisperte sie. „Giovanni. Den Kapitän. Sechs wehrlose Männer im Rettungsboot. Sie ahnten nicht, dass es eine Zeugin dafür gibt."

Jordan und Richard waren zu schockiert, um etwas zu sagen.

„Im Morgengrauen watete ich an Land. Durchgefroren und erschöpft. Aber ich wollte zur Polizei." Sie schüttelte den Kopf. „Das war ein Fehler."

„Warum?", fragte Jordan leise.

„Ich landete in einer kleinen Polizeistation und erzählte ihnen alles. Ich musste in einem Hinterzimmer warten, während sie meine Angaben überprüften. Offenbar haben sie Van Weldons Firma angerufen. Nach drei Stunden kam jemand von Van Weldon. Ich hörte seine Stimme durch die Tür." Sie zitterte. „Ich erkannte sie wieder und wusste, dass ich in Gefahr war. Es war die Stimme von der *Cosima.*"

„Du meinst, die Killer haben für Van Weldon gearbeitet?"

Clea nickte. „Ich bin aus dem Fenster geklettert. Seitdem bin ich auf der Flucht. Später fand ich heraus, dass die *Cosima* Van Weldons Reederei gehört. Sie haben die *Havelaar* versenkt und die Besatzung ermordet."

„Und die Versicherungssumme kassiert", sagte Richard. „Für das Schiff und die Kunstgegenstände."

„Die gar nicht an Bord waren, sondern jetzt wahrscheinlich Stück für Stück auf dem schwarzen Markt verkauft werden."

„Bei wem waren sie versichert?"

„*Lloyd's* in London. Aber sie haben mir nicht geglaubt. Kein Wunder. Sie haben erfahren, dass ich im Gefängnis war." Seufzend setzte sie sich aufs Bett. „Ich habe meinem Cousin Tony gesagt, er soll untertauchen, weil sie bestimmt versuchen würden, über ihn an mich heranzukommen. Er sitzt im Rollstuhl, hat sich irgendwo in Brüssel versteckt und kann mir nicht helfen. Also war ich auf mich allein gestellt."

Eine Weile herrschte angespannte Stille. Als Clea endlich den Mut fand, den Kopf zu heben, sah sie, dass Jordans Stirn in Falten lag und Richard Wolf ein skeptisches Gesicht machte.

„Sie glauben mir nicht, Mr Wolf?"

„Ich möchte erst die Fakten überprüfen." Er wandte sich an Jordan. „Können wir draußen reden?"

Jordan folgte Richard aus dem Zimmer.

Vom Fenster aus beobachtete Clea, wie die beiden Männer durch den Garten zu Richards Wagen gingen. Kurz darauf stieg er ein und fuhr davon. Jordan kehrte ins Haus zurück.

„Es tut mir leid", sagte sie, als er ins Zimmer kam.

„Bitte?"

„Ich wollte dich nicht in diese Sache hineinziehen. Und deine Familie auch nicht. Fahr nach Hause. Ich komme schon irgendwie nach London."

„Dazu ist es zu spät, findest du nicht?"

„Dir wird nichts passieren. An dir ist Van Weldon nicht interessiert."

„Doch."

„Was?"

„Richard hat es mir eben erzählt. Jemand hat ihn verfolgt. Er hat ihn abgeschüttelt. Und *Chetwynd* wird beobachtet."

Mit klopfendem Herzen ging Clea auf und ab. Sie kannte Van

Weldon. Er wusste jetzt von ihrer Verbindung zu den Tavistocks. Es war nur eine Frage der Zeit, bis er sie aufspüren würde. Er würde nicht aufgeben.

Sie blieb stehen. „Was jetzt? Was schwebt deinem Mr Wolf vor?"

„Ein paar diskrete Erkundigungen, ein Gespräch mit *Lloyd's*."

„Und was tun wir inzwischen?"

„Wir warten hier. Er ruft uns morgen früh an."

Sie wandte sich ab. Morgen früh werde ich weg sein, dachte sie.

Victor Van Weldon litt wieder unter einem Anfall, und diesmal war es ernst. Sein Gesicht war blass, die Lippen bläulich angelaufen.

„Wie kann das sein?", keuchte er. „Sie haben gesagt, Sie haben alles im Griff und die Frau entkommt uns nicht."

„Ein Dritter hat sich eingemischt", erwiderte Simon Trott. „Er hat alles zunichtegemacht. Wir haben einen Mann verloren."

„Was ist mit dieser Familie, die Sie erwähnt haben? Diesen Tavistocks?"

„Die bereiten mir keine Sorgen."

„Wer denn?"

Trott zögerte. „Interpol. Offenbar hat die Frau ihr Interesse geweckt."

Van Weldon bekam einen Hustenkrampf. Als er wieder ruhig atmete, warf er Trott einen giftigen Blick zu. „Sie haben Mist gebaut."

„Die Polizei hat nichts. Unser Mann ist tot und kann nicht reden."

„Aber Clea Rice kann es", sagte Van Weldon scharf.

„Wir finden sie wieder."

„Wie?"

„Unser Kontakt in Buckinghamshire …"

Van Weldon schnaubte abfällig. „Der ist ein zu großes Risiko. Beenden Sie den Kontakt. Ich dulde keinen Verrat."

Trott nickte. Er verstand genau, was das bedeutete, und konnte nur hoffen, dass Van Weldon nicht eines Tages zu ihm den Kontakt abbrechen würde!

Es war schon dunkel, als Richard in *Chetwynd* eintraf. In der Einfahrt stand ein unbekannter Wagen. Er stieg aus, ging um den Saab herum und sah nichts, was auf den Fahrer hindeutete.

Davis begrüßte ihn an der Haustür und half ihm aus dem Mantel. „Sie haben einen Besucher, Mr Wolf."

„Wer ist es?"

„Ein Mr Archibald MacLeod. Er wartet in der Bibliothek."

Als Richard den Raum betrat, stand der Fremde an einem Regal und betrachtete ein in Leder gebundenes Buch.

„Mr MacLeod? Ich bin Richard Wolf."

„Ich weiß. Ich habe gerade mit einem alten Kollegen von Ihnen telefoniert. Claude Daumier vom französischen Geheimdienst. Er hat mir versichert, dass ich mit Ihnen offen reden kann." MacLeod schob das Buch ins Regal zurück. „Ich komme von Interpol."

„Um was geht es?"

„Wir vermuten, dass Sie und Mr Tavistock in eine gefährliche Situation geraten sind. Ich möchte verhindern, dass jemand zu Schaden kommt. Deshalb möchte ich Sie bitten, mir zu sagen, wo ich Clea Rice finden kann."

Richard ließ sich seine Beunruhigung nicht anmerken. „Clea Rice?"

„Ich weiß, dass Sie den Namen kennen. Sie haben ihre Fingerabdrücke überprüfen lassen und eine Kopie ihres Strafregisters angefordert. Die US-Behörden haben uns informiert."

Offenbar war der Mann wirklich bei der Polizei. Trotzdem blieb Richard auf der Hut. Er setzte sich an den Kamin. „Bevor ich Ihnen etwas erzähle, möchte ich die Fakten hören."

„Über Clea Rice?"

„Nein, über Victor Van Weldon."

„Und dann sagen Sie mir, wo ich Miss Rice finde?"

„Was wollen Sie von ihr?"

„Es ist höchste Zeit, sie abzuziehen."

Richard runzelte die Stirn. „Sie wollen sie festnehmen?"

„Keineswegs." MacLeod sah ihn an. „Wir haben Miss Rice lange genug in Gefahr gebracht. Wir wollen sie in Gewahrsam nehmen. Zu ihrem eigenen Schutz."

Ein sanfter Nieselregen fiel, als Clea den Gasthof verließ. Es war nach Mitternacht und die anderen Bewohner längst im Bett. Eine Stunde lang hatte sie wach neben Jordan gelegen, bis sie sicher sein konnte, dass er fest schlief. Seit den Enthüllungen am Nachmittag herrschte zwischen ihnen Misstrauen, und jeder hatte eine Seite des Betts genommen.

Jetzt ging sie, und es war besser so. Er war der Gentleman, sie der Exsträfling. Es gab keine Gemeinsamkeit.

Die Pforte hinter dem Haus quietschte, und sie erstarrte. Aber sie hörte nur das leise Prasseln der Tropfen auf den Blättern und in der Ferne einen bellenden Hund. Sie zog die Jacke fester um sich und marschierte die Straße entlang.

Sie überlegte, ob sie lieber daneben, hinter der Hecke laufen sollte. Aber dort war es zu schlammig, und in der Nacht würde sie bestimmt keinem Auto begegnen. Als sie auf die Straße zurückkehrte, stand plötzlich eine dunkle Gestalt vor ihr.

„Du hättest mir sagen können, dass du gehst", meinte Jordan.

Erleichtert atmete sie weiter. „Das hätte ich."

„Warum hast du es nicht getan?"

„Du hättest mich aufgehalten, und das kann ich mir nicht erlauben. Sie sind nur einen Schritt hinter mir."

„Mit mir bist du sicherer als ohne mich", erwiderte er.

„Nein, allein ist es ungefährlicher. Für uns beide. Vielleicht überlebe ich ja doch."

„Wie? Immer auf der Flucht? Was ist das für ein Leben?"

„Wenigstens ist es ein Leben."

„Und was wird aus Van Weldon? Er ist ein Mörder. Soll er ungeschoren davonkommen?"

„Ich habe alles versucht. Und was hat es mir eingebracht? Ich gebe auf, okay? Er hat gewonnen. Und ich verschwinde." Sie drehte sich um und ging die Straße entlang.

Jordan folgte ihr. „Bist du wirklich wegen des Dolches nach England gekommen?"

„Ja." Sie blieb stehen. „Ich dachte, ich könnte ihn an mich bringen. Dann hätte ich meinen Beweis gehabt und allen beweisen können, dass Van Weldon lügt."

„Wenn das stimmt …"

„Wenn das stimmt?" Enttäuscht ging sie weiter. Weg von ihm. „Und den Mann mit der Waffe habe ich mir wohl ausgedacht, ja?"

Er ließ sich nicht abschütteln. „Du kannst nicht dauernd weglaufen. Du hast als Einzige gesehen, was mit der *Havelaar* geschen ist. Du bist die Einzige, die Van Weldon vor Gericht zur Strecke bringen kann."

„Vorausgesetzt, er bringt mich nicht zuerst zur Strecke."

„Die Polizei braucht deine Aussage."

„Die glaubt mir nicht, jedenfalls nicht ohne handfeste Beweise. Außerdem traue ich der Polizei nicht. Glaubst du, Van Weldon ist reich geworden, indem er sich an die Gesetze gehalten hat? Ganz bestimmt nicht! Er hat hundert Anwälte, die ihn immer wieder heraushauen. Und vermutlich hundert Polizisten, die ihn rechtzeitig warnen. Er besitzt ein Dutzend Schiffe, vierzehn Hotels und drei Kasinos in Monte Carlo. Van Weldon beseitigt jeden, der sich ihm in den Weg stellt."

„Ich werde dir Hilfe verschaffen."

„Du hast einen Landsitz und einen Schwager bei der CIA. Das reicht nicht", sagte sie.

„Mein Onkel hat lange Zeit beim MI 6 gearbeitet, dem britischen Geheimdienst."

„Ich vermute, dein Onkel kennt ein paar Parlamentsabgeordnete?"

„Ja."

„Van Weldon auch. Er findet überall Freunde. Oder er kauft sie sich."

Jordan ergriff ihren Arm und drehte sie zu sich um. „Clea, acht Männer sind auf der *Havelaar* gestorben. Du warst dabei. Wie kannst du jetzt aufgeben?"

„Glaubst du, das fällt mir leicht?", rief sie. „Ich versuche, nachts einzuschlafen, und sehe, wie der arme Giovanni im Rettungsboot zusammenbricht. Ich höre die Schüsse … und Vicenzo stöhnen. Und die Stimme des Mannes auf der *Cosima*, der den Feuerbefehl gegeben hat …" Sie schluckte. „Nein, leicht fällt mir das nicht. Aber ich muss es tun, wenn ich …"

Erst als Jordan heftig an ihrem Arm zerrte, nahm sie den Lichtschein wahr, der auf sein Gesicht fiel. Sie wirbelte herum und sah auf die Straße.

In der Ferne näherte sich ein Wagen. Als er um eine Kurve fuhr, wanderte das Scheinwerferlicht an der Hecke entlang.

Jordan zog Clea mit sich in die Richtung, aus der sie gekommen waren. An dieser Stelle waren die Hecken zu dicht und hoch. Ihr einziger Fluchtweg war die Straße. Der Asphalt war glatt vom Regen, und an Cleas Schuhen klebte noch Schlamm. Sie war einfach nicht schnell genug.

Jordan zerrte sie zur Seite, durch eine Lücke in der Hecke.

Sie landeten im nassen Gras. Sekunden später fuhr der Wagen vorbei. Das Motorengeräusch wurde leiser. Dann war nichts mehr zu hören. Keine Wagentüren, keine Stimmen.

„Meinst du, sie sind weitergefahren?", fragte Clea und sah ihn beklommen an.

„Nein. Dies ist eine Sackgasse. Es gibt nur den Gasthof."

„Was wollen sie dort?"

„Beobachten. Auf etwas warten."

Auf uns, dachte sie und sprang auf. Sie rannte über die Wiese, ohne zu wissen, wohin. Sie wollte nur weg. Weg vom *Munstead Inn*. So weit wie möglich. Sie keuchte so laut, dass sie Jordan nicht hörte. Erst als sie stolperte und auf den Knien landete, merkte sie, dass er bei ihr war.

Er zog sie auf die Füße.

„Keine Panik", sagte er schwer atmend. „Sie verfolgen uns nicht."

Sie riss sich los und stapfte weiter.

„Clea, warte."

„Geh nach Hause, Jordan. Dorthin, wo du ein Gentleman sein kannst."

„Glaubst du wirklich, dass Van Weldon dich in Ruhe lässt?", fragte er verzweifelt. „Er wird dich jagen, Clea. Wohin du auch rennst, du wirst immer über die Schulter sehen. Du bist die, die ihn vernichten kann. Es sei denn, er vernichtet dich!"

Sie blieb stehen und sah ihn an. Sein Gesicht war ein dunkles Oval vor den silbergrauen Wolken am Nachthimmel. Sie schluchzte. „Ob ich mich nun wehre oder aufgebe, Jordan, ich bin verloren. Ich habe solche Angst." Sie schlang die Arme um sich. „Und ich erfriere."

Sofort zog er sie an sich. Sie waren beide nass und fröstelten, aber selbst durch die feuchte Kleidung hindurch spürte sie seine Wärme. Er nahm ihr Gesicht zärtlich zwischen die Hände, und sein Kuss vertrieb die Kälte und die Angst. Während es immer stärker regnete, gab es für sie nur ihn. Seinen heißen Mund und die Art, wie sein starker Körper sich an ihren schmiegte.

„Ich weiß, wohin wir können", sagte er leise. „Es ist ein langer Fußmarsch, aber dort ist es warm und trocken. Dort können wir heute Nacht bleiben."

„Und es ist sicher?"

„Es ist sicher." Wieder küsste er sie. „Vertrau mir."

Mir bleibt nichts anderes übrig, dachte sie. Ich bin zu müde, um zu überlegen, was ich jetzt tun soll. Wohin ich flüchten kann.

Er nahm ihre Hand. „Wir überqueren die Wiese, und dann sind es noch drei, vier Meilen. Schaffst du das?"

Sie dachte an die Männer in dem Wagen, der jetzt vor dem Gasthof stand. An ihre Waffen und die Kugel, die darin auf sie wartete.

„Ich schaffe es", antwortete sie entschlossen und ging weiter.

9. KAPITEL

*J*ordan schaltete eine Lampe ein und betrachtete Clea. „Du meine Güte", entfuhr es ihm, als er ihr Gesicht berührte. „Du bist ja ein Eiswürfel."

„Ein Feuer", flüsterte sie. „Bitte mach ein Feuer, damit es bald warm wird."

„Das dauert zu lange." Er zog sie ins Bad, drehte die Dusche auf und zog ihr die triefende Jacke aus. Das Cottage gehörte seinem alten Freund Monty, der gerade mal wieder auf Brautschau in St. Moritz war. Jordan hatte einfach eine Fensterscheibe eingeschlagen.

„Gleich wird dir wieder warm." Er warf die Jacke beiseite und zog den Reißverschluss des Rocks auf. Sie fror zu sehr, um sich darüber Gedanken zu machen. Das Wasser dampfte schon. Er prüfte die Temperatur und schob Clea in ihrer Unterwäsche unter den Strahl.

Es dauerte eine ganze Weile, bis sie aufhörte zu zittern. Langsam wurde sie warm.

„Clea?"

Sie antwortete nicht, sondern genoss das herrliche Gefühl, ihren Körper wieder zu spüren.

„Alles in Ordnung?"

Bevor sie etwas erwidern konnte, wurde der Duschvorhang zur Seite gezogen, und sie schaute in Jordans Gesicht.

Einen Moment lang sagten sie nichts. Obwohl die durchsichtige Wäsche an ihrer Haut klebte, sah er ihr nur ins Gesicht.

Sie hob die Hand und berührte sein Gesicht. Unter ihren Fingerspitzen fühlte sich die Wange rau und kalt an, aber es reichte aus, alle Barrieren zwischen ihnen schmelzen zu lassen. Eine Hitze breitete sich explosionsartig in ihr aus. Sie zog seinen Kopf zu sich herab und küsste Jordan auf die Lippen.

Das heiße Wasser strömte über die Schultern, ihre nackt, seine noch im Hemd. Durch den Dampf sah sie in seinen Augen das unterdrückte Verlangen, das zwischen ihnen pulsierte, seit sie sich begegnet waren.

Sie presste sich an ihn und seufzte lustvoll und ein wenig triumphierend, als sie fühlte, wie sein Körper reagierte.

„Deine Sachen", murmelte sie und tastete nach seinem Hemd. Er streifte es ab und ließ es achtlos zu Boden fallen, während sie mit seinem Gürtel kämpfte.

Irgendwie schafften sie es, das Wasser abzudrehen, über die klitschnasse Kleidung hinwegzusteigen und das Bad zu verlassen. Auf dem Weg durchs Cottage hinterließen sie seine Hose an der Badezimmertür, ihren BH im Flur und seine Boxershorts an der Schwelle des Schlafzimmers. Als sie aufs Bett fielen, waren sie beide nackt, und es gab nur feuchte, erhitzte Haut und erregtes Wispern.

Es war kalt im Zimmer, und hastig schlüpften sie unter die Daunendecke. Verschlungen lagen sie da, Mund an Mund, während ihre Körper das Bett erwärmten. Cleas Frösteln ließ nach, und sie vergaß die Kälte, als sein Mund ihre Brüste fand und die Knospen liebkoste, bis sie fast schmerzhaft fest wurden.

Sie schob sich über ihn und erwiderte seine Zärtlichkeiten voller Leidenschaft. Stöhnend packte Jordan ihre Schultern und rollte sich mit ihr herum, sodass sie plötzlich unter ihm lag.

Ihre Blicke trafen sich, als er ihr Gesicht behutsam umfasste und in sie hineinglitt. Selbst als sie vor Lust leise aufschrie, schaute sie ihm in die Augen.

Er bewegte sich langsam, behutsam in ihr, und noch immer waren ihre Blicke verschmolzen.

Sein Atem ging schneller, seine Hände legten sich fester um ihr Gesicht, aus dem ihre Augen ihn anfunkelten. Sie spürten beide, dass dies mehr als eine rein körperliche Vereinigung war.

Erst als sie fühlte, wie das Verlangen unaufhörlich anwuchs und auf Erfüllung drängte, schloss sie die Augen und gab sich ganz der Lust hin. Ein leiser Aufschrei entrang sich ihr, ein zugleich fremdartiger und wunderbarer Laut, in den sich gleich darauf sein Stöhnen mischte. Sie bäumte sich auf, ihm entgegen, und dann entlud sich ihr Verlangen zusammen mit seinem.

Erschöpft und glücklich legte sie den Kopf an seine Schulter. Als sie sein feuchtes Haar küsste, traten ihr Tränen in die Augen.

Wir haben miteinander geschlafen, fuhr es ihr durch den Kopf. Was bedeutet das?

Sie hatten einander Befriedigung und für ein paar Momente sogar Glück gegeben.

Aber was bedeutete das?

Blinzelnd wandte sie sich ab.

Er legte die Hand an ihre Wange und drehte ihr Gesicht wieder zu seinem. „Du bist die erstaunlichste Frau, die ich kenne."

Sie schluckte. Und lachte. „So bin ich. Voller Überraschungen."

„Und Freuden. Ich weiß nie, was ich von dir erwarten kann. Und das bringt mich langsam um den Verstand." Er knabberte an ihrer Lippe und küsste sie, bis sie spürte, wie das Verlangen sich wieder regte.

Sie schob die Hand zwischen ihre Körper. „Du steckst auch voller Überraschungen", murmelte sie.

„Nein, ich bin nur ganz …" Er seufzte vor Vergnügen. „Ganz normal."

„So?" Sie ließ die Lippen an seinem Hals hinabwandern.

„Manche würden mich sogar …" Er legte den Kopf in den Nacken und stöhnte. „Als verdammt berechenbar bezeichnen."

„Manchmal ist das gut", flüsterte sie.

Sein Atem ging immer schneller. „Warte, Clea …" Er sah sie an. „Ich muss es wissen. Warum hast du geweint?"

„Habe ich nicht."

„Doch. Eben gerade."

Sie betrachtete ihn und sog jedes Detail in sich auf. Wie das Licht in seinem zerzausten Haar spielte. Wie seine Lider Schatten warfen. Wie er sie ansah, so ruhig und intensiv. Als wäre sie ein rätselhaftes, undurchschaubares Wesen.

„Ich dachte daran, wie anders du bist. Ganz anders als die Männer, die ich bisher kannte", sagte sie leise.

„Kein Wunder, dass du geweint hast."

Lachend gab sie ihm einen spielerischen Klaps. „Unsinn. Was ich meine, ist … Die Männer, die ich kannte, waren immer hinter etwas her … wollten etwas … überlegten, wie sie es bekommen konnten."

„Wie dein Onkel Walter, meinst du?"

„Ja, wie mein Onkel Walter."

Dass er ihre Vergangenheit erwähnte, dämpfte ihre Lust schlagartig. Sie löste sich von ihm, setzte sich auf und schlang die Arme um die Beine.

„Es ist mir peinlich, dass er mit mir verwandt ist", gestand sie leise.

Er lachte. „Meine Verwandten sind mir auch immer peinlich."

„Aber von denen sitzt keiner im Gefängnis, oder?"

„Im Moment nicht, nein."

Er nahm ihre Hand und sagte nichts weiter, sondern hörte einfach nur zu.

„Acht Jahre lang war ich eine brave Bürgerin. Und plötzlich steht Onkel Walter vor meiner Tür. Blutend. Ich konnte ihn nicht wegschicken. Und er wollte sich nicht ins Krankenhaus bringen lassen. Also hatte ich ihn am Hals. Ich verbrannte seine Kleidung und warf seine Dietriche in einen Müllcontainer am anderen Ende der Stadt. Und dann kam die Polizei."

Sie zuckte mit den Schultern. „Das Seltsame ist, ich hasse ihn nicht einmal deswegen. Onkel Walter kann man gar nicht hassen. Er ist so … liebenswert."

Jordan küsste ihre Hand.

„Mit wie vielen Exsträflingen hast du schon geschlafen?", fragte sie.

„Ich muss zugeben, du bist mein erster."

„Ja. Ich könnte mir vorstellen, dass du anständige Ladies bevorzugst."

Er runzelte die Stirn. „Was soll dieser Unsinn über *anständige* Ladies?"

„Nun ja, ich bin keine."

„Anständig ist langweilig. Und Sie, meine liebe Miss Rice, sind absolut nicht langweilig."

Sie lachte. „Danke für das Kompliment, Mr Tavistock."

„Und was deinen berüchtigten Onkel Walter betrifft", flüsterte er, während er sie auf sich zog. „Wenn er mit dir verwandt ist, muss er auch gute Seiten haben."

Sie lächelte. „Er ist charmant."

Er küsste sie. „Ganz sicher."

„Und klug."

„Das glaube ich."

„Und die Ladies halten ihn für unwiderstehlich …"

Er küsste sie noch leidenschaftlicher. „Oh ja", murmelte er und schob die Hand zwischen ihre Schenkel.

Sofort war sie verloren, sie brauchte ihn so sehr und gab ihm alles, und er nahm es voller Zärtlichkeit. Und danach, als er vor

Erschöpfung einschlief, lag sein Kopf an ihrer Brust.

Sie lächelte zu ihm hinunter. „Wenn du dich später an mich erinnerst, wirst du es gern tun, nicht wahr, Jordan?", flüsterte sie.

Mehr konnte sie nicht erwarten, das wusste sie.

Und auf mehr wagte sie nicht zu hoffen.

Als Jordan erwachte, nahm er als Erstes ihren Duft wahr, dann ihr Haar, das sein Gesicht kitzelte. Er schlug die Augen auf und betrachtete Clea, bis er nicht länger widerstehen konnte und sie küsste.

Clea zuckte zusammen und fuhr hoch.

„Schon gut", sagte er beruhigend. „Ich bin es nur."

Sie starrte ihn an, als würde sie ihn nicht erkennen. Dann seufzte sie und schüttelte den Kopf. „Ich habe nicht sehr gut geschlafen." Sie schaute zum Fenster. „Sie werden uns suchen. Wir dürfen nicht länger hierbleiben. Du sagtest, der Mann, dem das Cottage gehört, sei Junggeselle?"

„Wenn er nicht gerade mal wieder verheiratet ist. Das weiß ich im Moment nicht."

„Hat er Frauenkleider?"

„Eine so persönliche Frage würde ich Monty nie stellen."

„Du weißt, was ich meine."

Jordan stand auf und ging an den Schrank. Darin hingen zwei Sommeranzüge, ein Regenmantel und einige perfekt gebügelte Hemden. Alles in ungefähr seiner Größe. Clea dagegen würde darin ziemlich lächerlich aussehen. Er nahm einen Bademantel heraus und warf ihn ihr zu.

„Die Sachen passen dir nicht", sagte er. „Und selbst wenn wir irgendwo noch etwas für dich finden, ist da dein Haar. Ein leuchtendes Rot ist nicht gerade unauffällig."

„Ich hasse es sowieso. Schneiden wir es ab."

Er warf einen Blick auf die wellige Pracht und nickte betrübt. „Monty hat immer eine Flasche Haarfärbemittel da, um seine grauen Schläfen zu überdecken. Wir könnten den Rest dunkler machen."

Sie sprang aus dem Bett. „Ich suche eine Schere."

„Warte, Clea", sagte er. „Wir müssen reden."

„Worüber?"

„Statt zu flüchten, könnten wir uns schließlich auch an die Behörden wenden."

„Die haben mir schon einmal nicht geglaubt, warum sollten sie es jetzt tun?", fragte sie. „Mein Wort steht gegen Van Weldons."

„Das Auge von Kaschmir würde dir helfen."

„Das habe ich nicht."

„Delancey hat es."

Sie schüttelte den Kopf. „Inzwischen müsste Van Weldon eingesehen haben, was für ein Fehler es war, den Dolch so schnell zu verkaufen. Seine Leute werden versuchen, ihn zurückzuholen."

„Und wenn nicht? Vielleicht ist er noch in Delanceys Haus und wartet auf uns."

„Auf uns?"

„Ja, auf uns." Er lächelte. „Herzlichen Glückwunsch. Du hast einen neuen Komplizen."

Unschlüssig ging sie auf und ab. „Ich weiß, ich könnte ein zweites Mal einbrechen. Aber ich habe keine Ahnung, wo er den Dolch aufbewahrt. Ich würde Zeit brauchen."

„Zusammen würden wir es aber sicher in der Hälfte der Zeit schaffen, Clea."

„Und zweimal so schnell geschnappt werden", murmelte sie und ging hinaus.

Er folgte ihr in die Küche, wo sie in den Schubladen nach einer Schere suchte. Als sie sie fand, reichte sie sie ihm. „Na los, mach schon."

Er starrte erst auf die Schere, dann auf ihr wunderschönes Haar. Es fiel ihm ungeheuer schwer, aber er hatte keine Wahl. Bedauernd nahm er eine zimtrote Strähne in die Hand. Allein der Duft erinnerte ihn an die letzte Nacht. Daran, wie sie sich unter ihm bewegt hatte.

Ja, das war sie. Wild. Sinnlich. Unberechenbar. Irgendwann würde sie ihn verrückt machen.

Blinzelnd vertrieb er die beunruhigenden Bilder. Dann setzte er die Schere an und machte sich daran, ihr kurze Haare zu verpassen.

Die Fußabdrücke verliefen in westlicher Richtung quer über das Feld bis zu einer Straße, auf deren Asphalt bald nichts mehr zu erkennen war.

Archie MacLeod fluchte. „Die Frau ist gerissen wie eine Füchsin."

„Ihre Leute sollten sie in Gewahrsam nehmen, aber stattdessen haben sie sie wieder in den Untergrund gejagt", sagte Richard. „Und Jordan wird sich kaum bei mir melden. Vermutlich geht er davon aus, dass Van Weldon mich beschatten lässt. Jedenfalls würde ich das an seiner Stelle tun!"

„Und wie finden wir die beiden jetzt?"

„Gar nicht." Richard stieg in den Wagen. „Und wir können nur hoffen, dass Van Weldon sie auch nicht findet."

MacLeod beugte sich durch das offene Fenster. „Guy Delancey ist heute Morgen gestorben."

„Ich weiß."

„Und wir wissen inzwischen, dass Victor Van Weldon das Kopfgeld, das auf Clea Rice ausgesetzt ist, auf zwei Millionen erhöht hat. Spätestens in vierundzwanzig Stunden wird es hier von Profikillern wimmeln. Wenn die Clea Rice aufspüren, hat sie keine Chance. Und Tavistock auch nicht."

Richard startete den Motor. „Ich weiß, wohin ich an ihrer Stelle gehen würde. Weg von hier. Weit weg, so schnell wie möglich. Und ich würde versuchen, in der Menge unterzutauchen."

„London?"

Richard nickte. „Fällt Ihnen ein besseres Versteck ein?"

Hinter der Eibenhecke in Guy Delanceys Garten warteten Jordan und Clea darauf, dass im Haus das Licht erlosch. Bisher hatte der Butler sich an seine festen Uhrzeiten gehalten.

Im Radio hatten sie gehört, dass Guy tot war. Bald würde das Anwesen neue Eigentümer bekommen. Der alte Whitmore würde sich umgewöhnen müssen.

Sein Fenster wurde dunkel.

„Geben wir ihm eine halbe Stunde", flüsterte Jordan.

Eine halbe Stunde, dachte Clea fröstelnd. Bis dahin war sie erfroren. Sie trug Montys schwarzen Pullover und eine viel zu weite Jeans, die sie mit der Schere gekürzt hatte.

„Wo steigen wir ein?", fragte Jordan.

Clea ließ den Blick über die Fassade wandern. Beim letzten Mal hatte sie die Terrassentür genommen, aber bestimmt waren die Schlösser im Erdgeschoss längst ausgewechselt.

„Im Obergeschoss", sagte sie. „Über den Balkon in Delanceys Schlafzimmer."

„Das war meine Route beim letzten Mal."

„Wenn du das geschafft hast, muss es ein Kinderspiel sein."

„Okay, beleidige deinen neuen Partner ruhig."

Sie sah ihn an. Das blonde Haar war unter einer Mütze verborgen, das Gesicht mit schwarzer Farbe getarnt.

„Traust du es dir wirklich zu?", fragte sie.

„Clea, wenn etwas schiefgeht, renn weg. Warte nicht auf mich."

„Sag so etwas nicht. Es bringt Pech."

„Das hier bringt Glück", flüsterte er, bevor er sie an sich zog und küsste.

Das war ein Abschiedskuss, dachte sie, als er sie losließ. Falls sie getrennt wurden und sich nie wiedersahen. Wirst du mich vermissen, Jordan Tavistock? fragte sie stumm. So sehr, wie ich dich vermissen werde?

Er drehte sich wieder zum Haus um. „Es ist Zeit."

Auch sie sah hinüber. Der kühle Wind wehte das Herbstlaub über den Rasen. Bald würde der Winter kommen …

Sie schlichen über das feuchte Gras. Unter dem Balkon lauschten sie. Zu hören waren nur der Wind und das Rascheln der Blätter.

„Ich zuerst", sagte er.

Bevor sie protestieren konnte, kletterte er am Rankgitter hinauf. Sie zuckte zusammen, als es unter seinem Gewicht knarrte. Nichts geschah.

Clea folgte ihm und stieg über das Balkongeländer.

Jordan drehte den Türknauf. „Verschlossen."

„Geh zur Seite."

Er sah zu, als sie ihre Taschenlampe auf das Schloss richtete. „Circa 1920", murmelte sie. „Vermutlich so alt wie das Haus. Hoffentlich ist es nicht verrostet." Mit der Zange und dem Drahtbügel, den sie zu einem L gebogen hatte, machte sie sich an die Arbeit und schmunzelte zufrieden, als es klick machte. „Es geht doch nichts über gutes Werkzeug."

„Das werde ich mir merken", antwortete er trocken.

Das Zimmer war so, wie sie es in Erinnerung hatte. Das antike Bett mit den Vorhängen, der Schrank, die Kommode, der Sekretär und die Sitzgruppe an der Balkontür. Den Sekretär und die Kommode hatte sie schon durchsucht.

„Nimm den Schrank", flüsterte sie. „Ich nehme die Nachttische."

Sie gingen sofort an die Arbeit. Im Schein der Taschenlampe durchwühlte sie die Schubladen und fand Zeitschriften, Zigaretten und diverse Gegenstände, die darauf hindeuteten, dass Guy das Bett nicht nur zum Schlafen benutzt hatte. Als sich über ihr etwas bewegte, sah sie nach oben. An der Decke war ein Spiegel befestigt. Und sie hatte doch tatsächlich daran gedacht, sich mit diesem Kerl einzulassen!

Auch im zweiten Nachttisch lagen Magazine mit Fotos nackter Frauen. Sie war so sehr auf die Suche nach einem Geheimfach konzentriert, dass sie nicht hörte, wie die Dielen auf dem Flur knarrten. Die einzige Warnung war Jordans Zischen, dann flog die Tür auf.

Das Deckenlicht ging an.

Clea hockte neben dem Bett und starrte blinzelnd auf die Mündung der Schrotflinte, die auf ihren Kopf gerichtet war.

*W*hitmores Schrotflinte zitterte in seinen Händen. „Kommen Sie hinter dem Bett hervor! Na los! Wo ich Sie sehen kann!"

Langsam richtete Clea sich auf, und die Augen des alten Butlers wurden groß. „Sie sind ja nur eine Frau."

„Nur?" Sie warf ihm einen gekränkten Blick zu und konnte nur hoffen, dass die Flinte nicht aus Versehen losging. „Wie beleidigend."

Er musterte ihr geschwärztes Gesicht. „Ihre Stimme kommt mir bekannt vor. Kenne ich Sie?"

Clea schüttelte den Kopf.

„Natürlich! Sie waren mit dem armen Master Delancey hier!" Er festigte den Griff um das Gewehr. „Kommen Sie her! Weg vom Bett!"

„Sie werden mich doch nicht erschießen, oder?"

„Wir warten auf die Polizei. Ich habe sie längst verständigt, sie müsste gleich hier sein."

Die Polizei. Bloß das nicht. Irgendwie mussten sie dem alten Knaben die Waffe abnehmen.

Aus dem Augenwinkel sah sie, wie Jordan ihr bedeutete, den Blick des Butlers nach links zu locken.

„Kommen Sie her!", befahl Whitmore.

Gehorsam kroch sie über das Bett auf die andere Seite und machte einen Schritt nach links. Whitmore drehte sich mit und kehrte dadurch Jordan den Rücken zu.

„Ich bin nicht, für was Sie mich halten."

„Wollen Sie etwa leugnen, dass Sie eine ganz gewöhnliche Diebin sind?"

„Jedenfalls keine *gewöhnliche*."

Jordan schlich sich von hinten an den Butler heran, in den Händen eine Boxershorts. Offenbar wollte er sie ihm über den Kopf ziehen. Clea zwang sich, nicht hinzustarren. Sie musste Whitmore irgendwie ablenken.

Schluchzend fiel sie auf die Knie. „Bitte, nicht die Polizei!", jammerte sie. „Ich will nicht ins Gefängnis!"

„Daran hätten Sie lieber vorher denken sollen", knurrte er in sich hinein, blinzelte aber verunsichert.

„Ich war so verzweifelt! Meine Kinder müssen essen. Ich wusste nicht, was ich tun sollte …" Sie begann zu weinen.

Verblüfft starrte Whitmore auf das bizarre Schauspiel. Die Schrotflinte zeigte nicht mehr auf Cleas Kopf.

Genau diesen Moment nutzte Jordan, um ihm die Boxershorts über den Kopf zu ziehen.

Clea warf sich zur Seite, als der Schuss fiel. Schrotkugeln zischten an ihr vorbei. Sie stand wieder auf und sah, dass Jordan den alten Mann bereits gepackt hatte. Das Gewehr lag am Boden. Sie hob es auf und schob es in den Schrank.

„Tun Sie mir nichts!", bat Whitmore. Die Boxershorts dämpfte seine Stimme. War Delancey wirklich mit kleinen roten Herzen herumgelaufen? „Bitte!", flehte der Butler.

Clea fesselte seine Hände mit einer von Guys Seidenkrawatten und schob ihn aufs Bett. „Legen Sie sich hin und seien Sie brav, dann geschieht Ihnen nichts."

„Ich verspreche es!"

„Dann lassen wir Sie vielleicht leben."

„Vielleicht?", wiederholte Whitmore zitternd. „Was soll das heißen?"

„Sagen Sie uns, wo Delancey seine Waffen hat."

„Welche Waffen?"

„Antike Schwerter. Dolche. Wo sind sie?"

„Lass uns verschwinden!", zischte Jordan ihr zu.

Sie ignorierte ihn. „Wo sind sie?"

Der Butler wimmerte. „Unter dem Bett."

Clea und Jordan fielen gleichzeitig auf die Knie. Unter dem Rosenholzrahmen war nichts als ein Teppich und Staubflocken.

In der Ferne heulte eine Sirene.

„Lass uns gehen", murmelte Jordan.

„Warte!" Clea hatte einen schmalen Spalt an der Längsseite des Betts entdeckt. Sie tastete unter die Kante und zog.

Eine verborgene Schublade glitt auf.

Fasziniert starrte sie auf die glitzernde Pracht. Juwelen funkelten an Schwertscheiden aus gehämmertem Gold, und Klingen aus Damaszener Stahl glänzten. Die Dolche lagen in der hintersten Ecke. Es waren sechs, alles Meisterwerke. Sie wusste auf Anhieb, welches das Auge von Kaschmir war. Der große Saphir am Griff verriet es.

„Sie waren sein ganzer Stolz", jammerte Whitmore. „Und jetzt stehlen Sie sie."

„Ich nehme nur einen", sagte Clea, während sie nach dem Auge von Kaschmir griff. „Und der hat ihm ohnehin nicht gehört."

Die Sirene wurde lauter und kam rasch näher.

„Gehen wir!", drängte Jordan.

Clea sprang auf und eilte zum Balkon. Sie und Jordan kletterten an den Ranken nach unten und rannten über den Rasen zum angrenzenden Wald. Kaum waren sie zwischen den Bäumen verschwunden, tauchte auch schon mit quietschenden Reifen ein Streifenwagen auf.

Zweige schlugen ihr ins Gesicht, ihre Muskeln protestierten, aber Clea lief nicht langsamer. Kurz darauf hörte sie aufgeregte Rufe und wusste, dass die Jagd begonnen hatte.

„Verdammt", murmelte sie, als sie über eine Baumwurzel stolperte.

„Schaffst du es?"

„Was bleibt mir anderes übrig?", keuchte sie.

Er schaute über die Schulter, zum Haus, zu den Verfolgern. „Ich habe eine Idee." Er nahm ihre Hand und zog sie über eine Lichtung. Vor ihnen tauchten die Lichter eines Cottage auf.

„Hoffen wir, dass sie keine Hunde haben", sagte er.

„Was hast du vor?"

„Nur ein kleiner Diebstahl. Langsam gewöhne ich mich daran."

„Was willst du stehlen? Einen Wagen?"

„Nicht ganz." Er lächelte. „Fahrräder."

„Wenn ich mehr weiß, melde ich mich", sagte der Polizist leise.

Trott griff in die Jackentasche und holte einen Umschlag voller Fünf-Pfund-Noten heraus. Es war nicht viel Geld, aber genug um der Familie des jungen Beamten wenigstens für eine Weile ein sorgenfreies Leben zu ermöglichen.

Die beiden Männer verließen nacheinander die Hotelbar. Der Polizist sah sich nervös um und verschwand in der Dunkelheit. Trott kehrte auf sein Zimmer zurück und rief Victor Van Weldon an.

„Vor ein paar Stunden waren sie noch in der Gegend", sagte er. „Sie sind in Delanceys Haus eingebrochen."

„Haben sie den Dolch?", fragte sein Chef.

„Ja. Vermutlich sind sie schon auf dem Weg nach London." Clea Rice triumphiert bereits und glaubt, alles sei vorüber, dachte Trott. Weil sie den Dolch hat. Den Dolch, den sie *Das Auge von Kaschmir* nennt.

Sie irrte sich. Gründlich.

Der Lärm des Großstadtverkehrs weckte Clea aus einem tiefen Schlaf. Sie drehte sich auf den Rücken und starrte mit zusammengekniffenen Augen auf das Licht, das durch den zerschlissenen Vorhang drang.

Gegen sechs Uhr morgens waren sie in diesem schäbigen Hotel abgestiegen. Sie hatten sich ausgezogen und erschöpft aufs Bett geworfen. Stundenlang hatten sie auf dem Bahnhof von Wolverton auf den Vier-Uhr-Zug nach London gewartet.

Sie tastete unter dem Bett nach dem Paket, das sie in der Nacht dort verstaut hatten. Das Auge von Kaschmir war noch da. Erleichtert ließ sie sich zurückfallen.

Jordan lag neben ihr. Selbst im Schlaf sah er aus wie der Aristokrat, der er war. Lächelnd strich sie über sein jungenhaft zerzaustes Haar. Mein geliebter Gentleman, dachte sie. Was für ein Glück, dass ich dich kennen durfte. Wenn du eines Tages mit einer jungen Lady aus deinen Kreisen verheiratet bist, wenn dein Leben so verläuft, wie es dir gebührt, wirst du dich überhaupt noch an Clea Rice erinnern?

Sie setzte sich auf, starrte in den Spiegel über der Kommode und fühlte sich plötzlich deprimiert. Hastig stand sie auf und ging unter die Dusche. Als sie später ihre neueste Haarfarbe betrachtete, diesmal nussbraun, spürte sie Wut in sich aufsteigen.

Sie war keine Lady und nicht standesgemäß, aber sie war klug, zielstrebig, und vor allem stand sie mit beiden Beinen im Leben. Wozu brauchte sie schon einen Gentleman? Sie würde nicht in seine Welt passen. Und er nicht in ihre.

Aber hier, in diesem kleinen Hotelzimmer mit dem durchgelaufenen Teppich und den zerschlissenen Handtüchern, konnten sie beide für eine kurze Zeit etwas Gemeinsames finden und sich ihre eigene kleine Welt erschaffen.

Sie schlüpfte zu Jordan ins Bett.

Er bewegte sich. „Ist das mein Weckruf?", murmelte er schläfrig.

Als Antwort schob sie eine Hand unter die Decke und strich an seinem Körper entlang.

„Wenn das der Weckruf war", stöhnte er, „hat er gewirkt."

„Vielleicht stehst du jetzt endlich auf, du Schlafmütze", erwiderte sie lachend und wollte sich wegdrehen.

Er hielt sie am Arm fest. „Was ist damit?"

„Womit?"

„Damit."

Ihr Blick wanderte an seiner Decke hinab. „Soll ich mich darum kümmern?", flüsterte sie.

„Schließlich bist du dafür verantwortlich ..."

Sie rollte sich auf ihn und rieb die Hüften an seinen. Er packte sie mit beiden Händen und drückte sie an sich. Irgendwann hörte sie ihn ihren Namen flüstern.

Ja, dachte sie, jetzt gehörst du ganz mir. Nur mir.

Es waren nur ein paar berauschende Momente, aber die mussten ihr reichen.

Anthony Vauxhall war ein kleiner, aber äußerst blasierter Mann, dessen Nase permanent gerümpft zu sein schien. Jordan hatte ihn kennengelernt, als er nach dem Tod seiner Eltern einige Versicherungsfragen klären müsste.

Es war fast vier Uhr nachmittags, und sie saßen in Vauxhalls Büro bei *Lloyd's of London* in der Lime Street. In den letzten eineinhalb Stunden hatten Jordan und Clea sich neu eingekleidet, etwas gegessen und es trotzdem geschafft, vor Büroschluss bei *Lloyd's* zu erscheinen. Jetzt sah es aus, als wäre alles umsonst gewesen. Denn Vauxhall reagierte skeptisch und schien nicht sicher, ob er Jordan und Clea glauben sollte.

„Sie müssen verstehen, Miss Rice." Er strich seine Krawatte glatt. „Die Van Weldon Reederei ist einer unserer ältesten Klienten. Mr Van Weldon eines Betrugs zu beschuldigen wäre ... nun ja ..." Er räusperte sich.

„Vielleicht haben Sie Miss Rice nicht richtig zugehört", sagte Jordan scharf. „Sie war dort. Sie hat es mit eigenen Augen gesehen. Der Untergang der *Max Havelaar* war kein Unfall, sondern Sabotage."

„Selbst wenn das so ist, woher wissen wir, dass Van Weldon dafür verantwortlich ist?"

„Mr Vauxhall, es geht dabei um etliche Millionen Dollar. Meinen Sie nicht, dass Sie diese Beschuldigung etwas ernster nehmen sollten?"

Vauxhall zögerte, dann holte er tief Luft. „Ich habe in dieser Angelegenheit mit Colin Hammersmith gesprochen, gleich nach Ihrem Anruf. Er leitet unsere Ermittlungsabteilung und hatte schon von diesen Gerüchten gehört. Er hat mir geraten ... zu bedenken, aus welcher Quelle sie stammen."

Quelle. Gemeint war Clea Rice. Vorbestraft.

Jordan brauchte sie nicht anzusehen, er spürte ihren Schmerz. Aber sie ließ es sich nicht anmerken. Seit das lange rote Haar verschwunden war, fand er sie noch reizvoller. Er kannte sie als Blondine, Rotschopf und zuletzt als Brünette. Obwohl ihn jede Variante fasziniert hatte, gefiel sie ihm jetzt am besten. Vielleicht lag es daran, dass die kurze Frisur nicht mehr von ihrem Gesicht ablenkte und einfach zu ihrer Persönlichkeit passte. Vielleicht waren ihm Äußerlichkeiten wie ihr Haar inzwischen auch egal, weil er dabei war, sich in sie zu verlieben.

Und vielleicht machte ihn Vauxhalls Verhalten deshalb auch so wütend.

„Stellen Sie Miss Rices Glaubwürdigkeit infrage?", entgegnete er eisig.

„Nein ... jedenfalls ...", stammelte sein Gegenüber.

„Was stellen Sie dann infrage?"

„Die ganze Geschichte ... Also mal ehrlich, Mr Tavistock ... Ein Massaker auf See? Eine Bombe an Bord?"

„Ich war da", sagte Clea aufgebracht. „Warum glauben Sie mir denn nicht?"

„Mr Hammersmith hat Ihre Angaben überprüft. Die spanische Polizei hält ein Fremdverschulden für sehr unwahrscheinlich. Es war ein Unfall. Außerdem wurden keine Leichen gefunden."

„Natürlich nicht", entgegnete Clea. „Van Weldons Leute sind zu schlau, um Spuren zu hinterlassen."

„Die *Havelaar* liegt mittlerweile viel zu tief, um sie zu heben.

328

Es gibt keinerlei Beweise für eine Sabotage."

Jordan beobachtete fasziniert, wie gefasst und ruhig Clea blieb. Nur in ihren Augen blitzte so etwas wie Triumph auf, als sie den in ein Tuch gehüllten Gegenstand herausholte, den sie seit sechzehn Stunden wie einen Schatz hütete.

„Vielleicht bringt Sie das hier dazu, Ihre Meinung zu ändern", sagte sie.

„Was ist das?"

„Der Beweis." Als die juwelenbesetzte Scheide zum Vorschein kam, wurden Vauxhalls Augen groß.

Clea zog den Dolch aus der Scheide und legte ihn so hin, dass die Spitze auf Vauxhall zeigte. „Man nennt ihn *Das Auge von Kaschmir*. Siebzehntes Jahrhundert. Der Edelstein am Griff ist ein blauer Sternsaphir aus Indien. Sie werden eine Beschreibung in Ihren Unterlagen finden. Er gehörte zu Van Weldons Sammlung, die er bei Ihrer Gesellschaft versichert hat. Vor einem Monat war dieser Dolch angeblich unterwegs von Neapel nach Brüssel, auf einem Schiff, das zufällig auch bei Ihnen versichert war. Auf der *Max Havelaar*."

Vauxhall sah Jordan an, dann wieder Clea. „Aber das würde ja bedeuten …"

„Dieser Dolch müsste eigentlich auf dem Meeresgrund liegen. Aber das tut er nicht. Weil er nie an Bord der *Havelaar* gewesen ist. Er war sorgsam versteckt und wurde auf dem Schwarzmarkt an einen Engländer verkauft."

„Und woher haben Sie ihn?"

„Ich habe ihn gestohlen."

Vauxhall starrte sie an, dann tastete er langsam nach dem Schalter seiner Sprechanlage. „Miss Barrows", murmelte er hinein. „Bitten Sie Mr Jacobs, in mein Büro zu bekommen. Und er soll seine Lupe mitbringen."

„Sofort."

„Und bitte bringen Sie mir die Akte Van Weldon. Ich brauche die Unterlagen über einen antiken Dolch, der als das Auge von Kaschmir bekannt ist." Vauxhall lehnte sich wieder zurück und warf Clea einen besorgten Blick zu. „Das wirft ein völlig neues Licht auf die Sache. Allein für Mr Van Weldons Sammlung beträgt die Versicherungssumme etwa fünfzehn Millionen Dollar."

Er zeigte auf den Dolch. „Das hier stellt seinen Anspruch infrage."

Jordan sah Clea an. Es ist vorbei, las er in ihren Augen. Dieser Albtraum ist endlich vorbei.

Er nahm ihre Hand. Sie war feucht und kalt, als hätte sie Angst. Sie war zu angespannt, um sein Lächeln zu erwidern, aber er fühlte, wie ihre Finger sich um seine schlossen. Wenn das hier vorbei war, würden sie feiern. Sie würden sich eine Hotelsuite nehmen, den Zimmerservice nutzen und den ganzen Tag im Bett bleiben …

Vauxhalls Sekretärin brachte die Unterlagen, und Mr Jacobs kam, um den Dolch zu untersuchen. Er betrachtete ihn gründlich.

Vauxhall reichte ihm das Foto aus den Unterlagen. „Scheint identisch zu sein."

„Stimmt." Mr Jacobs starrte auf das Foto, dann auf den Saphir. „Ausgezeichnete Arbeit", murmelte er.

„Finden Sie nicht, dass wir die Behörden informieren sollten?", meinte Jordan.

Vauxhall nickte und griff zum Telefon. „Victor Van Weldon wird schwerlich erklären können, wo das Auge von Kaschmir auf einmal herkommt."

Mr Jacobs hob den Kopf. „Aber das hier ist nicht das Auge von Kaschmir", verkündete er.

Einen Moment lang herrschte absolute Stille.

„Was soll das heißen?", fragte Vauxhall.

„Es ist ein künstlicher Stein. Ein synthetischer Korund, vermutlich nach der Verneuil-Methode. Nicht ganz wertlos, etwa dreihundert Pfund, aber leider auch nicht der Sternsaphir." Mr Jacobs sah sie an. „Dies ist nicht das Auge von Kaschmir."

Clea war blass geworden. Entsetzt starrte sie auf den Dolch. „Ich … verstehe das nicht."

„Kann es sein, dass Sie sich irren?", fragte Jordan.

„Nein", erwiderte Mr Jacobs. „Ich versichere Ihnen, es ist eine Reproduktion."

„Ich verlange eine zweite Meinung."

„Natürlich. Ich kann Ihnen selbstverständlich einige hervorragende Gutachter empfehlen …"

„Nein, wir kümmern uns selbst darum", sagte Jordan.

Mit gekränkter Miene schob Mr Jacobs ihm den Dolch zu. „Das steht Ihnen frei." Er stand auf und ging zur Tür.

„Mr Jacobs?", rief Vauxhall ihm nach. „Wir haben das Auge von Kaschmir versichert. Sollten wir diesen Dolch nicht in Verwahrung nehmen, bis die Angelegenheit geklärt ist?"

„Dazu sehe ich keinen Grund", entgegnete Mr Jacobs. „Sollen sie das Ding doch behalten. Schließlich ist es nur eine Fälschung."

11. KAPITEL

*C*lea", sagte Jordan leise. „Ich möchte, dass du nach hinten gehst. Frag den Juwelier, ob es einen zweiten Ausgang gibt."

„Warum?"

„An der Bushaltestelle steht ein Mann. Siehst du ihn?"

Direkt vor dem Geschäft des Juweliers, der gerade das Auge von Kaschmir untersuchte, sah ein Mann im braunen Anzug zum wiederholten Mal auf die Uhr.

Langsam wich Clea vom Schaufenster zurück.

„Er hat jetzt schon zwei durchfahren lassen", sagte Jordan. „Ich glaube nicht, dass er auf den Bus wartet."

Clea ging langsam nach hinten in die Werkstatt.

Herr Schuster, ein Deutscher, dem Onkel Hugh vor vielen Jahren zur Flucht aus Ostberlin verholfen hatte, saß an seinem Arbeitsplatz. „Ich fürchte, das Ergebnis wird Sie enttäuschen. Der Sternsaphir ..."

„Gibt es einen Hinterausgang?"

„Wie bitte?"

Jordan stellte sich hinter Clea. „Ein Mann verfolgt uns. Wir müssen ungesehen verschwinden können."

Erschreckt sprang der Juwelier auf. „Kommen Sie." Er ging zu einem Wandschrank, öffnete ihn, schob die staubigen Mäntel zur Seite und zeigte auf einen Riegel an der Rückseite. „Diese Tür führt in eine kleine Gasse. Um die Ecke liegt die South Molton Street. Möchten Sie, dass ich die Polizei rufe?"

„Nein", erwiderte Jordan.

„Wollen Sie den Dolch nicht mitnehmen?"

„Er ist nicht echt?"

Bedauernd schüttelte Herr Schuster den Kopf. „Der Saphir ist ein synthetischer Korund."

„Dann behalten Sie ihn als Souvenir. Aber zeigen Sie ihn niemandem."

In der Werkstatt ertönte plötzlich ein Summer. Der Juwelier sah nach vorn. „Jemand hat das Geschäft betreten. Beeilen Sie sich!"

Jordan zog Clea in den Schrank und tastete im Dunkeln nach dem Riegel. Sekunden später waren sie im Freien. Sie rannten los, bis sie die U-Bahn-Station Bond Street erreicht hatten.

„Er gibt nicht auf", murmelte Clea, als sie im Zug zur Tottenham Court Road saßen. „Lass mich allein weitermachen, Jordan. Warum sollen wir beide unser Leben riskieren?"

Er ignorierte die Frage. „Veronica Cairncross", sagte er und sah Clea nachdenklich an.

„Was ist mit ihr?"

„Ich bin sicher, dass sie ihre Finger im Spiel hat. Ich kenne Ronnie seit Jahren. Sie gibt gern Geld aus und hat Schulden ohne Ende. Vielleicht wusste sie keinen anderen Ausweg."

„Aber Guy hätte keine Fälschung gekauft", wandte Clea ein.

„Natürlich nicht."

„Also hat jemand das Original später gegen die Fälschung ausgetauscht?"

„Jemand, der die Gelegenheit dazu hatte", sagte Jordan. „Jemand, der Guy nahe genug stand."

„Veronica", flüsterte Clea.

„Sie und Oliver haben hier in London ein Stadthaus. Unter der Woche sind sie meistens hier."

Clea runzelte die Stirn. „Was hast du vor? Du hast doch schon einen Plan."

Er betrachtete ihr Haar. „Wir werden dir eine Perücke besorgen."

Van Weldon hatte den Anruf erwartet und nahm sofort ab. „Und?"

„Sie sind hier in London", sagte Simon Trott. „Sie wurden gesehen, als sie *Lloyd's* verließen."

„Ist die Sache erledigt?"

Es gab eine kurze Pause. „Leider nicht. Unser Mann hat sie in der Brook Street verloren. In einem Juweliergeschäft. Der Besitzer weiß angeblich von nichts."

Van Weldons Brust begann zu schmerzen. Er rang nach Luft und verfluchte Clea Rice. Sie war wie ein Dorn in seinem Fleisch. Ein Dorn, der sich nicht entfernen ließ, sondern sich immer tiefer hineinbohrte.

„Also hat sie es zu *Lloyd's* geschafft. Hatte sie den Dolch mit?", fragte er.

„Ja. Dass er gefälscht war, muss ein Schock für sie gewesen sein."

„Wo ist das echte Auge von Kaschmir?"

„An einem sicheren Ort. Jedenfalls wurde mir das gesagt, und ich verlasse mich darauf."

„Diese Cairncross hat uns an den Rand einer Katastrophe gebracht. Sie muss bestraft werden."

„Ganz Ihrer Meinung", erwiderte Trott eilfertig. „Was schwebt Ihnen vor?"

„Etwas Unangenehmes", sagte Van Weldon. Veronica Cairncross war unzuverlässig. Und dumm, falls sie glaubte, ihn hintergehen zu können.

„Soll ich mich selbst um Mrs Cairncross kümmern?", fragte Trott.

„Warten Sie damit. Stellen Sie erst fest, ob die Sammlung wirklich an einem sicheren Ort ist. Sie muss noch in diesem Monat auf den Markt."

„So bald nach der *Havelaar*? Ist das nicht gefährlich?"

Trott hatte recht. Es war riskant. Aber er brauchte Bargeld. Möglichst viel.

„Die Sammlung muss verkauft werden", sagte Van Weldon. „In Hongkong oder Tokio könnten wir sehr gute Preise erzielen. Und das äußerst diskret. Schicken Sie die Sammlung auf die Reise."

„Wann?"

„Die *Villafjord* wird morgen in Portsmouth anlegen. Ich werde an Bord sein."

„Sie ... kommen her?" Trott klang ängstlich. Offenbar war Van Weldon nicht mit ihm zufrieden.

„Ich werde mich selbst um die Verschiffung kümmern", sagte Van Weldon. „Ich erwarte, dass Sie Clea Rice bis dahin gefunden haben."

„Ich lasse die Tavistocks beobachten. Früher oder später werden Jordan und die Frau auftauchen."

Oder auch nicht, dachte Van Weldon. Clea Rice musste erschöpft und mutlos sein und würde vermutlich versuchen, sich zu verstecken. So weit entfernt von London, wie sie nur konnte.

Um Viertel nach zwölf verließ Veronica Cairncross ihr Londoner Stadthaus und fuhr im Taxi in die Sloane Street, wo sie in einem schicken kleinen Café zu Mittag aß. Danach schlenderte sie zur

Brompton Street, kaufte Dessous und probierte ein halbes Dutzend Paar Schuhe an.

Clea beobachtete alles aus sicherer Entfernung, obwohl ihr diese Aktion immer sinnloser erschien. Unter der langen schwarzen Perücke juckte ihr Kopf, die Sonnenbrille rutschte andauernd von der Nase, und die neuen Pumps brachten sie langsam, aber sicher um. Vielleicht hätte sie auch in das Schuhgeschäft gehen und sich bequemere Schuhe zulegen sollen. Nicht, dass sie sie sich hätte leisten können. Veronica beehrte nur die teuersten Läden.

Kurz darauf folgte Clea ihr zu Harrods, wo sie an Parfüms schnupperte und sich Seidentücher und Designertaschen ansah. Zwei Stunden später schlenderte Veronica mit Einkaufstüten beladen ins Freie und winkte ein Taxi heran.

Als es davonfuhr, hielt vor Clea ein anderes Taxi. Sie stieg ein. Jordan wartete schon auf dem Rücksitz.

„Bleiben Sie hinter ihr", sagte Clea.

Der Fahrer, ein grinsender Inder, den Jordan für den ganzen Tag gemietet hatte, folgte Veronica und ließ dabei immer zwei Wagen zwischen sich und ihrem Taxi.

Es fuhr nach Kensington.

„Wohin will sie jetzt?", seufzte Clea.

„Jedenfalls nicht nach Hause."

Einige Minuten später hielt es vor einem Firmengebäude, und Veronica stieg aus.

„Natürlich", murmelte Jordan. „Kekse."

„Wie?"

„Das ist Olivers Firma. *Cairncross Biscuits.*" Jordan zeigte auf das Schild am Eingang. „Sie will zu ihrem Mann."

„Nicht gerade verdächtig, oder?", fragte Clea enttäuscht und lehnte sich zurück.

„Die Firma gehört der Familie seit Generationen und ist Hoflieferant …"

Sie musterte ihn, während er nachdachte. Was für lange Wimpern er hat, dachte sie. Und dazu dieser Mund. Sie hätte ihn stundenlang betrachten können. Oh, Jordan. Ich werde dich vermissen …

„Cairncross-Kekse werden in alle Welt geliefert", sagte Jordan. „Also?"

„Also frage ich mich, wer all diese Kisten mit Keksen transportiert. Und was wirklich drin ist."

„Waffen?" Clea schüttelte den Kopf. „Ich dachte, Oliver ist nur der betrogene Ehemann und Veronica die Böse. Glaubst du wirklich, dass er mit Van Weldon unter einer Decke steckt? Nicht Veronica?"

„Warum nicht alle beide?"

„Sie kommt wieder heraus", meldete ihr Fahrer.

Veronica stieg wieder in ihr Taxi.

„Soll ich ihr folgen?", fragte der Inder.

„Ja. Lassen Sie sie nicht aus den Augen."

Diesmal ließ Veronica sich am Regent's Park absetzen und ging über die Chester Terrace in Richtung Teehaus.

„Auf geht's", seufzte Clea. „Hoffentlich dauert es nicht wieder zwei Stunden." Sie setzte eine neue Perücke auf, braun und schulterlang, und stieg aus. „Wie sehe ich aus?"

„Unwiderstehlich."

Sie beugte sich durchs Fenster und küsste Jordan. „Du auch." Lächelnd drehte sie sich um und eilte hinter Veronica her.

„Ich behalte dich im Auge", rief er ihr nach.

Vom Rosengarten aus beobachtete Clea, wie Veronica das Teehaus betrat. Sie wartete noch einen Moment, dann folgte sie ihr.

Clea nahm zwei Tische von Veronica entfernt mit dem Rücken zu ihr Platz und hörte, wie sie ein Kännchen Darjeeling und Kuchen bestellte. Jetzt kann ich hier wieder eine Stunde lang untätig herumsitzen, bis sie ihren Tee getrunken hat, dachte Clea und schaute unauffällig zur Cumberland Terrace hinüber. Wie versprochen, saß Jordan auf einer Bank, das Gesicht hinter einer Zeitung verborgen.

Als der Kellner zu ihr kam, bat sie um ein Kännchen Earl Grey und Sandwichs mit Brunnenkresse. Ihr Tee war gerade serviert worden, da kam ein Mann an ihrem Tisch vorbei. Er war noch blonder als Jordan, groß und breitschultrig. Genau der Typ, bei dem Veronica das Wasser im Mund zusammenlief. Verärgert malte Clea sich aus, wie sie hier eine weitere Stunde verschwendete, während Veronica ihrem neuesten Verehrer schöne Augen machte.

„Mr Trott", sagte Veronica gereizt. „Sie sind spät. Ich habe schon bestellt."

Clea war gerade dabei, sich Tee einzugießen, doch als sie die Stimme des Mannes hörte, erstarrte sie.

„Ich habe keine Zeit für Tee", antwortete er. „Ich bin nur gekommen, um unser Arrangement zu bestätigen."

Mehr sagte er nicht, aber es reichte.

Clea kannte die Stimme. Sie hatte sie schon einmal gehört. Im Wasser des Mittelmeers, kurz nach dem Untergang der *Havelaar* und bevor die Schüsse gefallen waren.

Sie musste sich beherrschen, um nicht aufzuspringen und wegzulaufen. Aber das darf ich nicht, dachte sie. Er durfte sie auf keinen Fall bemerken.

Also saß sie reglos da, die Hände um das Tischtuch gekrampft, während ihr Herz wie wild klopfte.

Trott beobachtete, wie Veronica sich eine Zigarette ansteckte und lässig daran zog. Sie wirkte völlig unbeschwert, was nur bewies, wie dumm sie war. Offenbar glaubte sie, ihr Ehemann sei unverzichtbar. Dabei hatten sie längst einen Ersatz für Oliver Cairncross gefunden.

„Die Fracht ist vollständig. Nichts fehlt. Das habe ich Ihnen doch gesagt, oder?" Sie blies Rauch über den Tisch und sah ihn gleichgültig an.

„Mr Van Weldon ist nicht erfreut."

„Warum? Weil ich mir eine seiner kleinen Kostbarkeiten ausgeliehen habe? Das war doch nur für ein paar Wochen." Lächelnd schüttelte sie den Kopf. „Ich habe den Dolch zurückgeholt."

„Nicht hier", unterbrach Trott sie scharf und schob eine Zeitung über den Tisch. „Die Information ist eingekreist. Wir erwarten, dass die Lieferung zur Stelle ist."

„Ganz wie Sie befehlen, Euer Hoheit", erwiderte Veronica spöttisch und ungerührt.

Trott stand auf.

„Was ist mit unserer Entschädigung?", fragte Veronica. „Für all die Mühe?"

„Die werden Sie bekommen. Sobald wir sicher sind, dass die Lieferung vollständig ist."

„Für wie dumm halten Sie uns?", entgegnete sie und blies eine Rauchwolke in seine Richtung.

Clea hörte, wie der Stuhl des Mannes über den Boden schrammte. Instinktiv beugte sie sich über ihren Tisch und nippte am Tee. Dann ging er davon, und sie riskierte einen kurzen Blick über die Schulter.

Veronica war sitzen geblieben und starrte in eine Zeitung. Nach einem Moment riss sie eine halbe Seite heraus, faltete sie zusammen und stopfte sie in die Handtasche. Dann erhob sie sich und verließ das Teehaus.

Es dauerte eine Weile, bis Clea den Mut und die Kraft fand, ihr zu folgen. Veronica war schon am Rand des Parks. Clea ging schneller, aber ihre Knie zitterten zu sehr. Mehr als ein paar Schritte schaffte sie nicht.

Jordan musste gemerkt haben, dass etwas nicht stimmte. Sie hörte ihn kommen und spürte, wie sein Arm sich stützend um ihre Taille legte.

„Wir dürfen nicht hierbleiben", flüsterte sie. „Wir müssen uns verstecken …"

„Was ist passiert?"

„Er war es."

„Wer?"

„Der Mann auf der *Cosima!*" Ängstlich hielt sie nach dem blonden Mann Ausschau.

„Clea, welcher Mann?", fragte Jordan eindringlich.

Endlich sah sie ihn an.

Er nahm ihr Gesicht zwischen die Hände. „Sag's mir."

Sie schluckte. „Ich habe ihn an der Stimme erkannt. Ich war im Wasser, neben dem Rettungsboot. Er hat …" Sie blinzelte, und Tränen rannen über ihr Gesicht. „Er hat seinen Leuten befohlen, auf das Boot zu schießen."

Jordan starrte sie an. „Der Mann, der an Veronicas Tisch saß? Bist du ganz sicher?"

„Natürlich. Die Stimme werde ich nie vergessen."

Er schaute kurz in die Runde, bevor er schützend den Arm um ihre Schultern legte. „Steigen wir in den Wagen."

„Warte." Clea ging zurück und nahm die Zeitung von Veronicas Tisch.

„Was ist das?"

„Veronica hat sie vorhin dort liegen lassen. Ich will nachsehen, was sie herausgerissen hat."

Das Taxi wartete auf sie. „Fahren Sie los", befahl Jordan, als sie einstiegen. „Und schütteln Sie Verfolger ab."

Der Fahrer grinste erfreut. „Ein sehr interessanter Tag", sagte er und gab Gas.

Jordan drapierte seine Jacke um Cleas Schultern. Sie holte tief Luft und lehnte sich zurück.

„Hast du gehört, worüber sie gesprochen haben?", fragte er.

„Nein, sie waren zu leise. Und ich hatte solche Angst ..." Aber dann hob sie den Kopf. „Veronica hat ihn mit Mr Trott angesprochen."

„Trott? Bist du sicher?"

Sie nickte. „Ganz sicher."

„Was ist mit der Zeitung?"

Clea faltete sie auseinander. Jordan warf einen Blick auf das Datum und tippte dem Fahrer auf die Schulter. „Sie haben nicht zufällig die *Times* von heute da?"

„Doch. Und die *Daily Mail* auch."

„Die *Times* reicht."

Der Fahrer reichte ihm ein zerlesenes Exemplar nach hinten.

„Fünfunddreißig, sechsunddreißig", sagte Clea. „Die obere Hälfte."

Jordan schlug die Seite auf. „Ein Artikel über die Slums von Manchester. Dann noch einer über Pferdezucht in Irland."

„Versuch die andere."

Er blätterte um. „Ein Skandal in einer Werbeagentur. Sinkende Erträge der Fischer. Und ... die Schiffe, die heute in Portsmouth ein- und auslaufen. Das ist es! Wenn eins von Van Weldons Schiffen im Hafen liegt, bringt es eine Lieferung oder ..."

„... holt eine ab", beendete Clea den Satz. „Wir müssen in Portsmouth anrufen." Das Taxi hielt vor ihrem Hotel. Sofort stieg sie aus. „Wir müssen schnell herausfinden, welche Schiffe Van Weldon gehören."

„Clea, warte ..."

Aber sie eilte schon hinein.

Jordan bezahlte den Fahrer und folgte ihr. Als er das Zimmer betrat, legte Clea gerade auf.

Triumphierend drehte sie sich zu ihm um. „Die *Villafjord* ge-

339

hört Van Weldons Reederei. Sie legt um siebzehn Uhr an und läuft um Mitternacht wieder aus."

„Ich rufe die Polizei an." Er griff nach dem Hörer.

Sie hielt seine Hand fest. „Nicht, Jordan!"

„Das ist unsere Chance, Van Weldon auf frischer Tat zu schnappen."

„Und wenn wir uns irren? Wenn das Schiff eine ganz normale Fracht geladen hat? Wir würden uns lächerlich machen. Und die Polizei auch." Sie schüttelte den Kopf. „Wir müssen erst genau wissen, was an Bord ist."

„Aber dazu ..." Er brach ab. „Das ist nicht dein Ernst?"

Sie lächelte nur.

„Du glaubst doch wohl nicht, dass du einfach an Bord spazieren und dich umsehen kannst, oder?" Er griff wieder nach dem Hörer.

„Nein, Jordan! Ich bin hier diejenige, die alles zu verlieren hat!"

„Das weiß ich. Aber wir sind beide erschöpft und werden Fehler machen. Lass uns die Polizei anrufen. Soll die das erledigen. Dann können wir in unser Leben zurückkehren. In unser richtiges Leben, verstehst du?"

Sie sah ihm in die Augen. Oh ja, ich verstehe, dachte sie. Du hast genug von dem hier. Genug von mir.

Trotzig hob sie das Kinn. „Ich will auch nach Hause. Ich bin die Hotels, die fremden Betten und die Perücken leid. Aber genau deshalb müssen wir es auf meine Weise zu Ende bringen. Nur so kann es klappen."

„Deine Weise ist viel zu riskant. Die Polizei ..."

„Ich traue der Polizei nicht!" Aufgebracht ging sie ans Fenster und kam wieder zurück. „Ich habe nur deshalb so lange überlebt, weil ich niemandem traue und mich nur auf mich selbst verlasse."

„Du kannst dich auf mich verlassen", sagte er leise.

Sie lachte. „Hier draußen, Liebling, ist jeder auf sich allein gestellt. Vergiss das nicht. Du darfst niemandem trauen." Sie sah ihn an. „Nicht einmal mir."

„Aber ich tue es trotzdem."

„Dann bist du verrückt."

„Warum? Weil du mal im Gefängnis gesessen hast? Weil du in deinem Leben ein paar Fehler gemacht hast?" Er umfasste ihre Schultern. „Hast du Angst davor, dass ich an dich glaube?"

„Ich will niemanden enttäuschen."

„Das wirst du nicht", versicherte er ihr und küsste sie.

Sie erwiderte den Kuss, obwohl sie es nicht wollte. Sie wusste, dass es zwischen ihnen keine saubere, glatte Trennung geben würde. Der Bruch würde schmerzhaft und bitter werden.

Und unausweichlich.

„Ich werde dir jetzt vertrauen, Clea", sagte er leise. „Ich werde mich darauf verlassen, dass du tust, worum ich dich bitte. Dass du in diesem Zimmer bleibst und alles Weitere mir überlässt."

„Aber ich …"

Er presste einen Finger auf ihre Lippen. „Kein Widerspruch. Du wirst auf mich warten. Hier, in diesem Zimmer. Verstanden?"

Sie zögerte. Dann seufzte sie. „Verstanden."

Lächelnd gab er ihr einen Kuss.

Sie lächelte auch, als er das Zimmer verließ. Doch als sie ans Fenster trat und zusah, wie er aus dem Hotel kam, verblasste ihr Lächeln.

Beim Umdrehen fiel ihr Blick auf Jordans Jacke, die er über eine Stuhllehne gehängt hatte. Einer plötzlichen Eingebung folgend griff sie hinein und nahm die goldene Taschenuhr heraus. Sie ließ den Deckel aufschnappen und las den eingravierten Namen. Bernard Tavistock.

Dies ist das Ende, hier und jetzt, dachte sie. Irgendwann endet es sowieso, warum also nicht gleich? Wenn ich diese Uhr nehme, die ihm so viel bedeutet, breche ich alle Brücken hinter mir ab. Schließlich bin ich eine Diebin, eine Vorbestrafte, und er wird froh sein, mich los zu sein.

Sie steckte die Uhr ein. Vielleicht würde sie sie ihm eines Tages schicken. Wenn sie dazu bereit war. Wenn sie an ihn denken konnte, ohne dass es ihr das Herz brach.

Sie warf einen Blick aus dem Fenster. Jordan war nirgendwo zu sehen. Leb wohl, dachte sie. Leb wohl, mein geliebter Gentleman.

Und dann verließ sie das Zimmer.

12. KAPITEL

Richard Wolf telefonierte gerade mit Brüssel, als es läutete. Er achtete nicht weiter darauf. Der Butler würde sich darum kümmern. Erst als Davis an die Tür des Arbeitszimmers klopfte, beendete Richard das Gespräch.

„Verzeihen Sie die Störung, Mr Wolf", sagte Davis. „Aber ein ausländischer Gentleman besteht darauf, Sie sofort zu sprechen."

„Ein Ausländer?"

„Ein ... Inder, glaube ich." Der Butler machte eine kreisende Handbewegung über seinem Kopf. „Ein Sikh, vermute ich. Er trägt einen Turban."

Richard folgte ihm zur Haustür.

Davor stand ein kleiner, angenehm aussehender Mann mit gepflegtem Bart und Goldzahn. „Mr Wolf?"

„Ja."

„Sie haben ein Taxi bestellt."

„Ich fürchte, das habe ich nicht."

Wortlos übergab der Sikh ihm einen Umschlag.

Richard sah hinein. Er enthielt einen einzelnen goldenen Manschettenknopf mit der Gravur J.C.T.

Jordans.

Richard nickte. „Ja, natürlich. Das hatte ich ganz vergessen, ich habe ja noch einen wichtigen Termin. Ich hole nur rasch meinen Aktenkoffer. Wenn Sie bitte einen Moment warten ... ich komme sofort."

Während der Mann an der Haustür wartete, eilte Richard ins Arbeitszimmer. Er schob die Neun-Millimeter-Automatik ins Schulterhalfter und kehrte mit einem leeren Aktenkoffer zurück.

Der Inder führte ihn zu einem Taxi.

„Wohin fahren wir?", fragte Richard, als sie losfuhren.

„Harrods. Dort werden Sie eine halbe Stunde bleiben und dann wieder in mein Taxi steigen. Es hat die Nummer dreiundzwanzig und wird am Straßenrand auf Sie warten."

„Was erwartet mich?"

Der Chauffeur grinste in den Rückspiegel. „Das weiß ich nicht. Ich bin nur der Fahrer. Übrigens, wir werden die ganze Zeit schon verfolgt."

„Ich weiß", erwiderte Richard.

Vor dem Nobelkaufhaus stieg er aus und vertrieb sich die Zeit damit, ein Tuch für Beryl und eine Krawatte für seinen Vater in Connecticut zu kaufen. Eine halbe Stunde später trat er ins Freie, überquerte die Straße und stieg wieder in das Taxi mit der Nummer dreiundzwanzig.

„Pech gehabt", sagte er zum Fahrer. „Ich wurde die ganze Zeit beschattet. Haben wir einen Ausweichplan?"

„Natürlich", antwortete eine vertraute Stimme.

Richard schaute in den Rückspiegel. Der Fahrer hatte einen Bart und trug einen Turban, aber das braune Auge, das ihm zuzwinkerte, gehörte seinem Schwager. Jordan fuhr los.

„Nicht schlecht", lobte Richard. Er drehte sich kurz um. Hinter ihnen war derselbe Wagen wie vorhin.

„Ich sehe sie", sagte Jordan.

„Wo ist Clea Rice?"

„In Sicherheit. Aber die Sache spitzt sich zu. Wir brauchen Hilfe."

„Jordan, Interpol hat sich eingeschaltet. Sie wollen Van Weldons Kopf. Sie werden auf die Frau aufpassen."

„Woher weiß ich, dass wir ihnen trauen können?"

„Sie haben sie wochenlang beschattet. Bis ihr beide sie abgeschüttelt habt."

„Veronica arbeitet für Van Weldon. Oliver vielleicht auch."

Verblüfft starrte Richard ihn an.

„Van Weldons Organisation ist wie ein Krake, der seine Arme überall hat. Du, Beryl und Onkel Hugh seid die Einzigen, auf die ich mich wirklich verlassen kann."

„Hugh nutzt seine alten Kontakte, und MacLeod wartet nur darauf, gegen Van Weldon persönlich vorzugehen", berichtete Jordans Schwager.

„MacLeod?"

„Interpol. Der Mann auf dem Bahnsteig, der euch das Leben gerettet hat, gehört zu seiner Truppe."

Schweigend lenkte Jordan das Taxi durch den dichten Verkehr. „Ich werde mit Clea reden", sagte er nach einer Weile. „Wir treffen uns in einer Stunde. Halb neun an der U-Bahn-Station Sloane Square."

„Ich sage Hugh Bescheid."

Sie hatten die Straße erreicht, in der das elegante georgianische Stadthaus der Tavistocks lag. Ihre Verfolger waren noch immer hinter ihnen.

Jordan hielt am Bordstein. „Eins noch, Richard. Eine Sache solltest du noch wissen."

„Ja?"

„In Portsmouth legte heute Nachmittag ein Schiff an. Die *Villafjord*."

„Sie gehört Van Weldon?"

„Ja. Ich vermute, sie nimmt heute Abend Fracht an Bord. Ich schlage vor, die Polizei stattet ihr einen unangemeldeten Besuch ab."

„Was für eine Fracht?"

„Das dürfte eine Überraschung werden."

Richard stieg aus und ließ sich beim Bezahlen Zeit. Dann ging er hinein. Als Jordan davonfuhr, sah Richard, dass die Beschatter vor dem Haus parkten. Das hatte er erwartet. Sie waren auf ihn angesetzt. Ein Taxifahrer interessierte sie nicht.

Jordan parkte das Taxi in der Nähe des Hotels und blieb noch eine Weile darin sitzen. Als er sicher war, dass er nicht verfolgt wurde, stieg er aus.

Vertrau mir, dachte er, als er die Halle betrat. Du musst lernen, mir zu trauen. Er wusste, dass es lange dauern würde. Vielleicht ein Leben lang. Cleas Kindheit hatte ihr das Vertrauen in ihre Mitmenschen geraubt.

Erst jetzt wurde ihm bewusst, dass seine Zukunftspläne sie mit einschlossen. Seit einer Woche dachte er nicht mehr als *ich,* sondern als *wir.*

Vertrau mir, wiederholte er stumm, als er das Hotelzimmer betrat. Es war leer.

Jordan starrte einen Moment wie hypnotisiert auf das Bett, bevor er ins Bad eilte. Auch dort war sie nicht. Zurück im Schlafzimmer bemerkte er, dass ihre Tasche fort war. Dann fiel sein Blick auf seine Jacke.

Er nahm sie vom Stuhl und bemerkte sofort, dass sie leichter war als sonst. Er griff hinein. Die goldene Uhr seines Vaters war verschwunden.

An ihrer Stelle fand er einen Zettel.

Es war schön mit dir. Clea.

Wütend zerknüllte er die Nachricht. Diese verdammte Frau! Sie hatte ihn bestohlen! Und dann war sie …

Wohin?

Die Antwort war klar.

Es war acht. Sie hatte drei Stunden Vorsprung.

Jordan rannte aus dem Hotel und zum Taxi. Erst würde er zum Sloane Square fahren und sich bei Scotland Yard Verstärkung holen. Dann nach Portsmouth, wo eine kleine Diebin vermutlich schon die Gangway eines Schiffs hinaufschlich.

Wenn sie nicht schon tot war.

Der Zaun um das Gelände von *Cairncross Biscuits* war höher, als Clea erwartet hatte, und noch dazu mit Stacheldraht bewehrt. Nicht gerade das Übliche bei einem Lagerhaus voller Kekse. Wovor hatten sie Angst? Vor einem Angriff des Krümelmonsters?

Die Logik hatte sie hierher, in das Gewerbegebiet am Rande Londons, geführt. Wenn Van Weldons Schiff heute Abend beladen wurde, war die Fracht hier, und ein weiterer Lastwagen erregte kein Aufsehen.

Sehr schlau, Van Weldon, dachte sie. Aber diesmal bin ich dir einen Schritt voraus.

Und auch der Polizei. Wenn Jordan und die anderen sich später am Kai in Portsmouth versammelten, war Van Weldon vielleicht schon gewarnt. Deshalb wollte sie ihm zuvorkommen. Hier und jetzt.

Zwischen den Runden des Wächters lagen jeweils sieben Minuten. Als er das nächste Mal auftauchte, wartete sie, bis er sich eine Zigarette ansteckte und wieder um eine Ecke verschwand. Der Zaun war dank des Drahtschneiders kein Problem. Sie schlüpfte durch das Loch und rannte zur Seitentür des Lagerhauses.

Das Schloss war schon schwieriger. Es war modern, und sieben Minuten würden dafür vielleicht nicht reichen. Sie machte sich an die Arbeit und lauschte so angestrengt auf das leise Klicken des Mechanismus, dass sie nicht hörte, wie der Wächter zurückkam.

Als sie ihn bemerkte, war es fast zu spät. Panisch suchte sie nach einem Ausweg. Ihr gehetzter Blick fiel auf das Fallrohr, das neben ihr im Boden verschwand. War es stabil genug?

Sie kletterte daran nach oben.

Sekunden später war sie auf dem Dach und schlich an den Abluftschächten der Ventilatoren vorbei zur Tür. Sie betrachtete das Schloss und holte ihr Werkzeug heraus.

Zwei Minuten später war es geknackt.

Hinter der Tür verschwand eine schmale Treppe in der Dunkelheit. Sie schlich sie hinab, passierte eine weitere Tür und betrat die erleuchtete Lagerhalle. Vor ihr erstreckten sich zahllose Reihen gestapelter Kisten. Auf allen stand *Cairncross Biscuits, London.*

Clea nahm ein Stemmeisen aus einer Werkzeugkiste und öffnete eine. Der würzige Duft frisch gebackener Kekse stieg ihr in die Nase. Die Kiste enthielt nichts als Dosen mit dem bekannten Cairncross-Logo.

Frustriert sah sie sich um. Sie würde es niemals schaffen, sämtliche Kisten zu durchsuchen! Da fiel ihr Blick auf die Doppeltür an der hinteren Wand.

Sie eilte hinüber. Es gab keine Fenster, also lag vermutlich kein Büro dahinter.

Sie knackte auch dieses Schloss.

Kalte Luft wehte ihr ins Gesicht. Eine Klimaanlage, dachte sie. Sie tastete nach dem Schalter, zog die Tür hinter sich zu und machte Licht.

Der Raum war voller Kisten mit dem Cairncross-Logo. Einige davon waren so groß, dass ein Mensch in ihnen stehen konnte.

Mit dem Stemmeisen brach sie einen Deckel auf. Die Kiste war randvoll mit Sägespänen. Sie schob die Hände hinein und ertastete etwas Festes. Sie wühlte, bis der Gegenstand zum Vorschein kam.

Es war der Kopf einer Marmorstatue, ein Jüngling mit einem Lorbeerkranz.

Mit zitternden Händen holte sie eine Kamera aus ihrem Rucksack und machte drei Fotos von ihrem Fund. Danach schloss sie den Deckel wieder und öffnete eine zweite Kiste.

Irgendwo im Lagerhaus ertönte ein metallisches Geräusch.

Clea erstarrte. Als das Motorengeräusch eines Lastwagens näher kam und ein Schiebetor quietschend aufging, löschte sie das Licht und öffnete die Tür einen Spalt weit.

Ein Lastwagen war rückwärts an eine Laderampe gefahren.

Plötzlich sah sie Veronica und den blonden Mann in ihre Richtung kommen. Clea zuckte zurück und schloss hastig die Tür.

Sie ließ den Strahl der Taschenlampe durch den Raum wandern. Kein anderer Ausgang. Kein Ort, um sich zu verstecken. Außer …

Stimmen drangen herein.

Clea schnappte sich den Rucksack, kletterte in die Kiste und zog den Deckel zu.

Sekunden später ging das Licht an.

„Wie Sie sehen, ist alles hier", sagte Veronica. „Wollen Sie in die Kisten schauen oder vertrauen Sie mir, Mr Trott?"

„Dazu ist jetzt keine Zeit."

„Was ist mit meiner Belohnung?"

„Die haben Sie bereits bekommen."

„Was soll das heißen?", fragte Veronica empört.

„Ihr Profit vom Verkauf des Auges. Der müsste genügen."

„Aber das war meine Idee! Nur weil ich das verdammte Ding für ein paar Wochen ausgeliehen habe …"

Es gab eine kurze Pause. Dann hörte Clea, wie Veronica leise aufschrie. „Was soll die Waffe, Mr Trott?"

„Weg von den Kisten."

„Sie können mich nicht …" Veronica lachte schrill. „Sie brauchen uns!"

„Nicht mehr", erwiderte Trott.

Clea fuhr zusammen, als die Schüsse fielen. Es waren drei kurz hintereinander. Sie presste die Hand auf den Mund und glaubte, in der engen Kiste ersticken zu müssen.

Dann drang ein verzweifeltes Schluchzen durch das Holz. Veronica war noch am Leben.

„Nur eine Warnung, Mrs Cairncross", sagte Trott. „Das nächste Mal treffe ich." Seine Schritte entfernten sich. „Hierher! Ladet die Kisten auf den Lastwagen!"

Andere Schritte und ein quietschender Transportwagen näherten sich.

„Zuerst die große", befahl Trott.

Clea hielt den Atem an, als ihre Kiste zur Seite kippte und sie zwischen der Seitenwand und dem bronzenen Torso eines Mannes eingeklemmt wurde.

„Verdammt, ist die schwer. Was ist denn da drin, um alles in der Welt?"

„Das geht euch nichts an."

Mühsam wuchteten die Männer die sperrige Kiste auf den Wagen. Erst als sie schließlich auf der Ladefläche des wartenden Trucks landete, holte Clea tief Luft.

Sie war gefangen. Bei dem Betrieb auf der Rampe konnte sie schlecht herausklettern und davonschlendern.

Bevor sie eine Entscheidung treffen konnte, wurde sie ihr abgenommen. Die Männer schoben eine zweite Kiste auf die, in der sie sich befand. Sie saß in der Falle.

Die Leuchtziffern ihrer Uhr zeigten 8:10.

Um 8:25 fuhr der Lastwagen los. Cleas Waden schmerzten, die Sägespäne waren in den Kragen gerutscht, und sie wehrte sich gegen die Platzangst. Der Deckel ließ sich nicht bewegen. Sie presste den Mund an ein winziges Astloch und sog den Sauerstoff ein, bis ihre Panik sich legte.

Etwas Hartes bohrte sich in ihren Schenkel. Sie schaffte es, eine Hand in die Hosentasche zu schieben. Es war Jordans Uhr. Die sie ihm gestohlen hatte.

Inzwischen musste er ihr Fehlen bemerkt haben. Bestimmt hasste er sie und war heilfroh, sie endlich los zu sein. Genau das sollte er auch. Er war ein Gentleman, sie eine Diebin. Nichts konnte die Welten überbrücken, die sie trennten.

Doch jetzt, in der sargähnlichen Enge der Kiste, mit seiner Uhr in der Hand, sehnte sie sich so sehr nach Jordan, dass ihre Augen feucht wurden.

Sie küsste das alte Erbstück und ließ den Tränen freien Lauf.

Als der Lastwagen endlich wieder hielt, fühlte Clea sich seelisch und körperlich völlig ausgelaugt. Ihre Beine fühlten sich taub an.

Die anderen Kisten wurden zuerst entladen. Dann war ihre an der Reihe. Sie hörte die Stimmen der Arbeiter. Nach einer kurzen Fahrt auf einem Gabelstapler wurde die Kiste unsanft abgesetzt.

Als Stille eintrat, versuchte Clea, den Deckel anzuheben. Aber das Gewicht der anderen Kiste hatte die Nägel wieder ins Holz getrieben. Zum Glück hatte sie das Stemmeisen mitgenommen. Es war nicht einfach, aber sie schaffte es.

Der Deckel ging auf.

Vorsichtig schaute sie hinaus. Es roch nach Dieselkraftstoff. Sie befand sich in einem Lagerraum. Neben ihr standen die anderen Kisten. Kein Mensch war zu sehen.

Sie kletterte hinaus. Ihre Beine kribbelten, als das Blut wieder zu zirkulieren begann. In der Wand war eine Stahltür, und sie öffnete sie so leise wie möglich.

Vor ihr lag ein schmaler Gang. Hinter einer Ecke lachten und scherzten zwei Männer.

Plötzlich bewegte sich der Boden unter Cleas Füßen. Das Maschinengeräusch wurde lauter.

Erst als sie sich an der Wand festhielt, bemerkte sie den Feuerlöscher, auf dem *Villafjord* stand.

Ich bin auf seinem Schiff, dachte sie entsetzt. Ich bin auf Van Weldons Schiff gefangen!

Der Boden schwankte, das tiefe Brummen schwoll an, und die Wand vibrierte. Clea begriff.

Die *Villafjord* hatte abgelegt.

13. KAPITEL

*M*acLeod und die Polizei warteten bereits am Kai, als Jordan mit seinem Onkel Hugh und Richard Wolf dort eintraf.

„Wir kommen zu spät", sagte MacLeod.

„Was soll das heißen?", fragte Jordan scharf und musterte ihn finster.

„Ich nehme an, dies ist der junge Tavistock?"

„Mein Neffe Jordan", erklärte Hugh. „Was ist los?"

„Die *Villafjord* sollte um Mitternacht ablegen."

„Wo ist sie?"

„Genau das ist das Problem", erwiderte der Mann von Interpol trocken. „Wie es aussieht, ist sie schon vor zwanzig Minuten ausgelaufen."

„Aber es ist erst halb zehn."

Betrübt schüttelte MacLeod den Kopf. „Offenbar haben sie ihre Pläne geändert."

Jordan starrte auf das dunkle Hafenbecken. Ein kalter Wind blies landeinwärts, und er spürte das Salz auf der Haut. Sie ist dort draußen, dachte er. Ich fühle es. Und sie ist allein.

Er sah MacLeod an. „Sie müssen das Schiff abfangen."

„Auf See? Das wäre eine riesige Operation. Wir haben noch keine Beweise."

„Die werden Sie an Bord der *Villafjord* finden."

„Das Risiko ist zu groß. Wenn ich ohne vorliegende Beweise gegen Van Weldon vorgehe, werden seine Anwälte die Einstellung der Ermittlungen verlangen. Wir müssen warten, bis sie in Neapel anlegt, und die italienische Polizei dazu bringen, an Bord zu gehen."

„Aber dann ist es vielleicht schon zu spät! MacLeod, dies ist Ihre einzige Chance. Wenn Sie Van Weldon schnappen wollen, tun Sie es jetzt!", beschwor Jordan ihn.

MacLeod sah Hugh an. „Was meinen Sie, Lord Lovat?"

„Wir werden die Royal Navy um einen oder zwei Hubschrauber bitten müssen", sagte Jordans Onkel nachdenklich und sah zum Himmel. „Es gibt schlechtes Wetter. Das könnte die Sache schwierig machen."

„Bis wir die *Villafjord* erreichen, wird sie in internationalen Gewässern sein", wandte MacLeod ein. „Wir haben kein Recht, das Schiff zu durchsuchen."

„Vielleicht kein Recht, aber die Chance", sagte Jordan.

„Glauben Sie etwa, die werden uns einladen, uns an Bord umzusehen?"

„Sie werden gar nicht merken, dass sie durchsucht werden." Jordan drehte sich zu Hugh um. „Ich werde einen Marinehubschrauber brauchen. Und einige Freiwillige für das Enterkommando."

Besorgt schüttelte Hugh den Kopf. „Dir ist klar, dass du keinerlei offizielle Unterstützung hast?"

„Ja."

„Wenn etwas schiefgeht …"

„Wird die Marine mich nicht kennen. Das weiß ich auch."

„Jordan, du bist mein einziger Neffe …"

„Genau deshalb werde ich es schaffen, oder?" Lächelnd drückte Jordan seinem Onkel die Schulter.

Hugh seufzte. „Diese Clea Rice muss eine außergewöhnliche Frau sein."

„Ich stelle sie dir vor", versprach Jordan mit einem Blick auf das dunkle Wasser. „Sobald ich sie von diesem verdammten Schiff geholt habe."

Die Männerstimmen entfernten sich und verstummten schließlich.

Clea blieb an der Tür stehen und überlegte, ob sie es wagen durfte, den Laderaum zu verlassen. Bis das Schiff wieder anlegte, musste sie ein sicheres Versteck gefunden haben, denn irgendwann würde jemand die Kisten kontrollieren.

Niemand war zu sehen.

Die Männer waren nach rechts verschwunden, also ging Clea nach links und tauchte in das Labyrinth aus Korridoren und Luken ein. Sie hatte keine Ahnung, wohin sie sich wenden sollte.

Als sie plötzlich Schritte hörte, nahm sie in Panik die nächste Tür und stellte entsetzt fest, dass sie sich im Quartier der Mannschaft befand. Sie schlich zu der Reihe von Spinden, öffnete einen und quetschte sich hinein.

Darin war es noch enger als in der Kiste, und sie teilte den Spind mit übel riechenden Hemden und Schuhen. Durch die Lüftungsschlitze sah sie, wie zwei Männer den Raum betraten. Einer von ihnen kam auf die Spinde zu und riss den neben ihr auf.

„Soll sehr schlechtes Wetter geben", sagte er laut und zog eine Öljacke an.

„Der gottverdammte Sturm hat jetzt schon fünfundzwanzig Knoten."

Die Männer gingen wieder hinaus.

Clea verließ ihr Versteck. Sie brauchte einen Ort, an dem niemand sie überraschen würde …

Ein Rettungsboot. Im Kino hatte sie gesehen, wie jemand sich dort verbarg. Solange es keinen Notfall gab, würde sie dort sicher aufgehoben sein.

Sie durchsuchte die Spinde und fand eine dunkelblaue Jacke und eine schwarze Mütze. Sie zog sie an und schlich durch die Korridore, bis sie zu einem Aufgang kam.

An Deck heulte der Wind und trieb Gischt über die Reling. In der Dunkelheit konnte Clea mehrere Seeleute erkennen. Zwei sicherten eine Ladeluke, einer schaute mit einem Fernglas aufs Meer hinaus. Keiner von ihnen bemerkte sie. Clea entdeckte die beiden Rettungsboote an der Steuerbordseite. Beide waren mit Planen abgedeckt, also trocken. Sobald die *Villafjord* in Neapel anlegte, würde sie sich von Bord schleichen.

Clea zog die viel zu große Jacke fester um die Schultern und ging langsam auf die Boote zu.

Simon Trott stand auf der Kommandobrücke und starrte besorgt auf das tosende Meer vor dem Bug der *Villafjord*.

Victor Van Weldon dagegen schien das Wetter nicht zu interessieren. Ganz ruhig saß er da, während der Sauerstoff leise zischend durch den Schlauch in seiner Nase strömte.

„Wird es noch schlimmer?", fragte Trott und warf Van Weldon einen Seitenblick zu.

„Nicht sehr", erwiderte der Kapitän. „Die *Villafjord* hat schon ganz andere Stürme überstanden. Aber wenn Sie möchten, kehren wir nach Portsmouth zurück."

„Nein", sagte Van Weldon. „Das können wir nicht." Er begann

zu husten, und alle auf der Brücke sahen angewidert weg, als der alte Mann in sein Taschentuch spuckte.

Auch Trott wandte den Blick ab und starrte aufs Deck, wo drei Männer sich gegen den Sturm stemmten. Dabei bemerkte er die vierte Gestalt, die sich an der Steuerbordreling entlanghangelte. Sie geriet kurz in den Schein einer Lampe und verschwand wieder in der Dunkelheit.

Am ersten Rettungsboot blieb sie stehen, sah sich um und begann, die Plane loszumachen.

„Wer ist das?", fragte Trott scharf. „Der Mann am Rettungsboot?"

Der Kapitän runzelte die Stirn. „Den kenne ich nicht."

Trott eilte zum Ausgang.

„Mr Trott?", rief der Kapitän ihm nach.

„Ich kümmere mich darum."

Als Trott das Deck erreichte, hielt er seine Automatik entsichert in der Hand. Die Gestalt war nirgends zu sehen. Am Rettungsboot flatterte eine Ecke der Plane im Wind. Trott schlich hinüber, schlug die Plane zurück und richtete seine Waffe auf die zusammengekauerte Gestalt.

„Raus!", rief er. „Kommen Sie schon!"

Langsam hob die Gestalt den Kopf.

„Na, wenn das nicht unsere Miss Clea Rice ist", sagte Trott. Und dann lächelte er.

„Ich frage Sie noch einmal", sagte Trott zu Clea. „Sind Sie allein?"

„Ich habe ein Team Kampfschwimmer von der Marine mit."

Trott schlug wieder zu, und in ihrem Kopf schien eine Explosion einen Funkenregen zu versprühen.

„Wo ist Jordan Tavistock?", fragte Trott.

„Das weiß ich nicht."

„Ist er an Bord?"

„Nein."

Trott nahm Jordans goldene Taschenuhr vom Tisch und ließ den Deckel aufschnappen. „Bernard Tavistock", las er und sah Clea an. „Sie haben keine Ahnung, wo er steckt?"

„Das habe ich doch schon gesagt."

Er hielt die Uhr hoch. „Wo haben Sie die dann her?"

„Ich habe sie gestohlen."

Obwohl sie darauf vorbereitet war, raubte Trotts Faustschlag ihr den Atem. Blut rann über ihr Kinn. Benommen beobachtete sie, wie es auf den Teppich tropfte und darin versickerte. Endlich sage ich die Wahrheit, und er glaubt mir nicht, dachte sie.

„Er arbeitet noch mit Ihnen zusammen, nicht wahr?", sagte ihr Peiniger.

„Ich habe ihn verlassen."

Trott drehte sich zu Van Weldon um. „Ich halte Tavistock noch immer für sehr gefährlich. Lassen Sie das Kopfgeld auf ihn aufgesetzt."

Cleas Kopf fuhr hoch. „Nein! Er hat mit dem hier nichts zu tun!"

„Er war in der vergangenen Woche mit Ihnen zusammen."

„Sein Pech."

„Warum waren Sie zusammen?"

Sie zuckte mit den Schultern. „Aus Lust?"

„Das soll ich Ihnen glauben?"

„Warum nicht?" Trotzig legte sie den Kopf schief.

„Das bringt uns nicht weiter!", griff Van Weldon ein. „Werfen Sie sie über Bord."

„Erst will ich unbedingt wissen, was sie und dieser Tavistock …" Trott verstummte abrupt, als der Summer der Sprechanlage ertönte.

Er drückte auf den Knopf. „Ja, Captain?"

„Wir haben hier oben ein Problem, Mr Trott. Ein Kriegsschiff der Royal Navy ist uns dicht auf den Fersen. Sie bitten um Erlaubnis, an Bord kommen zu dürfen."

„Mit welcher Begründung?"

„Sie behaupten, dass sie alle Schiffe aus Portsmouth nach einem IRA-Terroristen durchsuchen. Sie glauben, dass er sich als Mitglied der Besatzung getarnt hat."

„Erlaubnis verweigert", sagte Van Weldon ruhig.

„Sie haben Hubschrauber", meldete der Kapitän. „Und ein zweites Schiff hat Kurs auf uns genommen."

„Wir befinden uns außerhalb der Zwölf-Meilen-Zone." Van Weldon lächelte. „Sie haben kein Recht, uns zu entern."

„Sir, ich kann Ihnen nur raten, es ihnen zu erlauben", erwiderte der Kapitän. „Vermutlich wollen sie nur einen kurzen Blick auf die Besatzung werfen, mehr nicht. Reine Routine."

Trott und Van Weldon wechselten einen Blick. Schließlich nickte Van Weldon.

„Versammeln Sie alle Männer an Deck", befahl Trott. „Sollen die Briten sie sich ansehen. Aber mehr liegt nicht drin."

„Ja, Sir."

Trott sah Van Weldon an. „Wir sollten ebenfalls nach oben gehen. Und was Miss Rice betrifft …"

„Die wird warten müssen", antwortete Van Weldon und fuhr im Rollstuhl zu dem privaten Fahrstuhl, der zur Eignerkabine gehörte. „Wir treffen uns auf der Brücke." Die Tür schloss sich hinter ihm.

Trott zog Cleas Fesseln so fest, dass sie leise aufschrie. Danach drückte er ihr einen Klebestreifen auf den Mund und folgte seinem Chef.

„Zwanzig Minuten", sagte Jordan. „Geben Sie mir nur zwanzig Minuten." Er zog sich die schwarze Mütze tiefer ins Gesicht. Die geborgte Royal-Navy-Uniform war an den Schultern ein bisschen zu eng, und die an die Brust geschnallte Automatik fühlte sich fremd an, aber beides war unbedingt nötig, wenn er bei dieser Maskerade mitmachen wollte.

Leider waren die sieben anderen Männer des Enterkommandos, alles Marineoffiziere, nicht gerade begeistert, einen Amateur mitnehmen zu müssen. Ihre skeptischen Mienen ließen daran keinen Zweifel.

Jordan ignorierte sie und konzentrierte sich auf das breite Deck der *Villafjord*, das jetzt direkt unter den Kufen des Hubschraubers lag. Kaum hatte der Helikopter aufgesetzt, sprangen die Männer ins Freie, Jordan unter ihnen.

Der Pilot hob sofort wieder ab.

Ein blonder Mann eilte auf sie zu.

Jordan mischte sich unter die anderen und wandte das Gesicht ab.

Der ranghöchste Offizier des Teams trat auf den Blonden zu. „Lieutenant Commander Tobias, Royal Navy. Wir hatten unseren Besuch bereits angekündigt."

„Simon Trott. Vizepräsident der Weldon Company. Wie können wir Ihnen helfen, Commander?"

„Wir möchten uns Ihre Besatzung ansehen."

„Natürlich. Sie ist schon versammelt." Trott zeigte auf die Männer, die am Aufgang zur Brücke warteten.

„Sind das alle?"

„Alle außer dem Kapitän und Mr Van Weldon. Die sind auf der Brücke."

„Unter Deck ist niemand?"

„Nein, Sir."

Commander Tobias nickte. „Fangen wir an."

Trott ging vor. Während der Rest des Enterkommandos ihm folgte, blieb Jordan zurück und wartete auf eine Chance, sich unauffällig abzusetzen.

Niemand sah, wie er im Niedergang verschwand.

Die Besatzung war oben, also hatte er das Unterdeck für sich. Er eilte den ersten Korridor entlang, schaute in jede Kabine und rief leise Cleas Namen. Er kontrollierte die Quartiere der Mannschaft und der Offiziere, die Messe und die Kombüse.

Clea war nirgends zu sehen.

Auf dem Weg nach achtern passierte er einen Lagerraum, in dem sich etwa ein Dutzend verschieden großer Kisten befand. Auf einer saß der Deckel schief, und er hob ihn an, um hineinzusehen.

Sie enthielt den sorgfältig verpackten Kopf einer Bronzestatue und einen Handschuh. Einen Frauenhandschuh, Größe fünf.

Jordan sah sich um. „Clea?"

Zehn Minuten waren bereits vergangen.

Mit wachsender Panik eilte er weiter und riss jede Tür auf. Ihm blieb nicht mehr viel Zeit, und er musste noch die Laderäume und die Maschine kontrollieren.

Über ihm wurde das dumpfe Knattern immer lauter. Gleich würde der Hubschrauber wieder landen.

Sein Blick fiel auf eine Mahagonitür, auf der *Privat* stand. Die Kapitänskajüte? Jordan drehte am Knauf. Sie war verschlossen. Er hämmerte dagegen. „Clea?"

Keine Antwort.

Sie hörte das Hämmern, dann Jordans Stimme.

Sie versuchte, zu antworten, aber der Klebestreifen ließ nur ein ersticktes Wimmern zu. Wie eine Verrückte wand sie sich auf dem Stuhl, aber die Fessel hielt.

Geh nicht weg! wollte sie rufen. Ich bin hier!

Verzweifelt warf sie sich zur Seite, bis der Stuhl umkippte. Ihr Kopf schlug gegen eine Tischkante. Ein stechender Schmerz durchzuckte sie. Benommen lag sie auf dem Boden. Als ihr schwarz vor Augen wurde, wehrte sie sich gegen die einsetzende Ohnmacht.

Wie durch Watte hörte sie ein dumpfes Geräusch. Immer wieder, wie ein Trommeln in der Dunkelheit.

Sie riss die Augen auf. Es wurde heller, bis sie die Umrisse der Möbel wahrnahm.

Als sie begriff, dass das Trommeln von der Tür kam, hob sie den Kopf und sah, wie das Holz zersplitterte und die leuchtend rote Klinge einer Axt zum Vorschein kam. Das Loch wurde größer, und ein Arm schob sich hindurch. Eine Hand tastete nach dem Knauf.

Dann stand Jordan plötzlich vor ihr.

„Mein Gott", murmelte er.

Ihre Hände waren so gefühllos, dass sie gar nicht spürte, wie er die Fesseln zerschnitt.

Aber sie spürte seinen Kuss. Behutsam zog er ihr den Klebestreifen vom Mund, hob sie auf und presste die Lippen auf ihre. Während sie schluchzend in seinen Armen lag, küsste er ihr Haar und das Gesicht und murmelte immer wieder ihren Namen, als könnte er ihn gar nicht oft genug aussprechen.

Erst ein leises Summen ließ ihn den Kopf heben. Rasch schaltete er das Gerät an seinem Gürtel aus. „Wir haben noch eine Minute", erklärte er. „Kannst du gehen?"

„Ich … glaube nicht. Meine Beine …"

„Dann trage ich dich." Vorsichtig stieg er über die Holzsplitter hinweg.

„Wie kommen wir vom Schiff herunter?", fragte sie.

„So, wie ich an Bord gekommen bin. Marinehubschrauber." Er bog um eine Ecke.

Und blieb wie angewurzelt stehen.

„Ich fürchte, Mr Tavistock", sagte Simon Trott, „Sie werden Ihren Flug verpassen."

*C*lea fühlte, wie Jordans Arme sich fester um sie legten. In der plötzlichen Stille glaubte sie, sein Herz schlagen zu hören. Trott hob seine Waffe. „Setzen Sie sie ab."

„Sie kann nicht gehen", sagte Jordan. „Sie hat sich den Kopf gestoßen."

„Na schön. Dann werden Sie sie eben tragen."

„Wohin?"

Trott zeigte mit seiner Automatik den Korridor entlang. „In den Laderaum."

Die drohende Mündung ließ Jordan keine andere Wahl. Mit Clea auf den Armen machte er kehrt und schlüpfte durch ein Schott. Der Laderaum war voller Kisten.

„Das Enterkommando weiß, dass ich an Bord bin", sagte er. „Ohne mich wird es nicht von Bord gehen."

„So?" Trott lächelte triumphierend, als ein lautes Knattern durch die Ladeluke drang. „Das tut es doch gerade."

Das Knattern schwoll an, als der Hubschrauber abhob.

„Zu spät", sagte Trott kopfschüttelnd. „Sie sind gerade zur Unperson geworden, Mr Tavistock. Wir werden behaupten, dass Sie nie an Bord waren. Und ich bezweifle stark, dass die Royal Navy das Gegenteil behaupten wird." Er wedelte mit der Waffe. „Die Kiste dort ist groß genug für Sie beide. Endlich sind Sie wieder vereint."

Er will uns in die Kiste sperren, dachte Clea. Und dann?

Natürlich. Er hatte vor, sie über Bord zu werfen. Jordan und sie würden ertrinken. Plötzlich fiel ihr das Atmen schwer. Die Angst war so gewaltig, dass sie keinen klaren Gedanken mehr fassen konnte.

Als Jordan sprach, war seine Stimme erstaunlich ruhig.

„Man wird Sie in Neapel erwarten", sagte er. „Interpol und die italienische Polizei. Sie glauben doch nicht im Ernst, dass Sie nur eine Kiste über Bord werfen müssen, um ungeschoren davonzukommen?"

„Wir schmieren die richtigen Leute. Das tun wir seit Jahren, und zwar erfolgreich."

„Darauf würde ich mich nicht mehr verlassen. Mögen Sie dunkle enge Orte? An einem solchen werden Sie sich nämlich bald befinden. Und zwar für den Rest Ihres Lebens."

„Das reicht", fauchte Trott. „Setzen Sie sie ab, und nehmen Sie den Deckel von der Kiste." Er schob ihm ein Stemmeisen zu. „Und keine falsche Bewegung."

Jordan stellte Clea auf die Füße. Sofort ging sie in die Knie, und er beugte sich zu ihr hinab. Als er ihr in die Augen sah, nahm sie in seinem Blick etwas wahr. Er versuchte, ihr etwas zu sagen. Er beugte sich noch weiter vor, und als seine Jacke sich öffnete, fiel ihr Blick auf das Holster.

Er hatte eine Waffe!

Trott konnte nicht sehen, wie sie in die Jacke griff, die Waffe herauszog und an ihrer Brust verbarg.

„Lassen Sie sie liegen!", befahl Trott. „Machen Sie die verdammte Kiste auf!"

Jordans Mund streifte Cleas Ohr. „Ich gebe dir Deckung", flüsterte er. „Ziel auf seine Brust."

Entsetzt starrte sie ihn an. „Nein ... Jordan, das kann ich nicht tun ..."

Er packte ihre Schulter. „Tu es."

Ihre Blicke verschmolzen, und die Botschaft in seinem war etwas, das sie niemals vergessen würde: Du musst leben, Clea. Für uns beide.

Er drückte ihre Schulter noch einmal, sanfter. Und er lächelte aufmunternd.

„Los, nehmen Sie den Deckel ab!", bellte Trott.

Clea schob den Finger um den Abzug der Pistole. Sie hatte noch nie auf jemanden geschossen. Wenn sie Trott nicht mit dem ersten Schuss außer Gefecht setzte, würde er sein ganzes Magazin auf Jordan abfeuern. Sie musste ihn treffen. Tödlich.

Für Jordan.

Warm strichen seine Lippen über ihre Stirn. Wenn sie sie das nächste Mal berührte, waren sie vielleicht schon erkaltet.

„Ich muss wohl nachhelfen", sagte Trott und gab einen Schuss ab.

Clea fühlte, wie Jordan zusammenzuckte, und hörte ihn aufstöhnen. Er griff schmerzverzerrt nach seinem Oberschenkel, und sie sah das Blut auf dem Boden. Der Anblick erfüllte sie mit einem so unbändigen Zorn, dass sie nicht mehr zögerte.

Mit beiden Händen richtete sie die Pistole auf Trott und feuerte. Die Kugel traf ihn mitten in die Brust. Er taumelte zurück. Die Waffe entglitt seinen Fingern und landete polternd auf den Planken. Er sank in die Knie und unternahm den hilflosen Versuch, sie wieder aufzuheben. Doch seine Hände gehorchten ihm nicht. Seine ausgestreckten Arme zuckten noch einmal, dann bewegten sie sich nicht mehr.

„Raus hier", keuchte Jordan.

„Ich verlasse dich nicht."

„Ich kann nicht. Mein Bein …"

„Sei still!", rief sie und ging mit unsicheren Schritten zu Trott, um seine Waffe aufzusammeln. „Wir kommen sowieso nicht von Bord. Bestimmt haben sie die Schüsse gehört und werden gleich hier sein. Dann werden wir sie eben zusammen empfangen." Sie kauerte sich wieder neben Jordan.

Zärtlich nahm sie sein Gesicht zwischen die Hände und küsste ihn.

Seine Lippen waren schon kälter.

Schluchzend legte sie seinen Kopf auf ihren Schoß. Es ist vorbei, dachte sie, als sie Schritte auf den Boden hämmern hörte. „Ich liebe dich", flüsterte sie.

Plötzlich war sie ganz ruhig. Sie hob die Waffe und zielte auf die Einstiegsluke …

Und drückte nicht ab. Ein Mann in Marineuniform starrte sie überrascht an. Hinter ihm drängten sich drei ebenfalls uniformierte Männer in den Laderaum. Einer von ihnen war Richard Wolf.

„Ruft den Hubschrauber zurück!", rief er, als er Jordan sah. „Wir brauchen einen Arzt!"

„Ja, Sir!" Einer der Offiziere eilte davon.

Langsam ließ Clea die Pistole sinken. Sie hatte Angst, sie ganz loszulassen. Das kalte Metall war, wie ihr schien, das Einzige, das ihr noch Halt bot.

„Ich nehme sie."

Ziemlich benommen sah sie zu Richard hoch. Er lächelte halb väterlich, halb bewundernd und streckte behutsam die Hand nach der Waffe aus. Wortlos reichte sie sie ihm. Er nickte. „Braves

Mädchen", sagte er sanft.

Fünfzehn Minuten später waren der Schiffsarzt und die Sanitäter der Royal Navy an Bord. Inzwischen konnte Clea wieder auf den Beinen stehen. Ihr Kopf schmerzte höllisch, doch als ein Sanitäter sie beiseitenehmen und untersuchen wollte, lehnte sie ab.

Sie wollte bei Jordan bleiben und sah zu, als er eine Infusion bekam und auf eine Trage geschnallt wurde. Schweigend drängte sie sich in den Lastenfahrstuhl, der ihn an Deck brachte.

Erst als einer der Offiziere sie zurückhielt, als man Jordan in den Hubschrauber hob, begriff sie, dass sie getrennt werden sollten. Sie geriet in Panik, schob den Offizier von sich und wäre zu Jordan gerannt, wenn Richard Wolf sie nicht mit festem Griff daran gehindert hätte.

„Lassen Sie mich los!", schluchzte sie.

„Sie bringen ihn ins Krankenhaus. Man wird sich um ihn kümmern."

„Ich will bei ihm bleiben! Er braucht mich!"

Richard packte ihre Schultern. „Sie werden ihn bald wiedersehen, das verspreche ich! Aber jetzt brauchen wir Sie, Clea. Sie müssen uns alles erzählen. Über Van Weldon. Über dieses Schiff."

Der Rotor übertönte alles. Clea sah dem Helikopter nach, als er in der Dunkelheit schnell kleiner wurde. Bitte passt auf ihn auf, bat sie stumm. Er muss leben.

Dann verklang das Knattern, und zu hören waren nur noch der Wind und die aufgewühlte See.

„Miss Rice?"

Mit Tränen in den Augen sah sie Richard Wolf an. „Ich erzähle Ihnen alles, Mr Wolf", sagte sie und musste plötzlich lachen. „Sogar die Wahrheit."

Es dauerte zwei Tage, bis Clea Jordan wiedersah.

Sie erfuhr, dass er viel Blut verloren hatte, die Operation jedoch gut und ohne Komplikationen verlaufen war. Mehr sagte man ihr nicht.

Richard Wolf brachte sie in einem sicheren Haus des MI 6 außerhalb Londons unter. Drei Männer bewachten die Eingänge, und sie fühlte sich wie im Gefängnis.

Richard hatte ihr erklärt, dass sie noch immer in Gefahr war, bis Van Weldons Verhaftung sich in der Unterwelt herumgesprochen hatte.

Bis dahin hielt man sie von Jordan fern.

Clea ahnte den wahren Grund für die Trennung. Es wunderte sie nicht, dass Jordans aristokratische Familie sich letztendlich durchgesetzt hatte. Sie gehörte nicht zu den Frauen, die man in den eigenen Kreisen willkommen hieß. Schließlich galt es, den guten Ruf zu wahren. Dass sie Jordan wichtig war, spielte angesichts ihrer anrüchigen Vergangenheit keine Rolle.

Die Tavistocks meinten es nur gut mit ihm. Das konnte sie ihnen nicht vorwerfen.

Aber dass die Familie auch ihre eigene Freiheit beschnitt, gefiel ihr nicht. Zwei Tage lang ertrug sie die Isolation. Sie ging im Garten auf und ab, sah fern und blätterte lustlos in Zeitschriften.

Dann hatte sie genug.

Sie nahm den Rucksack und marschierte nach draußen. „Ich gehe jetzt", erklärte sie dem verdutzten Wächter.

„Fürchte, das ist nicht möglich", erwiderte er.

„Wie wollen Sie es verhindern? Indem Sie mir in den Rücken schießen?"

„Ich habe den Befehl, für Ihre Sicherheit zu sorgen. Sie können nicht gehen."

„Dann passen Sie mal auf." Sie hängte sich den Rucksack über die Schulter und wollte gerade das Tor aufstoßen, als eine schwarze Limousine in die Einfahrt rollte und direkt vor ihr hielt. Ein Chauffeur stieg aus und öffnete den Wagenschlag.

Ein älterer Herr trat ins Freie. Er war rundlich und hatte kaum noch Haar, aber er trug seinen Maßanzug mit lässiger Eleganz. Einen Moment lang musterte er Clea schweigend.

„Sie sind also die Frau", sagte er dann.

Kühl erwiderte sie seinen forschenden Blick. „Und der Mann ist ...?"

Er streckte die Hand aus. „Ich bin Hugh Tavistock, Jordans Onkel."

Wortlos ergriff sie die Hand. Sein Griff war überraschend fest. Wie Jordans.

„Wir haben viel zu bereden, Miss Rice", sagte Hugh. „Möchten Sie einsteigen?"

„Ich wollte gerade gehen."

„Sie wollen ihn nicht sehen?"

„Sie meinen … Jordan?"

Hugh nickte. „Es ist eine lange Fahrt. Ich dachte mir, wir nutzen sie, um uns kennenzulernen. Ich habe schließlich schon einiges von Ihnen gehört."

Clea stieg in die Limousine.

Während draußen die herbstliche Landschaft vorbeiglitt, saßen sie schweigend nebeneinander. Was könnten wir einander denn schon sagen? dachte sie. Seine Welt ist mir so fremd wie meine ihm.

„Wie es aussieht, fühlt mein Neffe sich zu Ihnen hingezogen", begann Hugh schließlich.

„Ihr Neffe ist ein guter Mensch", erwiderte sie, ohne ihn anzusehen. „Ein sehr guter Mensch."

„Das weiß ich schon lange."

„Er verdient …" Sie schluckte und unterdrückte die Tränen. „Er verdient nur das Beste."

„Das ist wahr."

„Also …" Sie hob das Kinn und drehte sich zu ihm. „Ich werde Ihnen wirklich keine Schwierigkeiten machen. Lord Lovat, ich habe keine Ansprüche. Keine Erwartungen. Ich möchte nur …" Sie schaute aus dem Fenster. „Ich möchte doch nur, dass er glücklich ist. Selbst wenn ich dazu aus seinem Leben verschwinden muss."

„Sie lieben ihn." Es war keine Frage, sondern eine Feststellung.

Die Tränen waren nicht mehr zurückzuhalten.

„Sie sind nicht die Erste, die sich in ihn verliebt hat, aber ganz anders als Ihre Vorgängerinnen. Sie sind eine ungewöhnliche Frau, Miss Rice", fuhr Jordans Onkel fort. „Ihnen ist doch klar, dass Sie Victor Van Weldon fast ganz allein zur Strecke gebracht haben? Dass Sie einen weltweit operierenden Waffenschmuggel aufgedeckt haben?"

Sie zuckte mit den Schultern, als wäre ihr das egal. Und im Moment war es das auch. Sie hörte gar nicht richtig zu, als Hugh erzählte, was nach dem Aufbringen der *Villafjord* alles geschehen war. Dass Oliver und Veronica Cairncross verhaftet worden waren. Dass der Untergang der *Max Havelaar* genauer untersucht wurde. Dass man im Cairncross-Lagerhaus Boden-Luft-Raketen gefunden hatte. Und dass Victor Van Weldon seinen Prozess vermutlich nicht mehr erleben würde.

Als Hugh fertig war, sah er Clea an. „Sie haben uns allen einen großen Dienst erwiesen, Miss Rice."

„Ich bin sehr müde, Lord Lovat. Ich möchte einfach nur nach Hause."

„Nach Amerika?"

Wieder zuckte sie nur mit den Schultern. „Ich nehme an, das ist mein Zuhause ... Es war einmal mein Zuhause. Ich weiß es nicht mehr."

„Was ist mit Jordan? Ich dachte, Sie lieben ihn."

„Sie haben selbst gesagt, dass ich nicht die Erste bin, die sich in Ihren Neffen verliebt hat", entgegnete sie.

„Aber die Erste, in die Jordan sich verliebt hat."

Clea legte die Stirn in Falten.

„Seit zwei Tagen ist mein sonst so umgänglicher Neffe absolut unerträglich. Er terrorisiert die Ärzte und Schwestern, hat sich zweimal selbst vom Tropf genommen und den Rollstuhl eines anderen Patienten beschlagnahmt. Wir haben ihm erklärt, dass es zu gefährlich wäre, Sie zu ihm zu bringen. Aber jetzt, da Sie nicht mehr in Lebensgefahr sind ..."

„Bin ich nicht?"

„Nein. Geben Sie ihm seine gute Laune wieder."

„Trauen Sie mir das zu?", fragte sie.

„Genau wie Richard Wolf."

„Und was sagt Jordan?"

„Verdammt wenig. Aber er war noch nie sehr gesprächig." Hugh musterte sie. „Er will erst mit Ihnen reden."

Clea lachte bitter. „Das muss hart für Sie sein, Lord Lovat. Eine Frau wie ich und Ihr Neffe. Sie werden mich im Schrank verstecken müssen."

„Sie wären in bester Gesellschaft", erwiderte er trocken.

„Ich verstehe nicht."

„Wir Tavistocks haben eine große Vorliebe für ... nicht standesgemäße Partner. Wir haben Marktfrauen, Kurtisanen und sogar die eine oder andere Amerikanerin geheiratet."

„Sie ... würden jemanden wie mich in Ihre Familie aufnehmen?"

„Das liegt nicht bei mir, Miss Rice, sondern bei Jordan. Was immer ihn glücklich macht."

Glücklich, dachte sie. Ja, für einen Monat oder ein Jahr wird er in meinen Armen Glück finden. Aber dann wird ihm klar werden, wer ich war. Wer ich bin ...

Sie würde ihm nichts vormachen, ihre Karten auf den Tisch legen und ehrlich sein. Das war sie Jordan schuldig.

Wenig später hielten sie vor dem Krankenhaus. Im Fahrstuhl stand sie starr und reglos da. Als sie im siebten Stock ausstiegen und zu Jordans Zimmer gingen, war sie auf den unvermeidlichen Abschied vorbereitet.

Ruhig trat sie ein.

Und verlor die mühsam gewahrte Fassung.

Jordan stand auf Krücken am Fenster. Langsam drehte er sich um. Fast verlor er dabei das Gleichgewicht, doch sein Blick blieb fest auf Cleas Gesicht gerichtet.

Ihre Begleiter gingen hinaus.

Sie stand in der Tür, wollte zu ihm und hatte Angst, sich ihm zu nähern. „Du hast es also geschafft", sagte sie nur und vermied, ihn anzusehen.

Er sah ihr ins Gesicht, fand jedoch nicht, was er darin suchte. „Ich wollte dich sehen."

„Dein Onkel hat es mir erzählt." Sie lächelte. „Aber jetzt kann Van Weldon uns nichts mehr anhaben. Wir können in unser altes Leben zurück."

„Und willst du das?"

„Was soll ich sonst tun?"

„Bei mir bleiben."

Er wartete auf ihre Antwort, aber sie wich seinem Blick aus. „Bleiben? Du meinst ... in England?"

„Ich meine bei mir. Wo immer das sein mag."

„Willst du das wirklich, Jordan?", fragte sie leise. „Du weißt doch nicht einmal, wer ich bin."

„Ich weiß, wer du bist."

„Ich habe dich angelogen. Immer wieder."

„Ich weiß."

„Es waren große Lügen."

„Du hast mir auch die Wahrheit gesagt."

„Nur wenn ich musste! Ich habe im Gefängnis gesessen, Jordan! Ich stamme aus einer kriminellen Familie. Meine Kinder werden vermutlich auch kriminell werden."

„Eine echte Herausforderung für den Vater."

„Und was ist damit?" Sie holte die Taschenuhr aus dem Rucksack und ließ sie vor seinem Gesicht baumeln. „Die habe ich gestohlen. Das habe ich getan, um dir etwas zu beweisen. Es war dumm von dir, mir zu vertrauen!"

„Nein, Clea", antwortete er sanft. „Deshalb hast du sie nicht gestohlen."

„Nein? Warum dann?"

„Weil du Angst vor mir hast."

„Angst? Ich habe Angst?"

„Du hast Angst davor, dass ich dich liebe. Dass du mich liebst. Und davor, dass dich deine Vergangenheit einholt, dass alles an deiner Vergangenheit scheitert."

„Okay, du hast recht", sagte sie. „Aber das macht doch Sinn, oder? Ich will dir nichts vormachen, Jordan. Und du solltest das auch nicht tun."

„Ich weiß, wer du bist und was für ein Glück es ist, dass ich dich gefunden habe."

„Glück?" Sie lachte bitter. „Ich bin eine Diebin!" Sie hob die Uhr. „Ich habe die hier gestohlen!"

Er packte ihr Handgelenk. „Das Einzige, was du gestohlen hast, ist mein Herz."

Wortlos starrte sie ihn an.

Er streichelte ihr Gesicht und fing die erste Träne auf, die ihr über die Wange rann. „Ich kann dich nicht zwingen, bei mir zu bleiben. Selbst wenn ich es wollte … Aber ich habe meine Entscheidung getroffen. Jetzt bist du an der Reihe."

Durch die Tränen hindurch sah sie die Angst in seinen Augen. Und die Hoffnung.

„Ich möchte dir so sehr glauben", flüsterte sie.

„Das wirst du. Vielleicht nicht heute oder morgen, aber irgendwann, Clea, wirst du mir glauben. An uns … an dich." Er küsste sie. „Und dann, Miss Rice, sind Ihre Tage auf der Flucht endgültig vorbei."

Tief ergriffen starrte sie ihn an. Oh, Jordan, dachte sie, ich glaube, das sind sie jetzt schon.

Sie schlang die Arme um ihn und küsste ihn. Als sie sich von ihm löste, schaute sie in sein Lächeln.

Es war das Lächeln des Diebes, der ihr Herz gestohlen hatte … und es für immer behalten würde.

– ENDE –

Tess Gerritsen

Das Geheimlabor

Roman

Aus dem Amerikanischen von
M. R. Heinze

PROLOG

*Z*weige schlugen Victor Holland ins Gesicht, und sein Herz hämmerte so hart, dass er glaubte, seine Brust würde explodieren, doch er musste weiterlaufen. Schon jetzt hörte er, wie der Mann näher kam, und er stellte sich vor, wie die Kugel durch die Nacht fetzte und in seinen Rücken schlug. Vielleicht war das sogar bereits passiert. Vielleicht legte er eine breite Blutspur. Er war zu betäubt vor Entsetzen, um im Moment irgendetwas anderes zu fühlen als verzweifelten Lebenshunger.

Eisiger Regen klatschte in sein Gesicht, blendete ihn. Victor taumelte durch einen See von Dunkelheit und landete bäuchlings im Schlamm. Das Geräusch seines Sturzes war ohrenbetäubend laut. Sein Verfolger wurde durch das scharfe Knacken der Zweige angelockt, veränderte seine Richtung und kam jetzt direkt auf Victor zu. Das Plopp eines Schalldämpfers und das Zischen einer Kugel an seiner Wange verrieten ihm, dass er entdeckt worden war.

Er zwang sich auf die Beine, schlug einen Haken nach rechts und wieder einen zurück in Richtung Highway. Hier im Wald war er ein toter Mann. Aber wenn er einen Wagen anhalten, wenn er jemandes Aufmerksamkeit erregen konnte, hatte er vielleicht noch eine Chance.

Krachen von Zweigen und ein scharfer Fluch sagten ihm, dass sein Verfolger gestrauchelt war. Victor gewann ein paar kostbare Sekunden. Er rannte weiter, nur instinktiv von seinem Orientierungssinn geleitet. Es gab kein Licht, das ihn führte, nichts außer dem düsteren Schimmer der Wolken am nächtlichen Himmel. Die Straße musste gleich da vorne sein. Jeden Moment musste er Asphalt unter seinen Füßen spüren.

Und was dann? Wenn es keinen Wagen gab, den er anhalten konnte? Wenn niemand da war, der ihm half?

Dann sah er durch die Bäume ein schwaches Flackern, zwei wässrige Lichtbahnen.

Mit einem verzweifelten Sprint jagte er auf den Wagen zu. Seine Lungen brannten, seine Augen waren von dem Peitschen von Zweigen und Regentropfen fast blind. Wieder pfiff eine Kugel an ihm vorbei und schlug in einen Baumstamm, aber der Schütze hinter ihm hatte plötzlich keine Bedeutung mehr. Nur noch diese

371

Lichter zählten, führten ihn durch die Dunkelheit, lockten ihn mit dem Versprechen der Rettung.

Als seine Füße plötzlich auf Asphalt trafen, war es wie ein Schock. Die Lichter waren noch immer vor ihm und schwankten irgendwo jenseits der Bäume auf und ab. Hatte er den Wagen verpasst? Entfernte sich der Wagen bereits hinter einer Kurve? Nein, da war das Licht wieder, jetzt sogar heller. Es kam hier entlang. Victor rannte dem Wagen entgegen, folgte der Biegung der Straße und wusste die ganze Zeit, dass er hier draußen ein leichtes Ziel war.

Das Klatschen seiner Schuhe auf der nassen Straße erfüllte seine Ohren. Die Lichter schwenkten auf ihn zu. In diesem Moment hörte er den dritten Schuss. Die Wucht des Einschlags ließ ihn taumelnd auf die Knie fallen. Vage fühlte er, wie die Kugel seine Schulter durchschlug, wie sein eigenes Blut warm an seinem Arm herunterfloss, aber er empfand keinen Schmerz. Er konnte sich nur darauf konzentrieren, am Leben zu bleiben. Er kämpfte sich wieder auf die Beine hoch, tat stolpernd einen Schritt vorwärts …

Und wurde von den auf ihn zukommenden Scheinwerfern geblendet. Zu spät, um sich zur Seite zu werfen, sogar zu spät, um in Panik zu geraten. Reifen kreischten auf dem Asphalt, spritzten Wasserfontänen hoch.

Victor fühlte den Aufprall nicht. Er wusste lediglich, dass er plötzlich am Boden lag und der Regen in seinen Mund prasselte und ihm sehr, sehr kalt war.

Und dass er etwas zu tun hatte, etwas Wichtiges.

Fiebrig tastete er in die Tasche seiner Windjacke. Seine Finger schlossen sich um den kleinen Plastikzylinder. Victor konnte sich nicht genau erinnern, wieso der Behälter so wichtig war, aber er war erleichtert, weil das Ding noch vorhanden war. Er umklammerte es fest mit seiner Hand.

Jemand rief ihn. Eine Frau. Er konnte ihr Gesicht nicht durch den Regen sehen, aber er konnte ihre Stimme hören, heiser vor Panik inmitten des Summens in seinem Kopf. Er versuchte zu sprechen, versuchte, sie zu warnen, dass sie beide verschwinden müssten, dass der Tod ringsum in den Wäldern lauerte. Aber er brachte nur ein Stöhnen hervor.

1. KAPITEL

*D*rei Meilen außerhalb des Redwood Valley war ein Baum quer über die Straße gestürzt, und bei den schweren Regenfällen und dem Stau brauchte Catherine Weaver fast drei Stunden, um Willits zu passieren. Da war es bereits zehn Uhr, sodass sie Garberville nicht vor Mitternacht erreichen konnte. Hoffentlich blieb Sarah auf und wartete auf sie. Aber wie sie Sarah kannte, wurde bestimmt ein Abendessen im Herd warm gehalten, und im Kamin loderte ein Feuer. Catherine fragte sich, wie ihrer Freundin die Schwangerschaft bekam. Wunderbar, natürlich. Sarah hatte jahrelang von diesem Baby gesprochen, einen Namen dafür ausgesucht – Sam oder Emmy –, und das schon lange, bevor sie schwanger geworden war. Die Tatsache, dass sie keinen Ehemann mehr hatte, spielte eine untergeordnete Rolle. „Man kann nur eine begrenzte Zeit auf den richtigen Vater warten", hatte Sarah erklärt. „Dann muss man die Dinge selbst in die Hand nehmen."

Und das hatte sie getan. Während ihre biologische Uhr ihre letzten Jahre verticken ließ, war Sarah zu Cathy nach San Francisco gefahren und hatte in aller Ruhe aus den Gelben Seiten eine Samenbank ausgesucht. Natürlich eine liberal eingestellte. Eine, die Verständnis für die verzweifelte Sehnsucht einer neununddreißig Jahre alten, alleinstehenden Frau aufbrachte. Die Befruchtung selbst war eine kühl klinische Angelegenheit gewesen, wie sie später erzählte. Auf den Tisch hüpfen, die Füße in die Steigbügel stellen, und fünf Minuten später war man schwanger. Nun ja, fast. Aber es war eine einfache Prozedur, die Spender waren nachweisbar gesund, und was das Beste von allem war, eine Frau konnte ihre Mutterinstinkte ohne das ganze alberne Zeug rund um eine Ehe befriedigen.

Ja, das alte Ehespiel! Sie beide hatten es durchlitten. Und nach ihren Scheidungen hatten sie beide ungeachtet der Narben aus der Schlacht weitergemacht.

Tapfere Sarah, dachte Cathy. Wenigstens besitzt sie den Mut, das alles ganz allein durchzustehen.

Der alte Ärger stieg in ihr hoch und war noch immer stark genug, dass ihr Mund sich schmal zusammenpresste. Sie konnte ihrem Exmann Jack eine Menge verzeihen. Seine Selbstsucht. Seine Forderungen. Seine Untreue. Aber sie konnte ihm nie verzeihen, dass er ihr die Chance verweigert hatte, ein Kind zu bekommen. Oh, sie hätte selbstverständlich gegen seinen Wunsch ein Kind bekommen können, aber sie hatte gewollt, dass er es sich genauso sehr wünschte. Also hatte sie auf den richtigen Zeitpunkt gewartet. Doch während ihrer zehnjährigen Ehe hatte er sich nie „bereit" gefühlt, war es nie „der richtige Zeitpunkt" gewesen.

Er hätte ihr natürlich die Wahrheit sagen können, nämlich, dass er zu egozentrisch war, um sich mit einem Baby abzugeben.

Ich bin siebenunddreißig Jahre alt, dachte sie. Ich habe keinen Ehemann mehr. Ich habe nicht einmal einen ständigen Freund. Aber ich wäre zufrieden, könnte ich nur mein Kind in den Armen halten.

Wenigstens würde Sarah bald so glücklich sein.

In vier Monaten war das Baby fällig. Sarahs Baby. Cathy musste bei dem Gedanken lächeln, obwohl der Regen jetzt gegen ihre Windschutzscheibe prasselte und sie trotz der auf höchster Geschwindigkeit laufenden Scheibenwischer kaum die Straße erkennen konnte. Sie sah auf ihre Uhr. Es war fast schon halb zwölf. Weit und breit war kein anderer Wagen in Sicht. Falls sie hier draußen eine Panne hatte, würde sie die Nacht auf den Rücksitzen verbringen müssen, während sie auf Hilfe wartete.

Sie versuchte, die Mittellinie auszumachen, sah jedoch nichts als eine solide Regenwand. Sie hätte doch in diesem Motel in Willits absteigen sollen. Doch sie hasste die Vorstellung, nur noch fünfzig Meilen von ihrem Ziel entfernt zu sein, besonders nachdem sie so weit gefahren war.

Sie entdeckte vor sich ein Schild: Garberville, 10 Meilen. Also war sie doch weiter, als sie angenommen hatte. Noch fünfundzwanzig Meilen, dann kam eine Abzweigung und eine Strecke von fünf Meilen durch dichte Wälder zu Sarahs Zedernholzhaus. Dass sie so nahe war, steigerte ihre Ungeduld. Sie gab dem alten Ford etwas mehr Gas, eine Unvorsichtigkeit unter diesen Bedingungen, aber ein warmes Haus und heiße Schokolade waren einfach zu verlockend.

Die Straße beschrieb plötzlich eine Kurve. Erschrocken riss Cathy das Steuer nach rechts, und der Wagen rutschte wild über die regennasse Fahrbahn. Cathy hütete sich, auf die Bremse zu treten. Stattdessen umklammerte sie das Lenkrad und kämpfte darum, den Wagen wieder unter Kontrolle zu bringen. Die Reifen rutschten ein paar Meter weit, bis sie schon dachte, die Bäume am Straßenrand mitzunehmen. Im letzten Moment griffen die Reifen wieder, und Cathy schaffte den Rest der Kurve.

Dann traf es sie völlig überraschend. In dem einen Moment gratulierte sie sich, weil sie eine Katastrophe vermieden hatte, und im nächsten Moment starrte sie ungläubig nach vorne.

Der Mann war aus dem Nichts aufgetaucht. Er kauerte auf der Straße, wie ein Wild von ihren Scheinwerfern gefangen. Ihre Reflexe setzten ein. Sie rammte den Fuß auf die Bremse, doch es war schon zu spät. Dem Kreischen ihrer Reifen folgte der dumpfe Aufprall des Körpers auf ihrer Motorhaube.

Scheinbar eine Ewigkeit saß sie wie erstarrt da und konnte nichts anderes machen, als das Lenkrad zu umklammern und auf die hin- und hergleitenden Scheibenwischer zu starren. Als sie endlich begriff, was tatsächlich passiert war, stieß sie die Tür auf und rannte in den Regen hinaus.

Zuerst konnte sie durch den Wolkenbruch nichts sehen, nur einen glitzernden Streifen Asphalt, der von dem schwachen Schein ihrer Rücklichter beleuchtet wurde. Wo ist er, dachte sie hektisch. Während Wasser über ihr Gesicht strömte, ging sie zurück und versuchte, mit den Augen die Dunkelheit zu durchdringen. Dann hörte sie über dem Prasseln des Regens ein leises Stöhnen. Es kam irgendwo von der Seite bei den Bäumen.

Sie tauchte in die Dunkelheit ein und versank knöcheltief in Schlamm und Tannennadeln. Wieder hörte sie das Stöhnen, jetzt näher, fast in Reichweite.

„Wo sind Sie?", schrie sie. „Melden Sie sich!"

„Hier …" Die Antwort war so schwach, dass Cathy sie kaum hörte, aber es reichte aus. Sie drehte sich herum, tat ein paar Schritte und stolperte buchstäblich in der Finsternis über die zusammengesunkene Gestalt. Zuerst bestand er nur aus einem verwirrenden Haufen nasser Kleider, aber sie fand seine Hand und fühlte seinen Puls. Er schlug schnell, aber regelmäßig, wahrscheinlich regelmäßiger als ihr eigener jagender Puls. Seine Finger schlossen sich plötzlich in einem verzweifelten Griff um ihr Handgelenk. Er rollte sich gegen sie und versuchte, sich aufzusetzen.

„Bitte, bewegen Sie sich nicht!", flehte sie.

„Kann ... kann nicht hierbleiben ..."

„Wo sind Sie verletzt?"

„Keine Zeit. Helfen Sie mir. Schnell ..."

„Erst, wenn Sie mir sagen, wo Sie verletzt sind!"

Er packte ihre Schulter und schaffte es zu Cathys Erstaunen, sich halb hochzuziehen. Einen Moment schwankten sie zusammen, dann ließ seine Kraft nach, und sie glitten beide im Schlamm auf die Knie. Sein Atem ging rau und stoßweise. Wenn er innere Verletzungen hatte, könnte er innerhalb von Minuten sterben. Sie musste ihn sofort in ein Krankenhaus bringen, selbst wenn das bedeutete, dass sie ihn zum Wagen zerren musste.

„Los, versuchen wir es noch einmal", rief sie, packte seinen linken Arm und schlang ihn sich um den Nacken. Sein schmerzliches Zischen erschreckte sie. Sofort ließ sie ihn los. Sein Arm hinterließ klebrige Wärme auf ihrem Hals.

Blut!

„Meine andere Seite ist in Ordnung", ächzte er. „Versuchen Sie es noch einmal!"

Sie wechselte auf seine rechte Seite und zog seinen Arm über ihren Nacken. Sie schwankten wie betrunken, aber endlich stand er aufrecht. Cathy fragte sich, ob er die Kraft hatte, einen Fuß vor den anderen zu setzen. Sie würde ihn ganz sicher nicht von der Stelle bekommen. Auch wenn er schlank war, so war er doch wesentlich größer, als sie erwartet hatte, zu groß, um von ihren eins fünfundsechzig gestützt zu werden.

Aber irgendetwas schien ihn anzutreiben, irgendeine verborgene Reserve. Selbst durch die nassen Kleider hindurch fühlte sie die Hitze seines Körpers. Ein Dutzend Fragen entstanden in ihrem Kopf, doch ihr fehlte der Atem, um sie auszusprechen. Sie musste sich vollständig darauf konzentrieren, ihn zu dem Wagen und dann in ein Krankenhaus zu schaffen.

Während sie ihn um die Taille festhielt, krallte sie ihre Finger um seinen Gürtel. Schmerzhaft kämpften sie sich Schritt um Schritt zur Straße voran. Sein Arm spannte sich hart um ihren Hals. Alles an ihm wirkte angespannt. Verzweiflung schien ihn anzutreiben. Seine Panik übertrug sich auf Cathy, steckte sie mit seinem Drang, zu fliehen, an. Nach jedem Meter musste sie stehen bleiben und ihr triefnasses Haar zurückstreichen, nur um zu erkennen, wohin sie gingen. Und rings um sie herum versperrten Regen und Dunkelheit jegliche Sicht auf mögliche lauernde Gefahren.

Die Rücklichter ihres Wagens leuchteten vor ihnen wie rubinrote Augen in der Nacht. Mit jedem Schritt wurde der Mann schwerer, und ihre Knie wurden so weich, dass sie fürchtete, sie beide würden der Länge nach hinschlagen. Wenn das passierte, würde sie nicht mehr die Kraft haben, den Mann aufzurichten. Schon jetzt sackte sein Kopf gegen ihre Wange, und Wasser sickerte von seinem regennassen Haar an ihrem Hals hinunter.

Als sie die Beifahrerseite erreichten, fühlte sich Cathys Arm an, als würde er abfallen. Sie konnte kaum die Tür aufziehen und hatte keine Kraft mehr, um sanft vorzugehen. Sie schob den Mann einfach auf den Sitz.

Er sackte auf den Beifahrersitz. Seine Beine hingen noch heraus. Cathy bückte sich, packte ihn an den Knöcheln und hob ein Bein nach dem anderen in den Wagen, wobei sie mit einem Gefühl des Losgelöstseins feststellte, dass ein Mann mit so großen Füßen auf keinen Fall elegant sein konnte.

Als sie sich auf den Fahrersitz schob, versuchte er schwach, den Kopf zu heben, ließ ihn jedoch wieder nach hinten sinken. „Beeilen Sie sich", flüsterte er.

Gleich beim ersten Drehen des Schlüssels stotterte der Motor nach der Zündung kurz und starb ab. Gütiger Himmel, flehte sie, spring an! Spring an! Sie schaltete die Zündung aus, zählte langsam bis drei und versuchte es noch einmal. Diesmal sprang der Motor an. Cathy schrie fast vor Erleichterung auf, rammte den Gang hinein und jagte mit kreischenden Reifen in Richtung Garberville los.

Voll Panik sah sie im Schein der Armaturenbrettbeleuchtung, dass der Kopf des Mannes gegen die Rückenlehne gesunken war. Er rührte sich nicht.

„Hey! Hören Sie mich?", schrie sie.

Die Antwort kam in einem Flüsterton. „Ich lebe noch."

„Gütiger Himmel! Einen Moment dachte ich …" Ihr Herz hämmerte, während sie wieder auf die Straße blickte. „Hier muss doch irgendwo ein Krankenhaus sein …"

„Bei Garberville … da ist eines …"

„Wissen Sie, wie ich dahin komme?"

„Ich bin vorbeigefahren ... fünfzehn Meilen ..."

Wo war sein Wagen? „Was ist passiert? Hatten Sie einen Unfall?"

Er setzte zum Sprechen an, doch seine Antwort wurde von einem plötzlichen Flackern von Licht unterbrochen. Er raffte sich hoch, drehte sich um und starrte auf die Scheinwerfer eines anderen Wagens weit hinter ihnen. Bei seinem geflüsterten Fluch sah Cathy ihn alarmiert an.

„Was ist los?"

„Dieser Wagen ..."

Sie blickte in den Rückspiegel. „Was ist damit?"

„Wie lange folgt er uns schon?"

„Ich weiß nicht. Ein paar Meilen. Warum?"

Die Anstrengung, seinen Kopf hochzuhalten, schien plötzlich zu viel für ihn zu werden, und er ließ ihn mit einem Stöhnen wieder sinken. „Kann nicht denken", wisperte er. „Kann nicht ..."

Er hat zu viel Blut verloren, dachte sie und trat in Panik das Gaspedal durch. Der Wagen tat einen Satz durch den Regen, das Lenkrad vibrierte wild, während Fontänen von den Rädern hochsprühten. Langsamer, sonst brachte sie noch sie beide um!

Sie nahm den Fuß wieder vom Gas. Der Mann kämpfte sich erneut in eine sitzende Haltung hoch.

„Bitte, behalten Sie den Kopf unten", flehte sie.

„Dieser Wagen ..."

„Ist nicht mehr da."

„Sind Sie sicher?"

Sie blickte in den Rückspiegel. Durch den Regen sah sie nur ein schwaches Funkeln von Licht, aber das waren nicht eindeutig Scheinwerfer. „Ich bin sicher", log sie und war erleichtert, dass er sich wieder zurücklehnte.

Sein Schweigen jagte ihr Angst ein. Sie musste seine Stimme hören und sich vergewissern, dass er nicht bewusstlos geworden war.

„Sprechen Sie mit mir", drängte sie. „Bitte!"

„Ich bin müde ..."

„Nicht aufhören! Weitersprechen! Wie ... wie heißen Sie?"

Die Antwort bestand nur aus einem Flüstern. „Victor ..."

„Victor. Das ist ein großartiger Name. Der gefällt mir. Was machen Sie beruflich, Victor?"

Sein Schweigen war Anzeichen dafür, dass er zu schwach war, um sich zu unterhalten. Aber sie konnte nicht zulassen, dass er das Bewusstsein verlor.

„Na schön." Sie zwang sich dazu, ihre Stimme leise und ruhig zu halten. „Dann werde ich sprechen. Sie brauchen nichts zu sagen. Hören Sie nur einfach zu. Mein Name ist Catherine. Cathy Weaver. Ich lebe in San Francisco, im Richmond District. Kennen Sie die Stadt?" Es kam keine Antwort, aber sie fühlte, dass er ihre Worte stumm zur Kenntnis nahm. „Na schön", fuhr sie fort, um die Stille irgendwie zu füllen. „Vielleicht kennen Sie die Stadt nicht. Das spielt keine Rolle. Ich arbeite für eine unabhängige Filmgesellschaft. Genau genommen gehört sie Jack. Meinem Exmann. Wir machen Horrorfilme. Zweitklassige Filme, aber sie werfen Profit ab. Unser letzter war ‚Reptilian'. Ich habe das Make-up bei den Spezialeffekten gemacht. Richtig grausiges Zeug. Jede Menge grüner Schuppen und Schleim ..." Sie lachte ... Es war ein seltsamer, panikartiger Klang. Unverkennbar schwang Hysterie mit.

Sie musste darum kämpfen, sich wieder unter Kontrolle zu bekommen.

Ein Lichtblitz ließ sie scharf in den Rückspiegel blicken. Ein Scheinwerferpaar war durch den Regen kaum erkennbar. Sekundenlang beobachtete sie das Licht und überlegte, ob sie etwas zu Victor sagen sollte. Dann schwand es wie ein Gespenst.

„Unser nächstes Projekt ist für Januar geplant. ‚Ghouls'. Wir werden in Mexiko filmen, was ich hasse, weil die verdammte Hitze immer das Make-up zum Schmelzen bringt ..."

Sie warf einen Seitenblick auf Victor, sah jedoch nicht einmal den Hauch einer Reaktion. Aus Angst, den Kontakt zu ihm verloren zu haben, wollte sie nach seinem Puls tasten. Seine Hand war tief in die Tasche seiner Windjacke geschoben. Als Cathy versuchte, sie herauszuziehen, reagierte er sofort mit heftigem Widerstand, wurde ruckartig wach, schlug blindlings nach ihr und wollte sie von sich stoßen.

„Victor, es ist schon gut!", schrie sie und versuchte, gleichzeitig den Wagen zu steuern und sich selbst zu schützen. „Es ist ja gut. Ich bin es, Cathy! Ich will Ihnen nur helfen!"

Beim Klang ihrer Stimme wich die Spannung aus seinem Körper, und sein Kopf sank langsam gegen ihre Schulter. „Cathy", flüsterte er. Es klang erleichtert. „Cathy ..."

„Ja, ich bin es." Sachte schob sie seine nassen Haare zurück. Er griff nach ihrer Hand. Sein Griff war erstaunlich fest und beruhigend und sagte: Ich lebe noch, ich atme noch. Er presste ihre Handfläche an seine Lippen. Es war eine Zärtlichkeit zwischen Fremden, die Cathy aufgewühlt zittern ließ.

Sie lenkte ihre volle Aufmerksamkeit wieder auf die Straße. Der Mann schwieg, aber sie konnte weder das Gewicht seines Kopfes an ihrer Schulter noch seinen warmen Atem in ihrem Haar ignorieren.

Der Wolkenbruch wurde zu einem leichten, aber stetigen Regen. Das Sunnyside Up Café flog vorbei. Ein trister Kasten unter einer einzelnen Straßenlampe, und Cathy erhaschte einen Blick auf Victors Gesicht im Profil: eine hohe Stirn, scharfe Nase, hervorspringendes Kinn. Dann war das Licht verschwunden, und er war nur ein Schatten, der neben ihr leise atmete. Aber sie hatte genug gesehen, um zu wissen, dass sie dieses Gesicht nie vergessen würde.

„Wir müssten schon in der Nähe sein", sagte sie, mehr um sich selbst als ihn zu beruhigen. „Wo ein Café auftaucht, kommt bald auch eine Stadt." Keine Antwort. „Victor?" Noch immer keine Antwort. Sie unterdrückte ihre Panik und gab Gas.

Obwohl das Sunnyside Up Café schon mindestens eine Meile hinter ihr lag, konnte sie noch immer die Straßenlampe in ihrem Rückspiegel blinken sehen. Sie brauchte ein paar Sekunden, um zu begreifen, dass es nicht nur ein Licht war, sondern zwei, und dass diese Lichter sich bewegten ... Scheinwerfer auf dem Highway. War es etwa derselbe Wagen, den sie schon früher gesehen hatte? Sie starrte so eingehend in den Rückspiegel, dass sie beinahe das Schild übersehen hätte:

Garberville, 5.750 Einwohner
Benzin – Essen – Unterkunft

Eine halbe Meile später tauchte die Straßenbeleuchtung gelblich schimmernd im Regen auf. Ein Lastwagen kam ihr entgegen. Obwohl jetzt eine Geschwindigkeitsbeschränkung galt, hielt sie den

Fuß fest auf das Gaspedal gedrückt und betete zum ersten Mal in ihrem Leben, von einem Polizeiauto gejagt zu werden.

Das Straßenschild HOSPITAL schien ihr aus dem Nichts entgegenzuspringen. Sie bremste und bog ab. Ein paar Hundert Meter weiter lenkte sie ein rotes Schild NOTFALL zu einem Seiteneingang. Sie ließ Victor auf dem Beifahrersitz, rannte hinein, durch einen leeren Warteraum und schrie einer hinter ihrem Pult sitzenden Krankenschwester zu: „Bitte, helfen Sie mir! Ich habe einen Mann in meinem Wagen …"

Die Krankenschwester reagierte sofort, folgte Cathy ins Freie, warf einen Blick auf den auf dem Beifahrersitz zusammengesunkenen Mann und rief nach Unterstützung.

Selbst mithilfe eines stämmigen Arztes hatten sie Schwierigkeiten, Victor aus dem Wagen zu ziehen. Er war zur Seite gesunken, und sein Arm war unter die Handbremse gerutscht.

„Hey, Miss!", rief der Arzt Cathy zu. „Steigen Sie auf der anderen Seite ein und befreien Sie seinen Arm!"

Cathy kletterte auf den Fahrersitz. Sie zögerte. Sie musste seinen verletzten Arm bewegen, griff nach seinem Ellbogen und versuchte, ihn unter der Handbremse hervorzuziehen, entdeckte jedoch, dass sich seine Armbanduhr in der Tasche seiner Windjacke verhakt hatte. Nachdem sie das Armband geöffnet hatte, zog sie seinen Arm über die Handbremse. Er reagierte mit einem schmerzlichen Stöhnen. Der Arm glitt schlaff auf den Boden. Endlich hatten sie Victor auf eine Bahre gelegt, festgeschnallt und rollten ihn in das Gebäude.

„Was ist passiert?", rief der Arzt Cathy über seine Schulter zu.

„Ich habe ihn angefahren … auf der Straße …"

„Wann?"

„Vor fünfzehn, zwanzig Minuten."

„Wie schnell sind Sie gefahren?"

„Ungefähr sechzig Stundenkilometer."

„War er bei Bewusstsein, als Sie ihn fanden?"

„Etwa zehn Minuten lang … dann wurde er mehr oder weniger bewusstlos …"

Eine Schwester warf ein: „Das Hemd ist blutgetränkt. Er hat Glassplitter in der Schulter."

Während dieser wilden Jagd durch den Korridor unter den

Leuchtstoffröhren sah Cathy zum ersten Mal Victor deutlich. Schmales Gesicht, lehmverschmiert, das Kinn kantig vor Schmerz, eine breite Stirn, auf der hellbraune Haare nass klebten. Er griff nach ihr, hielt ihre Hand fest.

„Cathy …"

„Ich bin da, Victor."

Er weigerte sich, den Kontakt zu unterbrechen. Der Druck seiner Finger schmerzte beinahe. Er blinzelte durch den Schmerz, richtete seinen Blick auf ihr Gesicht. „Ich muss … muss Ihnen sagen …"

„Später!", sagte der Arzt knapp.

„Nein, warten Sie!" Victor versuchte, sie im Auge zu behalten. Schmerz verzerrte seine Gesichtszüge, während er sich bemühte, zu sprechen.

Cathy wurde von der Verzweiflung in seinem Blick angezogen und beugte sich über ihn. „Ja, Victor", flüsterte sie, streichelte sein Haar und wollte seinen Schmerz mindern. „Was ist denn?"

„Wir können nicht warten!", erklärte der Arzt kurz angebunden. „Bringt ihn hinein!"

Victors Hand wurde Cathy entrissen, als sie ihn in den Notfallraum rollten, einen Albtraum aus rostfreiem Stahl und blendend hellen Lichtern. Er wurde auf den Operationstisch gelegt.

„Puls hundertzehn", sagte eine Schwester. „Blutdruck fünfundachtzig zu fünfzig!"

„Zwei Infusionen. Blutgruppe feststellen und kontrollieren und sechs Konserven bereitstellen. Und holt einen Chirurgen. Wir werden Hilfe brauchen …"

Die maschinengewehrartigen Stimmen, das metallische Klirren von Schränken und Infusionsständern und Instrumenten war ohrenbetäubend. Niemand schien Notiz von Cathy in der Tür zu nehmen, während sie mit der Faszination des Entsetzens zusah, wie eine Krankenschwester nach einem Messer griff und Victors blutige Kleider zerschnitt.

Mehr und mehr Haut wurde freigelegt, bis Hemd und Windjacke weggeschnitten waren und eine breite Schulter mit dichten dunklen Haaren sichtbar wurde. Für Ärzte und Schwestern war das einfach ein Körper, an dem sie arbeiten mussten, ein Patient, den sie retten mussten. Für Cathy war das ein lebender, atmender Mensch, ein Mensch, der ihr etwas bedeutete, wenn auch nur wegen dieser schrecklichen Minuten, die sie gemeinsam erlebt hatten.

Die Schwester beschäftigte sich mit seinem Gürtel, öffnete ihn rasch, zog ihm Hose und Shorts aus und warf sie zu den anderen schmutzigen Kleidungsstücken. Cathy nahm kaum die Nacktheit des Mannes oder die Schwestern und die Techniker wahr, die sich an ihr vorbei in den Raum drängten. Ihr geschockter Blick hatte sich auf Victors linke Schulter gerichtet, von der frisches Blut auf den Tisch floss. Sie erinnerte sich daran, wie sein ganzer Körper vor Schmerz gezuckt hatte, als sie ihn an dieser Schulter packte. Erst jetzt begriff sie, wie sehr er gelitten hatte.

Säuerlicher Geschmack stieg in ihrem Hals hoch. Gleich wurde ihr schlecht.

Sie kämpfte die Übelkeit nieder, taumelte ein Stück weg und sank auf einen Stuhl. Da saß sie ein paar Minuten, ohne sich weiter um das Chaos um sie herum zu kümmern. Entsetzen packte sie, als sie das Blut an ihren Händen sah.

„Da sind Sie", sagte jemand. Eine Schwester war soeben aus dem Behandlungsraum gekommen und trug ein Bündel mit den Habseligkeiten des Mannes. Sie winkte Cathy zu einem Pult. „Wir brauchen Ihren Namen und Ihre Adresse, falls die Ärzte noch Fragen haben. Und die Polizei muss verständigt werden. Haben Sie sie schon verständigt?"

Cathy schüttelte benommen den Kopf. „Ich … ich sollte es wohl tun …"

„Sie können dieses Telefon benutzen."

„Danke."

Es klingelte achtmal, bevor sich jemand meldete. Die Stimme klang rau vor Schlaf. Offenbar bot Garberville sogar für die örtliche Polizei nachts nur wenig Aufregendes. Der Revierpolizist nahm Cathys Meldung auf und erklärte ihr, man würde sich später mit ihr in Verbindung setzen, sobald sie den Unfallort inspiziert hatten.

Die Schwester hatte Victors Brieftasche geöffnet und suchte nach irgendwelchen Ausweisen. Cathy beobachtete, wie sie ein Aufnahmeformular ausfüllte.

Name: Victor Holland. Alter: 41. Beruf: Biochemiker. Nächste Angehörige: unbekannt.

Das war also sein voller Name. Victor Holland. Cathy starrte auf den Stapel verschiedener Ausweise und richtete ihre Aufmerksamkeit auf einen Sicherheitspass einer Firma namens Viratek. Ein Farbfoto zeigte Victors ernstes Gesicht. Seine grünen Augen blickten direkt in die Kamera.

Leise fragte sie: „Kommt er wieder in Ordnung?"

Die Schwester schrieb weiter: „Er hat viel Blut verloren, aber er macht einen ziemlich zähen Eindruck ..."

Cathy nickte.

Die Schwester reichte ihr einen Stift und das Informationsblatt. „Schreiben Sie Ihren Namen und Ihre Adresse da unten hin. Falls der Arzt noch eine Frage hat."

Cathy schrieb Sarahs Adresse und Telefonnummer auf das Blatt. „Mein Name ist Cathy Weaver. Sie erreichen mich unter dieser Nummer."

„Sie bleiben in Garberville?"

„Drei Wochen. Ich bin zu Besuch hier."

„Oh. Toller Urlaubsanfang, wie?"

Cathy stand seufzend auf. „Ja, toll."

Sie blieb vor dem Behandlungsraum stehen und fragte sich, was da drinnen passierte. Sie wusste, dass Victor um sein Leben kämpfte; ob er noch bei Bewusstsein war und sich an sie erinnern konnte? Irgendwie erschien es ihr wichtig, dass er sich an sie erinnerte.

Cathy wandte sich an die Schwester. „Sie rufen mich an, ja? Ich meine, Sie lassen es mich wissen, falls er ..."

Die Schwester nickte. „Wir halten Sie auf dem Laufenden."

Es hatte aufgehört zu regnen, und am Himmel war ein Streifen mit Sternen zu sehen. Als Cathy den Parkplatz des Krankenhauses verließ, zitterte sie vor Erschöpfung. Sie bemerkte nicht den Wagen, der auf der anderen Straßenseite parkte, oder das kurze Aufglühen einer Zigarette, bevor sie ausgedrückt wurde.

2. KAPITEL

Knapp eine Minute, nachdem Cathy das Krankenhaus verlassen hatte, kam ein Mann herein und trat an das Pult der Schwester, die noch die Papiere des neuen Patienten ausfüllte. Sie blickte hoch und sah einen ungefähr fünfunddreißigjährigen Mann, schmales Gesicht, die dunklen Haare leicht gräulich durchzogen. Wassertropfen funkelten auf seinem braunen Burberry.

„Kann ich Ihnen helfen, Sir?", fragte sie und richtete ihren Blick auf seine Augen, die so schwarz schimmerten wie Kieselsteine in einem Teich.

Er nickte. „Wurde vor kurzer Zeit ein Mann eingeliefert? Victor Holland?"

„Ja. Sind Sie ein Verwandter?"

„Ich bin sein Bruder. Wie geht es ihm?"

„Er ist gerade erst gebracht worden und wird noch versorgt. Wenn Sie warten wollen, kann ich mich erkundigen, wie es steht …" Sie unterbrach sich und griff nach dem klingelnden Telefon. Ein technischer Mitarbeiter gab die Laborwerte des neuen Patienten durch. Während sie die Zahlen aufschrieb, bemerkte sie aus den Augenwinkeln, dass sich der Mann umgedreht hatte und zu der geschlossenen Tür des Notfallraums blickte. Die Tür schwang auf, als ein Helfer mit einer prall gefüllten und blutverschmierten Plastiktüte herauskam. Stimmengewirr drang aus dem Raum.

„Blutdruck rauf auf hundertzehn zu siebzig!"

„Operationssaal ist vorbereitet!"

„Wo bleibt der Chirurg?"

„Ist unterwegs. Hatte Probleme mit dem Wagen."

„Bereit zum Röntgen! Alle zurücktreten!"

Langsam schloss sich die Tür und dämpfte die Stimmen. Die Schwester legte den Hörer auf, als der Helfer die Plastiktüte auf ihr Pult stellte. „Was ist das?", fragte sie.

„Die Kleider des Patienten. Die sind restlos im Eimer. Soll ich sie einfach wegwerfen?"

„Ich nehme sie mit nach Hause", erklärte der Mann im Regenmantel. „Ist alles hier drinnen?"

Der Helfer warf der Schwester einen unbehaglichen Blick zu. „Ich weiß nicht so recht … ich meine, die Sachen sind recht … äh … schmutzig …"

Die Schwester sagte rasch: „Mr Holland, lassen Sie uns doch die Kleider wegwerfen. Da ist nichts dabei, das man noch aufheben könnte. Seine Wertsachen habe ich schon hier." Sie schloss eine Schublade auf und zog einen verschlossenen Umschlag heraus mit der Aufschrift: Holland, Victor. Inhalt: Brieftasche, Armbanduhr. „Das können Sie mitnehmen. Unterschreiben Sie nur die Quittung."

Der Mann nickte und unterschrieb mit David Holland. „Sagen Sie", fragte er, während er den Umschlag einsteckte, „ist Victor wach? Hat er irgendetwas gesagt?"

„Ich fürchte nicht. Er war bei seiner Einlieferung nur halb bei Bewusstsein."

Der Mann nahm diese Information schweigend auf. Es war ein Schweigen, das die Schwester plötzlich äußerst beunruhigend empfand.

„Entschuldigen Sie, Mr Holland", fragte sie, „woher haben Sie erfahren, dass Ihr Bruder verletzt wurde? Ich hatte keine Gelegenheit, irgendwelche Verwandten zu benachrichtigen …"

„Die Polizei hat mich angerufen. Victor fuhr meinen Wagen. Man hat ihn zerschmettert am Straßenrand gefunden."

„Ach, was für eine schreckliche Art, so etwas zu erfahren."

„Ja. Das Zeug, aus dem die Albträume sind."

„Wenigstens hat man Sie erreicht." Sie blätterte in den Papieren auf ihrem Schreibtisch. „Könnten wir Ihre Adresse und Telefonnummer bekommen? Für den Fall, dass wir uns mit Ihnen in Verbindung setzen müssen?"

„Natürlich." Der Mann griff nach den Aufnahmepapieren und überflog sie hastig, ehe er seinen Namen und eine Telefonnummer in das Feld neben „Nächste Angehörige" schrieb. „Wer ist diese Catherine Weaver?", fragte er und deutete auf den Namen und die Adresse am unteren Rand des Blattes.

„Das ist die Frau, die ihn eingeliefert hat."

„Ich werde mich bei ihr bedanken müssen." Er gab ihr die Papiere zurück.

„Schwester?"

Sie blickte zu dem Arzt, der sie von dem Notfallraum her rief. „Ja?"

„Ich möchte, dass Sie die Polizei rufen. Sie soll so schnell wie möglich herkommen."

„Die Polizei ist schon verständigt worden, Doktor. Sie weiß über den Unfall Bescheid und ..."

„Rufen Sie noch einmal an. Das ist kein Unfall."

„Was?"

„Wir haben gerade die Röntgenaufnahmen bekommen. Der Mann hat eine Kugel in der Schulter."

„Eine Kugel?" Die Schwester wandte sich langsam an den Mann, der behauptet hatte, Victor Hollands Bruder zu sein. Zu ihrem Erstaunen war niemand da. Sie fühlte nur einen kühlen Lufthauch und sah, wie sich die Doppeltüren leise schlossen.

„Wohin ist er denn verschwunden, zum Teufel?", flüsterte der Helfer.

Sekundenlang konnte sie nur auf die geschlossenen Türen starren. Dann sank ihr Blick zu dem leeren Fleck auf ihrem Schreibtisch, von wo die Tüte mit Victor Hollands schmutziger Kleidung verschwunden war.

„Warum hat die Polizei noch einmal angerufen?"

Cathy legte langsam den Hörer auf. Obwohl sie in einen warmen Bademantel gewickelt war, schauderte sie. Sie drehte sich um und starrte quer durch die Küche Sarah an. „Dieser Mann auf der Straße ... sie haben eine Kugel in seiner Schulter gefunden."

Sarah blickte überrascht auf, während sie Tee einschenkte. „Du meinst ... jemand hat ihn angeschossen?"

Cathy ließ sich auf einen Küchenstuhl sinken und blickte benommen in die Tasse Zimttee, die Sarah vor sie schob. Ein heißes Bad und eine beruhigende Stunde vor dem Kamin hatten die Ereignisse der Nacht wie einen bösen Traum erscheinen lassen. Hier in Sarahs Küche mit dem Duft von Zimt und Gewürzen wirkte die Gewalttätigkeit der realen Welt Millionen Meilen entfernt.

Sarah beugte sich zu ihr vor. „Weiß man schon, was passiert ist? Hat er irgendetwas gesagt?"

„Er ist gerade aus dem Operationssaal gekommen." Sie blickte aufs Telefon. „Ich sollte noch einmal im Krankenhaus anrufen ..."

387

„Nein, das solltest du nicht. Du hast alles getan, was du überhaupt tun kannst." Sarah berührte sachte ihren Arm. „Und dein Tee wird kalt."

Cathy strich sich mit bebenden Fingern die feuchten Haare aus der Stirn. Eine Kugel in der Schulter! Hatte jemand ganz einfach auf irgendeinen fremden Wagen geschossen? Oder war Victor Holland zum Sterben ausersehen gewesen?

Im Freien rasselte etwas und klapperte gegen das Haus. Cathy setzte sich scharf auf. „Was war das?"

„Glaub mir, das war nicht der schwarze Mann", sagte Sarah lachend, ging an die Küchentür und griff nach dem Riegel.

„Sarah!", rief Cathy in Panik. Der Riegel glitt zurück. „Warte!"

„Wirf doch selbst einen Blick hinaus." Sarah öffnete die Tür. Das Licht aus der Küche fiel über etliche Mülltonnen auf dem Autoabstellplatz. Ein Schatten glitt auf den Boden, huschte davon und zog eine Spur von Essensverpackungen über die Einfahrt.

„Waschbären", erklärte Sarah. „Wenn ich die Deckel nicht festbinde, verstreuen diese Biester den Abfall im ganzen Garten." Ein zweiter Schatten steckte seinen Kopf aus einem der Eimer und starrte sie mit in der Dunkelheit schimmernden Augen an. Sarah klatschte in die Hände und schrie: „Los, hau ab!" Der Waschbär wich nicht. „Hast du kein Zuhause, in das du dich verziehen kannst?" Endlich ließ sich der Waschbär zu Boden fallen und trottete zwischen den Bäumen davon. „Mit jedem Jahr werden sie frecher." Sarah schloss seufzend die Tür, drehte sich um und blinzelte Cathy an. „Also, nimm's leicht. Wir sind hier nicht in der Großstadt."

„Erinnere mich daran." Cathy griff nach einer Scheibe Bananenbrot und bestrich sie mit süßer Butter. „Weißt du, Sarah, ich glaube, Weihnachten mit dir wird viel netter sein, als es jemals mit dem guten Jack war."

„Ach ja, wenn wir schon von Exehemännern sprechen ..." Sarah trat an den Schrank. „Bringen wir uns in die richtige Geisteshaltung. Und dafür reicht Tee nicht aus." Breit lächelnd winkte sie mit einer Flasche Brandy.

„Sarah, du trinkst doch keinen Alkohol, oder?"

„Der ist nicht für mich." Sarah stellte die Flasche und ein Weinglas vor Cathy. „Aber du kannst auf jeden Fall einen tüchtigen

Schluck gebrauchen. Immerhin war es eine kalte, traumatische Nacht. Und jetzt sitzen wir hier und reden über Truthähne und das männliche Geschlecht."

„Nur wenn du es so siehst …" Cathy schenkte sich großzügig Brandy ein. „Auf die Truthähne dieser Welt!", erklärte sie und nahm einen Schluck. Er ging ihr gut hinunter.

„Wie geht es dem guten Jack?", fragte Sarah.

„Genau wie immer."

„Blondinen?"

„Er ist zu Brünetten übergewechselt."

„Hat er nur ein Jahr gebraucht, um den Weltvorrat an Blondinen durchzugehen?"

Cathy zuckte die Schultern. „Vielleicht hat er ein paar ausgelassen."

Daraufhin lachten sie beide unbekümmert – ein Zeichen, dass ihre Wunden heilten und Männer zu Wesen wurden, über die man ohne Schmerz, ohne Kummer sprechen konnte.

Cathy betrachtete ihr Brandyglas. „Glaubst du, dass es auf der Welt noch irgendwelche guten Männer gibt? Ich meine, sollte nicht wenigstens ein einziger noch irgendwo herumlaufen? Vielleicht eine Mutation oder so etwas? Ein einzelner anständiger Kerl?"

„Sicher. Irgendwo in Sibirien. Aber der ist schon hundertzwanzig Jahre alt."

„Ich hatte immer schon eine Vorliebe für ältere Männer."

Sie lachten wieder, aber diesmal klang es nicht mehr so unbeschwert. So viele Jahre waren vergangen seit ihrer gemeinsamen Collegezeit, in der sie nie daran gezweifelt hatten, dass es auf der Welt nur so von Märchenprinzen wimmelte.

Cathy leerte ihr Glas und stellte es ab. „Was bin ich doch für eine lausige Freundin. Ich halte eine schwangere Lady die ganze Nacht wach! Wie spät ist es überhaupt?"

„Erst halb drei."

„Oh, Sarah! Geh ins Bett!" Cathy trat an die Spüle und befeuchtete eine Handvoll Haushaltstücher.

„Und was machst du?", fragte Sarah.

„Ich möchte nur den Wagen sauber machen. Ich habe nicht das ganze Blut von dem Sitz bekommen."

„Das habe ich schon gemacht."

„Was? Wann?"

„Während du gebadet hast."

„Sarah, du Dummkopf!"

„Hey, ich hatte keine Fehlgeburt. Oh, das hätte ich fast vergessen." Sarah deutete auf einen kleinen Filmbehälter auf der Theke. „Das habe ich auf dem Boden deines Wagens gefunden."

Cathy schüttelte seufzend den Kopf. „Der gehört Hickey."

„Hickey! Na, das ist vielleicht eine Verschwendung an Mann!"

„Er ist auch ein guter Freund von mir."

„Das ist auch alles, was Hickey leider jemals für eine Frau sein wird. Ein Freund! Was ist denn auf dieser Filmrolle? Nackte Frauen, wie üblich?"

„Ich will es nicht einmal wissen. Als ich ihn am Flughafen absetzte, gab er mir ein halbes Dutzend Filme und sagte, er würde sie abholen, wenn er zurückkommt. Vermutlich wollte er sie nicht nach Nairobi mitschleppen."

„Ist er dorthin geflogen? Nairobi?"

„Er macht ‚Tolle Frauen Afrikas' oder so etwas in der Art." Cathy schob den Filmbehälter in die Tasche ihres Bademantels. „Der muss aus dem Handschuhfach gefallen sein. Himmel, hoffentlich ist das Zeug keine Pornografie."

„Wie ich Hickey kenne, wahrscheinlich schon."

Beide lachten über die Ironie der Sache. Hickman von Trapp, dessen Arbeit darin bestand, nackte Frauen in erotischen Posen zu fotografieren, hatte absolut kein Interesse am anderen Geschlecht, seine Mutter vielleicht ausgenommen.

„Ein Typ wie Hickey beweist nur meinen Standpunkt", sagte Sarah über die Schulter, während sie durch den Korridor zu Bett ging.

„Und welchen Standpunkt?"

„Dass es auf der Welt wirklich keine guten Männer für Frauen mehr gibt."

Es war das Licht, das Victor aus den Tiefen seiner Bewusstlosigkeit zerrte. Ein Licht, heller als ein Dutzend Sonnen, das gegen seine geschlossenen Lider schlug. Er wollte nicht aufwachen. Wenn er sich gegen dieses herrliche Vergessen stemmte, konnte er Schmerz fühlen und Übelkeit und etwas noch viel Schlimmeres: Entsetzen.

Wovor, daran konnte er sich nicht erinnern. Vor dem Tod? Nein, nein, dies hier war der Tod oder doch so nahe daran, wie man nur kommen konnte, und es war warm und schwarz und angenehm. Aber er musste etwas Wichtiges tun, etwas, das er nicht vergessen durfte. Er versuchte, zu denken, erinnerte sich jedoch nur an eine Hand, die sanft und doch irgendwie kraftvoll über seine Stirn strich, und eine Stimme, die leise in der Dunkelheit nach ihm tastete.

„Mein Name ist Catherine …"

Zusammen mit ihrer Berührung und ihrer Stimme tauchte auch die Angst in seiner Erinnerung auf. Keine Angst um ihn selbst … er war ja tot, oder …?, sondern um sie. Um die starke, sanfte Catherine. Er hatte ihr Gesicht nur kurz gesehen und konnte sich kaum daran erinnern, aber irgendwie wusste er, dass sie schön war. Und jetzt hatte er Angst um sie.

„Wo bist du?", wollte er rufen.

„Er kommt zu sich", sagte eine Frauenstimme, gefolgt von einer verwirrenden Vielfalt anderer Stimmen.

„Auf die Infusion achten!"

„Mr Holland, halten Sie still. Alles kommt in Ordnung …"

„Ich sagte, auf die Infusion achten!"

„Geben Sie mir die zweite Einheit Blut …"

„Nicht bewegen, Mr Holland …"

Wo bist du, Catherine? Der Schrei explodierte in seinem Kopf. Er kämpfte gegen die Versuchung an, wieder in Bewusstlosigkeit zu versinken, und rang sich dazu durch, die Lider zu heben. Zuerst gab es nur verwischtes Licht und Farben, so scharf, dass ihm ein Stich von den Augen bis ins Gehirn fuhr. Allmählich schälten sich Gesichter heraus. Fremde in Blau, die auf ihn herabblickten. Er versuchte, sie klar zu erkennen, doch sein Magen rebellierte von der Anstrengung.

„Mr Holland, ganz ruhig", sagte eine ruhige, energische Stimme. „Sie sind im Krankenhaus, im Aufwachraum. Man hat gerade Ihre Schulter operiert. Ruhen Sie sich aus, schlafen Sie weiter …"

„Nein, nein, ich kann nicht!", versuchte er zu sagen.

„Fünf Milligramm Morphium verabreicht", sagte jemand, und Victor fühlte, wie Wärme seinen Arm hochkroch und sich über seiner Brust ausbreitete.

„Das müsste helfen", hörte er. „Schlafen Sie jetzt. Alles ist gut gegangen ..."

„Ihr versteht nicht!", wollte er schreien. Ich muss sie warnen ...

Es war der letzte bewusste Gedanke, bevor die Lichter erneut von der sanften Dunkelheit verschlungen wurden.

Sarah lag allein in ihrem von jeglichem Ehemann freien Bett und lächelte. Nein, lachte! Heute Nacht war ihr ganzer Körper von Lachen erfüllt. Sie wollte singen und tanzen, am offenen Fenster stehen und ihre Freude hinausschreien. Das war alles hormonell, hatte man ihr erklärt, dieses chemische Durcheinander der Schwangerschaft, das ihren Körper über eine Achterbahn der Gefühle zerrte. Sie wusste, dass sie sich ausruhen sollte, aber heute Nacht war sie überhaupt nicht müde. Die arme erschöpfte Cathy hatte sich die Treppe nach oben zu ihrem Bett geschleppt. Aber sie war noch immer hellwach.

Sie schloss die Augen und richtete ihre Gedanken auf das Kind in ihrem Leib. Wie geht es dir, mein Kleines? Schläfst du? Oder hörst du jetzt meine Gedanken?

Das Baby bewegte sich in ihrem Bauch und hielt wieder still. Es war eine geheime Antwort, die nur sie beide miteinander teilten. Sarah war fast froh, dass kein Ehemann sie von dieser stummen Unterhaltung ablenkte, während er hier eifersüchtig als Außenseiter lag. Es gab nur Mutter und Kind, das uralte Band, die mystische Verbindung.

Arme Cathy, dachte sie und machte die Achterbahnfahrt von Freude hin zur Traurigkeit für ihre Freundin mit. Sie wusste, wie tief Cathy sich nach einem Kind sehnte, aber irgendwann würde die Zeit ihr diese Chance entreißen. Cathy war zu sehr eine Romantikerin, um zu erkennen, dass sie vielleicht nie den richtigen Mann und die richtigen Umstände antreffen würde.

Hatte Cathy nicht zehn lange Jahre gebraucht, um endlich zu erkennen, dass ihre Ehe ein erbärmlicher Fehlschlag war?

Dabei hatte Cathy sich wirklich bemüht und eine gewaltige Blindheit für Jacks Fehler entwickelt, vorwiegend für seine Selbstsucht. Es war überraschend, wie eine so kluge, so intuitive Frau die Dinge so lange schleifen lassen konnte, wie sie das getan hatte. Aber so war Cathy nun einmal. Selbst mit siebenunddreißig war sie offen und vertrauensvoll und loyal bis zur Idiotie.

Das Knirschen von Kies in der Einfahrt erregte Sarahs Aufmerksamkeit. Sie lag völlig still, lauschte und hörte einen Moment nur das vertraute Knarren der alten Bäume und das Rascheln der Zweige an dem Dach. Und dann kam es wieder. Steinchen rollten über die Straße, Metall quietschte leise. Wieder diese Waschbären! Wenn sie die Biester jetzt nicht verscheuchte, würden sie überall in der Einfahrt Müll verstreuen.

Seufzend setzte sie sich auf und fischte in der Dunkelheit nach ihren Pantoffeln. Leise ging sie aus ihrem Schlafzimmer, den Korridor entlang und in die Küche. Ihre Augen fanden die Nacht zu angenehm. Sie wollte ihnen kein Licht zumuten. Anstatt die Lampe am Autoabstellplatz einzuschalten, nahm sie die Taschenlampe von ihrem Platz auf dem Bord in der Küche und schloss die Tür auf.

Das Mondlicht schimmerte schwach durch die Wolken. Sarah richtete die Taschenlampe auf die Mülleimer, doch der Strahl traf auf keine Waschbärenaugen, auf keinen verräterisch verstreuten Müll, nur auf rostfreien Stahl. Verwirrt ging sie über den Abstellplatz und blieb neben dem Ford stehen, den Cathy in der Einfahrt geparkt hatte.

Erst jetzt bemerkte sie das Licht, das schwach in dem Wagen schimmerte. Das Handschuhfach stand offen. Ihr erster Gedanke war, dass es sich von selbst geöffnet habe oder dass sie oder Cathy vergessen hatten, es zu schließen. Dann entdeckte sie die Straßenkarten, die auf dem Vordersitz verstreut lagen.

Angst umkrallte sie plötzlich. Sie wich zurück, aber das Entsetzen machte ihre Beine langsam und steif, während sie spürte, dass jemand in der Nähe lauerte, in der Dunkelheit wartete. Sie fühlte seine Gegenwart wie einen eisigen Lufthauch in der Nacht.

Als sie herumwirbelte, beschrieb der Strahl ihrer Taschenlampe einen wilden Bogen und erstarrte auf dem Gesicht eines Mannes. Die Augen, die ihr entgegenstarrten, waren so glatt und schwarz wie Kieselsteine. Sie nahm kaum den Rest seines Gesichts wahr: die Adlernase, die dünnen, blutleeren Lippen. Sie sah nur seine Augen. Es waren die Augen eines Mannes ohne Seele.

„Hallo, Catherine", wisperte er, und sie hörte in seiner Stimme den Gruß des Todes.

Bitte! wollte sie laut schreien, als er ihre Haare nach hinten riss und ihren Hals freilegte. Lass mich leben!

Doch sie brachte keinen Laut hervor. Die Worte blieben zusammen mit seiner Messerklinge in ihrer Kehle stecken.

Cathy erwachte von Vogelgezwitscher. Es war ein gänzlich anderes Geräusch als das morgendliche Dröhnen von Bussen und Autos, an das sie gewöhnt war.

Sie warf einen Blick auf die Uhr auf ihrem Nachttisch. Schon halb zehn! Zögernd kletterte sie aus ihrem Bett und schlüpfte in einen Sweater und in Jeans. Erst danach fiel Cathy die Stille im Haus auf, eine Stille, die jeden ihrer Herzschläge, jeden ihrer Atemzüge verstärkte.

Cathy verließ ihr Zimmer, stieg die Treppe hinunter und fand sich in dem leeren Wohnzimmer wieder. Asche häufte sich in dem Kamin. Eine Silbergirlande hing vom Weihnachtsbaum. Ein Pappengel mit glitzernden Flügeln blinkte auf dem Kaminsims. Cathy folgte dem Korridor zu Sarahs Zimmer und runzelte bei dem zerwühlten Bett und der beiseitegeschleuderten Decke die Stirn. „Sarah?"

Ihre Stimme wurde von der Stille verschluckt. Wie konnte ein Landhaus so riesig wirken? Sie durchquerte den Wohnraum und ging in die Küche. Die Teetassen vom Vorabend standen noch in der Spüle. Auf dem Fensterbrett zitterte ein Asparagus in dem Luftzug von der offenen Tür.

Cathy trat auf den Autoabstellplatz hinaus, auf dem Sarahs alter Dodge parkte. „Sarah?", rief sie.

Etwas strich über das Dach. Erschrocken blickte Cathy hoch und lächelte, als sie einen Eichelhäher entdeckte.

Sie wollte schon zurück zum Haus, als ihr Blick an einem Fleck auf dem Kies neben dem Hinterrad des Wagens vorbeistrich. Sekundenlang starrte sie auf die rostbraune Stelle, ohne ihre Bedeutung zu begreifen. Dann schob sie sich langsam an dem Wagen entlang und ließ den Blick über die von dem Fleck wegführende Spur gleiten.

Als sie das Heck des Wagens umrundete, kam die Einfahrt voll in Sicht. Aus dem trockenen braunen Bach wurde ein dunkelroter See, in dem eine einzelne Schwimmerin mit offenen Augen reglos lag.

Das Zwitschern der Vögel brach abrupt ab, als ein anderer Laut durch die Bäume hochstieg.

Cathys Schrei.

„Hey, Mister! Hey, Mister!"

Victor versuchte, den Laut zu ignorieren, aber er surrte weiter in seinem Ohr wie eine Fliege, die sich nicht verscheuchen ließ.

„Hey, Mister! Sind Sie wach?"

Victor öffnete die Augen und richtete seinen Blick schmerzhaft auf ein trockenes kleines Gesicht mit grauem Schnurrbart. Die Erscheinung grinste, und Dunkelheit klaffte, wo Zähne sein sollten. Victor starrte in dieses schwarze Loch von Mund und dachte: Ich bin gestorben und in die Hölle gekommen.

„Hey, Mister, haben Sie eine Zigarette?"

Victor schüttelte den Kopf und konnte gerade wispern: „Ich glaube nicht."

„Na, haben Sie dann einen Dollar, den ich mir leihen kann?"

„Geh weg", stöhnte Victor und schloss seine Augen gegen das Tageslicht. Er versuchte, zu denken, versuchte, sich zu erinnern, wo er war, aber sein Kopf schmerzte, und die Stimme des kleinen Mannes lenkte ihn weiterhin ab.

„Ich kriege hier keine Zigaretten. Ist hier wie im Gefängnis. Ich weiß nicht, warum ich nicht einfach verschwinde. Aber auf den Straßen ist es um diese Jahreszeit kalt, wissen Sie. Hat die ganze Nacht geregnet. Hier drinnen ist es wenigstens warm …"

Die ganze Nacht geregnet … Plötzlich erinnerte sich Victor. Der Regen. Durch den Regen laufen …

Victor riss die Augen auf. „Wo bin ich? Wie spät ist es?"

„Weiß nicht. Vielleicht neun. Sie haben jedenfalls das Frühstück verpasst."

„Ich muss hier raus." Victor schwang seine Beine unter heftigen Schmerzen aus dem Bett und entdeckte, dass er abgesehen von einem dünnen Krankenhausnachthemd nackt war. „Wo sind meine Sachen? Meine Brieftasche?"

Der alte Mann zuckte die Schultern. „Das weiß die Schwester."

Victor fand den Rufknopf, drückte ihn ein paar Mal und begann, das Klebeband zu lösen, das die Infusionsnadel in seinem Arm festhielt.

Die Tür öffnete sich zischend, und eine Frauenstimme rief: „Mr Holland! Was machen Sie da?"

„Ich verschwinde von hier, das mache ich." Victor riss das letzte Klebeband ab. Bevor er die Nadel herausziehen konnte, stampfte die Schwester, so schnell ihre stämmigen Beine sie trugen, durch den Raum und drückte ein Stück Gaze auf den Katheter.

„Geben Sie nicht mir die Schuld, Miss Redfern!", kreischte der kleine Mann.

„Lenny, gehen Sie sofort in Ihr eigenes Bett zurück! Und Sie, Mr Holland", sagte sie und richtete ihre stahlblauen Augen auf Victor, „Sie haben zu viel Blut verloren." Sie hielt seinen Arm an ihrem massigen Bizeps gefangen und klebte die Nadel wieder fest.

„Holen Sie mir nur meine Kleider."

„Widersprechen Sie nicht, Mr Holland. Sie müssen hierbleiben."

„Warum?"

„Weil Sie eine Infusion bekommen, darum!", schnappte sie.

„Ich will meine Kleider!"

„Da müsste ich in der Notaufnahme nachfragen. Von Ihren Sachen ist nichts auf diese Etage gekommen."

„Dann rufen Sie in der Notaufnahme an, verdammt!" Bei Miss Redferns missbilligendem Stirnrunzeln fügte er mit erzwungener Höflichkeit hinzu: „Wenn es Ihnen nicht zu viel Mühe macht."

Es dauerte eine halbe Stunde, bis eine Frau aus dem Büro kam und erklärte, was mit Victors Sachen passiert war.

„Ich fürchte, wir … also, wir haben Ihre Sachen verloren, Mr Holland." Sie bewegte sich unbehaglich unter seinem erstaunten Blick.

„Was heißt verloren?"

„Sie wurden …", sie räusperte sich, „… gestohlen. Aus der Notaufnahme. Glauben Sie mir, das ist noch nie passiert. Es tut uns wirklich sehr leid, Mr Holland, und ich bin sicher, wir werden dafür sorgen, dass Sie sich Ersatz kaufen können …"

Was war aus dem Film geworden? Während der endlosen Fahrt ins Krankenhaus hatte er sich in seiner Tasche befunden. Hatte er den Film verloren, seinen einzigen Beweis?

„… fehlt zwar das Geld, aber Ihre Kreditkarten sind wohl alle da. Wenigstens dafür kann man dankbar sein."

Er sah sie verständnislos an. „Was?"

„Ihre Wertsachen, Mr Holland." Sie deutete auf die Brieftasche und die Uhr, die sie auf seinen Nachttisch gelegt hatte. „Der Sicherheitsmann hat sie in der Mülltonne vor dem Krankenhaus gefunden. Sieht so aus, als wollte der Dieb nur Bargeld."

„Und meine Kleidung."

Sobald die Frau gegangen war, drückte Victor den Knopf für Miss Redfern. Sie kam mit einem Frühstückstablett herein. „Essen Sie, Mr Holland! Vielleicht kommt Ihr Verhalten nur von Überzuckerung des Blutes."

„Eine Frau hat mich in die Notaufnahme gebracht. Ihr Vorname war Catherine. Ich muss mich mit ihr in Verbindung setzen."

„Ach, sehen Sie doch! Eier und Rice Krispies! Hier ist Ihre Gabel ..."

„Miss Redfern, vergessen Sie die verdammten Rice Krispies!"

Miss Redfern knallte die Schachtel auf das Tablett. „Es besteht nicht der geringste Grund zum Fluchen!"

„Ich muss diese Frau finden!"

Wortlos wirbelte Miss Redfern herum und marschierte aus dem Raum. Ein paar Minuten später kam sie zurück und reichte ihm brüsk ein Blatt Papier. Darauf stand der Name Catherine Weaver, gefolgt von einer Adresse am Ort.

„Sie sollten lieber schnell essen", sagte sie. „Da ist ein Polizist, der mit Ihnen reden will."

„Fein", brummte er und stopfte sich einen Bissen von dem kalten, gummiartigen Rührei in den Mund.

„Und jemand vom FBI hat angerufen. Er ist auch unterwegs."

Victors Kopf ruckte hoch. „FBI? Wie hieß er?"

„Ach, du lieber Himmel, woher soll ich das wissen? Irgendwas Polnisches, glaube ich."

Victor legte langsam die Gabel weg. „Polowski", flüsterte er.

„Könnte sein, Polowski." Sie drehte sich um und ging zur Tür.

„Tatsächlich das FBI", murmelte sie. „Möchte wissen, was er angestellt hat, dass die sich um ihn kümmern ..."

Noch bevor sich die Tür hinter ihr geschlossen hatte, war Victor aus dem Bett und zerrte an seiner Infusion. Er fühlte es kaum, als das Klebeband Härchen von seinem Arm riss. Er musste aus diesem Krankenhaus verschwinden, bevor Polowski auftauchte. Er war sicher, dass ihm der FBI-Agent diesen Hinterhalt gestern

Abend gelegt hatte, und er wollte keinen weiteren Angriff abwarten.

Er drehte sich um und fauchte seinen Zimmergefährten an: „Lenny, wo sind Ihre Kleider?"

Lennys Blick wanderte zögernd zu einem Schrank neben dem Waschbecken. „Ich habe nur die Klamotten. Außerdem passen die Ihnen nicht, Mister ..."

Victor riss die Schranktür auf und holte ein ausgefranstes Hemd und eine weite Hose heraus. Seine behaarten Beine waren ungefähr zwanzig Zentimeter unterhalb der zu kurzen Hose zu sehen, aber er konnte den Gürtel schließen. In dem Schrank entdeckte er auch ein paar Sandalen. Seine Fersen standen zwar fast drei Zentimeter über die hintere Kante hinaus, aber wenigstens war er nicht barfuß.

„Die gehören mir!", protestierte Lenny.

„Hier, Sie können das haben." Victor warf dem alten Mann seine Armbanduhr zu. „Dafür sollten Sie neue Kleider bekommen."

Misstrauisch hielt Lenny die Uhr an sein Ohr. „Die ist Mist. Die tickt nicht."

„Das ist eine Quarzuhr."

„Ach ja, habe ich mir gleich gedacht."

Victor steckte seine Brieftasche ein, öffnete die Tür einen Spalt und spähte zu dem Schwesternzimmer. Die Luft war rein. Er blickte zu Lenny zurück. „Leben Sie wohl, Kumpel. Grüßen Sie Miss Redfern von mir."

Victor schlüpfte aus dem Raum und ging ruhig den Korridor entlang auf die Tür zu der Nottreppe am Ende des Korridors. Eine Aufschrift warnte: ALARM WIRD BEI ÖFFNEN AUSGELÖST. Er ging ruhig darauf zu, um keine Aufmerksamkeit zu erregen. Doch als er sich der Tür näherte, erklang eine vertraute Stimme.

„Mr Holland! Sie kommen sofort zurück!"

Victor schnellte zu der Tür, warf sich gegen den Riegel und hetzte in das Treppenhaus.

Seine Schritte hallten vom Beton wider, während er die Treppe hinunterjagte. Als er Miss Redfern ebenfalls auf der Treppe hörte, hatte er bereits das Erdgeschoss erreicht und verschwand durch die letzte Tür in die Freiheit.

„Mr Holland!", schrie Miss Redfern.

Noch während er über den Parkplatz lief, gellte Miss Redferns wütende Stimme in seinen Ohren.

Acht Querstraßen weiter betrat er einen Supermarkt, kaufte mit seiner Kreditkarte neue Kleider und warf anschließend Lennys alte Sachen in eine Mülltonne.

Bevor er ins Freie trat, spähte er durch das Schaufenster auf die Straße. Es schien ein absolut normaler Vormittag Mitte Dezember in einer Kleinstadt zu sein. Leute gingen unter buntem Weihnachtsschmuck einkaufen. Ein halbes Dutzend Autos wartete geduldig vor einer roten Ampel. Er wollte gerade durch die Tür treten, als er den Polizeiwagen entdeckte, der die Straße entlangkroch. Sofort tauchte er hinter eine unbekleidete Kleiderpuppe und beobachtete zwischen den nackten Plastikgliedern hindurch, wie der Streifenwagen langsam an dem Supermarkt vorbei in Richtung Krankenhaus fuhr. Offenbar suchten sie jemanden. War er derjenige?

Er konnte es sich nicht leisten, die Main Street entlangzuschlendern. Es ließ sich unmöglich feststellen, wer außer Polowski noch in das Doppelspiel verwickelt war.

Er brauchte eine Stunde zu Fuß, um den Stadtrand zu erreichen, und da war er bereits so schwach, dass er sich neben dem Highway auf einen Stein setzte und halbherzig den Daumen hob. Zu seiner grenzenlosen Erleichterung hielt das nächste Fahrzeug, ein Pick-up mit einer Ladung Brennholz. Victor kletterte hinein und sackte dankbar auf den Sitz.

Der Fahrer spuckte aus dem Fenster und musterte Victor. „Fahren Sie weit?"

„Nur ein paar Meilen. Oak Hill Road."

„Ja, da fahre ich vorbei." Der Mann zog wieder auf die Straße. Der Truck stieß eine schwarze Wolke aus seinem Auspuff, während er über den Highway donnerte und Country-Musik aus dem Radio plärrte.

Über dem Lärm hörte Victor einen Ton, bei dem er sich scharf aufsetzte. Eine Sirene. Er blickte zurück und bemerkte, dass ein Streifenwagen rasch aufholte. Er war so überzeugt, dass sie gleich angehalten würden, dass er nur erstaunt starren konnte, als der Polizeiwagen an ihnen vorbeijagte.

„Da muss was passiert sein", sagte der Fahrer.

Bis sie die Abzweigung der Oak Hill Road erreichten, war Victors Puls wieder normal. Er bedankte sich bei dem Fahrer, stieg aus und begann die Wanderung zu Catherine Weavers Haus. Die Straße wand sich durch einen Pinienwald. In Abständen kam er an Briefkästen neben der Straße vorbei, und wenn er durch die Bäume spähte, entdeckte er Häuser. Catherines Adresse rückte rasch näher.

Er bemerkte die Polizeiwagen erst, als er aus der scharfen Biegung des Weges herausgekommen war. Er erstarrte, als er drei Streifenwagen vor sich sah. Sie parkten vor einem rustikalen Zedernholzhaus. Etliche Nachbarn standen in der gekiesten Einfahrt und schüttelten ungläubig die Köpfe. Allgütiger, war etwas mit Catherine passiert?

Victor unterdrückte den Impuls, zu fliehen, und schob sich an den Streifenwagen vorbei und zwischen den Schaulustigen hindurch, wurde jedoch von einem uniformierten Polizisten angehalten.

„Tut mir leid, Sir. Hier darf niemand weitergehen."

Benommen stellte Victor fest, dass die Polizei mit rotem Band eine Absperrung vorgenommen hatte. Langsam wanderte sein Blick hinter das Band zu dem alten Ford, der neben dem Abstellplatz parkte. War das Catherines Wagen? Er versuchte verzweifelt, sich daran zu erinnern, ob sie einen Ford gefahren hatte, aber er wusste nur, dass in dem Wagen kaum genug Platz für seine Beine gewesen war. Dann bemerkte er den Parkplatzaufkleber auf der hinteren Stoßstange: Parkerlaubnis, Studio A.

Ich arbeite für eine unabhängige Filmgesellschaft ... Das hatte sie ihm letzte Nacht gesagt.

Es war Catherines Wagen.

Widerstrebend richtete er den Blick auf die Flecken auf dem Kies gleich neben dem Ford, und obwohl sein Verstand erkannte, dass dieses besondere Rot nur getrocknetes Blut sein konnte, wollte er es ableugnen. Er wollte glauben, dass es irgendeine andere Erklärung für diesen Fleck gab, für diese Unheil verkündende Ansammlung von Polizei.

Er versuchte, zu sprechen. „Was ... ist passiert?"

Der Polizist schüttelte trübe den Kopf. „Eine Frau wurde hier letzte Nacht getötet. Unser erster Mord seit zehn Jahren."

„Mord?" Victors Blick hing entsetzt an dem blutigen Kies. „Aber ... warum?"

Der Polizist zuckte die Schultern. „Wissen wir noch nicht. Vielleicht Raub, aber ich glaube nicht, dass er viel gefunden hat." Er deutete mit einem Kopfnicken zu dem Ford. „Es ist nur in den Wagen eingebrochen worden."

Victor nahm kaum wahr, wie er zu der Straße zurückkehrte. Der Sonnenschein war so hell, dass seine Augen brannten, und er konnte kaum sehen, wohin er ging.

Ich habe sie umgebracht, dachte er. Sie hat mir das Leben gerettet, und ich habe sie umgebracht ...

Wut erfüllte ihn. Der Killer hatte den Film gesucht und ihn möglicherweise in dem Ford gefunden. Was jetzt? Victor schrieb die Möglichkeit ab, dass sich sein Aktenkoffer mit dem größten Teil an Beweismitteln noch in seinem Autowrack befand. Das war der erste Ort, an dem der Killer gesucht hätte. Ohne den Film hatte Victor überhaupt keinen Beweis mehr. Jetzt stand nur noch sein Wort gegen das von Viratek. Die Zeitungen würden ihn als nichts weiter als einen zornigen Exangestellten abtun. Und nach Polowskis Betrug konnte er dem FBI nicht trauen.

Bei diesem letzten Gedanken beschleunigte er seinen Schritt. Je schneller er aus Garberville verschwand, desto besser. Auf dem Highway wollte er wieder einen Wagen anhalten. Erst wenn er die Stadt sicher verlassen hatte, konnte er seinen nächsten Schritt planen.

Er beschloss, sich nach Süden zu wenden, nach San Francisco.

3. KAPITEL

*A*rchibald Black beobachtete, wie die Limousine die Zufahrt entlangglitt und vor dem Haupteingang hielt. Black schnaubte verächtlich. Der Cowboy war wieder in der Stadt. Zum Teufel mit ihm! Und nach dem ganzen Theater, das der Mann um die Bedeutung der Geheimhaltung gemacht hatte, um seinen kleinen Besuch, der ganz diskret ablaufen sollte, besaß der Idiot den Nerv und tauchte in einer Limousine auf – noch dazu mit einem uniformierten Fahrer!

Black wandte sich von dem Fenster ab und ging zu seinem Schreibtisch. Trotz seiner Verachtung für den Besucher musste er sich eingestehen, dass der Mann ihm Unbehagen bereitete wie alle sogenannten Männer der Action. Nicht genug Gehirn hinter all diesen Muskeln. Zu viel Macht in den Händen von Dummköpfen. Ist das ein Beispiel dafür, wer unser Land führt? dachte er.

Die Sprechanlage summte. „Mr Black", sagte seine Sekretärin. „Ein Mr Tyrone ist hier und möchte Sie sprechen."

„Schicken Sie ihn bitte herein", erwiderte Black und wischte den Zorn aus seiner Miene, als sich die Tür öffnete und Matthew Tyrone in das Büro kam.

Sie schüttelten einander die Hände. Tyrones Händedruck war unsinnig fest, als wollte er Black an ihre Machtverhältnisse erinnern. Sein ganzes Auftreten entsprach dem eines Exmarineangehörigen, der Tyrone war. Nur seine fülliger werdende Körpermitte verriet, dass Tyrones Tage als Marineoffizier schon lange zurücklagen.

„Wie war der Flug von Washington?", fragte Black, als sie sich setzten.

„Schrecklicher Service. Ich sage Ihnen, Flüge in Zivilmaschinen sind nicht mehr, was sie einst waren. Man stelle sich vor, dass der Durchschnittsamerikaner gutes Geld dafür bezahlt!"

„Vermutlich kein Vergleich zu der Air Force One."

Tyrone lächelte. „Kommen wir zum Geschäftlichen. Wie sieht es mit Ihrer kleinen Krise aus?"

„Wir haben die Dokumente zurückbekommen", antwortete Black. „Und die Filmrolle ebenso. Die Negative werden gerade entwickelt."

„Und Ihre beiden Angestellten?"

Black räusperte sich. „Es besteht kein Anlass, diese Sache weiterzutreiben."

„Die beiden sind ein Risiko für die nationale Sicherheit."

„Sie können die beiden doch nicht einfach umbringen!"

„Können wir nicht?" Tyrones Augen waren kalt, metallgrau. Eine passende Farbe für jemanden, der sich selbst „Cowboy" nannte. Man widersprach niemandem mit solchen Augen. Nicht, wenn man einen Selbsterhaltungstrieb besaß.

Black senkte den Kopf. „Ich bin nicht gewöhnt an solche ... Geschäfte. Und ich habe nicht gern mit Ihrem Mann Savitch zu tun."

„Mr Savitch hat uns bisher gute Dienste geleistet."

„Er hat einen meiner langjährigen Wissenschaftler getötet!"

„Ich nehme an, das war nötig."

Black blickte unglücklich auf seinen Schreibtisch hinunter. Allein schon der Gedanke an dieses Ungeheuer Savitch ließ ihn schaudern.

„Warum genau ist Martinique aus der Reihe getanzt?"

Weil er ein Gewissen hatte, dachte Black. Er sah Tyrone an. „Das war unmöglich vorherzusehen. Er hat in der Forschungsabteilung seit zehn Jahren gearbeitet. Er stellte nie ein Sicherheitsproblem dar. Wir fanden erst letzte Woche heraus, dass er Geheimdokumente an sich genommen hatte. Und dann wurde Victor Holland in die Sache hineingezogen ..."

„Wie viel weiß Holland?"

„Holland hatte nichts mit dem Projekt zu tun. Aber er ist klug. Falls er sich diese Papiere angesehen hat, könnte er sich die Sache zusammengereimt haben."

Jetzt war Tyrone erregt. Seine Finger trommelten auf den Schreibtisch. „Erzählen Sie mir etwas über Holland. Was wissen Sie über ihn?"

„Ich habe mir seine Personalakte angesehen. Er ist einundvierzig Jahre alt, geboren und aufgewachsen in San Diego. Er trat in das Priesterseminar ein, schied jedoch nach einem Jahr aus. Studierte in Stanford, dann am Massachusetts Institute of Technology, das M.I.T. ... Ist Doktor in Biochemie. Er war vier Jahre bei Viratek. Einer unserer vielversprechendsten Forscher."

„Was ist mit seinem Privatleben?"

„Seine Frau starb vor drei Jahren an Leukämie. Er hält sich sehr abgeschlossen. Ruhiger Typ, mag klassischen Jazz. Spielt Saxofon in einer Amateurgruppe."

Tyrone lachte. „Euer typisch langweiliger Wissenschaftler."

Die Beleidigung ärgerte Black. Bevor er vor Jahren Viratek Industries gegründet hatte, war Black ebenfalls Biochemiker in der Forschung gewesen.

„Er sollte einfach zu erledigen sein", sagte Tyrone. „Unerfahren. Und wahrscheinlich verängstigt." Er griff nach seinem Aktenkoffer. „Mr Savitch ist ein Experte in diesen Dingen. Ich schlage vor, Sie lassen ihn dieses Problem erledigen."

„Natürlich." Black glaubte nicht, eine andere Wahl zu haben. Nicholas Savitch war eine teuflische, Angst einflößende Macht, die nicht mehr kontrolliert werden konnte, wenn sie erst einmal entfesselt war.

Die Sprechanlage summte. „Mr Gregorian aus dem Fotolabor ist hier", meldete die Sekretärin.

„Schicken Sie ihn herein." Black sah Tyrone an. „Der Film ist entwickelt worden. Wollen wir uns doch ansehen, was Martinique fotografieren konnte."

Gregorian kam mit einem prall gefüllten Umschlag herein. „Hier sind die verlangten Kontaktabzüge." Er reichte Black den Packen über den Schreibtisch hinweg und hielt dann seine Hand vor seinen Mund, um ein Geräusch zu unterdrücken, das verdächtig nach Lachen klang.

„Ja, Mr Gregorian?", fragte Black.

„Nichts, Sir."

„Sehen wir uns die Bilder an", warf Tyrone ein.

Black zog die fünf Blätter mit Kontaktabzügen heraus und legte sie auf den Schreibtisch. Die Männer erstarrten.

Lange Zeit sprach niemand. Dann sagte Tyrone: „Soll das ein Scherz sein?"

Gregorian lachte laut auf.

„Was, zum Teufel, ist das?", fragte Black.

„Das ist der Film, den Sie mir gegeben haben, Sir", behauptete Gregorian. „Ich habe ihn selbst entwickelt."

„Das sind die Fotos, die Sie von Victor Holland zurückerhalten haben?" Tyrones Stimme begann leise und steigerte sich langsam zu einem Brüllen. „Fünf Streifen Film mit nackten Frauen?"

„Das ist ein Fehler!", versicherte Black. „Das ist der falsche Film ..."

Gregorian lachte lauter.

„Hören Sie auf!", schrie Black. Er wandte sich an Tyrone. „Ich weiß nicht, wie das passieren konnte."

„Dann existiert der Film, den wir haben wollen, noch irgendwo da draußen?"

Black nickte matt.

Tyrone griff nach dem Telefon. „Wir müssen die Sache bereinigen. Schnell!"

„Wen rufen Sie an?", fragte Black.

„Den Mann, der diesen Job erledigen kann." Tyrone tippte die Nummer ein. „Savitch."

In seinem Motelzimmer in der Lombard Street ging Victor auf dem avocadogrünen Teppich auf und ab und zermarterte sich den Kopf nach einem Plan. Irgendeinem Plan. Sein gut organisierter Verstand, der Verstand eines Wissenschaftlers, hatte die Situation bereits wie ein Forschungsprojekt auf den Punkt gebracht. Identifiziere das Problem: Jemand will mich töten. Erstelle deine Hypothese: Jerry Martinique hat etwas Gefährliches aufgedeckt und wurde deshalb ermordet. Jetzt denken diese Leute, ich hätte die Information – und den Beweis. Was nicht der Fall ist. Ziel: am Leben bleiben. Methode: jede nur erdenkliche Art!

In den letzten zwei Tagen hatte seine einzige Strategie daraus bestanden, sich in verschiedenen billigen Motelzimmern einzuschließen und wie ein Löwe in einem Käfig hin und her zu laufen. Er konnte sich nicht für immer verstecken. Wenn das FBI in die Sache verwickelt war, würden sie der Spur seiner Kreditkarte folgen und genau wissen, wo er zu finden war.

Ich brauche einen Angriffsplan.

Der Gang zum FBI fiel eindeutig weg. Sam Polowski war der Agent, mit dem Victor sich in Verbindung gesetzt und der das Zusammentreffen in Garberville arrangiert hatte. Niemand sonst sollte etwas von diesem Treffen erfahren. Doch Sam Polowski war nicht gekommen.

Dafür war ein anderer gekommen. Victors schmerzende Schulter erinnerte ihn ständig an dieses beinahe katastrophal verlaufene Rendezvous.

Er könnte zur Zeitung gehen ... Aber wie sollte er einen skeptischen Reporter überzeugen? Wer sollte seine Story von einem Projekt glauben, das so gefährlich war, dass es Millionen töten könnte? Alle würden glauben, diese Geschichte wäre einem paranoiden Gehirn entsprungen.

Aber ich bin nicht paranoid!

Er ging zum Fernseher und schaltete die Fünfuhrnachrichten ein. Eine perfekt frisierte Sprecherin lächelte von der Mattscheibe, während sie irgendein oberflächliches Zeug über den letzten Schultag, glückliche Kinder und Weihnachtsferien verlas. Dann wurde ihre Miene ernst. Übergang. Victor starrte auf den Fernseher, als die nächste Story an die Reihe kam.

„In Garberville, Kalifornien, gab es keine neuen Spuren in der Ermordung einer Frau, die am Mittwochmorgen tot aufgefunden worden war. Eine Besucherin fand Sarah Boylan, neununddreißig, in der Einfahrt. Sie war an Stichwunden am Hals gestorben. Das Opfer war im fünften Monat schwanger. Die Polizei ist über das fehlende Motiv in dieser schrecklichen Tragödie verwirrt, und im Moment gibt es keine Verdächtigen. Wir kommen nun zu landesweiten Nachrichten ..."

Nein, nein, nein, dachte Victor. Sie war nicht schwanger. Ihr Name war nicht Sarah. Es war ein Fehler ...

Oder doch nicht?

‚Mein Name ist Catherine', hatte sie ihm gesagt.

Catherine Weaver. Ja, der Name stimmte. An den würde er sich bis an sein Lebensende erinnern.

Er setzte sich auf das Bett, während die Fakten in seinem Kopf herumwirbelten. Sarah. Cathy. Ein Mord in Garberville.

Dann sprang er geradezu in Panik auf, griff nach dem Telefonbuch und blätterte zum Buchstaben W. Er begriff jetzt. Der Killer hatte einen Fehler begangen. Falls Cathy Weaver noch lebte, könnte sie diesen Film haben ... oder wissen, wo er zu finden war. Victor musste sie erreichen.

Bevor es ein anderer tat.

Cathy hatte gedacht, in jener Nacht in dem Motel in Garberville, der Nacht nach Sarahs Tod, alle Tränen geweint zu haben. Aber jetzt war sie hier in ihrem Apartment in San Francisco und brach noch immer in Tränen aus. Wieso ausgerechnet Sarah?

Sie musste sich beschäftigen, war dankbar, dass ihr Kühlschrank praktisch leer war, und machte sich auf den Weg zu dem Lebensmittelladen in der Nachbarschaft. Mit einer schweren Einkaufstüte auf jedem Arm kehrte sie in der einbrechenden Dunkelheit zu ihrem Apartment zurück, schaffte es, ihre Schlüssel hervorzuholen und die Tür aufzuschließen. Gerade als sie eintreten wollte, hörte sie Schritte. Ein Schatten huschte an ihre Seite. Sie wurde durch die Tür in das Gebäude gefegt. Eine Einkaufstüte fiel ihr aus den Armen, Äpfel rollten über den Boden. Sie taumelte nach vorn und fing sich an dem hölzernen Geländer ab. Die Tür schlug hinter ihr zu.

Sie wirbelte kampfbereit zu ihrem Angreifer herum.

Es war Victor Holland.

„Sie!", flüsterte sie erstaunt.

Er schien nicht so sicher zu sein, was ihre Identität anging. Hektisch betrachtete er ihr Gesicht, als wollte er sich vergewissern, dass er auch die richtige Frau gefunden hatte. „Cathy Weaver?"

„Was fällt Ihnen ein, hier so …"

„Wo ist Ihr Apartment?", fiel er ihr ins Wort.

„Was?"

„Wir können nicht hier draußen herumstehen."

„Es ist … oben …"

„Gehen wir." Er griff nach ihrem Arm, aber sie riss sich los.

„Meine Einkäufe." Sie blickte auf die verstreuten Äpfel.

Rasch hob er das Obst auf, warf es in eine der Tüten und schob sie zu der Treppe. „Wir haben nicht viel Zeit."

Cathy ließ sich die Treppe hinauf und halb durch den Korridor scheuchen, ehe sie abrupt stehen blieb. „Warten Sie einen Moment! Sie sagen mir, was das alles zu bedeuten hat, Mr Holland, und zwar sagen Sie mir das sofort, sonst gehe ich keinen Schritt weiter!"

„Geben Sie mir Ihre Schlüssel."

„Sie können nicht einfach …"

„Geben Sie mir Ihre Schlüssel!"

Von dem Befehl geschockt, sah sie ihn an und erkannte plötzlich, dass in seinen Augen Panik stand. Es waren die Augen eines Gejagten.

Automatisch reichte sie ihm die Schlüssel.

„Warten Sie hier", sagte er. „Ich sehe zuerst in Ihrem Apartment nach."

Verwirrt sah sie zu, wie er die Tür aufschloss und sich vorsichtig hineinschob. Ein paar Momente hörte sie nichts. Sie stellte sich vor, wie er durch die Wohnung ging, und versuchte abzuschätzen, wie viele Sekunden er für die Überprüfung eines jeden Zimmers brauchte. Es war eine kleine Wohnung. Weshalb dauerte es dann so lang?

Langsam schob sie sich zur Tür. Gerade als sie die Hand danach ausstreckte, tauchte sein Kopf auf. Sie stieß einen kleinen überraschten Schrei aus. Er konnte gerade noch die Einkaufstüte auffangen, die ihrem Griff entglitt.

„Alles in Ordnung", sagte er. „Kommen Sie herein."

Kaum war sie über die Schwelle getreten, als er auch schon die Tür hinter ihr versperrte und verriegelte. Danach ging er rasch durch das Wohnzimmer, zog die Vorhänge zu und verschloss das Fenster.

„Was ist hier los?", fragte sie.

„Wir stecken in Schwierigkeiten."

„Sie meinen, *Sie* stecken in Schwierigkeiten."

„Nein. Ich meine ,wir'. Wir beide." Er wandte sich ihr zu. Sein Blick war klar und fest. „Haben Sie den Film?"

„Wovon sprechen Sie?", fragte sie total verwirrt.

„Eine Filmrolle. Fünfunddreißig Millimeter. In einem schwarzen Plastikbehälter."

Sie antwortete nicht, aber in ihren Gedanken hatte bereits ein Bild des letzten Abends mit Sarah Form angenommen: eine Filmrolle auf der Küchentheke. Ein Film, von dem sie angenommen hatte, er gehöre ihrem Freund Hickey. Ein Film, den sie in die Tasche ihres Bademantels und später in ihre Handtasche gesteckt hatte. Aber das alles wollte sie nicht verraten, nicht bevor sie herausgefunden hatte, warum er den Film haben wollte.

Frustriert holte er tief Luft. „In der Nacht, in der Sie mich auf dem Highway gefunden haben, hatte ich den Film in meiner Tasche. Ich hatte ihn nicht mehr, als ich im Krankenhaus wach wurde. Vielleicht habe ich ihn in Ihrem Wagen fallen lassen."

„Warum wollen Sie diesen Film?"

„Ich brauche ihn. Als Beweis …"

„Wofür?"

„Das zu erklären, würde zu lange dauern."

Sie zuckte die Schultern. „Ich habe im Moment nichts Besseres zu tun …"

„Verdammt!" Er kam zu ihr, packte sie an den Schultern und zwang sie, ihn anzusehen. „Verstehen Sie denn nicht? Deshalb wurde Ihre Freundin getötet! Wer immer in den Wagen eingebrochen hat, hat den Film gesucht!"

Sie starrte ihn an. Verstehen und Entsetzen im Blick. „Sarah …"

„… war zum falschen Zeitpunkt am falschen Ort. Der Mörder muss geglaubt haben, Sie wären das."

Cathy sank in einen Sessel und blieb benommen sitzen.

„Sie müssen weg von hier", drängte er. „Bevor man Sie findet. Bevor man dahinterkommt, dass Sie die gesuchte Cathy Weaver sind."

Sie bewegte sich nicht. Konnte sich nicht bewegen.

„Kommen Sie, Cathy! Es ist nicht viel Zeit."

„Was war auf diesem Film?", fragte sie leise.

„Ich habe es Ihnen gesagt. Beweise. Gegen eine Firma namens Viratek."

Sie runzelte verwundert die Stirn. „Ist … ist das nicht die Firma, für die Sie arbeiten?"

„Für die ich gearbeitet habe."

„Was haben die gemacht?"

„Die Firma ist in ein illegales Forschungsprojekt verwickelt. Ich kann Ihnen keine Details nennen."

„Warum nicht?"

„Weil ich sie nicht weiß. Ich bin nicht derjenige, der die Beweise gesammelt hat. Ein Kollege, ein Freund, hat sie mir übergeben, unmittelbar, bevor er getötet wurde."

„Wie meinen Sie das – getötet?"

„Die Polizei hat es einen Unfall genannt. Ich glaube an keinen Unfall."

„Sie wollen sagen, er ist wegen eines Forschungsprojekts ermordet worden?" Sie schüttelte den Kopf. „Da muss er an einer gefährlichen Sache gearbeitet haben."

„Ich weiß, dass es um biologische Waffen geht. Dadurch wird die Forschung illegal. Und unglaublich gefährlich."

„Waffen? Für welche Regierung?"

„Unsere."

„Ich verstehe nicht. Wenn das ein Regierungsprojekt ist, ist es doch legal, oder?"

„Absolut nicht. Leute an höchsten Stellen haben schon Gesetze gebrochen."

„Über wie hohe Stellen sprechen wir?"

„Ich weiß es nicht. Ich kann niemandem vertrauen. Nicht der Polizei, nicht dem Justizministerium. Nicht einmal dem FBI."

Sie zog die Augen schmal zusammen. Die Worte klangen nach Paranoia. Aber die Stimme und die Augen wirkten absolut vernünftig. Es waren meergrüne Augen. So ehrlich und offen, dass es sie hatte überzeugen sollen.

Was bei Weitem nicht der Fall war.

„Sie wollen mir also wirklich klarmachen, dass das FBI hinter Ihnen her ist. Stimmt das?"

Ärger flackerte kurz in seinen Augen auf, ehe er stöhnend auf die Couch sank. „Ich nehme es Ihnen nicht übel, dass Sie mich für verrückt halten. Aber ich dachte, wenn ich jemandem vertrauen kann, dann Ihnen ..."

„Warum mir?"

Er sah sie an. „Weil Sie mir das Leben gerettet haben. Weil Sie diejenige sind, die man als Nächste umbringen will."

Sie erstarrte. Nein, das war verrückt. Jetzt wollte er sie in seine Albtraumwelt von Mord und Verschwörung hineinziehen. Das ließ sie nicht zu! Sie stand auf und wollte weggehen, aber seine Stimme ließ sie erneut stocken.

„Cathy, denken Sie darüber nach. Warum wurde Ihre Freundin Sarah ermordet? Weil jemand glaubte, Sarah wäre Sie. Die Leute werden mittlerweile erkannt haben, dass sie die Falsche umgebracht haben, werden wiederkommen und ihren Fehler ausgleichen. Nur für den Fall, dass Sie etwas wissen oder Beweise haben ..."

„Das ist verrückt!", rief sie und hielt sich die Ohren zu. „Niemand wird ..."

„Es ist schon passiert!" Er holte einen Zeitungsausschnitt aus seiner Hemdtasche. „Auf meinem Weg hierher bin ich an einem Zeitungsstand vorbeigekommen. Das war auf der Titelseite." Er reichte ihr den Ausschnitt.

Verwirrt betrachtete sie das Foto einer mittelalterlichen Frau, einer völligen Fremden. „Frau in San Francisco vor ihrem Haus erschossen", lautete die Schlagzeile.

„Das hat nichts mit mir zu tun", sagte sie.

„Sehen Sie sich den Namen an."

Cathys Blick glitt zu dem dritten Absatz, in dem das Opfer beschrieben wurde.

Ihr Name war Catherine Weaver.

Der Zeitungsausschnitt entglitt ihren zitternden Fingern und flatterte zu Boden.

„Es gibt drei Catherine Weavers im Telefonbuch von San Francisco", sagte er. „Diese Frau wurde heute Morgen um neun Uhr erschossen. Ich weiß nicht, was mit der zweiten passiert ist. Sie könnte bereits tot sein. Womit Sie die Nächste auf der Liste wären. Der Mörder hatte genug Zeit, um Sie aufzuspüren."

„Ich war nicht in der Stadt ... bin erst vor einer Stunde zurückgekommen ..."

„Was erklärt, weshalb Sie noch leben. Vielleicht war der Mörder schon einmal früher hier. Vielleicht hat er beschlossen, zuerst die beiden anderen Frauen zu suchen."

Sie fing an, sich zu bewegen. „Ich muss packen ..."

„Nein, verschwinden wir bloß von hier!"

Sie nickte, drehte sich um, wollte blindlings zur Tür, stockte auf halbem Weg.

„Wo ist sie?"

Sie lief zurück, vorbei an dem Fenster mit den zugezogenen Vorhängen. „Ich glaube, ich habe sie bei der ..."

Ihre Worte wurden von der Explosion berstenden Glases abgeschnitten. Nur die geschlossenen Vorhänge verhinderten, dass sich die Scherben in ihre Haut bohrten. Cathy warf sich aus reinem Instinkt zu Boden, gerade als der zweite Schuss fiel. Im nächsten Moment lag Victor Holland auf ihr und deckte sie mit seinem Körper, als die dritte Kugel in die hintere Wand einschlug und Holz und Verputz nach allen Seiten spritzten.

Sekundenlang war Cathy von Entsetzen und dem Gewicht von Victors Körper auf ihr bewegungsunfähig. Dann wurde sie von Panik gepackt. Sie kam frei und wollte aus dem Apartment fliehen.

„Unten bleiben!", fauchte Victor.

„Die wollen uns umbringen!"

„Machen Sie es ihnen nicht leicht!" Er zerrte sie wieder auf den Boden. „Wir kommen schon raus, aber nicht durch die Vordertür."

„Wie … wo ist Ihre Feuerleiter?"

„Schlafzimmerfenster."

„Führt sie auf das Dach?"

„Ich weiß nicht … ich glaube ja …"

„Dann nichts wie hin."

Auf Händen und Knien krochen sie durch den Korridor in Cathys dunkles Schlafzimmer. Unter dem Fenster verharrten sie und lauschten. Draußen in der Dunkelheit gab es keinen Laut. Dann klirrte unten im Hausflur zerbrechendes Glas.

„Er ist im Gebäude!", zischte Victor und riss das Fenster auf. „Raus, raus!"

Cathy brauchte nicht gedrängt zu werden. Ihre Hände zitterten, als sie hinauskletterte und sich auf die Feuerleiter sinken ließ. Victor war direkt hinter ihr.

„Nach oben", flüsterte er. „Auf das Dach."

Und was dann, fragte sie sich, während sie die Leiter zum zweiten Stock hinaufkletterte, vorbei an Mrs Changs Wohnung. Mrs Chang war in dieser Woche nicht in der Stadt, weil sie ihren Sohn in New Jersey besuchte. Das Apartment war dunkel, die Fenster fest verschlossen. Da kam niemand hinein.

„Weiter!" Victor stieß sie vorwärts.

Nur noch ein paar Sprossen.

Endlich zog sie sich über die Kante auf das asphaltierte Dach. Eine Sekunde später ließ Victor sich neben sie sinken. Topfpflanzen raschelten in der Dunkelheit. Das war Mrs Changs Dachgarten, eine duftende Mischung von chinesischen Kräutern und Gemüse.

Gemeinsam suchten Victor und Cathy sich ihren Weg zwischen den Pflanzen hindurch, kletterten auf das nächste Dach und liefen zu der anderen Seite, wo ein Meter leerer Raum sie von dem folgenden Gebäude trennte. Cathy stockte nicht und dachte nicht an die Gefahren des Sprungs, sondern schnellte sich einfach über den Abgrund und rannte weiter.

Auf dem Dach des vierten Gebäudes blieb Cathy endlich stehen und blickte über die Kante auf die Straße unter ihnen. Ende der Strecke. Plötzlich wurde ihr bewusst, was für ein tiefer Fall es bis zum Grund war. Die Feuerleiter wirkte so stabil wie Kinderspielzeug.

Sie schluckte. „Wahrscheinlich ist das kein guter Zeitpunkt, um Ihnen das zu sagen, aber …"

„Um mir was zu sagen?"

„Ich leide unter Höhenangst."

Er kletterte über die Kante. „Dann sehen Sie nicht nach unten."

Richtig, dachte sie und glitt auf die Feuerleiter. Nicht nach unten sehen. Ihre Hände waren nass vor Schweiß. Sie fürchtete, ihre Finger würden die Sprossen nicht halten können. Von einem Anfall von Höhenangst gepackt, erstarrte sie und klammerte sich verzweifelt an dieses hauchdünne Stahlskelett.

„Nicht stehen bleiben!", flüsterte Victor hektisch zu ihr herauf. „Weiter!"

Sie bewegte sich noch immer nicht und presste ihr Gesicht gegen die Sprosse, sodass sie die raue Kante in ihre Haut beißen fühlte.

„Alles in Ordnung, Cathy", drängte er. „Kommen Sie weiter!"

Der Schmerz überwog und blockte das Schwindelgefühl und sogar die Angst ab. Als sie die Augen wieder öffnete, hatte die Welt sich stabilisiert. Mit weichen Knien stieg sie die Leiter hinunter und machte auf dem Absatz im zweiten Stock eine Pause, um ihre verschwitzten Hände an ihrer Jeans abzuwischen. Sie kletterte zum Absatz im ersten Stock. Es waren noch immer fast fünf Meter bis zum Boden. Schon hakte sie die Verlängerungsleiter aus und wollte sie nach unten schieben, erzeugte dabei jedoch ein solches Kreischen, dass Victor sie sofort stoppte.

„Zu laut. Wir müssen springen."

„Aber …"

Zu ihrer Verblüffung kletterte er über das Geländer und ließ sich zu Boden fallen. „Kommen Sie!", zischte er von unten herauf. „Es ist nicht so tief. Ich fange Sie auf."

Mit einem gemurmelten Gebet ließ sie sich über die Seite gleiten und wurde tatsächlich von ihm aufgefangen. Aber er hielt sie nur eine Sekunde fest. Die Schussverletzung hatte seine Schulter zu sehr geschwächt. Gemeinsam taumelten sie zu Boden. Cathy landete auf Victor, ihre Beine über seinen Hüften gespreizt, ihre Gesichter nur Zentimeter voneinander entfernt. Sie sahen einander so benommen an, dass sie kaum atmen konnten.

Über ihnen glitt ein Fenster auf, und jemand schrie: „Hey, ihr Herumtreiber! Verschwindet, sonst rufe ich die Cops!"

Cathy rollte sofort von Victor herunter und prallte gegen einen Mülleimer. Der Deckel fiel herunter und knallte auf den Bürgersteig.

„So viel zu einer Rast", brummte Victor und raffte sich auf. „Vorwärts!"

Sie hetzten die Straße entlang, bogen in eine Seitenstraße und rannten weiter. Erst fünf Kreuzungen später hielten sie endlich an, um wieder zu Atem zu kommen. Sie blickten zurück.

Die Straße war verlassen.

Sie befanden sich in Sicherheit!

Nicholas Savitch stand neben dem ordentlich gemachten Bett und betrachtete den Raum. Es war jeder Zoll das Zimmer einer Frau, von den schlichten, aber eleganten Kleidern bis hin zum Schminktisch.

Im Wohnzimmer fand er einen Zeitungsausschnitt auf dem Boden. Nicholas Savitch hob ihn auf und betrachtete den Artikel. Das war nun interessant. Der Tod von Catherine Weaver war Catherine Weaver nicht entgangen.

Er steckte den Artikel ein. Dann sah er die Handtasche auf dem Fußboden neben der zerschmetterten Fensterscheibe.

Bingo!

Er leerte den Inhalt auf den Tisch. Brieftasche, Scheckbuch, Kugelschreiber, Münzen und … ein Adressbuch. Er öffnete es bei B und fand den Namen, den er suchte: Sarah Boylan.

Das war also die Catherine Weaver, die er suchte. Ein Jammer, dass er seine Zeit damit verschwendet hatte, die beiden anderen aufzuspüren.

Er blätterte das Adressbuch durch und fand etwa ein halbes Dutzend Eintragungen in San Francisco. Die Frau mochte schlau genug sein, dass sie ihm diesmal entkommen war, aber sich weiterhin zu verbergen, war schon eine schwierigere Sache. Und dieses kleine Buch mit den Namen von Freunden und Verwandten und Kollegen konnte ihn direkt zu der Frau führen.

Irgendwo in der Ferne heulte eine Polizeisirene.

Es war Zeit, zu verschwinden.

Savitch nahm das Adressbuch und die Brieftasche der Frau an sich und ging zur Tür hinaus. Im Freien erzeugte sein Atem Nebelwolken in der kalten Luft, während er lässig die Straße entlangschlenderte.

Er konnte es sich leisten, sich Zeit zu lassen.

Doch für Catherine Weaver und Victor Holland lief die Zeit ab.

*E*s gab keine Zeit zum Ausruhen. Sie joggten die nächsten sechs Querstraßen weit, viele Meilen, wie es Cathy erschien. Victor bewegte sich unermüdlich, führte sie durch Seitenstraßen, vermied belebte Kreuzungen. Sie überließ ihm das Denken und die Führung. Ihr Entsetzen wich allmählich Betäubung und einem verwirrenden Gefühl von Unwirklichkeit. Die Stadt selbst wirkte wie eine Traumlandschaft … Asphalt und Straßenlampen und endlose verschlungene Pfade auf Beton. Die einzige Realität war der Mann, der dicht neben ihr ging, die Augen hellwach, die Bewegungen schnell und sicher. Sie wusste, dass auch er Angst haben musste, aber sie konnte seine Angst nicht sehen.

Er griff nach ihrer Hand. Die Wärme und Kraft seiner Finger schien auf ihre kalten, erschöpften Glieder überzufließen.

Sie beschleunigte ihren Schritt. „Ich glaube, da vorne ist eine Polizeistation, noch ein oder zwei Straßen weiter …"

„Wir gehen nicht zur Polizei."

„Was?" Sie erstarrte auf der Stelle.

„Noch nicht. Erst muss ich das alles durchdenken."

„Victor", sagte sie langsam. „Jemand versucht, uns umzubringen. Versucht, mich umzubringen. Was meinen Sie damit, Sie müssen das alles durchdenken?"

„Hören Sie, wir können nicht hier herumstehen und darüber reden. Wir müssen weg von der Straße." Er packte sie erneut an der Hand. „Kommen Sie!"

„Wohin?"

„Ich habe ein Zimmer. Es ist nur ein paar Straßen entfernt."

Sie ließ sich ein paar Meter weiterziehen, bevor sie sich losriss. „Einen Moment! Warten Sie doch!"

Sein Gesicht spiegelte seine Frustration. „Worauf soll ich warten? Dass dieser Irre uns einholt? Dass wieder Kugeln fliegen?"

„Ich will eine Erklärung!"

„Ich werde alles erklären, sobald wir in Sicherheit sind."

Sie wich zurück. „Warum haben Sie Angst vor der Polizei?"

„Weil ich nicht sicher sein kann, dass sie ehrlich spielt."

„Was haben Sie denn getan?"

Mit zwei Schritten war er bei ihr und packte sie hart an den

Schultern. „Ich habe Sie gerade aus einer Todesfalle herausgeholt, denken Sie daran! Diese Kugeln sind durch Ihr Fenster geflogen, nicht durch meines!"

„Vielleicht waren diese Kugeln auf Sie gezielt!"

„Also schön!" Er ließ sie los. „Sie wollen es auf eigene Faust versuchen? Tun Sie es. Vielleicht wird Ihnen die Polizei helfen. Vielleicht auch nicht. Ich kann das nicht riskieren. Nicht, solange ich nicht alle Mitspieler im Hintergrund kenne."

„Sie … Sie lassen mich gehen?"

„Sie waren nie meine Gefangene."

„Nein." Sie holte tief Luft und blickte die Straße entlang zu der Polizeistation. „Es ist doch nur vernünftig", murmelte sie. „Dafür ist die Polizei ja da."

„Richtig."

Sie runzelte die Stirn. „Die werden eine Menge Fragen stellen."

„Was werden Sie erzählen?"

Sie sah ihn an, ohne mit der Wimper zu zucken. „Die Wahrheit."

„Die im besten Fall unvollständig, im schlimmsten Fall unglaubwürdig sein wird."

„Das zersplitterte Glas in meinem Apartment ist ein Beweis."

„Schüsse aus einem vorbeifahrenden Wagen, ganz wahllos."

„Es ist Aufgabe der Polizei, mich zu beschützen."

„Und wenn die Polizei nicht glaubt, dass Sie Schutz brauchen?"

„Dann werde ich von Ihnen erzählen! Von Sarah."

„Man könnte Sie ernst nehmen, aber auch nicht."

„Die Polizei muss mich ernst nehmen! Jemand versucht, mich umzubringen!" Ihre vor Verzweiflung schrille Stimme schien durch das endlose Gewirr der Straßen zu hallen.

„Ich weiß das", sagte er ruhig.

Sie blickte wieder zu der Polizeistation. „Ich gehe."

Er sagte nichts.

„Wo werden Sie sein?", fragte sie.

„Allein. Vorerst."

Sie tat zwei Schritte und blieb stehen. „Victor?"

„Ich bin noch immer hier."

„Sie haben mir wirklich das Leben gerettet. Danke."

Er antwortete nicht. Sie hörte, wie sich seine Schritte langsam entfernten. Sie stand da und überlegte ernsthaft, ob sie das Richtige tat. Natürlich tat sie es.

Victors Schritte verklangen.

In diesem Moment erkannte sie, dass sie den einzigen Mann verloren hatte, der alle ihre Fragen beantworten konnte. Sie fühlte sich verlassen. In plötzlicher Panik wirbelte sie herum und rief: „Victor!"

Am Ende des Blocks blieb eine Silhouette stehen und drehte sich um. Er wirkte wie eine Insel der Zuflucht in dieser verrückten, gefährlichen Welt. Sie ging auf ihn zu, und ihre Beine bewegten sich schneller und schneller, bis sie lief. Sie sehnte sich nach der Sicherheit seiner Arme, der Arme eines Mannes, den sie kaum kannte. Doch die Arme, die sie an seine Brust zogen, fühlten sich nicht wie die eines Fremden an. Sie fühlte das Klopfen seines Herzens, den Druck seiner Finger an ihrem Rücken, und etwas sagte ihr, dass dies ein Mann war, auf den sie sich verlassen konnte, ein Mann, der nicht versagte, wenn sie ihn am meisten brauchte.

„Ich bin ja da", murmelte er, strich über ihr zerzaustes Haar. Sein Atem an ihrem Gesicht beschleunigte sich, und dann suchte sein Mund hungrig den ihren. Er küsste sie. Sie antwortete mit einem genauso verzweifelten Kuss. War er auch ein Fremder, so war er doch für sie da gewesen, war es noch, und seine Arme schützten sie vor den Schrecken der Nacht.

Sie vergrub ihr Gesicht an seiner Brust. „Ich weiß nicht, was ich machen soll! Ich habe solche Angst, Victor, und ich …"

„Wir finden schon zusammen eine Lösung, in Ordnung?" Er legte seine Hände an ihr Gesicht. „Sie und ich, wir werden siegen."

Sie nickte und fand in seinem festen Blick alle Sicherheit, die sie brauchte.

Ein Windstoß fuhr durch die Straße. Cathy schauderte. „Was machen wir als Erstes?", flüsterte sie.

„Zuerst wärmen wir Sie auf." Er zog seine Windjacke aus und hängte sie ihr um die Schultern. „Ein heißes Bad, ein gutes Abendessen, und Sie funktionieren wieder wie neu."

Es waren noch einmal fünf Querstraßen bis zu dem Kon-Tiki Motel. Sie stiegen die Stufen zu Zimmer 214 mit Blick auf den halb leeren Parkplatz hinauf. Victor schloss die Tür auf.

Die Wärme an ihren Wangen war herrlich. Sie stand mitten in diesem absolut nüchternen Raum und staunte, wie gut es sich doch anfühlte, von vier Wänden umgeben zu sein.

„Nichts Besonderes", meinte Victor, „aber warm. Und bezahlt."

Er schaltete den Fernseher ein. „Achten wir auf die Nachrichten. Vielleicht gibt es etwas über diese Weaver."

Diese Weaver, dachte sie. Das hätte ich sein können.

Sie ließ sich auf das Bett sinken. Victor kam zu ihr, drehte ihre Hände herum. Sie blickte auf blutige Kratzer und Rostspuren hinunter, die sich in ihre Haut gefressen hatten.

„Ich sehe wahrscheinlich scheußlich aus", murmelte sie.

Er lächelte und streichelte ihr Gesicht. „Sie könnten eine Reinigung gebrauchen. Ich besorge unterdessen etwas zu essen."

Cathy verschwand im Bad, und als sie wieder herauskam, war Victor verschwunden.

Rasch sah sie sich in dem Raum um auf der Suche nach Anhaltspunkten über den Mann. Sie fand nichts außer seiner Nylontragetasche und blickte hinein. Ein paar frische Socken, ein ungeöffnetes Päckchen Unterwäsche, der San Francisco Chronicle von gestern. Ebenfalls gestern hatte er versucht, Geld am Automaten abzuheben. Der Automat hatte eine Nachricht ausgedruckt: Auszahlung kann nicht ausgeführt werden. Bitte setzen Sie sich mit Ihrer Bank in Verbindung.

Das Geräusch eines Schlüssels im Schloss überraschte sie. Sie blickte hoch, als die Tür aufschwang.

Unter Victors Blick wurde sie rot, stand langsam auf und konnte nicht auf seinen stummen Vorwurf antworten. Sie wusste nicht, wie er reagieren würde.

Die Tür fiel hinter ihm zu.

„Vermutlich ist es vernünftig, dass Sie so etwas tun …"

„Es tut mir leid. Ich habe nur …" Sie schluckte. „Ich musste mehr über Sie erfahren."

„Und welche schrecklichen Dinge haben Sie ans Tageslicht gebracht?"

„Nichts!"

„Keine dunklen Geheimnisse? Haben Sie keine Angst. Sagen Sie es mir, Cathy."

„Nur … nur, dass Sie Schwierigkeiten hatten, Bargeld von Ihrem Konto abzuheben."

Er nickte. „Ein frustrierender Zustand. Auch wenn ich ungefähr sechstausend Dollar auf dem Konto habe, komme ich nicht dran." Er setzte sich. „Was haben Sie noch herausgefunden?"

„Sie ... Sie lesen Zeitung."

„Das tun viele Menschen. Was noch?"

Sie zuckte die Schultern. „Sie tragen Boxershorts."

Seine Augen funkelten amüsiert. „Jetzt werden wir aber persönlich."

„Sie ..." Sie holte tief Luft. „Sie sind auf der Flucht."

Er sah sie eine Weile schweigend an.

„Deshalb wollen Sie nicht zur Polizei gehen, nicht wahr?"

Er wandte sich ab. „Es gibt Gründe."

„Nennen Sie mir einen, Victor. Ein einziger guter Grund ist alles, was ich brauche. Dann halte ich den Mund."

Er seufzte. „Das bezweifle ich."

„Stellen Sie mich auf die Probe. Ich habe jeden erdenklichen Grund, Ihnen zu glauben."

„Sie haben jeden erdenklichen Grund, zu glauben, ich wäre paranoid." Er beugte sich vor. „Himmel, manchmal glaube ich sogar, ich müsste es sein."

Sie kniete sich neben seinen Sessel. „Victor, diese Leute, die mich umbringen wollen, wer sind sie?"

„Ich weiß es nicht."

„Sie sagten, Leute in hohen Positionen könnten verwickelt sein."

„Das ist eine Vermutung. Bundesgelder werden in illegale Forschung gesteckt. In tödliche Forschung."

„Und Bundesgelder müssen von jemandem mit Macht zugeteilt werden."

Er nickte. „Jemand hat die Regeln gebrochen. Dieser Jemand könnte durch einen politischen Skandal Schaden nehmen. Er könnte versuchen, sich zu schützen, indem er das FBI manipuliert. Oder die örtliche Polizei. Deshalb gehe ich nicht zur Polizei. Deshalb habe ich das Zimmer für meinen Anruf verlassen."

„Wann? Was für ein Anruf?"

„Während Sie im Bad waren. Ich habe die Polizei aus Vorsicht von einem Telefonautomaten angerufen, damit man den Anruf nicht zurückverfolgen kann."

„Sie haben gerade gesagt, dass Sie die Polizei nicht mit hineinziehen wollen."

„Diesen Anruf musste ich machen. Es gibt noch eine dritte Catherine Weaver im Telefonbuch."

Ein drittes Opfer auf der Liste. Schwach setzte sie sich auf das Bett. „Was haben Sie der Polizei gesagt?", fragte sie leise.

„Dass ich Grund habe, anzunehmen, sie sei in Gefahr. Dass sie nicht ans Telefon geht."

„Sie haben es probiert?"

„Zweimal."

„Hat die Polizei auf Sie gehört?"

„Sie wollte sogar meinen Namen wissen. Das war der Moment, wo ich ahnte, dass ihr schon etwas zugestoßen ist. Ich habe aufgelegt und wie der Blitz die Telefonzelle verlassen."

„Damit sind wir drei", flüsterte sie. „Diese beiden anderen Frauen und ich."

„Es gibt keine Möglichkeit, Sie zu finden. Nicht, solange Sie sich von Ihrem Apartment fernhalten. Bleiben Sie von …"

Beide erstarrten in Panik.

Jemand klopfte an die Tür.

Sie blickten einander an. Angst spiegelte sich in ihren Augen. Nach kurzem Zögern fragte Victor: „Wer ist da?"

„Ich bin von Oomino's!", rief eine dünne Stimme.

Vorsichtig öffnete Victor die Tür ein wenig. Ein Junge stand draußen mit einer Tüte und einem flachen Karton.

„Hey", sagte der Junge. „Eine große Pizza mit allem Drum und Dran und zwei Colas und extra Servietten, richtig?"

„Richtig." Victor gab dem Jungen ein paar Scheine. „Stimmt so", sagte er, schloss die Tür und drehte sich um. „Na ja, manchmal klopft eben wirklich nur der Pizzabote."

Beide lachten, aber nicht aus Humor, sondern wegen ihrer mitgenommenen Nerven. Dachte man sich diese hageren Linien weg, konnte man ihn einen gut aussehenden Mann nennen.

„Denken wir nicht über diesen Schlamassel nach", schlug er vor. „Beschäftigen wir uns nur mit dem wirklich wichtigen Thema des Tages. Essen!"

Cathy griff nach dem Karton. „Geben Sie her, bevor ich diese verdammte Bettdecke esse."

Während die Zehnuhrnachrichten im Fernsehen liefen, stürzten sie sich wie ausgehungerte Tiere auf die Pizza.

Nur knapp dreißig Sekunden waren der Ermordung von Catherine Weaver an diesem Morgen gewidmet. Bisher waren noch keine Verdächtigen festgenommen worden. Ein zweites Opfer mit diesem Namen wurde nicht erwähnt.

Victor runzelte die Stirn. „Sieht so aus, als hätte es diese andere Frau nicht in die Nachrichten geschafft."

„Oder es ist ihr nichts passiert. Vielleicht haben Sie etwas falsch interpretiert. Die Polizei fragt bei einem Anruf natürlich nach dem Namen."

„Das war mehr als eine Frage. Die haben auf eine Möglichkeit gelauert, mich verhören zu können."

„Ich zweifle nicht an Ihren Worten. Ich spiele nur den Anwalt des Teufels und versuche, die Dinge ruhig und vernünftig in einer verrückten Situation zu halten."

Er sah sie lange eindringlich an. Endlich nickte er. „Die Stimme einer vernünftigen Frau." Er seufzte. „Genau das brauche ich jetzt, um nicht über meinen eigenen Schatten zu erschrecken."

„Und um Sie ans Essen zu erinnern." Sie hielt ihm noch ein Stück Pizza hin. „Sie haben dieses Riesending bestellt. Jetzt helfen Sie mir auch beim Aufessen."

Die Spannung zwischen ihnen schwand augenblicklich, als sie beide auf die Pizza schauten. Victor nahm das angebotene Stück entgegen. „Dieses mütterliche Aussehen steht Ihnen", bemerkte er trocken. „Die Pizzasoße auch."

„Was?" Sie wischte sich über ihr Kinn.

„Sie sehen wie eine Zweijährige aus, die ihr Gesicht mit Fingerfarben bemalt hat."

„Lieber Himmel. Geben Sie mir eine Serviette."

„Lassen Sie mich das machen." Er beugte sich vor und tupfte sanft die Soße weg. Während er das tat, betrachtete sie sein Gesicht, sah die Lachfältchen in seinen Augenwinkeln, die weißen Haare zwischen seinen braunen Haaren. Sie erinnerte sich an das Foto dieses Gesichts auf einem Viratek-Ausweis. Wie ernst er ausgesehen hatte. Das Bild eines Wissenschaftlers ohne Lächeln. Jetzt wirkte er jung und lebendig und beinahe glücklich.

Er wurde sich bewusst, dass sie ihn betrachtete, und begegnete ihrem Blick. Langsam schwand sein Lächeln. Sie hielten beide still, als würden sie in den Augen des anderen etwas sehen, das sie zuvor nicht bemerkt hatten. Die Stimmen aus dem Fernseher schienen in eine weit entrückte Dimension zu verschwinden. Cathy fühlte Victors Finger leicht über ihre Wange streichen. Es war nur eine Berührung, aber sie erschauerte.

Leise fragte sie: „Was passiert jetzt, Victor? Wohin gehen wir von hier aus?"

„Wir haben mehrere Möglichkeiten."

„Welche?"

„Ich habe Freunde in Palo Alto. Wir könnten uns an sie wenden."

„Oder?"

„Oder wir könnten hierbleiben. Für eine Weile."

Genau hier. In diesem Zimmer, auf diesem Bett. Es hätte ihr nichts ausgemacht. Überhaupt nichts.

Sie beugte sich ihm entgegen, von einer Kraft angezogen, der sie nicht widerstehen konnte. Seine Hände legten sich an ihr Gesicht, große Hände, aber unendlich sanft. Sie schloss die Augen und wusste, dass dieser Kuss ebenfalls sanft ausfallen würde.

Und so war es. Dieser Kuss wurde nicht von Angst oder Verzweiflung getrieben. Er war ein ruhiges Verschmelzen von Wärme. Von Seelen. Seine Arme zogen sie unentrinnbar an sich heran. Es war ein gefährlicher Moment. Sie neigte sich ihm zu, überschritt fast die Grenze zur totalen Hingabe an diesen Mann, den sie kaum kannte. Ihre Arme hatten sich wie von selbst um seinen Nacken gelegt. Er tupfte viele Küsse auf ihren Hals. Alles Verlangen, das in diesen letzten Jahren geschlummert hatte, regte sich in ihr und erwachte unter seiner Berührung.

Und dann schwand innerhalb eines Moments der Zauber. Zuerst begriff sie nicht, warum Victor sich plötzlich zurückzog und kerzengerade aufsetzte. Sein Gesicht drückte Staunen aus. Verwirrt folgte sie seinem Blick zum Fernseher.

Ein beunruhigend vertrautes Gesicht blickte ihr von dem Bildschirm entgegen. An der oberen Kante war das Viratek-Logo zu sehen, darunter Victor Hollands Gesicht.

„... wegen Industriespionage gesucht. Es gibt Beweise, die Dr. Holland mit dem Tod eines Forscherkollegen bei Viratek, Dr. Gerald Martinique, in Verbindung bringen. Die Ermittler befürchten, dass der Verdächtige bereits zahlreiche Forschungsdaten an einen europäischen Konkurrenten verkauft hat ..."

Der Sender wechselte zu Werbung, und Victor stand auf und schaltete den Apparat ab. Langsam drehte er sich zu Cathy um. Das Schweigen zwischen ihnen wurde fast unerträglich.

„Es ist nicht wahr", flüsterte er. „Nichts davon."

Sie versuchte, in diesen undurchdringlichen Augen zu lesen, wollte ihm verzweifelt glauben. Der Geschmack seiner Küsse war noch warm auf ihren Lippen. Küsse eines Meisterschwindlers?

Sie blickte zum Telefon auf dem Nachttisch. Es war so nahe. Ein Anruf bei der Polizei, mehr war nicht nötig, um diesen Albtraum zu beenden.

„Es ist eine Falle", sagte er. „Viratek hat falsche Informationen herausgegeben."

„Warum?"

„Um mich in die Ecke zu treiben. Die einfachste Methode, mich zu finden, ist, dass die Polizei ihnen dabei hilft."

Sie schob sich an das Telefon heran.

„Nicht, Cathy!"

Sie erstarrte bei der Drohung in seiner Stimme.

Er sah die Angst in ihren Augen und fügte sanft hinzu: „Bitte, ruf nicht an. Ich werde dir nichts tun. Ich verspreche dir, du kannst einfach zu dieser Tür hinausgehen, wenn du willst. Aber hör mir erst zu. Lass mich erzählen, was passiert ist. Gib mir eine Chance."

Sein Blick war absolut glaubwürdig. Sie nickte und lehnte sich wieder zurück.

Er begann auf und ab zu gehen. „Es ist alles eine unglaubliche Lüge. Die Vorstellung ist verrückt, ich hätte ihn getötet, Jerry Martinique und ich waren die besten Freunde. Wir haben beide für Viratek gearbeitet. Ich arbeitete an der Entwicklung von Impfstoffen, er war Mikrobiologe. Sein Spezialgebiet waren Viren, Erbmassenforschung."

„Du meinst … wie Chromosomen?"

„Das Gegenstück bei Viren. Wie auch immer. Jerry und ich, wir haben einander in schlimmen Zeiten geholfen. Er hat eine schmerzliche Scheidung durchgemacht, und ich …" Er stockte, und seine Stimme sank ab. „Ich habe meine Frau vor drei Jahren verloren. Leukämie."

Also war er verheiratet gewesen. Irgendwie überraschte es sie. Er wirkte auf sie viel zu unabhängig, um sich zu binden.

„Vor etwa zwei Monaten wurde Jerry in eine neue Forschungsabteilung versetzt. Viratek hatte einen Auftrag für irgendein Ver-
teidigungsprojekt erhalten. Höchste Geheimhaltung. Jerry durfte
nicht darüber sprechen. Aber ich merkte, dass ihn etwas in diesem
Labor beunruhigte. Er sagte zu mir nur: Die verstehen die Gefahr nicht. Die wissen nicht, worauf sie sich einlassen. Jerrys Feld
war die Veränderung von Virengenen. Daher nehme ich an, dass
das Projekt etwas mit Viren als Waffen zu tun hatte. Jerry war absolut klar, dass diese Waffen aufgrund internationaler Vereinba-
rungen als illegal gelten."

„Wenn er wusste, dass die Sache illegal war, warum hat er dann
mitgemacht?"

„Vielleicht begriff er nicht sofort, worauf das Projekt abzielte.
Vielleicht hat man es anfangs als reine Verteidigungsforschung
dargestellt. Jedenfalls war er so beunruhigt, dass er von dem Projekt zurücktrat. Er ging direkt zur Spitze – zum Gründer von Viratek. Er marschierte in Archibald Blacks Büro und drohte, sich
an die Öffentlichkeit zu wenden, sollte dieses Projekt nicht ab-
gebrochen werden. Vier Tage später hatte er einen Unfall." Zorn
blitzte in Victors Augen auf.

„Was ist passiert?", fragte sie.

„Das Wrack seines Autos wurde neben der Straße gefunden.
Jerry war noch im Wagen. Tot." Plötzlich wurde sein Zorn von
Erschöpfung abgelöst. Er sank auf das Bett. „Die Cops haben
sich bemüht, aber dann tauchte ein Bundesexperte auf und über-
nahm den Fall. Er behauptete, Jerry sei am Steuer eingeschlafen.
Fall abgeschlossen. Da wurde mir klar, wie weit diese Sache geht.
Ich wusste nicht, an wen ich mich wenden sollte. Also rief ich das
FBI in San Francisco an, sagte, ich hätte Beweise."

„Du meinst den Film?", fragte Cathy.

Victor nickte. „Kurz bevor er getötet wurde, erzählte Jerry mir
von Duplikaten von Unterlagen, die er in seinem Gartenschuppen
versteckt habe. Nach dem … Unfall ging ich zu seinem Haus. Alles
war verwüstet, aber man hat den Gartenschuppen nicht durchsucht. So kam ich an die Beweise, einen einzelnen Aktenordner
und eine Rolle Film. Ich arrangierte ein Zusammentreffen mit
einem FBI-Agenten aus San Francisco, einem Typen namens Sam
Polowski. Ich hatte mit ihm bereits ein paar Mal telefoniert. Er

bot an, sich mit mir in Garberville zu treffen. Wir haben uns auf eine Stelle außerhalb der Stadt geeinigt. Ich fuhr hin in der vollen Erwartung, dass er auftauchen würde. Nun, jemand ist tatsächlich aufgetaucht. Und zwar jemand, der mich im Auto von der Straße gedrängt hat." Er machte eine Pause. „Das war in der Nacht, in der du mich gefunden hast."

Die Nacht, in der sich mein ganzes Leben verändert hat, dachte sie.

„Du musst mir glauben", sagte er.

Ihr Instinkt kämpfte gegen ihre Logik. Die Geschichte war nur wenig glaubwürdig, auf halbem Weg zwischen Wahrheit und Fantasie angesiedelt. Aber der Mann wirkte solide wie Stein.

Ermattet nickte sie. „Ich glaube dir, Victor. Vielleicht bin ich verrückt oder nur leicht zu beeinflussen, aber ich glaube dir."

„Das ist alles, worauf es jetzt ankommt", versicherte er. „Dass du in deinem Herzen weißt, dass ich die Wahrheit sage."

„In meinem Herzen?" Sie schüttelte mit einem Auflachen den Kopf. „Mein Herz war immer ein erbärmlicher Menschenkenner. Nein, ich richte mich danach, dass du mich am Leben erhalten hast. Danach, dass es eine andere Cathy Weaver gibt, die jetzt tot ist."

Bei der Erinnerung an das Gesicht dieser anderen Frau, das Gesicht in der Zeitung, begann sie plötzlich zu zittern. Alles fügte sich zu der schrecklichen Wahrheit zusammen. Die Schüsse in ihrer Wohnung, die andere tote Cathy. Und Sarah ... die arme Sarah.

Sie rang bebend nach Luft, war den Tränen nahe.

Sie ließ sich von ihm in die Arme nehmen, ließ sich neben ihm auf das Bett ziehen. Er murmelte sanfte, tröstende Worte an ihrem Haar, schaltete das Licht aus. In der Dunkelheit hielten sie einander fest, zwei verängstigte Seelen, die sich gegen eine erschreckende Welt vereinigten. An seiner Brust fühlte sie sich sicher. Hier konnte ihr niemand etwas antun.

Sie bebte, als seine Lippen über ihre Stirn strichen. Er streichelte jetzt ihr Gesicht und ihren Hals und wärmte sie mit seiner Liebkosung. Als seine Hand unter ihre Bluse glitt, protestierte sie nicht. Irgendwie wirkte es so natürlich, dass diese Hand ihre Brust umschmiegte. Es war nicht die Berührung eines Mannes, der über sie herfallen wollte, sondern lediglich eine sanfte Erinnerung daran, dass er sich um sie kümmerte.

Und dennoch reagierte sie …

Ihre Brustspitze prickelte und versteifte sich unter seiner Hand. Das Prickeln breitete sich aus, eine Wärme, die zu ihrem Gesicht hochstieg und ihre Wangen rötete. Sie tastete nach seinem Hemd und begann es zu öffnen. In der Dunkelheit war sie langsam und unbeholfen. Als sie endlich ihre Hand unter das Hemd schob, atmeten sie beide bereits vor Vorfreude heftig und schnell.

Sie strich durch sein dichtes Haar, streichelte seine breite Brust. Er holte scharf Luft, als ihre Finger einen zarten Kreis um seine Brustwarze beschrieben.

Falls sie mit Feuer hatte spielen wollen, hatte sie soeben das Streichholz angerissen.

Sein Mund senkte sich auf den ihren, suchte, eroberte. Die Kraft seines Kusses presste sie auf ihren Rücken, nahm ihren Kopf auf dem Kopfkissen gefangen. Für eine Ewigkeit schwamm sie in Empfindungen, dem Duft männlicher Hitze, dem unnachgiebigen Griff seiner Hände. Als er sich endlich zurückzog, rangen sie beide nach Luft.

Er blickte auf sie herunter. „Das ist verrückt", flüsterte er.

„Ja. Ja, das ist es …"

„Ich wollte das nicht …"

„Ich auch nicht."

„Es ist nur, dass du Angst hast. Wir haben beide Angst. Und wir wissen einfach nicht, was wir tun."

„Nein." Sie schloss die Augen und verspürte unerwartete Tränen. „Wir wissen es nicht. Aber ich habe tatsächlich Angst. Und ich möchte einfach festgehalten werden. Bitte, Victor, halt mich fest. Halt mich ganz einfach fest."

Er murmelte ihren Namen, während er sie an sich zog. Diesmal war seine Umarmung sanft, ohne das Fieber des Verlangens. Sein Hemd war noch immer aufgeknöpft, seine Brust entblößt. Genau dorthin legte sie ihren Kopf, auf diese krausen Haare. Ja, er hatte recht. Sie waren verrückt gewesen, sich jetzt zu lieben, wenn sie wussten, dass es nichts anderes als Angst war, was ihr Verlangen angeheizt hatte. Und jetzt war das Fieber gebrochen.

Friede senkte sich über sie. Selbst wenn sie es hätte versuchen wollen, hätte sie Arme und Beine nicht bewegen können. Sie trieb in einem warmen, schwarzen Meer dahin.

Vage nahm sie Licht wahr, das an ihren Augenlidern vorbeiglitt. Die ihren Körper umhüllende Wärme schmolz. Nein, sie wollte die Wärme zurück, wollte Victor zurück! Im nächsten Moment fühlte sie, wie er sie schüttelte.

„Cathy! Komm, wach auf!"

Sie blickte mit schläfrigen Augen zu ihm hoch. „Victor?"

„Da draußen geht etwas vor sich."

Sie taumelte aus dem Bett und folgte ihm an das Fenster. Durch einen Spalt in den Vorhängen erspähte sie, was ihn alarmiert hatte. Ein Streifenwagen stand mit leise laufendem Funkgerät vor der Anmeldung des Motels. Auf der Stelle war sie hellwach und ging in Gedanken die Fluchtwege aus ihrem Zimmer durch. Es gab nur einen einzigen.

„Sofort raus!", befahl er. „Sonst sitzen wir in der Falle."

Er drückte die Tür auf. Sie schoben sich auf die Balustrade hinaus. Die kalte Nachtluft war wie ein Schlag ins Gesicht. Cathy zitterte schon, mehr vor Angst als vor Kälte. Geduckt liefen sie die Balustrade entlang, weg von der Treppe.

Unter sich hörten sie, wie sich die Tür des Motelbüros öffnete und die Stimme des Managers sagen: „Ja, das ist gleich da oben. Meine Güte, er hat einen wirklich netten Eindruck gemacht ... Ich hätte das nie von ihm erwartet ..."

Reifen quietschten, als ein zweiter Streifenwagen mit zuckenden Lichtern hielt.

Victor versetzte Cathy einen Stoß. „Los!"

Sie schlüpften in einen offenen Laufgang zwischen zwei Gebäuden und hasteten auf die andere Seite des Gebäudes. Keine Treppe! Sie kletterten über das Geländer der Balustrade und ließen sich auf den Parkplatz fallen.

Schwach hörten sie ein Klopfen, dann den Befehl: „Aufmachen, Polizei!"

Sie hetzten instinktiv in die Dunkelheit. Niemand entdeckte sie, niemand verfolgte sie. Sie liefen weiter, bis sie das Kon-Tiki Motel viele Querstraßen hinter sich gelassen hatten und so müde waren, dass sie taumelten.

Endlich blieb Cathy stehen und lehnte sich gegen eine Tür. Ihr Atem bildete kleine kalte Wölkchen. „Wie haben sie uns gefunden?"

„Der Anruf kann es nicht gewesen sein ..." Plötzlich stöhnte er. „Meine Kreditkarte! Ich musste damit die Rechnung im Motel bezahlen."

„Wohin jetzt? Sollen wir es in einem anderen Motel versuchen?" Er schüttelte den Kopf. „Ich habe nur noch vierzig Dollar. Und mit meiner Kreditkarte kann ich es nicht wieder versuchen."

„Und ich habe meine Handtasche in meinem Apartment zurückgelassen. Ich … weiß nicht, soll ich …"

„Die Handtasche können wir vergessen. Die werden das Apartment überwachen."

„Die." Damit waren die Mörder gemeint.

„Dann sind wir also pleite", sagte sie schwach.

Er antwortete nicht. „Hast du Freunde, bei denen du unterschlüpfen kannst?"

„Ich denke schon … äh, doch nicht. Meine Freundin ist bis Freitag nicht in der Stadt. Und was sollte ich ihr erzählen? Wie sollte ich dich erklären?"

„Das kannst du nicht. Und wir können im Moment keine Fragen gebrauchen." Victor sah die Straße entlang. „Dort drüben ist eine Bushaltestelle." Er holte eine Handvoll Geld aus der Tasche. „Hier", sagte er. „Nimm das und verschwinde aus der Stadt. Besuche Freunde. Allein."

„Was ist mit dir?"

„Ich komme schon klar."

„Pleite? Und wo alle hinter dir her sind?" Sie schüttelte den Kopf.

„Ich erhöhe nur die Gefahren für dich." Er drückte ihr das Geld in die Hand.

Sie blickte auf das Bündel Banknoten hinunter und dachte: Das ist alles, was er hat, und er gibt es mir. „Ich kann nicht."

„Du musst."

„Aber …"

„Widersprich mir nicht!" Sein Blick erlaubte keine Alternative. Widerstrebend schloss sie die Finger um das Geld.

„Ich warte, bis du in den Bus gestiegen bist."

„Victor?"

Er brachte sie mit einem Blick zum Schweigen und legte sanft beide Hände auf ihre Schultern. „Du kommst schon zurecht, da bin ich ganz sicher." Er drückte einen langen Kuss auf ihre Stirn.

„Sonst würde ich dich nicht verlassen."

Ein Bus dröhnte die Straße herunter und kam in ihre Richtung gefahren.

„Da kommt deine Limousine", flüsterte er. „Vorwärts." Er versetzte ihr einen Schubs. „Pass auf dich auf, Cathy."

Sie ging auf die Bushaltestelle zu. Drei Schritte, vier. Sie wurde langsamer und blieb stehen, drehte sich um und sah, dass er sich schon in die Dunkelheit weggeschlichen hatte.

„Steig ein!", rief er.

Sie blickte zu dem Bus, wandte sich wieder zu Victor. „Ich weiß, wo wir beide unterkommen können."

„Was?"

„Ich wollte die Möglichkeit nicht nutzen, aber …"

Ihre Worte gingen unter, als der Bus fauchend hielt und wieder weiterdonnerte.

„Es ist ein ziemlicher Fußmarsch", erklärte sie. „Aber wir könnten dort schlafen und würden etwas zu essen bekommen. Und ich kann garantieren, dass niemand die Polizei ruft."

Er kam aus dem Schatten heraus. „Warum hast du nicht schon früher daran gedacht?"

„Ich habe daran gedacht, aber bis jetzt war die Lage nicht … na ja … verzweifelt genug."

„Nicht verzweifelt genug", wiederholte er langsam. Mit ungläubigem Gesichtsausdruck kam er auf sie zu. „Nicht verzweifelt genug? Verdammt, Lady! Jetzt möchte ich aber genau wissen, was für eine Krise für dich verzweifelt genug ist!"

„Das musst du verstehen. Das ist ein letzter Ausweg. Es ist nicht einfach für mich, mich dorthin zu wenden."

Seine Augen zogen sich misstrauisch zusammen. „Das klingt ja immer schlimmer. Wovon sprechen wir hier? Von einem Obdachlosenheim?"

„Nein. Es ist in Pacific Heights. Man könnte es sogar ein Herrenhaus nennen."

„Wer wohnt dort? Ein Freund?"

„Das genaue Gegenteil."

Seine Augenbrauen zuckten hoch. „Ein Feind?"

„Beinahe." Sie stieß einen tiefen resignierten Seufzer aus. „Mein Exmann."

5. KAPITEL

*J*ack, mach auf! Jack!" Cathy hämmerte immer wieder gegen die Tür des sagenhaften Hauses in Pacific Heights. Keine Antwort. Durch die Fenster sahen sie nur Dunkelheit. „Zum Teufel mit dir, Jack!" Sie versetzte der Tür einen enttäuschten Tritt. „Warum bist du nie zu Hause, wenn ich dich brauche?"

Victor betrachtete die eleganten Häuser und säuberlich gestutzten Büsche in der Nachbarschaft. „Wir können nicht die ganze Nacht hier draußen herumstehen."

„Das machen wir auch nicht", murmelte sie, ließ sich auf die Knie sinken und begann, in einem Blumenbehälter aus roten Ziegeln herumzuwühlen.

„Was machst du da?"

„Etwas, wovon ich mir geschworen habe, es nie zu tun." Ihre Finger strichen durch klebrige Erde und suchten den Schlüssel, den Jack unter den Geranien vergraben hatte. Er war auch da, wo er sich immer befunden hatte. Sie stand auf und putzte die Erde von ihren Händen. „Aber es gibt Grenzen für meinen Stolz. Eine Todesdrohung ist eine solche Grenze." Sie führte den Schlüssel ein und verspürte für einen Moment Panik, als er sich nicht drehen ließ. Aber mit etwas Rucken gab das Schloss endlich nach. Die Tür schwang auf.

Sie winkte Victor nach drinnen. Der solide Schlag, mit dem sich die Tür hinter ihnen schloss, schien alle Gefahren der Nacht auszuschalten. In Dunkelheit gehüllt, seufzten sie beide erleichtert auf.

„In welcher Beziehung stehst du eigentlich zu deinem Exmann?", fragte Victor, während er ihr blindlings durch die dunkle Diele folgte.

„Wir sprechen miteinander, wenn auch äußerst sparsam."

„Es stört ihn nicht, wenn du in seinem Haus herumwanderst?"

„Warum sollte es?" Sie gab einen verächtlichen Laut von sich. „Jack lässt die Hälfte der menschlichen Rasse durch sein Schlafzimmer wandern. Die einzige Voraussetzung sind XX-Chromosomen."

Sie tastete sich durch den pechschwarzen Wohnraum und drückte den Lichtschalter. Dann gefror sie und starrte auf die beiden

431

nackten Körper, die verschlungen auf dem Eisbärenfell lagen.

„Jack!", platzte sie heraus.

Der größere der beiden Körper löste sich und setzte sich auf.

„Hallo, Cathy!" Er fuhr sich mit den Fingern durch die dunklen Haare und grinste. „Wie in alten Zeiten."

Die Frau neben ihm spuckte ein schockierendes Schimpfwort aus, raffte sich auf und stürmte in einem Wirbel aus roten Haaren und nacktem Hinterteil in Richtung Schlafzimmer.

„Das ist Lulu." Jack gähnte bei der Vorstellung.

Cathy seufzte. „Wie ich sehe, hat sich dein Geschmack bei Frauen nicht verbessert."

„Nein, Süße. Mein Geschmack bei Frauen hat einen Höhepunkt erreicht, als ich dich heiratete." Ohne sich an seiner Nacktheit zu stören, stand Jack auf und betrachtete Victor. Der Kontrast zwischen den beiden Männern wurde sofort sichtbar. Beide waren groß und schlank, aber Jack war derjenige, der das mitreißend gute Aussehen besaß, und er wusste es. Er hatte es immer gewusst. Eitelkeit war ein Etikett, das man dagegen Victor Holland nicht ankleben konnte.

„Ich sehe, du hast einen Vierten mitgebracht", sagte Jack und musterte Victor vom Scheitel bis zur Sohle. „Was soll es denn sein, Leute? Bridge oder Poker?"

„Weder noch", erwiderte Cathy.

„Das eröffnet alle erdenklichen Möglichkeiten."

„Jack, ich brauche deine Hilfe."

Er sah sie mit gespieltem Unglauben an. „Nein, wirklich?"

„Du weißt verdammt gut, dass ich nicht hier wäre, wenn ich es vermeiden könnte!"

Er blinzelte Victor zu. „Glauben Sie ihr nicht. Sie ist noch immer rasend in mich verliebt."

„Könnten wir ernst werden?"

„Liebling, du hast nie Humor gehabt."

„Zum Teufel mit dir, Jack!" Jedermann hatte einen Knackpunkt, und Cathy hatte soeben den ihren erreicht. Sie konnte nicht anders. Ohne Vorwarnung brach sie in Tränen aus. „Wirst du mir nur ein einziges Mal in deinem Leben zuhören?"

Victor riss der Geduldsfaden. Dieser Jack war ein Kretin erster Klasse. Er zog Cathy in seine Arme und grollte über ihre Schulter hinweg einen Fluch, der nicht nur Jacks Namen beinhaltete, sondern auch Jacks Mutter erwähnte.

Jack störte sich nicht daran, wahrscheinlich, weil er ständig Schlimmeres geheißen wurde. Er verschränkte nur die Arme und betrachtete Victor mit einer hochgezogenen Augenbraue. „Wir entwickeln Beschützerinstinkte, nicht wahr?"

„Sie muss beschützt werden."

„Und wovor, wenn ich demütigst fragen darf?"

„Vielleicht haben Sie es nicht gehört. Vor drei Tagen hat jemand Cathys Freundin Sarah ermordet."

„Sarah ... Boylan?"

Victor nickte. „Und heute Abend hat jemand versucht, Cathy zu töten."

Jack starrte ihn an, blickte dann zu seiner Exfrau. „Ist das wahr, was er da sagt?"

Cathy wischte die Tränen weg und nickte.

„Warum hast du mir das nicht gleich erzählt?"

„Weil du dich gleich wie ein Esel aufgeführt hast!", schoss sie aufgebracht zurück.

Hohe Absätze klickten auf dem Korridor. „Sie hat absolut recht!", schrie eine Frauenstimme aus der Diele. „Du bist tatsächlich ein Esel, Jack Zuckerman!" Die Haustür wurde geöffnet und krachte wieder zu. Der Knall hallte durch das Herrenhaus.

Es entstand eine lange Stille.

Plötzlich lachte Cathy unter Tränen. „Weißt du was, Jack? Ich mag diese Frau."

Jack warf seiner Exfrau einen kritischen Blick zu. „Entweder werde ich senil oder du hast vergessen, mir etwas zu erzählen. Warum bist du nicht zur Polizei gegangen? Warum kommst du damit zu dem guten Jack?"

Cathy und Victor sahen einander an.

„Wir können die Polizei nicht einschalten", sagte Cathy.

„Ich nehme an, das hat mit ihm zu tun." Er deutete mit dem Daumen auf Victor.

Cathy stieß den Atem aus. „Das ist eine komplizierte Geschichte ..."

„Das muss es schon sein, wenn du Angst hast, zur Polizei zu gehen."

„Ich kann es erklären", sagte Victor.

„Hm, na ja." Jack griff nach dem Bademantel, der in einem Haufen neben dem Eisbärenfell lag. „Ich habe schon immer gern Kreativität bei der Arbeit beobachtet. Wollen doch mal hören." Er setzte sich auf die Ledercouch und lächelte Victor an. „Ich warte. Es ist Showtime!"

Spezialagent Sam Polowski lag fröstelnd in seinem Bett und sah sich die Elfuhrnachrichten an. Jeder Muskel in seinem Körper schmerzte, in seinem Kopf hämmerte es, und das Thermometer auf seinem Nachttisch zeigte 39.3 Grad. Das kam davon, wenn man im strömenden Regen einen Radwechsel vornahm. Er wünschte sich, den Scherzbold in die Finger zu kriegen, der diesen Nagel in seinen Reifen geschlagen hatte, während er rasch eine Kleinigkeit in diesem Café an der Straße aß. Der Schuldige hatte nicht nur Sam von seiner Verabredung in Garberville ferngehalten und damit den Viratek-Fall zu Konfetti zerschnipselt, sondern Sam hatte auch seine einzige Kontaktperson in dieser Affäre aus den Augen verloren: Victor Holland. Und jetzt auch noch die Grippe!

Sam griff nach dem Röhrchen mit den Tabletten. Er schluckte gerade die dritte Tablette, als die Neuigkeit über Victor Holland auf dem Bildschirm auftauchte.

„… neue Beweise, die den Verdächtigen mit der Ermordung eines Kollegen, eines Forschers bei Viratek, Dr. Gerald Martinique, in Verbindung bringen …"

Sam setzte sich in dem Bett auf. „Was soll das denn?", grollte er dem Fernseher entgegen.

Dann schnappte er sich das Telefon.

Es klingelte sechsmal, ehe sein Vorgesetzter abhob. „Dafoe?", sagte Sam. „Hier ist Polowski."

„Wissen Sie, wie spät es ist?"

„Haben Sie die Spätnachrichten gesehen?"

„Ich liege im Bett."

„Da läuft eine Story über Viratek."

Pause. „Ja, ich weiß. Die habe ich freigegeben."

„Was soll der Unfug mit der Industriespionage? Dadurch wird Holland hingestellt, als wäre er …"

„Polowski, lassen Sie die Sache ruhen."

„Seit wann ist er ein Mordverdächtiger?"

„Hören Sie, betrachten Sie das als Tarngeschichte. Ich möchte, dass er festgenommen wird. Zu seinem eigenen Besten."

„Und darum jagen Sie ihm einen Haufen schießwütiger Cops an den Hals?"

„Ich sagte, lassen Sie die Sache ruhen."

„Aber …"

„Sie sind von dem Fall abgezogen." Dafoe legte auf.

Sam starrte ungläubig auf den Hörer, dann auf den Fernseher, danach wieder auf den Hörer.

Mich von dem Fall abziehen? Er knallte den Hörer so hart auf den Apparat, dass das Röhrchen mit den Tabletten herunterfiel.

Das möchtest du wohl gern!

„Ich glaube, ich habe genug gehört", sagte Jack und stand auf. „Ich will diesen Mann aus meinem Haus haben. Sofort."

„Jack, bitte!", flehte Cathy. „Gib ihm eine Chance …"

„Du kaufst ihm diese lächerliche Geschichte ab?"

„Ich glaube ihm."

„Warum?"

Sie sah in Victors Augen das klare Feuer der Ehrlichkeit brennen. „Weil er mir das Leben gerettet hat."

„Du bist ein Dummkopf, Zuckerstück." Jack griff nach dem Telefon. „Du hast es im Fernsehen gesehen. Er wird wegen Mordes gesucht. Wenn du nicht die Polizei rufst, mache ich es."

Doch als Jack den Hörer abhob, packte Victor seinen Arm. „Nein", sagte er. Auch wenn seine Stimme leise war, klang sie befehlend.

Die beiden Männer starrten einander lange an. Keiner wollte weichen.

„Hier geht es um mehr als nur einen Mordfall", sagte Victor. „Es geht um eine tödliche Forschungsarbeit. Die Herstellung illegaler Waffen. Das könnte bis nach Washington reichen."

„Zu wem in Washington?"

„Zu jemandem, der die Kontrolle hat. Zu jemandem, der die Bundesmittel für diese Forschung bewilligt."

„Verstehe. Irgendein hochtrabender Staatsdiener bringt Wissenschaftler um. Mithilfe des FBI."

„Jerry war nicht einfach ein Wissenschaftler. Er hatte ein Gewissen. Er hätte Alarm geschlagen und wäre zur Presse gegangen, um diese Forschung zu stoppen. Die politische Katastrophe hätte die ganze Regierung getroffen."

„Warten Sie! Sprechen wir vom Weißen Haus?"

„Vielleicht."

Jack schnaubte verächtlich. „Holland, ich mache zweitklassige Horrorfilme! Ich erlebe sie nicht!"

„Das ist kein Film. Das ist Realität. Reale Kugeln, reale Leichen."

„Dann ist das um so mehr ein Grund, dass ich nichts damit zu tun haben will." Jack wandte sich an Cathy. „Tut mir leid, Zuckerstück. Das ist nicht persönlich gemeint, aber ich verabscheue die Gesellschaft, in der du dich befindest."

„Jack", drängte sie. „Du musst uns helfen!"

„Dir werde ich helfen. Ihm – ausgeschlossen. Ich ziehe eine Grenze bei Irren und Verbrechern."

„Du hast gehört, was er gesagt hat. Sie haben ihm eine Falle gestellt."

„Du bist ja so leichtgläubig."

„Nur was dich betrifft."

„Cathy, ist schon in Ordnung", sagte Victor. „Ich gehe."

„Nein, das tust du nicht." Cathy schnellte hoch und ging zu ihrem Exmann. Sie starrte ihm direkt in die Augen – so vorwurfsvoll, dass er im Sessel zu schrumpfen schien. „Du schuldest es mir, Jack. Du schuldest es mir für all die Jahre, die wir verheiratet waren. All die Jahre, die ich in deine Karriere, deine Firma, deine idiotischen Filme gesteckt habe. Ich habe nichts verlangt. Du hast das Haus. Den Jaguar. Das Bankkonto. Ich habe nie etwas verlangt, weil ich aus dieser Ehe nichts mitnehmen wollte, außer meiner Seele. Aber jetzt verlange ich etwas. Dieser Mann hat mir das Leben gerettet. Wenn ich dir jemals etwas bedeutet habe, wenn du mich auch nur ein wenig geliebt hast, dann tust du mir diesen Gefallen."

„Einen Kriminellen beherbergen?"

„Nur, bis wir uns ausgedacht haben, was wir als Nächstes tun."

„Und wie lange wird das dauern? Wochen? Monate?"

„Ich weiß es nicht."

„Genau die Art von exakter Antwort, die ich liebe."

„Ich brauche Zeit", sagte Victor, „um herauszufinden, was Jerry beweisen wollte. Woran Viratek arbeitet …"

„Sie hatten eine seiner Akten", sagte Jack. „Warum haben Sie nicht das verdammte Ding gelesen?"

„Ich bin kein Virologe. Ich könnte die Daten nicht interpretieren. Es war eine Art von RNA-Folge, möglicherweise eine Viren-Erbmasse. Viele Daten waren verschlüsselt. Ich kenne nur den Namen mit Sicherheit. Projekt Zerberus."

„Wo sind jetzt alle diese wichtigen Beweise?"

„Die Akte habe ich verloren. Sie war in meinem Wagen in der Nacht, in der ich angeschossen wurde. Die haben sie sich bestimmt wiedergeholt."

„Und der Film?"

Victor sank in einen Sessel. „Ich habe ihn nicht. Ich hatte gehofft, dass Cathy …" Seufzend fuhr er sich durch die Haare. „Ich habe ihn auch verloren."

„Na ja", sagte Jack. „Falls nicht einige Wunder geschehen, würde ich behaupten, dass damit Ihre Chancen auf null gesunken sind. Und ich bin als Optimist bekannt."

„Ich weiß, wo der Film ist", sagte Cathy.

Es entstand eine lange Stille. Victor hob den Kopf und starrte sie an. „Was?"

„Ich war zuerst nicht sicher, was dich angeht. Ich wollte es dir nicht sagen …"

Victor schnellte hoch. „Wo ist er?"

„Sarah hat ihn in meinem Wagen gefunden. Ich wusste nicht, dass er dir gehört. Ich dachte, er gehört Hickey."

„Wer ist Hickey?"

„Ein Fotograf. Ein Freund von mir. Er musste dringend zum Flughafen. In letzter Minute hat er mir ein paar Filme übergeben. Ich sollte sie verwahren, bis er aus Nairobi zurückkommt. Aber seine Filme wurden aus dem Wagen gestohlen."

„Und mein Film?", fragte Victor.

„Er war in der Tasche meines Bademantels in der Nacht, in der Sarah … in der Nacht, in der sie …" Sie stockte und schluckte. „Als ich hierher zurückkam, habe ich ihn an Hickeys Studio geschickt."

„Wo ist das?"

„Auf der Union Street. Ich habe den Film heute Nachmittag aufgegeben."

„Dann sollte er morgen da sein." Er begann, auf und ab zu gehen. „Wir brauchen nur darauf zu warten, dass die Post eintrifft."

„Ich habe keinen Schlüssel."

„Wir werden schon irgendwie hineinkommen."

„Großartig." Jack seufzte. „Jetzt macht er aus meiner Exfrau auch noch eine Diebin."

„Wir sind nur hinter dem Film her", erklärte Cathy.

„Trotzdem handelt es sich um einen Einbruch, Süße."

„Du hast nichts damit zu tun."

„Aber du verlangst von mir, dass ich die Einbrecher beherberge."

„Nur eine Nacht, Jack. Mehr verlange ich nicht."

„Das klingt nach einem meiner Sätze."

„Und deine Sätze wirken immer, nicht wahr?"

„Diesmal nicht."

„Dann habe ich noch einen Satz, an dem du kauen kannst. Deine Einkommensteuererklärung 1988."

Jack erstarrte, warf Victor und dann Cathy einen finsteren Blick zu. „Das geht unter die Gürtellinie."

„Deine verwundbarste Stelle. Und noch ein paar Worte, auf denen du kauen kannst. Steuerprüfung. Finanzamt. Gefängnis."

„Schon gut, schon gut!" Jack hob die Arme. „Himmel, ich hasse dieses Wort!"

„Welches? Gefängnis?"

„Lach nicht, Zuckerstück. Dieses Wort könnte bald auf uns alle zutreffen." Er drehte sich um und ging zur Treppe.

„Was machst du?", fragte Cathy.

„Die Gästebetten. Sieht so aus, als hätte ich heute Nacht Gäste ..."

„Können wir ihm vertrauen?", fragte Victor, nachdem Jack nach oben verschwunden war.

Cathy sank erschöpft auf die Couch. „Wir müssen."

Er setzte sich zu ihr. „Das war nicht leicht für dich."

Sie lächelte. „Ich wollte schon immer mit Jack hart umspringen.

Ich denke, Jack wird wenigstens heute Nacht mitmachen."

„Das war Erpressung, nicht wahr? Die Sache mit der Steuer."

„Ich habe ihn nur an etwas erinnert."

Victor schüttelte den Kopf. „Du bist erstaunlich. In der einen Minute springst du von Hausdach zu Hausdach, in der nächsten erpresst du Exehemänner."

„Sie haben ja so recht", sagte Jack, der wieder am Fuß der Treppe erschienen war. „Sie ist eine erstaunliche Frau. Ich kann kaum erwarten, was sie als Nächstes tun wird."

Cathy erhob sich erschöpft. „Ich werde alles tun, um am Leben zu bleiben." Sie schob sich an Jack vorbei und ging die Treppe hinauf.

Die beiden Männer lauschten ihren sich entfernenden Schritten. Dann betrachteten sie einander.

„Also", sagte Jack mit erzwungener Heiterkeit. „Was kommt jetzt an die Reihe? Scrabble?"

„Versuchen Sie es mit einer Patience." Victor stemmte sich von der Couch hoch, durchquerte den Raum und drehte sich um. „Zuckerman, lieben Sie Ihre Frau noch?"

Jack wirkte bei der Frage leicht geschockt. „Ob ich sie noch liebe? Lassen Sie mich mal überlegen. Nein, nicht direkt. Aber ich habe wohl eine sentimentale Bindung, basierend auf zehn Jahren Ehe. Und ich respektiere sie."

„Sie respektieren Cathy? Sie?"

„Ja. Ihre Talente. Ihre technischen Fähigkeiten. Immerhin ist sie meine Nummer eins als Make-up-Künstlerin."

„Ich habe einen Vorschlag", sagte Victor.

Jack sah sofort misstrauisch drein. „Was mag das wohl sein?"

„Ich bin derjenige, hinter dem sie eigentlich her sind, nicht Cathy. Ich will die Gefahr für Cathy nicht noch größer machen, als sie ohnedies schon ist."

„Wie edel von Ihnen."

„Es ist wahrscheinlich besser, ich ziehe auf eigene Faust los. Wenn ich sie bei Ihnen zurücklasse, werden Sie dann auf sie aufpassen?"

Jack blickte auf seine Füße hinunter. „Ich schätze schon."

„Schätzen Sie nicht. Werden Sie es?"

„Sehen Sie, wir starten im nächsten Monat Dreharbeiten in

Mexiko. Dschungelszenen, schwarze Lagunen, solches Zeug. Da sollte es sicher genug sein."

„Das ist nächsten Monat. Was ist jetzt?"

„Ich lasse mir etwas einfallen. Aber verschwinden Sie zuerst von der Bildfläche, weil Sie der Grund sind, dass sie überhaupt in Gefahr ist."

Victor nickte. „Morgen bin ich weg."

„Gut."

„Passen Sie auf Cathy auf. Schaffen Sie sie aus der Stadt. Aus dem Land. Warten Sie nicht."

„Ja, sicher."

Bei der hastigen Art, in der Jack das sagte, kam in Victor die Frage auf, ob der Mann sich um irgendjemanden sorgte außer um sich selbst. Aber Victor hatte keine Wahl. Er musste Jack Zuckerman vertrauen.

Auf dem Korridor im ersten Stock blieb er vor Cathys Zimmer stehen und hörte, wie sie durch den Raum ging. Er klopfte.

Eine Pause. „Komm herein."

Eine schwache Lampe erleuchtete den Raum. Cathy saß auf dem Bett, mit einem lächerlich großen Herrenshirt bekleidet. Ihr Haar hing in dunklen Wellen auf ihren Schultern. Der Duft von Seife und Shampoo durchdrang die Schatten. Es erinnerte ihn an seine Frau, an die Düfte und die feminine Sanftheit. Er stand da und wurde von einem Verlangen gepackt, das er seit sehr langer Zeit nicht gefühlt hatte, von dem Verlangen nach Wärme und Liebe einer Frau. Nicht irgendeiner Frau. Er war nicht wie Jack, dem ein weicher Körper mit der richtigen Ausstattung genügte. Victor wollte Herz und Seele. Die Verpackung war nur von untergeordneter Bedeutung.

Seine Frau Lily war nicht schön gewesen, aber auch nicht unattraktiv. Selbst gegen Ende, als die Krankheit sie gezeichnet hatte, hatte in ihren Augen ein Leuchten gestanden, das Schimmern eines sanften Geistes.

Das gleiche Schimmern hatte er in Catherine Weavers Augen in der Nacht gesehen, in der sie ihm das Leben rettete. Das gleiche Schimmern sah er jetzt.

Sie saß mit dem Rücken gegen die Kissen gelehnt. Ihr Blick war stumm erwartungsvoll, vielleicht ein wenig ängstlich. In der Hand hielt sie ein paar Papiertaschentücher. Warum hatte sie geweint?

Er kam nicht näher, sondern blieb an der Tür stehen. Ihre Blicke trafen in der Dunkelheit aufeinander. „Ich habe gerade mit Jack gesprochen."

Sie nickte, sagte jedoch nichts.

„Wir sind uns einig. Es ist besser, ich gehe so bald wie möglich. Ich verschwinde morgen früh."

„Was ist mit dem Film?"

„Ich hole ihn. Ich brauche nur Hickeys Adresse."

„Ja, natürlich." Sie blickte auf die Papiertaschentücher in ihrer Faust.

Er erkannte, dass sie etwas sagen wollte. Er ging zu dem Bett und setzte sich. Diese süßen femininen Düfte wurden berauschend. Der Ausschnitt ihres übergroßen Shirts reichte tief genug, um einen verlockenden Schatten zu enthüllen. Er zwang sich, in ihr Gesicht zu sehen.

„Cathy, es wird dir gut gehen. Jack sagte, dass er auf dich aufpassen wird. Dass er dich aus der Stadt schaffen wird."

„Jack?" Ein Lachen entrang sich ihrer Kehle.

„Du wirst bei ihm sicherer sein. Ich weiß nicht einmal, wohin ich gehen werde, ich will dich nicht hineinziehen in …"

„Aber das hast du schon. Bis über beide Ohren, Victor. Was soll ich jetzt machen? Ich kann nicht einfach … einfach herumsitzen und warten, dass du alles in Ordnung bringst. Das schulde ich Sarah …"

„Und ich schulde es dir, dass du nicht verletzt wirst."

„Du denkst, du kannst mich Jack übergeben, und alles ist wieder fein? Nun, nichts wird fein sein. Sarah ist tot. Ihr Baby ist tot. Und irgendwie ist es nicht nur deine Schuld. Es ist auch meine."

„Nein, das ist es nicht, Cathy …"

„Es ist meine Schuld! Hast du gewusst, dass sie die ganze Nacht in der Einfahrt gelegen hat? In dem Regen. In der Kälte. Sie ist gestorben, und ich habe alles verschlafen …" Sie verbarg ihr Gesicht in ihren Händen. Die Schuld, die sie seit Sarahs Tod gequält hatte, brach endlich durch. Sie begann zu weinen, stumm, verschämt, unfähig, die Tränen noch länger zurückzuhalten.

Victors Reaktion war instinktiv männlich. Er zog sie an sich und bot ihr einen warmen, sicheren Platz zum Weinen. Sobald er fühlte, wie sie sich in seine Arme schmiegte, wusste er, dass es ein Fehler war. Es war zu perfekt. Sie fühlte sich an, als würde sie dorthin gehören, als würde sie ein klaffendes Loch hinterlassen, wenn sie sich jemals zurückzog.

Er presste seine Lippen auf ihr feuchtes Haar und atmete den Duft von Seife und warmer Haut ein. Dieser sanfte Wohlgeruch reichte aus, um einen Mann in Sehnsucht ertrinken zu lassen. Ebenso die Sanftheit ihres Gesichts, der seidige Schimmer dieser Schulter, die unter dem Shirt hervorspähte. Und die ganze Zeit streichelte er ihr Haar, murmelte tröstende Worte und dachte: Ich muss sie verlassen. Um ihretwillen muss ich diese Frau verlassen. Sonst bringe ich noch uns beide um.

„Cathy." Er brauchte seine ganze Willenskraft, um sich zurückzuziehen. „Wir müssen über morgen reden."

Sie nickte und wischte Tränen von den Wangen.

„Ich will, dass du gleich morgen früh die Stadt verlässt. Geh mit Jack nach Mexiko. Irgendwohin."

„Was wirst du machen?"

„Ich werde mir den Film ansehen. Vielleicht bringe ich ihn zu einer Zeitung. Das FBI scheidet eindeutig aus."

„Woher soll ich wissen, wie es dir geht? Wie erreiche ich dich?"

„Ich werde jeden zweiten Sonntag eine Annonce unter ‚Persönliches' aufgeben. Los Angeles Times. An, sagen wir, Cora. Da wird alles stehen, was ich dir mitteilen muss."

„Cora." Sie nickte. „Ich denke daran."

Sie sahen einander an und akzeptierten stumm, dass die Trennung sein musste. Er drückte einen Kuss auf ihren Mund. Sie reagierte kaum, schien sich schon verabschiedet zu haben.

Im Hinausgehen warf er einen letzten Blick zurück. Einen Moment glaubte er, sie würde weinen. Dann hob sie den Kopf und begegnete seinem Blick. Was er in ihren Augen sah, waren keine Tränen. Es war etwas viel Bewegenderes, etwas Reines und Helles und Schönes.

Mut.

Im fahlen Licht der Morgendämmerung stand Savitch vor Jack Zuckermans Haus, betrachtete die Fenster, überlegte, wo die Bewohner schliefen und ob Catherine Weaver unter ihnen war.

Er würde es bald herausfinden.

Er steckte das schwarze Adressbuch aus dem Apartment der Frau ein. Der Name C. Zuckerman und diese Adresse in Pacific Heights waren auf die Innenseite des Einbandes geschrieben worden. Dann war Zuckerman durchgestrichen und durch Weaver ersetzt worden. Sie war geschieden, schloss er. Unter Z hatte er eine Eintragung für einen Mann namens Jack mit mehreren Telefonnummern und Adressen gefunden, sowohl aus- als auch inländische. Ihr Exmann, wie er sich durch ein kurzes Gespräch mit einer anderen Person aus dem Buch überzeugt hatte. Informationen von Fremden zu erhalten, war einfach. Man brauchte nur autoritäres Auftreten und einen Ausweis als Cop. Genau diesen Ausweis wollte er jetzt benutzen.

Savitch überzeugte sich davon, dass sein Jackett das Schulterhalfter mit der Pistole verbarg. Dann überquerte er die Straße, betrat die Veranda und klingelte.

*C*athy erwachte beim ersten Licht des Morgens und zog sich hastig an. Sie suchte gerade ein paar Sachen für Victor zusammen, als es klingelte.

Es war erst sieben Uhr, zu früh für Besucher und Lieferanten. Plötzlich flog ihre Tür auf. Sie drehte sich um, sah Victor vor sich, das Gesicht von Spannung gezeichnet.

„Was sollen wir tun?", fragte sie.

„Mach dich fertig. Schnell!"

„Es gibt einen Hinterausgang …"

„Dann los!"

Sie hasteten durch den Korridor und hatten fast die Treppe erreicht, als Jack in der Halle auftauchte und die Tür öffnete. Sofort riss Victor Cathy zurück in den Korridor.

„Ja", hörte sie Jack sagen. „Ich bin Jack Zuckerman. Und wer sind Sie?"

Die Stimme des Besuchers war leise. Die Stimme eines Mannes.

„Tatsächlich?" Panik schwang in Jacks Stimme mit. „FBI? Was will das FBI von meiner Exfrau, um alles in der Welt?"

Cathys Blick zuckte zu Victor. Sie las die hektische Botschaft in seinen Augen: Wo geht es hinaus?

Sie deutete auf das Schlafzimmer am Ende des Korridors. Er nickte. Gemeinsam schlichen sie auf Zehenspitzen den Teppich entlang, voll bewusst, dass ein falscher Schritt, ein lautes Knarren den Agenten an der Tür alarmieren könnte.

„Wo ist Ihr Durchsuchungsbefehl?", hörten sie Jack fragen. „Hey, einen Moment! Sie können nicht einfach ohne richterlichen Befehl hier hereinplatzen!"

Keine Zeit, dachte Cathy und schlüpfte in das letzte Zimmer. Sie schlossen die Tür hinter sich.

„Das Fenster!", flüsterte sie.

„Springen?"

„Nein." Sie schob das Fenster auf. „Da ist ein Spalier."

Er blickte zweifelnd an den Glyzinienranken hinunter. „Wird uns das Spalier tragen?"

„Bestimmt!" Sie schwang ein Bein über das Fensterbrett. „Ich habe einmal eine von Jacks Blondinen erwischt, wie sie daran hing.

Und das war ein sehr großes Mädchen." Sie blickte zum Erdboden hinunter und verspürte eine Woge von Übelkeit, als die alte Höhenangst in ihr hochstieg. „Himmel", stöhnte sie. „Warum müssen wir ständig aus Fenstern hängen?"

Irgendwo im Haus ertönte Jacks Wutschrei: „Sie können nicht da hinaufgehen! Sie haben mir noch nicht Ihren Durchsuchungsbefehl gezeigt!"

„Beweg dich!", fauchte Victor.

Cathy senkte sich auf das Spalier. Zweige kratzten über ihr Gesicht, während sie hinunterkletterte. Einen Moment, nachdem sie in dem taufeuchten Gras gelandet war, ließ Victor sich neben sie fallen.

Sofort hetzten sie zu den Büschen und rollten sich hinter eine Azalee, als im ersten Stock ein Fenster aufglitt. Jacks Stimme beschwerte sich lautstark. „Ich kenne meine Rechte! Das ist eine illegale Durchsuchung!" Das Fenster glitt zu.

Victor versetzte Cathy einen kleinen Stoß. „Zum Ende der Hecke! Von dort laufen wir los."

Auf Händen und Knien kroch sie hinter den Azaleen entlang. Ihre durchnässte Jeans war eisig, ihre Handflächen waren zerkratzt und blutig, aber sie war vor Entsetzen zu betäubt, um Schmerz zu fühlen. Sie erreichte den letzten Busch. „Zum nächsten Haus?"

„Vorwärts!"

Sie jagten wie ängstliche Kaninchen los, hetzten über die zwanzig Meter Rasen zwischen den Häusern. In der Deckung des nächsten Hauses blieben sie nicht stehen, sondern liefen weiter, vorbei an geparkten Autos und morgendlichen Fußgängern. Fünf Querstraßen weiter tauchten sie in einem Coffeeshop unter. Durch die Fenster betrachteten sie die Straße, sahen jedoch nur typischen Montagmorgenbetrieb: dichten Verkehr, Leute in Mänteln und Schals.

Auf dem Grill hinter ihnen zischte Schinkenspeck. Der Duft von frischem Kaffee zog von der Theke her. Verdammt, warum hatte sie nicht Geld von Jack erbettelt, geliehen oder gestohlen?

„Was jetzt?", fragte sie und hoffte, Victor würde vorschlagen, dass sie ihr letztes Geld für Frühstück ausgaben.

Er suchte die Straße ab. „Gehen wir."

„Wohin?"

„Hickeys Studio."

„Oh." Sie seufzte. Wieder ein langer Marsch mit leerem Magen. Draußen fuhr ein Wagen mit einem Aufkleber auf der Stoßstange vorbei: Heute ist der erste Tag vom Rest deines Lebens.

Himmel, hoffentlich wird das noch besser, dachte sie. Dann folgte sie Victor hinaus in die morgendliche Kälte.

Der Mann, der an Jacks Tür geklingelt hatte, sah aus wie ein Baumstumpf in einem braunen Anzug. Jack öffnete die Tür ganz und sagte: „Tut mir leid, ich kaufe nichts."

„Ich verkaufe nichts, Mr Zuckerman", sagte der Mann. „Ich bin vom FBI."

Jack seufzte. „Nicht schon wieder."

„Ich bin Spezialagent Sam Polowski. Ich suche eine Frau namens Catherine Weaver, ehemals Zuckerman. Ich glaube, sie ..."

„Wisst ihr Leute eigentlich nie, wann ihr aufhören müsst?"

„Womit aufhören?"

„Einer Ihrer Agenten war heute Morgen hier. Sprechen Sie mit ihm!"

Der Mann runzelte die Stirn. „Einer unserer Agenten?"

„Ja, und ich werde mich über ihn beschweren. Ist einfach ohne Durchsuchungsbefehl durch mein Haus getrampelt!"

„Wie hat er ausgesehen?"

„Oh, ich weiß nicht! Dunkle Haare, irre Figur."

„Etwa meine Größe?"

„Größer. Hagerer. Viel mehr Haare."

„Hat er Ihnen seinen Namen genannt? Das war nicht MacBraden, oder?"

„Nein, er hat mir keinen Namen genannt."

Polowski zog seine Dienstmarke hervor. Jack las die Worte: Federal Bureau of Investigation. „Hat er Ihnen so etwas gezeigt?", fragte Polowski.

„Nein. Er hat nur nach Cathy und einem Typ namens Victor Holland gefragt. Ob ich weiß, wo sie zu finden sind."

„Haben Sie es ihm gesagt?"

„Diesem Kretin?" Jack lachte. „Kein Wort."

„Ich finde, wir sollten miteinander reden, Mr Zuckerman. Über ihre Exfrau. Sie ist in großen Schwierigkeiten."

Jack seufzte. „Das weiß ich."

„Ich kenne selbst noch nicht alle Fakten, aber eine Frau wurde schon umgebracht. Ihre Frau …"

„Meine Exfrau."

„Ihre Exfrau könnte die Nächste sein."

Jack betrachtete ihn finster. „Na gut, Polowski, kommen Sie herein. Ich erzähle Ihnen, was ich weiß."

Das Fenster splitterte. Cathy zuckte zusammen. „Tut mir leid, Hickey", murmelte sie.

Victor entfernte die restlichen Scherben. „Siehst du wen?"

Sie blickte in dem Durchgang nach beiden Seiten. „Alles klar."

Er schob das Fenster hoch. Sie kletterte hindurch und landete zwischen Glasscherben. Sekunden später folgte Victor.

Sie waren in der Garderobe des Studios. Im Vorzimmer fanden sie unterhalb des Briefschlitzes die Post von einer Woche, Kataloge und Reklame. Die Filmrolle, die Cathy am Vortag aufgegeben hatte, war noch nicht dabei.

„Da müssen wir wohl auf den Postboten warten", sagte Cathy.

Victor nickte. „Scheint sicher zu sein. Hat dein Freund hier etwas Essbares?"

„Ich glaube, er hat nebenan einen Kühlschrank."

Sie führte ihn in das Atelier, drückte einen Schalter, und zahlreiche Scheinwerfer flammten auf. Victor betrachtete amüsiert die Ansammlung von Hilfsmitteln und Kulissen: eine echte englische Telefonzelle, eine Parkbank, ein Trainingsfahrrad. Auf einem Ehrenplatz stand ein Himmelbett. Die Rüschendecke war viktorianisch, die Handschellen an einem der Bettpfosten waren es nicht.

Victor tippte gegen die Handschellen. „Ein wie guter Freund ist denn dieser Hickey?"

„Dieses Zeug war nicht hier, als er mich vor einem Monat fotografiert hat."

„Er hat *dich* fotografiert?" Victor starrte sie an.

Sie wurde rot, als sie sich die Bilder vorstellte, die ihm durch den Kopf zogen. Bestimmt sah er sie auf diesem albernen Himmelbett nur mit Handschellen bekleidet.

„Ich habe es nur als Gefallen getan …"

„Als … Gefallen?"

„Ich war voll bekleidet! Mit einem Overall. Ich war als Klempner gedacht."

„Ein weiblicher Klempner?"

„Es war ein Notfall. Einer seiner Models kam an dem Tag nicht, und er brauchte jemanden mit einem durchschnittlichen Gesicht. Ich denke, das trifft auf mich zu. Durchschnittlich. Und es ging wirklich nur um mein Gesicht."

„Und deinen Overall."

„Richtig."

Sie sahen einander an und lachten auf.

„Ich kann erraten, was du gedacht hast", sagte sie.

„Ich will nicht einmal andeuten, was ich gedacht habe." Er sah sich um. „Hast du nicht etwas von Essen gesagt?"

Sie ging zum Kühlschrank, fand darin Filme, Pickles, gummiartige Möhren und eine halbe Salami. Im Tiefkühlfach entdeckten sie wahre Schätze: gemahlenen Kaffee und einen Laib Brot.

Lächelnd drehte sie sich um. „Ein Festmahl."

Sie saßen auf dem Himmelbett und knabberten an Salami und halb gefrorenem Brot und spülten alles mit Kaffee hinunter. Es war ein bizarres kleines Picknick mit Papptellern mit Pickles und Möhren auf ihrem Schoß, während Scheinwerfer wie ein halbes Dutzend heißer Sonnen von der Decke herunterstrahlten.

„Warum hast du das über dich gesagt?", fragte er und sah zu, wie sie an einer Möhre kaute.

„Was gesagt?"

„Dass du durchschnittlich bist."

„Weil ich durchschnittlich bin."

„Das glaube ich nicht, und ich bin ein guter Menschenkenner."

Sie betrachtete ein Wandposter eines von Hickeys Supermodels. „Also, daran komme ich bestimmt nicht heran."

„Das", sagte er, „ist pure Fantasie. Das ist keine echte Frau, sondern eine Mischung aus Make-up, Haarspray und falschen Wimpern."

„Oh, das weiß ich. Es ist mein Job, Schauspieler in das Fantasieprodukt von Kinogängern zu verwandeln. Nein, ich meinte unter all dem, tief drinnen, fühle ich mich durchschnittlich."

„Ich halte dich für ganz außergewöhnlich. Und nach der letzten Nacht sollte ich das wissen."

Sie blickte auf die schlaffe Möhre hinunter, die wie eine kleine Leiche auf dem Pappteller ausgestreckt lag. „Es gab eine Zeit ... ich nehme an, für jeden gibt es einmal diese Zeit, wenn man noch jung ist und sich als etwas Besonderes fühlt ... wenn man meint, die Welt sei nur für einen da. Das letzte Mal habe ich mich so gefühlt, als ich Jack heiratete." Sie seufzte. „Es hat nicht lange gedauert."

„Warum hast du ihn geheiratet?"

„Ich weiß es nicht. Vielleicht war ich beeindruckt. Ich war erst dreiundzwanzig, ein Lehrling auf dem Set. Er war der Regisseur." Sie machte eine Pause. „Er war der Traummann schlechthin."

„Er hat dich beeindruckt, nicht wahr?"

„Jack kann sehr beeindruckend sein. Dann gab es auch noch Champagner, Abendessen, Blumen. Ich glaube, ihn hat an mir gereizt, dass ich ihm nicht sofort verfallen bin. Ich war für ihn eine Herausforderung. Sobald er mich erobert hatte, wandte er sich größeren und besseren Dingen zu. Damals erkannte ich, dass ich nur eine absolut durchschnittliche Frau bin. Das ist kein schlechtes Gefühl. Ich gehe nicht durch das Leben und sehne mich danach, eine andere zu sein."

„Wen betrachtest du denn dann als etwas Besonderes?"

„Also, meine Großmutter, aber sie ist tot."

„Verehrungswürdige Großmütter kommen immer auf die Liste."

„Na schön, dann Mutter Teresa."

„Die steht auf jeder Liste."

„Kate Hepburn. Gloria Steinern. Meine Freundin Sarah ..." Ihre Stimme verklang. „Aber sie ist auch tot ..."

Er ergriff sanft ihre Hand. „Erzähl mir von Sarah."

Cathy schluckte. „Sie war wunderbar. Es war der Ausdruck in ihren Augen. Eine perfekte Ruhe. Als hätte sie genau gefunden, was sie wollte, während wir anderen noch nach dem verlorenen Schatz graben. Sie war so tapfer. Viel tapferer, als ich jemals sein könnte ..." Sie räusperte sich. „Sarah war etwas Besonderes. Manche Menschen sind es einfach."

„Ja", murmelte er. „Manche Menschen sind es."

Sie blickte zu ihm hoch. Er starrte unendlich traurig vor sich hin. Leise fragte sie: „Wie war deine Frau?"

Er antwortete erst nach einer Weile. „Sie war eine gütige Frau.

Daran werde ich mich immer erinnern. An ihre Güte."

„Wie hieß sie?"

„Lily. Lillian Dorinda Cassidy. Ein gewaltiger Name für eine so kleine Frau." Er lächelte. „Sie war etwa einszweiundfünfzig, vielleicht neunzig Pfund. Es hat mir immer Angst gemacht, wie klein sie wirkte. Fast zerbrechlich. Besonders gegen Ende, als sie an Gewicht verloren hatte. Sie schien zu nichts weiter als einem großen braunen Augenpaar geschrumpft zu sein."

„Sie muss jung gestorben sein."

„Mit achtunddreißig. Es war so unfair. Ihr ganzes Leben hatte sie alles richtig gemacht. Nie geraucht, kaum ein Glas Wein angerührt. Sie aß nicht einmal Fleisch. Nachdem wir ihre Diagnose erfahren hatten, versuchten wir herauszufinden, wie das passieren konnte. Dann fiel es uns ein. Sie wuchs in einer Kleinstadt in Massachusetts auf. Direkt unterhalb eines Atomkraftwerks."

„Du meinst, das war es?"

„Man kann es nie wissen, aber wir haben uns umgehört. Und wir haben erfahren, dass in ihrer Nachbarschaft mindestens zwanzig Familien jemanden mit Leukämie hatten. Es dauerte vier Jahre, und wir mussten vor Gericht gehen, bis eine Ermittlung eingeleitet wurde. Das Ergebnis war, dass seit Eröffnung des Kraftwerks gegen alle Sicherheitsvorschriften verstoßen worden war."

Cathy schüttelte ungläubig den Kopf. „Und das Kraftwerk durfte die ganze Zeit betrieben werden?"

„Niemand wusste davon. Die Verstöße wurden verschwiegen."

„Das Kraftwerk wurde geschlossen?"

Er nickte. „Da lebte Lily nicht mehr. Alle diese anderen Familien … nun, wir waren von dem Kampf erschöpft. Auch wenn wir manchmal das Gefühl gehabt hatten, mit dem Kopf gegen eine Wand zu rennen, wussten wir, dass wir es tun mussten. Für alle Lilys der Welt." Er blickte zu den Scheinwerfern hoch. „Und hier bin ich und renne noch immer mit dem Kopf gegen Wände. Nur dass es sich diesmal wie die Chinesische Mauer anfühlt. Und die Leben, die auf dem Spiel stehen, sind deines und meines."

Ihre Blicke trafen sich. Cathy saß absolut still, während er leicht ihre Wange streichelte. Sie ergriff seine Hand, drückte sie an ihre Lippen. Seine Finger schlossen sich um die ihren, gaben ihre Hand nicht frei. Sanft zog er sie an sich. Ihre Lippen trafen zu einem zögernden Kuss aufeinander, der in Cathy das Verlangen nach mehr erzeugte.

„Tut mir leid, dass du da hineingezogen worden bist", murmelte er. „Du und Sarah und diese anderen Cathy Weavers."

„Es war nicht deine Schuld. Du tust nicht, was Jack getan hätte und viele andere. Du stellst dich nicht blind gegenüber den Dingen, die bei Viratek vor sich gehen."

„Ich bin nicht wie Jack. Ich muss an die Tausende von Menschen denken, die zu Schaden kommen könnten."

„Glaubst du, so viele könnten sterben?", fragte sie.

„Mein Freund Jerry muss das geglaubt haben. Niemand kann den Ausgang vorhersagen. Die Welt hat noch nie die Auswirkungen eines voll geführten biologischen Krieges gesehen."

„Sind biologische Waffen denn so gefährlich?"

„Wenn du an Viren ein paar Gene veränderst, die Ansteckungsrate erhöhst, ebenso die Todesrate hinaufsetzt, ist das Ergebnis katastrophal. Sogar schon die Forschung ist riskant. Ein einziges Versehen bei den Sicherheitsmaßnahmen im Labor, und Millionen von Menschen könnten ungewollt infiziert werden. Und es gäbe keine Behandlungsmethoden. Das ist jene Art von weltweiter Katastrophe, an die ein Wissenschaftler nicht denken will."

„Das Jüngste Gericht."

Er nickte, und sein Blick war erschreckend vernünftig.

Sie schüttelte den Kopf. „Ich verstehe nicht, wieso das erlaubt ist."

„Das ist es ja nicht, aber es gibt immer einen Irren, der diese Waffe haben will, die sonst niemand besitzt."

Irgendwo in dem Gebäude erklang Pfeifen, dann klapperte es an Hickeys Tür. Etliche Magazine fielen auf den Fußboden.

Victor war direkt hinter Cathy, als sie in den Vorraum lief. Obenauf lag ein Umschlag mit ihrer Handschrift. Sie griff danach und riss ihn auf. Die Filmrolle rutschte heraus. Triumphierend lächelnd hielt sie den Behälter hoch. „Da hast du deinen Beweis!"

„Hoffentlich. Wollen sehen, was wir auf dem Film haben. Wo ist die Dunkelkammer?"

„Neben dem Ankleideraum." Sie reichte ihm den Film. „Kannst du ihn entwickeln?"

„Ich habe mich mit Amateurfotografie beschäftigt. Ich …" Er

stockte, als das Telefon auf dem Schreibtisch zu klingeln begann. „Ignoriere es!"

Als sie den Vorraum verließen, schaltete sich der Anrufbeantworter ein. Hickeys Stimme erklang. „Hier ist das Studio von Hickman von Trapp, spezialisiert auf geschmackvolle und künstlerische Abbildung des weiblichen Körpers ..."

Victor lachte. „Geschmackvoll?"

„Hängt von deinem Geschmack ab", meinte Cathy.

Sie hatten gerade die Dunkelkammer erreicht, als die Tonbanddurchsage endete und von dem Pfeifton gefolgt wurde. Dann dröhnte eine aufgeregte Stimme aus dem Lautsprecher. „Hallo! Hallo, Cathy! Wenn du da bist, melde dich! Ein FBI-Agent sucht dich ... ein gewisser Polowski ..."

Cathy erstarrte. „Das ist Jack!" Sie lief zurück.

In die Stimme aus dem Lautsprecher hatte sich Panik eingeschlichen. „Er hat mich dazu gebracht, ihm alles über Hickey zu erzählen. Verschwinde von dort!"

Es klickte, als Cathy nach dem Hörer griff. „Hallo, Jack!"

Sie hörte nur das Freizeichen. Er hatte bereits aufgelegt. Mit zitternden Fingern begann sie, Jacks Nummer einzutippen.

„Keine Zeit!", rief Victor.

„Ich muss mit ihm sprechen und ..."

Er packte den Hörer und legte auf. „Später! Wir müssen raus!"

Sie nickte, wollte zur Tür und stockte. „Warte, wir brauchen Geld!" In einer Schublade fand sie zweiundzwanzig Dollar. Sie steckte das Geld ein und nahm einen von Hickeys alten Regenmänteln vom Haken. „In Ordnung. Gehen wir."

Sie hielten nur einen Moment an, um den Korridor zu überprüfen, dann liefen sie aus dem Haus. Die Mittagssonne starrte wie ein anklagendes Auge auf sie herunter.

Victor beschleunigte seinen Schritt. Cathy musste laufen.

„Wohin jetzt?", flüsterte sie.

„Wir haben den Film. Ich würde sagen, wir gehen zur Bushaltestelle."

„Und dann?"

„Irgendwohin." Er hielt den Blick geradeaus gerichtet. „Hauptsache, es liegt außerhalb der Stadt."

7. KAPITEL

Seufzend öffnete Jack. „Bereits zurück?"

„Verdammt richtig, ich bin bereits zurück." Polowski stampfte ins Haus und schob die Tür hinter sich zu. „Ich will wissen, wo ich sie als Nächstes finden kann, Mr Zuckerman, also bitte."

„Ich sagte Ihnen, Mr Polowski, auf der Union Street gibt es ein Fotostudio eines gewissen Mr Hickman …"

„Ich war in dem Studio von diesem ‚von Sowieso'!"

Jack schluckte. „Sie haben die beiden nicht gefunden?"

„Das wussten Sie doch. Sie haben sie gewarnt, nicht wahr?"

„Also wirklich, ich weiß nicht, warum Sie mich so bedrängen müssen."

„Die zwei sind eiligst verschwunden. Die Tür stand weit offen. Essen lag noch herum. Eine leere Geldkassette stand auf dem Schreibtisch."

Jack reckte sich empört. „Nennen Sie meine Exfrau eine Diebin?"

„Ich nenne sie eine verzweifelte Frau. Und ich nenne Sie einen Dummkopf, weil Sie alles verdorben haben. Wo ist sie?"

„Ich weiß es nicht."

„An wen würde sie sich wenden?"

„An niemanden, den ich kenne."

„Denken Sie schärfer nach!"

Jack schüttelte den Kopf. „Ich weiß es ehrlich nicht."

Polowski wusste, dass es die Wahrheit war. „Dann können Sie mir vielleicht sagen, warum Sie sie gewarnt haben."

„Ich …" Jack zuckte hilflos die Schultern. „Nachdem Sie gegangen waren, wusste ich nicht, ob ich das Richtige getan hatte. Er scheint Ihnen nicht zu vertrauen."

„Wer?"

„Victor Holland. Er glaubt, dass Sie bei einer Verschwörung mitmachen. Ehrlich, der Mann kam mir ein wenig paranoid vor."

„Er hat ein Recht dazu, wenn man bedenkt, was ihm bisher zugestoßen ist." Polowski wandte sich zur Tür.

„Was geschieht jetzt?"

„Ich suche die beiden."

„Wo?"

„Meinen Sie, das sage ich Ihnen?" Er stakste hinaus. „Verlassen Sie nicht die Stadt, Zuckerman. Wir sprechen uns noch."

„Das glaube ich nicht", murmelte Jack, während der Mann zu seinem Wagen ging. Keine Wolke stand am Himmel. Lächelnd schloss Jack die Tür.

In Mexiko war es bestimmt auch sonnig.

Jemand war hier eilig aufgebrochen.

Savitch ging durch die Räume des Fotostudios, die unverschlossen gewesen waren. Den Spuren nach waren es zwei Personen gewesen. Interessant, da Savitch nur eine Person herauskommen gesehen hatte, einen untersetzten kleinen Mann in einem braunen Anzug. Der Mann war nicht lange in dem Studio gewesen.

Savitch schaltete den Anrufbeantworter auf Wiedergabe. Die Reihe von Botschaften wirkte endlos. Savitch überprüfte die Post, während er zuhörte. Es war langweiliges Zeug, bis er ein loses Blatt Papier entdeckte. Es war eine Nachricht für Hickey.

„Tut mir schrecklich leid, aber jemand hat alle Filmrollen aus meinem Wagen gestohlen. Nur dieser eine Film ist noch übrig. Ich wollte ihn Dir schicken, bevor er auch noch verloren geht. Cathy."

Savitch durchwühlte noch einmal die Post, fand jedoch nur einen aufgerissenen Umschlag mit Cathy Weavers Absender. Der Film war fort.

Plötzlich erstarrte er. Eine neue Botschaft ertönte.

„Hallo! Hallo, Cathy! Wenn du da bist, melde dich! Ein FBI-Agent sucht dich … ein gewisser Polowski … Er hat mich dazu gebracht, ihm alles über Hickey zu erzählen. Verschwinde von dort!"

Savitch betrachtete den Anrufbeantworter. Kein Zweifel. Catherine Weaver war hier gewesen, und Victor Holland begleitete sie. Aber wer war dieser Agent Polowski, und warum suchte er Holland? Savitch hatte die Zusicherung erhalten, dass das FBI nichts mehr mit dem Fall zu tun habe. Er musste das überprüfen.

Savitch verließ das Haus und rief von einem Münztelefon eine Nummer in Washington, D.C., an. Er bat den Cowboy nicht gern um Hilfe, aber jetzt hatte er keine andere Wahl.

Victor telefonierte, während Cathy sich um Tickets anstellte. Sie sah, wie er auflegte und sich ermattet durch die Haare fuhr. Dann wählte er die nächste Nummer.

Jemand tippte Cathy auf die Schulter. „Vorwärts, Miss."

Cathy trat an den Kartenschalter des Busbahnhofs.

„Ich brauche zwei Tickets nach ..." Cathys Stimme verklang. Ihr Blick war auf einem Poster erstarrt, das gleich neben dem Schalter befestigt war. HABEN SIE DIESEN MANN GE-SEHEN? stand über einem Foto von Victor Holland. Darunter wurden die Anklagepunkte aufgeführt: Industriespionage und Mord. Setzen Sie sich mit der örtlichen Polizei oder dem FBI in Verbindung.

„Lady, wollen Sie wohin oder nicht?"

„Was?" Cathys Blick zuckte zurück zu dem Angestellten, der sie sichtlich verärgert betrachtete. „Oh ... ja ... ich möchte zwei Tickets. Nach Palo Alto. Einfach."

„Zwei nach Palo Alto. Um sieben Uhr, Bahnsteig elf."

„Ja, danke ..." Cathy wandte sich ab und entdeckte zwei Polizisten, die den Bahnhof absuchten. Ihr Blick zuckte zu der Telefonzelle. Sie war leer!

Sie konnte nicht einfach dastehen. Sie zog den Regenmantel fest um ihre Schultern und zwang sich dazu, durch den Bahnhof zu gehen. Neben einem Sitz blieb sie stehen und griff nach einem zurückgelassenen San Francisco Chronicle. Sie blätterte die Anzeigen durch, während sie an den beiden Polizisten am Eingang vorbeischlenderte, die ihr nicht einmal einen Blick zuwarfen.

Was jetzt? Sie blieb mitten auf dem belebten Bürgersteig stehen. Automatisch ging sie weiter und hatte erst ein paar Schritte getan, als sie seitlich in einen Durchgang gezerrt wurde.

Sie wirbelte rückwärts gegen die Mülltonnen und schluchzte fast vor Erleichterung. „Victor!"

„Haben sie dich gesehen?"

„Nein. Ich meine, ja, aber sie haben sich nicht um mich gekümmert ... Ich habe die Tickets."

„Wir können sie nicht benutzen."

„Wie sollen wir aus der Stadt verschwinden? Per Anhalter? Victor, wir haben nur noch fünf Dollar!"

„Sie werden jeden abfahrenden Bus beobachten. Und sie haben

mein Gesicht überall in dem verdammten Bahnhof ausgehängt!"
Er sackte gegen die Mauer zurück und stöhnte. „Ich sehe darauf
wie ein mieser Verbrecher aus."

„Es war nicht gerade das schmeichelhafteste Foto."

Er schaffte ein Lachen. „Hast du jemals ein schmeichelhaftes
Fahndungsfoto gesehen?"

Sie lehnte sich neben ihn. „Wir müssen aus der Stadt raus."

„Korrektur. Du musst raus."

„Was soll das heißen?"

„Die Polizei sucht dich nicht. Also nimmst du den Bus nach
Palo Alto. Ich stelle für dich die Verbindung zu alten Freunden her.
Sie werden dafür sorgen, dass du an einen sicheren Ort kommst."

„Nein."

„Cathy, die haben mein Foto wahrscheinlich in jedem Büro
von Fluglinien und Autovermietungen in der Stadt ausgehängt!
Wir haben fast unser ganzes Geld für diese Bustickets ausgegeben.
Du benutzt sie!"

„Ich fahre nicht ohne dich."

„Du hast keine andere Wahl."

„Doch! Ich wähle, an dir wie Klebstoff haften zu bleiben. Weil
du der Einzige bist, bei dem ich mich sicher fühle. Der Einzige,
auf den ich mich verlassen kann!"

„Ich komme allein schneller voran." Er blickte zur Straße. „Verdammt, ich will dich nicht einmal bei mir haben."

„Das glaube ich nicht."

„Warum sollte es mich interessieren, was du glaubst?"

„Sieh mich an! Sieh mich an und sag mir, dass du mich nicht
bei dir haben willst!"

Er setzte zum Sprechen an. In dem Moment wusste sie, dass es
eine Lüge war. Sie sah es in seinen Augen. Und sie sah noch etwas
in seinem Blick, das ihr den Atem raubte.

„Ich … ich will nicht …"

Sie stand einfach da und wartete auf die Wahrheit.

Was sie nicht erwartete, war der Kuss. Er begann mehr aus
Verzweiflung als aus Leidenschaft, aber sobald ihre Lippen aufeinandertrafen, wurde er zu viel mehr. Das war eine Vereinigung
von gemeinsamen Seelen, eine Vereinigung, die selbst dann nicht
unterbrochen wurde, wenn die Umarmung endete, selbst wenn

sie einander nie wieder berühren sollten.

Als sie sich endlich voneinander lösten, war Victors Geschmack noch frisch auf Cathys Lippen.

„Siehst du?", flüsterte sie. „Ich hatte recht. Du willst mich ja doch bei dir haben."

Er lächelte und berührte ihre Wange, „Ich bin kein guter Lügner."

„Und ich verlasse dich nicht. Du brauchst mich. Du kannst dein Gesicht nicht herzeigen, aber ich kann es. Ich kann Bustickets kaufen und Besorgungen machen und …"

„Was ich wirklich brauche, ist ein neues Gesicht." Er seufzte und sah sie verzweifelt an.

„Himmel, was bin ich für ein Idiot!" Sie stöhnte auf. „Ein neues Gesicht! Komm, wir haben nicht viel Zeit …"

„Cathy?" Er folgte ihr durch den Durchgang. Sie blieben beide stehen und suchten die Straße nach Polizisten ab. Es waren keine in Sicht. „Wohin gehen wir?", flüsterte er.

„Wir suchen ein Telefon."

„Aha. Und wen rufen wir an?"

Sie warf ihm einen eindeutig schmerzlichen Blick zu. „Jemanden, den wir beide kennen und lieben."

Jack packte seinen Koffer, als das Telefon klingelte. Er griff nach dem Hörer und bereute es auf der Stelle.

„Jack?"

Er seufzte. „Sag mir, dass ich mir deine Stimme nur einbilde."

„Jack, ich werde schnell sprechen, weil dein Telefon vielleicht abgehört wird …"

„Was du nicht sagst!"

„Ich brauche mein Köfferchen. Das ganze Drumherum. Und etwas Bargeld. Ich schwöre, ich zahle dir alles zurück. Hol es sofort für mich. Hinterlege das Zeug, wo wir die letzte Szene von ‚Cretinoid' gedreht haben. Du kennst die Stelle."

„Cathy, warte einen Moment! Ich stecke schon genug in Schwierigkeiten!"

„Eine Stunde. Länger kann ich nicht warten!"

„Es ist Stoßzeit! Ich kann nicht!"

„Es ist der letzte Gefallen, um den ich dich bitte." Es entstand eine Pause. Dann fügte sie leise hinzu: „Bitte."

Er stieß den Atem aus. „Das ist das absolut letzte Mal!"

„Eine Stunde, Jack, ich werde warten."

Ecke Fifth und Mission Street trafen sich die Obdachlosen. Niemand kümmerte sich dort um die zwei heruntergekommenen Gestalten, die in dem Eingang einer Pfandleihe kauerten.

„Es ist fünf nach sechs", murmelte Victor. „Die Stunde ist um."

„Lass ihm Zeit."

„Wir haben keine Zeit mehr."

„Wir schaffen noch immer den Bus." Cathy spähte die Straße entlang, als könne sie ihren Exehemann heraufbeschwören. Aber nur ein städtischer Bus tauchte auf.

„Nun seht euch mal das an!", ertönte ein gedämpftes Brummen, gefolgt von einem allgemeinen bewundernden Murmeln der Menge.

„Hey, Süßer!", rief jemand, als sich die Gruppe an der Ecke versammelte. „Was für einen Stoff hast du denn verkauft, dass du dir einen solchen Schlitten leisten kannst?"

Zwischen den Männern hindurch erspähte Cathy blitzendes Chrom und Burgunderrot. „Geht weg von meinem Wagen!", verlangte eine jammernde Stimme. „Ich habe ihn frisch wachsen lassen!"

„Der Süße hat sich bestimmt verfahren. Ist in die falsche Straße eingebogen, richtig?"

Cathy sprang auf. „Er ist da!"

Sie und Victor drängten sich durch die Menge zu Jack, der seinen schimmernden Jaguar bewachte.

„Nicht … nicht anfassen!", fauchte er einen Mann an, der mit einem schmierigen Finger über die Motorhaube strich. „Warum könnt ihr Leute denn nicht losziehen und euch einen Job suchen?"

„Einen Job?", rief jemand. „Was ist das?"

„Jack!", rief Cathy.

Jack stieß einen Seufzer der Erleichterung aus, als er sie erspähte. „Das ist der letzte Gefallen. Der absolut letzte."

„Wo ist es?", fragte sie.

Jack ging zu dem Kofferraum, wo er eine andere Hand beiseiteschlug, die über die burgunderrote Flanke des Jaguars strei-

458

chelte. „Hier! Der ganze Mist." Er holte den Make-up-Koffer heraus und reichte ihn ihr. „Abgeliefert wie versprochen. Jetzt muss ich aber los."

„Wohin?", rief sie.

„Ich weiß es nicht." Er kletterte in den Wagen. „Irgendwohin, ganz egal!"

„Hört sich an, als hätten wir dieselbe Richtung."

„Gütiger Himmel, hoffentlich nicht!" Er startete den Motor und ließ ihn ein paar Mal aufheulen.

Jemand schrie: „Leb wohl, Süßer!"

Jack warf Cathy einen trockenen Blick zu. „Weißt du, du solltest wirklich etwas wegen der Gesellschaft tun, in der du dich aufhältst. Ciao, Zuckerstück!"

Der Jaguar fuhr mit kreischenden Reifen an.

Cathy drehte sich um und sah, dass alle Augen auf sie gerichtet waren. Automatisch schob Victor sich dicht an sie heran, ein müder und hungriger Mann, der einer müden und hungrigen Menge gegenüberstand.

Jemand rief: „Wer ist denn der Typ in dem Jaguar?"

„Mein Exmann", antwortete Cathy.

„Der ist aber besser dran als du, Süße."

„Was du nicht sagst." Sie hielt den Make-up-Koffer hoch und schaffte ein sorgloses Lachen. „Ich bitte den Kretin um meine Kleider, und er bringt mir frische Unterwäsche zum Wechseln."

„Baby, läuft das nicht immer so?"

Die Männer verzogen sich wieder.

„Wir haben eine halbe Stunde, um den Bus zu erwischen", sagte Victor und drängte sie voran. „Wir müssen los."

Sie hasteten die Straße entlang, als Cathy plötzlich stockte. „Victor …"

„Was ist los?"

„Sieh nur." Sie deutete aufgeregt auf einen Zeitungsstand. Ihre Hand zitterte dabei.

Die Schlagzeile des San Francisco Examiner lautete: „Zwei Opfer, identischer Name. Polizei untersucht Zusammenhänge." Daneben befand sich das Foto einer jungen blonden Frau. Die Bildunterschrift war durch den Knick verborgen, aber Cathy brauchte sie nicht zu lesen. Sie erriet den Namen der Frau.

„Zwei", flüsterte sie. „Victor, du hast recht gehabt …"

„Um so mehr für uns ein Grund, aus der Stadt zu verschwinden." Er zog an ihrer Hand. „Beeil dich!"

Sie ließ sich von ihm wegführen, doch während sie die Straße entlanghasteten, bewahrte sie das Bild einer blonden Frau in ihrer Erinnerung.

Das zweite Opfer.

Die zweite Catherine Weaver.

Streifenpolizist O'Hanley war eine hilfreiche Seele. Er passte nicht in die raue Polizeitruppe. Er wollte nichts weiter, als einem Kind den Kopf tätscheln und eine alte Oma vor einem Straßenräuber retten.

Deshalb fand er diesen Auftrag so frustrierend. Dieses Herumstehen im Busbahnhof und Ausschauhalten nach einem Mann, den ein Zeuge vielleicht vor ein paar Stunden gesehen hatte.

O'Hanley hatte so einen Typ nicht gesehen. Und er hatte jede Person betrachtet, die zur Tür hereingekommen war. Ein trauriger Haufen, da heutzutage jeder, der es sich gerade leisten konnte, ein Flugzeug nahm. Aber wie diese Leute aussahen, konnten sie sich gar nichts leisten.

Zum Beispiel dieses Paar da drüben. Vater und Tochter, schätzte er. Beide heruntergekommen. Die Tochter war in einen alten Regenmantel gehüllt, den Kragen hochgeschlagen, dass man nur windzerzauste Haare sah. Der Vater war ein noch traurigerer Anblick, hageres Gesicht, weißer Schnurrbart, alt wie Methusalem.

Über Lautsprecher wurde in diesem Moment Bus Nummer vierzehn nach Palo Alto ausgerufen.

Der alte Mann und seine Tochter standen auf.

O'Hanley sah besorgt zu, wie das Paar durch den Bahnhof schlurfte. Die Frau trug nur einen kleinen Koffer, der jedoch schwer wirkte. Und sie hatte bereits alle Hände voll zu tun, den alten Mann in die richtige Richtung zu führen. Doch sie kamen voran, und O'Hanley nahm an, dass sie es bis zum Bus schafften.

Bis dieser Junge mit ihnen zusammenstieß.

Er war ungefähr sechs, die Art von Kind, von der keine Mutter zugeben will, dass sie es hervorgebracht hat. Während der letzten halben Stunde war der Junge durch den Bahnhof gewandert, hatte

Sand aus Aschenbechern verstreut, Koffer umgeworfen und mit Türen von Gepäckschließfächern geklappert. Jetzt lief er. Dieser Junge lief allerdings rückwärts.

O'Hanley sah es kommen. Der alte Mann und seine Tochter näherten sich langsam dem Ausgang zu den Bussen. Der Junge lief auf die beiden zu. Unvermeidlicher Zusammenstoß. Der Junge knallte gegen die Knie der Frau, der Koffer flog aus ihrer Hand. Sie taumelte gegen ihren Begleiter. Der erstarrte O'Hanley erwartete, dass der alte Knacker umfiel. Zu seiner Überraschung fing der alte Mann die Frau einfach in seinen Armen auf und stellte sie wieder auf die Beine.

O'Hanley eilte ihnen zu Hilfe und erreichte die Frau, als sie gerade wieder ihr Gleichgewicht fand. „Alles in Ordnung, Leute?", fragte er.

Die Frau reagierte, als hätte er sie geschlagen. Sie starrte ihn mit den Augen eines verängstigten Tieres an. „Was?"

„Ob alles in Ordnung ist. War ein harter Zusammenstoß."

Sie nickte.

„Was ist mit Ihnen, Opa?"

„Es geht uns beiden gut", sagte die Frau rasch. „Komm, Papa, sonst verpassen wir unseren Bus."

„Kann ich Ihnen mit ihm helfen?"

„Das ist schrecklich nett von Ihnen, Officer, aber wir kommen gut zurecht." Die Frau lächelte O'Hanley an. Irgendetwas an diesem Lächeln stimmte nicht. Während das Paar langsam zu Bus Nummer vierzehn schlurfte, versuchte O'Hanley herauszufinden, was an diesen beiden nicht stimmte.

Er drehte sich um und fiel fast über den Koffer. Die Frau hatte ihn vergessen. Er packte ihn und lief zu dem Bus. Zu spät. Nummer vierzehn nach Palo Alto fuhr bereits an.

O'Hanley gab den Make-up-Koffer im Fundbüro ab. Dann stellte er sich wieder an den Eingang und hielt Ausschau nach Victor Holland.

Fünf Minuten außerhalb von San Francisco wandte sich im Bus Nummer vierzehn der alte Mann an die Frau im Regenmantel. „Dieser Bart bringt mich um."

Lachend und vergnügt zog Cathy an dem falschen Schnurrbart.

„Aber er hat gewirkt, nicht wahr?"

„Tatsächlich. Wir hatten praktisch eine Polizeieskorte zum Fluchtbus." Er kratzte sich wild am Kinn. „Himmel, wie halten Schauspieler dieses Zeug aus? Das Jucken treibt mich die Wände hoch."

„Soll ich ihn abmachen?"

„Lieber nicht, bevor wir in Palo Alto sind."

Noch eine Stunde, dachte sie. „Was dann?"

„Dann klopfe ich an ein paar Türen. Es ist lange her, aber ich glaube, ich habe noch ein paar Freunde in der Stadt."

„Du hast dort einmal gewohnt?"

„Vor Jahren, als ich am College war."

„Oh." Sie setzte sich gerade auf. „Ein Stanford-Mann."

„Warum klingt das bei dir ein wenig anrüchig?"

„Ich selbst war für die Bears."

„Ich verbünde mich mit dem Erzfeind?"

Leise lachend drückte sie ihr Gesicht gegen seine Brust und atmete den warmen, vertrauten Duft seines Körpers ein. „Wirkt wie ein anderes Leben. Berkeley und Bluejeans."

„Football. Wilde Partys."

„Wilde Partys?", fragte sie. „Du?"

„Nun ja, Gerüchte von wilden Partys."

„Frisbee. Unterricht auf dem Rasen …"

„Unschuld", sagte er leise.

Sie verstummten beide.

„Victor?", fragte sie. „Was ist, wenn deine Freunde nicht mehr da sind? Oder wenn sie uns nicht aufnehmen?"

„Ein Schritt nach dem anderen. So müssen wir es angehen. Sonst wird alles zu niederschmetternd."

„Das ist es bereits."

Er drückte sie fest an sich. „Hey, wir halten uns gut. Wir haben es aus der Stadt hinaus geschafft. Direkt vor der Nase eines Cops. Das ist doch recht beeindruckend."

Cathy lächelte bei der Erinnerung an den ernsten, jungen Streifenpolizisten. „Alle Cops sollten so hilfsbereit sein."

„Oder blind. Ich kann nicht glauben, dass er mich *Opa* genannt hat!"

„Wenn ich dein markantes Gesicht schon verändere, dann richtig. Darin habe ich Erfahrung."

„Offenbar."

Sie hakte sich bei ihm unter und drückte einen Kuss auf seine Wange. „Kann ich dir ein Geheimnis verraten?"

„Und das wäre?"

„Ich bin verrückt nach älteren Männern."

Er lächelte zweifelnd. „Wie viel älter?"

Sie küsste ihn voll auf die Lippen. „Viel älter."

„Hm … Vielleicht ist der Schnurrbart doch nicht so schlecht." Er nahm ihr Gesicht in seine Hände. Diesmal küsste er sie, lang und tief, ungeachtet dessen, wo sie waren.

„Gut gemacht, Opa", johlte jemand hinter ihnen.

Widerstrebend lösten sie sich voneinander. In den flackernden Schatten des Busses konnte Cathy das Funkeln in Victors Augen und sein trockenes Lächeln sehen.

Sie lächelte zurück und flüsterte: „Gut gemacht, Opa."

Die Plakate mit Victor Hollands Gesicht klebten überall in dem Busbahnhof.

Polowski schnaufte verärgert, als er das wenig schmeichelhafte Foto des Mannes betrachtete, von dem er gefühlsmäßig wusste, dass er unschuldig war. Eine verdammte Hexenjagd, das war es. Falls Holland nicht schon genug Angst hatte, würde ihn diese öffentliche Verfolgung sicher in Deckung schicken, wo ihn diejenigen nicht erreichen konnten, die ihm helfen wollten. Polowski hoffte nur, dass ihn auch diejenigen nicht erreichten, die weniger wohlwollende Absichten hatten.

Bei allen diesen Plakaten hätte Holland ein Narr sein müssen, wäre er durch diesen Busbahnhof gewandert. Andererseits hatte Polowski einen Instinkt in diesen Fällen, wie sich verzweifelte Menschen verhielten. Hätte er in Hollands Schuhen gesteckt, wäre er um jeden Preis aus San Francisco verschwunden. Ein Flugzeug war unwahrscheinlich. Laut Jack Zuckerman hatte Holland nur ein schmales Budget. Eine Kreditkarte kam jedenfalls nicht infrage. Somit schied ein Leihwagen aus. Was blieb? Entweder per Anhalter fahren oder den Bus nehmen.

Polowski tippte auf den Bus.

Seine letzte Information bestätigte diese Ahnung. An Zuckermans abgehörtem Telefon hatte er einen Anruf von Cathy Weaver belauscht. Sie hatte eine Übergabe an einer Stelle arrangiert, die er zuerst nicht identifizieren konnte. Er hatte eine frustrierende Stunde damit verbracht, sich im Büro umzuhören, bis er jemanden fand, der nicht nur Zuckermans vergessenswerten Film „Cretinoid" gesehen hatte, sondern auch wusste, wo die letzte Szene gedreht worden war. Im Mission District, hatte ihm endlich ein filmverrückter Mitarbeiter aus dem Archiv verraten. Das Ungeheuer kam durch den Kanaldeckel genau an der Ecke von Fifth und Mission Street und schlürfte ein oder zwei Obdachlose in sich hinein, ehe der Held es mit einem in einer Kiste verpackten Klavier zerquetschte, Polowski hatte sich den Rest nicht mehr angehört, sondern war zu seinem Wagen gerannt.

Doch da war es schon zu spät gewesen. Holland und die Frau waren weg, und Zuckerman war verschwunden. Polowski war die Mission Street entlanggefahren, die Fenster hochgekurbelt, die Türen verschlossen, und hatte sich gefragt, wann die örtliche Polizei endlich die verdammten Straßen säubern würde.

Dann hatte er sich an den Busbahnhof nur ein paar Querstraßen weiter erinnert.

Jetzt stand er im Bahnhof und kam zu dem Schluss, er habe seine Zeit verschwendet. Alle diese Steckbriefe starrten ihm entgegen. Und ein Cop stand am Kaffeeautomaten und trank heimlich aus einem Pappbecher.

Polowski schlenderte zu dem Cop. „FBI", sagte er und zeigte seine Dienstmarke.

Der Cop – kaum mehr als ein Junge – straffte sich sofort. „Streifenpolizist O'Hanley, Sir."

„War viel los?"

„Ah ... Sie meinen heute?"

„Ja. Hier."

„Nein, Sir." O'Hanley seufzte und deutete auf die Steckbriefe. „Überwachung. Soll ein Spion sein."

„Ach, tatsächlich?" Polowski blickte sich um. „Jemanden gesehen, der wie er aussieht?"

„Niemanden. Ich habe Minute für Minute aufgepasst."

Polowski zweifelte nicht daran. O'Hanley war einer von den Jungen, die auf Verlangen die Stiefel des Captains mit einer kaputten Zahnbürste putzen und gute Arbeit liefern würden.

Polowski holte ein Foto von Cathy Weaver hervor, das Jack Zuckerman nach langem Zureden dem FBI gespendet hatte. „Der Mann könnte mit dieser Frau unterwegs sein."

O'Hanley runzelte die Stirn. „Die sieht aus wie ... nein, das kann sie nicht sein."

„Wer?"

„Also, da war vor ungefähr einer Stunde eine Frau, ziemlich abgerissen. So ein Lausebengel ist gegen sie gerannt. Hat sie fast umgehauen. Sie sah wie dieses Mädchen hier aus, nur in viel schlechterer Verfassung."

„War sie allein?"

„Sie hatte einen alten Kerl bei sich. Schätze, ihr Vater."

Plötzlich war Polowski ganz Ohr. „Wie sah der alte Mann aus?"

„Richtig alt. Vielleicht siebzig. Buschiger Bart, viele weiße Haare."

„Wie groß?"

„Ziemlich groß. Über eins achtzig ..." O'Hanleys Stimme verklang, als sein Blick sich auf den Steckbrief richtete. Victor Holland war eins neunzig. O'Hanleys Gesicht wurde plötzlich weiß. „Oh, Himmel ..."

„War er das?"

„Ich ... ich bin nicht sicher ..."

„Kommen Sie schon!"

„Ich weiß es wirklich nicht. Warten Sie. Die Frau hat einen Make-up-Koffer fallen lassen. Ich habe ihn dort an dem Schalter abgegeben ..."

Ein kurzes Vorzeigen der FBI-Dienstmarke reichte, dass der Angestellte im Fundbüro den Koffer aushändigte. Sobald Polowski das Ding öffnete, wusste er, dass er einen Volltreffer gelandet hatte. Der Koffer war mit Theater-Make-up angefüllt. In den Deckel war eingraviert: Eigentum von Jack Zuckerman Productions.

Er knallte den Deckel zu. „Wohin sind sie gefahren?"

„Sie ... ah ... sie sind in einen Bus dort drüben gestiegen. Um sieben Uhr."

Polowski blickte auf den Fahrplan. Um sieben Uhr war Nummer vierzehn nach Palo Alto abgefahren.

Er brauchte zehn Minuten, um den Bahnhofsmanager von Palo Alto an den Apparat zu bekommen, weitere fünf Minuten, um den Mann zu überzeugen, dass es sich bei dem Anruf um keinen Scherz handelte.

„Die Nummer vierzehn aus San Francisco?", kam die Antwort. „Ist vor zwanzig Minuten angekommen."

„Was ist mit den Passagieren?", drängte Polowski. „Sind noch welche da?"

Der Manager lachte nur. „Hey, Mann, wenn Sie die Wahl hätten, würden Sie sich in einer stinkenden Busstation aufhalten?"

Mit einem gemurmelten Fluch legte Polowski auf.

„Sir?" Es war O'Hanley. Er wirkte krank. „Ich habe es verpatzt, nicht wahr? Ich habe ihn an mir vorbeigehen lassen."

„Vergessen Sie es."

„Aber ..."

Polowski strebte dem Ausgang zu. „Sie sind noch ein Neuling", rief er über die Schulter zurück. „Betrachten Sie es als eine Erfahrung."

„Soll ich das melden?"

„Ich kümmere mich darum. Ich fahre ohnedies hin."

„Wohin?"

Polowski drückte die Tür des Bahnhofs auf. „Palo Alto."

8. KAPITEL

ie Haustür wurde von einer älteren Asiatin geöffnet, deren Sprachkenntnisse begrenzt waren.

„Mrs Lum! Erinnern Sie sich an mich? Victor Holland. Ich war mit Ihrem Sohn befreundet."

„Ja, ja!"

„Ist er hier?"

„Ja." Ihr Blick wanderte zu Cathy.

„Ich müsste ihn sehen", sagte Victor. „Ist Milo hier?"

„Milo?" Endlich gab es ein Wort, das sie zu kennen schien. Sie drehte sich um und rief etwas auf Chinesisch.

Eine Tür knarrte, Schritte kamen die Treppe herauf. Ein Asiate um die vierzig in Bluejeans kam an die Haustür. Er war klein und untersetzt und brachte den Geruch von Chemikalien mit sich. Er wischte sich die Hände an einem Lappen ab.

„Was kann ich für Sie tun?", fragte er.

Victor grinste. „Milo Lum! Versteckst du dich noch immer im Keller deiner Mutter?"

„Wie bitte?", fragte Milo höflich. „Sollte ich Sie kennen, Sir?"

„Erkennst du nicht einen alten Hornspieler von den ‚Falschspielern‘?"

Milo starrte ihn ungläubig an. „Gershwin? Das kannst doch nicht du sein?"

„Ja, ich weiß", erwiderte Victor lachend. „Die Jahre waren nicht freundlich zu mir."

„Ich wollte nichts sagen, aber …"

„Ich nehme es nicht persönlich, da …", Victor zog den falschen Bart ab, „… dieses Gesicht nicht ganz das meine ist."

Milo blickte auf den falschen Bart in Victors Hand, dann auf Victors Kinn mit den Klebstoffflecken. „Das ist ein Streich, den ihr dem alten Milo spielt, richtig?" Er steckte den Kopf zur Tür heraus und guckte an Victor vorbei zum Bürgersteig. „Und die anderen verstecken sich hier irgendwo und rufen gleich ‚Überraschung‘! Nicht wahr? Ein gewaltiger Streich."

„Ich wünschte, es wäre einer", sagte Victor.

Milo fing den drängenden Unterton in Victors Stimme auf. Er blickte zu Cathy, dann zurück zu Victor, nickte und trat beiseite.

„Komm herein, Gersh. Hört sich an, als müsstest du eine Menge erzählen."

Bei einem verspäteten Abendessen aus Nudelsuppe mit Ente und Jasmintee hörte Milo sich die Story an. Er sagte wenig und schien ganz damit beschäftigt zu sein, auch die letzte seiner Nudeln zu schlürfen. Erst als die ständig lächelnde Mrs Lum sich zur guten Nacht verbeugte und zu Bett gegangen war, gab Milo einen Kommentar ab.

„Wenn du schon in Schwierigkeiten gerätst, Mann, dann aber verdammt gründlich."

Victor seufzte. „Klug wie eh und je, unser Milo."

„Zu schade, dass wir nicht das Gleiche von den Cops behaupten können." Milo schnaubte. „Hätten die sich ein wenig umgehört, hätten sie erfahren, dass du harmlos bist. Soviel ich weiß, hast du dich nur eines ernsthaften Verbrechens schuldig gemacht."

Cathy blickte betroffen hoch. „Welches Verbrechens?"

„Misshandlung der Ohren von Opfern, die das Pech haben, sein Saxofon zu hören."

„Das sagt ein Flötist, der sich beim Üben die Ohren zustopft", bemerkte Victor.

„Nur, um Geräusche von außen auszuschließen."

„Ja, hauptsächlich deine eigenen."

Cathy lächelte. „Ich verstehe allmählich, warum ihr euch ‚Falschspieler' genannt habt."

„Nur gesunde Selbstironie", erklärte Milo. „Das brauchten wir. Nachdem wir es nicht in die Stanford-Band geschafft hatten." Milo stand vom Küchentisch auf. „Also kommt. Wollen doch sehen, was auf diesem mysteriösen Film ist."

Er führte sie eine wackelige Treppe in den Keller hinunter, der in eine riesige Dunkelkammer verwandelt war. An den Wänden waren Fotos befestigt. Hauptsächlich Gesichter, rund um die Welt geschossen. Hier und da entdeckte Cathy eine Aufnahme, die für die Nachrichten getaugt hätte: Soldaten, die einen Flughafen stürmten, Demonstranten, die ein Banner entrollten.

„Ist das Ihre Arbeit, Milo?", fragte sie.

„Ich wünschte, das wäre sie", antwortete er und schüttelte einen Behälter mit Entwickler. „Nein, ich arbeite in der alten Familienfirma."

„Und was ist das?"

„Schuhe. Italienische, brasilianische, was immer Sie wollen, wir importieren sie." Er deutete mit einem Kopfnicken auf die Fotos. „So komme ich an meine exotischen Gesichter. Reisen als Schuheinkäufer. Ich bin ein Experte des weiblichen Rists."

„Und dafür", sagte Victor, „hat er vier Jahre in Stanford verbracht."

„Warum nicht? Ein genauso geeigneter Ort zum Studium der feinen Füße des schwachen Geschlechts wie jeder andere." Ein Kurzzeitmesser klingelte. Milo goss die Fotochemikalien aus und hängte den Film zum Trocknen auf. „Genau genommen", sagte er und betrachtete blinzelnd die Negative, „war es der letzte Wunsch meines Vaters. Er wollte einen Sohn mit einem Abschluss von Stanford. Ich wollte eine vierjährige Non-Stop-Party. Unser beider Wünsche wurden erfüllt." Er betrachtete wehmütig seine Fotos. „Schade, dass ich nicht das Gleiche von den Jahren seit damals behaupten kann."

„Wie meinen Sie das?", fragte Cathy.

„Ich meine, dass die Party längst vorüber ist. Ich muss Umsatz und Gewinn hochhalten. Dachte nie, dass das Leben auf diesen Nenner sinken könnte. Was wurde denn aus diesem ganzen vor Energie überkochenden Potenzial, Gersh? Irgendwie haben wir es verloren. Wir alle – Bach und Ollie und Roger. Die ‚Falschspieler' haben sich letztlich eingeordnet. Jetzt marschieren wir alle nach dem Schlag desselben langweiligen Trommlers." Er seufzte. „Erkennst du etwas auf diesen Negativen?"

Victor schüttelte den Kopf. „Wir brauchen Abzüge."

Milo ließ nur die rote Dunkelkammerlampe brennen. „Sofort."

Während Milo Fotopapier bereitlegte, fragte Victor: „Was ist aus den anderen Jungs geworden? Sind sie noch hier?"

Milo drückte einen Schalter. „Roger ist ein hohes Tier bei einer multinationalen Bank in Tokio – Seidenanzüge und Krawatten. Bach hat eine Elektronikfirma in San José."

„Und Ollie?"

„Was kann ich schon über Ollie sagen?" Milo schob den Abzug in das Bad. „Er hängt noch immer in diesem Labor an der medizinischen Fakultät von Stanford herum. Wahrscheinlich sieht er nie das Tageslicht. Vermutlich hat er im Keller eine geheime Kammer, in der er seinen Assistenten Igor an der Wand festgekettet hat."

„Diesen Typ muss ich kennenlernen", sagte Cathy.

„Oh, er würde dich lieben." Victor drückte lachend ihren Arm. „Wahrscheinlich hat er vergessen, wie das Weibchen unserer Gattungsart aussieht."

Milo schob den Abzug in die nächste Wanne. „Ja, Ollie hat sich nie geändert. Noch immer eine Nachteule. Spielt nach wie vor eine scharfe Klarinette." Er blickte zu Victor. „Was macht das Saxofon, Gersh? Machst du noch was damit?"

„Habe seit Monaten nicht mehr gespielt."

„Glückliche Nachbarn."

„Wie bist du an diesen Namen gekommen?", fragte Cathy. „Gersh?"

„Weil", antwortete Milo und schwang Pinzetten, während er die nächsten Abzüge von einer Wanne in die andere legte, „er fest an die Macht von George Gershwin glaubt, wenn es darum geht, das Herz einer Lady zu gewinnen. ‚Someone to Watch Over Me', war das nicht das Lied, bei dem Lily gesagt hat ..." Milos Stimme verklang. Er sah seinen Freund bedauernd an.

„Du hast recht", antwortete Victor ruhig. „Das war das Lied. Und Lily sagte ja."

Milo schüttelte den Kopf. „Tut mir leid. Es fällt mir einfach schwer, mich daran zu erinnern, dass sie nicht mehr ist." Milo hängte die ersten Abzüge zum Trocknen auf. „Also, Gersh, was ist auf diesem Film, wofür es sich lohnt zu töten?"

Milo schaltete die Lichter ein.

Victor stand schweigend da und betrachtete die ersten fünf tropfenden Abzüge. Für Cathy bedeuteten die Daten nichts weiter als eine Reihe von Ziffern und Codes in einer fast unleserlichen Handschrift.

„Na ja", brummte Milo vor sich hin. „Das sagt mir ja unheimlich viel."

Victor stockte bei Seite fünf. Eine Kolumne lief über die ganze Seite. Sie enthielt eine Serie von siebenundzwanzig Eintragungen, jede bestehend aus einem Datum, gefolgt von den gleichen drei Buchstaben: EXT.

„Victor?", fragte Cathy. „Was bedeutet das?"

„Wir müssen Ollie anrufen", sagte er ruhig.

„Du meinst, heute Abend?", fragte Milo. „Warum?"

„Das ist nicht einfach irgendein Experiment in Teströhrchen. Sie sind schon zur klinischen Erprobung übergegangen." Victor zeigte auf die letzte Seite. „Das hier sind Affen, die mit einem neuen Virus infiziert wurden. Mit einem von Menschen hergestellten Virus. Und in jedem Fall war das Ergebnis das Gleiche, schaut nur."

„Du meinst das hier?" Milo deutete auf die letzte Kolumne. „EXT?"

„Das steht für Exitus", sagte Victor. „Sie sind alle gestorben."

Sam Polowski saß auf einer Bank im Busbahnhof von Palo Alto, überlegte, wohin er gehen würde, falls er verschwinden wollte, und beobachtete die Passagiere, die sich hier drängten. Wahrscheinlich Standford-Studenten, die für die Weihnachtsferien wegfuhren. Weshalb konnten sich Studenten von einer so teuren Universität keine anständigen Jeans oder auch nur einen ordentlichen Haarschnitt leisten?

Endlich stand Polowski auf und rief Dafoes Anrufbeantworter an, um ihm mitzuteilen, dass Victor Holland nach Palo Alto weitergezogen sei. Danach schlenderte er die Straße entlang.

Es war eine hübsche Stadt. Palo Alto hatte alte Häuser von Professoren, Buchläden und Kaffeehäuser, in denen die Unitypen mit Bärten und Nickelbrille herumsaßen und über die Bedeutung von Proust und Brecht und Goethe diskutierten. Polowski erinnerte sich an seine eigenen Universitätstage. Wenn er sich eine Stunde lang solchen Mist von den Studenten am nächsten Tisch hatte anhören müssen, war er endlich zu ihnen hinübergestürmt und hatte geschrien: „Vielleicht hat Brecht das so gemeint und vielleicht auch nicht! Aber wie könnt ihr das beantworten? Und, zum Teufel, was macht das schon für einen Unterschied?"

Überflüssig zu erwähnen, dass dadurch sein Ruf als ernsthafter Student nicht gestiegen war.

Wo verbarg sich Victor Holland? Die Universität lag gleich dort vorne. Vielleicht hatte der Mann noch Freunde in der Nachbarschaft, Leute, die ihn aufnahmen und sein Geheimnis wahrten.

Polowski beschloss, noch einen Blick in Hollands Akte zu werfen. Irgendwo in den Viratek-Unterlagen musste sich eine

Empfehlung aus Stanford befinden. Von einem Freund, an den Holland sich wenden könnte.

Und früher oder später musste er sich an jemanden wenden.

Es war schon nach Mitternacht, als Dafoe und seine Frau nach Hause kamen. Er war in ausgezeichneter Stimmung. In seinem Kopf prickelte der Champagner, in seinen Ohren klangen noch die herzbewegenden Arien von „Samson und Delilah". Oper war seine Leidenschaft, eine brillante Inszenierung von Mut und Konflikten und Amore, die Vision eines Lebens, das so viel großartiger war als die mickerige Welt, in der er sich selbst befand. Oper schleuderte ihn auf eine so erregend intensive Ebene, dass sogar seine eigene Ehefrau erregend neue Aspekte bekam. Er beobachtete, wie sie ihren Mantel abstreifte und aus ihren Schuhen schlüpfte. Vierzig Pfund Übergewicht, Haare mit Grau durchzogen, aber sie besaß Anziehungskraft.

Es ist drei Wochen her. Sicher lässt sie mich heute Nacht …

Doch seine Frau ignorierte seine amourösen Blicke und marschierte in die Küche.

Einen Moment später verkündete das Brummen der Geschirrspülmaschine einen ihrer Putzanfälle.

Frustriert schaltete Dafoe seinen Anrufbeantworter ein. Die Botschaft von Polowski zerstörte den Rest seiner erotischen Absichten.

„… Grund zu glauben, dass Holland in Palo Alto ist oder war. Folge Spur. Halte Sie auf dem Laufenden …"

Polowski, du Vollidiot! Ist es so verdammt schwer, einen Befehl zu befolgen?

Es war in Washington drei Uhr morgens. Eine unchristliche Stunde, aber er rief an.

Die antwortende Stimme war rau vom Schlaf. „Hier Tyrone."

„Cowboy, hier ist Dafoe. Tut mir leid, dich zu wecken."

Die Stimme klang sofort wach. „Was gibt es?"

„Neue Spur zu Holland. Ich habe keine Einzelheiten, aber er ist im Süden, in Palo Alto."

„Die Universität? Das könnte eine große Hilfe sein."

„Ich tue doch alles für einen alten Kameraden. Ich informiere dich auch weiterhin."

„Eine Sache, Dafoe. Ich kann keine Einmischung brauchen. Zieh alle deine Leute ab. Wir übernehmen jetzt."

Dafoe stockte. „Ich ... habe da ein Problem."

„Ein Problem?" Die leise Stimme wurde rasiermesserscharf.

„Es ist ... äh ... einer meiner Männer. Sam Polowski. Ihm ist der Holland-Fall unter die Haut gegangen. Er will dranbleiben."

„Es gibt so etwas wie einen direkten Befehl."

„Im Moment ist Polowski nicht zu erreichen. Er ist in Palo Alto und gräbt der Himmel weiß was aus. Aber ich ziehe ihn zurück, sobald ich kann."

„Tu das. Und Stillschweigen. Höchste Geheimhaltungsstufe."

Nachdem Dafoe aufgelegt hatte, wanderte sein Blick automatisch zu dem Foto auf dem Kaminsims. Es war ein Schnappschuss aus 1968 von ihm und dem Cowboy. Zwei junge Marines, grinsend, die Gewehre über die Schultern gehängt, während sie knöcheltief in einem Reisfeld standen. Es war eine verrückte Zeit gewesen, in der das Leben von der Loyalität von Kameraden abhing.

Matt Tyrone war damals ein Held gewesen, und er war jetzt ein Held. Dafoe starrte auf dieses lächelnde Gesicht auf dem Foto, und Neid mischte sich ungewollt in seine Bewunderung für den Mann. Obwohl Dafoe auf vieles stolz sein konnte – solide achtzehn Jahre beim FBI, vielleicht irgendwann einmal stellvertretender Direktor, konnte er nicht mit dem schwindelerregenden Aufstieg Matt Tyrones im Nationalen Sicherheitsrat mithalten.

Auch wenn Dafoe nicht genau wusste, welche Position der Cowboy im Nationalen Sicherheitsrat innehatte, so hatte er doch gehört, dass Tyrone regelmäßig an Kabinettssitzungen teilnahm, das Vertrauen des Präsidenten besaß und mit Geheimnissen und Sicherheitsfragen zu tun hatte. Er war ein Mann, den das Land brauchte, ein Mann, für den Patriotismus mehr war als bloßes Fahnenschwenken und Redenhalten. Für ihn war es eine Lebensart. Matt Tyrone würde für sein Land mehr tun, als zu sterben. Er würde dafür leben.

Dafoe konnte einen solchen Mann, einen solchen Freund nicht im Stich lassen.

Er wählte Sam Polowskis Privatnummer und hinterließ eine Nachricht.

„Dies ist ein direkter Befehl. Sie haben sich sofort von dem

Holland-Fall zurückzuziehen. Bis Sie weitere Nachricht erhalten, sind Sie suspendiert.“

Er war versucht, hinzuzufügen, „auf besonderes Ersuchen meiner Freunde in Washington“ – überlegte es sich jedoch. Hier war kein Platz für Eitelkeit. Der Cowboy hatte gesagt, die nationale Sicherheit stehe auf dem Spiel.

Dafoe zweifelte nicht daran. Er hatte es von Matt Tyrone gehört. Und Matt Tyrones Autorität kam direkt von dem Präsidenten der Vereinigten Staaten von Amerika.

„Das sieht nicht gut aus. Das sieht gar nicht gut aus.“

Ollie Wozniak blinzelte durch seine Nickelbrille auf die vierundzwanzig Fotos, die auf Milos Esstisch verstreut lagen. Er hob eines hoch, um es genauer zu betrachten. Durch die dicken Linsen starrten hellblaue Augen riesengroß heraus. Man sah nur Ollies Augen. Alles andere, hohle Wangen, schmale Lippen und babydünnes Haar, trat in den Hintergrund.

„Du hast natürlich recht“, sagte er. „Einiges davon kann ich nicht interpretieren. Das möchte ich später studieren. Aber das hier sind eindeutig Eintragungen von Todesfällen. Rhesusaffen, vermute ich.“ Er machte eine Pause und fügte leise hinzu: „Hoffe ich.“

„Für so etwas werden sie aber doch keine Menschen benutzen“, sagte Cathy.

„Nicht offiziell.“ Ollie legte das Foto weg und sah sie an. „Aber es ist bereits gemacht worden.“

„Aber nur in Nazi-Deutschland.“

„Hier auch“, sagte Victor.

„Was?“ Cathy sah ihn ungläubig an.

„Militärische Studien über bakterielle Kriegsführung. Man verstreute Kolonien von Serratia Marcescens über San Francisco und wartete ab, wie weit sich die Organismen verstreuen würden. Infizierte tauchten in etlichen Bay-Area-Krankenhäusern auf. Einige Fälle endeten tödlich.“

„Ich kann es nicht glauben“, murmelte Cathy.

„Der Schaden entstand unabsichtlich, aber die Menschen starben trotzdem.“

„Vergiss nicht Tuskegee“, sagte Ollie. „Dort sind auch Menschen bei den Experimenten gestorben. Und dann war da dieser Fall in New York. Geistig behinderte Kinder in einem staatlichen Krankenhaus wurden bewusst mit Gelbsucht infiziert. Zwar starb da niemand, aber es war trotzdem ein Verbrechen. Es ist also bereits geschehen. Manchmal im Namen der Menschlichkeit."

„Und manchmal nicht", sagte Victor.

Ollie nickte. „Wie in diesem speziellen Fall."

„Wovon genau sprechen wir eigentlich?", fragte Cathy. „Ist das eine medizinische Forschung? Oder die Entwicklung einer Waffe?"

„Beides." Ollie zeigte auf eines der Fotos. „Viratek arbeitet an dem Projekt Zerberus, einem höchst ansteckenden Virus mit einer Todesrate von über achtzig Prozent." Er tippte auf eine der Seiten. „Auf der Haut der Infizierten entstehen Blasen. Ungefähr vierzehn Tage nach Infektion tritt der Tod ein."

„Blasen wie bei Windpocken?", fragte Cathy.

„Ja, aber nicht so harmlos. Es ist ein uraltes Virus, das man modifiziert hat. Ansteckender und tödlicher gemacht hat, womit eine wirklich gewaltige Waffe entsteht angesichts der Millionen Menschen, die das alte Virus bereits getötet hat."

„Millionen?" Cathy starrte ihn an.

„Pocken!"

„Das ist unmöglich!", rief Cathy. „Pocken sind ausgelöscht."

„Sie waren es", sagte Victor. „Durch weltweite Impfungen. Pocken sind seit Jahrzehnten nicht mehr gemeldet worden. Ich weiß nicht einmal, ob der Impfstoff noch hergestellt wird. Ollie?"

„Nicht mehr erhältlich. Kein Bedarf, da das Virus verschwunden ist."

„Wo kommt dann dieses Virus her?", fragte Cathy.

Ollie zuckte die Schultern. „Vermutlich aus dem Schrank von irgendjemandem."

„Ach, kommen Sie!"

„Ich meine es ernst. Nachdem die Pocken ausgelöscht worden waren, wurden ein paar Virenproben in Regierungslabors am Leben erhalten, nur für den Fall, dass jemand sie für zukünftige Forschung benötigt. Das ist sozusagen ein wissenschaftliches Skelett im Schrank. Diese Labors haben höchste Sicherheitsstufe, denn sollte eines der Viren entkommen, käme es zu einer gewaltigen Epidemie." Er betrachtete den Stapel Fotos. „Sieht so aus, als wäre die Sicherheit bereits durchbrochen worden. Jemand hat offenbar das Virus in die Finger bekommen."

„Oder es wurde ihm übergeben. Mit besten Grüßen von der US-Regierung."

„Ich finde das unglaublich, Gersh", sagte Ollie. „Dieses Experiment ist ein Pulverfass. Kein Komitee würde ein solches Experiment genehmigen."

„Richtig. Deshalb glaube ich, dass es die Aktion eines Einzelgängers ist. Es ist leicht, sich ein solches Szenarium vorzustellen. Eine Gruppe von Falken brütet das über den Nationalen Sicherheitsrat aus. Oder die Stabschefs untereinander. Oder sogar das Oval Office. Jemand sagt: ‚Die Weltpolitik hat sich verändert. Wir können den Feind nicht mit Atomwaffen vernichten. Wir brauchen neue Waffen, die gut gegen eine Armee der dritten Welt wirken. Suchen wir welche.' Und irgendein Mann in diesem Raum, irgendein patriotischer Roboter, versteht das als Startsignal, ungeachtet internationaler Gesetze."

„Und da es inoffiziell ist", warf Cathy ein, „könnte man es total abstreiten."

„Richtig. Die Regierung könnte behaupten, von nichts gewusst zu haben."

„Klingt nach einer Wiederholung der Iran-Kontra-Affäre."

„Mit einem großen Unterschied", erwiderte Ollie. „Als die Iran-Kontra-Affäre auflog, gab es nur ein paar zerstörte politische Karrieren. Falls bei dem Projekt Zerberus etwas schiefläuft, gibt es ein paar Millionen toter Menschen."

„Aber, Ollie", sagte Milo. „Ich wurde als Kind gegen Pocken geimpft. Heißt das nicht, dass ich geschützt bin?"

„Wahrscheinlich, vorausgesetzt, das Virus wurde nicht zu sehr verändert. Wahrscheinlich ist sogar jedermann über fünfunddreißig geschützt. Aber denkt daran, eine ganze Generation nach uns wurde nie geimpft. Junge Erwachsene und Kinder. Bis man genug Impfstoff für sie alle hergestellt hätte, würde eine Epidemie wüten."

„Ich beginne die Logik dieser Waffe zu begreifen", sagte Victor. „Wer stellt in jedem Krieg die Hauptmasse an Soldaten? Junge Erwachsene."

Ollie nickte. „Die würden schwer getroffen werden. Genauso die Kinder."

„Eine ganze Generation", murmelte Cathy. „Nur die Alten würden verschont bleiben." Sie blickte zu Victor hinüber und sah in seinen Augen das Entsetzen gespiegelt, das sie verspürte.

„Die haben einen passenden Namen ausgesucht", sagte Milo.

Ollie runzelte die Stirn. „Wieso?"

„Zerberus. Der dreiköpfige Hund der Unterwelt." Milo blickte sichtlich erschüttert auf. „Der Wächter der Toten."

Nicholas Savitch brauchte nur zwei Stunden, um zu packen und nach Palo Alto zu fahren. Von Matt Tyrone hatte er gehört, dass Holland in Stanford war und vermutlich alte Freunde aufsuchte.

Es war zwei Uhr nachts, als Savitch in den Palm Drive bog. Er betrachtete die stillen Gebäude von Hollands Alma Mater. Savitch trug in seinem Aktenkoffer eine Liste von Namen, die er aus der Akte des Mannes hatte. Am Morgen wollte er mit diesen Namen anfangen, an die Türen von Nachbarn klopfen, seine Dienstmarke vorzeigen und sich nach neuen Gesichtern in der Gegend erkundigen.

Die einzig mögliche Komplikation war Sam Polowski. Nach letzten Berichten hielt sich der FBI-Agent ebenfalls in der Stadt auf, ebenfalls auf Hollands Spur. Polowski war ein verbissener Arbeiter. Es würde unangenehm sein, einen Bundesagenten zu erledigen. Aber andererseits war Polowski nur ein winziges Rädchen in einem gewaltigen Getriebe, genau wie diese Weaver.

Niemand würde die beiden vermissen.

9. KAPITEL

*I*n den kalten, klaren Stunden vor der Morgendämmerung erwachte Cathy zitternd aus einem Albtraum. Einen Moment lag sie in der Dunkelheit unter einer Daunendecke auf Milos Wohnzimmerfußboden. Sie erinnerte sich kaum daran, wie sie unter die Decke gekrochen war. Irgendwann nach drei Uhr musste sie eingeschlafen sein. Als Letztes erinnerte sie sich daran, dass Ollie und Victor noch immer über die Fotos diskutiert hatten. Jetzt herrschte nur Stille. Das Haus lag in Dunkelheit.

Sie drehte sich auf den Rücken und stieß mit der Schulter gegen etwas Warmes und Festes. Victor. Er bewegte sich, murmelte etwas, das sie nicht verstehen konnte.

„Bist du wach?", flüsterte sie.

Er drehte sich zu ihr und schlang schläfrig die Arme um sie. Sie wusste, dass ihn nur Instinkt zu ihr zog, die Sehnsucht eines warmen Körpers nach einem anderen. Oder vielleicht war es die Erinnerung an seine Frau, die neben ihm geschlafen hatte.

Sie ließ zu, dass er sich an seinen Traum klammerte. Während er halb schläft, soll er glauben, dass ich Lily bin, dachte sie. Was kann es schon schaden? Er braucht die Erinnerung. Und ich brauche den Trost.

Sie schmiegte sich in seine Arme, an die sichere Stelle, die einst einer anderen Frau gehört hatte. Ohne die Folgen zu bedenken, ließ sie sich von der Fantasie packen, in diesem Moment die einzige Frau auf der Welt zu sein, die er liebte. Wie gut sie sich fühlte, wie beschützt und umsorgt. Er atmete warm in ihr Haar und flüsterte Worte, die für eine andere bestimmt waren, drückte einen Kuss auf ihren Scheitel. Dann nahm er ihr Gesicht in seine Hände und presste seine Lippen in einem so verlangenden Kuss auf ihren Mund, dass ihr eigener Hunger entzündet wurde. Ihre Reaktion kam instinktiv und war von der ganzen Sehnsucht einer Frau erfüllt, der Liebe zu lange fremd gewesen war.

Sie erwiderte seinen Kuss mit einem genauso tiefen, genauso sehnsüchtigen Kuss.

Sie war auf der Stelle verloren und wirbelte in einen gewaltigen und herrlichen Abgrund. Er streichelte ihr Gesicht, ihren Hals. Seine Hände wanderten zu den Knöpfen ihrer Bluse. Cathy bog sich ihm entgegen, und ihre Brüste sehnten sich plötzlich nach seiner Berührung. Es war so lange her, so lange …

Sie wusste nicht, wann er die Bluse geöffnet hatte. Sie wusste nur, dass seine Finger in dem einen Moment über Stoff strichen und sich im nächsten Moment auf ihre Haut legten. Die süße Folter seiner Finger, die ihre Brustspitzen streichelten, ließ den allerletzten Widerstand schwinden. Wie viele Chancen blieben ihnen beiden noch? Wie viele gemeinsame Nächte? Sie sehnte sich nach so viel mehr, nach einer Ewigkeit, doch dies mochte alles sein, was sie hatten. Und sie begrüßte es, begrüßte ihn mit der Leidenschaft einer Frau, der eine letzte Kostprobe von Liebe zugestanden wurde.

Ihre Hände glitten über sein Hemd, öffneten Knöpfe, fanden ihren Weg durch die dichten Haare auf seiner Brust zu seinem Hosenbund. Sie stockte, als sie ihn scharf Atem holen hörte, und wusste, dass auch er nicht mehr zurückkonnte.

Gemeinsam zerrten sie an Knöpfen und Reißverschlüssen, beide in fiebriger Hast, sich von allem zu befreien. Und als das letzte Kleidungsstück gefallen war, als nichts mehr zwischen ihnen war als die samtige Dunkelheit, tastete sie nach ihm und zog ihn über sich.

Freude erfüllte sie, als hatte dieser erste tiefe Stoß in ihr auch eine lange leere Stelle in ihrer Seele erreicht.

„Bitte", murmelte sie, und ihre Stimme brach.

Er hielt sofort still. „Cathy?", fragte er. „Was …?"

„Bitte, hör nicht auf …"

Sein leises Lachen reichte zu ihrer Beruhigung. „Ich habe nicht die Absicht, aufzuhören", flüsterte er. „Absolut nicht …"

Und er hörte nicht auf. Nicht bevor er sie den ganzen Weg mit sich genommen hatte, höher und weiter, als je ein Mann es geschafft hatte, bis an einen Ort, der jenseits aller Vernunft lag. Erst als eine Woge der Erleichterung nach der anderen sie überflutete, erkannte Cathy, wie hoch und weit sie beide gestiegen waren.

Süße Erschöpfung packte sie.

Draußen im Grau der Dämmerung sang ein Vogel. Drinnen wurde die Stille nur von dem Geräusch ihres vereinten Atmens unterbrochen.

Cathy seufzte an der Wärme seiner Schulter. „Danke."

Er berührte ihr Gesicht. „Wofür?"

„Dafür, dass ich mich wieder … begehrt fühle."

„Oh, Cathy."

„Es war so lange her … Jack und ich, wir … wir haben schon lange vor der Scheidung aufgehört, uns zu lieben. Genau genommen habe ich damals aufgehört. Ich habe es nicht ertragen, dass er mich …" Sie schluckte. „Wenn man jemanden nicht mehr liebt, wenn der andere einen nicht mehr liebt, ist es schwer, sich … berühren zu lassen."

Er strich mit seinen Fingern über ihre Wange. „Ist es noch immer schwer? Berührt zu werden?"

„Nicht bei dir. Von dir berührt zu werden, ist, wie … ist, als würde ich zum ersten Mal berührt."

In dem blassen Licht von dem Fenster lächelte er. „Ich hoffe, dein erstes Mal war nicht zu schrecklich."

Jetzt lächelte sie. „Ich erinnere mich nicht besonders gut daran. Es war eine so hektische, lächerliche Sache auf dem Fußboden eines College-Schlafsaals."

Er klopfte auf den Teppich unter sich. „Wie ich sehe, hast du es weit gebracht."

„Nicht wahr?" Sie lachte. „Aber Fußböden können so schrecklich romantisch sein."

„Du liebe Güte, eine Teppichkennerin. Wie sind die Fußböden von Schlafsälen im Vergleich zu Wohnzimmern?"

„Kann ich dir nicht sagen. Es ist so lange her, dass ich achtzehn war." Sie machte eine Pause. „Es ist auch lange her, dass ich mit jemandem zusammen war."

„Dann war es für uns beide lang", flüsterte er.

„Nicht … nicht mehr seit Lily?", fragte sie endlich.

„Nein." Ein einziges Wort, aber es enthüllte so viel.

„Sie muss eine ganz besondere Frau gewesen sein", murmelte Cathy.

Er ließ ihr Haar zwischen seinen Fingern hindurchgleiten. „Sie war sehr klug. Und sie war gütig. So etwas findet man nicht immer bei einem Menschen."

Sie ist noch immer ein Teil von dir, nicht wahr …? Sie ist noch immer diejenige, die du liebst … Cathy verkniff sich diese Fragen.

„Es ist die gleiche Art von Güte, die ich bei dir finde", sagte er.

480

Seine Finger waren an ihr Gesicht geglitten und streichelten jetzt ihre Wange. Sie schloss die Augen und genoss seine Berührung, seine Wärme. „Du kennst mich kaum", flüsterte sie.

„Doch. In jener Nacht nach dem Unfall habe ich nur durch den Klang deiner Stimme überlebt. Und durch die Berührung deiner Hand, ich würde beides überall wiedererkennen."

Sie öffnete die Augen und blickte ihn an. „Wirklich?"

Er drückte seine Lippen auf ihre Stirn. „Selbst im Schlaf."

„Aber ich bin nicht Lily, ich könnte nie Lily sein."

„Das ist wahr. Du kannst das nicht. Niemand kann das."

„Ich kann nicht ersetzen, was du verloren hast."

„Wieso denkst du, dass ich das will? Irgendeinen Ersatz? Sie war meine Frau. Ja, ich habe sie geliebt."

Irgendwo im Haus klingelte ein Telefon zweimal. Dann hörten sie gedämpft Milos Stimme im ersten Stock.

Cathy setzte sich auf und griff automatisch nach ihren Kleidern. Sie zog sich an, wobei sie Victor den Rücken zuwandte. Zwischen ihnen herrschte auf einmal die Befangenheit von Fremden.

„Cathy", sagte er. „Menschen entwickeln sich weiter."

„Ich weiß!"

„Du bist über Jack hinweggekommen."

Sie lachte müde. „Keine Frau kommt je völlig über Jack Zuckerman hinweg. Ja, ich habe das Schlimmste hinter mir. Aber jedes Mal, wenn eine Frau sich verliebt, wirklich verliebt, nimmt es ihr etwas weg. Etwas, das nie ersetzt werden kann."

„Es gibt ihr auch etwas."

„Das hängt davon ab, in wen man sich verliebt, nicht wahr?"

Schritte polterten die Treppe herunter. Ein hellwacher Milo erschien in der Tür. Seine ungekämmten Haare standen wie eine Bürste ab. „Hey, ihr zwei!", zischte er. „Steht auf! Schnell!"

Cathy raffte sich alarmiert auf. „Was ist los?"

„Das war Ollie am Telefon. Ein Kerl treibt sich in der Gegend herum und stellt Fragen über euch. Er war bereits in Bachs Nachbarschaft."

„Was?" Jetzt war Victor auf den Beinen und fuhr hastig in seine Hose.

„Ollie schätzt, dass der Typ hier als Nächstes anklopfen wird. Wahrscheinlich weiß er, wer deine Freunde sind."

„Und wer ist der Kerl?"

„Behauptet, vom FBI zu sein."

„Polowski", murmelte Victor und zog sein Hemd an. „Das muss er sein."

„Du kennst ihn?"

„Das ist der Kerl, der mir eine Falle gestellt hat. Der Kerl, der uns seither ständig verfolgt."

„Woher wusste er, dass wir hier sind?", fragte Cathy. „Niemand könnte uns gefolgt sein …"

„Nicht nötig. Sie haben meinen Lebenslauf. Sie wissen, dass ich hier Freunde habe." Victor sah zu Milo. „Tut mir leid, Kamerad. Hoffentlich bringt dich das nicht in Schwierigkeiten."

Milos Lachen klang gepresst. „Hey, ich habe nichts Schlechtes getan. Ich habe nur einen Studienkollegen beherbergt." Sein Schneid schwand plötzlich. „Was für Schwierigkeiten muss ich denn erwarten?"

„Fragen." Victor knöpfte rasch sein Hemd zu. „Viele. Vielleicht sehen sie sich sogar um. Bleib ganz cool, sag ihnen, dass du nichts von mir gehört hast. Meinst du, du schaffst das?"

„Sicher, aber ich weiß nicht, wie Ma …"

„Deine Ma ist kein Problem. Sag ihr, sie soll nur Chinesisch sprechen." Victor griff nach dem Umschlag mit den Fotos und sah zu Cathy. „Bereit?"

„Lass uns verschwinden."

„Hintertür", schlug Milo vor.

Sie folgten ihm durch die Küche. Ein prüfender Blick sagte ihnen, dass die Luft rein war.

Als sie die Tür öffneten, fügte Milo hinzu: „Ich hatte fast vergessen … Ollie will dich heute Nachmittag sehen. Etwas wegen dieser Fotos."

„Wo?"

„Am See. Hinter dem Bootshaus. Du kennst die Stelle. Dort erwartet er dich."

Sie traten in die kalte Feuchtigkeit des Morgens hinaus. Nebelverhangene Stille empfing sie. Werden wir nie aufhören, wegzulaufen, dachte Cathy. Werden wir nie aufhören, auf Schritte zu lauschen?

Victor klopfte seinem Freund liebevoll auf die Schulter. „Danke,

Milo. Ich schulde dir einen großen Gefallen."

„Den ich irgendwann einfordern werde!", zischte Milo, als sie davoneilten.

Victor hob eine Hand zum Abschied. „Auf Wiedersehen."

„Ja", murmelte Milo in den Nebel. „Hoffentlich nicht im Gefängnis."

Der Chinese log. Auch wenn der Mann sich nicht in seiner Stimme durch Zögern oder ein schuldiges Schwanken verriet, wusste Savitch dennoch, dass dieser Mr Milo Lum etwas verbarg. Seine Augen gaben ihn preis.

Er saß auf der Wohnzimmercouch gegenüber von Savitch. Etwas seitlich saß Mrs Lum in einem Sessel und lächelte verständnislos. Vielleicht konnte Savitch die alte Krähe benutzen. Aber im Moment interessierte ihn der Sohn.

„Ich verstehe nicht, warum Sie hinter ihm her sind", sagte Milo. „Victor ist absolut sauber. Zumindest war er es, als ich ihn kannte. Aber das ist lange her."

„Wie lange?", fragte Savitch höflich.

„Oh, Jahre. Ja. Habe ihn seither nicht mehr gesehen."

Savitch fragte: „Sie und Ihre Mutter leben hier allein?"

„Seit mein Vater starb."

„Keine Untermieter? Niemand sonst wohnt hier?"

„Nein. Warum?"

„Weil es in der Nachbarschaft Beschreibungen eines Mannes gab, die auf Holland zutreffen."

„Glauben Sie mir, falls Victor von der Polizei gesucht wird, hält er sich bestimmt nicht hier auf. Meinen Sie, ich lasse einen Mordverdächtigen ins Haus? Wo nur ich und meine alte Ma hier sind?"

Savitch blickte zu Mrs Lum, die bloß lächelte. Die alte Frau hatte scharfe Augen, die alles sahen. Die Augen einer Überlebenden.

Es wurde Zeit, dass Savitch seine Ahnung untermauerte. „Entschuldigen Sie", sagte er und stand auf. „Ich habe eine lange Fahrt hinter mir. Darf ich Ihr Bad benutzen?"

„Ah, sicher. Den Korridor hinunter."

Savitch ging ins Bad und schloss die Tür. Innerhalb von Sekunden hatte er den gesuchten Beweis gefunden. Er lag auf dem gekachelten Boden: eine lange braune Haarsträhne. Sehr seidig, sehr fein.

Der Farbton Catherine Weavers.

Der Beweis reichte aus, dass er den nächsten Schritt tat. Er griff unter sein Jackett nach seinem Schulterhalfter und holte die Halbautomatik hervor. Dann klopfte er bedauernd gegen sein gestärktes weißes Hemd. Schmutzige Tätigkeit, so eine Befragung. Er musste auf Blutflecke achten.

Er trat auf den Korridor und hielt die Pistole lässig an seiner Seite. Er wollte sich zuerst die alte Frau vornehmen, ihr die Mündung an den Kopf halten und drohen, den Abzug zu drücken. Zwischen dieser Mutter und diesem Sohn bestand ein ungewöhnlich starkes Band. Die beiden würden einander um jeden Preis beschützen.

Savitch hatte schon den halben Korridor hinter sich gebracht, als es an der Haustür klingelte. Er stockte. Die Haustür wurde geöffnet, und eine neue Stimme fragte: „Mr Milo Lum?"

„Und wer, zum Teufel, sind Sie?", kam Milos müde Antwort.

„Mein Name ist Sam Polowski, FBI."

Jeder Muskel in Savitchs Körper spannte sich an. Jetzt hatte er keine andere Wahl. Er musste den Mann umlegen.

Er hob seine Pistole. Lautlos glitt er durch den Korridor in Richtung Wohnzimmer.

„Noch einer?", kam Milos gereizte Stimme. „Hören Sie, einer von euch ist schon hier und …"

„Was?"

„Ja, er ist drinnen im …"

Savitch trat durch die Tür und schwenkte seine Pistole in Richtung Haustür, als Mrs Lum kreischte.

Milo erstarrte, Polowski nicht. Er rollte sich in dem Moment zur Seite, als die Kugel in den Türrahmen schlug und Holz splitterte.

Als Savitch den zweiten Schuss abfeuerte, kroch Polowski irgendwo hinter die Couch, und die Kugel schlug nutzlos in die Polsterung. Damit war die Chance verspielt. Polowski war bewaffnet.

Savitch fand es an der Zeit, zu verschwinden.

Er fuhr herum und hetzte durch den Korridor zurück in das

letzte Schlafzimmer. Es war der Raum der Mutter. Es roch nach Räucherstäbchen und dem Parfüm der alten Frau. Das Fenster glitt leicht auf. Savitch trat das Fliegengitter aus der Verankerung, kletterte über das Fensterbrett und versank knöcheltief in dem weichen Blumenbeet. Fluchend stampfte er dahin und hinterließ Lehmklumpen auf dem Rasen.

Gedämpft hörte er: „Halt! FBI!" Er lief weiter.

Den ganzen Weg zurück zu seinem Wagen hegte er seinen Zorn.

Milo starrte verstört auf die zertrampelten Stiefmütterchen. „Zum Teufel, was soll das denn sein?", fragte er. „Ein Scherz des FBI?"

Sam Polowski antwortete nicht. Er war zu sehr damit beschäftigt, die Fußspuren auf dem Gras zu verfolgen. Sie führten zu dem Bürgersteig und verschwanden auf dem Asphalt der Straße.

„Hey!", schrie Milo. „Was geht hier vor sich?"

Polowski drehte sich um. „Ich habe ihn nicht richtig gesehen. Wie hat er ausgesehen?"

Milo zuckte die Schultern. „Weiß nicht. So ein Typ Efrem Zimbalist."

„Was soll das heißen?"

„Groß, saubere Erscheinung, gute Figur. Typisch FBI."

Stille trat ein, während Milo genauer Polowskis Hängebauch betrachtete.

„Nun ja", verbesserte sich Milo, „vielleicht nicht so typisch …"

„Was ist mit seinem Gesicht?"

„Lassen Sie mich nachdenken. Braune Haare. Vielleicht braune Augen?"

„Sie sind nicht sicher."

„Sie wissen, wie das ist. Ihr Weißen seht für mich alle gleich aus."

Bei dem Ausbruch von schnellem Chinesisch drehten sich beide um. Mrs Lum war ihnen gefolgt und redete heftig gestikulierend.

„Was sagt sie?", fragte Polowski.

„Sie sagt, der Mann war eins fünfundachtzig, hatte glatte dunkelbraune Haare, Scheitel auf der linken Seite, braune Augen, fast schwarz, eine hohe Stirn, eine schmale Nase, dünne Lippen und eine kleine Tätowierung auf der Innenseite seines linken Handgelenks."

„Ah … ist das alles?"

„Die Tätowierung lautete: PJX.“

Polowski schüttelte erstaunt den Kopf. „Ist sie immer so aufmerksam?“

„Sie kann sich nicht richtig mit den Leuten unterhalten. Darum beobachtet sie sehr viel.“

„Offenbar.“ Polowski machte sich Notizen.

„Wer war denn der Kerl?“, drängte Milo.

„Nicht vom FBI.“

„Woher soll ich wissen, dass Sie vom FBI sind?“

„Sehe ich danach aus?“

„Nein.“

„Was meinen Standpunkt beweist.“

„Was?“

„Wollte ich vorgeben, ein Agent zu sein, würde ich dann nicht zumindest versuchen, wie einer auszusehen? Bin ich dagegen einer, gebe ich mir nicht die Mühe, wie einer auszusehen.“

„Oh.“

„Also.“ Polowski steckte sein Notizbuch ein. „Behaupten Sie noch immer, Sie hätten von Victor Holland nichts gesehen oder gehört?“

Milo straffte sich. „Das stimmt.“

„Und Sie wissen nicht, wie man mit ihm Kontakt aufnehmen könnte?“

„Ich habe keine Ahnung.“

„Zu schade, weil ich derjenige sein könnte, der ihm das Leben rettet. Ich habe bereits das Ihre gerettet.“

Milo sagte nichts.

„Was glauben Sie denn, warum der Kerl hier war, verdammt? Wegen eines höflichen Besuchs? Nein, er wollte Informationen.“ Polowski machte eine Pause und fügte düster hinzu: „Und glauben Sie mir, er hätte diese Informationen bekommen.“

Milo schüttelte den Kopf. „Ich bin verwirrt.“

„Ich auch. Deshalb brauche ich Holland. Er hat die Antworten. Aber ich brauche ihn lebend. Das heißt, ich muss ihn vor diesem anderen Kerl finden. Sagen Sie mir, wo er ist.“

Polowski und Milo sahen einander lange und eindringlich an.

„Ich weiß nicht, was ich tun soll“, entschied Milo.

Mrs Lum redete wieder, deutete auf Polowski und nickte.

„Was sagt sie denn jetzt?", fragte Polowski.

„Sie sagt, dass Sie große Ohren haben."

„Das kann ich in einem Spiegel sehen."

„Sie meint, die Größe Ihrer Ohren deutet auf Klugheit hin."

„Wie bitte?"

„Sie sind ein kluger Bursche. Sie findet, ich sollte auf Sie hören."

Polowski drehte sich um und grinste Mrs Lum an. „Ihre Mutter ist eine großartige Menschenkennerin." Er blickte wieder zu Milo. „Ich möchte nicht, dass ihr etwas zustößt. Oder Ihnen. Sie beide müssen raus aus der Stadt."

Milo nickte. „In diesem Punkt sind wir uns einig." Er wandte sich zum Haus.

„Was ist mit Holland?", rief Polowski. „Werden Sie mir helfen?"

Milo nahm seine Mutter am Arm und führte sie über den Rasen. Ohne zurückzublicken, antwortete er: „Ich denke darüber nach."

„Es waren diese zwei Fotos. Ich wurde einfach nicht schlau aus ihnen", sagte Ollie.

Sie standen auf dem Landungssteg des Bootshauses, der auf den Lake Lagunita hinausragte. Der See war jetzt trocken; wie in jedem Winter war er bis zum Frühjahr in eine Schilflandschaft ausgetrocknet. Die drei waren allein und teilten den See nur mit ein paar Enten. Im Frühling würde es ein idyllischer Flecken sein, wenn das Wasser an die Ufer plätscherte und Liebende in Ruderbooten dahintrieben. Doch heute, unter schwarzen Wolken und mit einem kalten Nebel, der aus dem Schilf aufstieg, war es ein äußerst verlassener Ort.

„Ich wusste, dass es keine biologischen Daten waren", sagte Ollie. „Ich fand, dass es wie elektronisches Zeug aussieht. Also habe ich heute Morgen die Fotos zu Bach in San José gebracht. Habe ihn beim Frühstück erwischt."

„Bach?", fragte Cathy.

„Ein weiteres Mitglied der ‚Falschspieler'. Großartiger Fagottspieler. Hat vor ein paar Jahren eine Elektronikfirma gegründet und arbeitet jetzt mit den großen Tieren zusammen. Jedenfalls, als ich zu ihm komme, sagte er sofort: ‚Hey, hat dich das FBI schon erwischt?' Und ich sage: ‚Was?' Und er sagt: ‚Sie haben gerade angerufen. Die suchen Gershwin. Wahrscheinlich kommen sie als

Nächstes zu dir.' Und da wusste ich, dass ich euch zwei aus Milos Haus scheuchen musste."

„Und was hat er zu diesen Fotos gesagt?"

„Oh ja." Ollie zog die Fotos aus seinem Aktenkoffer. „Also, das hier ist das Diagramm eines Schaltkreises. Ein elektronisches Alarmsystem. Sehr raffiniert, sehr sicher. Wird mittels eines Codes geöffnet, der an dieser Stelle hier eingetippt wird. Wahrscheinlich an einem Eingang. Hast du so etwas bei Viratek gesehen?"

Victor nickte. „Gebäude C-2. Wo Jerry arbeitete. Die Tastatur befindet sich in der Eingangshalle, gleich bei der Tür zu den Spezialprojekten."

„Schon jemals innerhalb dieser Tür gewesen?"

„Nein. Nur Leute mit Sondererlaubnis dürfen passieren. Wie Jerry."

„Dann müssen wir uns vorstellen, wie es weitergeht. Nach diesem Diagramm gibt es hier noch einen Sicherheitspunkt, wahrscheinlich wieder eine Tastatur. Direkt innerhalb der ersten Tür haben sie ein Kamerasystem eingebaut."

„Sie meinen, wie eine Überwachungskamera in einer Bank?", fragte Cathy.

„Ähnlich, nur dass diese hier wahrscheinlich rund um die Uhr überwacht wird."

„Die haben sich für die erste Klasse entschieden", sagte Victor. „Zwei abgesicherte Türen plus Überprüfung durch einen Wächter. Ganz zu schweigen von dem Wächter am äußeren Tor."

„Nicht zu vergessen das Lasergitter."

„Was?"

„Dieser innere Raum hier." Ollie deutete auf das Zentrum des Diagramms. „Laserstrahlen in verschiedenen Winkeln. Sie entdecken Bewegungen von allem, das größer als eine Ratte ist."

„Wie werden die Laser ausgeschaltet?"

„Muss durch den Wächter erfolgen. Die Kontrollen befinden sich auf seiner Schalttafel."

„Das ersehen Sie alles aus dem Diagramm?", fragte Cathy. „Ich bin beeindruckt."

„Kein Problem." Ollie grinste. „Bachs Firma entwirft Sicherheitssysteme."

Victor schüttelte etwas resigniert den Kopf. „Das sieht ja unmöglich aus. Wir können nicht das alles überwinden."

Cathy sah ihn stirnrunzelnd an. „Einen Moment! Wovon sprichst du? Du denkst doch nicht daran, in dieses Gebäude einzudringen?"

„Wir haben letzte Nacht darüber gesprochen", sagte Victor. „Es könnte die einzige Möglichkeit sein, um …"

„Bist du verrückt? Viratek ist darauf aus, uns umzubringen, und du willst dort einbrechen?"

„Wir brauchen die Beweise", sagte Ollie. „Gehen Sie zu den Zeitungen oder zum Justizministerium, und die verlangen Beweise. Wir können darauf wetten, dass Viratek alles abstreiten wird. Selbst wenn jemand eine Ermittlung in die Wege leitet, braucht Viratek lediglich das Virus zu vernichten, und puff! sind unsere Beweise weg. Niemand kann irgendetwas beweisen."

„Ihr habt die Fotos …"

„Sicher. Ein paar Seiten Daten über Tierversuche. Das Virus wird nicht identifiziert. Und dieser Beweis könnte manipuliert worden sein – sagen wir, von einem rachsüchtigen Exangestellten."

„Und was ist dann ein Beweis? Braucht ihr noch eine Leiche? Zum Beispiel Victors Leiche?"

„Was wir brauchen, ist das Virus – ein Virus, das angeblich ausgerottet ist. Nur eine einzige Phiole, und der Fall ist narrensicher."

„Ja, sicher, nur eine einzige Phiole." Cathy schüttelte den Kopf. „Ich weiß nicht, worüber ich mir Sorgen mache. Niemand kann durch diese Türen. Nicht ohne den Code für die Tastaturen."

„Ach, den haben wir!" Ollie zeigte das nächste Foto. „Die geheimnisvollen Zahlen. Seht ihr, endlich ergeben sie einen Sinn. Zweimal sieben Ziffern. Keine Telefonnummer. Jerry hat hier den Weg durch Virateks Top-Sicherheitssystem aufgezeichnet."

„Was ist mit den Lasern?" Cathys Erregung wuchs. Das konnten die beiden doch nicht ernst meinen! „Und dann sind da die Wächter! Kommt ihr an denen vorbei? Oder hat Jerry euch auch die Formel für Unsichtbarkeit hinterlassen?"

Ollie blickte unbehaglich zu Victor. „Ah … vielleicht sollte ich euch zwei das zuerst ausdiskutieren lassen, bevor wir weitere Pläne machen."

„Ich dachte, ich wäre an all dem beteiligt", sagte Cathy. „Ich wäre an jeder Entscheidung beteiligt. Ich habe mich wohl geirrt."

Das Schweigen der beiden heizte ihren Ärger an.

Ohne ein weiteres Wort drehte sie sich um und ging weg.

Sekunden später holte Victor sie ein. Sie fühlte seine Unsicherheit, seine Suche nach den richtigen Worten. Einen Moment stand er einfach neben ihr, ohne zu sprechen.

„Wir sollten fliehen", sagte sie. „Ich möchte irgendwohin, wo es warm ist, wo ich an einem Strand liegen kann, ohne mich zu sorgen, wer mich aus den Büschen heraus beobachtet …"

„Ich gebe dir recht", sagte Victor ruhig.

„Wirklich?" Sie drehte sich erleichtert um. „Verschwinden wir, Victor! Vergessen wir diese verrückte Idee. Wir können den nächsten Bus nach Süden nehmen und …"

„Schon heute Nachmittag wirst du unterwegs sein."

„*Ich* werde unterwegs sein?" Sie begriff die Bedeutung seiner Worte. „Du kommst nicht mit."

Er schüttelte langsam den Kopf. „Ich kann nicht. Das musst du einfach verstehen."

„Du meinst, du willst nicht."

„Siehst du das denn nicht ein?" Er ergriff sie an den Schultern. „Wir sind in eine Ecke gedrängt. Wenn wir nichts tun … wenn ich nichts tue, werden wir immer davonlaufen."

„Dann lass uns laufen!" Sie krallte ihre Finger in seine Windjacke, wollte ihn anschreien, wollte seine kühle Maske der Vernunft wegreißen und zu den puren Emotionen darunter kommen. Sie mussten da sein, tief begraben in seinem logischen Gehirn. „Wir könnten nach Mexiko gehen. Ich kenne einen Ort an der Küste – in Baja. Ein kleines Hotel nahe dem Strand. Wir könnten ein paar Monate dableiben, warten, bis es sicherer wird …"

„Es wird niemals sicher sein."

„Doch, das wird es! Man wird uns vergessen …"

„Du denkst nicht klar."

„Doch. Ich denke, dass ich am Leben bleiben will."

„Und genau deshalb muss ich das tun. Ich versuche, uns am Leben zu erhalten. Mit einer Zukunft vor uns. Und das geht nur, indem ich diese Geschichte auffliegen lasse, sodass die Welt darüber Bescheid weiß. Das bin ich dir schuldig. Und das bin ich Jerry schuldig."

Sie wollte ihm widersprechen, wollte ihn anflehen, mit ihr zu gehen, aber sie wusste, dass es sinnlos war. Was er sagte, stimmte. Weglaufen wäre nur eine vorübergehende Lösung gewesen.

„Es tut mir leid, Cathy", flüsterte er. „Mir fällt keine andere Möglichkeit ein, als dich …"

„… als mich loszuwerden", beendete sie für ihn.

Er ließ sie los. Sie trat zurück. Die plötzliche Kluft zwischen ihnen war schmerzhaft.

„Wie geht es jetzt weiter?", fragte sie dumpf. „Nehme ich das Flugzeug, den Zug oder das Auto?"

„Ollie wird dich zum Flughafen fahren. Ich habe ihn gebeten, dir ein Ticket unter seinem Namen zu kaufen – Mrs Wozniak. Er muss dich an meiner Stelle begleiten. Wir halten es für sicherer, wenn ich nicht zum Flughafen komme."

„Natürlich."

„Damit kommst du nach Mexiko. Ollie gibt dir genug Geld, dass du eine Weile keine Sorgen hast. Genug, dass du von da unten überallhin weiterreisen kannst. Baja, Acapulco. Oder dass du einfach bei Jack bleibst, wenn du das für das Beste hältst."

„Jack." Sie wandte sich ab, weil sie ihm ihre Tränen nicht zeigen wollte. „Genau."

„Cathy."

Sie fühlte seine Hand auf ihrer Schulter, doch sie drehte sich nicht um.

Schritte kamen näher. „Bereit?", fragte Ollie.

Es entstand langes Schweigen. Dann nickte Victor. „Sie ist bereit."

„Äh … hört mal", murmelte Ollie, der plötzlich merkte, dass er zu einem schlechten Zeitpunkt aufgetaucht war. „Mein Wagen steht drüben bei dem Bootshaus. Wenn ihr wollt, kann ich … äh … dort warten …"

Cathy wischte heftig ihre Tränen weg. „Nein", sagte sie entschlossen. „Ich komme."

Victor stand da und beobachtete sie. Sein Blick war von einem kalten, undurchdringlichen Nebel verschleiert.

„Leb wohl, Victor", sagte sie.

Er antwortete nicht. Er sah sie nur weiterhin durch diesen schrecklichen Nebel an.

„Wenn ich … wenn ich dich nicht wiedersehe …" Sie stockte

und kämpfte darum, genauso tapfer, genauso unverletzbar zu sein. „Pass auf dich auf", endete sie. Dann drehte sie sich um und folgte Ollie den Weg entlang.

Durch das Wagenfenster sah sie Victor, der noch immer auf dem Weg zum See stand, die Hände tief in die Taschen gesteckt, die Schultern gegen den Wind vorgezogen. Er winkte nicht zum Abschied. Er sah bloß zu, wie sie wegfuhren.

Es war ein Bild, das sie für immer in sich tragen würde, dieser letzte verblassende Anblick des Mannes, den sie liebte. Des Mannes, der sie weggeschickt hatte.

Als Ollie auf die Straße einbog, saß Cathy stumm und steif da, die Hände im Schoß zu Fäusten geballt. Der Schmerz in ihrer Kehle war so schrecklich, dass sie kaum atmen konnte. Jetzt war Victor hinter ihnen. Sie konnte ihn nicht sehen, aber sie wusste, dass er noch immer dort stand, unbeweglich wie die Eichen, die ihn umgaben. Ich liebe dich, dachte sie. Und ich werde dich nie wiedersehen.

Sie drehte sich um. Er war jetzt eine ferne Gestalt, fast schon zwischen den Bäumen verschwunden. In einer Abschiedsgeste hob sie die Hand und berührte sanft das Fenster.

Das Glas war kalt.

„Ich muss am Labor halten", sagte Ollie und bog auf den Parkplatz des Krankenhauses. „Mir ist gerade eingefallen, dass ich das Scheckbuch in meinem Schreibtisch vergessen habe. Ich kann Ihnen ohne das Ding kein Flugticket kaufen."

Cathy nickte dumpf. Sie befand sich noch im Schockzustand und versuchte, die Tatsache zu akzeptieren, dass sie jetzt auf sich allein gestellt war. Dass Victor sie weggeschickt hatte.

Ollie zog auf einen Platz, der mit RESERVIERT WOZNIAK gekennzeichnet war. „Es dauert nur einen Moment."

„Soll ich mitkommen?"

„Warten Sie lieber im Wagen. Ich arbeite mit sehr neugierigen Leuten zusammen. Wenn die mich mit einer Frau sehen, wollen sie alles wissen." Er stieg aus und schloss die Tür. „Bin gleich wieder da."

Cathy sah ihm nach. Eine Minute verging. Ein Vogel schrie. Sie lehnte sich zurück und schloss die Augen. Die Erschöpfung packte sie so heftig, dass sie meinte, sich nie wieder bewegen zu können. Ein Strand, dachte sie sehnsüchtig. Warmer Sand. Wellen, die meine Füße umspülen ...

Sie öffnete die Augen. Ein Gesicht starrte sie durch die Scheibe an.

In Panik warf sie sich auf die Seite, um an den Knopf der Verriegelung heranzukommen. Bevor sie ihn drücken konnte, wurde die Tür aufgerissen. Eine Dienstmarke wurde ihr vor die Nase gehalten.

„FBI!", sagte der Mann im befehlenden Ton. „Bitte aussteigen!"

Langsam kam Cathy aus dem Wagen und lehnte sich schwach gegen die Tür. Ollie, dachte sie, wo bist du? Wenn er auftauchte, musste sie quer über den Parkplatz in die Wälder fliehen. Sie bezweifelte, dass der Mann mit der Dienstmarke mithalten konnte. Seine Stummelbeine und dicke Körpermitte gehörten keinem Starathleten.

„Denken Sie nicht einmal daran, Miss Weaver", sagte der Mann. Er ergriff ihren Arm und schob sie zum Eingang des Krankenhauses. „Vorwärts, gehen Sie hinein."

„Aber ..."

„Dr. Wozniak wartet auf uns im Labor."

„Warten" beschrieb nicht genau Ollies Lage. „Gebündelt und verschnürt" wäre zutreffender gewesen. Sie fand Ollie vornübergebeugt in seinem Büro, mit Handschellen an das Fußteil seines Schreibtisches gefesselt, während drei seiner Laborkollegen ihn staunend und gaffend umringten.

„Wieder an die Arbeit, Leute!" Der Agent scheuchte die Zuschauer aus dem Büro. „Nur eine Routineangelegenheit." Er verschloss die Tür. Dann wandte er sich an Cathy und Ollie.

„Ich muss Victor Holland finden. Und ich muss ihn sehr schnell finden."

„Der Typ klingt wie eine stecken gebliebene Schallplatte", murmelte Ollie in seinen Bart.

„Wer sind Sie?", fragte Cathy.

„Sam Polowski. Ich arbeite für das Büro in San Francisco." Er zog seine Dienstmarke hervor und knallte sie auf den Schreibtisch. „Sehen Sie sich das Ding genauer an, wenn Sie wollen."

„Äh, entschuldigen Sie", rief Ollie. „Könnte ich vielleicht unter

Umständen eine bequemere Haltung einnehmen?"

Polowski ignorierte ihn. Seine Aufmerksamkeit war auf Cathy gerichtet. „Ich brauche Ihnen wohl nicht zu erklären, Miss Weaver, dass Holland in Schwierigkeiten steckt."

„Und Sie sind eines seiner größten Probleme", erwiderte sie.

„Darin irren Sie sich." Polowski näherte sein Gesicht ihrem Gesicht. „Ich bin eine seiner Hoffnungen, vielleicht seine einzige Hoffnung."

„Sie versuchen, ihn umzubringen."

„Nicht ich, sondern ein anderer. Jemand, der auch Erfolg haben wird, falls ich ihn nicht aufhalten kann."

Sie schüttelte den Kopf. „Ich bin nicht dumm! Ich weiß über Sie Bescheid. Was Sie versucht haben …"

„Nicht ich, der andere." Er griff nach dem Telefon auf dem Schreibtisch. „Hier." Er streckte ihr den Hörer hin. „Rufen Sie Milo Lum an. Fragen Sie ihn, was heute Morgen in seinem Haus passiert ist. Vielleicht wird er Sie überzeugen, dass ich auf Ihrer Seite bin."

Cathy starrte den Mann an und fragte sich, welches Spiel er spielte.

„Holland ist allein da draußen", sagte Polowski. „Ein Mann, der sich gegen die US-Regierung auflehnt. Er ist neu in dem Spiel. Früher oder später wird er etwas Dummes tun. Und das wird das Ende sein." Er wählte für sie. „Sprechen Sie mit Lum."

Sie hörte das Telefon dreimal klingeln, gefolgt von Milos „Hallo! Hallo!".

„Milo?"

„Sind Sie das, Cathy? Himmel, ich habe gehofft, dass Sie mich endlich anrufen …"

„Hören Sie, Milo, ich muss Sie etwas fragen. Es geht um einen Mann namens Polowski."

„Ich habe ihn kennengelernt."

„Wirklich?" Sie blickte hoch und sah Polowski nicken.

„Zu meinem Glück", sagte Milo. „Der Kerl hat den Charme eines alten Schuhs, aber er hat mir das Leben gerettet. Ich weiß nicht, wovon Gersh geredet hat. Ist Gersh da? Ich muss …"

„Danke, Milo", murmelte sie. „Vielen Dank." Sie legte auf.

Polowski sah sie noch immer an.

„In Ordnung", sagte sie. „Ich möchte alles von Anfang an von Ihrer Seite aus hören."

„Werden Sie mir helfen?"

„Ich habe mich noch nicht entschlossen." Sie verschränkte die Arme. „Überzeugen Sie mich."

Polowski nickte. „Genau das habe ich vor."

*F*ür Victor war es ein langer und erbärmlicher Nachmittag. Er wanderte auf dem Campus herum, versuchte, seine Gedanken auf Viratek zu lenken, und beschäftigte sich doch andauernd mit Cathy, während er auf Ollies Rückkehr wartete.

Immer wieder zählte er die Stunden, die Ollie zum San Jose Airport und zurück brauchte. Drei Stunden mussten reichen. Cathy war jetzt schon in der Maschine, unterwegs in wärmere Gefilde.

Wo blieb Ollie?

Bei dem Klang von Schritten wirbelte er herum. Einen Moment traute er seinen Augen nicht, begriff nicht, wieso sie als Silhouette unter dem Torbogen aus Sandstein stand. „Cathy?"

Sie trat auf den Hof heraus. „Victor", sagte sie leise. Sie ging zuerst langsam auf ihn zu, rannte dann in seine wartenden Arme. Er riss sie hoch, schwenkte sie herum, küsste ihr Haar, ihr Gesicht. Er verstand nicht, warum sie hier war, aber er genoss es.

„Ich weiß nicht, ob ich das Richtige getan habe", murmelte sie. „Ich hoffe nur, dass es richtig war."

„Warum bist du zurückgekommen?"

„Ich war nicht sicher … ich bin es noch immer nicht …"

„Cathy, was machst du hier?"

„Du kannst das nicht allein durchfechten! Und er kann dir helfen …"

„Wer kann das?"

Aus der Dunkelheit kam eine andere Stimme. „Ich kann es."

Victor erstarrte, sein Blick zuckte zurück zu dem Torbogen hinter Cathy. Ein Mann kam langsam auf ihn zu. Ein Mann mit einem Körper, der in einer Annonce für Abnehmen unter VORHER gezeigt worden wäre. Er kam zu Victor und pflanzte sich vor ihm auf.

„Hallo, Holland", sagte er. „Ich freue mich, dass wir uns endlich kennenlernen. Mein Name ist Sam Polowski."

Victor drehte sich um und sah Cathy ungläubig an. „Warum?", fragte er in leisem Zorn. „Sag mir nur das eine. Warum?"

Sie reagierte, als hätte er ihr einen Schlag versetzt. Zögernd griff sie nach seinem Arm. Er zuckte zurück.

„Er will helfen." In ihrer Stimme schwang Schmerz. „Hör ihn an!"

„Das hat kaum einen Sinn. Jetzt nicht mehr." Er fühlte, wie sein Körper unter der Niederlage erschlaffte. Er verstand es nicht, würde es nie verstehen. Es war vorbei, das Weglaufen, das Weitermachen in Angst und Hoffnung. Alles nur, weil Cathy ihn verraten hatte. Er wandte sich beiläufig an Polowski. „Ich nehme an, ich bin verhaftet."

„Wohl kaum." Polowski deutete mit einem Kopfnicken zu dem Torbogen. „Angesichts dessen, dass er meine Waffe hat."

„Was?"

„Hey, Gersh! Hier!", rief Ollie. „Siehst du, ich habe ihn im Visier!"

Polowski zuckte zusammen. „Himmel, müssen Sie mit dem verdammten Ding winken?"

„Tut mir leid", sagte Ollie.

„Also, überzeugt Sie das, Holland?", fragte Polowski. „Glauben Sie, ich würde meine Kanone einem Idioten wie ihm übergeben, wenn ich nicht mit Ihnen sprechen wollte?"

„Er sagt die Wahrheit", behauptete Cathy. „Er hat Ollie die Waffe gegeben. Er war bereit, das Risiko einzugehen, nur um mit dir zusammenzutreffen."

„Schlechter Schachzug, Polowski", sagte Victor bitter. „Ich werde wegen Mordes gesucht, erinnern Sie sich? Industriespionage. Woher wollen Sie wissen, dass ich Sie nicht einfach umlege?"

„Weil ich weiß, dass Sie unschuldig sind."

„Macht das einen Unterschied?"

„Für mich schon."

„Warum?"

„Sie sind in eine große Sache verstrickt, Holland. Etwas, das Sie bei lebendigem Leib auffressen wird. Etwas, bei dem mein Vorgesetzter sich überschlägt, um mich von dem Fall fernzuhalten. Ich mag es nicht, wenn ich von einem Fall abgezogen werde. Es verletzt mein zartes Ego."

Die beiden Männer betrachteten einander in der hereinsinkenden Dunkelheit, schätzten einander ein.

Endlich nickte Victor. Er sah Cathy an, bat stumm um Verzeihung, weil er nicht an sie geglaubt hatte. Als sie dann in seine Arme kam, fühlte er, dass die Welt wieder in Ordnung war.

Er hörte ein Räuspern, wandte sich um und sah, wie Polowski die Hand ausstreckte. Victor akzeptierte den Handschlag, der sehr leicht sein Verderben sein konnte – oder seine Rettung.

„Sie haben mich auf eine lange, harte Jagd gelockt", sagte Polowski. „Ich finde, es ist Zeit, dass wir zusammenarbeiten."

„Grundsätzlich", sagte Ollie, „haben wir es hier lediglich mit unserer schlichten täglichen, unmöglichen Aufgabe zu tun."

Sie waren in Polowskis Hotelzimmer versammelt, ein fünfköpfiges Team, das Milo die „älteren, verrückteren Falschspieler" getauft hatte. Auf dem Tisch befanden sich Kartoffelchips, Bier und die Fotos des Viratek-Sicherheitssystems. Es war auch eine Karte des Viratek-Grundstücks vorhanden, vierzig Morgen Gebäude und bewaldetes Gelände, alles von einem elektrischen Zaun umgeben. Sie hatten die Fotos jetzt eine Stunde betrachtet, und die vor ihnen liegende Aufgabe wirkte hoffnungslos.

Ollie schüttelte nachdenklich den Kopf. „Selbst wenn diese Tastencodes noch gültig sind, habt ihr es mit dem menschlichen Element zu tun. Zwei Wächter, zwei Positionen. Keine Chance, dass die euch passieren lassen."

„Es muss eine Möglichkeit geben", sagte Polowski. „Kommen Sie, Holland, Sie sind der Eierkopf. Benutzen Sie Ihr kreatives Gehirn."

Cathy blickte zu Victor. Während die anderen Ideen gewälzt hatten, war er schweigsam geblieben. Und dabei brachte er den höchsten Einsatz – sein Leben. Es erforderte unglaublichen Mut, eine solche Verzweiflungstat überhaupt in Betracht zu ziehen. Doch er betrachtete die Karte so ruhig, als würde er nichts Gefährlicheres als einen Sonntagsausflug planen.

Er musste ihren Blick gefühlt haben, da er seinen Arm um sie schlang und sie an sich zog. Da sie jetzt wieder vereinigt waren, genoss sie jeden gemeinsamen Moment, vertraute ihm jeden Blick, jede Zärtlichkeit ihrer Erinnerung an. Bald würde er ihr entrissen werden. Schon jetzt machte er Pläne, um in etwas einzudringen, das wie eine Todesfalle aussah.

Er drückte einen Kuss auf ihr Haar und wandte seine Aufmerksamkeit zögernd wieder der Karte zu.

„Wegen der Elektronik mache ich mir keine Sorgen", sagte er. „Es ist das menschliche Element. Es sind die Wächter."

Milo deutete mit einem Kopfnicken zu Polowski. „Ich sage, unser J. Edgar Hoover hier soll sich einen Durchsuchungsbefehl besorgen und die Firma durchwühlen."

„Aber sicher", schnaubte Polowski. „Bis dieser Befehl über den Richter und Dafoe und Ihre Tante Minnie gelaufen ist, hat Viratek dieses Labor in eine Fabrik für Babynahrung verwandelt. Nein, wir müssen auf eigene Faust hineinkommen. Ohne dass irgendjemand etwas erfährt." Er wandte sich an Ollie. „Und Sie sind sicher, dass dies der einzige Beweis ist, den wir brauchen?"

Olli nickte. „Eine Phiole sollte genügen. Dann bringen wir sie zu einem angesehenen Labor, lassen uns bestätigen, dass es Pockenviren sind, und Ihr Fall ist wasserdicht."

„Dann gibt es keine Ausflüchte mehr?"

„Keine. Das Virus ist offiziell ausgerottet. Jede Firma, die erwischt wird, wie sie mit lebenden Exemplaren herumspielt, ist ipso facto totes Fleisch."

„Das gefällt mir", sagte Polowski. „Das Ipso-facto-Zeug. Das kann kein noch so toller Viratek-Anwalt wegargumentieren."

„Aber zuerst müssen Sie eine Phiole in die Finger bekommen", sagte Ollie. „Und ich halte das für unmöglich, es sei denn, Sie wollen einen bewaffneten Raubüberfall versuchen."

Für einen erschreckenden Moment schien Polowski diesen Gedanken tatsächlich ernsthaft in Erwägung zu ziehen. „Nein", räumte er schließlich ein. „Das würde vor Gericht nicht gut aussehen."

„Außerdem", sagte Ollie, „weigere ich mich, auf ein anderes menschliches Wesen zu schießen. Das ist gegen meine Prinzipien."

„Auch gegen meine", sagte Milo.

„Aber ein Diebstahl ist akzeptabel", sagte Ollie.

Polowski sah Victor an. „Eine Gruppe mit hohem moralischen Standard."

Victor grinste. „Überbleibsel aus den Sechzigern."

„Aber", sagte Cathy. „Angenommen, ihr kommt durch das Haupttor. Dann müsst ihr noch immer durch zwei verschlossene Türen, vorbei an zwei separaten Wächtern und einem Lasergitter. Ich bitte euch!"

„Die Türen sind kein Problem", entgegnete Victor. „Es sind die beiden Wächter."

„Vielleicht eine Ablenkung?", schlug Milo vor. „Wie wäre es, wenn wir Feuer legten?"

„Und die städtische Feuerwehr ins Spiel bringen?", fragte Victor. „Keine gute Idee. Außerdem hatte ich schon mit diesem Nachtwächter am Haupttor zu tun. Ich kenne ihn. Er hält sich strikt an die Vorschriften. Verlässt nie sein Häuschen. Sobald er etwas Verdächtiges bemerkt, drückt er den Alarmknopf."

„Vielleicht könnte Milo einen falschen Sicherheitspass zusammenbauen", schlug Ollie vor. „Ihr wisst schon, wie er uns früher diese Führerscheine gefälscht hat."

„Er hat Ausweise gefälscht?", fragte Polowski interessiert.

„Hey, ich habe nur das Alter auf einundzwanzig geändert!", protestierte Milo.

„Er hat auch großartige Pässe gemacht", berichtete Ollie. „Ich hatte einen vom Königreich Booga Booga. Damit bin ich direkt bei den Zöllnern in Athen vorbeigekommen."

„Ja?" Polowski wirkte beeindruckt. „Wie wäre das, Holland? Würde es klappen?"

„Ausgeschlossen. Der Wächter hat eine Hauptliste der Angestellten mit Sicherheitspässen der höchsten Stufe. Wenn er ein Gesicht nicht kennt, wird er doppelt genau prüfen."

„Aber einige Leute lässt er automatisch durch?"

„Sicher. Die Großköpfe, die er vom …", Victor stockte und starrte Cathy an, „… Sehen her erkennt. Himmel, das könnte klappen!"

Cathy warf einen Blick in sein Gesicht und las sofort seine Gedanken. „Nein", sagte sie. „So einfach ist das nicht! Ich muss das Objekt sehen! Ich brauche Abdrücke von dem Gesicht, Detailfotos von jedem Winkel …"

„Aber du könntest es machen! Du machst es doch ständig."

„Im Film funktioniert das! Aber hier wäre es von Angesicht zu Angesicht."

„Nachts durch ein Autofenster. Oder über eine Videokamera. Wenn du mich nur wie einen der Spitzenmanager herrichten könntest …"

„Wovon sprechen wir hier?", fragte Polowski.

„Cathy ist Make-up-Spezialistin. Horrorfilme, Spezialeffekte."

„Das hier ist etwas anderes", entgegnete Cathy. „Hier ginge es um Victors Leben! Es steht zu viel auf dem Spiel. Das ist nicht so einfach wie … wie die Dreharbeiten zu ‚Herr des Schleims'."

„Sie haben ‚Herr des Schleims' gemacht?", fragte Milo. „Großartiger Film!"

„Außerdem brauche ich einen Gesichtsabdruck, ein Modell."

„Sie meinen den echten Typ?", fragte Polowski.

„Richtig, den echten Typ. Und ich glaube nicht, dass Sie einen Wale-Manager dazu bringen, sich von mir Gips ins Gesicht klatschen zu lassen."

Es entstand eine lange Stille.

„Das stellt ein Problem dar", sagte Milo.

„Nicht unbedingt."

Alle sahen Ollie an.

„Woran denkst du?", fragte Victor.

„An diesen Typ, der gelegentlich mit mir arbeitet. Im Labor …" Ollies Grinsen fiel eindeutig genüsslich aus. „Er ist Tierarzt."

Von den Ereignissen bei Viratek tief belastet, fuhr Archibald Black abends nach Hause. Es war dunkel, als er in seine Einfahrt bog. Das Haus wirkte kalt und leer. Es verlangte nach einer Frau.

Er stieg aus und ging den Weg zu seiner Haustür entlang. Auf halber Strecke hörte er ein leises *ffft* und fühlte einen scharfen Stich im Nacken. Reflexartig schlug er danach. Etwas blieb in seiner Hand.

Verwundert starrte er auf den Pfeil und versuchte zu verstehen, wo er hergekommen war und wieso sich so ein Ding an seinem Hals hatte festsetzen können. Doch er entdeckte, dass er nicht klar denken konnte. Die Nacht wurde schwarz, und seine Beine gerieten in einen Sumpf. Sein Aktenkoffer entglitt seinem Griff und polterte auf den Boden.

Ich sterbe, dachte er. Wird mich hier jemand finden?

Es war sein letzter bewusster Gedanke, bevor er auf dem mit Papieren übersäten Pfad zusammenbrach.

„Ist er tot?"

Ollie beugte sich vor und lauschte auf Archibald Blacks Atem.

„Er lebt eindeutig, ist aber total weggetreten." Er blickte zu Polowski und Victor auf. „In Ordnung, fangen wir an. Er wird nur ungefähr eine Stunde bewusstlos sein."

Victor packte die Beine, Ollie und Polowski die Arme. Zusammen trugen sie den Bewusstlosen ein Stück in den Wald bis zu der Lichtung, auf der sie den Kleinbus abgestellt hatten.

„Sind … sind Sie sicher, dass wir eine Stunde haben?", keuchte Polowski.

„Mehr oder weniger", antwortete Ollie. „Das Beruhigungsmittel ist für große Tiere bestimmt, weshalb wir die Dosis nur geschätzt haben, und dieser Kerl ist schwerer, als ich erwartet habe." Ollie rang nach Luft. „Hey, Polowski, er kommt ins Rutschen, ziehen Sie Ihr Gewicht, ja?"

„Tue ich! Ich glaube, sein rechter Arm ist schwerer als sein linker."

Die Seitentür des Kleinbusses war bereits für sie geöffnet. Sie rollten Black hinein und schoben die Tür zu. Ein helles Licht flammte plötzlich auf, doch der Bewusstlose zuckte nicht einmal.

Cathy kniete sich an seine Seite und betrachtete kritisch das Gesicht des Mannes.

„Kannst du es machen?", fragte Victor und beobachtete Cathy, die ihre Aufgabe sehr ernst nahm.

„Oh, ich kann es machen", antwortete sie. „Die Frage ist, ob du für ihn durchgehen wirst." Sie schätzte die Länge des Mannes ab. „Ungefähr deine Größe und Figur. Wir müssen dein Haar dunkler färben und dir in der Mitte der Stirn einen spitzen Haaransatz geben. Ich glaube, du wirst gehen." Sie wandte sich an Milo, der bereits seine Kamera bereithielt. „Machen Sie Ihre Fotos. Ein paar Aufnahmen von jeder Seite. Ich brauche viele Details der Haare."

Während Milos Blitzgerät immer wieder aufflammte, zog Cathy Handschuhe und eine Schürze an und deutete auf ein Laken. „Wickelt ihn ein", verlangte sie. „Alles, außer dem Gesicht. Ich möchte nicht, dass er mit Gips überall auf seinen Kleidern aufwacht."

„Vorausgesetzt, er wacht überhaupt auf", sagte Milo und betrachtete finster Blacks reglose Gestalt.

„Oh, er wird aufwachen", beruhigte ihn Ollie. „Genau, wo wir ihn gefunden haben. Und wenn wir den Job richtig erledigen, wird Mr Archibald Black nicht wissen, was ihn erwischt hat."

Es war der Regen, der Black weckte. Die kalten Tropfen prasselten in sein Gesicht. Stöhnend drehte er sich herum und fand sich zu seiner Verwirrung in seiner Einfahrt. Sein Aktenkoffer lag direkt neben ihm.

Der Regen schwoll zu einem Wolkenbruch an. Er musste aus dem Unwetter heraus. Halb kriechend, halb gehend schaffte Black es die Stufen zur Veranda hinauf und in das Haus.

Eine Stunde später saß er zusammengesunken in seiner Küche, eine Tasse Kaffee in der Hand, und versuchte zusammenzubekommen, was geschehen war. Er erinnerte sich daran, seinen Wagen geparkt zu haben. Er hatte seinen Aktenkoffer herausgenommen und es offenbar über den halben Weg geschafft. Und dann ... was?

Ein vager Schmerz schob sich in sein Bewusstsein. Er rieb sich den Hals. Jetzt erinnerte er sich, dass etwas Seltsames kurz vor seinem Blackout passiert war. Etwas, das mit dem Schmerz in seinem Hals zu tun hatte.

Er ging zum Spiegel und fand einen kleinen Einstich in der Haut. Ein absurder Gedanke schoss ihm durch den Kopf. Vampire! Aber sicher, Archibald! Verdammt, du bist Wissenschaftler! Finde gefälligst eine rationale Erklärung. Wie um alles in der Welt war es zu diesem Einstich gekommen?

Er ging an den Wäschekorb und fischte sein feuchtes Hemd heraus. Zu seinem Schrecken entdeckte er einen Blutstropfen am Kragen. Dann sah er, was die Ursache war: eine ganz gewöhnliche Stecknadel. Sie steckte noch im Kragen, ohne Zweifel von der Reinigung vergessen. Da hatte er seine rationale Erklärung. Er war von einer Stecknadel gestochen worden, und von dem Schmerz war er ohnmächtig geworden.

Angewidert warf er sein Hemd zu Boden. Gleich morgen früh wollte er sich bei seiner Reinigung beschweren und verlangen, dass sie seinen Anzug gratis reinigten.

Von wegen Vampire!

„Selbst bei schlechter Beleuchtung hast du Glück, wenn du durchkommst", sagte Cathy.

Sie wich zurück und betrachtete Victor lange und kritisch. Langsam umrundete sie ihn und begutachtete seine dunkel gefärbten Haare, sein verändertes Gesicht, seine neue Augenfarbe. Es war gut geworden, aber es war nicht gut genug. Es würde nie gut genug sein, wenn Victors Leben auf dem Spiel stand.

„Ich finde, er ist ein perfektes Ebenbild", sagte Polowski. „Wo liegt jetzt das Problem?"

„Das Problem liegt darin, dass mir plötzlich klar wird, was für eine verrückte Idee das ist. Wir sollten die Sache abblasen."

„Sie haben den ganzen Nachmittag an ihm gearbeitet. Sie haben sogar die verdammten Sommersprossen auf seiner Nase gemacht. Was können Sie denn noch verbessern?"

„Ich weiß es nicht. Ich habe einfach kein gutes Gefühl!"

Ollie schüttelte den Kopf. „Weibliche Intuition. Es ist gefährlich, wenn man sie nicht beachtet."

„Nun, jetzt kommt meine Intuition", sagte Polowski. „Ich denke, es wird klappen. Und ich halte es für unsere beste Möglichkeit. Für unsere Chance, den Fall abzuschließen."

Cathy wandte sich an Victor. „Du bist derjenige, der zu Schaden kommen kann. Es ist deine Entscheidung." In Wahrheit wollte sie sagen: Bitte tu es nicht! Bleib bei mir! Bleib am Leben und in Sicherheit! Aber als sie in seine Augen blickte, erkannte sie, dass er seine Entscheidung bereits getroffen hatte.

„Cathy", sagte er. „Es wird mit Sicherheit klappen. Das musst du glauben."

„Ich glaube nur", erwiderte sie, „dass sie dich umbringen werden. Und ich will nicht dabei sein und zusehen."

Ohne ein weiteres Wort ging sie zur Tür hinaus.

Auf dem Parkplatz des Rockabye Motel blieb sie in der Dunkelheit stehen und schlang die Arme um ihren Oberkörper. Sie hörte, wie sich die Tür schloss, und dann kamen seine Schritte auf dem Asphalt auf sie zu.

„Du brauchst nicht zu bleiben", sagte er. „Es gibt noch immer diesen Strand in Mexiko. Du könntest heute Abend hinfliegen und wärst aus dem Schlamassel heraus."

„Willst du, dass ich gehe?"

Eine Pause, dann: „Ja."

Sie zuckte in einem armseligen Versuch, nonchalant zu wirken, die Schultern. „In Ordnung, vermutlich ist das absolut sinnvoll. Ich habe meinen Teil geleistet."

„Du hast mir das Leben gerettet. Dafür schulde ich dir zumindest etwas Sicherheit."

Sie wandte sich ihm zu. „Ist das für dich das Wichtigste? Dass du mir etwas schuldest?"

„Das Wichtigste für mich ist die Überlegung, dass du in das Kreuzfeuer geraten könntest. Ich bin darauf vorbereitet, bei Viratek durch diese Türen zu gehen. Ich bin darauf vorbereitet, eine Menge dummer Dinge zu tun. Aber ich bin nicht darauf vorbereitet, zuzusehen, wie dir etwas passiert." Er zog sie an sich. „Cathy, Cathy. Ich bin nicht verrückt. Ich will nicht sterben. Aber ich sehe keine Möglichkeit, wie ich das hier vermeiden könnte …"

Sie presste ihr Gesicht gegen seine Brust, fühlte seinen Herzschlag, so fest und gleichmäßig. Sie fürchtete sich, daran zu denken, dieses Herz könnte nicht schlagen, diese Arme könnten nicht mehr lebendig sein und sie festhalten. Er war tapfer genug, um diesen verrückten Plan auszuführen. Konnte sie nicht irgendwie den gleichen Mut aufbringen?

Ich bin so weit mit dir gekommen, dachte sie. Wie könnte ich auch nur im Traum daran denken, wegzugehen? Jetzt, da ich weiß, dass ich dich liebe?

Die Moteltür öffnete sich, und Licht fiel auf den Parkplatz. „Gersh?", rief Ollie gedämpft. „Es ist schon spät. Wenn wir weitermachen wollen, müssen wir jetzt los."

Victor sah sie noch immer an. „Also?", fragte er. „Soll Ollie dich zum Flughafen bringen?"

„Nein." Sie straffte die Schultern. „Ich komme mit dir."

„Bist du sicher, dass du das willst?"

„Ich bleibe bei dir." Sie schaffte ein Lächeln. „Außerdem könntest du mich auf dem Set brauchen. Falls dein Gesicht abbröckelt."

„Ich brauche dich für verdammt viel mehr als das."

„Gersh?"

Victor griff nach Cathys Hand. „Wir kommen", rief er zurück. „Wir beide."

„Ich nähere mich dem Haupteingang. Ein Wächter in dem Häuschen. Niemand sonst zu sehen. Verstanden?"

„Laut und deutlich", sagte Polowski.

„In Ordnung. Es geht los. Wünschen Sie mir Glück."

„Wir bleiben auf Empfang. Hals- und Beinbruch." Polowski schaltete das Mikrofon aus und sah die anderen an. „Also, Leute, er ist unterwegs."

Wohin, fragte sich Cathy. Sie betrachtete die anderen Gesichter. Zu viert kauerten sie in dem Lieferwagen, der eine halbe Meile von dem Haupttor von Viratek entfernt parkte. Nahe genug, um Victors Sender zu empfangen, aber zu weit entfernt, um ihm viel zu nützen. Durch die Funkverbindung konnten sie seinen Weg verfolgen.

Sie konnten auch seinen Tod verfolgen.

Schweigend warteten sie auf die erste Hürde.

„Guten Abend", sagte Victor, als er an dem Portal hielt.

Der Wächter spähte durch das Fenster seines Häuschens. Er war in den Zwanzigern, Mütze gerade auf dem Kopf, Kragenknopf geschlossen. Das war Pete Zahn, Mr Streng-nach-der-Vorschrift. Wenn irgendjemand die Operation lahmlegen konnte, war er es. Victor lächelte tapfer und hoffte, dass seine Maske nicht bröckelte. Der Blickkontakt schien eine Ewigkeit zu dauern. Dann lächelte der Mann zu Victors Erleichterung zurück.

„Arbeiten Sie noch spät, Dr. Black?"

„Habe etwas im Labor vergessen."

„Muss wichtig sein, dass Sie extra um Mitternacht kommen."

„Diese Regierungsverträge. Müssen immer rechtzeitig erledigt werden."

„Ja." Der Wächter winkte ihn durch. „Angenehme Nacht!"

Mit klopfendem Herzen fuhr Victor durch das Tor. Erst nachdem er auf den leeren Parkplatz gebogen war, schaffte er einen erleichterten Seufzer. „Erste Hürde", sagte er in das Mikrofon. „Kommt, Leute. Sprecht mit mir!"

„Wir sind hier", kam die Antwort. Es war Polowski.

„Ich betrete jetzt das Gebäude ... weiß nicht, ob das Signal die Wände durchdringt. Wenn ihr also nichts von mir hört ..."

„Wir bleiben auf Empfang."

„Ich habe eine Botschaft für Cathy. Holen Sie sie ans Mikro."

Nach einer Pause hörte er: „Ich bin hier, Victor."

„Ich wollte dir nur sagen, ich komme zurück. Ich verspreche es. Verstanden?!"

Er war nicht sicher, ob es nicht bloß ein Schwanken des Signals war, aber er dachte, in ihrer Antwort aufsteigende Tränen zu hören. „Ich habe verstanden."

„Ich gehe jetzt hinein. Fahrt nicht ohne mich weg."

Pete Zahn brauchte nur eine Minute, um Archibald Blacks Kennzeichen nachzuschlagen. Er hatte eine Rollkartei in seiner Loge, auch wenn er sie selten benutzte, da er ein gutes Zahlengedächtnis hatte. Er kannte die Zulassungsnummer eines jeden leitenden Angestellten auswendig. Das war sein eigenes kleines Gedankenspiel, ein Test für seine Schlauheit. Und das Kennzeichen an Dr. Blacks Wagen kam ihm nicht richtig vor.

Er fand die Karteikarte. Das Auto passte: ein grauer viertüriger Lincoln 1991. Und er war ziemlich sicher, dass Dr. Black auf dem Fahrersitz gesessen hatte. Aber das Kennzeichen stimmte absolut nicht.

Er lehnte sich einen Moment zurück und versuchte, alle möglichen Erklärungen durchzugehen. Dass Black einfach ein anderes Auto fuhr. Dass Black ihm einen Streich spielte und ihn testete.

Pete griff nach dem Telefon. Um die Wahrheit herauszufinden, musste er bei Black zu Hause anrufen. Es war nach Mitternacht, aber es musste sein. Wenn Black sich nicht meldete, dann musste er das in dem Lincoln gewesen sein. Und wenn er antwortete, dann stimmte etwas nicht, und Black wollte das garantiert wissen, da war Pete sich sicher.

Es klingelte zweimal. Dann meldete sich eine schläfrige Stimme. „Hallo!"

„Hier ist Pete Zahn, Nachtwächter bei Viratek. Ist dort … ist dort Dr. Black?"

„Ja."

„Dr. Archibald Black?"

„Hören Sie, es ist spät! Was gibt es?"

„Ich weiß nicht, wie ich Ihnen das sagen soll, Dr. Black, aber …" Pete räusperte sich. „Ihr Doppelgänger ist gerade durch das Tor gefahren …"

„Ich bin durch den Vordereingang. Gehe durch den Korridor zum Sicherheitstrakt. Nur für den Fall, dass mich jemand hört." Victor erwartete keine Antwort und hörte auch keine. Das Gebäude war eine Monstrosität aus Beton, für die Ewigkeit entworfen. Er bezweifelte, dass ein Funksignal durch diese Wände drang. Obwohl er von dem Moment auf sich allein gestellt gewesen war, in dem er das Haupttor passiert hatte, war ihm wenigstens der Trost geblieben, dass seine Freunde seinen Weg verfolgten. Jetzt war er wirklich allein. Ganz gleich was geschah, er musste sich ohne die Hilfe seiner Freunde behaupten.

Lässig ging er auf die Tür mit der Aufschrift ZUTRITT NUR FÜR AUTORISIERTE PERSONEN zu. Eine Kamera hing von der Decke. Das Objektiv war direkt auf ihn gerichtet. Er ignorierte sie bewusst und lenkte seine Aufmerksamkeit auf die Tastatur, die sich an der Wand befand. Die Ziffern, die Jerry ihm gegeben hatte, hatten ihn durch das Eingangstor gebracht. Würde die zweite Kombination ihn durch dieses Tor bringen? Seine Hände schwitzten, als er die sieben Ziffern eintippte. Panik zuckte in ihm hoch, als ein Piepton erklang und auf dem Schild eine Information aufblitzte: SICHERHEITSCODE UNKORREKT. ZUTRITT VERWEIGERT.

Er fühlte, wie sich Schweiß unter seiner Maske sammelte. Waren die Ziffern falsch? Hatte er einfach zwei Ziffern vertauscht? Er wusste, dass ihn jemand durch die Kamera beobachtete und sich fragte, warum er so lange brauchte. Er holte tief Luft und versuchte es noch einmal, diesmal gab er die Ziffern langsam ein. Er wappnete sich gegen den warnenden Piepton. Zu seiner Erleichterung erklang er nicht.

Stattdessen erschien eine neue Information: SICHERHEITSCODE AKZEPTIERT. BITTE EINTRETEN.

Er betrat den nächsten Raum. Dritte Hürde, dachte er erleichtert, als sich die Tür hinter ihm schloss. Jetzt direkt zum Ziel.

Eine weitere Kamera in einer Ecke war auf ihn gerichtet. Er war sich dessen voll bewusst, als er den Raum zu der inneren Labortür durchquerte. Er drehte den Türknauf, und eine Warnklingel schrillte.

Was jetzt, dachte er. Erst jetzt bemerkte er das rote Licht, das über der Tür leuchtete, und die Warnung LASERGITTER AKTIVIERT. Er brauchte einen Schlüssel, um es auszuschalten. Es gab keinen anderen Weg, um in den Raum dahinter zu gelangen.

Es war Zeit für verzweifelte Maßnahmen, Zeit für ein wenig Chuzpe. Er tastete seine Taschen ab, drehte sich um und blickte in die Kamera. „Hallo!" Er winkte.

Eine Stimme antwortete über eine Sprechanlage. „Gibt es ein Problem, Dr. Black?"

„Ja, ich kann meine Schlüssel nicht finden. Muss sie zu Hause gelassen haben ..."

„Ich kann die Laser von hier aus abschalten."

„Danke. Himmel, ich weiß nicht, wie das passieren konnte."

„Kein Problem."

Gleich darauf erlosch das rote Licht. Vorsichtig versuchte Victor, die Tür zu öffnen. Sie schwang auf. Er winkte in die Kamera und betrat den letzten Raum.

Drinnen gab es zu seiner Erleichterung nirgendwo eine Kamera – zumindest keine, die er entdeckte. Er sah sich rasch um. Was er zu sehen bekam, war eine verwirrende Auswahl an Geräten des Raumfahrtzeitalters – nicht nur die erwarteten Zentrifugen und Mikroskope, sondern auch Instrumente, die er noch nie gesehen hatte, alle brandneu und schimmernd. Er eilte durch die Dekontaminationskammer, vorbei an der Laminarströmungseinheit, und ging direkt zu den Inkubatoren. Er öffnete die Tür.

Glasphiolen klirrten in ihren Halterungen. Er nahm eine heraus. Eine rosige Flüssigkeit schimmerte darin. Auf dem Etikett stand POSTEN Nr. 341, AKTIV.

Das muss es sein, dachte er. Danach sollte er suchen, hatte Ollie gesagt. Hier war der Stoff, aus dem die Albträume gemacht wurden, der Sensenmann, auf mikroskopische Größe destilliert.

Er entnahm zwei Phiolen, schob sie in ein speziell gepolstertes Zigarettenetui und steckte es in seine Tasche. Auftrag ausgeführt, dachte er triumphierend und ging durch das Labor zurück. Vor ihm lag jetzt nichts weiter als ein lässiger Spaziergang zu seinem Wagen. Dann der Champagner ...

Er war halb durch den Raum, als die Alarmklingel losschrillte. Er erstarrte.

„Dr. Black?", sagte die Stimme des Wächters über eine verborgene Sprechanlage. „Bitte, gehen Sie nicht. Bleiben Sie, wo Sie sind."

Victor wirbelte aufgeschreckt herum und versuchte, den Lautsprecher zu lokalisieren. „Was geht hier vor sich?"

„Ich wurde soeben gebeten, Sie festzuhalten. Wenn Sie warten, werde ich herausfinden, was …"

Victor wartete nicht, er schnellte sich zur Tür. Als er sie erreichte, hörte er das Surren der hochfahrenden Lasergeräte, fühlte, wie etwas seinen Arm traf. Er schob sich durch die erste Tür, hetzte durch den Vorraum und durch die Sicherheitstür in den Korridor.

Überall ging Alarm los. Das ganze verdammte Gebäude hatte sich in eine Echokammer schrillender Klingeln verwandelt. Sein Blick schoss direkt zum Vordereingang. Nein, nicht diesen Weg … dort war der Wächter postiert.

Er rannte nach links zur Brandtür. Irgendwo hinter ihm schrie eine Stimme: „Halt!" Er ignorierte den Befehl und lief weiter. Am Ende des Korridors warf er sich gegen den Türgriff und fand sich in einem Treppenhaus. Kein Ausgang, nur Stufen nach oben und unten. Er wollte sich nicht wie eine Ratte im Keller fangen lassen, sondern jagte die Treppe hinauf.

Er hatte ein Stockwerk hinter sich gebracht, als er hörte, wie im Erdgeschoss die Tür zum Treppenhaus aufflog. Eine Stimme befahl: „Halt, oder ich schieße!"

Ein Bluff, dachte er.

Ein Schuss krachte und hallte durch das Betontreppenhaus.

Kein Bluff! Verzweifelt preschte er durch die Tür in den Korridor des ersten Stocks. Eine Reihe geschlossener Türen erstreckte sich vor ihm. Welche? Welche? Es gab keine Zeit zum Überlegen. Er tauchte in den dritten Raum und schloss die Tür leise hinter sich.

In dem Halbdunkel erkannte er das Schimmern von Edelstahl und Glasbehältern. Noch ein Labor. Nur dass dieses ein großes Fenster hatte, in dem jetzt Mondlicht leuchtete.

Auf dem Korridor wurde eine Tür aufgetreten, und der Befehl des Wächters ertönte: „Keine Bewegung!"

Victor hatte noch einen einzigen Fluchtweg. Er packte einen Stuhl und schleuderte ihn gegen das Fenster. Das Glas splitterte, vom Mondlicht versilberte Scherben regneten in die Dunkelheit darunter. Er warf kaum einen Blick nach unten, bevor er sprang, wappnete sich gegen den Aufprall, sprang aus dem Fenster und landete in Büschen.

„Halt!", kam ein Ruf von oben.

Das reichte, um Victor wieder auf die Beine zu bringen. Er hetzte quer über den Rasen in die Deckung der Bäume, blickte zurück und sah keinen Schatten, der ihn verfolgte. Der Wächter riskierte nicht den halsbrecherischen Sprung aus dem Fenster.

Ich muss es durch das Tor hinaus schaffen …

Victor umrundete das Gebäude, suchte sich seinen Weg durch Büsche und zwischen Bäumen hindurch zu einer Gruppe von Eichen. Von da aus konnte er das Haupttor in der Ferne sehen. Bei dem Anblick zog sich sein Herz zusammen.

Flutlichter erhellten das Tor, beleuchteten gleißend die vier Sicherheitswagen, die die Einfahrt blockierten. Ein Kleinbus hielt. Der Fahrer ging nach hinten und öffnete die Türen. Auf seinen Befehl sprangen zwei Schäferhunde heraus und umtänzelten ihn bellend.

Victor wich zurück, taumelte tiefer in die Baumgruppe. Kein Ausweg, dachte er mit einem Blick hinter sich zu dem Zaun, der mit Rollen von Stacheldraht gekrönt war. Das Bellen der Hunde kam bereits näher.

Wenn mir keine Flügel wachsen und ich fliegen kann, bin ich ein toter Mann …

11. KAPITEL

*D*a stimmt was nicht!", rief Cathy, als der erste Sicherheitswagen vorbeifuhr.

Polowski legte seine Hand auf ihren Arm. „Ganz ruhig. Es könnte eine routinemäßige Patrouille sein."

„Nein, sehen Sie!" Durch die Bäume hindurch entdeckten sie drei weitere Wagen, die alle mit Höchstgeschwindigkeit in Richtung Viratek jagten.

Ollie murmelte einen überraschend derben Fluch und griff nach dem Mikrofon.

„Warten Sie!" Polowski packte seine Hand. „Wir können keinen Funkspruch riskieren. Er soll zuerst Kontakt mit uns aufnehmen."

„Wenn er in Schwierigkeiten ist …"

„Dann weiß er das bereits. Geben Sie ihm eine Chance, es aus eigener Kraft zu schaffen."

„Und wenn er in einer Falle steckt?", fragte Cathy. „Sitzen wir nur hier herum?"

„Wir haben keine andere Wahl, sofern sie das Haupttor blockiert haben …"

„Wir haben doch eine andere Wahl!", sagte Cathy und kletterte nach vorne auf den Fahrersitz.

„Verdammt, was machen Sie da?", fragte Polowski.

„Ich biete ihm eine Chance. Wenn wir es nicht tun …"

Sie alle verstummten auf der Stelle, als plötzlich aus dem Empfänger ein Funkspruch zischte. „Sitze in der Falle, Leute. Sehe keinen Ausweg. Verstanden?"

Ollie schnappte sich das Mikrofon. „Verstanden, Gersh. Wie ist deine Lage?"

„Schlecht."

„Präzise!"

„Haupttor blockiert und beleuchtet wie ein Footballfeld. Superalarm. Sie haben gerade Hunde gebracht …"

„Kannst du über den Zaun?"

„Negativ. Elektrisch geladen. Geringe Voltzahl, aber mehr, als ich einstecken kann. Ihr verschwindet besser ohne mich."

Polowski packte das Mikro und bellte: „Haben Sie das Zeug?"

„Vergessen Sie es!", fauchte Cathy wutentbrannt. „Fragen Sie ihn, wo er ist! Fragen Sie ihn schon!"

„Holland!", rief Polowski. „Wo sind Sie?"

„Nordöstlicher Abschnitt. Zaun läuft rundherum. Hören Sie, verschwindet! Ich schaffe …"

„Sagen Sie ihm, er soll zum östlichen Zaun laufen!", sagte Cathy. „Zur Mitte!"

„Was?"

„Sagen Sie es ihm einfach!"

„Begeben Sie sich zum östlichen Zaun", sagte Polowski in das Mikro. „Mittelpunkt."

„Verstanden."

Polowski sah Cathy verwirrt an. „Verdammt, woran denken Sie?"

„Das hier ist doch ein Fluchtwagen, richtig?", murmelte sie, während sie den Motor startete. „Ich würde sagen, wir verwenden ihn seiner Bestimmung entsprechend!" Sie rammte den Gang hinein und zog den Wagen auf die Straße.

„Hey, Sie fahren in die falsche Richtung!", schrie Milo und gestikulierte aufgeregt.

„Nein! Es gibt eine Zufahrtsstraße für die Feuerwehr, hier irgendwo links. Ich habe es auf dem Plan gesehen. Da!" Sie bog scharf auf eine Lehmstraße ein. Sie holperten dahin, brachen zwischen Ästen und Büschen hindurch und konnten alle bei dieser die Knochen durcheinanderrüttelnden Fahrt nichts weiter tun, als sich festzuhalten.

„Ist das eine Aussichtsstraße, oder führt sie irgendwohin?", brachte Polowski hervor.

„Zum östlichen Zaun. Dort war die Zufahrt für die Baufahrzeuge. Ich hoffe, man kommt noch durch …"

„Und was passiert dann?"

Ollie seufzte. „Fragen Sie nicht."

Cathy steuerte um einen Busch, der in ihrem Weg wuchs, und prallte frontal gegen einen jungen Baum. Ihre Passagiere rutschten auf den Boden. „Tut mir leid", murmelte sie, legte den Rückwärtsgang ein und zog zurück auf die Straße. „Es sollte gleich da vorne sein …"

Maschendraht versperrte plötzlich den Weg. Sofort schaltete sie die Scheinwerfer aus. Durch die Dunkelheit hörten sie Hunde bellen. Sie kamen immer näher. Wo war er?

Dann sahen sie ihn, wie er durch das Mondlicht huschte. Er rannte. Irgendwo seitlich rief ein Mann etwas. Kugeln schlugen in den Erdboden ein.

„Festhalten!", schrie Cathy, ließ ihren Sicherheitsgurt einschnappen und trat auf das Gas.

Der Lieferwagen ruckte vorwärts wie ein wilder Hengst, pflügte durch das Unterholz und rammte den Zaun. Der Maschendraht sackte durch. Elektrische Funken zischten in der Nacht. Cathy rammte den Rückwärtsgang hinein, rollte zurück und rammte erneut das Gaspedal durch.

Der Zaun kippte um. Stacheldraht kratzte über die Windschutzscheibe.

„Wir sind durch!", rief Ollie, riss die Schiebetür auf und schrie: „Vorwärts, Gersh! Komm schon!"

Die Gestalt lief im Zickzack durch das Gras. Ringsum krachten Schüsse. Victor schnellte sich über die Rolle Stacheldraht und taumelte.

„Vorwärts, Gersh!"

Kugeln schlugen in den Lieferwagen ein.

Victor kämpfte sich wieder auf die Beine. Sie hörten seine Kleider reißen, dann streckte er ihnen die Hände entgegen, wurde hineingezogen, war in Sicherheit.

Die Tür knallte zu. Cathy fuhr rückwärts, zog den Kleinbus herum und trat das Gas durch.

Der Wagen tat einen Satz vorwärts, holperte durch Büsche und über Bodenwellen. Eine weitere Salve schlug in den Lieferwagen. Cathy nahm es nicht wahr. Sie konzentrierte sich nur darauf, wieder die Hauptstraße zu erreichen. Das Geräusch der Schüsse blieb hinter ihnen zurück. Endlich wurden die Bäume von einem vertrauten Asphaltband abgelöst. Cathy bog nach links und ließ den Motor aufröhren, um so viele Meilen wie nur möglich zwischen sie und Viratek zu legen.

In der Ferne heulte eine Sirene.

„Wir bekommen Gesellschaft!", sagte Polowski.

„Wohin jetzt?", rief Cathy. Viratek lag hinter ihnen. Die Sirenen kamen ihnen entgegen.

„Ich weiß es nicht! Verschwinden Sie nur von hier! Irgendwie!

So schnell wie möglich nur weg!"

Noch konnte sie die Polizeiwagen wegen der Bäume nicht sehen, aber die Sirenen kamen rasch näher. Fast zu spät entdeckte Cathy seitlich eine Lichtung. Impulsiv verließ sie die Straße, und der Lieferwagen holperte auf ein Stoppelfeld.

„Sagen Sie nicht, dass das noch eine Feuerwehrzufahrt ist", stöhnte Polowski.

„Halten Sie den Mund!", fauchte Cathy und steuerte eine Buschgruppe an, zog das Lenkrad herum, fuhr hinter die Büsche und schaltete die Lichter aus.

Es geschah gerade noch rechtzeitig. Sekunden später jagten zwei Streifenwagen mit zuckenden Lichtern an den Büschen vorbei. Cathy saß wie erstarrt da, während die Sirenen in der Ferne verklangen. Dann hörte sie in der Dunkelheit Milo leise sagen: „Ihr Name ist Bond. Jane Bond."

Halb lachend, halb weinend drehte Cathy sich um, als Victor neben ihr auf den Vordersitz kletterte. Augenblicklich war sie in seinen Armen. Ihre Tränen durchnässten sein Hemd, ihre Schluchzer wurden durch seine Umarmung gedämpft. Er küsste ihre feuchten Wangen, ihren Mund. Die Berührung seiner Lippen stillte ihr Zittern.

Von hinten ertönte höfliches Räuspern. „Äh … Gersh", sagte Ollie. „Meinst du nicht, wir sollten verschwinden?"

Victors Lippen waren noch immer fest auf Cathys Mund gepresst. Nur zögernd unterbrach er den Kontakt, aber sein Blick wich nicht von ihrem Gesicht. „Sicher", murmelte er, bevor er sie für den nächsten Kuss an sich zog. „Aber könnte vielleicht jemand anderer fahren?"

„Jetzt wird es gefährlich", sagte Polowski, der seit zwei Stunden auf Nebenstraßen in Richtung San Francisco fuhr. Cathy und Victor saßen vorne bei ihm. Milo und Ollie hatten sich hinten im Lieferwagen wie erschöpfte Welpen zusammengerollt. „Wir haben endlich den Beweis. Jetzt müssen wir ihn nur noch behalten. Die Gegenseite wird verzweifelt sein und zu allem bereit. Von jetzt an, Leute, ist es ein Katz-und-Maus-Spiel. Sobald wir die Stadt erreichen, bringen wir diese Phiolen in getrennte Labors. Unabhängige Bestätigung. Das sollte alle Zweifel auslöschen.

Kennen Sie jemanden, dem wir vertrauen können, Holland?"

„Studienkollege in New Haven. Führt das Krankenhauslabor."

„Yale? Großartig. Das hat Gewicht."

„Ollie hat einen Freund an der University of California San Francisco. Der kann sich um die zweite Phiole kümmern."

„Und wenn wir die Berichte bekommen, kenne ich einen gewissen Journalisten, der es liebt, wenn ihm ein Vögelchen etwas ins Ohr zwitschert." Polowski klopfte zufrieden auf das Lenkrad.

„Viratek, du bist ein toter Fisch."

„Sie genießen das, nicht wahr?", fragte Cathy.

„Für die richtige Seite des Gesetzes zu arbeiten? Das ist gut für die Seele. Dabei bleibt man jung."

„Oder man stirbt jung", sagte Cathy.

Sie passierten ein Schild: SAN FRANCISCO, 12 Meilen.

Vier Uhr morgens. In einer Imbissstube in North Beach hatten sich fünf müde Seelen bei Kaffee und Blätterteiggebäck versammelt. Nur ein anderer Tisch war von einem Mann mit blutunterlaufenen Augen und zitternden Händen belegt. Das Mädchen hinter der Theke steckte die Nase in ein Taschenbuch. Aus der Kaffeemaschine zischte frische Brühe.

„Auf die alten Falschspieler", sagte Milo und hob seine Tasse. „Noch immer das beste Ensemble weit und breit."

Alle hoben ihre Tassen. „Auf die alten Falschspieler."

„Und auf unser jüngstes und bestes Mitglied", sagte Milo. „Die schöne, die unerschrockene …"

„Ach, bitte", warf Cathy ein.

Victor legte den Arm um ihre Schultern. „Lass dich ehren. Nicht jeder kommt in diese höchst erlesene Gruppe."

„Einzige Anforderung ist", sagte Ollie, „Sie müssen ein Musikinstrument schlecht spielen."

„Aber ich spiele gar keines."

„Kein Problem." Ollie fischte ein Stück Butterbrotpapier von einem der Teller und wickelte es um seinen Taschenkamm.

„Sehr passend", sagte Milo leise. „Das war auch Lilys Instrument."

„Oh." Sie nahm den Kamm. Lilys Instrument. Plötzlich war die Feierstimmung verflogen. Sie blickte zu Victor. Er sah zum

Fenster auf die hell erleuchtete Straße hinaus.

Was denkst du? Wünschst du dir, sie wäre hier? Dass nicht ich diesen albernen Kamm halte, sondern sie?

Sie drückte den Kamm an ihre Lippen und summte eine entsprechend falsche Version von „Yankee Doodle". Alle lachten und klatschten, sogar Victor. Doch als der Beifall vorbei war, sah sie den traurigen und müden Blick in seinen Augen. Ruhig legte sie den Kamm auf den Tisch.

Draußen donnerte ein Lieferwagen vorbei. Es war fünf Uhr morgens. Die Stadt regte sich.

„Also", sagte Polowski und legte einen Dollar Trinkgeld auf den Tisch. Er sah Victor an. „Wir müssen etwas abliefern. Wann fliegt die United nach New Haven?"

„Viertel nach zehn", antwortete Victor.

„In Ordnung. Ich kaufe Ihnen das Flugticket. In der Zwischenzeit sehen Sie zu, ob Sie wieder an einen Schnurrbart kommen." Polowski sah zu Cathy. „Sie fliegen mit ihm?"

„Nein", sagte sie und sah Victor an.

Sie hoffte auf eine Reaktion. Sie sah Erleichterung. Und Resignation.

Er fragte nur: „Wohin gehst du?"

Sie zuckte die Schultern. „Vielleicht halte ich mich an unseren ursprünglichen Plan. Nach Süden. Zu Jack."

Wenn er sie wirklich liebte, würde er sie jetzt zurückhalten. Aber er nickte nur und sagte: „Das ist eine gute Idee."

Sie hielt die Tränen zurück und lächelte Ollie zu. „Ich brauche jemanden, der mich mitnimmt. Sie und Milo fahren heim?"

„Jetzt gleich." Ollie sah verwirrt drein.

„Kann ich mitkommen? In Palo Alto nehme ich dann den Bus."

„Kein Problem. Sie können vorne auf dem Ehrensitz sitzen."

„Solange du sie nicht ans Steuer lässt", brummte Milo.

Polowski stand auf. „Dann ist alles geregelt. Vorwärts!"

Auf der Straße verabschiedeten sich Cathy und Victor voneinander. Es war kein Ort für einen sentimentalen Abschied. Vielleicht war das am besten so. Zumindest konnte sie mit einer Spur von Würde weggehen. Zumindest brauchte sie nicht von seinen Lippen die brutale Wahrheit zu hören. Sie konnte weggehen und sich an die Fantasie klammern, er würde sie lieben.

„Wirst du zurechtkommen?", fragte er.

„Aber ja. Und du?"

„Ich schaffe es schon." Er schob die Hände in die Taschen. „Ich werde dich vermissen, aber es ergibt keinen Sinn, dass wir zusammen sind. Nicht unter diesen Umständen."

Ich würde unter allen Umständen bei dir bleiben, dachte sie. Wenn ich nur wüsste, dass du mich willst.

„Ich lasse dich wissen, wann alles sicher ist", sagte er seufzend. „Wann du wieder heimkommen kannst."

„Und dann?"

„Dann sehen wir weiter", flüsterte er.

Sie küssten sich. Es war ein unbeholfener, höflicher Kuss.

„Pass auf dich auf, Victor", sagte sie, drehte sich um und ging zu Ollie und Milo.

„Das war's?", fragte Ollie.

„Das war's." Sie wischte sich brüsk über die Augen. „Ich bin fahrbereit."

„Erzählen Sie mir von Lily", bat Cathy.

Im ersten Licht der Morgendämmerung fuhren sie an den Klippen entlang, an denen sich die Wellen brachen und Möwen kreisten.

Ollie hielt seinen Blick auf der Straße. „Was wollen Sie wissen?"

„Was für eine Frau war sie?"

„Ein netter Mensch", antwortete Ollie. „Und klug. Wahrscheinlich die Klügste von uns allen. Eindeutig schlauer als Milo."

„Und sie sah besser aus als Ollie", kam eine Stimme von hinten.

„Eine wirklich gütige, wirklich anständige Frau. Als sie und Gersh heirateten, dachte ich, dass er eine Heilige bekommen hat." Er bemerkte Cathys Stille. „Natürlich will nicht jeder Mann eine Heilige. Ich wäre glücklicher mit einer Lady, die ein wenig irre sein kann. Die zum Beispiel mit einem Lieferwagen durch einen elektrischen Zaun bricht."

Es war süß, dass er das sagte, aber es milderte ihren Schmerz nicht.

Die Fahrt zu Milos Haus wirkte endlos. Als er endlich ausstieg, schien die Sonne.

„Also, Leute", sagte Milo durch das Wagenfenster. „Hier

trennen sich unsere Wege." Er blickte zu Cathy. „Mexiko?"

Sie nickte. „Puerto Vallarta. Was ist mit Ihnen?"

„Ich sehe mir mit Ma Florida an. Vielleicht Disney World. Willst du mitkommen, Ollie?"

„Ein anderes Mal. Ich will erst ausschlafen."

„Du weißt nicht, was dir entgeht. Also, das war vielleicht ein Abenteuer. Fast schade, dass es vorüber ist." Milo drehte sich um und ging zum Haus. Auf der Veranda winkte er und rief: „Bis zum nächsten Mal!" Damit verschwand er im Haus.

Ollie lachte. „Milo und seine Ma zusammen? Disney World wird nie wieder sein, was es vorher war." Er tastete nach dem Zündschlüssel. „Jetzt zum Busbahnhof. Ich habe gerade genug ..."

Er hatte keine Chance, den Schlüssel zu drehen.

Ein Pistolenlauf tauchte in dem offenen Wagenfenster auf und drückte sich gegen Ollies Schläfe.

„Aussteigen, Dr. Wozniak", sagte eine Stimme.

Ollies Antwort war nur ein Krächzen. „Was ... wollen Sie?"

„Aussteigen!"

„Schon gut!" Ollie kletterte ins Freie und wich mit erhobenen Händen zurück.

Cathy wollte ebenfalls aussteigen, aber der Bewaffnete fauchte: „Sie nicht! Sie bleiben im Wagen!"

„Hören Sie", sagte Ollie. „Sie können den verdammten Wagen haben! Sie brauchen die Frau nicht ..."

„Doch, die brauche ich. Sagen Sie Mr Holland, ich werde mich wegen Miss Weavers Zukunft bei ihm melden." Er ging um den Wagen herum und öffnete die Beifahrertür. „Sie rutschen auf den Fahrersitz!", befahl er Cathy.

„Nein, bitte ..."

Der Pistolenlauf bohrte sich in ihren Hals. „Muss ich Sie noch einmal darum bitten?"

Zitternd rutschte sie hinter das Lenkrad. Der Mann glitt neben ihr herein. Seine Augen waren schwarz, unergründlich, ohne einen Funken Menschlichkeit.

„Starten Sie den Motor", sagte er.

„Wohin ... wohin fahren wir?"

„Spazieren. Dahin, wo es schön ist."

Ihre Gedanken jagten durch den Kopf, aber es gab keinen Ausweg. Sie drehte den Zündschlüssel.

„Hey!", schrie Ollie und packte die Tür. „Das können Sie nicht machen!"

„Ollie, nein!", rief Cathy.

Der Bewaffnete zielte bereits durch das Fenster hinaus.

„Lassen Sie sie laufen!", schrie Ollie. „Lassen Sie …" Die Pistole ging los.

Ollie taumelte rückwärts. Sein Gesicht war eine Maske des Erstaunens.

Cathy warf sich auf den Bewaffneten. Pure animalische Wut, angeheizt von Überlebenswillen, ließ sie mit den Fingernägeln nach seinen Augen zielen. Im letzten Moment zuckte er zurück. Ihre Nägel kratzten an seinem Hals herunter, ließen Blut fließen. Bevor er seine Waffe drehen konnte, packte sie sein Handgelenk und kämpfte verzweifelt um die Kontrolle über die Pistole, er hielt sie fest. Mit ihrer ganzen Kraft hätte Cathy die Waffe nicht fernhalten, hätte sie nicht verhindern können, dass sich der Lauf nun doch wieder auf sie richtete.

Es war das letzte Bild, das sie aufnahm – dieses schwarze Loch, das sich langsam drehte, bis es direkt auf ihr Gesicht zeigte.

Etwas schlug seitlich gegen sie. Schmerz explodierte in ihrem Kopf und ließ die Welt in tausend Lichtblitze zerplatzen.

Einer nach dem anderen erlosch, bis Dunkelheit herrschte.

12. KAPITEL

*V*ictor ist hier", sagte Milo.

Es schien ewig zu dauern, bis Ollie sie beide wahrnahm. Die Stille wurde nur durch das Zischen von Sauerstoff unterbrochen. Endlich blinzelte Ollie mit vor Schmerz glasigen Augen auf die drei Männer, die neben seinem Bett standen. „Gersh … ich konnte nicht …" Er brach erschöpft ab.

„Ganz ruhig, Ollie", sagte Milo.

„… wollte ihn aufhalten … hatte eine Waffe …"

Victor wartete bange. Es war erst zwei Stunden her, dass er an Bord der Maschine nach New Haven gehen wollte. Dann war ihm am Gate der United eine Nachricht übergeben worden. Sie war an den Passagier Sam Polowski gerichtet. Dieser Name stand auf seinem Ticket. Sie hatte nur aus drei Wörtern bestanden: Sofort Milo anrufen!

Passagier „Sam Polowski" ging nicht an Bord der Maschine.

Zwei Stunden, dachte Victor außer sich vor Sorge. Was haben sie mit ihr in diesen zwei langen Stunden gemacht?

„Dieser Mann – wie sah er aus?", fragte Polowski.

„Habe ihn nicht deutlich gesehen. Dunkle Haare. Gesicht … hager."

„Groß? Klein?"

„Groß."

„Er fuhr in Ihrem Wagen weg?"

Ollie nickte.

„Was ist mit Cathy?", fragte Victor verzweifelt.

Ollies Blick richtete sich bekümmert auf Victor. „Weiß nicht …"

Victor begann, erregt auf und ab zu gehen. „Ich weiß, was er will. Ich weiß, was ich ihm geben muss …"

„Das kann nicht Ihr Ernst sein", sagte Polowski. „Das ist unser Beweis! Sie können den nicht einfach übergeben …"

„Genau das werde ich tun."

„Sie wissen nicht einmal, wie Sie Kontakt zu ihm aufnehmen sollen!"

„Er wird Kontakt zu mir aufnehmen." Er wirbelte herum und sah Milo an. „Er muss die ganze Zeit dein Haus beobachtet haben. Dort wird er auch anrufen."

„Falls er anruft", sagte Polowski.

„Er wird." Victor berührte die Tasche seines Jacketts, in der noch die beiden Phiolen von Viratek steckten. „Ich habe, was er will. Er hat, was ich will. Wir sind beide bereit für einen Tauschhandel."

„Aufwachen! Aufwachen!"

Eisiges Wasser klatschte Cathy ins Gesicht. Hustend wurde sie wach. Wasser floss aus ihren Haaren, während sie versuchte, das Gesicht auszumachen, das sich über sie beugte. Sie sah Augen schwarz wie Achat, einen schmalen Mund. Ein Schrei stieg in ihrer Kehle hoch und wurde sofort von dem kalten Lauf einer Waffe an ihrer Wange erstickt.

„Keinen Laut", sagte er. „Kapiert?"

Sie nickte in stummem Entsetzen.

„Gut." Die Waffe glitt von ihrer Wange weg und verschwand unter seinem Jackett. „Aufsetzen."

Sie gehorchte. Sofort drehte sich der Raum. Sie hielt ihren schmerzenden Kopf, und ihre Angst wurde zeitweise von Schmerz und Übelkeit überlagert. Als die Übelkeit schwand, wurde sie eines zweiten Mannes im Raum gewahr, eines großen, breitschulterigen Mannes, den sie noch nie gesehen hatte. Er saß in einer Ecke und beobachtete jede ihrer Bewegungen.

Der Raum selbst war klein und fensterlos. Ein Stuhl, ein Kartentisch, eine Pritsche, auf der sie jetzt saß. Betonboden. Wir sind in einem Keller, dachte sie.

Der Mann in dem Stuhl verschränkte die Arme und lächelte. Unter anderen Umständen hatte sie dieses Lächeln charmant gefunden. Jetzt erschien es ihr erschreckend unmenschlich. „Sie scheint wach genug zu sein", sagte er. „Machen Sie weiter, Mr Savitch."

Der Savitch genannte Mann ragte vor ihr auf. „Wo ist er?"

„Wer?", fragte sie.

Eine Ohrfeige warf sie auf die Pritsche zurück.

„Noch einmal", sagte er und zog sie in sitzende Haltung hoch. „Wo ist Victor Holland?"

„Ich weiß es nicht."

„Sie waren mit ihm zusammen."

„Wir … wir haben uns getrennt."

„Warum?“

Sie berührte ihren Mund. Der Anblick von Blut an ihren Fingern ließ sie vor Schock schweigen.

„Warum?“

„Er …“ Sie senkte den Kopf. Leise sagte sie: „Er wollte mich nicht bei sich haben.“

Savitch schnaubte. „Er hat Sie ziemlich schnell leid gehabt, scheint mir jedenfalls.“

„Ja“, flüsterte sie. „Offenbar.“

„Ich verstehe nicht, warum.“

Sie schauderte, als der Mann mit seinem Finger über ihre Wange und ihren Hals strich. Er verharrte am obersten Knopf ihrer Bluse. Nein, dachte sie. Nicht das!

Zu ihrer Erleichterung warf der Mann in dem Stuhl ein: „Das bringt uns nicht weiter.“

Savitch wandte sich an den anderen Mann. „Haben Sie einen Vorschlag, Mr Tyrone?“

„Ja.“ Er ging an den Kartentisch und öffnete eine Tragetasche. „Da wir nicht zu ihm gehen können, muss Holland zu uns kommen.“ Er lächelte sie an. „Natürlich mit Ihrer Hilfe.“

Sie starrte auf das Funktelefon in seinen Händen. „Ich habe Ihnen gesagt, ich weiß nicht, wo er ist.“

„Ich bin sicher, einer seiner Freunde wird ihn aufspüren.“

„Er ist nicht dumm. Er wird nicht meinetwegen …“

„Sie haben recht. Er ist nicht dumm.“ Tyrone tippte eine Telefonnummer ein. „Aber der Mann hat ein Gewissen. Und das ist ein absolut tödlicher Fehler.“ Er stockte, dann sagte er in das Telefon: „Hallo, Mr Milo Lum? Ich möchte, dass Sie Victor Holland etwas von mir ausrichten. Sagen Sie ihm, ich habe etwas, das ihm gehört. Etwas, das nicht mehr lange existieren wird …“

„Das ist er!“, zischte Milo. „Er will einen Handel schließen.“

Victor schnellte hoch. „Lass mich mit ihm sprechen …“

„Warten Sie!“ Polowski packte ihn am Arm. „Wir müssen …“

Victor riss sich zusammen und griff nach dem Hörer. „Hier Holland! Wo ist sie?“

„Sie ist bei mir. Sie lebt.“

„Woher soll ich das wissen?“

„Sie müssen sich auf mein Wort verlassen."

„Zum Teufel mit Ihrem Wort! Ich will einen Beweis!"

Stille. Es knackte in der Leitung, dann kam eine andere Stimme, so bebend, so ängstlich, dass es ihm fast das Herz brach. „Victor, ich bin es."

„Cathy?" Er schrie fast vor Erleichterung. „Geht es dir gut?"

„Ich … es geht mir gut."

„Wo bist du?"

„Ich weiß es nicht …"

„Hat er dir wehgetan?"

Pause. „Nein."

Sie sagt mir nicht die Wahrheit, dachte er.

„Cathy, ich verspreche dir, es wird dir nichts geschehen. Ich schwöre dir …"

„Sprechen wir lieber endlich über das Geschäft." Der Mann war wieder in der Leitung.

Victor umspannte wütend den Hörer. „Wenn Sie sie verletzen, wenn Sie sie auch nur anfassen, schwöre ich …"

„Sie sind kaum in der Position, etwas zu diktieren."

Victor fühlte, wie eine Hand seinen Arm packte. Er drehte sich um und begegnete Polowskis warnendem Blick. Er nickte. „Also gut, Sie wollen die Phiolen. Sie gehören Ihnen."

„Reicht nicht."

„Dann bringe ich mich selbst in das Geschäft ein. Akzeptabel?"

„Akzeptabel. Sie und die Phiolen im Austausch für ihr Leben."

Ein gepeinigter Aufschrei „Nein!" unterbrach das Gespräch. Cathy schrie irgendwo im Hintergrund: „Nein, Victor! Sie werden …"

Durch den Hörer kam das dumpfe Geräusch eines Schlages, gefolgt von leisem Stöhnen. Seine Beherrschung brach zusammen. Er schrie, fluchte, flehte, damit der Mann aufhörte, ihr wehzutun. Die Worte ergaben keinen Sinn. Er konnte nicht klar denken.

Wieder packte Polowski ihn am Arm, schüttelte ihn. Victor atmete schwer, starrte ihn durch einen Tränenschleier an. Er schluckte und schloss die Augen und konnte fragen: „Wann führen wir den Austausch durch?"

„Heute Nacht. Zwei Uhr."

„Wo?"

„East Palo Alto. Das alte Saracen Theater."

„Aber das ist geschlossen."

„Es wird offen sein. Nur Sie, Holland. Sehe ich sonst jemanden, wird auf der ersten Kugel ihr Name stehen. Klar?"

„Ich will eine Garantie! Ich will, dass sie ..."

Stille antwortete ihm. Sekunden später hörte er den Freiton. Langsam legte er auf.

„Also, wie ist die Abmachung?", fragte Polowski.

„Zwei Uhr nachts. Saracen Theater."

„In einer halben Stunde. Die Zeit reicht kaum, dass wir ..."

„Ich gehe allein."

Milo und Polowski starrten ihn an. „Den Teufel werden Sie tun", sagte Polowski.

Victor holte sein Jackett aus dem Schrank. Er klopfte kurz auf die Tasche. Das Zigarettenetui befand sich noch dort.

„Aber Gersh!", sagte Milo. „Er wird dich umbringen."

Victor blieb in der Tür stehen. „Wahrscheinlich", sagte er leise. „Aber das ist Cathys einzige Chance."

„Er wird nicht kommen", sagte Cathy.

„Halten Sie den Mund!", fauchte Matt Tyrone und schob sie vorwärts.

Während sie sich die mit Glasscherben übersäte Passage hinter dem Saracen Theater entlangbewegten, suchte Cathy hektisch nach einer Möglichkeit, dieses tödliche Treffen zu sabotieren. Es musste tödlich sein, nicht nur für Victor, sondern auch für sie. Im besten Fall konnte sie hoffen, dass Victor überlebte. Sie wollte alles tun, um seine Chancen zu verbessern.

Tyrone stieß sie die Stufen hinauf und in das Gebäude.

„Ich kann nichts sehen", protestierte sie.

„Dann werde es Licht", sagte eine neue Stimme.

Lichter blendeten sie. Ein dritter Mann stand vor ihr. Sie befanden sich auf einer Theaterbühne. Zerschlissene Vorhänge hingen wie Spinnweben von Balken. Alte Kulissen eines efeubewachsenen mittelalterlichen Schlosses lehnten an der Hinterwand.

„Irgendwelche Probleme, Dafoe?", fragte Tyrone.

„Keine", sagte der neue Mann. „Ich habe das Gebäude durchsucht."

„Ich sehe, dass das FBI seinen guten Ruf verdient."

Dafoe grinste. „Ich wusste, dass der Cowboy nur das Beste will."

Savitch band Cathy mitten auf der Bühne an einem Stuhl fest. „Die läuft uns nicht weg", sagte er zufrieden und drückte ihr zuletzt Klebeband auf den Mund.

Tyrone sah auf seine Uhr. „Null minus fünfzehn. Auf die Plätze, Gentlemen."

Die drei Männer verschwanden in der Dunkelheit. Der Scheinwerfer, der auf Cathys Gesicht herunterknallte, war heiß wie die Sonne.

Schweiß bildete sich auf ihrer Stirn. Nach den Stimmen erriet sie die Positionen der Männer, Tyrone war in ihrer Nähe. Savitch war im Hintergrund nahe dem Haupteingang. Dafoe hatte sich in einer der Logen stationiert.

Victor, dachte sie verzweifelt, bleib weg …

Ein Schweißtropfen lief über ihre Schläfe.

Irgendwo in der Dunkelheit vor ihr öffnete und schloss sich eine Tür quietschend. Schritte näherten sich langsam. Cathy versuchte, gegen das Gleißen des Scheinwerfers etwas zu sehen, erkannte jedoch nur einen Schatten, der sich durch Schatten bewegte.

Die Bretter der Bühne knarrten hinter ihr, als Tyrone aus der Kulisse trat. „Stehen bleiben, Mr Holland!"

13. KAPITEL

Ein zweiter Scheinwerfer flammte auf und fing Victor ein. Er stand auf halbem Weg im Mittelgang. Hätte Cathy ihn doch bloß wegen der beiden anderen Männer warnen können!

„Lassen Sie sie gehen", sagte Victor.

„Sie haben etwas, das wir zuerst wollen."

„Ich sagte, lassen Sie sie gehen!"

Cathy zuckte zusammen, als sich die eisige Pistolenmündung gegen ihre Schläfe presste. „Zeigen Sie her, Tyrone."

„Binden Sie sie zuerst los."

„Ich könnte euch beide erschießen."

„Ist es schon so weit gekommen?", schrie Victor. „Bundesgelder für die Ermordung von Bürgern?"

„Es ist nur eine Frage von Kosten und Nutzen. Ein paar Bürger müssen jetzt vielleicht sterben, aber wenn dieses Land Krieg führt, denken Sie an die Millionen von Amerikanern, die dann gerettet werden."

„Ich denke an die Amerikaner, die Sie bereits getötet haben."

„Notwendige Todesfälle. Aber das verstehen Sie nicht. Sie haben nie einen Kameraden im Kampf sterben gesehen, nicht wahr, Holland? Sie wissen nicht, was für ein hilfloses Gefühl das ist, wenn man zusieht, wie brave Jungs aus guten amerikanischen Städten in Stücke gerissen werden. Mit dieser Waffe wird das nicht geschehen. Dann wird der Feind sterben, nicht wir."

„Wer hat Ihnen die Autorität gegeben?"

„Ich selbst."

„Und wer, zum Teufel, sind Sie?"

„Ein Patriot, Mr Holland." Die Pistole an Cathys Schläfe klickte.

„Woher wollen Sie wissen, dass ich die Phiolen mitgebracht habe?", fragte Victor ruhig. „Wenn ich sie nun irgendwo versteckt habe? Töten Sie sie, und Sie finden es nie heraus."

Tyrone senkte die Pistole und griff in seine Tasche. Cathy hörte das Klicken eines Springmessers. „Diese Runde geht an Sie, Holland", sagte er und schnitt ihre Fesseln durch. Er riss das Klebeband von ihrem Mund und zerrte sie aus dem Stuhl. „Sie gehört Ihnen!"

Cathy kletterte von der Bühne. Unsicher ging sie zu Victor. Er zog sie in seine Arme. Nur an dem Hämmern seines Herzens erkannte sie, wie nahe er einer Panik war.

„Sie sind dran, Holland!", rief Tyrone.

„Lauf", wisperte Victor ihr zu. „Raus hier."

„Victor, er hat noch zwei Männer …"

„Geben Sie das Zeug her!", schrie Tyrone.

Victor zögerte, fasste dann in sein Jackett und zog ein Zigarettenetui heraus. „Sie werden auf mich achten", flüsterte er Cathy zu. „Schieb dich zur Tür. Vorwärts!"

Sie stand da, gelähmt vor Unentschlossenheit. Sie konnte ihn nicht sterben lassen. Und sie wusste, dass die beiden anderen Bewaffneten irgendwo in der Dunkelheit waren und jede ihrer Bewegungen beobachteten.

„Sie bleibt, wo sie ist", sagte Tyrone. „Los, Holland, die Phiolen!"

Victor machte einen Schritt auf ihn zu, dann noch einen.

„Nicht weiter!", befahl Tyrone. „Legen Sie es auf den Boden."

Langsam legte Victor das Zigarettenetui vor seine Füße.

„Jetzt schieben Sie es mir zu."

Victor versetzte dem Etui einen Stoß. Es rutschte den Mittelgang entlang und blieb im Orchestergraben liegen.

Tyrone ließ sich von der Bühne fallen.

Victor schob sich zurück, ergriff Cathys Hand und näherte sich langsam durch den Mittelgang der Tür.

Wie auf Stichwort klickte der Hammer einer Pistole. Victor wirbelte herum und versuchte, die anderen Bewaffneten auszumachen. Es war unmöglich, gegen das Gleißen der Scheinwerfer etwas zu erkennen.

„Sie gehen noch nicht", sagte Tyrone und griff nach dem Etui. Vorsichtig hob er den Deckel an. Schweigend starrte er auf den Inhalt.

Das war es, dachte Cathy. Er hat keinen Grund, uns noch leben zu lassen, nachdem er bekommen hat, was er wollte …

Tyrones Kopf schnellte hoch. „Ein Trick", sagte er. Dann brüllte er: „Ein Trick! Tötet sie!"

Seine Stimme hallte noch durch das Theater, als plötzlich die Lichter ausgingen. Schwärze senkte sich über den ganzen Raum, als Victor Cathy seitlich in eine Sitzreihe zog.

Schüsse schienen von überall gleichzeitig zu fallen; während Cathy und Victor auf Händen und Knien auf dem Boden dahinrutschten, hörten sie Kugeln in die samtbespannten Sitze schlagen.

„Feuer einstellen!", schrie Tyrone. „Achtet auf Geräusche!"

Die Schüsse verstummten. Cathy und Victor erstarrten in der Dunkelheit aus Angst, ihre Position zu verraten. Abgesehen von ihrem eigenen hämmernden Puls hörte Cathy absolut nichts.

Sie wagte kaum zu atmen, während sie nach hinten tastete und ihren Schuh auszog, weit ausholte und ihn blindlings durch das Theater schleuderte. Das Poltern löste eine neue Salve aus. In dem Dröhnen des Lärms hasteten Victor und Cathy weiter und kamen auf den Seitengang.

Wieder verstummten die Schüsse.

„Es gibt keinen Ausweg, Holland!", schrie Tyrone. „Beide Türen sind bewacht! Es ist nur eine Frage der Zeit ..."

Irgendwo über ihnen in einer Loge flackerte plötzlich ein Licht. Dafoe hielt ein Feuerzeug hoch. Die Flamme zischte hoch und warf ihr schreckliches Licht in die Dunkelheit. Victor schob Cathy auf dem Boden hinter einen Sitz.

„Ich weiß, dass sie hier sind!", rief Tyrone. „Siehst du sie, Dafoe?"

Dafoe schwenkte die Flamme. „Ich werde sie gleich haben. Warte, ich glaube, ich sehe ..."

Dafoe zuckte plötzlich, als ein Schuss krachte. Das Licht der Flamme tanzte wild auf seinem Gesicht, während er einen Moment in der Loge schwankte. Er griff nach dem Geländer, aber das morsche Holz gab unter seinem Gewicht nach. Er kippte vornüber. Sein Körper krachte in eine Sitzreihe.

„Dafoe!", schrie Tyrone. „Verdammt, wer ..."

Eine Flammenzunge jagte plötzlich vom Fußboden hoch. Dafoes Feuerzeug hatte die Vorhänge in Brand gesetzt. Die Flammen breiteten sich rasch aus, tanzten über den schweren Samt zur Decke. Als die Flammen auf Holz trafen, fauchte das Feuer weiter.

Das Licht des Infernos enthüllte alles. Victor und Cathy, die in dem Gang kauerten; Savitch, der mit schussbereiter Waffe am Ausgang stand. Und auf der Bühne Tyrone, dessen Gesicht im Feuerschein dämonisch glühte.

„Sie gehören Ihnen, Savitch!", befahl Tyrone.

Savitch zielte. Diesmal konnten sie sich nirgendwo verstecken. Cathy fühlte, wie Victor sie ein letztes Mal schützend umarmte.

Bei dem Knall der Waffe zuckten sie beide zusammen. Noch ein Schuss. Dennoch fühlte Cathy keinen Schmerz. Sie blickte zu Victor. Er starrte sie an, als könnte er nicht glauben, dass sie beide lebten.

Sie blickten hoch. Blut breitete sich auf Savitchs Hemd aus, während er auf die Knie fiel.

„Das ist eure Chance!", schrie eine Stimme. „Bewegung, Holland!"

Sie wirbelten herum und sahen eine vertraute Gestalt als Silhouette vor den Flammen. Sam Polowski war wie durch einen Zauber hinter den Vorhängen aufgetaucht. Jetzt wirbelte er mit der Pistole in beiden Händen zu Tyrone herum.

Er hatte keine Chance, abzudrücken.

Tyrone schoss zuerst. Die Kugel schleuderte Polowski rückwärts gegen die Samtsitze.

„Raus hier!", schrie Victor und versetzte Cathy einen Stoß zum Ausgang. „Ich hole ihn …"

„Victor, das kannst du nicht!"

Aber er war schon unterwegs. Durch die wirbelnden Rauchwolken sah sie, wie er geduckt zwischen den Reihen hindurchlief.

Die Luft war bereits so heiß, dass sie in Cathys Kehle brannte. Hustend ließ sie sich zu Boden sinken und atmete die relativ rauchfreie Luft ein. Sie konnte noch fliehen. Sie brauchte nur den Gang hinauf- und zur Tür hinauszukriechen, stattdessen folgte sie Victor hinein in das Inferno.

Sie konnte gerade noch seine Gestalt vor einer massiven Feuerwand ausmachen, hob ihren Arm und schirmte ihr Gesicht gegen die Hitze ab. Sie blinzelte in den Rauch, kroch vorwärts und schob sich noch näher an die Flammen heran. „Victor!", schrie sie.

Nur das Brüllen des Feuers antwortete ihr … und ein noch bedrohlicheres Geräusch – das Knacken von Holz. Sie blickte hoch. Zu ihrem Entsetzen sah sie, dass die Balken durchhingen und unmittelbar vor dem Einsturz standen.

Blindlings hastete sie zu der Stelle, an der sie Victor zuletzt gesehen hatte. Er war nicht mehr aufzufinden. An der Stelle befand sich ein Tornado aus Rauch und Flammen. War er bereits entkommen? War sie allein, gefangen in dieser glühenden Streichholzschachtel?

Etwas klatschte gegen ihre Wange. Sie starrte zuerst verständnislos auf die Hand, die vor ihrem Gesicht baumelte. Langsam folgte sie dem blutigen Arm hinauf zu Dafoes leblosen Augen. Ihr Schrei wurde von dem Feuersturm verschluckt.

„Cathy?"

Sie drehte sich bei Victors Ruf um. Jetzt sah sie ihn. Er kauerte im Mittelgang, nur einen oder zwei Meter entfernt. Er hielt Polowski unter den Armen und kämpfte darum, ihn mit sich zum Ausgang zu zerren. Doch Hitze und Rauch hatten ihren Tribut gefordert. Er stand am Rand eines Zusammenbruchs.

„Das Dach stürzt gleich ein!", schrie sie.

„Du musst raus!"

„Nicht ohne dich." Sie kroch vorwärts und packte Polowskis Füße. Gemeinsam schleppten sie ihre Last den Mittelgang über einen Teppich hinauf, auf dem bereits Funken glühten, Schritt um Schritt näherten sie sich dem Ende des Ganges, nur noch ein paar Meter.

„Ich habe ihn", keuchte Victor. „Mach die Tür auf ..."

Sie richtete sich halb auf und drehte sich um.

Matt Tyrone stand vor ihr.

„Victor!", schluchzte sie.

Victors Gesicht war eine Maske aus Ruß und Schweiß, als er seinen Blick zu Tyrone lenkte. Keiner der Männer sagte ein Wort. Beide wussten, dass das Spiel ausgereizt war. Es war Zeit, zum Ende zu kommen.

Tyrone hob seine Waffe.

In diesem Moment hörten sie das laute Krachen von berstendem Holz. Tyrone blickte hoch, als einer der Balken durchsackte und einen Funkenschauer versprühte.

Die kurze Ablenkung reichte Cathy. In purer Verzweiflung warf sie sich gegen Tyrones Beine und schleuderte ihn rückwärts. Die Waffe flog aus seiner Hand und glitt unter eine Sitzreihe.

Sofort war Tyrone wieder auf den Füßen und trat heftig nach ihr. Der Treffer an ihren Rippen war so schmerzhaft, dass sie nicht einmal aufschreien konnte. Sie fiel einfach der Länge nach hin, einfach zu hilflos, um weitere Treffer abzuwehren.

Durch die Schleier vor ihren Augen sah sie zwei kämpfende Gestalten: Victor und Tyrone. Vor einem Feuermeer rangen sie darum, dem anderen an die Kehle zu gehen. Tyrone landete einen Faustschlag. Victor taumelte ein paar Schritte zurück. Tyrone ging wie ein Stier auf ihn los. Im letzten Moment wich Victor zur Seite, und Tyrone traf nur auf leere Luft. Er stolperte und stürzte nach vorn auf den glimmenden Teppich. Wütend richtete er sich auf die Knie auf und wollte erneut angreifen.

Das Krachen von berstendem Holz ließ ihn wieder nach oben blicken.

Er starrte noch immer erstaunt, als der Balken auf seinen Kopf krachte.

Cathy wollte Victors Namen rufen, aber kein Laut kam aus ihrer Kehle. Sie raffte sich auf die Knie auf. Polowski lag stöhnend neben ihr. Flammen waren überall, schossen vom Boden hoch, kletterten die letzten unberührten Vorhänge hoch.

Dann sah sie ihn, wie er durch diese Vision des Höllenfeuers taumelte. Er packte ihren Arm und schob sie zum Ausgang.

Irgendwie schafften sie es, zur Tür hinauszustolpern und Polowski hinter sich herzuziehen. Hustend und keuchend zerrten sie ihn über die Straße. Dort brachen sie zusammen.

Der Nachthimmel wurde plötzlich erleuchtet, als eine Explosion durch das Theater tobte. Das Dach stürzte ein, Flammen schlugen hoch, als würden sie den Himmel erreichen. Victor warf sich über Cathy, als die Fenster in dem Gebäude über ihnen splitterten und Glasscherben auf den Bürgersteig regneten.

Einen Moment waren nur die prasselnden Flammen zu hören. Dann heulte in der Ferne eine Sirene.

Polowski bewegte sich und stöhnte.

„Sam!", rief Victor. „Wie geht es, Kamerad?"

„Sticht … teuflisch in meiner Seite."

„Sie kommen wieder auf die Beine. Danke, Sam", sagte Victor.

„Ich musste es tun. Sie … waren zu dumm, um auf mich … zu hören …"

„Wir haben sie wieder."

Polowskis Blick wanderte zu Cathy. „Wir haben es geschafft."

Victor rieb sich über das Gesicht. „Ich habe den Beweis verloren. Da drinnen." Victor starrte auf die Flammen.

„Milo hat ihn", flüsterte Sam. „Ich habe ihn Milo gegeben."

Victor sah ihn verwirrt an. „Sie haben die Phiolen genommen?"

Polowski nickte.

„Sie ... Sie verdammter, elender..."

„Victor!", mahnte Cathy.

„Er hat mein Unterpfand gestohlen!"

„Er hat uns das Leben gerettet!"

Polowski grinste schmerzlich. „Die Lady hat Verstand", murmelte er. „Hören Sie auf sie."

Die Sirenen verstummten plötzlich. Rufe ertönten. Ein Feuerwehrmann kam auf Polowski zugerannt, rief nach einem Krankenwagen. Bis sie Polowski wegbrachten, war von dem Saracen Theater nicht viel mehr übrig als ein verglimmender Scheiterhaufen.

Victor zog Cathy in die Arme, hielt sie lange fest. Sie waren beide so erschöpft, dass keiner wusste, wer wen stützte.

„Du bist zu mir gekommen", murmelte sie. „Victor, ich hatte solche Angst, du würdest es nicht tun ... Du hattest deinen Beweis. Du hättest mich zurücklassen können ..."

„Nein, das konnte ich nicht." Er drückte einen Kuss auf ihre angesengten Haare.

Schritte erklangen. „Entschuldigen Sie. Sind Sie Victor Holland?" Ein Mann in einem zerknitterten Parka und mit einer Kamera streckte die Hand aus. „Ich bin Jay Wallace. San Francisco Chronicle. Sam Polowski hat mich angerufen. Vor ungefähr zwei Stunden. Mein Exschwager. Seit Tagen macht er schon Andeutungen."

„Er hat Ihnen von mir erzählt?"

„Er sagte, Sie hätten eine Story. Wo ist der Blödmann eigentlich?"

„Dieser Blödmann", antwortete Victor gereizt, „ist ein Held. Schreiben Sie das in Ihrem Artikel."

Zwei Polizisten kamen zu ihnen. „Wir haben erfahren", sagte der Ältere, „dass ein Mann mit einer Schussverletzung ins Krankenhaus gebracht wurde."

Victor nickte. „Wenn Sie dieses Gebäude durchsuchen, werden Sie noch drei Leichen finden."

„Drei Leichen?" Die Cops sahen einander an. „Wie ist Ihr Name?"

Victors Blick richtete sich auf Cathy. „Mein Name ist Victor Holland."

„Holland ... Victor Holland?", wiederholte der Polizist. „Ist das nicht ...?"

Und noch immer sah Victor Cathy an. Bis sie ihm Handschellen anlegten, bis sie ihn wegzogen zu einem wartenden Streifenwagen, blieb sein Blick mit dem ihren verschlungen.

„Ma'am, Sie müssen mit uns kommen."

Benommen sah sie den Polizisten an. „Was?"

Die Polizisten waren höflich, beinahe freundlich. Cathy beantwortete alle Fragen. Sie erzählte ihnen alles. In der Morgendämmerung wurde sie entlassen.

Jay Wallace wartete vor dem Eingang. „Ich muss mit Ihnen reden."

Dort auf der kalten, leeren Straße brach sie in Tränen aus. „Ich weiß nicht, was ich machen soll", schluchzte sie. „Ich weiß nicht, wie ich ihm helfen soll."

„Sie meinen Holland? Den haben sie schon nach San Francisco gebracht. Vor einer Stunde. Hohe Tiere vom Justizministerium sind mit einer Eskorte gekommen. Ich habe gehört, sie fliegen ihn direkt nach Washington. Behandlung erster Klasse."

Sie schüttelte verwirrt den Kopf. „Dann geht es ihm gut? Er ist nicht verhaftet ...?"

„Verdammt, Lady!" Wallace lachte. „Der Mann ist jetzt ein echter Held!"

Sie holte tief Luft. „Haben Sie einen Wagen, Mr Wallace?", fragte sie.

„Er parkt gleich um die Ecke."

„Dann können Sie mich mitnehmen?" Wo würde Victor nach ihr suchen? Natürlich, bei Milo. „Zum Haus eines Freundes. Ich will da sein, wenn Victor anruft. Ich denke, er wird es sicher dort zuerst versuchen."

Wallace zeigte ihr den Weg zu seinem Wagen. „Hoffentlich ist es eine lange Fahrt. Ich muss noch viel erfahren, bevor diese Story in die Zeitung kommt."

Victor rief nicht an.

Vier Tage wartete Cathy in der Nähe des Telefons. Vier Tage versorgten Milo und seine Mutter sie mit Tee und Plätzchen, Lächeln und Mitgefühl.

Dann kehrte sie in ihre Wohnung nach San Francisco zurück, ließ ein neues Fenster einsetzen und die Wand neu tapezieren. Sie unternahm lange Spaziergänge und besuchte Ollie und Polowski oft im Krankenhaus. Alles, um von diesem stummen Telefon wegzukommen.

Sie erhielt einen Anruf von Jack. „Wir drehen nächste Woche", jammerte er. „Und das Ungeheuer ist in grauenhaftem Zustand. Diese ganze Feuchtigkeit! Das Gesicht schmilzt ständig zu grünem Brei. Komm her und tu etwas dagegen!"

Sie sagte, sie würde es sich überlegen.

Eine Woche später entschied sie sich. Arbeit, grüner Brei und gereizte Schauspieler, das war besser, als auf einen Anruf zu warten, der nie kommen würde.

Doch bevor sie abreiste, wollte sie noch einmal nach Palo Alto fahren. Sie hatte Sam Polowski einen letzten Besuch versprochen.

14. KAPITEL

(AP) Washington.

Regierungssprecher Richard Jungkuntz wiederholte heute, dass weder der Präsident noch irgendein Mitglied seines Stabes etwas von der Erforschung biologischer Waffen bei Viratek Industries in Kalifornien wussten. Das Projekt Zerberus, bei dem es um die Entwicklung genetisch veränderter Viren ging, war eindeutig ein Verstoß gegen internationales Recht. Beweise, die von dem Reporter Jay Wallace vom San Francisco Chronicle gesammelt wurden, enthüllten, dass das Projekt mit Geldern finanziert wurde, die direkt von dem verstorbenen Matthew Tyrone bewilligt wurden, einem hochrangigen Berater des Verteidigungsministers.

In der heutigen Anhörung des Justizministeriums sagte der Präsident von Viratek, Archibald Black, zum ersten Mal aus und versprach, nach bestem Wissen die direkten Verbindungen zwischen der Regierung und dem Projekt Zerberus zu enthüllen. Die gestrige Aussage des ehemaligen Viratek-Angestellten Dr. Victor Holland hat bereits eine beunruhigende Geschichte von Betrug, Vertuschung und möglicherweise Mord umrissen.

Die Generalstaatsanwaltschaft weigert sich weiterhin, die Forderung des Kongressabgeordneten Leo D. Fanelli nach Einsetzung eines Sonderanklägers zu erfüllen …

Cathy legte die Zeitung weg und lächelte im Wintergarten des Krankenhauses ihren drei Freunden zu. „Na, Leute, ihr habt Glück, dass ihr im sonnigen Kalifornien seid und euch nicht euren Ihr-wisst-schon-was in Washington abfriert."

„Machen Sie Scherze?", grollte Polowski. „Ich würde alles geben, um bei dieser Anhörung zu sein. Stattdessen …" Er zog an seiner Infusionsleitung.

„Geduld, Sam", sagte Milo. „Sie kommen nach Washington."

Drei Wochen waren schon vergangen, seit Cathy zuletzt Victor gesehen hatte. Durch Jay Wallace in Washington hatte sie gehört, dass Victor ständig von Reportern und Bundesanwälten und Beamten des Justizministeriums umlagert wurde, wenn er sich in der Öffentlichkeit zeigte. Niemand kam an ihn heran.

Diese drei neuen Freunde waren ein Trost gewesen. Ollie hatte sich rasch erholt. Bei Polowski dauerte es länger. Noch eine Woche, sagten die Ärzte.

Das Schweigen von Victor wäre zu erwarten gewesen, hatte Polowski erklärt. Absonderung von Zeugen. Schutzhaft. Das Justizministerium wollte einen wasserdichten Fall. Deshalb wurde der Hauptzeuge abgeschottet.

„Sam, wir haben Ihnen etwas mitgebracht." Milo griff in seine Tasche. „Einen Kamm zum Blasen."

„Den habe ich wirklich gebraucht."

„Richtig." Ollie öffnete seinen Klarinettenkasten. „Da wir heute unsere Instrumente mitgebracht haben, wollten wir Sie nicht ausschließen."

„Das meinen Sie nicht ernst."

Milo streichelte seine Piccoloflöte. „Alle diese deprimierten Patienten müssen mit guter Musik aufgeheitert werden. Das ist jetzt unsere Aufgabe."

„Die brauchen Frieden und Ruhe!" Polowski sah Cathy flehend an. „Das meinen die beiden doch nicht ernst."

Sie holte ihren Kamm hervor. „Todernst."

„Los, Jungs", sagte Ollie. „Fangt an!"

Nie zuvor hatte die Welt eine solche Version von „California, Here I Come!" gehört, und wenn sie Glück hatte, würde sie auch nie wieder so etwas hören. Als die letzte Note verklang, hatten sich Patienten und Schwestern im Wintergarten versammelt, um die Quelle dieses schrecklichen Gekreisches aufzuspüren.

„Also", sagte Cathy. „Ich habe mein Teil zu der Aufheiterung beigetragen. Ich mache mich auf den Weg nach Mexiko."

„Was ist mit Victor?", fragte Polowski. „Er wird Sie vermissen."

„Das glaube ich nicht." Cathy wandte sich ab. Sie liebte Victor. Aber sie erinnerte sich daran, wie oft er versucht hatte, sie wegzuschicken. Sie hatte schon einmal geliebt, und sie wusste, dass das Schlimmste, was eine Frau bei einem Mann erkennen konnte, Gleichgültigkeit war.

Sie wollte diese Gleichgültigkeit nicht in Victors Augen sehen.

Sie griff nach ihrer Handtasche und drückte Polowski einen Kuss auf die Stirn. „Erholen Sie sich! Das Land braucht Sie!"

Polowski seufzte. „Wenigstens einer, der das einsieht."

„Ich schreibe aus Mexiko." Sie kam einen Schritt weit.

Victor stand mit einem Koffer in der Hand in der Tür. „Was ist mit Mexiko?"

„Du kommst gerade rechtzeitig", sagte Ollie. „Sie will weg."

„Was?" Der Koffer entglitt Victors Hand. Er sah sie betroffen an. „Du kannst nicht weg!"

Sie räusperte sich. „Jack braucht mich. Sie filmen, und sie kommen nicht klar. Ich rufe dich an …"

„Er kann den Film ohne dich drehen."

„Ja, aber …"

Sanft, aber fest ergriff er ihre Hand. „Entschuldigt uns, Leute", sagte er zu den anderen. „Die Lady und ich machen einen Spaziergang."

Draußen trieben Blätter über den winterbraunen Rasen. Victor blieb plötzlich stehen und zog Cathy zu sich herum.

„Wie bist du auf diese verrückte Idee gekommen, wegzugehen? Ich bin in diesem Hotelzimmer fast die Wände hochgegangen. Du hast keine Ahnung, welche Sorgen ich mir gemacht habe. Die Anwälte ließen mich nicht einmal telefonieren, bevor die Anhörung beendet war. Ich konnte nur daran denken, wie sehr ich dich vermisse! Bei der ersten Gelegenheit bin ich abgehauen, und hier bin ich. Offenbar gerade noch rechtzeitig."

Sie schüttelte den Kopf. „Das kann nicht klappen."

Er ließ seine Hände sinken. „Die Nacht, in der wir uns geliebt haben", flüsterte er. „Hat dir das nichts bewiesen?"

„Aber das war nicht ich, die du geliebt hast. Du hast an Lily gedacht …"

„Lily?" Er schüttelte verwirrt den Kopf.

„Du hast sie so sehr geliebt. Ganz gleich, wie sehr ich mich auch bemühe, ich werde nie an sie heranreichen. Ich werde nicht klug genug sein oder gütig genug oder …"

„Cathy, hör auf."

„Ich werde nie sie sein."

„Ich will nicht, dass du sie bist! Ich will die Frau, die mit mir an Feuerleitern hängt, die mich von der Straße zieht. Ich will die Frau, die mir das Leben gerettet hat. Die Frau, die sich durchschnittlich nennt. Die Frau, die nicht weiß, wie außergewöhnlich sie ist." Er hob ihr Gesicht an. „Ja, Lily war eine wunderbare

Frau, aber sie war nicht du. Als du und ich uns in jener Nacht geliebt haben, war es für mich, als wäre es das erste Mal. Nein, sogar besser, weil ich dich geliebt habe."

„Und ich habe dich geliebt", flüsterte sie.

Er zog sie in seine Arme und küsste sie. „Cathy, Cathy", murmelte er. „Wir waren so damit beschäftigt, am Leben zu bleiben, dass wir keine Zeit hatten, alles das zu sagen, was wir hätten sagen sollen ..."

Seine Arme verkrampften sich, als Applaus über ihnen ertönte. Drei grinsende Gesichter spähten von einem Krankenhausbalkon.

„Vorwärts, Jungs!", schrie Ollie. Eine Klarinette, ein Piccolo und ein Kamm kreischten nun los um die Wette. Dennoch glaubte Cathy, George Gershwin zu erkennen. „Someone to Watch Over Me."

Victor ergriff ihre Hand und zog sie zu einem Taxi am Straßenrand. „Nichts wie ab nach Mexiko!"

„Aber Victor! Was ist mit unserem Gepäck? Meine Kleider ..."

Er brachte sie mit einem Kuss zum Schweigen.

Sie stiegen in das Taxi. Die Band auf dem Hotelbalkon stimmte eine neue Melodie an, die Cathy zuerst nicht erkannte. Dann erhob sich aus den vermanschten Tönen der Kamm zu einem perfekten Solo. Sie spielten „Tannhäuser". Hochzeitsmusik!

„Was ist das für ein scheußlicher Lärm?", fragte der Taxifahrer.

„Musik", antwortete Victor und lächelte Cathy zu. „Die schönste Musik der Welt."

Sie fiel ihm in die Arme, und er hielt sie fest.

Das Taxi fuhr los. Doch obwohl sie das Krankenhaus weit hinter sich ließen, dachten sie, in der Ferne noch Sam Polowskis Kamm zu hören, der eine letzte verklingende Note zum Abschied spielte.

– ENDE –

Tess Gerritsen

Tödliche Spritzen

Roman

Aus dem Amerikanischen von
Margret Krätzig

NEW YORK TIMES
BESTSELLER AUTOREN

*G*ütiger Himmel, wie einen die Vergangenheit belasten konnte!

Dr. Henry Tanaka starrte aus seinem Bürofenster auf den regengepeitschten Parkplatz und fragte sich, warum ihn nach all den Jahren der Tod einer Patientin noch vernichten sollte.

Draußen rannte eine Krankenschwester in regenfleckiger Uniform zum Auto. Noch jemand, den es ohne Regenschirm erwischt hat, dachte er. Der Morgen hatte, wie meistens in Honolulu, hell und sonnig begonnen. Gegen drei waren aus Richtung Koolau Wolken herangezogen, und als das letzte Klinikpersonal nach Hause fuhr, ging der Regen wolkenbruchartig nieder und überflutete die Straßen mit schmutzigem Wasser.

Dr. Tanaka drehte sich mit seinem Sessel um und blickte auf den Brief auf seinem Schreibtisch, der vor einer Woche bereits aufgegeben worden war, jedoch zwischen gynäkologischen Fachzeitschriften und Ausstattungskatalogen verloren gegangen war. Als seine Sekretärin ihn heute auf das Schreiben aufmerksam gemacht hatte, hatte er den Absender voller Unruhe gelesen: Joseph Kahanu, Anwalt bei Gericht. Daraufhin hatte er den Brief sofort geöffnet.

Dr. Tanaka sank in seinen Sessel zurück und las erneut.

Sehr geehrter Herr Dr. Tanaka,
als Anwalt von Mr Charles Decker verlange ich Einsicht in alle gynäkologischen Unterlagen von Miss Jennifer Brook, die zum Zeitpunkt ihres Todes Ihre Patientin war.

Jennifer Brook. Er hatte gehofft, diesen Namen zu vergessen.

Bleierne Müdigkeit befiel ihn, die Erschöpfung eines Mannes, der erkennen muss, dass er seinem Schatten nicht entfliehen kann. Er konnte sich nicht dazu aufraffen, nach Hause zu gehen. Er konnte nur dasitzen und die Bürowände betrachten. Er ließ den Blick über gerahmte Diplome, medizinische Zertifikate und Fotos schweifen. Überall hingen Schnappschüsse von runzeligen Neugeborenen und strahlenden Müttern und Vätern. Wie vielen gesunden Babys hatte er auf die Welt geholfen? Er hatte schon vor etlichen Jahren aufgehört zu zählen …

Ein Geräusch aus dem Vorzimmer, das Klicken einer zuschnappenden Tür, veranlasste ihn schließlich, sich aus dem Sessel zu erheben. Er ging hinaus und sah am Empfang nach. „Peggy, sind Sie noch hier?"

Der Warteraum war leer. Sein Blick glitt über die Couch, die Sessel und die säuberlich zum Stapel aufgeschichteten Magazine auf dem Kaffeetisch zur Außentür. Sie war unverschlossen.

„Peggy?" Dr. Tanaka ging den Flur hinunter und blickte in den ersten Raum. Er schaltete das Licht ein und sah das stählerne Spülbecken, den gynäkologischen Stuhl und den Vorratsschrank. Er löschte das Licht wieder und begab sich in den nächsten Raum. Auch hier war alles, wie es sein sollte.

Dr. Tanaka überquerte den Flur, um im dritten und letzten Raum nachzusehen. Doch als er nach dem Lichtschalter langte, ließ ihn ein Instinkt erstarren. Er spürte die Gegenwart eines anderen Menschen, und er spürte, dass in der Dunkelheit Gefahr lauerte.

Entsetzt wich er zurück. Doch als er sich umdrehte, um zu fliehen, erkannte er die Gefahr hinter sich.

Eine scharfe Klinge durchtrennte ihm die Halsschlagader.

Dr. Tanaka strauchelte rückwärts in den Untersuchungsraum und riss einen Instrumentenständer um. Im Fallen bemerkte er, dass der Boden bereits schlüpfrig war von seinem Blut. Doch obwohl er sein Lebenslicht verlöschen spürte, versuchte er, seine Verletzung und die Überlebenschancen nüchtern einzuschätzen: durchtrennte Halsschlagader, Verblutung innerhalb von Minuten. Er musste so schnell wie möglich die Blutung stoppen … Taubheit kroch ihm bereits die Beine hinauf.

Es blieb ihm nur wenig Zeit. Auf Händen und Knien rutschte er zum Schrank mit der Gaze, in seinem halb bewusstlosen Zustand vom Glitzern der gläsernen Schranktüren geleitet.

Ein Schatten schob sich vor das Licht vom Flur. Dr. Tanaka wusste, dass der Eindringling auf der Türschwelle stand und ihn beobachtete. Trotzdem kroch er weiter. Er zog sich hoch und riss die Tür auf. Sterile Packungen regneten vom Bord. Blindlings riss er eine auf und presste den Packen Gaze auf die Ader.

Er sah nicht, wie die Klinge ein zweites Mal niedersauste. Als sie sich tief in seinen Rücken bohrte, versuchte er zu schreien, doch seiner Kehle entrang sich nur ein Seufzer. Dann glitt er ruhig zu Boden.

Charlie Decker lag nackt auf seinem schmalen harten Bett und hatte Angst. Durch das Fenster sah er eine grellrote Neonschrift: *The Victory Hotel.* Dass in dem Wort Hotel das t fehlte, zeigte, in welch erdrückend trostlosem Zustand es sich befand.

Er schloss die Augen, doch der Schein des Neonzeichens durchdrang seine Lider. Er drehte sich vom Fenster weg und legte sich das Kissen über das Gesicht. Der Geruch des stockigen Leinens war zum Ersticken. Er warf das Kissen beiseite, stand auf, ging zum Fenster und schaute auf die Straße hinunter. Eine Blondine mit strähnigem Haar und Minirock verhandelte gerade mit einem Mann in einem Chevy über den Preis. Irgendwo lachten Leute, und eine Musikbox spielte „It don't matter anymore". Der Gestank von der Straße war eine sonderbare Mischung aus verrottendem Abfall und Frangipani: der Geruch der Hinterhöfe des Paradieses. Er verursachte ihm Übelkeit. Doch es war zu heiß, das Fenster zu schließen, zu heiß zum Schlafen und zu heiß zum Atmen.

Charlie Decker ging zum Kaffeetisch und schaltete das Licht ein. Die Schlagzeile der Zeitung sprang ihn geradezu an:

Arzt in Honolulu ermordet aufgefunden.

Er spürte Schweißperlen auf seiner Brust und warf die Zeitung zu Boden. Dann setzte er sich und ließ den Kopf in die Hände sinken.

Die Musikbox verstummte einen Moment, bevor das nächste Stück mit hämmernden Gitarren- und Schlagzeugrhythmen einsetzte. Ein Sänger heulte „I want it bad, oh yeah baby, so bad, so bad ..."

Charlie hob den Kopf und betrachtete Jennys Bild. Sie lächelte, wie sie es immer getan hatte. Er berührte das Bild und versuchte sich zu erinnern, wie sich ihr Gesicht anfühlte.

Schließlich öffnete er sein Notizbuch, blätterte eine leere Seite auf und begann zu schreiben:

Das haben sie mir gesagt ...
Es dauert Zeit ...
– Das habe ich ihnen gesagt: Heilung kommt nicht durch Ver-

gessen, sondern durch Erinnerung an dich.
Der Geruch der See auf deiner Haut.
Deine kleinen, perfekten Fußabdrücke im Sand.
In der Erinnerung gibt es kein Ende.
Und so liegst du jetzt und immer dort am Strand.
Du öffnest die Augen, du berührst mich.
Die Sonne ist in deinen Fingerspitzen.
Und ich bin geheilt.
Ich bin geheilt.

1. KAPITEL

*M*it sicherer Hand injizierte Dr. Kate Chesne zweihundert Milligramm Natrium Pentothal in den Infusionsschlauch. Während die blassgelbe Flüssigkeit langsam durch den Schlauch rann, sagte Kate leise: „Du wirst dich bald schläfrig fühlen, Ellen. Schließ die Augen. Entspann dich."

„Ich fühle noch nichts."

„Es dauert eine Minute oder so." Kate drückte Ellen aufmunternd den Oberarm. Es waren die kleinen Dinge, die dem Patienten das Gefühl der Sicherheit gaben, eine Berührung, eine ruhige Stimme. „Lass dich treiben", flüsterte Kate. „Denk an den Himmel ... an die Wolken ..."

Ellen lächelte ihr ruhig und schläfrig zu. Im gleißenden OP-Licht sah man jede Sommersprosse und jeden Makel ihrer Haut. Niemand, nicht einmal Ellen O'Brien war auf dem OP-Tisch hübsch. „Seltsam", murmelte sie, „ich habe keine Angst. Nicht ein bisschen ..."

„Das brauchst du auch nicht. Ich kümmere mich um alles."

„Ich weiß, ich weiß." Ellen griff nach Kates Hand. Es war nur eine Berührung, ein kurzes Ineinanderverschlingen der Finger. Doch Ellens Körperwärme machte Kate erneut bewusst, dass hier nicht nur ein Körper lag, sondern eine Frau, eine Freundin.

Die Tür schwang auf, und der Chirurg kam herein. Dr. Guy Santini war ein Mann wie ein Bär und wirkte leicht lächerlich mit seiner geblümten Papierkappe. „Wie weit sind wir hier, Kate?"

„Sie bekommt Pentothal."

Guy ging an den OP-Tisch und drückte der Patientin die Hand. „Immer noch bei uns, Ellen?"

Sie lächelte. „Im Guten wie im Bösen. Aber eigentlich wäre ich lieber in Philadelphia."

Guy lachte: „Das werden Sie bald sein, aber ohne Ihre Gallenblase."

„Ich weiß nicht ... ich habe mich ... an das Ding ... gewöhnt." Ellens Lider schlossen sich. „Denken Sie daran, Guy", flüsterte sie, „Sie haben mir versprochen, keine Narben ..."

„Habe ich das?"

„Allerdings …"

Guy zwinkerte Kate zu. „Was ich immer sage: Schwestern sind die schlimmsten Patienten, verlangen dauernd Extrabehandlung."

„Sehen Sie sich vor, Doc!", entgegnete eine der OP-Schwestern. „Eines Tages legen wir Sie auf den Tisch da."

„Welch schrecklicher Gedanke", bemerkte er.

Kate sah, wie das Kinn ihrer Patientin sich entspannte, und rief leise: „Ellen?" Dann ließ sie die Finger über Ellens Augenlider fahren. Keine Reaktion. Kate nickte Guy zu. „Sie ist weg."

„Oh, Kate, Darling, du leistest hervorragende Arbeit für eine …"

„Für eine Frau, ja, ja, ich weiß."

„Also, dann sollte die Show beginnen." Er ging hinaus, um sich die Hände zu schrubben. „Sind die Laborbefunde in Ordnung?"

„Die Blutwerte sind ideal."

„Und das EKG?"

„Habe ich gestern Abend gemacht, ist okay."

Guy salutierte bewundernd von der Türschwelle her. „Wenn du dabei bist, Kate, braucht man nicht einmal nachzudenken. Ach, Ladies", wandte er sich an die beiden OP-Schwestern, die die Instrumente auslegten. „Noch eine Warnung. Unser Assistenzarzt ist Linkshänder."

Eine der beiden blickte interessiert auf. „Ist er süß?"

Guy zwinkerte. „Ein Traummann, Cindy. Ich werde ihm sagen, dass Sie gefragt haben." Lachend verschwand er aus der Tür.

Cindy seufzte: „Wie hält seine Frau ihn nur aus?"

Die Vorbereitungen während der nächsten zehn Minuten liefen mit der Präzision eines Uhrwerks ab. Kate erledigte ihre Aufgaben mit der üblichen Zuverlässigkeit. Sie führte den Tubus in den Rachen der Patientin ein und schloss ihn an den Narkoseapparat an. Dann regelte sie die Zufuhr von Atem- und Narkosegasen. Dabei behielt sie den Monitor, der Ellens Herztätigkeit anzeigte, im Auge. Jeder Schritt, obwohl er automatisch erfolgte, musste zwei- und dreimal überprüft werden. Und wenn der Patient jemand war, den sie kannte und mochte, war sie noch gewissenhafter. Die Tätigkeit eines Anästhesisten wurde oft mit neunundneunzig Prozent Langeweile und einem Prozent Entsetzen beschrieben. Und genau diesem einen Prozent galt Kates ständige

Sorge. Wenn Komplikationen auftraten, entwickelten sie sich in Sekundenbruchteilen.

Heute würde jedoch alles glattlaufen. Ellen O'Brien war erst einundvierzig, und abgesehen von einem Gallenstein war sie völlig gesund.

Guy kehrte mit noch feuchten Armen in den OP zurück. Ihm folgte der angebliche Traum von einem linkshändigen Assistenzarzt, der mit seinen hochhackigen Schuhen mal gerade ein Meter achtundsechzig groß sein mochte. Die beiden begannen mit dem Ritual des Anziehens von steriler Kleidung und Handschuhen, das mit dem Klatschen des Latex beendet wurde.

Während sich das Team um den OP-Tisch versammelte, wanderte Kates Blick über die maskierten Gesichter. Mit Ausnahme des Assistenzarztes waren sie ihr alle wohlvertraut. Da war Ann Richter mit dem aschblonden Haar, das sie sauber unter die blaue Chirurgenkappe gestopft hatte, eine äußerst professionell arbeitende Schwester, die niemals Arbeit und Vergnügen mischte. Machte jemand einen Scherz im OP, warf sie ihm höchstwahrscheinlich einen strafenden Blick zu.

Daneben Guy, gemütlich und freundlich, die braunen Augen hinter dicken Brillengläsern verborgen. Es war kaum zu glauben, dass ein so unbeholfen wirkender Mann Chirurg war. Doch mit einem Skalpell in der Hand vollbrachte er wahre Wunder.

Ihm gegenüber stand der Assistenzarzt mit dem bedauerlichen Handicap, als Linkshänder geboren zu sein.

Als Letztes Cindy, die OP-Schwester, die die Instrumente reichte, eine dunkelhaarige Nymphe mit ansteckendem Lachen. Heute hatte sie einen neuen Lidschatten aufgelegt. Die Farbe nannte sich Oriental Malachit und verlieh ihr eine gewisse Ähnlichkeit mit einem tropischen Fisch.

„Schöner Lidschatten, Cindy", bemerkte Guy, als er die Hand nach dem Skalpell ausstreckte.

„Oh, danke, Dr. Santini." Sie legte ihm das Instrument in die Hand.

„Gefällt mir viel besser als der ,Spanische Schleim'."

„Spanisch Moos."

„Aber dieser ist wirklich umwerfend, finden Sie nicht?", fragte er den Assistenzarzt, der weise schwieg. „Ja", fuhr Guy fort, „er erinnert mich an meine Lieblingsfarbe. Gallegrün."

Der Assistenzarzt kicherte, und Cindy warf ihm einen vernichtenden Blick zu. Somit waren seine Chancen endgültig dahin.

Guy machte den ersten Einschnitt. Als sich eine dünne Blutlinie auf der Bauchdecke zeigte, tupfte der Assistenzarzt sie weg. Ihre Hände arbeiteten automatisch und völlig aufeinander eingespielt, wie zwei Pianisten bei einem Duett.

Von ihrer Position am Kopfende der Patientin beobachtete Kate den Vorgang und lauschte auf Ellens Herzrhythmus. Alles verlief gut, nirgends der Hauch einer Unregelmäßigkeit. So liebte Kate ihre Arbeit, wenn sie wusste, dass sie alles unter Kontrolle hatte. Inmitten dieser stählernen Ausrüstung fühlte sie sich wohl. Das leise Sausen des Ventilators und das Piepen des Herzmonitors waren Hintergrundmusik zu dem, was sich vor dem Team auf dem OP-Tisch abspielte.

Guy schnitt tiefer in eine Fettschicht. „Die Muskeln scheinen ein bisschen gespannt zu sein, Kate. Wir könnten Schwierigkeiten beim Zurückziehen bekommen."

„Ich sehe zu, was ich machen kann." Sie wandte sich dem Medikamentenwagen zu und zog eine kleine Schublade mit der Aufschrift Succinylcholin auf. Intravenös gespritzt, entspannte es die Muskulatur und würde Guy leichteren Zugang zur Bauchhöhle gewähren. Kate blickte stirnrunzelnd in die Lade. „Ann, hier liegt nur noch eine Ampulle Succinylcholin. Besorgen Sie mir neue, ja?"

„Komisch", bemerkte Cindy. „Ich bin sicher, ich habe die Lade gestern Nachmittag aufgefüllt."

„Jedenfalls ist nur noch eine Ampulle hier." Kate zog fünf Kubikzentimeter der kristallklaren Lösung auf und injizierte sie in Ellens Infusionsschlauch. Es würde eine Minute dauern, bis es wirkte. Kate setzte sich zurück und wartete.

Guy hatte die Fettschicht durchtrennt und war dabei, die Bauchmuskeln freizulegen. „Die sind immer noch sehr gespannt, Kate."

Sie blickte auf die Wanduhr. „Es sind drei Minuten vergangen. Die Wirkung sollte inzwischen eingesetzt haben."

„Kein bisschen."

„Okay. Ich gebe ihr noch etwas." Kate zog wieder eine geringe Menge auf und injizierte sie. „Ich brauche bald eine neue Ampulle, Ann. Diese ist fast …"

Der Warnton des Herzmonitors schaltete sich ein. Kate hob ruckartig den Kopf, und was sie sah, ließ sie entsetzt aufspringen. Ellen O'Briens Herz schlug nicht mehr.

Im OP brach sofort die Hölle los. Anweisungen wurden geschrien, Instrumentenwagen schnell beiseitegeschubst. Der Assistenzarzt stieg auf einen Hocker und presste sein ganzes Gewicht auf Ellens Brustkorb.

Das war das sprichwörtliche eine Prozent, der Augenblick blanken Entsetzens, der Albtraum jedes Anästhesisten.

Und es war der schlimmste Moment in Kate Chesnes Leben.

In der allgemeinen Panik hatte sie Mühe, nicht die Fassung zu verlieren. Sie injizierte eine Ampulle Adrenalin nach der anderen, zuerst in den Infusionsschlauch, dann direkt in Ellens Herz. Ich verliere sie! dachte Kate. Gütiger Himmel, ich verliere sie! Dann sah sie ein kurzes Aufflackern auf dem Monitor, das einzige Zeichen, dass noch ein Rest Leben vorhanden war.

„Elektroschock!", rief Kate und sah Ann an, die neben der Apparatur stand. „Zweihundert Wattsekunden!"

Ann war erstarrt, ihr Gesicht weiß wie Alabaster.

„Ann!", schrie Kate. „Zweihundert Wattsekunden!"

Es war Cindy, die zur Maschine preschte und den Knopf drückte. Die Nadel schoss auf zweihundert hoch. Guy schnappte sich die zwei Elektrodenkissen, klatschte sie auf Ellens Brustkorb und löste den Strom aus.

Ellens Körper zuckte zusammen wie der einer Marionette, deren Fäden alle gleichzeitig gezogen werden.

Ein kurzes Flimmern, dann zeigte der Monitor wieder das Muster eines absterbenden Herzens. In einem verzweifelten Versuch spritzte Kate noch eine Droge und noch eine. Nichts half. Durch einen Tränenschleier sah sie den geraden Strich auf dem Monitor.

„Das war's", sagte Guy leise. Er gab das Zeichen, die Herzmassage einzustellen. Der Assistenzarzt zog sich mit schweißnassem Gesicht vom OP-Tisch zurück.

„Nein!", beharrte Kate und presste beide Handballen auf Ellens Brustkorb. „Es ist noch nicht vorbei!" Heftig und verzweifelt setzte sie die Herzmassage fort. „Es ist noch nicht vorbei!" Mit ihrem ganzen Gewicht presste sie rhythmisch gegen das untere Brustbein. Das Herz musste massiert, das Gehirn ernährt werden. Sie musste Ellen am Leben erhalten. Wieder und wieder pumpte sie, bis ihre Arme schwach wurden und zitterten. Lebe, Ellen! flehte sie stumm. Du musst leben!

„Kate." Guy berührte ihren Arm.

„Wir geben noch nicht auf. Noch nicht …"

„Kate." Guy zog sie sacht vom Tisch fort. „Es ist vorbei", flüsterte er.

Jemand stellte den Warnton am Herzmonitor ab. Es folgte eine unheimliche Stille. Langsam drehte Kate sich um und sah, dass alle sie betrachteten. Sie blickte zum Monitor. Die Linie war flach.

Kate zuckte zusammen, als ein Helfer die Hülle um Ellen O'Briens Körper mit einem Reißverschluss zuzog. Der Klang hatte etwas grausam Endgültiges. Und es erschien ihr fast obszön, eine einst lebende, atmende Frau so zu verpacken. Als der Körper in die Leichenhalle gerollt wurde, wandte sie sich ab. Noch lange nachdem das Quietschen der Gummiräder auf dem Flur verklungen war, blieb sie allein im OP zurück. Den Tränen nahe, blickte sie auf die blutverschmierte Gaze und die leeren Ampullen am Boden. Jeder Tod im OP hinterließ dasselbe Chaos. Bald würde alles zusammengekehrt und verbrannt werden, und es gab keine Spur mehr von der Tragödie, die sich hier abgespielt hatte.

Doch es blieben eine Leiche und viele Fragen. Es würde Fragen geben, von Ellens Eltern und vom Krankenhaus. Und Kate hatte keine Ahnung, wie sie die beantworten sollte.

Müde zog sie sich die Kappe vom Kopf und fühlte sich etwas erleichtert, als ihr das braune Haar offen auf die Schultern fiel. Sie musste jetzt allein sein, um nachzudenken und verstehen zu lernen. Sie wandte sich zum Gehen.

Guy stand auf der Türschwelle, und als sie sein Gesicht sah, wusste sie, dass etwas nicht stimmte.

Wortlos reichte er ihr Ellen O'Briens Patientenkarte. „Das EKG", begann er. „Du hast mir gesagt, es sei normal gewesen."

„Das war es."

„Dann sieh es dir noch einmal an."

Verwundert zog sie das EKG heraus und bemerkte als Erstes

ihren Schriftzug, mit dem sie stets bestätigte, dass sie etwas kontrolliert hatte. Beim Betrachten des Streifens erstarrte sie geradezu. Das Muster der Herztätigkeit war eindeutig. Jeder Student im dritten Semester hätte die richtige Diagnose gestellt.

„Darum ist sie gestorben, Kate", sagte Guy.

„Aber … das ist unmöglich!", brach es aus ihr hervor. „Ich kann keinen solchen Fehler begangen haben!"

Guy antwortete nicht, sondern wandte sich ab, was mehr sagte als Worte.

„Guy, du kennst mich. Du weißt, dass mir ein solcher Fehler nicht unterlaufen würde."

„Aber es steht da schwarz auf weiß. Um Himmels willen, deine Unterschrift ist auf dem verdammten Ding!"

Sie starrten einander an, beide erschrocken über seine barsche Stimme.

„Tut mir leid", entschuldigte er sich. Aufgebracht wandte er sich ab und fuhr sich mit einer Hand durchs Haar. „Lieber Himmel, sie hatte einen Herzanfall. Einen Herzanfall! Und wir haben sie zur Operation zugelassen." Er sah Kate entsetzt an. „Damit haben wir sie praktisch umgebracht."

„Das ist ein offenkundiger Fall von ärztlichem Kunstfehler."

Anwalt David Ransom schloss die Akte mit der Aufschrift „O'Brien, Ellen" und blickte seine Klienten über den breiten Schreibtisch hinweg an. Wenn er Patrick und Mary O'Brien mit nur einem Wort beschreiben müsste, wäre das: grau. Graue Haare, graue Gesichter, graue Kleidung. Patrick trug ein farbloses Tweedjackett, das schon vor langer Zeit seine Form verloren haben musste. Und das kleine schwarz-weiße Muster in Marys Kleid verschwamm ebenfalls zu einem undefinierbaren gräulichen Ton.

Patrick schüttelte immer noch den Kopf. „Sie war unser einziges Kind, Mr Ransom. Sie war so lieb, beklagte sich nie. Schon als Baby lag sie in ihrer Wiege und lächelte immer wie ein kleiner Engel. Wie ein lieber kleiner …" Er brach ab, von Gefühlen überwältigt.

„Mr O'Brien", sagte David leise. „Ich weiß, es ist Ihnen kaum ein Trost, aber ich verspreche Ihnen, alles zu tun, was ich kann."

Patrick schüttelte wieder den Kopf. „Es ist nicht wegen des Geldes. Sicher, ich kann nicht mehr arbeiten, mein Rücken, wissen

Sie? Aber Ellie hatte eine Lebensversicherung und ..."

„Wie hoch war die?"

„Fünfzigtausend", antwortete Mary. „So war unser Mädchen. Sie dachte immer an uns." Im Licht vom Fenster wirkte ihr Gesicht wie versteinert. Im Gegensatz zu ihrem Mann war Mary O'Brien über das Weinen hinaus. Sie saß sehr gerade, ihr ganzer starrer Körper drückte Trauer aus. David wusste genau, was sie fühlte. Er kannte den Schmerz und den Zorn. Und sie war zornig, das las er in ihren Augen.

Patrick schniefte.

David nahm eine Packung Papiertaschentücher aus seinem Schreibtisch und legte sie seinem Klienten hin. „Vielleicht sollten wir ein andermal über den Fall sprechen, wenn Sie beide in der Lage sind ..."

Marys Kinn kam ruckartig hoch. „Wir sind in der Lage, Mr Ransom. Fragen Sie ..."

David blickte Patrick an, der schwach nickte. „Vielleicht kommt es Ihnen kaltblütig vor, was ich Sie alles fragen muss. Tut mir leid."

„Fragen Sie", beharrte Mary.

„Ich werde sofort Klage einreichen. Aber ich brauche mehr Informationen, bevor wir die Schadenshöhe einschätzen können. Sie errechnet sich zum Teil aus verloren gegangenem Gehalt ... also, was Ihre Tochter verdient hätte, wenn sie noch lebte. Sie sagten, sie war Krankenschwester?"

„Ja, in der Gynäkologie, Entbindungsstation."

„Wissen Sie, wie viel sie verdient hat?"

„Da müsste ich ihre Gehaltsabrechnungen nachsehen."

„Was ist mit Unterhaltspflichtigen? Gibt es da welche?"

„Keine."

„Sie war nicht verheiratet?"

Mary schüttelte seufzend den Kopf. „Sie war die ideale Tochter, Mr Ransom, in fast jeder Hinsicht. Hübsch und gescheit. Aber in puncto Männer machte sie Fehler."

„Fehler?", wiederholte er stirnrunzelnd.

Mary zuckte die Schultern. „Oh, ich denke, so ist das heute eben. Und wenn eine Frau ein bestimmtes Alter erreicht hat, schätzt sie sich glücklich, wenn sie überhaupt einen Mann hat ..." Sie blickte auf ihre fest ineinander verschränkten Hände und schwieg.

David spürte, dass er sich auf ein heikles Terrain gewagt hatte. Er war an Ellen O'Briens Liebesleben ohnehin nicht interessiert, es war unbedeutend für den Fall.

„Wenden wir uns dem Gesundheitszustand Ihrer Tochter zu." Er öffnete die Krankenkartei. „Im Bericht steht, dass Ihre Tochter einundvierzig Jahre alt und kerngesund war. Hatte sie Ihres Wissens jemals Probleme mit dem Herzen?"

„Nie."

„Sie hat sich nie über Brustschmerzen und Atemnot beklagt?"

„Ellie war Langstreckenschwimmerin, Mr Ransom. Sie konnte den ganzen Tag schwimmen und kam nicht ein bisschen außer Atem. Deshalb glaube ich diese Geschichte von der Herzattacke ja auch nicht."

„Aber das EKG ist da eindeutig in der Aussage, Mrs O'Brien. Wenn es eine Autopsie gegeben hätte, hätten wir es beweisen können. Aber dafür ist es ja nun zu spät."

Mary blickte ihren Mann an. „Das geht auf Patricks Konto. Er ertrug die Vorstellung nicht …"

„Haben die nicht schon genug an ihr herumgeschnitten?", begehrte er auf.

Es entstand ein längeres Schweigen, dann sagte Mary leise: „Wir bringen ihre Asche auf die See hinaus. Sie liebte die See, seit sie ein Baby war."

Es wurde ein ernster Abschied. Noch ein paar Worte des Mitgefühls, dann der Händedruck, der den Pakt besiegelte. Beim Hinausgehen blieb Mary in der Tür noch einmal stehen und drehte sich um.

„Sie sollen wissen, dass es nicht das Geld ist", erklärte sie an David Ransom gewandt. „Die Wahrheit ist, es ist mir völlig egal, ob wir je einen Penny bekommen. Aber man hat unser Leben zerstört, Mr Ransom. Sie haben uns das einzige Kind genommen, und ich hoffe inständig, die Verantwortlichen werden es nie vergessen."

David nickte. „Dafür werde ich sorgen."

Nachdem seine Klienten fort waren, ging David zum Fenster und atmete langsam ein und aus, um ruhiger zu werden. Doch sein Magen hatte sich zu einem harten Klumpen zusammengezogen.

Traurigkeit und Wut hinderten ihn am klaren Denken.

Vor sechs Tagen hatte ein Arzt einen schrecklichen Fehler gemacht, und jetzt war die einundvierzigjährige Ellen O'Brien tot.

Sie war nur drei Jahre älter als ich, dachte er.

Er setzte sich an den Schreibtisch und öffnete die O'Brien-Akte. Er überflog den Bericht des Krankenhauses und wandte sich dann den Lebensläufen der beiden Ärzte zu.

Dr. Guy Santinis Werdegang war hervorragend: achtundvierzig Jahre alt, in Harvard zum Chirurg ausgebildet. Er war auf dem Gipfel seiner Karriere. Die Liste seiner Veröffentlichungen umfasste fünf Seiten. Sein Hauptforschungsgebiet war die Physiologie der Leber. Vor acht Jahren wurde er einmal verklagt und gewann. Ein Punkt für ihn. Doch Santini war sowieso nicht sein Ziel. David Ransom hatte die Anästhesistin im Fadenkreuz.

Er blätterte weiter zu den drei Seiten, die Dr. Katharine Chesnes Karriere zusammenfassten.

Auch ihre Laufbahn war beeindruckend. Nur beste Noten in Chemie von der Uni Berkeley, ihren Doktor der Medizin machte sie am Johns Hopkins Krankenhaus. Assistenzärztin in der Anästhesie und in der Intensivpflege am Universitätskrankenhaus von San Francisco. Jetzt, mit nur dreißig Jahren, hatte sie bereits eine ansehnliche Liste von Veröffentlichungen vorzuweisen. Vor einem knappen Jahr kam sie als Anästhesistin ans Mid Pac Hospital. Der Akte war kein Foto beigefügt, doch David hatte keine Schwierigkeiten, sich diesen Typ Ärztin vorzustellen: schlampige Frisur, keine Figur und ein Gesicht wie ein Pferd ... allerdings ein besonders intelligentes Pferd.

David lehnte sich versonnen zurück. Dieser Werdegang war zu gut. Er ergab nicht das Bild einer unfähigen Ärztin. Wie konnte ihr nur ein so elementarer Fehler unterlaufen?

Er schloss die Akte. Wie die Ärztin sich auch herausreden mochte, die Fakten waren unbestreitbar: Dr. Katharine Chesne hatte ihre Patientin dazu verdammt, unter dem Messer des Chirurgen zu sterben. Nun musste sie die Konsequenzen tragen. Dafür würde er sorgen.

George Bettencourt verachtete Ärzte. Diese Einstellung machte seinen Job als Verwaltungschef des Mid Pac Hospitals um so schwieriger, da er eng mit dem medizinischen Personal zusammenarbeiten musste. Er hatte ein Diplom in Betriebswirtschaft und eins in Staatlichem Gesundheitswesen. Und während seiner zehnjährigen Tätigkeit war ihm gelungen, was die frühere, von einem Arzt geleitete Verwaltung nicht zustande brachte: Er hatte das Mid Pac Hospital von einer komatösen Einrichtung in ein blühendes Unternehmen verwandelt. Und trotzdem bekam er von diesen dummen kleinen Ersatzgöttern in weißen Kitteln nie etwas anderes, als Kritik zu hören.

Sie rümpften die hochgehaltenen Nasen bei der Vorstellung, dass ihre geheiligte Arbeit an den Maßstäben von Gewinn und Verlust gemessen wurde. Die kalte Realität war jedoch, dass das Retten von Leben ein Geschäft war wie das Verkaufen von Linoleum. Bettencourt wusste das, die Ärzte nicht. Sie waren Narren, und Narren bereiteten ihm Kopfschmerzen.

Und die beiden, die ihm gegenübersaßen, bereiteten ihm sogar eine Migräne, wie er sie seit Jahren nicht gehabt hatte.

Dr. Clarence Avery, der weißhaarige Chef der Anästhesie, war nicht das Problem. Der alte Mann war zu verschüchtert, um gegen seinen eigenen Schatten aufzutrumpfen, erst recht, seinen Standpunkt in einer kontroversen Diskussion zu vertreten. Seit dem Schlaganfall seiner Frau versah Dr. Avery seinen Dienst wie ein Schlafwandler. Ja, er würde zur Kooperation überredet werden können, zumal der Ruf des Krankenhauses auf dem Spiel stand.

Doch die Ärztin bereitete Bettencourt Sorge. Sie war noch verhältnismäßig neu im Team, und er kannte sie nicht besonders gut. Als sie sein Büro betrat, hatte er jedoch bereits Probleme gewittert. Sie hatte so einen gewissen Ausdruck in den Augen, und dazu eine Miene, die die Entschlossenheit eines Kreuzritters verriet. Sie war recht hübsch, obwohl ihr Haar ziemlich wild aussah und sie vermutlich lange keinen Lippenstift mehr benutzt hatte. Doch diese ausdrucksvollen grünen Augen ließen jeden Mann etwaige Mängel ihres Gesichts vergessen. Ja, sie war sogar sehr attraktiv.

Schade, dass sie diesen Fehler begangen hatte. Jetzt war sie nur noch eine Last. Und er hoffte, dass sie die Dinge nicht dadurch komplizierte, dass sie sich auf die Hinterbeine stellte.

Kate zuckte zusammen, als George Bettencourt ein Papier vor sie auf den Schreibtisch warf. „Dieser Brief wurde heute Morgen im Büro unseres Anwalts per Boten abgeliefert, Dr. Chesne", sagte er. „Sie sollten ihn lesen."

Sie warf einen Blick auf den Briefkopf und erschrak. *Uehara und Ransom, Anwälte.*

„Eine der besten Kanzleien in der Stadt", erklärte Bettencourt. Er bemerkte ihren verwunderten Gesichtsausdruck und fuhr ungeduldig fort: „Sie und das Krankenhaus werden verklagt, Dr. Chesne, wegen eines Kunstfehlers. Und David Ransom nimmt sich der Sache höchstpersönlich an."

Ihre Kehle war trocken geworden. Sie blickte auf. „Aber ... wie können die ..."

„Dazu braucht man nur einen Anwalt und eine tote Patientin."

„Ich habe erklärt, was geschehen ist." Sie wandte sich Dr. Avery zu. „Erinnern Sie sich? Letzte Woche habe ich Ihnen alles ..."

„Clarence ist die Angelegenheit mit mir durchgegangen", unterbrach Bettencourt sie. „Das ist nicht der Diskussionspunkt."

„Was dann?"

Ihre Direktheit schien ihn zu überraschen. Er atmete hörbar durch. „Die Sache ist die: Offenbar haben wir eine Klage im Streitwert von einer Million Dollar am Bein. Als Ihr Arbeitgeber sind wir für den Schaden verantwortlich. Doch es ist nicht nur das Geld, das uns Sorge bereitet." Er legte eine Pause ein. „Es ist unser Ruf."

Sein Tonfall ließ sie Schlimmes befürchten. Sie ahnte, was jetzt kommen würde, und war entsetzt. Stumm saß sie mit zusammengefalteten Händen da und wartete auf den tödlichen Schlag.

„Diese Klage wirft ein schlechtes Licht auf das ganze Krankenhaus. Wenn es zur Gerichtsverhandlung kommt, gibt es eine Menge Publicity. Die Leute – potenzielle Patienten – werden die Zeitungen lesen und Angst bekommen." Er blickte auf seine Unterlagen. „Wie ich sehe, war Ihre Laufbahn bisher akzeptabel ..."

Kate hob verblüfft den Kopf. „Akzeptabel?", wiederholte sie ungläubig und blickte Dr. Avery an. Der Chef der Anästhesie kannte ihre Personalakte, sie war makellos.

Dr. Avery rückte unbehaglich in seinem Sessel hin und her und wich ihrem Blick aus. „Nun ja", begann er leise, „Dr. Chesnes Akte war – bisher jedenfalls – schon mehr als akzeptabel. Das heißt …"

Um Himmels willen, Mann! hätte sie schreien mögen. Setz dich für mich ein!

„Es hat nie Klagen gegeben", fügte Dr. Avery lahm hinzu.

„Trotzdem haben Sie uns in eine heikle Lage gebracht, Dr. Chesne", erwiderte Bettencourt. „Deshalb denken wir, dass es besser wäre, wenn Ihr Name nicht mehr in Verbindung mit dem Krankenhaus genannt würde."

Das Schweigen, das nun entstand, wurde lediglich von Dr. Averys gelegentlichem nervösen Husten unterbrochen.

„Wir bitten Sie, die Kündigung einzureichen", erklärte Bettencourt.

Nun war es also heraus. Kate hatte das Gefühl, von einer riesigen Weite fortgerissen worden zu sein, die sie völlig ermattet zurückließ. Ruhig fragte sie: „Und wenn ich mich weigere?"

„Glauben Sie mir, Doktor, eine Kündigung Ihrerseits nimmt sich wesentlich besser aus als ein …"

„Rausschmiss?"

Er neigte den Kopf zur Seite. „Wir verstehen einander."

„Nein!" Sie hob das Kinn. Die kühle Selbstsicherheit dieses Mannes machte sie wütend. Sie hatte Bettencourt nie gemocht und mochte ihn jetzt noch weniger. „Sie verstehen mich überhaupt nicht!"

„Sie sind eine kluge Frau und können Ihre Chancen einschätzen. Wir können Sie keinesfalls in den OP zurückkehren lassen."

„Das ist nicht richtig", wandte Dr. Avery ein.

„Wie bitte?", fragte Bettencourt den alten Mann stirnrunzelnd.

„Sie können sie nicht einfach feuern. Sie ist Ärztin. Es gibt Wege, die Sie einhalten müssen, Gremien, die …"

„Die üblichen Wege sind mir wohlvertraut, Clarence! Ich hatte gehofft, Dr. Chesne würde die Situation verstehen und angemessen reagieren." Er wandte sich ihr zu. „Es wäre wirklich einfacher, wissen Sie, Ihre Akte würde makellos bleiben. Wir würden lediglich einen Vermerk machen, dass Sie gekündigt haben. Ich könnte innerhalb der nächsten Stunde einen entsprechenden Brief schreiben lassen. Den brauchen Sie dann nur …" Er verstummte, als er ihren Blick auffing.

Kate wurde selten zornig. Für gewöhnlich hatte sie ihre Gefühle unter Kontrolle. Doch die Wut, die jetzt in ihr hochkam, war auch für sie etwas Neues und Erschreckendes. Mit eisiger Ruhe erwiderte sie: „Sparen Sie sich das Papier, Mr Bettencourt."

„Wenn das Ihre Entscheidung ist …" Er sah kurz zu Dr. Avery hin. „Wann tagt das Aufsichtsgremium für die Beurteilung von Ärzten das nächste Mal?"

„Am … kommenden Dienstag, aber …"

„Setzen Sie den O'Brien-Fall auf die Tagesordnung. Dr. Chesne soll dem Komitee ihren Bericht vortragen." Er sah Kate an. „Ein Urteil von dienstälteren Ärzten ist doch fair, oder?"

Sie schluckte ihre Antwort hinunter. Falls sie sich jetzt gehen ließ und George Bettencourt sagte, was sie von ihm hielt, bekam sie nie mehr eine Chance, am Mid Pac Hospital zu arbeiten … und vermutlich auch nirgendwo sonst. Er musste ihr nur das Etikett einer Rebellin anheften, und ihre Aussichten auf eine neue Anstellung waren für immer dahin.

Sie trennten sich höflich. Obwohl ihre Karriere soeben zerstört worden war, hielt sie sich tapfer. Sie blickte Bettencourt ruhig an und schüttelte ihm kühl die Hand. Sie bewahrte auch noch Fassung, als sie den langen Korridor hinunterging. Erst auf der Fahrt im Lift nach unten schien etwas in ihr zu brechen. Und als sich die Türen wieder öffneten, zitterte sie heftig. Auf dem Weg durch die belebte Halle traf sie die Erkenntnis mit voller Wucht: Gütiger Himmel, ich werde verklagt! Kaum ein Jahr im Dienst, und ich werde verklagt!

Sie hatte immer unterstellt, dass solche Dinge, wie alle Lebenskatastrophen, nur anderen Menschen widerfuhren. Nie hätte sie sich träumen lassen, wegen Unfähigkeit verklagt zu werden.

Ihr wurde plötzlich übel, und sie musste sich gegen eine Telefonkabine in der Lobby lehnen. Während sie sich bemühte, ihren Magen zu beruhigen, fiel ihr Blick auf das örtliche Telefonbuch. Wenn diese Anwälte doch bloß die Fakten kennen würden, dachte sie. Wenn ich es ihnen doch nur erklären könnte …

Sie brauchte nur Sekunden, die Eintragung zu finden: Uehara und Ransom, Anwälte. Die Kanzlei lag in der Bishop Street.

Sie riss die Seite heraus und eilte, von neuer, verzweifelter Hoffnung getrieben, davon.

2. KAPITEL

*M*r Ransom ist nicht zu sprechen."
Die grauhaarige Empfangssekretärin mit dem harten Gesicht verschränkte abweisend die Arme vor der Brust.

„Aber ich muss ihn sehen", beharrte Kate. „Es geht um einen Fall ..."

„Natürlich", erwiderte die Frau trocken.

„Ich möchte ihm nur etwas erklären ..."

„Ich habe Ihnen gesagt, Doktor, er ist in einer Besprechung mit seinen Mitarbeitern und kann Sie nicht empfangen."

Kates Ungeduld näherte sich einem gefährlichen Punkt. Sie lehnte sich über den Schreibtisch und zischte. „Besprechungen dauern nicht ewig!"

Die Sekretärin lächelte. „Diese schon."

Kate lächelte zurück. „Dann warte ich ewig."

„Doktor, Sie verschwenden Ihre Zeit! Mr Ransom bespricht sich nie mit Beklagten. Wenn Sie eine Begleitung brauchen, um den Weg hinauszufinden, werde ich gern ..." Sie blickte sich ärgerlich um, als das Telefon läutete, nahm den Hörer auf und sagte unwirsch: „Uehara und Ransom. Ja? Oh ja, Mr Matheson!" Sie drehte Kate bewusst den Rücken zu. „Ich sehe mal, ob ich die Akten hier habe."

Frustriert schaute Kate sich das Wartezimmer an: eine Ledercouch, ein Ikebana-Gesteck, ein Hiroshige-Druck an der Wand, alles sehr geschmackvoll und zweifellos teuer. Uehara und Ransom waren offenbar dick im Geschäft. Und all dies wurde mit dem Blut und Schweiß von Ärzten verdient, dachte sie angewidert.

Mehrere Stimmen erregten ihre Aufmerksamkeit. Eine Gruppe junger Männer und Frauen verließ das Konferenzzimmer. Welcher mochte David Ransom sein? Keiner der Männer schien alt genug, um hier einer der Chefs zu sein. Sie bemerkte, dass ihr die Sekretärin immer noch den Rücken zuwandte, und sah ihre Chance gekommen.

Sie ging zum Konferenzraum und blieb vom Licht geblendet auf der Türschwelle stehen. Um einen langen Teakholztisch waren zu beiden Seiten Lederstühle wie Wachsoldaten aufgereiht. Am

Kopfende des Tisches saß im gleißenden Sonnenlicht ein blonder Mann. Er bemerkte sie nicht, sondern konzentrierte sich auf die Unterlagen, die er vor sich hatte. Abgesehen vom Papierrascheln, wenn er ein Blatt umdrehte, war es absolut still.

Kate schluckte trocken und straffte sich. „Mr Ransom?"

Er blickte auf und betrachtete sie gleichmütig. „Ja? Wer sind Sie?"

„Ich bin ..."

„Tut mir leid, Mr Ransom", fiel ihr die aufgebrachte Sekretärin ins Wort, packte Kate am Arm und presste hervor: „Ich habe Ihnen gesagt, er ist nicht zu sprechen. Kommen Sie jetzt mit mir ..."

„Ich will nur mit ihm reden!"

„Soll ich den Sicherheitsdienst rufen und Sie hinauswerfen lassen?"

Kate entriss ihr den Arm. „Nur zu!"

„Fordern Sie mich nicht heraus, Sie ..."

„Was geht hier eigentlich vor?" David Ransoms Stimme hallte so laut durch den großen Raum, dass beide Frauen erschrocken verstummten. Er blickte Kate lange und durchdringend an. „Wer sind Sie überhaupt?"

„Kate ..." Sie brach ab und sagte in, wie sie hoffte, würdevollerem Ton: „Dr. Kate Chesne."

Eine Pause, dann: „Verstehe." Er widmete sich wieder seinen Unterlagen und erklärte schlicht: „Führen Sie sie hinaus, Mrs Pierce."

„Ich will Ihnen doch nur die Fakten erläutern!", beharrte Kate. Sie versuchte sich zu behaupten, doch die Sekretärin trieb sie mit dem Geschick eines Hütehundes auf die Tür zu. „Oder wollen Sie die Fakten lieber gar nicht kennen? Ist das die Methode, nach der Anwälte vorgehen?" Er ignorierte sie bewusst. „Sie pfeifen auf die Wahrheit, nicht wahr? Sie wollen gar nicht wissen, was wirklich mit Ellen O'Brien passiert ist!"

Das veranlasste ihn allerdings, scharf aufzublicken. Er starrte Kate geradezu ins Gesicht. „Warten Sie, Mrs Pierce. Ich habe meine Meinung geändert. Lassen Sie Dr. Chesne bleiben."

Mrs Pierce war fassungslos. „Aber ... sie könnte gewalttätig sein!"

Sein Blick verweilte noch einen Moment auf Kates erhitztem

Gesicht. „Ich denke, damit werde ich fertig. Sie können uns allein lassen."

Mrs Pierce murmelte noch etwas im Hinausgehen, dann schloss sich die Tür hinter ihr.

Eine Weile sprach keiner ein Wort.

„Nun, Dr. Chesne", begann David, „wollen Sie jetzt einfach so dastehen, nachdem Ihnen das fast Unmögliche gelungen ist, an Mrs Pierce vorbeizukommen?" Er deutete auf einen Stuhl. „Setzen Sie sich. Es sei denn, Sie wollen mich lieber quer durch den Raum anschreien."

Seine kühle Ironie machte ihn noch unnahbarer. Kate zwang sich, zu ihm zu gehen, und merkte, wie er sie beobachtete. Für einen Anwalt seines Rufes war er jünger, als sie erwartet hatte, noch nicht einmal vierzig. Sein Aufzug im grauen Nadelstreifenanzug, dazu der Krawattenclip der Yale Universität, war konservativ. Das sonnengebleichte Haar und die gebräunte Haut passten jedoch nicht so ganz zum Typ des stockkonservativen Absolventen einer der altehrwürdigen Universitäten. Er ist nur ein erwachsen gewordener Surf-Boy, dachte sie verächtlich.

Den Körperbau eines Surfers hatte er zweifellos, mit den langen Beinen und den Schultern, die gerade breit genug waren, um als beeindruckend zu gelten. Ein kleiner Knick in der Nase und ein kräftiges Kinn bewahrten ihn davor, hübsch zu sein. Doch vor allem seine Augen fielen auf, sie waren von einem klaren kühlen Blau. Augen, denen nichts entging. Und im Moment betrachteten sie sie so durchdringend, dass sie den Impuls unterdrückte, schützend die Arme vor der Brust zu verschränken. „Ich bin hier, um Ihnen die Fakten zu berichten, Mr Ransom."

„So, wie Sie sie sehen."

„So, wie sie sind."

„Geben Sie sich keine Mühe." Er zog Ellen O'Briens Akte aus einer Mappe und legte sie auf den Tisch. „Ich habe alle Fakten hier drin, alles, was ich brauche." Und er meinte, alles, was ich brauche, um dich fertigzumachen.

„Nicht alles."

„Und Sie werden mir jetzt die fehlenden Informationen liefern, nicht wahr?" Er lächelte zwar, doch sie erkannte etwas Drohendes in seiner Mimik und hatte trotz seiner perfekten weißen Zähne das Gefühl, einen Hai anzusehen.

Sie beugte sich vor und stützte beide Hände auf den Tisch. „Was ich Ihnen erzähle, ist die Wahrheit."

„Ja, natürlich." Er lehnte sich zurück und wirkte unendlich gelangweilt. „Sagen Sie mir eines: Weiß Ihr Anwalt, dass Sie hier sind?"

„Anwalt? Ich … ich habe noch mit keinem Anwalt gesprochen …"

„Dann telefonieren Sie rasch mit einem, denn Sie werden ihn verdammt nötig haben, Doktor."

„Nicht unbedingt. Das alles ist ein schlimmes Missverständnis, Mr Ransom. Wenn Sie die Tatsachen kennen, bin ich sicher …"

„Warten Sie einen Moment." Er holte einen Kassettenrekorder aus seiner Aktentasche.

„Was soll das?"

Er schaltete das Gerät ein und schob es vor sie hin. „Ich möchte kein Detail überhören. Erzählen Sie Ihre Geschichte. Ich bin ganz Ohr."

Wütend drückte sie auf die Aus-Taste. „Dies ist keine eidesstattliche Erklärung. Stecken Sie das verdammte Ding weg!"

Ein paar Sekunden lang schätzten sie einander ab. Und Kate empfand einen kleinen Triumph, als er den Rekorder schließlich in die Aktentasche zurücklegte.

„Wo waren wir stehen geblieben?", fragte David Ransom betont höflich. „Oh ja. Sie wollten mir erzählen, was wirklich passiert ist." Er lehnte sich zurück und erwartete offenbar eine vergnügliche Unterhaltung.

Kate zögerte. Da sie seine volle Aufmerksamkeit hatte, wusste sie nicht genau, wie sie beginnen sollte.

„Ich bin ein … sehr vorsichtiger Mensch, Mr Ransom", sagte sie schließlich. „Ich lasse mir Zeit. Ich bin vielleicht nicht brillant, aber ich bin gewissenhaft, und ich mache keine dummen Fehler."

Seine hochgezogenen Brauen verrieten genau, was er von dieser Behauptung hielt. Kate ignorierte das und fuhr fort:

„An dem Abend, als Ellen O'Brien in die Klinik kam, machte Guy Santini die Aufnahme. Ich schrieb jedoch den Anästhesiebericht und überprüfte die Laborergebnisse. Und ich habe das EKG gelesen. Es war ein Sonntagabend, die MTA hatte irgendwo anders zu tun, also ließ ich den Streifen selbst durchlaufen. Ich war nicht in Eile. Und ich nahm mir die Zeit, die ich brauchte. Sogar mehr als das, weil Ellen zu unserem Team gehörte. Sie war eine von uns. Sie war eine Freundin. Ich weiß noch, wie ich in ihrem Raum saß und mit ihr die Tests durchging. Sie wollte wissen, ob alles normal sei."

„Und Sie sagten ihr, alles sei normal."

„Ja, das EKG eingeschlossen."

„Dann haben Sie offenbar einen Fehler begangen."

„Ich sagte Ihnen schon, Mr Ransom. Ich mache keine dummen Fehler. Auch an jenem Abend nicht."

„Aber die Unterlagen zeigen …"

„Die Unterlagen sind falsch."

„Ich habe den EKG-Streifen hier, der schwarz auf weiß eine Herzattacke aufweist."

„Dies ist nicht das EKG, das ich gemacht habe."

Er schaute sie an, als hätte er sie nicht verstanden.

„Das EKG, das ich in jener Nacht gesehen habe, war normal."

„Und wie ist dann dieses unnormale in die Kartei gelangt?"

„Jemand hat es hineingetan."

„Wer?"

„Das weiß ich nicht."

„Verstehe." Er wandte sich ab und sagte halblaut: „Ich bin gespannt, wie das im Gerichtssaal wirkt."

„Mr Ransom, wenn ich einen Fehler gemacht hätte, wäre ich die Erste, es zuzugeben."

„Dann sind Sie erstaunlich ehrlich."

„Glauben Sie wirklich, ich würde mir eine derart … dumme Geschichte ausdenken?"

Er lachte hellauf, und Kates Wangen begannen zu brennen. „Nein, ich bin sicher. Sie würden sich etwas Glaubhafteres einfallen lassen." Er nickte ihr aufmunternd zu und sagte sarkastisch: „Bitte, ich bin sehr gespannt, wie diese außergewöhnliche Verwechslung zustande gekommen ist. Wie kam das falsche EKG in die Kartei?"

„Woher soll ich das wissen?"

„Sie müssen doch eine Theorie haben?"

„Nein."

„Kommen Sie, Doktor. Enttäuschen Sie mich nicht."

„Ich sagte, ich habe keine Ahnung."

„Dann raten Sie!"

„Vielleicht hat es jemand von einem Raumschiff heruntergebeamt!", schrie sie ihn an.

„Nette Theorie", meinte er todernst. „Aber kommen wir zur Wirklichkeit zurück, in diesem Fall zu einem Blatt eines Holznebenproduktes, auch Papier genannt." Er blätterte die Akte bis zum EKG-Streifen durch. „Diskutieren Sie den weg!"

„Ich sagte schon, das kann ich nicht. Ich habe mir den Kopf zermartert, wie alles zusammenhängt. Wir machen jeden Tag Dutzende EKGs in Mid Pac. Es könnte eine falsche Etikettierung sein. So kam dann das falsche Blatt in die Akte."

„Aber Sie haben diesen EKG-Streifen abgezeichnet."

„Nein, das habe ich nicht."

„Gibt es noch jemanden mit den Initialen K.C. bei Ihnen?"

„Das sind meine Initialen, aber ich habe sie nicht geschrieben."

„Was sagen Sie da? Dann ist dies eine Fälschung?"

„Es … es muss eine Fälschung sein. Ich meine, ja, ich vermute, es ist eine …" Plötzlich verwirrt, schob sie sich eine widerspenstige Haarsträhne aus dem Gesicht. Seine vollkommene Ruhe brachte sie aus dem Gleichgewicht. Warum, zum Kuckuck, reagierte dieser Mann nicht? Warum saß er nur da und betrachtete sie mit ausdruckslosem Gesicht?

„Nun?", sagte David Ransom nach einer Weile.

„Was, nun?", fragte Kate zurück.

„Wie lange haben Sie das Problem schon, dass jemand Ihre Unterschrift fälscht?"

„Stellen Sie mich nicht als paranoid hin!"

„Das brauche ich nicht. Das können Sie selbst viel besser."

Er lachte sie insgeheim aus, und das Schlimme war, sie konnte es ihm nicht einmal verdenken. Die Geschichte klang wie das Fantasieprodukt eines Irren.

„Also schön, gehen wir für einen Moment davon aus, dass Sie die Wahrheit sagen."

„Das tue ich!"

„Dann habe ich nur zwei Erklärungen dafür, warum das EKG absichtlich vertauscht wurde. Entweder versucht jemand, Ihre Karriere zu zerstören ...“

„Das ist absurd, ich habe keine Feinde.“

„Oder jemand versucht, einen Mord zu verschleiern.“

Sie sah ihn verblüfft an, und er schenkte ihr ein ärgerlich überlegenes Lächeln. „Da uns beiden die zweite Theorie ebenso absurd vorkommt, bleibt mir keine Wahl, als anzunehmen, dass Sie lügen.“ Er beugte sich vor, und seine Stimme klang plötzlich sanft, fast einschmeichelnd. „Kommen Sie, Doktor. Sagen Sie mir, was wirklich im OP passiert ist. Ist jemandem das Messer ausgerutscht? Gab es einen Fehler bei der Anästhesie?“

„Nichts von alledem.“

„Zu viel Lachgas und zu wenig Sauerstoff?“

„Ich sagte schon, niemand beging einen Fehler.“

„Warum ist Ellen O'Brien dann tot?“

Sie schaute ihn wegen seiner Heftigkeit erschrocken an. Seine Augen waren wirklich auffallend blau. In diesem Moment schien völlig unerwartet ein Funke überzuspringen. Kate wurde plötzlich bewusst, dass sie einen attraktiven Mann vor sich hatte und dass er sie nicht kalt ließ.

„Keine Antwort?“, fragte er herausfordernd, lehnte sich zurück, und genoss offenbar seine momentane Überlegenheit. „Dann werde ich Ihnen erzählen, was passiert ist. Am 2. April, einem Sonntag, ging Ellen O'Brien abends ins Mid Pac Krankenhaus, um sich die Gallenblase entfernen zu lassen. Eine Routineoperation. Als ihre Anästhesistin ließen Sie die üblichen Tests vornehmen, einschließlich des EKGs, das Sie überprüften, bevor Sie das Krankenhaus verließen. Vielleicht waren Sie in Eile, vielleicht wartete ein Freund auf Sie, jedenfalls wurden Sie achtlos und begingen einen tödlichen Fehler, indem Sie die deutlichen Merkmale einer Herzattacke auf dem Streifen übersahen. Sie zeichneten den Streifen als normal ab und gingen, ohne zu bemerken, dass Ihre Patientin gerade einen Herzanfall hatte.“

„Sie hatte keine Symptome. Nicht mal die Brustschmerzen ...“

„Aber hier im Bericht der Schwester steht ... lassen Sie mich zitieren ...“ Er blätterte die Akte durch. „Patientin klagt über Beschwerden im Oberbauch.“

„Das waren die Gallensteine …"

„Oder vielleicht doch das Herz? Wie auch immer, die nächsten Vorkommnisse sind unbestreitbar. Sie und Dr. Santini ließen Ellen O'Brien zur Operation zu. Die Narkose war zu viel für ihr Herz, es blieb stehen, und es gelang Ihnen nicht, es wieder in Gang zu bringen." Er machte eine Pause und blickte sie hart an. „Somit haben Sie Ihre Patientin verloren, Dr. Chesne."

„So war es nicht. Ich erinnere mich an das EKG. Es war normal!"

„Vielleicht sollten Sie sich noch einmal Ihre Lehrbücher über EKGs ansehen."

„Das brauche ich nicht! Ich weiß, was normal ist." Sie erkannte ihre eigene Stimme kaum, so schrill hallte sie durch den Raum.

David Ransom wirkte unbeeindruckt, sogar gelangweilt. „Wirklich", seufzte er nach einer Weile. „Wäre es nicht einfacher, zuzugeben, dass Sie einen Fehler gemacht haben?"

„Einfacher für wen?"

„Für alle Beteiligten. Erwägen Sie einen außergerichtlichen Vergleich. Er ginge schnell, einfach und relativ schmerzlos über die Bühne."

„Ein Vergleich? Aber das hieße, einen Fehler zuzugeben, den ich nicht gemacht habe!"

Seine Geduld war zu Ende. „Sie wollen also einen Prozess!", fuhr er sie an. „Fein. Aber Sie sollten meine Arbeitsweise kennen. Wenn ich mich nämlich einer Sache annehme, dann nicht halbherzig. Wenn ich Sie im Gerichtssaal auseinandernehmen muss, dann tue ich das. Und wenn ich mit Ihnen fertig bin, werden Sie sich wünschen, sich nie auf diesen lächerlichen Kampf um Ihre Ehre eingelassen zu haben. Denn seien wir ehrlich, Doktor, Sie haben bedeutend weniger Chancen, die Sache heil zu überstehen, als ein Schneeball im Höllenfeuer."

Sie hätte ihn am liebsten bei seinen feinen Jackettaufschlägen gepackt und angeschrien, dass er bei seinem ganzen Gerede über Vergleiche und Prozesse ihren eigenen Kummer über Ellen O'Briens Tod völlig ignorierte. Doch ihre Kraft schien sie plötzlich zu verlassen. Erschöpft sank sie auf ihrem Stuhl zusammen.

„Ich wünschte, ich könnte einen Fehler zugeben", sagte sie ruhig. „Ich wünschte, ich könnte sagen: Ich weiß, dass ich schuldig bin, und werde dafür bezahlen. Die ganze letzte Woche habe ich mich gefragt, ob mit meinem Erinnerungsvermögen alles in Ordnung sei. Und ich habe mich gefragt, wie das alles geschehen konnte. Ellen vertraute mir, und ich habe sie sterben lassen. Ich habe schon bedauert, Arzt geworden zu sein. Ich liebe meine Arbeit. Sie können nicht wissen, was ich geopfert habe, um das zu werden, was ich heute bin. Und jetzt sieht es so aus, als würde ich meinen Job verlieren." Sie schluckte und ließ den Kopf hängen. „Und ich bezweifle, ob ich jemals wieder in der Lage bin, zu arbeiten ..."

David betrachtete schweigend ihren gesenkten Kopf und kämpfte gegen das Mitgefühl an, das sich in ihm regte. Er war immer stolz auf seine Menschenkenntnis gewesen. Für gewöhnlich sah er jemandem an, ob er log. Er hatte Kate Chesne genau beobachtet, und nichts wies darauf hin, dass sie log. Sie hatte ihn ruhig angesehen mit diesen Augen, die so schön waren wie zwei Smaragde.

Der letzte Gedanke verwunderte ihn, zumal er die ganze Zeit versuchte, sich nicht einzugestehen, dass sie eine anziehende Frau war. Das grüne, in der Taille lose geschnürte Seidenkleid deutete ihre weiblichen Konturen nur an. Das mahagonifarbene wellige Haar wirkte ziemlich ungebärdig, und ihr Gesicht war mit dem leicht eckigen Kinn und der hohen Stirn nicht im klassischen Sinne schön. Aber makellos schöne Frauen hatten ihn noch nie interessiert.

Es machte ihn ärgerlich, dass sie als Frau Wirkung auf ihn hatte. Schließlich war er kein dummer Junge mehr und zu alt und zu erfahren, um sich von ihrer Attraktivität in seinem Urteil beeinflussen zu lassen.

In einer bewusst rüden Geste blickte er auf seine Uhr. Dann schnappte er sich die Aktentasche und stand auf. „Ich muss noch eine eidesstattliche Erklärung aufnehmen, und ich bin schon spät dran. Wenn Sie mich jetzt bitte entschuldigen würden ..."

Er hatte den Raum schon halb durchquert, als Kate leise rief: „Mr Ransom?"

Ungehalten blickte er zurück. „Was?"

„Ich weiß, dass meine Geschichte verrückt klingt. Und vermutlich gibt es keinen Grund auf der Welt, warum Sie mir glauben sollten. Aber ich schwöre Ihnen, es ist die Wahrheit."

Er spürte, wie verzweifelt sie nach Bestätigung suchte. Sie wollte wenigstens ein Zeichen, dass sie seine Skepsis überwunden hatte. Tatsache war jedoch, dass er nicht wusste, ob er ihr glaubte. Und es beunruhigte ihn tief, dass zwei smaragdgrüne Augen sein Gespür für die Wahrheit ins Wanken gebracht hatten.

„Ob ich Ihnen glaube oder nicht, ist unwichtig", erwiderte er. „Also verschwenden Sie Ihre Zeit nicht mit mir, Doktor. Sparen Sie sich Ihre Überredungskünste für die Geschworenen auf."

Er sagte das kälter, als er beabsichtigt hatte, und sah an ihrem leichten Zusammenzucken, wie betroffen sie war. Wieder verspürte er leise Skepsis.

„Dann gibt es also wirklich nichts mehr, was ich tun oder sagen kann ..."

„Nichts."

„Ich dachte, Sie hätten mir zugehört. Ich dachte, ich könnte Ihre Meinung irgendwie ändern ..."

„Dann müssen Sie noch viel über Anwälte lernen. Guten Tag, Dr. Chesne." Er wandte sich ab und eilte zur Tür. „Wir sehen uns dann vor Gericht wieder."

3. KAPITEL

Weniger Chancen als ein Schneeball im Höllenfeuer. Dieses Bild ging Kate nicht mehr aus dem Sinn, als sie in der Cafeteria der Klinik saß. Wie lange mochte es dauern, bis ein Schneeball schmolz, oder löste er sich in den Flammen einfach auf?

Wie viel würde sie ertragen, bevor sie im Zeugenstand zusammenbrach?

Wenn es um Leben oder Tod ging, wenn eine medizinische Krise eintrat, wusste sie immer, was zu tun war, und reagierte richtig. In den sterilen Wänden des OPs hatte sie alles unter Kontrolle.

Ein Gerichtssaal war jedoch eine völlig andere Welt. Das war David Ransoms Territorium. Er war dort der Platzhirsch, und sie würde so hilflos sein wie ein Patient auf dem OP-Tisch. Wie sollte sie die Angriffe eines Mannes abwehren, dessen Ruf sich auf die zerstörten Karrieren von Ärzten gründete?

Sie hatte sich noch nie durch Männer bedroht gefühlt. David Ransom hatte sie allerdings mühelos eingeschüchtert. Wenn er klein, dick und kahlköpfig gewesen wäre, hätte sie ihn sich vielleicht auch als menschlich und verwundbar vorstellen können. Doch schon bei dem Gedanken, im Gericht dem Blick aus diesen kühlen blauen Augen ausgesetzt zu sein, zog sich ihr der Magen zusammen.

„Es sieht so aus, als könntest du Gesellschaft vertragen", sagte eine vertraute Stimme.

Kate blickte auf und sah Guy Santini, unordentlich wie immer, der sie durch seine lächerlich dicken Brillengläser betrachtete.

Sie nickte lustlos. „Hallo."

Er zog sich laut einen Stuhl zurück und setzte sich. „Wie geht es dir jetzt, Kate?"

„Du meinst, abgesehen davon, dass ich arbeitslos bin?" Sie lachte säuerlich. „Einfach hervorragend."

„Wie ich hörte, hat dich der Alte aus dem OP verbannt. Tut mir leid."

„Ich kann es Dr. Avery nicht einmal verübeln. Er folgte nur seinen Anweisungen."

„Denen von Bettencourt?"

„Wessen sonst? Er nannte mich eine finanzielle Bürde."

Guy schnaubte: „So weit kommt es, wenn diese verdammten Betriebswirte den Laden übernehmen. Die reden nur über Gewinn und Verlust. Ich sage dir, wenn George Bettencourt aus dem Zahngold unserer Patienten Profit schlagen könnte, würde er mit Zangen in den Taschen die Stationen heimsuchen."

„Und anschließend schickt er den armen Leuten dann noch eine Rechnung für einen kieferchirurgischen Eingriff", fügte sie niedergeschlagen hinzu.

Keiner von beiden lachte. Der Scherz kam der Wahrheit zu nahe, um komisch zu sein.

„Falls es dich irgendwie tröstet, Kate, du bekommst Gesellschaft im Gerichtssaal. Ich bin auch dran."

„Oh Guy, das tut mir sehr leid."

Er zuckte die Schultern. „Das ist keine große Sache. Ich bin schon einmal verklagt worden. Weh tut es nur beim ersten Mal."

„Was war passiert?"

„Ein Schockpatient mit Milzriss wurde eingeliefert. Ich konnte ihn nicht retten. Als ich damals den Brief des Anwalts las, wollte ich aus dem Fenster springen, so niedergeschlagen war ich. Susan wollte mich schon in die Psychiatrie einweisen. Aber ich habe alles überstanden, und das wirst du auch, solange du dir klarmachst, dass man nicht dich als Person angreift, sondern deine Funktion als Arzt."

„Da sehe ich keinen Unterschied."

„Genau das ist dein Problem, Kate. Du hast es nicht gelernt, dich von deinem Job zu distanzieren. Wir wissen beide, wie viele Stunden du in der Klinik verbringst. Manchmal denke ich, du lebst hier. Ich behaupte nicht, dass Einsatz ein Charakterfehler ist, aber man kann es auch übertreiben."

Sie wusste, wie recht er hatte, und das schmerzte. Sie arbeitete zu lange, aber vielleicht brauchte sie das, um sich nicht bewusst zu werden, wie öde ihr Privatleben war.

„Ich vergrabe mich nicht total in meine Arbeit. Ich habe wieder begonnen, auszugehen."

„Das wurde aber auch Zeit. Wer ist der Mann?"

„Letzte Woche war ich mit Elliot aus."

„Dem Burschen aus der Datenverarbeitung?" Er seufzte. Elliot war nicht besonders groß und etwas schmächtig. „Ich wette, das war ein Riesenspaß."

„Nun, in gewisser Weise ja. Er hat mich gebeten, mit in sein Apartment zu kommen."

„Tatsächlich?"

„Also bin ich mitgegangen."

„Ah ja?"

„Er wollte mir seine neuesten elektronischen Anschaffungen zeigen."

Guy beugte sich eifrig vor. „Und was passierte dann? Hat er einen Annäherungsversuch gemacht?"

„Wir hörten uns seine neuesten CDs an und spielten ein paar Computerspiele."

„Und?"

„Nach acht Runden Zork bin ich getürmt."

Stöhnend sank Guy in seinen Sessel zurück. „Elliot Lafferty, der letzte der wirklich heißblütigen Liebhaber. Kate, dir hilft nur noch eine Kontaktanzeige. Ich setze den Text für dich auf. Gescheite, attraktive Frau sucht ..."

„Hallo Daddy!" Der fröhliche Ruf übertönte das Gemurmel in der Cafeteria.

Guy drehte sich um, als er laufende Kinderfüße näher kommen hörte. „Da ist ja mein Will!" Lachend stand er auf und warf seinen zarten fünfjährigen Sohn in die Luft. Der landete kreischend sanft und sicher wieder in den Armen seines Vaters. „Ich habe auf dich gewartet, mein Kleiner", sagte Guy freudig. „Was hat dich so lange aufgehalten?"

„Mommy ist spät gekommen."

„Schon wieder?"

Will beugte sich vor und flüsterte vertraulich: „Adele war richtig wütend. Ihr Freund wollte sie ins Kino ausführen."

„Oh weh, wir wollen doch nicht, dass Adele böse wird auf uns, oder?" Guy warf seiner herankommenden Frau Susan einen fragenden Blick zu. „He, Susan, strapazieren wir unser Kindermädchen schon wieder zu sehr?"

„Ich schwöre, es liegt mit Sicherheit am Vollmond. Alle meine Patienten sind verrückt geworden", erwiderte Susan lachend und schob sich eine rote Haarsträhne aus dem Gesicht. „Ich konnte sie nicht rechtzeitig aus der Praxis schieben."

Guy raunte Kate brummig zu: „Und sie hat geschworen, es würde eine Halbtagspraxis werden. Ha! Dreimal darfst du raten, wer praktisch jeden Abend zu Notfällen gerufen wird."

„Du beklagst dich ja nur, weil deine Hemden nicht gebügelt sind." Susan tätschelte ihrem Mann liebevoll die Wange. Mütterliche Gesten dieser Art erwartete man von Susan Santini. Guy hatte sie einmal liebevoll *seine Glucke* genannt. Und der Name passte. Susans Schönheit lag weder in ihrem sommersprossigen, eher unauffälligen Gesicht noch in ihrer untersetzten, bäuerlich wirkenden Gestalt. Ihre Schönheit lag in ihrem ruhigen, geduldigen Lächeln, das sie jetzt ihrem Sohn schenkte.

„Daddy, lass mich noch einmal fliegen!", bat William und hopste um die Beine seines Vaters herum.

„Bin ich denn eine Startrampe?"

„Einmal noch!"

„Später, Will", sagte Susan. „Wir müssen erst Daddys Auto aus der Garage holen, bevor sie schließt."

„Bitte!"

„Hast du das gehört", japste Guy. „Er hat das Zauberwort gesprochen." Mit dem Gebrüll eines Löwen warf er den kreischenden Jungen noch einmal in die Luft.

Susan warf Kate einen nachsichtigen Blick zu. „Ich habe zwei Kinder, nur wiegt eines eben zweihundertvierzig Pfund."

„Das habe ich gehört!" Guy schlang besitzergreifend einen Arm um seine Frau. „Und dafür, Lady, musst du mich jetzt heimfahren."

„Tyrann! Wie war es mit McDonald's?"

„Aha, dann hast du also keine Lust zum Kochen."

Guy winkte Kate zu und schob seine Familie in Richtung Ausgang. „Also, Kleiner, worauf hast du Lust?", hörte Kate ihn William fragen. „Auf Cheeseburger?"

„Auf Eiscreme."

„Eiscreme? An die Möglichkeit habe ich gar nicht gedacht."

Wehmütig blickte Kate den Santinis nach. Sie konnte sich vorstellen, wie deren Abend heute weiter verlief: zuerst das Essen im Restaurant, und dann brachten sie zu Hause den Kleinen zu Bett, der mit seinen dünnen Ärmchen liebevoll Mom und Daddy umschlang, um ihnen einen Gutenachtkuss zu geben.

Und was erwartet mich, wenn ich heimkomme? dachte sie.

Guy drehte sich noch einmal um und winkte ein letztes Mal, bevor er mit seiner Familie aus der Tür verschwand. Kate seufzte neidvoll.

Nachdem er an diesem Nachmittag sein Büro verlassen hatte, fuhr David Ransom die Nuuanu Avenue entlang und bog auf die Lehmpiste ein, die durch den alten Friedhof führte. Er stellte den Wagen im Schatten eines Baumes ab und ging über den frisch gemähten Rasen, vorbei an marmornen Grabsteinen mit grotesken Engeln und den letzten Ruhestätten der Doles, Binghams und Cookes. Dann gelangte er in einen Bereich, in dem nur noch eingelassene Bronzeplatten die Gräber markierten, eine traurige Konzession an moderne Grabgestaltung. Unter einem Regenbaum blieb er stehen und blickte auf die Platte zu seinen Füßen.

Noah Ransom
Sieben Jahre

Es war ein schöner Platz, leicht abschüssig, mit Blick auf die Stadt. Der Wind kam manchmal von der See und manchmal vom Tal herauf. Wenn man die Augen schloss, ließ sich allein am Geruch feststellen, aus welcher Richtung der Wind wehte.

David hatte diesen Platz nicht ausgesucht. Er konnte sich nicht erinnern, wer es getan hatte. Vielleicht war es auch die einzig verfügbare Grabstelle gewesen. Wenn einem das einzige Kind stirbt, achtet man nicht auf Aussicht, Windrichtung oder Schatten spendende Bäume.

Er beugte sich nieder und wischte einige Blätter von der Grabplatte. Dann richtete er sich wieder auf und stand eine Weile ganz still. Er bemerkte kaum das Rascheln des Rockes oder das dumpfe Aufsetzen des Stockes auf dem Gras.

„Hier steckst du also, David", sagte eine Stimme.

Er drehte sich um und sah die weißhaarige Frau auf sich zuhinken. „Du solltest nicht hier draußen sein, Mutter. Nicht mit dem verknacksten Knöchel."

Sie deutete mit dem Stock auf das weiße Haus am Rande des

Friedhofs. „Ich habe dich durch das Küchenfenster gesehen. Da dachte ich, ich komme besser her und sage Hallo. Schließlich kann ich nicht ewig warten, bis du mich besuchst."

Er küsste sie auf die Wange. „Tut mir leid, ich hatte viel zu tun. Aber ich war wirklich auf dem Weg zu dir."

„Ja, natürlich." Sie richtete ihre blauen Augen auf das Grab. Die Augenfarbe war eines der vielen Dinge, die Jinx Ransom mit ihrem Sohn gemeinsam hatte. Auch mit achtundsechzig war ihr Blick noch durchdringend. „Manche Gedenktage sollte man besser vergessen", meinte sie leise.

Er antwortete nicht.

„Weißt du, David, Noah wollte immer einen Bruder haben. Vielleicht ist es Zeit, dass du ihm einen schenkst."

David lächelte schwach. „Mutter, was redest du da?"

„Nur Dinge, die selbstverständlich sind."

„Vielleicht sollte ich vorher doch heiraten."

„Oh ja, natürlich." Nach einer Pause fragte sie hoffnungsvoll: „Hast du schon jemand Bestimmtes im Auge?"

„Nein."

Seufzend hakte sie sich bei ihrem Sohn unter. „Das habe ich mir gedacht. Da keine tolle Frau auf dich wartet, kannst du genauso gut eine Tasse Kaffee mit deiner alten Mutter trinken."

Sie gingen zusammen über den Rasen auf das Haus zu. Der Boden war uneben, und Jinx kam nur langsam voran, weigerte sich jedoch beharrlich, sich auf die Schulter ihres Sohnes zu stützen. Eigentlich sollte sie überhaupt nicht aufstehen, aber sie hatte sich noch nie an ärztliche Anweisungen gehalten. Eine Frau, die sich den Knöchel in einem wilden Tennismatch verstaucht, setzt sich nicht hin und dreht Däumchen.

David und seine Mutter traten durch eine Lücke in der Hecke aus falschen Jasminsträuchern und gingen die wenigen Stufen zur Küchenveranda hinauf. Gracie, Jinx Ransoms Gesellschafterin, eine Frau in mittleren Jahren, nahm sie an der Fliegendrahttür in Empfang.

„Da seid ihr ja!" Gracie seufzte und richtete ihre mausbraunen Augen auf David. „Ich habe absolut keine Kontrolle über diese Frau, nicht ein bisschen."

Er meinte schulterzuckend: „Wer hat die schon?"

Jinx und David nahmen am Esstisch Platz. Die Küche glich einem dichten Dschungel aus Hängepflanzen. Durch die Veranda wehte jetzt eine Brise vom Tal herein, und das große Fenster bot einen ungehinderten Ausblick auf den Friedhof.

„Schade, dass man den Regenbaum zurückgeschnitten hat", bemerkte Jinx, als sie hinausblickte.

„Es war nötig", erklärte Gracie, während sie Kaffee einschenkte. „In seinem Schatten wuchs kein Gras mehr."

„Aber der Anblick ist nicht mehr derselbe."

David schob einen vorwitzigen Farn beiseite. „Dieser Anblick hat mir nie behagt. Ich kann nicht verstehen, wie du den ganzen Tag auf einen Friedhof sehen kannst."

„Mir gefällt das. Ich sehe meine alten Freunde. Mrs Goto ist dort bei der Hecke beerdigt, Mr Carvalho neben dem Baum da. Und am Hang dort liegt unser Noah. Für mich schlafen sie alle nur."

„Gütiger Himmel, Mutter!"

„Dein Problem ist, David, dass du nie die Angst vor dem Tod überwunden hast. Ehe du das nicht tust, kommst du auch mit deinem Leben nicht klar."

„Und was schlägst du vor?"

„Mach dich unsterblich, setze noch ein Kind in die Welt."

„Ich heirate nicht wieder, Mutter. Also wechseln wir das Thema."

Jinx reagierte, wie sie es immer tat, wenn ihr Sohn einen ihrer Meinung nach lächerlichen Vorschlag machte: Sie ignorierte ihn. „Da war doch diese junge Frau, die du letztes Jahr in Maui kennengelernt hast. Was ist mit ihr geschehen?"

„Sie hat jemand anders geheiratet."

„Wie bedauerlich."

„Ja, der arme Mann."

„Oh, David!", empörte sie sich. „Wann wirst du endlich erwachsen?"

David lächelte und trank einen Schluck von Gracies teerschwarzem Kaffee, woraufhin er prompt hustete. Dies war ein Grund, warum er Besuche bei seiner Mutter mied. Sie weckte nicht nur schlimme Erinnerungen, sie zwang ihn auch, Gracies entsetzlichen Kaffee zu trinken.

„Also, wie war dein Tag, Mutter?", fragte er höflich.

„Wurde mit jeder Minute schlimmer."

„Noch etwas Kaffee, David?", drängte Gracie und näherte sich bedrohlich mit der Kanne.

„Nein!" Er hielt schützend eine Hand über die Tasse. Als er Gracies erstaunte Miene bemerkte, bekräftigte er freundlicher: „Nein, danke."

„So nervös?", meinte Jinx. „Ist etwas nicht in Ordnung, abgesehen von deinem Sexualleben?"

„Ich bin nur sehr beschäftigt. Hiro hat immer noch mit diesem Fall von organisiertem Verbrechen zu tun."

„Du scheinst deinen Beruf nicht mehr so sehr zu mögen. Ich glaube, du warst viel glücklicher im Büro des Staatsanwaltes. Jetzt nimmst du deinen Job so verdammt ernst."

„Es ist ein verdammt ernster Job."

„Ärzte zu verklagen? Ha! Es ist nur eine weitere Abart, um schnelles Geld zu machen."

„Mein Doktor wurde auch einmal verklagt", erzählte Gracie. „Es war schrecklich, was sie alles über ihn sagten. Dabei war er fast ein Heiliger."

„Niemand ist ein Heiliger, Gracie", widersprach David finster. „Am wenigsten Ärzte." Während sein Blick aus dem Fenster wanderte, dachte David plötzlich an den Fall O'Brien, oder vielmehr an die grünäugige, energische Kate Chesne. Er hatte sich endlich entschieden, zu glauben, dass sie log. Dieser Fall würde einfacher sein als vermutet. Dr. Chesne würde wie ein Lamm zur Schlachtbank geführt werden.

Und er wusste auch schon, wie er vorgehen musste. Erst die einfachen Fragen: Name, Ausbildung und so weiter. Er hatte die Gewohnheit, den Beklagten im Gerichtssaal zu umrunden. Je bohrender die Fragen, desto enger wurden die Kreise, die er zog. Und wenn er ihr schließlich den Todesstoß versetzte, würde er direkt vor ihr stehen. Doch unerwarteterweise graute ihm davor, sie bloßzustellen und zu vernichten. Aber er musste es tun, es war sein Job, und er war immer stolz darauf gewesen, seinen Job gut zu machen.

Er zwang sich, den letzten Schluck Kaffee zu trinken, und stand auf. „Ich muss gehen", erklärte er und duckte sich unter einem lebensbedrohend aufgehängten Farn hindurch. „Ich rufe dich an, Mutter."

Jinx schnaubte: „Wann? Nächstes Jahr?"

Er klopfte Gracie mitfühlend auf die Schulter und sagte leise: „Viel Glück, lassen Sie sich von ihr nicht verrückt machen."

„Ich und sie verrückt machen?", schimpfte Jinx. „Ha!"

Gracie brachte ihn zur Verandatür und winkte ihm zum Abschied. „Goodbye, David!", rief sie ihm leise nach.

Einen Moment beobachtete sie, wie er über den Friedhof zu seinem Wagen ging, dann drehte sie sich bedrückt zu Jinx um. „Er ist so unglücklich!", sagte sie. „Wenn er doch nur vergessen könnte."

„Er vergisst leider nichts", seufzte Jinx. „In dieser Hinsicht ähnelt er eher seinem Vater. Er wird seinen Kummer mit sich herumschleppen bis zu seinem eigenen Todestag."

4. KAPITEL

*D*er Wind blies mit zehn Knoten aus Nordosten, als die Barkasse mit Ellen O'Briens Überresten in See stach. Die Asche bei Sonnenuntergang ins Meer zu streuen, schien eine saubere, natürliche Beendigung des Lebens zu sein. Es war die Wiedervereinigung von Fleisch und Blut mit den Elementen. Der Prediger warf einen Kranz gelber Blüten vom alten Pier, und sie trieben mit der Strömung fort, ein langsames, symbolisches Abschiednehmen, das Patrick O'Brien in Tränen ausbrechen ließ.

Sein Weinen wehte über die Menschenmenge am Dock zu der entfernten Stelle hinüber, wo Kate ausharrte. Allein und unbeachtet stand sie bei den alten Fischerbooten und fragte sich, warum sie hier war. War dies eine grausame, selbst auferlegte Strafe? Ein schwacher Versuch, der Welt zu zeigen, wie leid es ihr tat? Sie wusste nur, dass eine innere Stimme, die Vergebung erflehte, sie gezwungen hatte, herzukommen.

Es war noch anderes Krankenhauspersonal hier: einige Schwestern, Ärzte, Clarence Avery und sogar George Bettencourt, der mit undurchdringlichem Gesichtsausdruck dastand. Für diese Menschen war die Klinik nicht nur ein Arbeitsplatz, sondern ein zweites Zuhause, eine zweite Familie. Man half sich gegenseitig bei der Geburt der Kinder, und man gab sich das letzte Geleit.

Kate entdeckte David Ransom am Ende des Piers, sein blonder Schopf überragte die Menge. Sie sah, wie er sich achtlos eine Haarsträhne aus dem Gesicht strich. Er trug Trauerkleidung, dunkler Anzug, dunkle Krawatte, doch in all der Trauer ringsum wirkte er wie versteinert. Sie fragte sich, ob er jemals Gefühle zeigte, lachte, weinte ... oder liebte. Vermutlich verlangte er auch in der Liebe totale Unterwerfung, genau wie im Gerichtssaal. Wie er so dastand im Licht der untergehenden Sonne, wirkte er wie eine uneinnehmbare Festung. Welche Chance hatte sie gegen einen solchen Mann?

Der Wind wurde stärker, schlug die Takelage der Segelboote gegen die Masten und verwehte die letzten Worte des Predigers.

Als die Trauergäste nach Beendigung der Zeremonie an ihr vorbeikamen, hatte Kate plötzlich nicht mehr die Kraft, sich zu bewegen. Clarence Avery hielt kurz an, als wolle er etwas sagen, ging dann jedoch befangen weiter. Mary und Patrick O'Brien würdigten sie keines Blickes. David Ransom kam näher, erkannte sie offensichtlich und ging weiter, ohne seinen Schritt zu verlangsamen, so als wäre sie Luft.

Als Kate endlich die Energie aufbrachte, fortzugehen, war der Pier leer. Die Masten der Segelboote hoben sich wie kahle Bäume vom Abendhimmel ab, während sie über die Holzplanken ging, die ihre Schritte hohl klingen ließen. Am Auto angekommen, war sie so erschöpft, als wäre sie meilenweit gelaufen. Benommen suchte sie in ihrer Tasche nach den Autoschlüsseln und wunderte sich nicht einmal, dass die Tasche zu Boden glitt und ihren Inhalt verstreute. Gelähmt von ihrer Niedergeschlagenheit sah Kate nur zu, wie der Wind ihre Papiertaschentücher verwehte. Die absurde Vorstellung drängte sich ihr auf, dass sie nächtelang, vielleicht wochenlang hier verharren würde. Sie fragte sich, ob es jemand bemerken würde.

David Ransom hatte Kate bemerkt. Selbst während er seinen Klienten zum Abschied winkte, war er sich bewusst, dass Kate Chesne irgendwo hinter ihm auf dem Pier war. Es hatte ihn erstaunt, sie hier anzutreffen. Diese öffentliche Zurschaustellung von Reue war ein sehr kluger Schachzug und offenbar dazu bestimmt, die O'Briens zu beeindrucken. Als er sich jedoch umwandte und Kate allein mit hängenden Schultern und gesenktem Kopf den Pier entlanggehen sah, war ihm plötzlich klar, wie viel Mut es sie gekostet hatte, herzukommen.

Dann erinnerte er sich allerdings, dass manche Ärzte alles taten, um einem Prozess zu entgehen, und verlor das Interesse.

Er war auf dem Weg zu seinem Wagen, als er etwas zu Boden fallen hörte, und entdeckte, dass Kate Chesne die Handtasche entglitten war. Eine kleine Ewigkeit stand die Ärztin nur da, die Autoschlüssel in der Hand, und wirkte wie ein verstörtes Kind. Dann beugte sie sich langsam und müde hinunter und begann, ihre Habseligkeiten einzusammeln.

Geradezu gegen seinen Willen zog es ihn zu ihr hin. Sie bemerkte sein Näherkommen nicht. Er ging neben ihr in die Hocke, sammelte ein paar verstreute Münzen auf und reichte sie ihr. Sie blickte ihn plötzlich an und erschrak.

„Sieht wohl so aus, als brauchten Sie Hilfe", sagte er in ruhigem

Ton. „Ich glaube, jetzt haben Sie alles."

Sie erhoben sich gleichzeitig. Er hielt ihr immer noch das Wechselgeld hin, doch sie schien es nicht wahrzunehmen. Erst nachdem er ihr die Münzen in die Hand gedrückt hatte, sagte sie ein schwaches „Danke".

Für einen Moment sahen sie sich in die Augen.

„Ich hatte nicht erwartet, Sie hier zu treffen", begann er. „Warum sind Sie gekommen?"

„Es war …", sie zuckte die Schultern, „… wohl ein Fehler."

„Hat Ihr Anwalt es Ihnen geraten?"

Sie fragte verwirrt: „Warum sollte er?"

„Um den O'Briens Ihr Mitgefühl zu zeigen."

Zornig fuhr sie ihn an: „Sie halten es für eine Art Strategie?"

„Das soll es schon gegeben haben."

„Warum sind Sie denn hier, Mr Ransom? Gehört das auch zu Ihrer Strategie? Wollen Sie Ihren Klienten Ihr Mitgefühl zeigen?"

„Ich habe Mitgefühl."

„Und Sie denken, ich nicht?"

„Das habe ich nicht gesagt."

„Aber unterstellt."

„Nehmen Sie nicht alles, was ich sage, persönlich."

„Das tue ich aber."

„Das sollten Sie nicht. Ich tue nur meinen Job."

„Und was ist Ihr Job? Henker?"

„Ich greife nicht Menschen an, sondern deren Fehler. Und selbst den besten Ärzten unterlaufen Fehler."

„Das brauchen Sie mir nicht zu sagen!" Sie wandte sich ab und blickte auf die See hinaus, wo Ellen O'Briens Asche trieb. „Ich lebe im OP jeden Tag mit diesem Bewusstsein. Ich weiß, wenn ich die falsche Spritze aufziehe oder den falschen Hebel bediene, kostet es jemand das Leben. Oh ja, man wird damit fertig. Wir haben unsere bissigen Witze, unseren Galgenhumor. Es ist schrecklich, über was wir alles lachen – und nur, um emotional zu überleben. Sie und Ihre ganze verdammte Zunft haben keine Vorstellung davon, wie es ist, wenn man einen Patienten verliert!"

„Aber ich weiß, wie es für die Hinterbliebenen ist. Jedes Mal wenn Sie einen Fehler machen, verursachen Sie Leid."

„Vermutlich machen Sie nie Fehler."

„Die macht wohl jeder. Der Unterschied ist, dass Sie Ihre begraben."

„Das werden Sie mich nie vergessen lassen, was?"

Sie wandte sich ihm zu. Das Licht des Sonnenuntergangs ließ ihre Haare feurig leuchten. David fragte sich plötzlich, wie es wohl wäre, seine Finger durch diesen Wust braunroter Haare gleiten zu lassen und Kate Chesne zu küssen? Der Gedanke war plötzlich da, und er wurde ihn nicht mehr los. Sicher war es in dieser Situation das Letzte, woran er denken sollte, aber sie standen so gefährlich nah beieinander, dass er entweder zurückweichen oder Kate Chesne küssen musste.

Mit Mühe gelang es ihm, beides zu vermeiden. „Wie gesagt, Dr. Chesne, ich tue nur meine Pflicht."

Sie schüttelte so wütend den Kopf, dass ihre Haare im Wind flatterten. „Nein, es ist mehr als das. Sie sind auf einer Art Rachefeldzug, um die gesamte medizinische Zunft auszurotten, nicht wahr?"

David erschrak über ihren Angriff. Er wollte ihren Vorwurf bestreiten, wusste jedoch, dass er der Wahrheit sehr nahe kam. Sie hatte seine alte Wunde gefunden und wieder geöffnet. „Die ganze Zunft ausrotten?", wiederholte er. „Dann lassen Sie mich Ihnen eines sagen, Doktor: Es sind die inkompetenten Leute wie Sie, die meinen Job so leicht machen."

Kalte Wut blitzte in Kates Augen auf, und einen Moment fürchtete David, sie werde ihn ohrfeigen. Doch dann stieg sie rasch in ihren Wagen und setzte den Audi so heftig aus der Parklücke zurück, dass David beiseitespringen musste.

David Ransom blickte dem Wagen nach und bedauerte seine unnötig brutalen Worte. Aus reinem Selbstschutz war er Dr. Chesne so schroff begegnet. Ihre Anziehung auf ihn war so übermächtig geworden, dass er sie ein für alle Mal unterbinden wollte.

Als er sich zum Gehen wandte, fiel sein Blick auf einen silbernen Füller. Er musste unter den Wagen gerollt sein, als Kate die Tasche fallen ließ. David hob ihn auf und las den eingravierten Namen: Dr. Katharine Chesne.

Einen Moment wog er den Füller in der Hand und dachte an dessen Besitzerin. Ob sie daheim von jemandem erwartet wurde?

Während er allein auf dem windigen Pier stand, wurde ihm bewusst, wie leer er sich fühlte.

Es hatte eine Zeit gegeben, da war er dankbar gewesen für diese Leere, weil er so keinen Schmerz empfand. Doch inzwischen wünschte er, wieder etwas fühlen zu können – irgendetwas –, wenn auch nur, um sich zu vergewissern, dass er noch lebte. Er wusste, dass er Gefühle hatte, doch sie waren irgendwo in ihm verschüttet. Allerdings hatten sie sich beim Blick in Kate Chesnes Augen zart geregt.

Dieser Patient war nicht tot. Noch nicht.

Lächelnd warf er den Füller hoch und fing ihn geschickt auf. Dann steckte er ihn in die Brusttasche und ging zu seinem Wagen.

Das Quietschen der zuschwingenden Tür zum Aufenthaltsraum für Ärzte ließ Dr. Guy Santini zusammenzucken. Schritte näherten sich. Guy blickte auf und entdeckte Ann Richter jenseits des Tisches. Stumm sahen sie sich einen Moment an.

„Wie ich sehe, sind Sie auch nicht zu Ellens Trauerfeier gegangen", sagte er.

„Ich wollte, aber ich hatte Angst."

„Angst?", wiederholte er stirnrunzelnd. „Wovor?"

„Tut mir leid, Guy, ich habe keine Wahl mehr." Sie hielt ihm einen Brief hin. „Er ist von Charlie Deckers Anwalt. Sie stellen Fragen nach Jenny Brook."

„Was?" Er nahm den Brief. Was er las, machte ihn offenbar betroffen. „Sie werden nicht hingehen, oder? Sie können es denen nicht sagen."

„Es ist eine Zwangsvorladung, Guy!"

„Dann lügen Sie, um Himmels willen!"

„Decker ist wieder frei, Guy. Das wussten Sie nicht, oder? Er wurde vor einem Monat aus dem Landeskrankenhaus entlassen. Er hat mich angerufen und einige Mitteilungen in meinem Apartment hinterlassen. Manchmal denke ich sogar, er verfolgt mich."

„Er kann Ihnen nichts tun."

„Nein?" Sie deutete mit dem Kopf auf den Brief in seiner Hand. „Henry hat genauso einen Brief bekommen und Ellen auch, kurz bevor sie …" Ann brach ab, als fürchte sie, ihre schlimmsten Ahnungen könnten Wahrheit werden, wenn sie sie aussprach. Erst jetzt merkte Guy, wie mitgenommen sie aussah. Unter ihren Augen lagen dunkle Ringe, und ihr aschblondes Haar, sonst ihr ganzer Stolz, schien seit Tagen nicht gekämmt worden zu sein. „Es muss ein Ende haben, Guy", sagte sie leise. „Ich kann nicht für den Rest meiner Tage in Angst vor Charlie Decker leben."

Er zerknüllte den Brief in seiner Hand. Aufgeregt, fast in Panik, begann er hin und her zu gehen. „Sie könnten die Insel verlassen …"

„Wie lange, Guy? Einen Monat? Ein Jahr?"

„So lange, bis die Lage sich beruhigt hat. Ich gebe Ihnen das Geld." Er holte seine Brieftasche hervor und entnahm ihr fünfzig Dollar, alles, was er bei sich hatte. „Hier. Ich verspreche, ich schicke Ihnen mehr."

„Ich will kein Geld."

„Nehmen Sie es nur."

„Ich sagte schon, ich will kein …"

„Um Himmels willen, nehmen Sie!", erwiderte er barsch vor Verzweiflung. „Bitte, Ann", flehte er ruhiger. „Ich bitte Sie als Freund."

Sie schaute auf das Geld in seiner Hand und nahm es zögernd. „Ich reise noch heute Nacht ab nach San Francisco. Ich habe dort einen Bruder …"

„Rufen Sie mich an, wenn Sie dort sind. Ich schicke Ihnen alles Geld, was Sie brauchen." Sie schien ihn nicht zu hören. „Ann? Sie tun das für mich, nicht wahr?"

Sie starrte blicklos gegen die Wand. Er hätte ihr gern versichert, dass nichts schiefgehen könnte, doch sie wussten beide, dass es eine Lüge war. Er sah ihr nach, wie sie langsam zur Tür ging. Bevor sie verschwand, sagte er: „Danke, Ann."

Sie drehte sich nicht um, sondern blieb nur kurz auf der Schwelle stehen und zuckte leicht die Schultern.

Auf dem Weg zur Bushaltestelle umklammerte Ann Richter immer noch das Geld, das Guy ihr gegeben hatte. Fünfzig Dollar! Als ob das genügen würde! Eine Million Dollar wären nicht genug.

Sie bestieg den Bus nach Waikiki und blickte aus dem Fenster auf die öden Blocks der City. In Kalakaua stieg sie aus und ging auf ihr Apartmenthaus zu. Busse fuhren vorbei und erstickten sie fast mit ihren Abgasen. Ihre Hände wurden feucht in der Hitze, und die Betongebäude schienen sie einzukesseln. Während sie sich durch die Touristenmassen auf dem Gehweg drängte, fühlte sie sich immer unsicherer.

Ann beschleunigte ihre Schritte.

Zwei Häuserblocks nördlich von Kalakaua lichtete sich die Menge, und Ann wartete an einer Straßenkreuzung darauf, dass die Ampel auf Grün sprang. In diesem Moment, während sie allein dort stand, wusste sie, dass sie verfolgt wurde.

Sie drehte sich abrupt um und blickte die Straße entlang. Ein alter Mann schlurfte den Gehweg hinunter. Ein Ehepaar schob ein Baby im Kinderwagen. Und auf einem Kleiderständer vor einem Geschäft flatterten bunte Röcke. Da war nichts Ungewöhnliches ... zumindest hatte es den Anschein.

Die Ampel schaltete auf Grün. Ann lief wie von Hunden gehetzt über die Straße und verlangsamte ihr Tempo erst, als sie ihr Apartment erreichte.

Sie begann sofort zu packen. Noch während sie ihre Sachen in einen Koffer warf, überdachte sie die nächsten Schritte. Die Maschine nach San Francisco ging um Mitternacht. Ihr Bruder würde sie eine Weile aufnehmen, ohne Fragen zu stellen. Er wusste, dass jeder seine Geheimnisse hatte.

Das muss alles nicht sein! flüsterte eine innere Stimme. Du könntest zur Polizei gehen ...

Und was soll ich denen sagen? Die Wahrheit über Jenny Brook? Damit zerstöre ich ein unschuldiges Leben.

Bedrückt und fieberhaft nachdenkend ging sie in ihrem Apartment auf und ab. Als sie am Spiegel vorbeikam, erkannte sie sich kaum. Ihr Haar war unordentlich, und unter ihren Augen hatte sich Wimperntusche verschmiert. Angst machte ihr das eigene Gesicht fremd.

Du musst nur anrufen und ein Geständnis ablegen, riet die innere Stimme, ein offenbartes Geheimnis stellt keine Gefahr mehr dar.

Ann griff nach dem Telefonhörer. Mit zitternden Händen wählte sie Kate Chesnes Privatnummer. Niedergeschlagen hörte sie die Ansage des Anrufbeantworters.

Sie räusperte sich und sagte. „Hier spricht Ann Richter. Bitte, ich muss mit Ihnen reden. Es geht um Ellen. Ich weiß, warum sie sterben musste."

Dann hängte sie auf und wartete auf Antwort.

Es vergingen Stunden, bevor Kate Chesne die Nachricht abhörte. Nachdem sie den Pier am Spätnachmittag verlassen hatte, war sie eine Weile ziellos herumgefahren, um nicht in ihr leeres Haus zurückzumüssen. Doch das Abendessen in einem kleinen Restaurant sagte ihr ebenso wenig zu wie die Kinovorstellung, die sie nach der Hälfte des Films verließ.

Sie kam gegen zehn Uhr heim, zog sich halb aus und saß lustlos auf dem Bett, als sie das Licht am Anrufbeantworter blinken sah. Sie ließ das Band zurücklaufen und ging zum Schrank.

„Hallo, Dr. Chesne, hier spricht vier Ost. Wir wollten Ihnen mitteilen, dass Mr Bergs Blutzucker achtundneunzig ist … Hallo, hier spricht June aus Dr. Averys Büro. Vergessen Sie die Sitzung des Ärztegremiums am Dienstag um vier nicht … Hallo, hier ist Windward Immobilien. Bitte, rufen Sie uns zurück. Wir haben eine Auflistung, die Sie interessieren könnte …"

Kate hängte gerade ihren Rock auf, als die letzte Mitteilung ablief.

„Hier spricht Ann Richter. Bitte, ich muss mit Ihnen reden. Es geht um Ellen. Ich weiß, warum sie sterben musste …"

Sie hörte noch das Klicken, als der Hörer aufgelegt wurde, dann spulte das Band automatisch zurück. Kate eilte zum Rekorder und drückte den Wiedergabeknopf.

„… Es geht um Ellen. Ich weiß, warum sie sterben musste."

Eilig suchte sie Anns Adresse und Telefonnummer heraus und wählte. Doch die Leitung war ständig besetzt. Kate wusste, was zu tun war, und zog sich schnell wieder an.

Der Verkehr schob sich Stoßstange an Stoßstange nach Waikiki hinein.

Wie immer waren die Gehwege voll von einer bizarren Mischung aus Touristen, Soldaten auf Urlaub und Menschen von der Straße. Sie alle bewegten sich unter den unwirklichen Lichtern der abendlichen Stadt. Palmen warfen ihre dürren Schatten gegen die Gebäude. Ein ansonsten würdevoll aussehender Gentleman stellte in Bermudashorts seine weißen Beine zur Schau. Nach Waikiki kam man, um das Lächerliche, das Ungewöhnliche zu sehen. Doch heute Abend erschien Kate der Blick aus dem Fenster nur beängstigend: farblose Gesichter im Schein der Straßenlampen, angetrunkene Soldaten, die in den Eingängen der Nachtklubs herumlungerten, und an der Straßenkreuzung verkündete ein Evangelist mit glühendem Blick das Ende der Welt.

Zehn Minuten später stieg Kate die Treppe zu Anns Apartmenthaus hoch. An der Tür kam ihr ein junges Paar entgegen, sodass sie ohne Weiteres in die Halle gelangte.

Es dauerte einen Moment, bis der Lift kam. Kate lehnte sich gegen die Wand, atmete tief durch und hoffte, die Stille des Gebäudes würde ihre Nerven beruhigen. Als sie schließlich den Fahrstuhl betrat, hatte ihr Herz tatsächlich aufgehört, wild zu pochen. Leise quietschend fuhr der Lift hinauf. Sonderbar entrückt beobachtete Kate, wie die Lichter 3, 4, 5 aufleuchteten.

In der siebenten Etage öffneten sich die Türen wieder.

Der Korridor war leer. Während Kate über einen dunkelgrünen Teppich auf die Nummer 710 am Ende des Flurs zuging, hatte sie das seltsame Gefühl, sich wie in einem Traum zu bewegen. Als sie direkt davor stand, bemerkte sie, dass die Tür nur angelehnt war. „Ann?", rief sie leise.

Keine Antwort.

Sie schob die Tür leicht auf und erschrak. Obwohl sie die gespenstische Szene sah, begriff sie sie nicht gleich: ein umgeworfener Stuhl, verstreute Zeitungen, rote Spritzer an der Wand. Ihr Blick folgte der roten Zickzackspur auf dem beigen Teppich, die unweigerlich zu ihrem Ursprung führte. Anns Körper lag, Gesicht nach unten, in einer riesigen Blutlache.

Die elektronischen Piepser aus dem Telefonhörer, der an seiner Strippe vom Tisch herabhing, waren wie ein Alarmsignal für Kate, endlich aktiv zu werden. Doch sie war für Augenblicke wie gelähmt. Ihr wurde schwindelig, sie ging in die Hocke und stützte sich am Türrahmen ab. Auch jahrelanges, medizinisches Training konnte diese Reaktion nicht verhindern. Sie brauchte einige Minuten, um sich zu beruhigen.

Doch das Hämmern ihres Herzens wurde von einem anderen

unregelmäßigen Klang begleitet, einem Atmen, das nicht ihr eigenes war.

Noch jemand befand sich im Raum.

Eine Bewegung lenkte ihren Blick auf den Wohnzimmerspiegel. Dann entdeckte sie den Mann. Er hockte hinter einer Kommode, keine drei Schritte entfernt.

Sie bemerkten einander im selben Moment. Und in den Bruchteilen einer Sekunde, in denen sie seine Augen sah, glaubte sie in diesen dunklen Höhlen etwas Böses zu entdecken, vor dem es kein Entrinnen gab.

Er öffnete den Mund, als wollte er sprechen. Doch es kamen keine Worte heraus, sondern nur ein unheimliches Zischen, wie das einer Viper, die droht, bevor sie beißt.

Kate sprang auf, drehte sich – wie ihr schien – albtraumhaft langsam um und floh. Der Korridor war schier endlos. Sie hörte ihren Schrei von den Wänden zurückhallen, und der Klang war so unwirklich wie die Eindrücke des vorbeifliegenden Flurs.

Das Treppenhaus am Ende des Ganges war der einzig mögliche Fluchtweg, da sie keine Zeit hatte, auf den Lift zu warten.

Eilig öffnete sie den Hebel der Tür, die nach außen aufschwang. Kate war bereits eine Treppe hinabgeeilt, als sie die Tür über sich wieder aufgehen und gegen die Wand prallen hörte. Dann ertönte erneut das Zischen, so schrecklich wie das Fauchen eines Dämons.

Kate hastete zur sechsten Etage und versuchte die Flurtür aufzureißen. Sie war verschlossen. Schreiend trommelte sie mit den Fäusten dagegen. Vergeblich.

Seine Schritte kamen gnadenlos hinter ihr die Treppe herunter. Kate konnte nicht warten, sie musste weiter. Sie rannte die nächste Treppenflucht hinab, sprang die letzten Stufen und landete hart. Ein heftiger Schmerz schoss durch ihren Knöchel. Mit Tränen in den Augen riss sie an der Tür und schlug dagegen. Auch sie war verschlossen.

Er war schon bedrohlich nahe.

Kate rannte noch eine Treppe hinunter und noch eine. Die Tasche flog ihr von der Schulter, doch sie konnte sie nicht wieder aufheben. Der Schmerz im Knöchel war fast unerträglich, als sie die dritte Etage erreichte. Würde auch diese Tür verschlossen sein? Ihre Fantasie eilte voraus zum Erdgeschoss. Was lag dort?

Ein Parkplatz? Eine Gasse? Würde man dort morgen ihre Leiche finden?

Aus schierer Panik riss Kate mit übermenschlicher Kraft an der Tür. Sie war unverschlossen. Kate taumelte hinaus und befand sich auf einem Parkdeck. Sie hatte keine Zeit, lange nachzudenken, sondern ging blindlings in Deckung. Als die Tür zum Treppenhaus wieder aufflog, duckte sie sich hinter einen Lieferwagen.

Dort hockte sie hinter den Vorderrädern und lauschte auf Schritte. Bis auf das Rauschen ihres Blutes in den Ohren hörte sie jedoch nichts. Sekunden verstrichen, dann Minuten. Wo war er? Hatte er die Jagd aufgegeben? Sie presste sich so dicht an den Wagen, dass der Stahl in ihre Schenkel schnitt. Doch sie spürte keinen Schmerz, sosehr waren ihre Sinne aufs Überleben gerichtet.

Ein Kieselstein kullerte über den Boden und verursachte Lärm wie ein Pistolenschuss. Kate versuchte vergeblich, die Richtung des Geräusches auszumachen. Geh weg! flehte sie im Stillen, da sie spürte, dass er näher kam. Sie musste wissen, wo er war.

Vorsichtig duckte sie sich und blickte unter dem Lieferwagen hindurch. Blankes Entsetzen erfasste sie, als sie ihn auf der anderen Seite vom Heck des Wagens auf sich zugehen sah.

Kate sprang auf und rannte los. Die geparkten Autos verschwammen am Rande ihres Blickfeldes zu einer undeutlichen Masse. Sie hastete auf die Abfahrtsrampe zu. Ihre Beine, noch steif vom Hocken, bewegten sich nicht schnell genug. Sie hörte den Mann hinter sich. Die Rampe wand sich endlos hinab, und in jeder Kurve lief sie Gefahr, auszugleiten, der Mann kam näher. Kate atmete so heftig, dass ihre Kehle zu schmerzen begann.

In einem verzweifelten Spurt bog sie um die letzte Ecke. Zu spät erkannte sie die Scheinwerfer des Wagens, der die Rampe hinauffuhr. Kate sah noch flüchtig zwei Gesichter hinter der Windschutzscheibe, die die Münder aufrissen, dann krachte sie auf den Kühler. Es gab einen grellen Blitz, als explodierten Sterne in ihren Augen. Danach schwand das Licht, und sie sah nichts mehr, nicht einmal Dunkelheit.

5. KAPITEL

angoblüte", erklärte Sergeant Brophy und schnauzte sich in sein feuchtes Taschentuch. „Das ist die schlimmste Jahreszeit für meine Allergie." Er atmete vorsichtig Luft ein, als suchte er nach einem neuen, bisher unentdeckten Hindernis in seinen Nasengängen. Die grauenvolle Szenerie ringsum schien ihn völlig kalt zu lassen, als seien Leichen, blutbespritzte Wände und eine Armee kriminaltechnischer Mitarbeiter etwas Alltägliches. Wenn Sergeant Brophy einen seiner Niesanfälle bekam, vergaß er alles bis auf den traurigen Zustand seiner Nasenschleimhäute.

Leutnant Francis Ah Ching – genannt Pokie – hatte sich an das Schniefen seines Assistenten gewöhnt. Manchmal war dessen Allergie sogar nützlich, denn er wusste immer, in welchem Raum sich Brophy gerade aufhielt, und brauchte nur dem Geräusch zu folgen.

Sergeant Brophy verschwand samt im Taschentuch steckender Triefnase soeben im Schlafzimmer der Toten. Pokie blickte wieder auf seinen Notizblock, auf dem er die Fakten festhielt. Er schrieb rasch, in einer besonderen Kurzschrift, die er sich in seiner sechsundzwanzigjährigen Dienstzeit als Polizist – davon siebzehn im Morddezernat – angeeignet hatte. Acht Seiten waren mit Skizzen der verschiedenen Räume gefüllt, vier allein mit denen vom Wohnraum. Seine Skizzen waren grob, die Fakten stimmten jedoch genau. Leiche hier, umgeworfene Möbel dort, Blut überall.

Die Leichenbeschauerin, eine jungenhaft wirkende, sommersprossige Frau, die jeder nur M. J. nannte, ging herum, bevor sie die Leiche untersuchte. Wie üblich trug sie Jeans und Turnschuhe – ein lässiger Aufzug für eine Ärztin, aber in ihrem besonderen Fall beklagten sich die Patienten nicht. Während sie durch den Raum schritt, diktierte sie in einen Kassettenrekorder:

„Arterielles Blut an drei Wänden in ein Meter dreißig bis ein Meter sechzig Höhe ... große Blutlache an der Ostseite des Wohnzimmers, wo Leiche liegt ... Opfer ist blond, weiblich, zwischen dreißig und vierzig, in Bauchlage gefunden, rechter Arm gebeugt unter dem Kopf, linker Arm ausgestreckt ... Keine Fleischwunden an Händen oder Armen bemerkt." M. J. ging in die Hocke. „Auffallende Leichenflecken. Hm." Stirnrunzelnd berührte sie den nackten Arm der Toten. „Bedeutende Auskühlung des Körpers. Es ist jetzt null Uhr fünfzehn." Sie schaltete den Rekorder ab und blieb einen Moment stumm.

„Stimmt etwas nicht, M. J.?", fragte Pokie.

„Was?" Sie blickte auf. „Oh, ich habe nur nachgedacht."

„Und wie ist Ihr erster Eindruck?"

„Sieht nach einem einzigen tiefen Einschnitt in die linke Halsschlagader aus mit einer sehr scharfen Klinge. Rasche Arbeit. Das Opfer hatte keine Möglichkeit, zur Verteidigung einen Arm zu heben. Ich sehe mehr, wenn wir sie im Leichenschauhaus gewaschen haben." Sie erhob sich, und Pokie sah, dass ihre Tennisschuhe blutverschmiert waren. Durch wie viele Blutspuren diese Schuhe wohl schon getrampelt waren?

Nicht durch so viele, wie ich gesehen habe, dachte er.

„Durchschnittene Schlagader", bemerkte er versonnen. „Erinnert Sie das an etwas?"

„Allerdings. Wie war noch der Name des Mannes vor einigen Wochen?"

„Tanaka. Auch er hatte eine durchtrennte Schlagader."

„Den meine ich. Der Tatort war genauso blutig wie der hier."

Pokie dachte nach. „Tanaka war Arzt. Und sie hier …" Er blickte auf die Leiche. „Sie ist Krankenschwester."

„War Krankenschwester."

„Das gibt einem zu denken."

M. J. schloss ihr Köfferchen. „Es gibt viele Ärzte und Krankenschwestern in der Stadt. Nur weil diese beiden auf meinem Obduktionstisch landen, müssen sie sich nicht gekannt haben."

Lautes Niesen kündigte Sergeant Brophy an, der aus dem Schlafzimmer kam. „Ich habe ein einfaches Flugticket nach San Francisco auf ihrem Nachttisch gefunden, für den Mitternachtsflug." Er blickte auf seine Uhr. „Den hat sie gerade verpasst."

Ein Flugticket, gepackte Koffer. Ann Richter hatte also die Stadt verlassen wollen. Warum?

Während ihn dieser Gedanke noch beschäftigte, ging Pokie ein zweites Mal durch alle Räume des Apartments. Im Bad sah er einen Kriminaltechniker mit einer Lupe das Waschbecken inspizieren.

„Spuren von Blut hier, Sir. Sieht aus, als hätte sich der Killer die Hände gewaschen."

„Ziemlich kaltblütig. Irgendwelche Fingerabdrücke?"

„Ein paar, aber die meisten wohl vom Opfer. Ein paar neue Abdrücke sind am Knauf der Eingangstür, die könnten Ihrer Zeugin gehören."

Pokie nickte und ging in den Wohnraum zurück. Dass sie eine Zeugin hatten, war ihr Trumpf. Trotz ihrer Verletzung hatte sie noch die Polizei ins Apartment 710 schicken können und hatte ihn damit um den Schlaf gebracht.

Er blickte Brophy an. „Haben Sie Dr. Chesnes Tasche gefunden?"

„Sie ist nicht im Treppenhaus, wo sie sie verloren hat. Jemand muss sie aufgehoben haben."

Pokie schwieg einen Moment. Er dachte an all die Dinge, die Frauen in der Tasche bei sich trugen: Brieftasche, Führerschein, Hausschlüssel. Er klappte sein Notizbuch zu. „Sergeant?"

„Sir?"

„Ich möchte, dass eine Wache rund um die Uhr vor Dr. Chesnes Krankenzimmer steht. Und ich will einen Mann in der Lobby. Sofort. Und gehen Sie jedem Anruf nach, der für sie ankommt."

Brophy schien verblüfft. „Der ganze Aufwand? Wie lange?"

„Solange sie im Krankenhaus ist. Im Moment sitzt sie wie ein Köder in der Falle."

„Sie glauben wirklich, der Täter würde ihr im Krankenhaus etwas antun?"

„Ich weiß es nicht", seufzte Pokie. „Ich weiß nicht, womit wir es hier zu tun haben. Aber ich habe zwei identische Morde." Grimmig schob er das Notizbuch in die Tasche. „Und sie ist unsere einzige Zeugin."

Phil Glickman war wieder einmal die reine Pest.

Es war Samstagmorgen, und Samstag war der einzige Tag, an dem David Ransom den in der Woche liegen gebliebenen Papierkram aufarbeiten konnte. Doch heute war er im Büro auf diesen Phil Glickman gestoßen, anstatt Ruhe zu finden. Der junge Assessor war zweifellos ein kluger, gerissener, notfalls sogar aggressiver Anwalt, doch leider völlig unfähig, den Mund zu halten.

David vermutete, dass er noch im Schlaf redete.

Nachdem er ihm gerade von seinem neuesten Erfolg vor Gericht erzählt hatte und über Davids gedämpften Beifall einigermaßen enttäuscht war, fragte Phil: „Und wie steht es mit dem O'Brien-Fall? Winseln die schon um Gnade?"

David schüttelte den Kopf. „Nicht, wenn ich Kate Chesne richtig einschätze."

„Was? Ist die blöd?"

„Halsstarrig und selbstgerecht."

„So ist das mit den Ärzten."

David fuhr sich müde mit einer Hand durchs Haar. „Ich hoffe, es kommt nicht zum Prozess."

„Aber den zu gewinnen wäre ein Kinderspiel, für Sie auf jeden Fall sehr einfach."

„Zu einfach."

Glickman wandte sich lachend ab. „Das hat Sie doch früher nicht gestört."

Warum dann jetzt? dachte David. Der O'Brien-Fall fiel ihm sozusagen in den Schoß. Er brauchte lediglich ein paar Schriftsätze auszufertigen, einige drohende Erklärungen abzugeben und die Hand für den Scheck aufzuhalten. Er sollte eine Flasche Champagner öffnen. Stattdessen bereitete ihm die ganze Sache Unbehagen und drückte gehörig auf seine Stimmung.

Gähnend lehnte er sich zurück und rieb sich die Augen. Er hatte eine schreckliche, fast schlaflose Nacht hinter sich. Ein Traum hatte ihn geplagt und geweckt.

Da war eine Frau gewesen in einem abgedunkelten Zimmer. Lediglich ihre Silhouette hatte er im schwachen Gegenlicht vom Fenster gesehen. Zuerst dachte er, es sei seine Exfrau Linda. Doch vieles an ihr war fremd. Er hatte versucht, sie zu entkleiden, und ihr dabei einen Knopf von der Bluse abgerissen. Sie lachte, und es war ein angenehmes, sinnliches Lachen. Er wusste nun, dass sie nicht Linda war, und blickte plötzlich in Kate Chesnes grüne Augen. Sie sprachen kein Wort, sahen sich nur an, und seine Finger glitten zart über ihr Gesicht.

Schweißgebadet vor Sehnsucht war er aufgewacht. Er hatte versucht, weiterzuschlafen, doch der Traum kehrte jedes Mal zurück. Und auch jetzt sah er Kates Gesicht, sobald er die Augen schloss.

David bemühte sich, seine Gedanken auf die Gegenwart zu konzentrieren, und ging zum Fenster. Er war zu alt für unsinnige Träumereien, und er war zu klug, um an eine Affäre mit der Gegenseite auch nur zu denken.

Attraktive Frauen kamen oft in sein Büro. Und gar nicht selten sandte eine jene provozierenden Signale aus, die jeder Mann erkannte. Er war stets amüsiert, aber nie versucht gewesen, darauf einzugehen. Es gehörte nun mal nicht zu seinen Gepflogenheiten, mit Klientinnen zu schlafen.

Kate Chesne hatte allerdings keine solchen Signale ausgesandt. Tatsache war, dass sie Anwälte ebenso zu verachten schien wie er Ärzte. Warum um alles in der Welt ging ihm dann ausgerechnet diese Frau nicht mehr aus dem Sinn?

Er griff in seine Brusttasche und holte den silbernen Füller heraus. Er fragte sich plötzlich, ob dieser vielleicht das Geschenk eines Freundes gewesen war, und wunderte sich über einen Anflug von Eifersucht.

Er sollte den Füller zurückgeben.

Das Mid Pac Hospital war nur ein paar Blocks entfernt. Er konnte den Füller auf dem Heimweg dort abgeben. Die meisten Ärzte machten am Samstagmorgen noch einmal Visite. Es bestand also eine gute Chance, dass Kate Chesne dort sein würde. Bei dem Gedanken, sie wiederzusehen, empfand er Vorfreude und Angst zu gleichen Teilen. Und sein Magen zog sich so unangenehm zusammen wie in seiner Teenagerzeit, wenn er seinen ganzen Mut zusammengenommen hatte, um sich mit einem Mädchen zu verabreden. Das war ein sehr schlechtes Zeichen.

Trotzdem wollte er sein Vorhaben ausführen. Der Füller in seiner Hand war wie eine Verbindung zu ihr. Er schob ihn wieder in die Brusttasche und verstaute seine Papiere im Aktenkoffer.

David betrat die Lobby des Hospitals und ging an einen Hausapparat. Die Telefonistin meldete sich.

„Ich versuche, Dr. Kate Chesne zu finden", erklärte David. „Ist sie im Haus?"

„Dr. Chesne?" Es entstand eine Pause. „Ja, ich glaube, sie ist im Haus. Wer spricht bitte?"

Er wollte schon seinen Namen nennen, überlegte es sich jedoch.

Falls Kate erfuhr, dass er sie sprechen wollte, meldete sie sich vermutlich nicht. „Ich bin ein Freund", sagte er lahm.

„Bitte bleiben Sie am Apparat."

Es erklang irgendeine schauderhafte Musik, wahrscheinlich dieselbe wie im Fahrstuhl zur Hölle. David ertappte sich dabei, wie er ungeduldig mit den Fingern gegen die Telefonzelle trommelte. Ihm wurde bewusst, wie eilig er es hatte, Kate wiederzusehen. Ich muss verrückt sein, dachte er und hängte plötzlich auf. Entweder verrückt oder ausgehungert nach weiblicher Gesellschaft. Vielleicht beides.

Ärgerlich wandte er sich ab und sah sich zwei beeindruckenden Polizisten gegenüber.

„Hätten Sie etwas dagegen, uns zu begleiten?", fragte einer der beiden.

„Allerdings", erwiderte David.

„Dann lassen Sie es mich anders ausdrücken", entgegnete der Polizist, und die Bedeutung seiner Worte war unzweideutig.

David lachte ungläubig. „Was habe ich getan, Jungs? Die Parkdauer überschritten? Eure Mutter beleidigt?"

Man packte ihn fest an beiden Armen und bugsierte ihn quer durch die Halle zum Verwaltungsflügel.

„Ist das eine Festnahme oder was?", fragte David. Sie antworteten nicht. „He, ich denke, ihr müsst mich über meine Rechte aufklären!" Das taten sie nicht. „Okay, dann werde ich euch über meine Rechte aufklären!" Immer noch keine Antwort. Er verschoss sein letztes Pulver. „Ich bin Anwalt."

„Gut für Sie", kam die trockene Erwiderung, als er auf den Konferenzraum zugeführt wurde.

„Ihr wisst verdammt gut, dass ihr mich nicht ohne Anklage festnehmen dürft."

Sie öffneten die Tür. „Wir folgen nur Anweisungen."

„Wessen?"

Eine vertraute Stimme rief: „Meinen."

David drehte sich um und sah sich jemandem gegenüber, dem er seit seiner Zeit im Büro des Staatsanwaltes nicht mehr begegnet war. Leutnant Francis ,Pokie' Ah Ching von der Mordkommission war ein Produkt der für die Insel typischen Vermischung verschiedener Völker. Seine Augen waren eine Spur chinesisch, das energische Kinn portugiesisch, und hinzu kam eine kräftige Dosis dunkler polynesischer Haut. Abgesehen von einer beträchtlichen Zunahme des Gürtelumfangs hatte er sich in den acht Jahren seit ihrer letzten Zusammenarbeit nicht verändert. Er trug sogar noch denselben alten Polyesteranzug von der Stange, obwohl sich das Jackett wohl schon seit Langem nicht mehr schließen ließ.

„Wenn das nicht Davy Ransom ist", raunzte Pokie. „Ich werfe meine Netze aus, und wer schwimmt hinein?"

Pokie nickte den beiden Beamten zu. „Der ist okay."

Die zwei zogen sich zurück. Sobald die Tür geschlossen war, fuhr David ihn an: „Was geht hier vor?"

Pokie trat vor und betrachtete ihn abschätzend. „Eine private Kanzlei scheint ihren Mann zu ernähren. Neuer Anzug, neue teure Schuhe. Ihnen geht es gut, was, Davy?"

„Ich kann mich nicht beklagen."

Pokie setzte sich auf die Tischkante und verschränkte die Arme. „Einen Monat, nachdem Sie gingen, wurde ich Leutnant, aber ich trage immer noch denselben alten Anzug, dieselben alten Schuhe und fahre denselben alten Wagen."

Davids Geduld wurde auf eine harte Probe gestellt. „Wollen Sie mir nun sagen, was los ist? Oder soll ich raten?"

Pokie holte sich eine Zigarette aus dem Jackett und zündete sie an. „Sie sind ein Freund von Kate Chesne?"

Der plötzliche Themenwechsel überraschte David. „Ich kenne sie."

„Wie gut?"

„Wir haben ein paar Mal miteinander gesprochen. Ich bin gekommen, um ihr ihren Füller zurückzubringen."

„Dann wussten Sie nicht, dass sie gestern Abend als Notfall eingeliefert wurde? Schockverdacht."

„Was?"

„Nichts Ernstes", sagte Pokie rasch. „Schwache Gehirnerschütterung, ein paar Prellungen. Sie wird heute entlassen."

David war für Augenblicke sprachlos und betrachtete Pokie, der genüsslich an seiner Zigarette sog.

„Komisch", meinte Pokie, „manchmal kommt man in einem Fall kein Stück weiter, und plötzlich, Peng, hat man Glück."

„Was ist Kate passiert?", fragte David mit rauer Stimme.

„Sie war zur falschen Zeit am falschen Ort." Er blies eine Lunge voll Rauch aus. „Gestern Abend platzte sie in eine sehr üble Szene hinein."

„Soll das heißen … sie ist eine Zeugin? Für was?"

Pokies Gesicht blieb reglos, als er durch den Rauch, der zwischen ihnen trieb, sagte: „Mord."

Durch die geschlossene Tür hörte Kate die Geräusche eines emsigen Krankenhausbetriebes: das statische Knacken der Sprechanlage, das Klingeln der Telefone. Die ganze Nacht über hatte sie bewusst auf diese Geräusche gelauscht, die ihr sagten, dass sie nicht allein war. Erst jetzt, da die Sonne ins Zimmer schien und Erschöpfung sie befiel, schlummerte sie allmählich ein. Sie hörte das erste Klopfen nicht und auch nicht die Stimme, die leise ihren Namen rief. Erst der Luftzug über ihrem Gesicht warnte sie, dass jemand die Tür geöffnet hatte. Sie nahm am Rande wahr, dass irgendwer an ihr Bett kam, und es kostete sie Mühe, die Augen zu öffnen. Wie durch einen Schleier erkannte sie David Ransom.

Sie ärgerte sich ein bisschen. Er hatte kein Recht, sie aufzusuchen, solange sie so schwach war. Sie wusste genau, was sie ihm sagen sollte, doch sie war zu müde dazu.

Und auch David sagte kein Wort. Sie schienen beide die Stimme verloren zu haben.

„Das ist nicht fair, Mr Ransom", flüsterte sie schließlich, „jemanden zu treten, der schon am Boden liegt." Sie wandte das Gesicht ab. „Sie scheinen Ihren praktischen Rekorder vergessen zu haben. Oder ist er vielleicht versteckt in …"

„Hören Sie auf damit, Kate."

Sie war sofort still. Er hatte sie beim Vornamen genannt; eine unsichtbare Schranke war soeben zwischen ihnen gefallen, ohne dass Kate wusste, wieso. Er stand so nah, dass sie sein Aftershave roch und fast die Wärme seiner Haut spürte.

„Ich bin nicht hier, um Sie zu treten …" Seufzend fuhr er fort: „Vielleicht sollte ich gar nicht hier sein. Aber als ich hörte, was geschehen ist, dachte ich …"

Sie wandte ihm das Gesicht zu und sah, dass er sie stumm betrachtete. Zum ersten Mal wirkte er so wenig Ehrfurcht gebietend, dass sie sich bewusst machen musste: Er ist mein Gegner. Doch welchen Grund sein Besuch auch haben mochte, er änderte nichts an ihrem Verhältnis zueinander. Im Moment fühlte sie sich allerdings nicht bedroht, sondern beschützt. Wohl nicht nur wegen seiner offenkundigen Körperkraft. David Ransom verströmte Kompetenz und eine ruhige Autorität. Sie wünschte, er wäre ihr Verteidiger und nicht ihr Ankläger. Sie konnte sich nicht vorstellen, dass man mit David Ransom an seiner Seite einen Kampf verlor.

„Woran haben Sie gedacht?", fragte sie leise.

Er wandte sich zum Gehen. „Tut mir leid, ich sollte Sie schlafen lassen."

„Warum sind Sie gekommen?"

Er blieb stehen und lachte scheu. „Ach ja, fast hätte ich es vergessen. Ich wollte Ihnen das hier zurückgeben. Sie haben es am Pier fallen lassen." Er legte ihr den Füller in die Hand.

„Danke", flüsterte sie.

„Ein sentimentales Erinnerungsstück?"

„Das Geschenk eines Mannes, den ich …" Sie räusperte sich, senkte den Blick und wiederholte: „Danke."

David wusste, dass dies sein Stichwort war, zu gehen. Er hatte seine gute Tat für heute erledigt. Jede weitere Unterhaltung, die sich entspinnen könnte, sollte er im Keim ersticken. Stattdessen zog er sich jedoch einen Stuhl heran und nahm Platz.

Ihr Haar lag auf dem Kissen ausgebreitet, und auf ihrer Wange war ein violetter Bluterguss. Erstaunlicherweise empfand er heftigen Zorn auf den Mann, der sie verletzt hatte.

„Wie fühlen Sie sich?"

Kate zuckte schwach die Schultern. „Müde und lädiert." Nach einer Pause fügte sie mit der Andeutung eines Lächelns hinzu: „Und glücklich, am Leben zu sein." In einer – wie ihm schien – traurigen Geste berührte sie den Bluterguss auf ihrer Wange. „Ich bin wohl nicht gerade umwerfend schön heute."

„Sie sehen gut aus, Kate. Wirklich." Das war keine besonders intelligente Bemerkung, aber er meinte es ehrlich. Sie sah gut aus, und sie lebte. „Der Bluterguss vergeht. Wichtig ist nur, dass Sie in Sicherheit sind."

„Bin ich das?" Sie blickte zur Tür. „Die ganze Nacht saß eine Wache da draußen. Ich habe ihn mit den Schwestern scherzen hören. Und ich frage mich, warum man ihn hierher abkommandiert hat."

„Bestimmt ist das nur eine Vorsichtsmaßnahme, damit Sie nicht gestört werden."

Stirnrunzelnd fragte sie: „Und wie sind Sie an ihm vorbeigekommen?"

„Ich kenne Leutnant Ah Ching. Wir haben vor Jahren zusammengearbeitet, als ich noch im Büro des Staatsanwaltes war."

„Sie?"

Er lächelte. „Ja, ich habe meine Bürgerpflicht erfüllt. Ich habe die Niederungen menschlichen Lebens kennengelernt, und das zu einem Hungerlohn."

„Sie haben also mit Ah Ching über den Vorfall gesprochen?"

„Er sagte, Sie seien eine Zeugin. Und dass Ihre Aussage wichtig sei für den Fall."

„Hat er Ihnen gesagt, dass Ann Richter mich angerufen hat? Sie hinterließ eine Nachricht auf meinem Anrufbeantworter, bevor sie getötet wurde."

„Worüber?"

„Ellen O'Brien."

David erwiderte nachdenklich: „Das ist mir neu."

„Ann wusste etwas, Mr Ransom, etwas über Ellens Tod. Leider hatte sie keine Gelegenheit mehr, es mir zu sagen."

„Wie genau lautete die Nachricht?"

„Ich weiß, warum sie sterben musste. Das waren genau ihre Worte."

David Ransom hatte das Gefühl, dass diese grünen Augen ihn wie magisch anzogen. „Das bedeutet vielleicht nicht viel. Möglicherweise hat sie nur herausgefunden, was während der Operation schiefging."

„Sie benutzte das Wort *warum*. Ich weiß, *warum* sie sterben musste. Das bedeutet, es gibt einen Grund für Ellens Tod."

„Mord auf dem Operationstisch?" Er schüttelte den Kopf. „Also kommen Sie …"

Kate wandte sich ab. „Ich hätte wissen sollen, dass Sie skeptisch bleiben. Herauszufinden, dass die Patientin ermordet wurde, würde Ihren wertvollen Prozess infrage stellen."

„Und was glaubt die Polizei?"

„Woher soll ich das wissen?", entgegnete sie brüsk und fuhr mit müder Stimme fort: „Ihr Freund Ah Ching ist nicht sehr mitteilsam. Er kritzelt immer nur in sein Notizbuch. Vielleicht will er keine verwirrenden Fakten hören." Ihr Blick wanderte zur Tür. „Aber die Wache dort macht mich stutzig. Vielleicht geht da doch etwas vor, von dem ich nichts weiß."

Es klopfte, und eine Schwester trat mit den Entlassungspapieren ein. David beobachtete, wie Kate sich gehorsam hinsetzte und jedes Blatt unterzeichnete. Der Füller zitterte in ihrer Hand. David konnte kaum glauben, dass dies dieselbe Frau war, die in sein Büro gestürmt war. An jenem Tag hatten ihr eiserner Wille und ihre Entschlossenheit ihn sehr beeindruckt.

Und jetzt war er nicht minder beeindruckt von ihrer Verletzbarkeit.

Die Schwester ging, und Kate ließ sich wieder zurück in die Kissen sinken.

„Können Sie irgendwo unterkommen, wenn Sie hier entlassen werden?"

„Freunde von mir haben ein kleines Cottage am Strand, das sie kaum benutzen." Sie seufzte und schaute traurig aus dem Fenster. „Der Strand wäre mir jetzt gerade recht."

„Sind Sie allein in dem Haus? Ist das sicher?"

Kate antwortete nicht, sondern blickte nur weiter aus dem Fenster. Die Vorstellung, dass sie allein und ohne Schutz in dem Haus sein würde, machte ihm Sorgen. Er musste sich in Erinnerung rufen, dass Kate Chesne ihn nichts anging. Er musste verrückt sein, sich für sie verantwortlich zu fühlen. Sollte die Polizei sich um sie kümmern, schließlich war es deren Aufgabe, für ihren Schutz zu sorgen.

David stand auf, um zu gehen. Kate saß zusammengekauert da, die Arme in einer mitleiderweckenden Geste des Selbstschutzes vor der Brust verschränkt. Im Hinausgehen hörte er sie leise sagen: „Ich glaube nicht, dass ich mich je wieder sicher fühlen werde."

6. KAPITEL

*E*s ist nur ein kleines Haus", erklärte Susan Santini, während sie mit Kate den gewundenen North Shore Highway entlangfuhr. „Nichts Mondänes, nur ein paar Schlafzimmer und eine altmodische, geradezu prähistorische Küche. Aber es ist gemütlich. Und es ist schön, den Wellen zu lauschen." Sie bog vom Highway ab auf eine Schotterpiste, die durch dichtes Halekoa-Buschwerk führte. Die Räder wirbelten roten Staub auf, während sie auf die See zuholperten. „In letzter Zeit nutzen wir das Haus kaum noch, weil einer von uns meist Bereitschaftsdienst hat. Guy meinte schon, wir sollten es verkaufen, aber ich will nicht. Man findet solche kleinen Paradiese heute einfach nicht mehr."

Die Räder knirschten auf der Kieszufahrt. Das kleine Cottage aus der Plantagenzeit wirkte unter der Gruppe riesiger Hartholzbäume wie ein vernachlässigtes Puppenhaus. Die jahrelange Einwirkung von Sonne und Wind hatte die Holzplanken zu einem verwitterten Grün verfärbt. Und das Dach schien unter der Last brauner Baumnadeln förmlich einzusinken.

Kate stieg aus, blieb einen Moment unter den Bäumen stehen und lauschte, wie die Wellen zischend auf dem Sand ausrollten. Unter der Mittagssonne strahlte das Meer in einem hellen Blau.

„Da sind sie", sagte Susan und deutete den Strand hinunter auf ihren Sohn William, der im Sand einen kleinen Indianertanz aufführte. Er bewegte sich lachend wie ein Elf, und die etwas zu große Badehose hielt kaum auf seinen schmalen Hüften. Er wirkte so zart, als würde er sich jeden Moment wie ein mythisches Wesen in nichts auflösen. In seiner Nähe saß eine schmalgesichtige Frau auf einem Handtuch und blätterte lustlos ein Magazin durch.

„Das ist Adele", flüsterte Susan. „Wir haben ein halbes Dutzend Anzeigen aufgegeben und einundzwanzig Gespräche geführt, bis wir sie fanden. Aber ich fürchte, sie wird nicht bei uns bleiben. Sorgen macht mir, dass William bereits an ihr hängt."

William entdeckte sie plötzlich, hielt inne und winkte: „Hi, Mommy."

„Hallo, Darling", rief Susan zurück. Dann berührte sie Kate am Arm.

„Wir haben das Cottage gelüftet, und es sollte auch eine Kanne Kaffee bereitstehen."

Im Haus roch es trotzdem leicht dumpf nach Alter. Die Sonne beschien ein paar Topfpflanzen und vor allem etliche Kinderzeichnungen an der Wand, die alle von William signiert waren.

„Das Telefon ist angeschlossen", erklärte Susan und deutete auf den Wandapparat. „Im Kühlschrank sind ein paar Lebensmittel, nur das Nötigste. Guy sagt, wir können morgen deinen Wagen holen. Dann kannst du selbst einkaufen fahren."

Sie zeigte Kate rasch alles Wissenswerte in der Küche und winkte sie dann ins Schlafzimmer, wo sie die Gardinen zurückzog. „Schau, Kate, das ist der Ausblick, den ich dir versprochen habe. Ich denke, Psychiater würden glatt überflüssig, wenn alle Menschen jeden Tag diesen Ausblick hätten, in der Sonne liegen und den Vögeln lauschen könnten." Sie wandte sich Kate lächelnd zu. „Was denkst du?"

Kate betrachtete den polierten Holzboden, die duftigen Gardinen, das goldene Licht, das hereinfiel. „Ich denke, ich will nie wieder hier weg", erwiderte sie lächelnd.

Schritte kamen patschend über die Veranda. Susan blickte sich um, als die Fliegendrahttür zuschlug. „Und damit enden Ruhe und Frieden", seufzte sie.

Als sie in die Küche zurückkehrten, sang William tonlos ein Lied und legte Zweige auf den Tisch. Adele, deren nackte Schultern von Sonnenöl glänzten, schenkte ihm ein Glas Apfelsaft ein.

„Schau, Mommy!" William deutete stolz auf seine Schätze.

„Lieber Himmel, was für eine Sammlung", erklärte Susan gebührend beeindruckt. „Was willst du mit all den Stöcken machen?"

„Das sind keine Stöcke, das sind Schwerter, um Monster zu töten."

„Monster? Aber Darling, ich habe dir doch gesagt, dass es keine Monster gibt!"

„Gibt es doch!"

„Daddy hat sie alle ins Gefängnis gesteckt, weißt du noch?"

„Nicht alle." Sorgfältig legte er noch einen Stock auf den Tisch. „Sie verstecken sich im Gebüsch. Ich habe gestern Nacht eines gehört."

Susan lächelte Kate wissend zu. „Deshalb kam er heute Morgen um zwei in unser Bett."

Adele stellte dem Jungen das Glas Saft hin. „Hier, William." Sie zog die Stirn kraus. „Was hast du da in der Tasche?"

„Nichts." William ignorierte sie und schlürfte seinen Saft. Seine Hosentasche bewegte sich wieder.

„William Santini, gib es mir!" Adele streckte die Hand aus.

William blickte flehentlich die oberste Berufungsinstanz an: seine Mutter. Doch die schüttelte traurig den Kopf, und er griff seufzend in die Tasche, holte den Verursacher der Bewegung heraus und legte ihn Adele in die Hand.

Adeles Schrei erschreckte alle, am meisten jedoch die Eidechse, die prompt den Schwanz abwarf und das Weite suchte.

„Sie entwischt!", jammerte William.

Es folgte eine wilde Jagd aller Anwesenden auf Händen und Knien. Aber die Eidechse entwischte, und alle waren außer Atem und erschöpft vom Lachen.

Susan saß mit ausgestreckten Beinen auf dem Boden und japste: „Ich kann es nicht glauben: drei erwachsene Frauen gegen eine Eidechse." Sie lehnte sich erschöpft gegen den Kühlschrank. „Sind wir Tölpel oder was?"

William ging zu seiner Mutter und strich ihr bewundernd über das zerzauste rote Haar. „Meine Mommy", flüsterte er.

Sie nahm sein Gesicht zwischen beide Hände und küsste ihn zart auf den Mund. „Mein Baby."

„Sie haben nicht alles gesagt", beschwerte sich David Ransom. „Jetzt will ich den Rest erfahren."

Pokie Ah Ching biss herzhaft in seinen Big Mac und kaute mit der entschlossenen Konzentration eines Mannes, dem man die Nahrung zu lange verweigert hatte. Er wischte sich etwas Soße vom Kinn und fragte: „Wieso denken Sie, ich hätte etwas ausgelassen?"

„Weil Sie ein paar von Ihren Leuten abgestellt haben: die Wache vor dem Krankenzimmer, der Beamte in der Lobby. Sie sind auf einen großen Fang aus."

„Ja, auf einen Mörder." Pokie zog eine Gurkenscheibe von seinem Big Mac und warf sie in eine Serviette. „Was sollen diese

Fragen? Ich dachte, Sie wären nicht mehr im Büro des Staatsanwaltes."

„Aber meine Neugier habe ich dort nicht zurückgelassen, falls Sie das gedacht haben sollten."

„Neugier? Ist das alles?"

„Kate ist zufällig eine Freundin …"

„Blödsinn!" Pokie warf ihm einen vorwurfsvollen Blick zu. „Denken Sie, ich frage nicht nach? Ich bin Detective, Davy. Und ich weiß zufällig, dass sie keine Freundin von Ihnen ist. Sie ist die Beklagte in einem Ihrer Prozesse." Er schnaubte: „Seit wann haben Sie Mitleid mit der Gegenseite?"

„Seit ich anfange, ihre Geschichte über Ellen O'Brien zu glauben. Vor zwei Tagen kam sie mit einer absurden Theorie in mein Büro, und ich lachte sie aus. Dann wird dieser Krankenschwester, Ann Richter, die Kehle durchgeschnitten, und allmählich beginne ich mich zu fragen, ob Ellen O'Briens Tod wirklich ein Kunstfehler war oder vielleicht doch Mord."

„Mord?" Pokie zuckte mit den Schultern und nahm noch einen Bissen. „Damit wäre es meine Angelegenheit, nicht Ihre."

„Hören Sie, ich habe Klage wegen eines ärztlichen Kunstfehlers eingereicht. Es wäre verdammt peinlich – und eine ziemliche Zeitverschwendung –, wenn sich herausstellen sollte, dass es Mord war. Also, bevor ich in den Gerichtssaal gehe und einen Narren aus mir mache, möchte ich die Fakten kennen. Sagen Sie mir alles, Pokie, um der alten Zeiten willen."

„Hören Sie mit diesem sentimentalen Quatsch auf, Davy. Sie haben den Staatsdienst verlassen. Vermutlich konnten Sie den Verlockungen des Geldes nicht widerstehen. Ich bin immer noch hier."

„Lassen Sie uns eines klarstellen: Dass ich den Job aufgegeben habe, hatte nichts mit Geld zu tun."

„Sondern?"

„Mit persönlichen Gründen."

„Ja, ja, damit reden Sie sich immer heraus. Und dabei bleiben Sie verschlossen wie eine Auster."

„Wir sprachen über den Fall."

Pokie lehnte sich zurück und betrachtete ihn einen Moment. Durch die offene Bürotür drangen Telefonklingeln, laute Stimmen und das Klappern der Schreibmaschinen. Es war ein normaler Nachmittag in der City-Polizeistation. Ungeduldig stand Pokie auf und schloss die Tür. „Okay", seufzte er und kehrte zu seinem Sessel zurück. „Was wollen Sie wissen?"

„Einzelheiten."

„Welche?"

„Was ist so Besonderes an Ann Richters Mord?"

Pokie schnappte sich eine Akte von dem chaotischen Haufen Unterlagen auf seinem Schreibtisch und schob sie David hin. „M.J.s vorläufiger Autopsiebericht. Sehen Sie ihn sich an."

Der Bericht war drei Seiten lang, kühl und sachlich. Obwohl David fünf Jahre als Assistent des Staatsanwaltes gearbeitet und viele solcher Berichte gelesen hatte, schauderte er bei den klinischen Details.

> „… linke Halsschlagader sauber durchtrennt … rasiermesserscharfes Instrument … Hautverletzung an rechter Schläfe, vermutlich durch Sturz gegen den Kaffeetisch … Muster der Blutspritzer an der Wand in Übereinstimmung mit dem Spritzen des arteriellen Blutes."

„Wie ich sehe, wird einem bei M.J.s Berichten immer noch schlecht", sagte David und blätterte um. Was er auf der zweiten Seite las, ließ ihn stutzen. „Diese Feststellung ergibt keinen Sinn. Ist sich M.J. wegen der Todeszeit ganz sicher?"

„Wie Sie wissen, ist M.J. immer sicher. Sie stützt ihre Aussage auf die Leichenflecken und die Kerntemperatur des Körpers."

„Aber warum sollte der Mörder der Frau die Kehle durchschneiden und dann drei Stunden am Tatort bleiben? Um die Szene zu genießen?"

„Um sauber zu machen. Um die Wohnung zu durchsuchen."

„Fehlt denn irgendetwas?"

Pokie seufzte: „Nein. Das ist das Problem. Geld und Schmuck lagen greifbar. Der Killer hat nichts angefasst."

„Sexuelle Motive?"

„Keine Anzeichen dafür. Die Kleidung des Opfers war intakt. Außerdem war die Tötungsmethode zu wirkungsvoll. Ein Sexualmörder hätte sich mehr Zeit gelassen."

„Wir haben also einen brutalen Mörder und kein Motiv. Was gibt es sonst noch?"

„Sehen Sie sich den Autopsiebericht noch einmal an. Lesen Sie mir vor, was M. J. über die Wunde geschrieben hat."

„Durchtrennte linke Halsschlagader. Rasiermesserscharfes Instrument." Er blickte auf. „Na und?"

„Die gleichen Worte hat sie vor zwei Wochen in einem anderen Autopsiebericht benutzt. Das Opfer war ein Mann – der Gynäkologe Dr. Henry Tanaka."

„Ann Richter war Krankenschwester."

„Richtig. Und hier wird es interessant. Bevor sie zum OP-Team kam, versah sie Nachtdienst in der Gynäkologie. Vermutlich kannte sie Dr. Tanaka."

David wurde sehr nachdenklich. Er musste an eine andere Krankenschwester denken, die auch in der Gynäkologie Dienst getan hatte und jetzt ebenfalls tot war. „Erzählen Sie mir mehr über diesen Gynäkologen."

Pokie zog eine Packung Zigaretten heraus und fischte sich einen Aschenbecher. „Haben Sie etwas dagegen, wenn ich rauche?"

„Nicht, wenn Sie weitererzählen."

„Ich lechze schon den ganzen Morgen nach einer Zigarette", brummte Pokie. „Wenn Brophy hier ist, kann ich nicht rauchen, wegen seiner Allergie." Er zündete die Zigarette an und stieß dankbar eine Rauchwolke aus. „Also, Dr. Tanaka hatte seine Praxis drüben in Liliha, in diesem schrecklichen Betonkasten. Vor zwei Wochen blieb er noch länger in seinem Büro, angeblich um Papierkram aufzuarbeiten. Seine Angestellten waren schon fort. Seine Frau sagte, dass er häufiger spät heimkam. Aber sie unterstellte, dass es keine Büroarbeit war, die ihn aufhielt."

„Eine Freundin?"

„Was sonst?"

„Kannte die Frau den Namen?"

„Nein. Sie vermutete, dass es eine der Schwestern drüben aus dem Hospital war. Jedenfalls wurde er gegen sieben an dem Abend von zwei Pförtnern tot in einem der Untersuchungszimmer gefunden. Zuerst dachten wir, der Täter wäre ein Junkie, der Drogen gesucht hatte. Es fehlten tatsächlich ein paar Sachen aus dem Schrank, aber eigentlich wertloses Zeug, das man nicht auf der

Straße verkaufen konnte. Wir dachten, der Täter wäre entweder blöd gewesen oder hätte schon unter Drogen gestanden. Aber immerhin war er klug genug, keine Fingerabdrücke zu hinterlassen. Es gab keine weiteren Spuren, und wir landeten in einer Sackgasse."

Nach einer kurzen Pause fuhr Pokie fort: „Lediglich einem der Pförtner war etwas aufgefallen. Als er ins Gebäude kam, sah er eine Frau, die quer über den Parkplatz lief. Es nieselte, und es war fast dunkel, sodass er sie nicht richtig erkennen konnte. Aber es war bestimmt eine Blondine."

„War er sicher, dass es eine Frau war?"

„Sie meinen, oder ein Mann mit Perücke?", lachte Pokie. „Daran habe ich noch nicht gedacht. Aber es wäre möglich."

„Wohin führte diese Spur?"

„Nicht weit. Wir hörten uns um, fanden jedoch nichts heraus. Dann wurde Ann Richter getötet, sie war blond." Er drückte die Zigarette aus. „Kate Chesne ist unser erster Zeuge. Jetzt wissen wir zumindest, wie der Mann aussah. Am Montag erscheint seine Skizze in der Zeitung. Vielleicht erfahren wir dann Namen."

„Wie beschützen Sie Kate?"

„Sie ist am North Shore versteckt, eine Patrouille fährt alle paar Stunden dort vorbei."

„Ist das alles?"

„Da oben findet sie keiner."

„Ein Profi schon."

„Was soll ich tun? Ihr eine Leibwache stellen?" Er deutete auf den Stapel Unterlagen auf seinem Tisch. „Sehen Sie sich die Akten an, Davy. Ich stecke bis zum Hals in Arbeit. Ich bin schon froh, wenn mal eine Nacht ohne Leichenfund vergeht."

„Profikiller hinterlassen keine Zeugen."

„Ich bin nicht überzeugt, dass es das Werk eines Profis war. Außerdem wissen Sie, wie knapp unser Budget ist. Sehen Sie sich diesen Mist an." Er trat gegen den Tisch. „Zwanzig Jahre alt und voller Termiten. Gar nicht zu reden von dem alten Computer. Ich muss Fingerabdrücke nach Kalifornien schicken, wenn ich sie schnell identifiziert haben will." Frustriert wippte er in dem zwanzig Jahre alten Sessel zurück. „Schauen Sie, Davy, ich bin einigermaßen überzeugt, dass sie in Sicherheit ist. Ich würde es

Ihnen gerne garantieren, aber Sie wissen, wie das ist."

Ja, dachte David, ich weiß, wie das ist. Manches in der Polizei-arbeit ändert sich nicht. Zu viele Anforderungen und zu wenig Geld. Er wollte sich gern einreden, dass er rein berufliches Inter-esse an Kate hatte, doch er musste immer daran denken, wie ver-letzlich sie in ihrem Krankenbett gesessen hatte.

David hatte lange genug mit Pokie Ah Ching gearbeitet, um zu wissen, dass er ein kompetenter Polizist war. Doch auch den besten unterliefen Fehler. Und Polizisten hatten mit Ärzten eines gemein: Sie begruben ihre Fehler.

Die Sonne beschien Kates Rücken und machte sie schläfrig. Sie lag im Sand, das Gesicht auf den angewinkelten Arm gelegt. Wellen umspülten ihre Füße, während der Wind die Seiten ihres Taschen-buches umblätterte. An diesem einsamen Stück Strand, an dem man nur die Vögel zwitschern und die Bäume in der Brise rascheln hörte, konnte man sich erholen.

Kate wurde immer wacher, da der Wind an ihren Haaren zerrte. Außerdem regte sich ein Hungergefühl. Sie hatte seit dem Früh-stück nichts gegessen, und es war fast Abend. Sie freute sich auf ein ruhiges Abendessen.

Die Ahnung, nicht mehr allein zu sein, ließ sie plötzlich hell-wach werden. Kate richtete sich auf und entdeckte David Ransom. Er stand in Jeans und Baumwollhemd, dessen Ärmel er hochge-krempelt hatte, neben ihr und betrachtete sie.

„Sie sind schwer zu finden", meinte er.

„Das ist Absicht, wenn man sich versteckt."

Er sah sich um. „Aber es ist wohl keine gute Idee, sich hier ins Freie zu legen."

„Sie haben recht." Kate stand auf. Obwohl ihr Badeanzug nicht aufreizend war, schlang sie sich das Badetuch um den Körper. „Man weiß nie, wer sich hier herumtreibt: Diebe, Mörder, sogar Anwälte."

„Ich muss mit Ihnen reden, Kate."

„Ich habe einen Anwalt. Reden Sie mit dem."

„Es geht um den O'Brien-Fall."

„Sparen Sie sich das für die Verhandlung auf." Sie ging davon und ließ ihn einfach stehen.

„Wir sehen uns vielleicht nicht bei der Verhandlung!", rief er ihr nach.

„Wie schade!"

Am Cottage hatte er sie eingeholt, doch sie schlug ihm die Verandatür vor der Nase zu.

„Haben Sie gehört, was ich gesagt habe?", rief er von draußen herein.

Mitten in der Küche ging Kate plötzlich die Bedeutung seiner Worte auf. Sie kam an die Tür zurück.

„Ich bin vielleicht nicht bei der Verhandlung", wiederholte David.

„Was soll das heißen?"

„Ich habe vor, auszusteigen."

„Warum?"

„Lassen Sie mich herein, und ich sage es Ihnen."

Kate drückte die Tür auf. „Kommen Sie herein, Mr Ransom. Vielleicht ist die Zeit gekommen, dass wir miteinander reden."

Er folgte ihr schweigend in die Küche, blieb am Tisch stehen und beobachtete sie. Da sie keine Schuhe trug, fiel ihm auf, wie viel kleiner sie war als er. Kate wurde sich bewusst, dass sie ihn zum ersten Mal in Freizeitkleidung sah, und entschied, dass er ihr in Jeans besser gefiel als im Anzug. Sie fühlte sich leicht befangen unter seinem Blick und sagte: „Ich möchte mich anziehen. Entschuldigen Sie mich einen Moment."

Als Kate in einem dünnen Baumwollkleid in die Küche zurückkehrte, stand David am Tisch und blätterte ihr Buch durch.

„Ein Kriegsroman", erklärte sie, „nicht sehr gut, aber er vertreibt die Zeit." Sie deutete auf einen Stuhl. „Setzen Sie sich, Mr Ransom. Ich mache uns Kaffee."

Während sie den Kessel aufsetzte, spürte sie, dass David Ransom sie wieder beobachtete. Zu ihrer Verwunderung machte es sie leicht nervös, und sie verschüttete sogar etwas Kaffeemehl.

„Lassen Sie mich das machen." David schob sie freundlich beiseite.

In seiner Nähe empfand sie wieder, dass sie sich gegen ihren Willen ungemein zu ihm hingezogen fühlte. Sie verfolgte einen Moment stumm, wie er den kleinen Schaden schnell behob, und setzte sich dann an den Tisch.

„Übrigens", sagte er über die Schulter hinweg. „Können wir die Förmlichkeiten beiseitelassen? Ich heiße David."

„Ja, ich weiß." Es ärgerte sie, wie atemlos ihre Stimme klang. Er setzte sich ihr gegenüber, und sie fragte: „Gestern wollten Sie mich noch hängen, was ist passiert?"

Er zog die Fotokopie eines Zeitungsartikels aus der Tasche. „Diese Geschichte stand vor zwei Wochen im Star-Bulletin."

Kate las versonnen die Schlagzeile: Arzt aus Honolulu erstochen. „Was hat das mit mir zu tun?"

„Kannten Sie das Opfer, Dr. Henry Tanaka?"

„Er gehörte zur Gynäkologie, aber ich habe nie mit ihm zusammengearbeitet."

„Lesen Sie, wie die Wunden beschrieben werden."

Kate konzentrierte sich wieder auf den Artikel. „Hier steht, er starb an Wunden in Hals und Rücken."

„Richtig. Wunden, die von einem sehr scharfen Instrument herrührten. Die linke Halsschlagader wurde mit einem Schnitt durchtrennt, sehr wirkungsvoll und absolut tödlich."

Kate schluckte trocken. „Genauso wurde Ann …"

Er nickte. „Dieselbe Methode, dasselbe Resultat."

„Woher wissen Sie das?"

„Leutnant Ah Ching erkannte die Parallelen sofort. Deshalb stellte er Ihnen eine Wache vor das Krankenzimmer. Falls diese Morde miteinander zu tun haben, steckt hinter alledem ein System, eine Logik …"

„Logik? Einen Arzt und eine Krankenschwester zu töten, das klingt für mich nach der Tat eines Psychopathen."

„Manchen Morden wohnt eine eigene Logik inne."

„Es gibt keinen logischen Grund, einen Menschen umzubringen."

„Natürlich nicht, und trotzdem begehen scheinbar normale Menschen Morde und das aus den niedrigsten Beweggründen." Nach einer Pause fügte er hinzu: „Und dann gibt es da noch die Morde aus Leidenschaft. Offenbar hatte Dr. Tanaka eine Affäre mit einer Krankenschwester."

„Das haben viele Ärzte."

„Und viele Krankenschwestern."

„Von welcher reden wir hier?"

„Ich dachte, das könnten Sie mir sagen."

„Tut mir leid, aber der neueste Krankenhausklatsch ist mir nicht vertraut."

„Auch nicht, wenn es eine Patientin betrifft?"

„Sie meinen Ellen? Ich kümmere mich nicht um das Privatleben meiner Patienten, es sei denn, ich habe den Eindruck, es sei wichtig für deren Gesundheit."

„In diesem Fall war es das vielleicht."

„Nun ja, sie war hübsch. Sicher gab es Männer in ihrem Leben." Kate blickte wieder auf den Artikel. „Aber was hat das mit Ann Richter zu tun?"

„Vielleicht nichts, vielleicht alles. In den letzten zwei Wochen sind drei Menschen aus dem Team des Mid Pac Hospitals ums Leben gekommen. Zwei wurden ermordet. Und bei einer blieb aus unbekannten Gründen auf dem OP-Tisch das Herz stehen. Zufall?"

„Es ist ein großes Krankenhaus und ein umfangreiches Team."

„Aber diese drei Menschen kannten einander und arbeiteten sogar zusammen."

„Ann war aber OP-Schwester."

„Und arbeitete früher in der Gynäkologie."

„Was?"

„Nach einer komplizierten Scheidung vor acht Jahren blieb Ann Richter auf einem Berg Schulden sitzen. Sie brauchte rasch Geld und übernahm Nachtschichten in der Gynäkologie, in der auch Ellen O'Brien arbeitete. Tanaka, O'Brien und Richter kannten sich und sind tot."

Das Pfeifen des Wasserkessels ließ Kate aus ihrer Versunkenheit hochfahren. David stand auf und nahm den Kessel vom Herd. Sie hörte, wie er das Wasser eingoss und Tassen aufstellte. Kaffeeduft erfüllte den Raum.

„Seltsam", sagte Kate, „ich habe Ann fast jeden Tag gesehen. Wir sprachen über Bücher und Filme, aber nie über uns selbst. Sie war sehr verschlossen, fast unnahbar."

„Wie hat sie auf Ellens Tod reagiert?"

Kate dachte einen Moment nach. In jenen entscheidenden Augenblicken hatte Ann mit weißem Gesicht, völlig versteinert da-

612

gestanden. „Sie schien gelähmt zu sein. Aber wir waren alle entsetzt. Danach meldete sie sich krank und ging heim. Sie kam nicht zurück zur Arbeit. Das war das letzte Mal, dass ich sie gesehen habe … lebend, meine ich." Gedankenverloren senkte sie den Blick, als er ihr eine Tasse Kaffee hinschob.

„Sie sagten es vorhin schon einmal: Sie muss irgendetwas gewusst haben, etwas ziemlich Gefährliches. Vielleicht wussten alle drei davon."

„Aber David, es waren gewöhnliche Menschen, die in einem Krankenhaus arbeiteten."

„In einem Krankenhaus kann alles Mögliche passieren: Diebstahl von Narkotika, Versicherungsbetrug, geheime Liebesaffären, sogar Mord."

„Wenn Ann etwas Gefährliches gewusst hat, wieso ist sie dann nicht zur Polizei gegangen?"

„Vielleicht konnte sie nicht. Vielleicht hatte sie Angst, sich selbst zu belasten. Oder sie schützte jemanden."

„Dann nehmen Sie also an, Ellen wurde ermordet?"

„Deshalb bin ich hier. Ich möchte von Ihnen erfahren, ob das sein kann?"

„Woher soll ich das wissen?"

„Sie waren dabei. Sie haben die medizinischen Kenntnisse. Wie könnte man so etwas anstellen?"

„Ich bin das Ganze schon tausendmal durchgegangen und habe nichts herausgefunden."

„Dann tun Sie es noch einmal. Kommen Sie, Kate. Denken Sie ganz genau nach. Überzeugen Sie mich, dass es Mord war und ich den Fall aufgeben soll."

Kate ließ die Ereignisse im OP noch einmal Revue passieren. Alles war problemlos gegangen.

„Nun?", fragte David nach einer Weile.

„Mir fällt nichts Besonderes ein. Es war ein Routinefall."

„Und der Eingriff selbst?"

„Fehlerlos. Guy ist der beste Chirurg im Team. Außerdem hatte er gerade erst mit der Operation begonnen. Er war kaum durch die Fettschicht durch, als …"

„Was?"

„Er beklagte sich, dass die Bauchmuskeln zu straff seien. Er würde Schwierigkeiten haben beim Zurückziehen. Also spritzte ich Succinylcholin."

„Auch das ist Routine, oder?"

Sie nickte. „Man gibt es oft. Aber bei Ellen wirkte es nicht. Ich musste eine zweite Spritze aufziehen. Ich erinnere mich, dass ich Ann bat, mir neue Ampullen zu besorgen."

„Sie hatten nur eine Ampulle?"

„Für gewöhnlich liegen mehrere im Schubfach, aber an diesem Morgen war es nur eine."

„Was geschah nach der zweiten Spritze?"

Kate blickte auf. „Nach ein paar Sekunden, zehn oder fünfzehn, blieb ihr Herz stehen."

Sie starrten sich an. Durch die Fenster fiel scharf ein letzter Strahl der Sonne. David beugte sich vor, offenbar hatten sie beide dieselbe Ahnung. „Wenn Sie das beweisen könnten, Kate, das wäre sehr wichtig."

„Aber das kann ich nicht! Die leere Ampulle kam mit dem restlichen Abfall sofort in die Verbrennungsanlage, und wir haben nicht einmal mehr eine Leiche für die Obduktion." Sie wandte den Blick ab. „Oh, er war gerissen, David. Wer der Killer auch war, er wusste genau, was er tat."

„Vielleicht ist er sogar *zu* gerissen."

„Was meinen Sie damit?"

„Er ist offenbar medizinisch gebildet. Er wusste genau, welche Droge Sie im OP spritzen würden. Also hat er etwas Tödliches in eine dieser Ampullen gegeben. Wer hat Zugang zu den Anästhesiedrogen?"

„Sie sind im OP, jeder vom Personal kann an sie heran, Ärzte, Schwestern, vermutlich sogar der Pförtner. Aber es sind immer Leute anwesend."

„Und was ist abends und an den Wochenenden?"

„Wenn keine Operationen anliegen, wird die Abteilung einfach geschlossen. Aber es ist immer eine OP-Schwester da für Notfälle."

„Bleibt sie in der Abteilung?"

„Keine Ahnung. Ich bin ja nur dort, wenn operiert wird. Ich weiß nicht, was sich da in einer ruhigen Nacht tut."

„Wenn die Abteilung also einmal unbewacht bliebe, könnte

somit jeder aus dem Team in die OPs."

„Es ist keiner vom Personal, David. Ich habe den Mann doch gesehen. Der Mann in Anns Apartment war ein Fremder."

„Der im Krankenhaus einen Komplizen haben könnte. Vielleicht sogar jemanden, den Sie kennen."

„Eine Verschwörung?"

„Sehen Sie doch nur, wie systematisch die Morde ausgeführt wurden, als hätte der Killer eine Liste. Ich frage mich, wer als Nächstes dran ist."

Das Klappern der Tasse gegen die Untertasse ließ Kate zusammenzucken. Sie blickte auf ihre Hände und merkte, dass sie zitterten. Ich habe sein Gesicht gesehen, dachte sie. Wenn er eine Liste hat, bin ich die Nächste.

Kate erhob sich und ging zur offenen Tür. Die Abenddämmerung war angebrochen. Kate blieb stehen und blickte nervös aufs Meer hinaus. Der Wind war völlig abgeflaut, die Luft war so still, als hielte die Natur den Atem an.

„Er ist dort draußen und sucht mich", flüsterte sie. „Und ich kenne nicht einmal seinen Namen." David legte ihr eine Hand auf die Schulter. Kate zitterte. Er stand so nah bei ihr, dass sie seinen Atem ihren Nacken streicheln spürte. „Ich sehe immer noch, wie mich seine Augen im Spiegel angestarrt haben … wie die eines verhungernden Kindes …"

„Er kann Ihnen nichts tun, Kate, nicht hier." Das Streicheln seines Atems ließ sie erschauern. Sie wusste absolut sicher, dass David sich ebenso zu ihr hingezogen fühlte wie sie sich zu ihm.

Plötzlich spürte sie nicht nur seinen Atem im Nacken, sondern seine Lippen. Er presste das Gesicht in ihr dichtes Haar und legte ihr beide Hände auf die Schultern, als fürchtete er, sie könnte sich ihm entziehen. Doch das tat sie nicht.

Seine Lippen strichen vom Nacken zur Schulter, und sein raues Kinn rieb ihre Haut. David drehte Kate zu sich her und küsste sie auf den Mund. Sie erwiderte den Kuss voller Hingabe. Eine Weile überließen sie sich völlig ihren Gefühlen, sodass Kate das Klingeln des Telefons kaum wahrnahm. Erst als das Geräusch wieder und wieder ertönte, wurde sie sich bewusst, was es war.

Es erforderte ihre ganze Willenskraft, ihre leidenschaftlichen

Empfindungen zu dämpfen. Sie schob David sacht von sich. „Das Telefon …"

„Lass es klingeln." Er küsste ihre Halsbeuge.

Doch das Läuten schien immer eindringlicher zu werden.

„David … bitte …"

Seufzend ließ er sie los. Sie bemerkte seine Verwunderung. Einen Moment schauten sie sich in die Augen, und keiner von beiden schien fassen zu können, was sich soeben zwischen ihnen ereignet hatte. Erneutes Telefonklingeln veranlasste Kate zum Handeln. Sie ging zum Wandapparat, räusperte sich und sagte heiser: „Hallo?" Da sich niemand meldete, wiederholte sie: „Hallo?"

„Dr. Chesne?", flüsterte eine kaum hörbare Stimme.

„Ja?"

„Sind Sie allein?"

„Nein, ich … wer spricht da?" Entsetzt umfasste sie den Hörer fester.

Es entstand eine Pause, in der Kate ihr Herzklopfen spürte. „Hallo?", rief sie. „Wer spricht dort?"

„Sei vorsichtig, Kate Chesne. Der Tod lauert überall!"

*D*er Hörer glitt Kate aus der Hand und fiel zu Boden. Von Panik ergriffen, ließ sie sich gegen die Küchenspüle sinken. „Der Killer", flüsterte sie. Am Rande der Hysterie wiederholte sie: „Der Killer!"

David schnappte sich den Hörer. „Wer spricht dort? Hallo? Hallo!" Fluchend hängte er ein und wandte sich Kate zu. „Was hat er gesagt?" Er packte sie bei den Schultern und schüttelte sie leicht.

„Er … er sagte, ich solle vorsichtig sein … der Tod lauere überall …"

„Wo sind deine Koffer?"

„Im Schlafzimmerschrank."

Er eilte hinüber. Kate folgte ihm automatisch und sah zu, wie er den Samsonite vom Bord zog. „Hol deine Sachen, Kate. Du kannst nicht hierbleiben."

Sie fragte nicht einmal, wohin sie gehen würden. Sie wusste nur, dass jede Minute, die sie länger hier verbrachte, Gefahr bedeutete. Eilig packte sie ihre Sachen und hastete dann die Verandastufen hinunter zum Wagen.

Der BMW sprang sofort an, und David fuhr rasant los. Äste schlugen gegen die Windschutzscheibe, als sie über den Schotterweg zur Hauptstraße holperten. Kaum auf dem Highway, gab David Gas, und der Wagen preschte davon.

„Wie hat er mich gefunden?", schluchzte Kate.

„Das frage ich mich auch."

„Niemand wusste, dass ich hier bin … nur die Polizei."

„Dann gibt es vielleicht dort ein Leck. Oder …" Er blickte besorgt in den Rückspiegel. „Oder jemand ist dir gefolgt."

„Gefolgt?" Kate drehte sich ruckartig um. Doch die Straße hinter ihnen war leer.

„Wer hat dich zum Cottage gefahren?"

Sie wandte sich ihm zu und betrachtete sein Profil in der Dunkelheit. „Meine Freundin Susan."

„Habt ihr bei dir zu Hause gehalten?"

„Nein, wir sind gleich zum Strand gefahren."

„Wie hast du deine Sachen bekommen?"

„Meine Wirtin hat einen Koffer gepackt und mir ins Krankenhaus gebracht."

„Dann hat er vielleicht den Eingang beobachtet und auf euch gewartet."

„Aber wir haben niemanden bemerkt, der uns gefolgt sein könnte."

„Natürlich nicht. Wir konzentrieren uns meistens auf das, was vor uns ist. Die Telefonnummer hat er vielleicht aus dem Telefonbuch. Der Name der Santinis steht immerhin auf dem Briefkasten."

„Aber das ergibt doch keinen Sinn. Wenn er mich umbringen will, warum tut er es dann nicht einfach? Warum bedroht er mich vorher mit Anrufen?"

„Wer weiß, was in ihm vorgeht? Vielleicht gibt es ihm etwas, seine Opfer in Panik zu versetzen. Vielleicht will er dich auch nur daran hindern, mit der Polizei zusammenzuarbeiten."

„Ich war allein. Er hätte mich gleich dort am Strand erledigen können ..." Kate versuchte verzweifelt, sich nicht vorzustellen, was hätte geschehen können, doch das Bild, wie ihr Blut in den Sand sickerte, drängte sich ihr auf.

Auf den fernen Hügeln blinkten die Lichter von Häusern und versprachen Sicherheit. Kate bezweifelte jedoch, dass es für sie einen sicheren Ort gab. Sie schloss die Augen und versuchte, sich ausschließlich auf das gleichmäßige Summen des BMW-Motors zu konzentrieren.

„... und es ist genügend Platz. Du kannst dort so lange bleiben, wie es nötig ist."

„Was?" Verwundert sah sie zu ihm hinüber. Sein Profil wirkte wie ein Scherenschnitt vor dem Hintergrund der Straßenbeleuchtung.

„Ich sagte, du kannst so lange bleiben, wie es nötig ist. Es ist nicht das Ritz, aber sicherer als ein Hotel."

„Ich verstehe nicht. Wohin fahren wir?"

Er streifte sie mit einem Seitenblick und erwiderte mit seltsam ausdrucksloser Stimme: „Zu mir nach Hause."

„Da wären wir", sagte David und drückte die Eingangstür auf. Im Haus war es dunkel, doch durch die großen Wohnzimmerfenster

618

fiel Mondlicht herein. David geleitete Kate zu einer Couch, auf die er sie sacht niederdrückte. Dann machte er überall Licht. Kate hörte, dass er mit einer Flasche und Gläsern hantierte, und kurz darauf reichte er ihr ein Glas.

„Trink das, Kate."

„Was ist das?"

„Whisky. Trink, du kannst jetzt etwas Stärkendes gebrauchen."

Sie nahm automatisch einen Schluck, und das feurige Brennen in der Kehle ließ ihr Tränen in die Augen steigen. „Wunderbares Zeug", keuchte sie.

David wandte sich ab, um kurz hinauszugehen. Da sie wie in Panik seinen Namen rief, kam er zurück und beruhigte sie: „Ist schon gut, Kate. Ich wollte nur nach nebenan in die Küche." Lächelnd berührte er ihr Gesicht. „Trink dein Glas leer."

Ängstlich sah sie ihn durch die Tür verschwinden. Dann hörte sie seine Stimme von nebenan, er telefonierte offenbar mit der Polizei. Aber was konnte die jetzt noch tun? Kate hielt das Glas mit beiden Händen und zwang sich, noch einen Schluck Whisky zu trinken. Sie blinzelte die wieder aufsteigenden Tränen fort und sah sich um.

Das Haus war typisch männlich eingerichtet mit schlichten, praktischen Möbeln. Auf dem Eichenboden lag nicht ein einziger Teppich. Die großen Fenster wurden von schlichten weißen Gardinen gerahmt. Und von draußen drang das Rauschen der Wellen herauf. Die Naturgewalten konnten beängstigend sein, aber nicht annähernd so beängstigend wie die Gewalt, die von Menschen ausging.

Nachdem David den Hörer aufgelegt hatte, blieb er noch einen Moment in der Küche, um seine Fassung zurückzugewinnen. Kate war schon verängstigt genug, sie musste nicht auch noch seine Nervosität bemerken. Schließlich öffnete er die Tür und ging in den Wohnraum.

Kate saß immer noch zusammengekauert auf der Couch, die Hände um das halb leere Glas geklammert. Zumindest zeigten ihre bleichen Wangen wieder eine Andeutung von Farbe. Sie brauchte noch ein bisschen Whisky. Er nahm ihr das Glas ab, füllte es an der Bar auf und gab es ihr zurück. Ihre Finger waren eisig. Er hätte

Kate gern in den Armen gewärmt, doch er fürchtete, eine solche Geste würde zu weit mehr führen.

Als er sich an der Hausbar Whisky nachschenkte, überlegte er, dass Kate Schutz und Ermutigung brauchte. Er musste ihr klarmachen, dass ihre Welt noch in Ordnung war – auch wenn das nicht stimmte. Er trank einen Schluck, stellte das Glas jedoch wieder ab. Vor allem brauchte Kate einen nüchternen Gastgeber. „Ich habe die Polizei angerufen", sagte er über die Schulter hinweg.

„Und was haben die gesagt?", fragte sie fast tonlos.

„Was schon? Du sollst bleiben, wo du bist, und nicht allein ausgehen." Er schaute sein Glas stirnrunzelnd an, dachte: Ach zum Teufel! – und kippte den Rest Whisky hinunter. Dann ging er zum Kaffeetisch, stellte die Flasche darauf und nahm neben Kate auf dem Sofa Platz.

Kate blickte unsicher zur Küche. „Meine Freunde wissen nicht, wo ich bin. Ich sollte sie anrufen."

„Nicht nötig, das macht Pokie." Er sah, wie schlaff sie wieder gegen die Sofalehne sank. „Du solltest etwas essen."

„Ich bin nicht hungrig."

„Meine Haushälterin, Mrs Feldman, erbarmt sich einmal die Woche eines armen, verhungernden Junggesellen und kocht einen großen Topf herrliche Spaghettisoße mit viel Knoblauch, frischem Basilikum und einem guten Schuss Wein."

Keine Antwort.

„Jede Frau, der ich sie serviert habe, schwört darauf, dass es ein starkes Aphrodisiakum ist."

Die Andeutung eines Lächelns huschte über Kates Gesicht. „Wie hilfreich von Mrs Feldman."

Die Uhr auf dem Kaminsims tickte laut. Plötzlich schrak Kate zusammen, da die Fensterläden rappelten.

„Das ist nur der Wind", erklärte David. „Man gewöhnt sich daran. Bei Sturm schüttelt sich das ganze Haus, als würde das Dach wegfliegen." Er blickte liebevoll zu den Deckenbalken hinauf. „Es ist schon dreißig Jahre alt. Vielleicht hätte es bereits vor Jahren abgerissen werden sollen. Aber als wir es kauften, sahen wir viele Möglichkeiten."

„Wir?", fragte sie trübe.

„Ich war damals verheiratet."

„Ach so." Sie schien gelinde interessiert. „Dann bist du geschieden?"

Er nickte. „Die Ehe dauerte etwas über sieben Jahre. Was heutzutage schon beinah eine Leistung ist. Die Beziehung verlief einfach irgendwie im Sande. Linda und ich sind aber immer noch befreundet. Ich mag sogar ihren neuen Mann, ein netter Kerl, sehr hingebungsvoll, sehr fürsorglich. Etwas, das ich wohl nicht war." Das Thema war ihm unbehaglich, und er wandte den Blick ab. Er sprach nicht gern über sich, er fühlte sich dann entblößt. Allerdings war es ihm gelungen, Kate von ihren Ängsten abzulenken. „Linda ist jetzt in Portland, und wie ich vor Kurzem hörte, erwarten sie ein Baby."

„Ihr hattet keine Kinder?" Es war eine normale Frage, trotzdem wünschte er, sie hätte sie nicht gestellt.

„Doch, einen Sohn."

„Wie alt ist er?"

„Er ist tot." Wie teilnahmslos er das sagte, als spräche er übers Wetter. Er sah, welche Fragen sich ihr aufdrängten und dass sie ihm Worte des Trostes sagen wollte. Doch davon hatte er genug gehört, die reichten bis ans Ende seiner Tage. „Wie auch immer", wechselte er das Thema, „ich bin wieder Junggeselle, und es gefällt mir. Manche Männer eignen sich wohl nicht zur Ehe. Jetzt stört nichts mehr meine Arbeit in der Kanzlei." Als er sah, dass ihr immer noch Fragen auf der Zunge lagen, erkundigte er sich rasch: „Warst du je verheiratet?"

„Nein. Ich lebte mit einem Mann zusammen. Er war der Grund, weshalb ich nach Honolulu kam. Ich wollte mit ihm zusammen sein. Dabei lernte ich meine Lektion."

„Welche?"

„Nicht hinter einem Mann herzulaufen."

„Klingt nach einem unschönen Ende der Beziehung."

„Nein, es ging alles sehr zivil zu, trotzdem tat es weh. Ich konnte ihm wohl nicht geben, was er brauchte: das Essen, das abends auf dem Tisch stand, und meine ungeteilte Aufmerksamkeit."

„Hat er das erwartet?"

„Erwarten das nicht alle Männer?", schnaubte sie ärgerlich. „Nun ja, ich war nicht bereit, mich diesen Anforderungen zu unterwerfen. Schließlich erfordert mein Beruf, dass ich immer auf Abruf bereit bin. Das verstand er nicht."

Nach einer Weile fragte David: „Hat es sich gelohnt, die Liebe für die Karriere zu opfern?"

Kate ließ den Kopf sinken und dachte nach. „Ich glaubte, dass es sich lohnt. Doch wenn ich jetzt daran denke, wie viele Abende und Wochenenden ich mir ruiniert habe, weil ich mich für unersetzlich hielt, war es wohl ein Irrtum. Wie sich zeigt, bin ich leicht zu ersetzen. So ein drohender Prozess öffnet einem die Augen." Sie prostete ihm bitter zu. „Danke für die Offenbarung, Herr Anwalt."

„Warum gibst du mir die Schuld? Ich habe nur meinen Job getan."

„Für ein hübsches, fettes Honorar vermutlich."

„Honorar bekomme ich nur bei Erfolg. Ich sehe also keinen Penny."

„Du hast all das schöne Geld sausen lassen, nur weil du mir glaubst?" Sie schüttelte erstaunt den Kopf. „Es wundert mich, dass dir die Wahrheit so viel bedeutet."

„Du hast eine nette Art, mich wie einen Halunken hinzustellen. Ja, die Wahrheit bedeutet mir sogar sehr viel."

„Ein Anwalt mit Prinzipien. Ich wusste nicht, dass es so etwas gibt."

„Wir sind eine anerkannte Abart." Sein Blick glitt unabsichtlich über ihr Dekolleté, und plötzlich erinnerte er sich so deutlich, wie zart sich ihre Haut angefühlt hatte, dass er verwirrt zum Whisky griff. Da er kein Glas hatte, trank er gleich aus der Flasche. Richtig so! dachte er. Betrink dich nur! Mal sehen, wie viel dummes Zeug du bis zum Morgen reden kannst!

Er fand, sie waren beide schon ein bisschen angesäuselt, aber Kate half der Alkohol offenbar, sich zu entkrampfen. Es war ihr sogar gerade gelungen, ihn zu beleidigen. Das musste ein gutes Zeichen sein.

Sie starrte in ihr Glas und sagte: „Ich hasse Whisky." Dann kippte sie den Rest hinunter.

„Scheint so. Aber ich habe noch welchen."

Sie betrachtete ihn eine Zeit lang etwas argwöhnisch. „Du willst mich wohl betrunken machen, was?"

„Wie kommst du denn darauf?" Lachend schob er ihr die Flasche hin.

Kate füllte sich angewidert das Glas auf. „Guter alter Jack Daniel's. Er war Dads Lieblingsmarke." Seufzend verschloss sie die Flasche mit zittriger Hand. „Dad schwor, das Zeug sei reine Medizin. Er hasste meine Ermahnungen übers Trinken. Meine Güte, er würde sich kranklachen, wenn er mich jetzt sehen könnte." Sie trank einen Schluck und schauderte. „Vielleicht hatte Dad recht, alles, was so scheußlich schmeckt, muss Medizin sein."

„Ich entnehme daraus, dass dein Vater kein Arzt war."

„Er wäre es gern geworden." Sie schaute trübsinnig in ihr Glas. „Sein Traum war, Landarzt zu sein. Einer, der Geburtshilfe leistet und als Lohn zwei Dutzend Eier bekommt. Aber es entwickelte sich nicht so. Ich kam auf die Welt, und sie brauchten Geld. Er hatte einen Reparaturladen in Sacramento. Er war sehr geschickt. Er konnte alles reparieren, vom Fernseher bis zur Waschmaschine. Siebzehn Patente hat er angemeldet, die ihm keinen Penny einbrachten. Mit Ausnahme vielleicht des Handy-Dandy-Apfelschneiders." Sie blickte hoffnungsvoll auf. „Hast du je davon gehört?"

„Tut mir leid, nein."

Kate zuckte die Schultern. „Sonst auch niemand."

„Und was macht man damit?"

„Zack, und im Handumdrehen hast du sechs gleiche Apfelstücke." Da er schwieg, fuhr sie wehmütig lächelnd fort: „Ich sehe, du bist schrecklich beeindruckt."

„Das bin ich wirklich. Ich bin beeindruckt, dass dein Vater dich erfunden hat. Er muss sehr glücklich gewesen sein, als du Ärztin wurdest."

„Ja, nach meinem Examen sagte er mir, es sei der glücklichste Tag seines Lebens." Sie räusperte sich und fügte hinzu: „Nach Dads Tod verkaufte Mom den Laden. Sie heiratete einen angesehenen Bankier in San Francisco, einen hochnäsigen Kerl. Wir können uns nicht ausstehen." Sie blickte wieder in ihr Glas. „Ich denke oft an den Laden. Mir fehlt der kleine verkramte Keller mit all den nutzlosen Sachen, und mir fehlt …"

David merkte, dass sie den Tränen nahe war, und er flehte, sie möge nicht zu weinen anfangen, denn er wusste nicht, was er dann tun sollte. Dies war nicht seine Kanzlei, dies war sein Wohnzimmer. Und Kate war nicht irgendeine Klientin, sondern eine Frau, die er zufälligerweise sehr mochte.

Doch sie fing sich wieder, und er nahm ihr das Glas ab und stellte es auf den Tisch. „Ich denke, du hast genug für heute. Komm, Frau Doktor, Zeit, ins Bett zu gehen. Ich zeige dir den Weg." Er wollte ihre Hand ergreifen, doch sie zog sie zurück. „Stimmt etwas nicht? Bist du besorgt um deinen Ruf, wenn du hier übernachtest?"

„Ein bisschen. Nein, eigentlich nicht. Angst lähmt den Sinn für gesellschaftliche Konventionen."

„Ganz zu schweigen vom Sinn für Berufsethos." Auf ihren erstaunten Blick hin fuhr er fort: „Ich habe mich noch nie privat mit einer Klientin abgegeben und schon gar nicht mit der Gegenseite. Ich umarme nicht jede Frau, die in mein Büro kommt."

Ein Lächeln huschte über ihr Gesicht. „Und welche umarmst du dann?"

Er beugte sich zu ihr vor. „Die Grünäugigen." Er berührte sacht ihre Wange. „Die hier und dort einen blauen Fleck haben", raunte er.

„Das klingt ein bisschen schrullig", flüsterte Kate, während seine Hand sanft über ihre Wange glitt. Die Situation war wirklich absurd. Hier saß sie mit dem Mann, der sie ruinieren wollte, den sie verachtet hatte, auf der Couch und sehnte sich danach, von ihm umarmt und geküsst zu werden.

David küsste sie, aber nur sehr zart. Doch es genügte, dass es sie heiß durchströmte. „Und was wird der Anwaltsverein dazu sagen?", flüsterte sie.

„Er wird es empörend finden."

„Und unehrenhaft."

„Und absolut verrückt. Was es auch ist." Er zog sich zurück und betrachtete sie einen Moment. Es war ihm anzusehen, wie sehr er um Selbstbeherrschung rang. Und zu ihrer Enttäuschung gewann die Vernunft. David stand auf und zog sie ebenfalls hoch. „Wenn du dich bei Gericht über mich beschwerst, vergiss bitte nicht zu erwähnen, wie reuig ich war."

„Wird dir das helfen?"

„Nicht bei denen, aber ich hoffe bei dir."

Sie standen vor dem Fenster und sahen einander unsicher an. David räusperte sich. „Ich denke, es ist besser, zu Bett zu gehen … du in deines, ich in meines."

„Ja, vermutlich."

Er wandte sich ab und fuhr sich mit einer Hand durchs Haar.

„David?"

Er blickte über die Schulter zurück. „Ja?"

„Verstößt es wirklich gegen dein Berufsethos, wenn ich hier übernachte?"

Er zuckte mit den Schultern. „Unter diesen Umständen kaum. Solange nichts zwischen uns geschieht." Er nahm die Whiskyflasche und verstaute sie im Schrank. „Und das wird es nicht."

„Natürlich nicht", versicherte sie rasch. „Ich meine, ich kann diese Art von Komplikation nicht gebrauchen. Schon gar nicht jetzt."

„Ich auch nicht. Aber gegenwärtig scheinen wir einander zu brauchen. Ich biete dir eine sichere Zuflucht, und du hilfst mir aufzuklären, was sich im OP abgespielt hat. Das ist ein akzeptables Arrangement. Ich bitte dich nur darum, dass wir dies hier für uns behalten, auch später. Wir könnten uns sonst sehr schaden."

„Das verstehe ich."

Sie atmeten beide tief durch.

„Dann sage ich jetzt wohl besser Gute Nacht." Kate wandte sich ab und durchquerte den Raum. Ihre Knie fühlten sich so weich an, dass sie fürchtete, hinzufallen.

„Kate?"

„Ja?" Ihr Herz begann heftiger zu schlagen, und sie drehte sich zu David um.

„Die zweite Tür auf der rechten Seite ist dein Zimmer."

„Oh, danke." Sie war geradezu enttäuscht, als sie hinausging. Ihr einziger Trost war, dass David genauso elend aussah, wie sie sich fühlte.

Kate war längst in ihrem Zimmer, als David immer noch, versonnen im Wohnraum saß. Er musste ständig an die Umarmung und den Geruch ihrer Haut denken und fragte sich, wie er in diese Lage hatte geraten können. Es war schon schlimm genug, Kate unter seinem Dach schlafen zu lassen, aber dass er sie am liebsten auf seiner Couch verführt hätte, das grenzte an Idiotie.

Und wie bereitwillig sie auf seine Zärtlichkeiten einging, das konnte nur bedeuten, dass sie sie seit Langem entbehrt hatte. Na fabelhaft! Zwei normale, gesunde, liebesentwöhnte Erwachsene schliefen nur wenige Schritte voneinander entfernt im selben Haus. Eine explosivere Situation ließ sich kaum vorstellen.

Er mochte gar nicht daran denken, was sein alter Professor dazu sagen würde. Denn genau genommen war er vom Fall der O'Briens noch nicht entbunden. Solange er die Akten nicht einer anderen Kanzlei übergeben hatte, musste er sich als ihr Anwalt betrachten und war gesetzlich gehalten, ihre Interessen zu wahren. Bis heute hatte er stets penibel darauf geachtet, Beruf und Privatleben zu trennen.

Wenn er noch ganz bei Verstand wäre, hätte er Kate in einem Hotel oder bei Freunden untergebracht. Leider schien sein Verstand seit dem Moment, als Kate in sein Büro gestürmt war, gelitten zu haben. Und nach dem Anruf heute Abend hatte er nur noch daran denken können, wie er sie möglichst rasch in Sicherheit brachte. Da hatte sich ein heftiger Schutzinstinkt geregt, den er nicht kontrollieren konnte, und das missfiel ihm. Ebenso wenig behagte ihm, dass sie all diese unbequemen männlichen Reaktionen in ihm auslöste.

Verärgert über sich selbst, stand er schließlich auf, ging im Zimmer herum und löschte überall das Licht. Er hatte wirklich kein Interesse daran, für irgendeine Frau den Helden zu spielen. Außerdem war Kate Chesne nicht die Art Frau, die einen Helden brauchte … oder überhaupt einen Mann.

Nicht dass er unabhängige Frauen nicht gemocht hätte, im Gegenteil. Unabhängige Frauen hatten ihn schon immer angezogen. Und er mochte Kate. Vielleicht sogar zu sehr.

Kate lag zusammengerollt im Bett und lauschte auf Davids unruhiges Rumoren im Wohnraum. Sie hielt sogar den Atem an, als er über den Flur an ihrer Tür vorbeiging. Dann hörte sie von nebenan, wie Kommodenschubladen geöffnet und geschlossen wurden, ebenso Schranktüren. Als sie das Duschwasser laufen hörte, stellte sie sich unwillkürlich vor, wie er unter der Dusche stand.

Es war seltsam, noch nie hatte sie einen Mann so begehrt wie ihn, schon gar nicht Eric. Die Beziehung zu ihm war im Grunde entsetzlich oberflächlich gewesen. Sie konnte kaum noch nachvollziehen, dass sie sich über deren Ende gegrämt hatte. Vermutlich war lediglich ihr Stolz verletzt gewesen.

Doch ausgerechnet der Mann, zu dem sie sich so sehr hingezogen fühlte, hatte es in der Hand, sie beruflich zu ruinieren. Sie musste den Verstand verloren haben. Zumal es im Moment für sie Wichtigeres zu bedenken gab. Es ging buchstäblich um Leben und Tod: Ihre Existenz stand auf dem Spiel, ein Killer war hinter ihr her … und sie fragte sich, ob David Ransom Haare auf der Brust hatte.

Kate rannte endlose Stufen hinab in einen schwarzen Abgrund. Etwas verfolgte sie lautlos und versetzte sie in panischen Schrecken. Wenn sie jetzt schrie, würde niemand sie hören.

Schluchzend wachte Kate auf und starrte irritiert auf eine fremde Zimmerdecke. Irgendwo klingelte ein Telefon, Tageslicht drang durch die Vorhänge, und sie hörte Wellen rauschen.

Hier bin ich in Sicherheit, dachte Kate. Niemand kann mir etwas tun, nicht hier in diesem Haus.

Als jemand anklopfte, setzte sie sich ruckartig auf.

„Kate?", rief David durch die geschlossene Tür.

„Ja?"

„Zieh dich an. Pokie hat eben angerufen. Er möchte, dass wir sofort ins Präsidium kommen."

Besorgt sprang sie aus dem Bett und öffnete die Tür. „Warum? Was ist los?"

Sein Blick glitt nur flüchtig über ihr Nachthemd. „Sie wissen, wer der Killer ist."

*P*okie schob Kate das Album mit Verbrecherfotos hin. „Schauen Sie mal, ob Sie jemanden erkennen, Dr. Chesne."

Kate überflog die Aufnahmen, und ihr Blick heftete sich sofort an ein Gesicht. Der Mann, der mit starren, weit aufgerissenen Augen in die Kamera schaute, sah aus wie eine verlorene Seele. „Das ist er", sagte sie leise.

„Sind Sie sicher?"

„Ich ... ich erinnere mich an diese Augen." Sie schluckte trocken und wandte sich ab. Die beiden Männer beobachteten sie besorgt. Offenbar befürchteten sie irgendeine hysterische Reaktion. Doch Kate blieb ruhig. Sie fühlte sich eher der Realität entrückt, als wäre sie Zuschauer eines Films.

„Das ist unser Mann", bestätigte Pokie zufrieden.

Ein Sergeant in Zivil brachte ihr eine Tasse Kaffee. Er schien eine Erkältung zu haben, jedenfalls schniefte er. Als er an seinen Schreibtisch zurückkehrte, sah sie durch die Glastrennwand, dass er ein Nasenspray benutzte.

Sie blickte das Foto noch einmal an. „Wer ist er?"

„Ein Geistesgestörter", erklärte Pokie. „Sein Name ist Charles Decker. Das Foto wurde vor fünf Jahren aufgenommen, nach seiner Verhaftung."

„Wie lautete die Anklage?"

„Tätlicher Angriff und Sachbeschädigung. Er trat die Tür einer Arztpraxis ein und versuchte den Doktor vor allen Anwesenden zu erwürgen."

„Einen Arzt?" David sah Pokie an. „Welchen?"

Pokie lehnte sich zurück, dass der Stuhl quietschte. „Raten Sie."

„Henry Tanaka."

„Richtig. Wir hätten eher darauf kommen sollen, doch es ist uns bei der ersten Untersuchung irgendwie entgangen. Wir fragten Mrs Tanaka, ob ihr Mann Feinde gehabt habe. Sie nannte uns einige Namen, und wir überprüften sie, allerdings ergebnislos. Dann erwähnte sie noch, dass vor fünf Jahren ein Irrer versucht habe, ihren Mann umzubringen. Sie konnte sich an den Namen nicht mehr erinnern, und soweit sie wisse, sei der Mann noch in der Nervenklinik. Wir besorgten uns die Akte, es war Charlie Decker. Und heute Morgen erhielten wir den Bericht vom Labor. Die Fingerabdrücke auf dem Türknauf der Wohnung von Ann Richter sind von Charlie Decker." Pokie blickte Kate an. „Und jetzt hat unsere Zeugin ihn auch noch identifiziert. Ich würde sagen, wir haben unseren Mann."

„Was für ein Motiv hat er?"

„Ich sagte schon, er ist verrückt."

„Das sind Tausende anderer auch, ohne dass sie töten. Warum wurde er zum Killer?"

„Ich bin nicht sein Psychiater."

„Aber Sie haben eine Antwort, oder?"

Pokie zuckte die Schultern und sah David nachdenklich an. „Ich habe lediglich eine Theorie."

„Dieser Mann hat mein Leben bedroht, Leutnant", wandte Kate ein. „Ich denke, ich habe das Recht, mehr zu erfahren als seinen Namen."

„Das stimmt", pflichtete David ihr bei. „Auch wenn es nicht im Polizeihandbuch steht, hat sie das Recht, zu erfahren, wer Charles Decker ist."

Seufzend zog Pokie ein Notizbuch aus dem Schreibtisch und blätterte es durch. „Okay, das habe ich bisher herausgefunden: Decker, Charles Louis, weiß, männlich, geboren in Cleveland, neununddreißig Jahre alt. Eltern geschieden. Bruder im Alter von fünfzehn Jahren bei Gang-Auseinandersetzungen ums Leben gekommen. Toller Start, was? Eine Schwester, verheiratet, lebt in Florida."

„Haben Sie mit ihr gesprochen?"

„Von ihr haben wir die meisten Informationen. Also weiter: trat mit einundzwanzig der Navy bei. An verschiedenen Standorten stationiert. San Diego, Bremerton. Diente als Assistent des Schiffsarztes auf der USS Cimarron. Nach Auskunft seiner Vorgesetzten war Decker ein Einzelgänger. Emotionale Probleme waren nicht bekannt." Pokie schnaubte: „So viel zur Genauigkeit von Militärakten." Er blätterte weiter. „Decker hatte eine saubere Personalakte, einige Belobigungen. Offenbar war er auf dem Weg nach oben. Und dann vor fünf Jahren passierte es."

„Nervenzusammenbruch?", fragte David.

„Schlimmer. Er lief praktisch Amok, und alles wegen einer Frau."

„Sie meinen, er hatte eine Freundin?"

„Ja, ein Mädchen, das er hier auf den Inseln kennengelernt hatte. Er bat um Heiratserlaubnis und erhielt sie. Doch dann lief sein Schiff unverhofft für sechs Monate zu einem Geheimauftrag aus. Ein anderer Seemann sagte, dass Decker jede freie Minute in seiner Kabine verbrachte und Gedichte für sie geschrieben hat. Er war verrückt nach ihr. Jedenfalls, als die Cimarron zurückkehrte, wartete sein Mädchen nicht am Pier. Und ab jetzt wird es ungenau. Wir wissen nur, dass Decker sich unerlaubt vom Schiff entfernte. Er brauchte nicht lange, um herauszufinden, was passiert war."

„Sie hatte einen anderen", vermutete David.

„Nein, sie war tot."

Es entstand ein längeres Schweigen. Im Nachbarbüro läutete ein Telefon, und Schreibmaschinen klapperten unaufhörlich.

„Was ist ihr zugestoßen?", fragte Kate leise.

„Komplikationen bei der Geburt ihres Kindes", erklärte Pokie. „Sie hatte eine Art Schlaganfall im Kreißsaal. Das Baby, ein Mädchen, starb ebenfalls. Decker wusste gar nicht, dass seine Freundin schwanger von ihm war. Jedenfalls verlor er da wohl den Boden unter den Füßen. Er erfuhr, dass Dr. Tanaka der behandelnde Arzt gewesen war. Laut Polizeibericht drang er in die Privatklinik ein und versuchte, den Arzt zu erwürgen. Die Polizei kam und nahm Decker fest. Am nächsten Tag wurde er auf Kaution aber wieder freigelassen. Er kaufte sich sofort eine Waffe, aber nicht, um den Arzt zu erschießen. Er steckte sich selbst den Lauf in den Mund und drückte ab."

Die endgültige Tat, dachte Kate. Er musste diese Frau wirklich geliebt haben. Aber der Mann war nicht tot, er lief herum und brachte Menschen um.

Pokie bemerkte ihren fragenden Blick, nachdem er sein Notizbuch zugeklappt hatte. „Es war eine billige Waffe. Sie hatte eine Fehlzündung und zerstörte ihm Mund und Rachen. Decker überlebte. Nach einigen Monaten in einer Rehabilitationsklinik kam er in die Nervenklinik. In den Berichten steht, dass alle Lebensfunktionen zurückkehrten, bis auf das Sprechen."

„Er ist stumm?", fragte David.

„Das nicht. Seine Stimmbänder waren gerissen. Er kann mit dem Mund Worte formen, aber seine Stimme klingt wie ein Zischen."

Die Erinnerung an dieses albtraumhafte Zischen im Treppenhaus ließ Kate schaudern.

Pokie fuhr fort: „Vor einem Monat wurde Decker aus der Klinik entlassen. Er sollte seinen Psychiater namens Nemechek weiter konsultieren, doch das tat er nicht."

„Haben Sie mit diesem Nemechek gesprochen?", fragte Kate.

„Nur am Telefon. Er ist auf einer Tagung in Los Angeles. Am Dienstag kommt er zurück. Er schwört allerdings, dass sein Patient harmlos sei. Aber der schützt sich nur selbst. Es sieht ja nicht gerade gut aus, wenn ein soeben entlassener Patient Leuten die Kehle durchschneidet."

„Dann wäre das Motiv: Rache für den Tod einer Frau", sagte David.

„Das ist die Theorie."

„Aber warum wurde Ann Richter getötet?"

„Erinnern Sie sich, dass der Pförtner eine blonde Frau über den Parkplatz rennen sah?"

„Sie meinen, das war sie?"

„Offenbar war sie mit Tanaka … wie soll ich sagen, sehr gut bekannt."

„Bedeutet es das, was ich vermute?"

„Sagen wir, Ann Richters Nachbarn hatten keine Mühe, Dr. Tanakas Foto zu identifizieren. Er wurde mehr als einmal in Ann Richters Apartment gesehen. Am Abend, als er getötet wurde, wollte sie ihrem Lieblingsdoktor einen kleinen Privatbesuch abstatten. Dabei stieß sie auf etwas, das sie in Panik versetzte. Vielleicht sah sie Decker, und er sah sie."

„Warum ist sie dann nicht zur Polizei gegangen?"

„Vielleicht wollte sie vermeiden, dass ihre Affäre mit einem verheirateten Mann herauskam. Vielleicht fürchtete sie auch, dass sie der Tötung ihres Geliebten bezichtigt würde, wer weiß?"

„Dann war sie also nur eine Zeugin so wie ich", bemerkte Kate.

Pokie sah sie an. „Es gibt einen großen Unterschied zwischen ihr und Ihnen. Decker kann nicht an Sie heran. Außerhalb dieses Raumes weiß niemand, wo Sie stecken. Dabei sollte es bleiben."

An David gewandt, fragte er: „Es ist doch kein Problem, dass Sie bei Ihnen bleibt, oder?"

David erwiderte mit unbewegter Miene: „Sie kann bleiben."

„Gut, und es ist besser, wenn sie nicht ihr eigenes Auto benutzt."

„Warum nicht?", fragte Kate.

„Decker hat Ihre Tasche und Ihre Wagenschlüssel. Er weiß also, dass Sie einen Audi fahren, und wird danach Ausschau halten."

„Wie lange wird das alles dauern?", flüsterte Kate betroffen.

„Ein Weilchen. Aber haben Sie Geduld, Doktor. Er kann sich nicht immer verstecken."

Wirklich nicht? dachte Kate und entsann sich der vielen Versteckmöglichkeiten auf Oahu: die Winkel von Chinatown, wo niemand Fragen stellte, die kleinen Fischerhütten auf Sand Island, die grauen Betonalleen von Waikiki. Irgendwo dort in einem stillen Winkel trauerte Charlie Decker um eine tote Frau.

Sie standen auf, um zu gehen, als Kate plötzlich fragte: „Leutnant, was ist mit Ellen O'Brien?"

Pokie, der gerade Akten in eine Mappe schob, blickte auf. „Was soll mit ihr sein?"

„Hatte sie irgendeine Verbindung zu alledem?"

Pokie schaute ein letztes Mal in Charlie Deckers Akte und schloss sie. „Nein, absolut keine Verbindung."

„Aber es muss eine Verbindung geben!", sagte Kate nachdrücklich, als sie in den morgendlichen Sonnenschein hinaustraten. „Irgendein Beweisstück, das er noch nicht gefunden hat."

„Oder über das er nicht spricht", fügte David hinzu.

„Warum sollte er?", fragte sie stirnrunzelnd. „Ich dachte, ihr wärt Freunde."

„Nun, ich habe den Staatsdienst schnöde verlassen. Für manche Polizisten ist ihre Arbeit eine Art Heiliger Krieg gegen das Verbrechen. Pokie hat eine Frau und vier Kinder, trotzdem arbeitet er praktisch in seiner ganzen Freizeit. Er ist ein fähiger Polizist, gründlich, aber nicht unfehlbar. Vielleicht irrt er sich diesmal. Aber eigentlich stimme ich ihm zu. Ich sehe auch nicht, wie Ellen O'Brien in diese Sache hineinpasst."

„Aber dieser Decker war immerhin in seiner früheren Laufbahn Sanitäter, Assistent des Schiffsarztes."

„Trotzdem passt Decker nicht ins Bild, Kate. Ein Psychopath, der wie Jack the Ripper arbeitet, hantiert nicht mit Drogen, falschen Ampullen und EKGs. Dazu ist ein anderer Kopf notwendig."

Niedergeschlagen erwiderte sie: „Ich weiß einfach nicht, wie ich beweisen soll, dass Ellen ermordet wurde. Ich bin nicht einmal sicher, dass es machbar ist."

David blieb auf dem Bürgersteig stehen. „Okay, wir können nichts beweisen. Aber gehen wir einmal logisch vor. Ein Mann wie Decker, ein Außenseiter, der ein bisschen über Medizin weiß, wie würde der es anstellen, ins Krankenhaus zu kommen, um einen Patienten umzubringen?"

„Ich denke, er müsste …" Sie hielt plötzlich inne und bemerkte den Zeitungsjungen, der die Sonntagszeitung anpries. „Ellen wurde an einem Sonntag eingeliefert." Sie blickte auf ihre Uhr. „Nur zehn Stunden später. Wir könnten Schritt für Schritt …"

„Warte mal, ich verstehe dich nicht. Was genau tun wir in zehn Stunden?"

„Einen Mord durchspielen."

Der Besucherparkplatz war fast leer, als David seinen BMW um zehn Uhr an diesem Abend in die Krankenhauseinfahrt lenkte. Er parkte in einer Bucht neben dem Eingang, schaltete den Motor ab und blickte Kate an. „Damit beweisen wir gar nichts, das ist dir doch klar, oder?"

„Auch wenn ein Gericht den Beweis nicht anerkennt, David, ich muss wissen, ob es möglich ist."

Sie schaute zu dem roten Zeichen der Notaufnahme hinüber, das wie ein Leuchtfeuer in die Dunkelheit schien. Daneben parkte ein Krankenwagen, dessen Fahrer auf einer Bank in der Nähe eine Zigarette rauchte.

Es war Sonntagabend, ruhig wie immer. Die Besucher waren längst fort, und die meisten Patienten schlummerten schon.

„Okay", seufzte David, „fangen wir an."

Da die Türen zur Halle verschlossen waren, gingen sie durch die Notaufnahme, durch einen Warteraum, in dem ein Baby schrie, ein alter Mann in sein Taschentuch hustete und ein Junge einen Eisbeutel gegen sein geschwollenes Gesicht drückte. Die Schwester in der Aufnahme telefonierte gerade, sodass sie einfach an ihr vorbei zu den Fahrstühlen eilten.

„So leicht kommt man hier herein?", wunderte sich David.

„Die Schwester kennt mich."

„Aber sie hat kaum aufgeschaut."

„Weil sie zu sehr damit beschäftigt war, dich anzustarren."

„Du liebe Güte, hast du eine wilde Fantasie." Er blieb stehen und sah sich um. „Wo ist der Sicherheitsdienst? Gibt es hier nicht eine Wache oder so etwas?"

„Er macht vermutlich gerade seine Runde."

„Soll das heißen, es gibt nur einen Mann?"

„Kliniken sind ziemlich langweilig", erwiderte sie und drückte einen Knopf im Fahrstuhl. „Außerdem ist Sonntag."

In der vierten Etage traten sie auf einen antiseptisch weißen Flur hinaus, und das frisch gewachste Linoleum glänzte im Lampenschein. Kate deutete auf die Doppeltüren mit der Aufschrift: Kein Zutritt.

„Die OPs sind dahinter."

„Können wir hinein?"

Sie machte versuchsweise ein paar Schritte, und die Türen öffneten sich automatisch. „Kein Problem."

Nur eine schwache Lampe erleuchtete den Empfangsbereich. Eine halb volle Tasse mit lauwarmem Kaffee stand auf dem Tresen und wartete, dass seine Besitzerin zurückkehrte. Kate deutete auf eine Wandtafel, auf der die Eingriffe für den nächsten Tag aufgelistet waren.

„Hier siehst du mit einem Blick, in welchem Raum welcher Patient von welchem Chirurgen operiert wird. Der Name des Anästhesisten ist auch aufgeführt."

„Wo war Ellen?"

„Der Raum ist um die Ecke."

Sie führte ihn einen unbeleuchteten Flur hinunter und öffnete die Tür zu OP 5. Als sie das Licht einschaltete, schmerzte die plötzliche Helligkeit in den Augen. „Der Wagen mit den Anästhesiedrogen ist dort drüben."

David ging hinüber und zog eine der Stahlschubladen auf. Die vielen kleinen Ampullen schlugen klimpernd aneinander. „Sind diese Drogen immer unverschlossen?"

„Sie sind wertlos auf der Straße. Niemand würde sich die Mühe machen, sie zu stehlen. Die Narkotika sind dort im Wandschrank eingeschlossen."

David schaute sich um. „Hier arbeitest du also … sehr beeindruckend. Sieht aus wie die Kulisse zu einem Science-Fiction-Film."

Kate lächelte. „Seltsam, ich habe mich hier immer sehr zu Hause gefühlt. Die vielen Apparaturen erschrecken mich vielleicht deshalb nicht, weil ich die Tochter eines Tüftlers bin. Ich kann mir allerdings denken, dass sie andere Menschen einschüchtern."

„Und du fühlst dich nie eingeschüchtert?", fragte David und blickte sie durchdringend an.

„Nicht im OP", antwortete sie leise.

David konzentrierte sich wieder auf den Wagen mit Medikamenten. „Wie lange braucht man, um die Ampullen auszutauschen?"

„Weniger als eine Minute. Er müsste sie nur herausnehmen und eine andere, entsprechend präparierte hineinlegen."

„So leicht ist das also."

„Ja, so leicht." Ihr Blick wanderte zögernd zum OP-Tisch. „Unsere Patienten sind wirklich völlig hilflos. Wir haben hier die absolute Kontrolle über ihr Leben. Beängstigend. So habe ich das noch nie gesehen."

„Dann ist ein Mord im OP gar nicht so schwierig."

„Nein, offenbar nicht."

„Bliebe noch das EKG, wie hat er das manipuliert?"

„Dazu müsste er an die Patientenkartei herankommen, und die wird im Schwesternzimmer in den Abteilungen aufbewahrt."

„Klingt schwierig. Dort wimmelt es doch von Schwestern."

„Richtig. Aber selbst heutzutage lassen sie sich noch von einem Arztkittel einschüchtern. Ich wette, wenn wir dich richtig ausstaffieren, kannst du dir Zutritt verschaffen, ohne gefragt zu werden."

Er neigte den Kopf ein wenig zur Seite. „Wollen wir es versuchen?"

„Du meinst jetzt?"

„Sicher. Gib mir einen Arztkittel. Ich wollte schon immer gerne einmal Doktor spielen."

Kate brauchte keine Minute, um im Umkleideraum für die Chirurgen einen einsam hängenden Arztkittel aufzutreiben. Die Kaffeeflecke auf der Vorderseite wiesen ihn als den von Guy Santini aus, und die Größe bestätigte es.

„Ich wusste gar nicht, dass King Kong auch in eurem Team ist", murmelte David, als er den großen Kittel anzog. Er knöpfte ihn zu und stand stramm. „Nun, was meinst du? Werden sich die Schwestern bei meinem Anblick totlachen?"

Kate trat zurück und betrachtete ihn kritisch. Die Schultern hingen auf den Armen, eine Seite des Kragens stand hoch, und trotzdem wirkte er unwiderstehlich und auf eine seltsame Art unangreifbar. Sie glättete ihm den Kragen, wobei ihr der kurze Kontakt mit seiner Haut sehr angenehm war. „So geht es", meinte sie.

„Sehe ich denn so schlimm aus?" Er schaute auf die Kaffeeflecke. „Ich komme mir ziemlich schlampig vor."

„Der Besitzer dieses Kittels ist schlampig. Also mach dir keine Gedanken, du passt gut hinein." Auf dem Weg zum Fahrstuhl fügte sie hinzu: „Du musst jetzt anfangen, wie ein Doktor zu denken. Versetz dich in die richtige Stimmung. Du weißt, du bist brillant, hingebungsvoll und mitfühlend."

„Nicht zu vergessen, bescheiden."

Sie klopfte ihm auf den Rücken. „Dann ab mit dir, Doktor."

Er betrat den Fahrstuhl. „Aber geh nicht weg. Falls ich entlarvt werde, brauche ich deine Hilfe."

„Ich warte im OP. Ach, David, noch etwas. Begeh keinen Kunstfehler, sonst musst du dich selbst verklagen."

Er verdrehte die Augen, als sich die Türen schlossen. Leise surrend setzte sich der Lift in Bewegung zur dritten Etage. Es war ein simpler Test. Selbst wenn David enttarnt wurde, genügte ein Wort von ihr, die Sache aufzuklären. Es konnte nichts schiefgehen, trotzdem war Kate leicht beunruhigt, als sie den Flur entlangging.

Im OP 5 nahm sie ihren gewohnten Platz am Kopfende des Tisches ein und dachte an die vielen Stunden, die sie in dieser kleinen sicheren Welt verbracht hatte.

Der Klang einer zuschlagenden Tür ließ sie aufmerken. War David schon zurück? War etwas passiert? Sie hopste vom Hocker, drückte die Tür zum Korridor auf und blieb stehen.

Aus OP 7, ein Stück den Flur hinunter, drang ein schwacher

Lichtschein. Kate lauschte und hörte, dass jemand Schubladen aufzog und wieder schloss. Irgendwer durchwühlte die Vorräte, eine Krankenschwester ... oder jemand, der nicht hierher gehörte?

Sie blickte zum Ende des Korridors, der ihre einzige Fluchtroute war. Der Empfangstresen lag um die Ecke. Wenn sie unerkannt am OP 7 vorbeikam, konnte sie hinauslaufen und den Wachdienst alarmieren. Sie musste sich sofort entscheiden. Wer in OP 7 war, ging vielleicht auch in die anderen OPs. Wenn sie sich nicht augenblicklich bewegte, saß sie in der Falle.

Auf leisen Sohlen schlich sie voran. Das Zuschlagen einer Schranktür verriet ihr jedoch, dass sie es nicht schaffen würde. Die Tür zum OP 7 schwang plötzlich auf. Von Panik ergriffen, wich Kate zurück und sah Dr. Clarence Avery wie erstarrt im Türrahmen stehen. Etwas entglitt seiner Hand, und das Zersplittern von Glas klang unnatürlich laut in dem leeren Flur. Kate blickte in sein blasses, geradezu blutleeres Gesicht und fürchtete, er würde einen Herzanfall bekommen.

„Doktor ... Doktor Chesne", stammelte er. „Ich habe nicht erwartet ... ich meine, ich ..." Sein Blick glitt langsam zu den Scherben am Boden. Er schüttelte hilflos den Kopf. „Was habe ich nur angestellt."

„Es ist nicht so schlimm. Ich helfe Ihnen, es aufzuwischen."

Während Kate mit einer Handvoll Zellstofftüchern aus dem OP die Scherben aufnahm, stand er nur da und starrte zu Boden. Er war ihr noch nie so alt und zerbrechlich vorgekommen. Seine weißen Haare schienen auf dem Kopf zu zittern, und sie bemerkte, dass er eine weiße und eine blaue Socke trug. Kate nahm eine größere Scherbe der Ampulle in die Hand, auf der noch das Etikett klebte.

„Das Narkotikum ist für meine Hündin", erklärte Dr. Avery schwach. „Sie ist sehr krank."

Kate sah ihn nur an. „Tut mir leid", war alles, was sie dazu hervorbrachte.

Mit gesenktem Kopf fuhr er fort: „Ich muss sie einschläfern. Sie wimmert schon den ganzen Morgen, und ich kann es nicht mehr mit anhören. Außerdem ist sie schon sehr alt. Es erscheint mir grausam, es vom Tierarzt machen zu lassen. Er ist ihr fremd, sie würde sich fürchten."

Kate erhob sich langsam. „Sicher wäre der Tierarzt freundlich und einfühlsam zu ihr. Sie müssen es nicht selbst tun."

„Aber ich glaube, es ist besser, wenn ich es selbst mache und mich von ihr verabschiede."

Kate ging, holte aus dem OP eine neue Ampulle und gab sie ihm. „Hier, das sollte genügen."

Er nickte. „Sie ist nicht sehr groß." Dann seufzte er zittrig und wandte sich zum Gehen. Nach wenigen Schritten blieb er stehen und blickte zurück. „Ich habe Sie immer gemocht, Kate. Sie sind die Einzige, die nicht hinter meinem Rücken über mich gelacht hat oder dauernd Anspielungen fallen ließ, dass ich alt sei und zurücktreten solle." Er schüttelte müde den Kopf. „Aber vielleicht haben die anderen recht." Im Hinausgehen hörte sie ihn noch sagen: „Ich tue für Sie, was ich kann, bei der Anhörung."

Während seine Schritte verhallten, blickte Kate auf die Scherben der Ampulle im Abfallkorb. Das Etikett sprang ihr geradezu ins Auge. Ein Narkotikum, dachte sie stirnrunzelnd. Wenn man zu viel davon spritzte, war es ein tödliches Gift und führte zu plötzlichem Herzstillstand. Und womit man einen Hund töten konnte, damit konnte man auch einen Menschen umbringen.

Die Aufsichtsschwester in Station 3 B saß vorgebeugt und völlig in einen Liebesroman vertieft an ihrem Tisch. Sie bemerkte nicht einmal, dass David an ihr vorbeiging. Erst als er neben ihr stand, blickte sie auf, errötete und klappte schamhaft das Buch zu.

„Oh, kann ich Ihnen helfen, Doktor …?"

„Smith", stellte er sich vor und lächelte sie so strahlend an, dass sie völlig hingerissen schien. Junge, Junge, dachte er, während er in zwei schöne dunkelblaue Augen blickte, so ein Arztkittel hat's aber in sich. „Ich müsste eine der Patientenkarteien sehen."

„Welche?", fragte sie atemlos.

„Raum …" Er blickte auf die Karteiboxen. „8 B."

„Mrs Loomis?"

„Ja, das ist der Name."

Die Schwester erhob sich und schwebte geradezu zum Karteikasten. Dort brauchte sie ungewöhnlich lange, um Raum 8 B zu finden, obwohl er direkt vor ihr stand. David betrachtete unterdessen den geschmacklosen Einband des Romans und hätte fast gelacht.

„Hier ist sie", säuselte die Schwester und hielt ihm die Kartei mit beiden Händen hin wie einen Kultgegenstand.

„Danke, Miss …"

„Mann, Janet."

Er räusperte sich, wandte sich ab und ging zu einem Sessel, der sehr weit weg war von Miss Janet Mann. Er hörte sie enttäuscht seufzen, als sie sich dem klingelnden Telefon zuwandte.

„Ich bringe sie sofort runter", sagte sie in den Hörer, nahm dann einige Ampullen mit Blut von einem Tablett und verschwand. David blieb allein zurück.

So einfach ist das also, dachte er und blätterte die dicke Kartei der unglücklichen Mrs Loomis durch, die ein komplizierter Fall zu sein schien, gemessen an den vielen Ärzten, die sie behandelten. Er musste an das Sprichwort von den vielen Köchen denken, die den Brei verderben, und fürchtete, dass Mrs Loomis keine Chance hatte.

Eine Krankenschwester rollte ein Medikamentenwägelchen vorbei. Eine andere ging ans Telefon und verschwand dann wieder. Keine von beiden schenkte ihm Beachtung.

David nahm den EKG-Streifen heraus, der hinten in der Kartei lag. Der Täter brauchte höchstens zehn Sekunden, um das Original gegen eine Fälschung zu tauschen. Und da so viele Ärzte hier ein und aus gingen, sechs allein für Mrs Loomis aus Raum 8 B, würde niemand etwas bemerken.

Ein Betrug dieser Art war wirklich simpel, man brauchte nichts weiter als einen weißen Kittel.

9. KAPITEL

*I*ch denke, wir haben heute Abend deine Theorie von einem Mord im OP bewiesen", sagte David und stellte zwei Gläser heiße Milch auf den Küchentisch.

„Bewiesen haben wir nur, dass Dr. Avery einen kranken Hund hat", widersprach Kate. „Armer alter Dr. Avery. Ich habe ihn zu Tode erschreckt."

„Das beruhte wohl auf Gegenseitigkeit. Hat er überhaupt einen Hund?"

„Er würde mich nicht anlügen."

„Ich frage nur. Schließlich kenne ich den Mann nicht." Er trank einen Schluck Milch. Die Bartstoppeln in seinem Gesicht waren inzwischen deutlich sichtbar. Sein Hemd war zerknittert, und er hatte es am Hals geöffnet. Dabei kam etwas von der dunkelblonden Brustbehaarung zum Vorschein.

Kate starrte in ihr Glas. „Ich bin ziemlich sicher, dass er einen Hund hat. Ich meine mich zu erinnern, dass auf seinem Schreibtisch ein Foto von seiner Frau mit einem bräunlichen Terrier steht. Seine Frau war eine Schönheit. Vor einigen Monaten erlitt sie einen Schlaganfall, und es zerstörte den armen Mann fast, sie in einem Pflegeheim unterbringen zu müssen. Seither versieht er seine Pflichten wie in Trance." Auch Kate trank einen Schluck und fügte hinzu: „Ich wette, er kann seinen Hund nicht einschläfern. Manche Menschen können keiner Fliege etwas zuleide tun."

„Und andere sind eines Mordes fähig."

Sie blickte ihn an. „Du denkst immer noch, dass es Mord war?"

Dass er eine Weile nicht antwortete, beunruhigte sie. Ließ ihr einziger Verbündeter sie im Stich? „Ich weiß nicht, was ich denken soll. Bisher habe ich mich auf meine Instinkte verlassen, anstatt auf Fakten. Aber damit kann ich vor Gericht nicht bestehen."

„Oder vor einer Ärztekommission", fügte sie niedergeschlagen hinzu.

„Deine Anhörung ist am Dienstag?"

„Und ich habe immer noch keinen Schimmer, was ich denen erzählen soll."

„Kannst du nicht einen Aufschub erwirken? Dann sage ich alle anderen Termine ab. Vielleicht finden wir noch einen Beweis."

„Meine Bitte um Aufschub wurde abgelehnt. Außerdem scheint es keine Beweise zu geben. Alles, was wir haben, sind einige Morde, die aber offenbar in keiner Verbindung zu Ellens Tod stehen."

David lehnte sich versonnen zurück. „Und wenn die Polizei nun auf der falschen Fährte ist? Wenn Charlie Decker gar nicht der Täter war?"

„Sie haben seine Fingerabdrücke gefunden, David. Und ich habe ihn am Tatort gesehen."

„Aber du hast nicht gesehen, wie er sie umbrachte."

„Nein, aber wer sollte sonst ein Motiv haben?"

„Denken wir einmal darüber nach." David schob den Salzstreuer in die Tischmitte. „Wir wissen, dass Dr. Tanaka ein sehr beschäftigter Mann war, womit ich nicht seine Praxis meine. Er hatte eine Affäre." David schob den Pfefferstreuer neben den Salzstreuer. „Möglicherweise mit Ann Richter."

„Okay, aber was hat das mit Ellen zu tun?"

„Das ist die große Frage." Er trommelte mit einem Finger auf die Zuckerdose.

„Eine Dreiecksgeschichte also", meinte Kate stirnrunzelnd.

„Vielleicht. Aber der Mann könnte auch ein Dutzend Geliebte gehabt haben, und jede von denen hatte möglicherweise wiederum einen eifersüchtigen Geliebten."

„Das wird ja jede Minute wilder. Ärzte, die an jedem Finger eine Geliebte haben, also ich kann mir das nicht vorstellen."

„So etwas passiert, und nicht nur in Krankenhäusern."

„In Anwaltskanzleien auch, was?"

„Ich rede nicht von mir, aber wir sind alle nur Menschen."

Kate musste lächeln. „Seltsam, als ich dich kennenlernte, kamst du mir nicht menschlich vor. Du warst eine Bedrohung, ein Feind, wieder so ein verdammter Anwalt."

„Ein Erzschurke also."

„Jedenfalls hast du die Rolle gut gespielt."

„Vielen Dank", erwiderte er ironisch.

„Aber inzwischen sehe ich dich nicht mehr so, seit …" Sie verstummte und blickte ihm in die Augen.

„Seit ich dich geküsst habe?", fragte er leise.

Kate stand plötzlich auf und brachte ihr Glas zum Spülbecken.

Sie spürte, dass David sie leicht amüsiert beobachtete. „Es ist alles so kompliziert geworden", seufzte sie.

„Weil ich menschlich bin?"

„Weil wir beide menschlich sind." Ohne David anzusehen, spürte sie die erotische Spannung zwischen ihnen. Sie wusch das Glas aus und setzte sich wieder an den Tisch.

Augenzwinkernd meinte David: „Ich gebe gern zu, dass es unbequem ist, menschlich zu sein und ein Sklave all jener lästigen biologischen Reaktionen."

Das war eine sehr nüchterne Umschreibung für die Gefühle, die sich in ihr regten. Beim Anblick des Salzstreuers dachte sie an Dr. Tanaka und fragte sich, ob all diese Tode letztlich die Folge von Liebe und Eifersucht sein konnten? „Du hast recht", stimmte sie versonnen zu. „Menschlich zu sein, führt zu allen möglichen Komplikationen, vielleicht sogar zu Mord."

Sie spürte, dass David eine Eingebung hatte. „Ich kann nicht fassen, dass wir nicht eher daran gedacht haben", meinte er.

„Woran?"

Er schob das leere Milchglas neben die Zuckerdose, sodass sie mit Salz- und Pfefferstreuer ein Viereck bildeten. „Wir haben es nicht mit einer Dreiecks-, sondern mit einer Vierecksgeschichte zu tun."

„Deine Geometriekenntnisse in allen Ehren, aber was meinst du eigentlich?"

„Und wenn Tanaka eine zweite Geliebte hatte? Ellen O'Brien?"

„Dann sind wir wieder bei unserem Dreieck."

„Eben nicht. Wir haben jemand Wichtiges vergessen." Er deutete auf das Milchglas.

„Meine Güte", flüsterte Kate. „Mrs Tanaka. An die habe ich überhaupt nicht gedacht."

„Das sollten wir aber."

Die Japanerin, die ihnen die Kliniktür öffnete, erinnerte mit ihrem knallroten Lippenstift und dem viel zu bleichen Gesichtspuder an eine Geisha. „Dann sind Sie nicht von der Polizei?", fragte sie.

„Nein", erwiderte David. „Aber wir hätten ein paar Fragen."

„Ich spreche nicht mehr mit Reportern." Sie wollte die Tür schließen.

642

„Wir sind nicht von der Presse, Mrs Tanaka. Ich bin Anwalt, und das ist Dr. Kate Chesne."

„Also, was wollen Sie?"

„Wir sammeln Informationen über einen anderen Mord, der mit dem Tod Ihres Mannes in Verbindung steht."

Die Frau schien gelinde interessiert. „Dann sprechen Sie von dieser Krankenschwester, Ann Richter."

„Ja."

„Was wissen Sie von ihr?"

„Wir sagen es Ihnen gern, wenn wir hereinkommen dürfen."

Sie zögerte, offenbar zwischen Neugier und Vorsicht schwankend. Neugier siegte. Sie öffnete die Tür und führte sie in den Warteraum. Für eine Japanerin war sie groß, größer sogar als Kate. Sie trug ein schlichtes blaues Kleid, hochhackige Schuhe und goldene Ohrstecker. Ihr Haar war so schwarz, dass es künstlich gewirkt hätte, wäre nicht die graue Strähne an der Schläfe gewesen. Mari Tanaka war eine auffallend schöne Frau.

„Verzeihen Sie das Durcheinander", entschuldigte sie sich in dem tadellos aufgeräumten Warteraum. „Aber es gab viel Verwirrung, und ich musste mich um viele Dinge kümmern." Sie blickte sich um, als fragte sie sich, wo all die Patienten hin waren. Die Magazine lagen ordentlich aufgestapelt auf dem Kaffeetisch, und in der Ecke stand eine Kiste mit Spielzeug. Einzig ein Strauß weißer Lilien und eine Beileidskarte, die offenbar von einer trauernden Patientin geschickt worden war, wiesen darauf hin, dass sich hier eine Tragödie ereignet hatte. Durch eine Glastrennwand sah man im Nebenbüro zwei Frauen, die sich durch einen Berg Akten wühlten.

„Wir haben so viele Patienten, die benachrichtigt werden müssen, und so viele unbezahlte Rechnungen. Ich hatte keine Ahnung, dass es so chaotisch sein würde. Henry hat sich immer selbst um alles gekümmert. Und jetzt, da er nicht mehr da ist ..." Seufzend ließ sie sich auf die Couch sinken. „Ich nehme an, Sie wissen von meinem Mann und dieser ... dieser Frau."

David nickte. „Und Sie?"

„Ich wusste es. Ich meine, ich wusste nicht, wie sie hieß, aber ich wusste, dass er eine Geliebte hatte. Seltsam, die Ehefrau erfährt es wohl immer zuletzt." Sie deutete auf die beiden nebenan.

„Ich bin sicher, sie kannten sie und die Leute aus dem Kranken-
haus wohl auch. Nur ich, die Ehefrau, wusste nicht, wer sie war."
Sie blickte auf. „Sie wollten mir von dieser Ann Richter erzählen.
Was wissen Sie über sie?"

„Ich habe mit ihr gearbeitet", begann Kate und zögerte, als sie
Davids Blick begegnete.

„Tatsächlich?" Mrs Tanaka schaute Kate an. „Ich habe Miss
Richter nie kennengelernt. Wie war sie? War sie hübsch?"

Kate zögerte. Sie spürte, dass Mrs Tanaka auf Informationen
aus war, um sich selbst zu quälen. Mari Tanaka schien von dem
Drang besessen, sich selbst zu bestrafen. „Ann … war attraktiv,
denke ich."

„Intelligent?"

Kate nickte. „Sie war eine gute Krankenschwester."

„Das war ich auch." Mrs Tanaka biss sich auf die Lippe und
wandte sich ab. „Wie ich höre, war sie blond. Henry mochte Blondinen. Ist das nicht Ironie? Er mochte genau das, was ich nicht
war." Plötzlich schaute sie David feindselig an. „Und Sie mögen
vermutlich Asiatinnen, was?"

„Eine schöne Frau ist eine schöne Frau", erwiderte er ungerührt. „Ich mache da keine Unterschiede."

„Henry schon." Sie blinzelte ein paar Tränen fort.

„Hatte er noch andere Freundinnen?", fragte Kate vorsichtig.

„Vermutlich." Sie zuckte die Schultern. „Er war ein Mann,
oder?"

„Haben Sie je den Namen Ellen O'Brien gehört?"

„Hatte sie eine … Beziehung zu meinem Mann?"

„Wir hofften, dass Sie uns das sagen könnten."

„Er erwähnte nie Namen, und ich habe ihn nicht danach gefragt."

Kate zog die Stirn kraus. „Warum nicht?"

„Ich wollte nicht belogen werden."

„Hat die Polizei Ihnen gesagt, dass es einen Verdächtigen gibt?",
fragte David.

Mrs Tanaka sah ihn an. „Sie meinen Charles Decker? Sergeant
Brophy suchte mich gestern Nachmittag auf und zeigte mir einige Fotos."

„Haben Sie das Gesicht erkannt?"

644

„Ich habe den Mann nie gesehen, Mr Ransom. Ich wusste nicht einmal seinen Namen. Ich weiß nur, dass mein Mann vor fünf Jahren von einem Psychopathen angegriffen wurde, den die dumme Polizei schon am nächsten Tag laufen ließ."

„Weil Ihr Mann sich weigerte, Strafanzeige zu stellen", erklärte David. „Deshalb wurde Decker so schnell entlassen."

„Was? Davon hat Henry mir nichts gesagt. Aber er erzählte mir ohnehin kaum etwas. Dinge totzuschweigen war unsere Methode, um zusammenzubleiben. Er fragte mich nicht, wofür ich das Geld ausgab, und ich fragte ihn nicht nach seinen Frauen."

„Dann wissen Sie nichts weiter über Charles Decker?"

„Nein, aber vielleicht kann Peggy Ihnen weiterhelfen." Sie deutete in den Nebenraum. „Peggy macht bei uns die Aufnahme. Sie war schon hier, als das damals passierte."

Peggy war eine blonde Amazone um die vierzig in weißen Stretchhosen. Man bot ihr einen Platz an, doch sie zog es vor, stehen zu bleiben. Vielleicht wollte sie auch nicht auf derselben Couch sitzen wie Mari Tanaka.

„Ob ich mich an den Mann erinnere?", wiederholte Peggy. „Den werde ich nie vergessen. Ich säuberte gerade einen der Untersuchungsräume, als ich das Geschrei hörte. Ich kam heraus, der Irre war hier im Warteraum. Er hatte die Hände um Henrys ... Dr. Tanakas Hals gelegt und schrie ihn an."

„Sie meinen, er hat ihn verflucht?"

„Nein, er schrie: ,Was haben Sie mit ihr gemacht?'"

„Und auf wen bezog er sich dabei? Auf eine Patientin?"

„Ja. Der Fall machte Dr. Tanaka schwer zu schaffen. Sie war eine nette, hübsche junge Frau gewesen. Und sie und ihr Baby starben bei der Geburt."

„Wie hieß sie?"

„Lassen Sie mich nachdenken. Jenny ... Brook. Ja, das war es. Jennifer Brook."

„Was haben Sie gemacht, als Sie sahen, dass der Arzt angegriffen wurde?"

„Nun, ich habe den Mann natürlich weggezogen, was denken Sie denn? Er hielt sich fest, aber ich konnte ihn schließlich wegzerren. Frauen sind nicht ganz hilflos, wissen Sie?"

„Das ist mir klar."

„Jedenfalls klappte der Mann dann regelrecht zusammen. Er kauerte wie ein Häufchen Elend neben dem Kaffeetisch und weinte. Er saß noch da, als die Polizei eintraf. Ein paar Tage später hörten wir, dass er sich in den Mund geschossen hatte." Sie blickte zu Boden, als sähe sie den Mann noch dort hocken. „Es ist seltsam, aber er tat mir irgendwie leid. Er weinte wie ein Kind. Und ich glaube, auch Henry hatte Mitleid …"

„Mrs Tanaka?" Die zweite Angestellte steckte den Kopf zur Tür herein. „Da ist ein Anruf für Sie, Ihr Buchhalter. Ich lege das Gespräch ins hintere Büro."

Mari Tanaka erhob sich. „Mehr können wir Ihnen nicht sagen. Und wir müssen auch wieder an die Arbeit." Sie warf Peggy einen bedeutungsvollen Blick zu. Zum Abschied nickte sie kaum merklich und ging graziös hinaus.

„Vierzehn Tage Kündigungsfrist hat sie uns gegeben", beschwerte sich Peggy. „Bis dahin sollen wir das ganze Büro in Ordnung gebracht haben. Kein Wunder, dass Henry dieses Biest nicht hier haben wollte." Sie wollte gehen.

„Peggy, eine Frage noch", sagte Kate. „Wie lange behalten Sie die medizinischen Berichte, wenn ein Patient gestorben ist?"

„Fünf Jahre. Bei Tod während der Geburt länger, falls Klage auf Kunstfehler erhoben wird."

„Dann haben Sie die Karteikarte von Jenny Brook noch? Könnten Sie bitte nachsehen?"

„Bestimmt." Sie ging ins Büro und zog den Aktenschrank auf. Nachdem sie die Schublade für B und J zweimal durchsucht hatte, schob sie sie verwundert zu. „Das verstehe ich nicht. Sie müsste hier sein."

David und Kate sahen sich an. „Die Akte ist weg?", fragte Kate.

„Jedenfalls ist sie nicht hier. Dabei bin ich sehr sorgfältig mit diesen Dingen. Dieses Büro wird nicht schlampig geführt." Sie blickte ihre Kollegin an, als erwarte sie Einspruch von dort, doch es kam keiner.

„Hat jemand die Akte entfernt?", fragte David.

„Das muss ja wohl so sein. Aber ich verstehe nicht, warum er das getan hat? Es sind kaum fünf Jahre vergangen."

„Wer hat es getan?"

Peggy sah ihn an, als wäre er nicht ganz gescheit und sagte: „Dr. Tanaka natürlich."

„Jennifer Brook", sagte die Angestellte in der Registratur des Krankenhauses gleichmütig und tippte den Namen in den Computer. „Wird das mit oder ohne e am Ende geschrieben?"
„Das weiß ich nicht", antwortete Kate.
„Und in der Mitte?"
„Keine Ahnung."
„Geburtsdatum?"
Kate und David sahen sich an. „Das wissen wir nicht", antwortete Kate.
Die Angestellte wandte sich ihnen zu und betrachtete sie über den Rand ihrer Hornbrille hinweg. „Sie können mir wohl auch nicht die Nummer des medizinischen Berichtes geben, oder?", fragte sie resigniert.
Sie schüttelten beide den Kopf.
„Das hatte ich befürchtet." Die Angestellte drehte sich wieder zu ihrem Terminal um und gab ein neues Kommando ein. Nach ein paar Sekunden erschienen zwei Namen auf dem Bildschirm, einmal Brooke und einmal Brook, beide mit Vornamen Jennifer. „Ist es eine von denen?"
Ein Blick auf die Geburtsdaten zeigte, dass eine fünfundsiebzig und die andere fünfzehn war.
„Nein", sagte Kate.
„Das habe ich mir gedacht." Die Dame löschte seufzend den Bildschirm. „Dr. Chesne, warum brauchen Sie diesen Bericht?" Man merkte, dass ihre Geduld strapaziert war.
„Für ein Forschungsprogramm. Dr. Jones und ich …"
„Dr. Jones?" Die Dame blickte David an. „Ich erinnere mich nicht an einen Dr. Jones in unserem Team."
Kate erklärte rasch: „Er ist von der Universität …"
„Arizona", fügte David lächelnd hinzu.
„Es ist alles mit Dr. Averys Büro abgesprochen. Es geht um einen Bericht über Müttersterblichkeit und …"
„Moment mal, soll das heißen, diese Patientin ist verstorben?"
„Ja."
„Kein Wunder, dass ich nichts finden konnte. Diese Unterlagen

werden ganz woanders aufbewahrt." Sie sagte das so, als läge die Akte auf dem Mars. Dann erhob sie sich jedoch aus ihrem Sessel. „Es dauert eine Weile. Sie müssen warten." Im Schneckentempo verschwand sie durch die Hintertür.

Kate ließ sich gegen den Tresen sinken. „Lieber Himmel, bin ich froh, dass die nicht nach deinem Ausweis gefragt hat. Ich könnte in Teufels Küche geraten, weil ich dem Feind die Krankenhausberichte zeige."

„Sprichst du von mir?"

„Du bist doch Anwalt, oder?"

„Ich bin nur der arme Dr. Jones aus Arizona, ein Kollege, ein Arzt wie jeder andere."

Sie schauten sich im Raum um, aber außer einem Arzt, der lustlos ein Magazin durchblätterte, und einigen Krankenschwestern, die Medikamentenwagen vorbeischoben, gab es kaum etwas zu sehen.

Als Schritte erklangen, drehten sie sich wieder um. Die Angestellte kam mit leeren Händen zurück.

„Die Akte sollte da sein, ist es aber nicht", erklärte sie.

„Wurde sie ausgeliehen?", fragte David.

Die Dame blickte ihn strafend über den Brillenrand hinweg an. „Wir geben keine Originale heraus, Dr. Jones, weil sie immer verloren gehen."

„Ja, natürlich."

Die Dame setzte sich wieder an den Terminal und gab einen Befehl ein. „Sehen Sie? Da ist die Auflistung. Die Akte müsste im Aktenraum sein, aber dort ist sie nicht. Ich vermute, sie wurde verlegt." Halblaut fügte sie hinzu: „Was gleichbedeutend ist mit Verlust."

Sie wollte gerade den Bildschirm ausschalten, als David fragte: „Warten Sie. Was ist das für ein Kennzeichen dort?" Er wies auf einen Code.

„Das bedeutet, dass die Akte kopiert wurde."

„Jemand hat also eine Kopie verlangt?"

„Ja, Doktor, genau das heißt es."

„Und wer?"

Sie drückte wieder eine Taste, und Name und Adresse erschienen auf dem Monitor. „Joseph Kahanu. Anwalt bei Gericht.

Alakea Street. Datum der Anfrage: 2. März."

David sagte stirnrunzelnd: „Das war vor einem knappen Monat. Warum interessiert sich ein Anwalt für einen Todesfall, der fünf Jahre zurückliegt?"

Die Dame sah ihn wieder über den Rand der Brille hinweg an und meinte trocken: „Das ist die Kardinalfrage."

Im Flur bröckelte die Farbe von den Wänden, und auf dem fadenscheinigen Läufer hatten zahllose Schritte in der Mitte einen Trampelpfad hinterlassen. Vor dem Büro hing ein Schild:

Joseph Kahanu, Anwalt bei Gericht.
– Spezialist für Scheidungen, Sorgerechtsangelegenheiten, Testamente, Unfälle, Versicherungen, Alkohol am Steuer und Personenschäden

„Tolle Adresse", flüsterte David. „Vermutlich gibt es hier mehr Ratten als Klienten." Er klopfte an.

Ein groß gewachsener Hawaiianer im schlecht sitzenden Anzug öffnete die Tür. „Sie sind David Ransom?", fragte er brüsk.

David nickte. „Und das ist Dr. Chesne."

Der Mann sah Kate kurz ins Gesicht, dann trat er beiseite und ließ sie herein. In dem Büro konnte man glatt ersticken. Ein Fächer auf dem Tisch bewegte sich quietschend vor und zurück und verwirbelte nur die heiße Luft. Ein halb offenes, vor Schmutz starrendes Fenster ging auf eine schmale Gasse hinaus. Kate erkannte mit einem Blick alle Anzeichen einer Kanzlei, die sich kaum über Wasser hielt: eine alte Schreibmaschine, Kartons mit Klientenakten, Möbel aus zweiter Hand. Es gab kaum genügend Platz für den einsamen Schreibtisch. Mr Kahanu schien es unerträglich heiß zu sein in seinem Jackett, trotzdem hatte er es wohl wegen seiner Besucher in letzter Minute angezogen.

„Ich habe die Polizei noch nicht benachrichtigt", begann Mr Kahanu und setzte sich in einen unzuverlässig aussehenden Drehsessel.

„Warum nicht?", fragte David.

„Ich weiß nicht, wie Sie Ihre Kanzlei führen. Aber ich mache es mir zum Grundsatz, meine Klienten nicht zu verpfeifen."

„Ihnen ist klar, dass Decker wegen Mordes gesucht wird?"

„Das ist unmöglich. Es muss ein Irrtum sein."

„Hat Decker Ihnen das gesagt?"

„Ich konnte ihn nicht erreichen."

„Dann wird es vielleicht Zeit, dass die Polizei ihn endlich für Sie findet."

„Hören Sie", begann Anwalt Kahanu unwirsch. „Wir wissen beide, dass ich nicht in Ihrer Liga bin. Wie ich höre, führen Sie eine große Kanzlei in der Bishop Street. Vermutlich haben Sie auch ein paar Dutzend mit Computern ausgerüstete Assistenten." Er deutete mit einer Armbewegung auf den ganzen Raum. „Ich habe nur ein paar Klienten, die meisten vergessen, mich zu bezahlen. Aber es sind meine Klienten, und ich stelle mich nicht gegen sie!"

„Sie wissen, dass zwei Menschen ermordet wurden."

„Es gibt keinen Beweis, dass er es war."

„Die Polizei ist anderer Ansicht. Sie sagen, Charles Decker ist ein gefährlicher Mann, ein kranker Mann, der Hilfe braucht."

„Eine Gefängniszelle nennt man heutzutage Hilfe?" Aufgebracht zog er ein Taschentuch hervor und wischte sich die Stirn. „Aber vermutlich habe ich jetzt keine Wahl mehr. Irgendwann pocht die Polizei an meine Tür." Er faltete das Taschentuch und steckte es wieder weg. Dann holte er eine Akte aus der Schublade und legte sie auf den Tisch. „Da ist die Kopie, um die Sie baten. Anscheinend sind Sie nicht der Einzige, der sich dafür interessiert."

„Hat noch jemand danach gefragt?", erkundigte sich David versonnen.

„Nein. Aber in mein Büro wurde eingebrochen."

David blickte ihn verblüfft an. „Wann?"

„Letzte Woche. Sämtliche Akten waren herausgerissen. Gestohlen wurde nichts, dabei hatte ich sogar fünfzig Dollar in der Kasse. Ich konnte mir keinen Reim darauf machen. Aber als Sie mir heute Morgen von den fehlenden Berichten erzählten, wurde ich nachdenklich. Vielleicht war jemand hinter dieser Akte her. Aber in der Nacht des Einbruchs hatte ich sie zu Hause."

„Ist dies Ihre einzige Kopie?"

„Nein. Inzwischen habe ich sicherheitshalber noch einige weitere Kopien anfertigen lassen."

„Darf ich mal sehen?", fragte Kate, und David reichte ihr den Bericht.

„Nur zu, du bist der Arzt. Du kannst sicher mehr herauslesen als ich, Kate."

Kate öffnete die Akte mit der Aufschrift: Jennifer Brook. Die ersten Seiten zeigten nichts Ungewöhnliches. Eine achtundzwanzigjährige Frau war in der sechsunddreißigsten Schwangerschaftswoche mit leichten Wehen in das Mid Pac Hospital eingeliefert worden. Die ersten, von Dr. Tanaka vorgenommenen Untersuchungen deuteten auf eine normale Geburt hin. Trotzdem ging dann im Kreißsaal alles schief. Die Atmung wurde unregelmäßig und setzte schließlich aus. Herzstillstand. Die Herzmassage blieb ohne Wirkung. Keine Reaktion auf Medikamente. Dr. Vaughn aus der Notaufnahme wurde zur Unterstützung hinzugezogen. Die Herztöne des Kindes waren noch zu hören, wurden jedoch schwächer. Das Kind wurde lebend geboren.

Mit Zuspitzung der Situation im Kreißsaal wurde die Handschrift der Schwester immer undeutlicher, sodass Kate einige Sätze nicht lesen konnte. Der Bericht endete mit der Eintragung: Wiederbelebung beendet. Tod der Patientin um 1.30 Uhr.

„Sie starb an Hirnblutung", erklärte Anwalt Kahanu. „Dabei war sie erst achtundzwanzig. Das Mädchen starb einige Stunden später."

David stieß Kate leicht an. „Sieh mal, wie der Bericht unterzeichnet ist."

Kate bemerkte drei Unterschriften: Dr. Tanaka, Ann Richter, Ellen O'Brien. „Da fehlt ein Name", sagte sie und schaute auf. „Es war auch ein Dr. Vaughn aus der Notaufnahme dabei. Vielleicht kann er uns etwas sagen."

„Kann er nicht", widersprach Mr Kahanu. „Dr. Vaughn hatte einige Zeit nach Jennifer Brooks Tod einen tödlichen Autounfall. Frontalzusammenstoß. Die sind alle tot."

Kate ließ die Akte aus ihren tauben Fingern auf den Schreibtisch gleiten, als hafte ihr etwas Böses an.

Anwalt Kahanu blickte zum Fenster und erzählte: „Vor vier Wochen kam Charlie Decker in meine Kanzlei. Ich weiß nicht, wieso er auf mich kam. Vielleicht, weil es bequem war, vielleicht konnte er sich auch niemand anderes leisten. Er verlangte eine

Rechtsauskunft über einen möglichen Fall von Kunstfehler."

„Wegen Jennifer Brooks Tod?", fragte David. „Das liegt fünf Jahre zurück, und er war nicht einmal ein Verwandter. Sie wissen so gut wie ich, dass eine Klage keine Aussicht auf Erfolg gehabt hätte."

„Er hat in bar bezahlt, Mr Ransom."

Bargeld war offenbar das magische Wort für einen Anwalt wie ihn.

„Ich tat, worum er mich bat, ließ mir die Akte geben und schrieb einen Arzt und zwei Krankenschwestern an, die Jennifer Brook behandelt hatten. Aber keiner antwortete auf meine Briefe."

„Sie lebten nicht lange genug", erklärte David. „Decker fand sie zuerst."

„Warum sollte er sie töten?"

„Aus Rache, weil sie die Frau nicht retten konnten, die er liebte."

„Mein Klient hat niemanden getötet."

„Ihr Klient hatte ein Motiv, Mr Kahanu. Und Sie haben ihm Namen und Adressen gegeben."

„Sie kennen Decker nicht, ich schon. Er ist kein gewalttätiger Mensch."

„Sie wären erstaunt, wie normal Killer erscheinen können. Ich habe das oft genug im Gerichtssaal erlebt."

„Und ich verteidige sie! Ich übernehme die Fälle, an die sich kein anderer mehr herantraut. Ich erkenne einen Killer, wenn ich einen sehe. Da fehlt etwas in ihren Augen, vielleicht die Seele, ich weiß es nicht. Ich sage Ihnen, Charlie Decker war nicht so."

Kate beugte sich vor. „Wie war er, Mr Kahanu?"

Der Hawaiianer zögerte und blickte auf die Gasse hinaus. „Er war ein … ganz normaler Mensch, mittelgroß, nur Haut und Knochen, so als äße er nicht richtig. Er tat mir leid, er sah aus wie jemand, der Schlimmes erlebt hatte. Er redete nicht viel, sondern schrieb mir alles auf. Mit seiner Kehle war etwas nicht in Ordnung, und er konnte nur flüstern. Er saß in dem Sessel, in dem Sie jetzt sitzen, Dr. Chesne. Er sagte, er habe nicht viel Geld. Dann zog er seine Brieftasche heraus und zählte langsam zwanzig Dollar auf den Tisch. Wie er das tat, bewies mir, dass es wirklich alles war, was er besaß."

Mr Kahanu schüttelte den Kopf und fügte hinzu: „Ich verstehe nicht, warum er das alles auf sich nahm. Die Frau ist tot und das Baby auch. In der Vergangenheit herumzuwühlen, macht sie nicht wieder lebendig."

„Wissen Sie, wo wir ihn finden können?", fragte David.

„Er hat ein Postschließfach", erwiderte der Anwalt. „Ich habe es schon nachgeprüft. Er hat seine Post seit drei Tagen nicht abgeholt."

„Haben Sie seine Adresse? Eine Telefonnummer?"

„Er hat sie mir nie gegeben. Ich weiß wirklich nicht, wo er ist. Soll die Polizei ihn finden, das ist schließlich ihre Aufgabe." Er schob sich vom Tisch fort. „Mehr weiß ich nicht. Wenn Sie mehr wissen wollen, müssen Sie Decker selbst fragen."

„Der untergetaucht ist", sagte David.

„Oder tot", fügte Mr Kahanu finster hinzu.

10. KAPITEL

*I*n seinen achtundvierzig Jahren als Friedhofswärter hatte Ben Hoomalu schon einiges an Absonderlichkeiten erlebt, trotzdem machte ihn dieses Auto stutzig. Während der letzten Woche hatte er den grauen Ford mit den abgedunkelten Scheiben jeden Tag durch das Tor fahren sehen, manchmal morgens, manchmal nachmittags. Er parkte beim Bogen zum „Ewigen Frieden" und blieb dort ein oder zwei Stunden. Seltsam war, dass nie einer ausstieg. Wenn jemand die letzte Ruhestätte einer nahestehenden Person besuchte, sollte man dann nicht annehmen, dass er wenigstens aussteigen würde, um sich das Grab anzuschauen und dort etwas zu verweilen?

Komische Leute gab es. Ben nahm seine Heckenschere und begann den Hibiskus zu beschneiden. Er blickte auf, als ein alter Chevy durch die Pforte fuhr und parkte. Ein spindeldürrer Mann stieg aus und winkte Ben zu. Lächelnd erwiderte Ben den Gruß und beobachtete, wie sich drüben das stets gleiche Ritual vollzog. Der Mann hatte einen frischen Veilchenstrauß in der Hand. Er nahm die welken Blumen fort und legte die neuen hin. Dann säuberte er das Grab der jungen Frau von Blättern und Ästen, kniete nieder und verweilte einige Zeit so. Das tat er immer. Ben wusste, dass jeder Besuch genau gleich verlief.

Als der Mann sich endlich erhob, hatte Ben den Hibiskus bereits geschnitten und arbeitete jetzt an der Bougainvillea. Er blickte dem Mann nach, der in seinen alten Chevy stieg und vom Friedhof fuhr. Er wusste nicht, wie der Mann hieß, aber er war sicher, dass er die Person, die in jenem Grab lag, sehr geliebt hatte. Ben ließ die Heckenschere fallen und ging hinüber zu dem frischen Veilchenstrauß, um den ein rosa Band gewickelt war. Neben dem Grab war noch die Druckstelle im Gras, wo der Mann gekniet hatte.

Das Geräusch eines zweiten Automotors ließ Ben aufmerksam werden. Er sah den grauen Ford anfahren und dem alten Chevy folgen. Was sollte das nun wieder?

Ben blickte auf die Steinplatte vor sich: Jennifer Brook, achtundzwanzig Jahre. Er dachte traurig: so eine junge Frau. Wie schade.

„Für Sie Schinken auf Vollkornbrot und ein Anruf auf Leitung vier", sagte Sergeant Brophy und stellte die braune Papiertüte auf den Schreibtisch.

Pokie hatte die Wahl zwischen seinem Sandwich und dem blinkenden Telefon. Das Sandwich siegte. Schließlich musste man Prioritäten setzen, und die Beschwichtigung seines knurrenden Magens stand wohl bei jedem auf der Prioritätenliste ganz oben. Er deutete mit dem Kopf aufs Telefon. „Wer ist dran?"

„David Ransom."

„Nicht schon wieder!"

„Er verlangt, dass wir über den O'Brien-Fall eine Akte anlegen. Er geht davon aus, dass es Mord war."

„Warum nervt er mich dauernd mit diesem Fall?"

„Ich denke, er hat eine Schwäche für ... für ...", Brophys Gesicht verzog sich, da ein Nieser im Anzug war, und er konnte gerade noch rechtzeitig ein Taschentuch herausholen, das den Explosionsknall dämpfte, „... für diese Ärztin."

„Davy?", lachte Pokie mit vollem Mund. „Männer wie David verlieben sich nicht. Die halten sich nämlich für viel zu klug für solchen romantischen Kram."

„So klug ist niemand", meinte Brophy.

Es klopfte, und ein uniformierter Beamter steckte seinen Kopf zur Tür herein. „Leutnant? Ein Anruf von ganz oben."

„Vom Chef?"

„Er hat das Büro voller Reporter. Sie wollen etwas über das vermisste Sasaki-Mädchen erfahren. Er will Sie sofort oben sehen."

Pokie blickte bedauernd auf sein Sandwich. Leider rangierten Anrufe von ganz oben auf der Prioritätenliste etwa auf gleicher Ebene wie Atmen. Seufzend ließ er sein Sandwich im Stich und zog sein Jackett über.

„Was ist mit Ransom?", erinnerte Sergeant Brophy ihn.

„Sagen Sie ihm, dass ich zurückrufe."

„Wann?"

„Nächstes Jahr", murmelte Pokie und ging zur Tür. Halblaut fügte er hinzu: „Wenn er Glück hat."

Leise schimpfend setzte sich David auf den Fahrersitz und schlug die Tür zu. „Das war eine Abfuhr."

Kate blickte ihn durchdringend an. „Aber die haben Jenny

Brooks Akte gesehen. Und sie haben mit Kahanu gesprochen …"

„Die Polizei glaubt, für eine Morduntersuchung gebe es nicht genügend Beweise. Ihrer Ansicht nach ist Ellen O'Brien an einem Kunstfehler gestorben. Ende der Debatte."

„Dann sind wir auf uns allein gestellt."

„Falsch. Wir steigen aus." Aufgebracht startete er den Motor und fuhr los. „Die Sache wird zu gefährlich."

„Das war sie von Anfang an. Warum bekommst du jetzt kalte Füße?"

„Okay, ich gebe es zu: Bisher hatte ich immer noch leise Zweifel, ob ich dir glauben kann. Aber jetzt gehen seltsame Dinge vor: Krankenhausberichte verschwinden, in eine Anwaltskanzlei wird eingebrochen. Das ist nicht mehr das Werk eines wild gewordenen Psychopathen. Das ist zu vernünftig, zu methodisch." Stirnrunzelnd fügte er hinzu: „Und all das hat mit Jenny Brook zu tun. In der Krankenhausakte muss etwas Gefährliches stehen, etwas, das unser Killer geheim halten möchte."

„Aber wir sind das ein Dutzend Mal durchgegangen, David! Das ist nur ein medizinischer Bericht."

„Dann übersehen wir etwas. Und ich hoffe, dass Charles Decker uns mehr erzählen kann. Ich schlage vor, wir warten, bis die Polizei ihn gefunden hat."

Kate blickte in den Nachmittagsverkehr hinaus und dachte, wie seltsam es war, dass ausgerechnet Charles Decker ihre Rettung sein sollte. Wenn sie sich an sein Gesicht im Spiegel erinnerte, packte sie blankes Entsetzen. Wenn sie die Umstände einmal beiseiteließ und nur seine Miene zu deuten versuchte, fragte sie sich jedoch, ob diese müden, hohlen Augen wirklich die eines Killers waren.

„Ich schnappe mir Pokie morgen", sagte David ungeduldig. „Vielleicht kann ich seine Meinung über den O'Brien-Fall ändern."

„Und wenn du ihn nicht überzeugen kannst? Schließlich will er mehr Beweise."

„Dann soll er sie suchen. Wir sind so weit gegangen, wie wir können. Es wird Zeit, dass wir uns zurückziehen."

„Das kann ich nicht, David. Meine berufliche Laufbahn steht auf dem Spiel."

„Und was ist mit deinem Leben?"

„Mein Beruf ist mein Leben."

„Da gibt es wohl einen entscheidenden Unterschied."

Kate wandte das Gesicht ab. „Ich kann nicht erwarten, dass du mich verstehst. Schließlich ist es nicht dein Kampf."

Er verstand sie nur zu gut. Ihre Hartnäckigkeit erinnerte ihn jedoch an einen Krieger des Altertums, der lieber starb, als sich geschlagen zu geben. „Du irrst dich, Kate, wenn du denkst, es sei nicht mein Kampf."

„Du hast nichts zu verlieren."

„Vergiss nicht, dass ich mich aus der Sache zurückgezogen habe – einem vermutlich lukrativen Fall."

„Tut mir leid, dass ich dich ein hübsches Honorar koste."

„Du denkst, mir läge an dem Geld? Das interessiert mich nicht. Aber mein Ruf steht auf dem Spiel, weil ich zufällig deine verrückte Geschichte glaube. Mord auf dem OP-Tisch! Ich sehe wie ein Idiot aus, wenn ich das nicht beweisen kann. Also erzähl mir nicht, dass ich nichts zu verlieren hätte!" David schrie jetzt geradezu. Er konnte es nicht ändern. Er ließ sich nicht einfach so vorwerfen, dass ihn die ganze Sache im Grunde nichts anging. Er umfasste das Lenkrad fester und blickte wieder auf die Straße. „Das Problem ist, ich bin ein lausiger Lügner. Die O'Briens werden merken, dass etwas im Busch ist."

„Du meinst, du hast ihnen noch nichts gesagt?"

„Dass ihre Tochter vielleicht ermordet wurde? Nein. Ich habe den einfachen Ausweg gewählt und nur erklärt, ich befände mich in einem Interessenkonflikt. Das ist eine nette unverbindliche Entschuldigung. Ich denke, es wird sie nicht zu sehr aufregen, da ich ihren Fall an eine gute Kanzlei weiterleite."

„Du tust was?" Kate starrte ihn an.

„Kate, ich war ihr Anwalt. Ich muss ihre Interessen wahren."

„Natürlich."

„Das war nicht leicht, weißt du. Ich haue meine Klienten nicht übers Ohr. Sie haben genügend Tragödien in ihrem Leben durchgemacht. Das Mindeste, was ich für sie tun kann, ist, ihnen eine faire Chance vor Gericht zu verschaffen. Es bedrückt mich sehr, wenn ich ein Versprechen zurücknehmen muss. Das verstehst du doch, oder?"

„Ja, und ob ich das verstehe!"

Ihr Ton verriet ihm, dass sie es nicht tat. Und das ärgerte ihn, denn sie hatte allen Grund, ihn zu verstehen.

Kate saß reglos da, als David in die Einfahrt bog. Er schaltete den Motor aus, doch sie traf keine Anstalten, auszusteigen. Minutenlang saßen sie schweigend im dunklen Wagen, und als Kate zu sprechen begann, war ihre Stimme ausdruckslos und klang völlig fremd.

„Ich habe dich in eine kompromittierende Lage gebracht, nicht wahr?"

David nickte nur.

„Tut mir leid."

„Denk einfach nicht dran, okay?" Er stieg aus und öffnete ihr die Tür, Kate saß starr wie eine Statue. „Was ist? Kommst du ins Haus?"

„Nur, um zu packen."

„Du willst fort?" Er versuchte zu ignorieren, wie sehr ihn ihr Vorhaben bestürzte.

„Ich danke dir für alles, was du für mich getan hast", sagte sie mit gepresster Stimme. „Du hast mir aus freien Stücken sehr geholfen. Am Anfang brauchten wir einander vielleicht. Aber es ist offensichtlich, dass dieses … Arrangement nicht mehr in deinem Interesse ist. Und in meinem auch nicht."

„Verstehe", sagte er, obwohl er es nicht tat. Er fand, sie benahm sich kindisch. „Und wohin willst du gehen?"

„Zu Freunden."

„Na, großartig! Bring sie auch noch in Gefahr!"

„Dann ziehe ich eben in ein Hotel."

„Deine Tasche wurde gestohlen. Du besitzt weder Geld noch Kreditkarten, absolut nichts."

„Im Moment nicht, aber …"

„Oder willst du mich um ein Darlehen bitten?"

„Ich brauche deine Hilfe nicht!", fuhr sie ihn an. „Ich habe nie die Hilfe irgendeines Mannes gebraucht!"

Er überlegte, ob er sie mit Gewalt ins Haus schleppen sollte. Bei einer stolzen Frau wie Kate würde er damit jedoch nur alles verschlimmern. Deshalb erwiderte er nur: „Wie du willst." Und ging hinein.

Während Kate packte, lief er unruhig in der Küche hin und her. Er trank einen Schluck Milch direkt aus dem Karton und dachte: Ich sollte ihr befehlen, zu bleiben. Er stellte die Milch in den Kühlschrank zurück, schlug die Tür zu und eilte auf Kates Zimmer zu. Doch vor ihrer Tür blieb er stehen. Nein, das war keine gute Idee. Er wusste genau, wie sie reagierte, wenn er ihr etwas befahl. Eine Frau wie Kate Chesne kommandierte man nicht herum, wenn man klug war. Von der offenen Tür her beobachtete er, wie sie ihre Kleidung ordentlich im Koffer verstaute. Es tat ihm weh, den Bluterguss auf ihrer Wange zu sehen. Trotz ihres Stolzes und ihrer sogenannten Unabhängigkeit blieb sie eine verletzbare Frau.

Sie bemerkte ihn in der Tür und hielt kurz in der Bewegung inne. „Ich bin gleich fertig", sagte sie gleichmütig und warf ein Nachthemd auf die anderen Sachen. „Hast du mir schon ein Taxi gerufen?" Sie wandte sich der Kommode zu.

„Nein, noch nicht."

„Nun, ich brauche nur noch eine Minute. Könntest du mir eines rufen?"

„Das werde ich nicht tun."

Sie drehte sich verblüfft um. „Wie bitte?" Nach einem Moment fügte sie hinzu: „Okay, dann bestelle ich mir selbst eines." Sie wollte sich an ihm vorbeidrängen, doch David hielt sie am Arm fest.

„Kate, tu das nicht!" Er drehte sie zu sich herum. „Du solltest hierbleiben. Alles andere ist nicht sicher genug."

„Das ganze Leben ist gefährlich. Bisher ist mir nichts zugestoßen."

„Und was passiert, wenn Charles Decker dich erwischt?"

Sie entzog ihm den Arm. „Kannst du dich nicht um wichtigere Dinge kümmern?"

„Zum Beispiel?"

„Dein Berufsethos. Schließlich will ich nicht deinen wertvollen Ruf zerstören!"

„Danke, aber ich kümmere mich schon selbst um meinen Ruf!"

Sie warf den Kopf zurück und blickte ihn zornig an. „Dann wird es wohl Zeit, dass ich mich um meinen kümmere."

Sie standen so nah beieinander, dass David glaubte, ihre Körperwärme zu spüren. Sie sahen sich eine Zeit lang in die Augen, und es geschah etwas völlig Unerwartetes.

„Ach, zum Teufel!", raunte David schließlich. „Ich glaube, wir haben beide keinen Ruf mehr zu verlieren." Dann gab er dem Impuls nach, der ihn schon den ganzen Tag quälte. Er zog Kate in die Arme und küsste sie. Kate erwiderte den Kuss voller Leidenschaft. David presste sich unbewusst so sehr an sie, dass sie den Türrahmen im Rücken spürte. Der leidenschaftliche Kuss weckte in beiden heftiges Verlangen. David knöpfte ihr die Bluse auf und fuhr mit der Hand hinein. Als Kate spürte, dass er ihre Brust umfasste, öffnete sie ihm ebenfalls das Hemd und ließ die Hände über seine nackte Haut gleiten. Doch solche Zärtlichkeiten genügten ihnen nicht mehr.

Ungeduldig führte David Kate in sein halbdunkles Schlafzimmer, wo sie sich eilig entkleideten. Das große Bett quietschte leise protestierend, als sie sich niederlegten und beinah hastig die körperliche Vereinigung suchten.

Erschöpft hörte Kate über dem Rauschen der Wellen, das von draußen hereindrang, eine Weile nur ihr heftiges Atmen. Sie spürte Schweiß von Davids Rücken auf ihren nackten Bauch rinnen. „Jetzt weiß ich, wie es ist, verschlungen zu werden", flüsterte sie und sah aus dem Fenster. Draußen verschwand das letzte Licht der Abenddämmerung.

„Habe ich dich tatsächlich verschlungen?", fragte David.

„Restlos."

Er lachte leise, und sein Mund glitt warm zu ihrem Ohrläppchen. „Ich glaube, hier ist noch etwas Essbares."

Kate schloss die Augen und genoss die Liebkosung. „Ich hätte nie gedacht, dass du so sein kannst."

„Wie?"

„So leidenschaftlich."

„Was hast du erwartet?"

„Dass du irgendwie eisig bist."

Er wickelte sich eine Strähne ihres Haares um den Finger. „Ich fürchte, ich kann ziemlich eisig wirken. Das liegt wohl in der Familie, väterliches Erbe. Strenge alte Neuenglandschule. Meinem Vater im Gerichtssaal gegenüberzustehen, muss ziemlich erschreckend gewesen sein."

„Er war auch Anwalt?"

„Richter im Bezirksgericht. Er starb vor vier Jahren, kippte mitten im Urteilsspruch in der Bank vornüber. Diesen Tod hätte er sich gewünscht." Lächelnd fügte er hinzu: „Man nannte ihn ‚Buchte-sie-ein-Ransom'."

„Ein Law-and-Order-Typ also."

„Absolut. Im Gegensatz zu meiner Mutter, die ein regelrechter Anarchist ist."

Kate lachte: „Das muss ja eine explosive Mischung gewesen sein."

„Ja, das war es." Er ließ einen Finger über ihre Lippen gleiten. „Fast so explosiv wie wir. Ich habe ihre Beziehung nie ganz durchschaut. Sie rieben sich aneinander, und trotzdem verstanden sie sich und waren glücklich, obwohl es bestimmt eine anstrengende Verbindung war." Er streichelte sanft ihren Körper und flüsterte: „Du bist schön, ich hätte nie gedacht, dass ich mit einer Anwälte hassenden Ärztin ins Bett gehen würde. Wir sind schon ein seltsames Paar."

Sie lachte leise. „Und ich komme mir vor wie eine Maus, die sich an die Katze kuschelt. Ich werde das Gefühl nicht los, dass du mein Gegner bist."

„Wenn ich der Gegner bin …", er küsste sacht ihr Ohr, „… dann hat sich einer von uns heute ergeben."

„Denkst du immer in solchen Kategorien, Herr Anwalt?"

„Seit ich dich kenne."

„Und vorher?"

„War mein Leben sehr eintönig."

„Das kann ich kaum glauben."

„Ich behaupte nicht, dass ich im Zölibat gelebt hätte, aber ich bin ein sehr vorsichtiger Mann, und es fällt mir schwer, Menschen gefühlsmäßig nahezukommen. Vielleicht habe ich Angst, etwaigen Beziehungsproblemen nicht gewachsen zu sein."

„Was ist mit deiner Ehe schiefgegangen, David?"

Er rollte sich auf den Rücken und seufzte: „Eigentlich nichts, auf das man den Finger legen könnte. Das zeigt vielleicht schon, was für ein gefühlloser Klotz ich bin. Linda beklagte sich immer, dass ich meine Gefühle nicht zeigen könnte, dass ich beinahe so kalt wäre wie mein Vater. Ich bestritt das natürlich immer, aber heute denke ich, sie hatte vielleicht recht."

„Und ich denke, du versteckst dich nur hinter deiner eisigen Maske."

„Seit wann bist du Psychiater?"

„Seit ich mich mit einem sehr komplexen Mann eingelassen habe."

Er strich ihr eine Strähne aus dem Gesicht. „Der Bluterguss auf deiner Wange wird schon schwächer. Immer wenn ich ihn sehe, werde ich zornig. Außerdem weckt er in mir Beschützerinstinkte. Das muss ein sehr alter männlicher Instinkt sein, vermutlich aus der Zeit stammend, als wir andere Höhlenbewohner daran hindern mussten, unsere Frauen zu stehlen." Er versetzte ihr einen freundschaftlichen Klaps auf den Po. „So, und jetzt habe ich Hunger. Warum machen wir uns nicht etwas von Mrs Feldmans Spaghettisoße warm und öffnen eine Flasche Wein? Und dann ..." Er nahm Kate wieder in die Arme. „Mache ich mit dir, was Anwälte schon immer mit Ärztinnen gemacht haben."

„David!", empörte sie sich lachend.

Er nahm abwehrend beide Hände hoch und stand auf. „Komm." Er zog sie vom Bett. „Und sieh mich nicht so lüstern an, sonst kommen wir nie aus dem Schlafzimmer, und man findet uns eng umschlungen, aber verhungert auf dem Bett."

„Was für ein Ende!", schwärmte Kate keck.

Kate wurde vom Klatschen der Wellen gegen den Damm geweckt und langte schläfrig zu David hinüber. Doch das sonnenwarme Kissen war leer. Sie öffnete die Augen und fühlte sich einsam, als sie merkte, dass sie in dem großen zerwühlten Bett allein war. „David?", rief sie. Keine Antwort.

Nackt wie sie war, setzte sie sich auf die Bettkante und schaute sich benommen um. Beim Anblick der Weinflasche erinnerte sie sich an die leidenschaftlichen Umarmungen der Nacht. Sie bemerkte, dass ihre achtlos zu Boden geworfene Kleidung aufgenommen und ordentlich über einen Stuhl gelegt worden war. Leise lachend wickelte sie sich in ein Bettlaken ein, dem noch Davids Geruch anhaftete.

„David?", rief sie erneut, stand auf und ging ins Bad. Es war leer, nur ein feuchtes Handtuch hing über einer Stange. Sie schlenderte in den sonnendurchfluteten Wohnraum, von dort in die Küche. Nirgends eine Menschenseele. Kate suchte weiter, öffnete Türen und blickte in Zimmer. Mehr und mehr drängte sich ihr der Eindruck auf, in einem unbewohnten Haus zu sein. Einem unerklärlichen Impuls folgend, öffnete sie Davids Kleiderschrank und blickte auf eine Reihe makelloser Anzüge. Doch auch die brachten ihr den Menschen nicht näher. Sie kehrte in den Flur zurück und ging von dort in sein Büro. Es war ein wohlgeordneter Raum mit Eichenmöbeln, Messinglampen und vielen Büchern ... aber seelenlos.

Als sie die letzte Tür am Ende des Flurs öffnete, schlug ihr abgestandene Luft entgegen. Kate bemerkte zu ihrem Erstaunen, dass es ein Kinderzimmer war. Vor dem Fenster bewegte sich ein Mobile aus Prismen. Es sandte bunte Lichter über die Tapete mit den kleinen bunten Pferdchen, über die Regale voller Spielzeug und das Bett mit der geblümten Decke. Kate trat vorsichtig an den Schreibtisch, auf dem ein Stapel Bücher lag. Sie öffnete eines und las im Innendeckel: Noah Ransom.

„Tut mir leid, David", flüsterte Kate den Tränen nahe, dann wandte sie sich ab, lief schnell hinaus und schlug die Tür beinahe panikartig hinter sich zu.

Wieder in der Küche, setzte sie sich zu einer Tasse Kaffee an den Tisch und las noch einmal die nüchterne Mitteilung, die sie schließlich auf der weiß gefliesten Arbeitsplatte entdeckt hatte.

Glickman nimmt mich mit. Der Wagen gehört heute dir. Bis heute Abend.

Daneben hatten die Autoschlüssel gelegen. Das war also David Ransom, der Mann aus Eis, Herr eines seelenlosen Hauses. Sie hatten eine leidenschaftliche Liebesnacht miteinander verbracht, und er hinterließ ihr eine unpersönliche Nachricht, ohne ein zärtliches Wort, sogar ohne Unterschrift.

Offenbar hatte er sein Leben ordentlich in verschiedene Abteilungen gegliedert und sperrte seine Gefühle in Schubfächer ein, die er nur bei Bedarf öffnete. Sie konnte das nicht. Er fehlte ihr bereits jetzt, nach nur einer zusammen verbrachten Nacht. Vielleicht liebte sie ihn sogar, obwohl das verrückt und unlogisch wäre.

Ärgerlich über sich selbst, stand sie auf und spülte die Tasse aus. Verdammt, sie hatte sich um Wichtigeres zu sorgen als um einen Mann. Heute Nachmittag war die Anhörung vor dem Ärztekomitee. Sie nahm Jennifer Brooks Krankenhausakte an sich, die auf dem Küchentisch gelegen hatte. Dieses Dokument enthielt irgendein Geheimnis, das bereits mehrere Menschen das Leben gekostet hatte. Und nur Charles Decker schien es zu kennen. Dieser Mann, den die Polizei für ein gefährliches Monster und Anwalt Kahanu für eine verlorene, aber harmlose Seele hielt. Kate stutzte. Natürlich, das war es! Der Mann hatte zwei Gesichter wie Dr. Jekyll und Mr Hyde.

„Die gespaltene Persönlichkeit ist ein seltenes Phänomen, wird aber in der Fachliteratur sehr gut beschrieben." Susan Santini wandte sich mit dem Drehsessel um, nahm ein Buch aus dem Regal und legte es auf ihren Schreibtisch. Ihr widerspenstiges rotes Haar war heute zu einem ordentlichen Knoten zusammengefasst. Hinter ihr an der Wand hing eine beeindruckende Anzahl von Auszeichnungen, die bewiesen, dass Susan auf ihrem Gebiet eine Kapazität war. Sie beugte sich über das geöffnete Buch. „Hier ist eine Reihe solcher Fälle beschrieben."

„Hast du selbst mal so einen Fall gehabt?", fragte Kate.

„Das habe ich gedacht, als ich noch fürs Gericht arbeitete. Aber der Mann war nur ein guter Schauspieler, eine Minute sanft wie ein Lamm, in der nächsten das reinste Ungeheuer. Eine großartige schauspielerische Leistung."

„Ist es möglich, dass ein Mensch aus zwei völlig verschiedenen Persönlichkeiten besteht?"

„Die menschliche Psyche besteht aus Gegensätzen, aus Impuls und Kontrolle. Denk an Gewalt. Die meisten Menschen können gewalttätige Neigungen beherrschen, andere können das nicht, vielleicht weil sie als Kinder missbraucht wurden oder weil etwas in ihrem Gehirn nicht richtig funktioniert. Diese Leute sind wandelnde Zeitbomben, die wir aber nicht als solche erkennen. Erst wenn derjenige über das Maß des Erträglichen unter Stress gerät, bricht die Gewalttätigkeit auf."

„Glaubst du, dass Charles Decker eine solche Zeitbombe ist?"

„Das ist schwer zu sagen. Offenbar kam er aus unglücklichen

Familienverhältnissen, und dann wurde er vor fünf Jahren wegen Sachbeschädigung und tätlichen Angriffs eingesperrt. Trotzdem war er nicht sein Leben lang gewalttätig. Und das einzige Mal, als er eine Waffe benutzte, richtete er sie gegen sich selbst. Wenn er jedoch in eine Krise gerät …"

„So wie durch den Tod seiner Verlobten? Die Polizei glaubt, das habe einen Tötungswahn in ihm ausgelöst, dass er jeden umbringen will, der seiner Meinung nach an ihrem Tod schuld ist."

„Es klingt seltsam, doch der Grund für die meisten Gewalttätigkeiten ist Liebe. Denk nur an die vielen Delikte aus Leidenschaft."

„Tja, Liebe und Gewalt scheinen zwei Seiten derselben Medaille zu sein."

„Genau." Susan gab Kate Jennifer Brooks Akte zurück. „Aber das ist alles nur Spekulation. Ich müsste mit dem Mann sprechen, um ihn einschätzen zu können. Hat die Polizei ihn schon?"

„Ich weiß es nicht. Man sagt mir kaum etwas."

Susan Santini wurde dann über die Sprechanlage an ihren Termin um drei Uhr erinnert.

Kate blickte auf ihre Uhr. „Tut mir leid, ich halte dich auf."

„Du weißt, ich helfe dir gern." Susan erhob sich, und beide Frauen gingen zur Tür. „Kate, ist dein derzeitiger Aufenthaltsort absolut sicher?"

Kate sah, wie besorgt Susan war. „Ich denke schon."

Susan meinte zögernd: „Ich möchte dich nicht ängstigen. Aber wenn du recht hast mit deiner Vermutung über Charles Decker, ist er völlig unberechenbar. Sei bitte sehr, sehr vorsichtig."

Kate schluckte trocken. „Du hältst ihn für so gefährlich?"

Susan nickte. „Extrem gefährlich."

11. KAPITEL

Kate nahm vor dem langen Konferenztisch Platz, an dem die Ärzte wie bei einem Inquisitionsgericht saßen. Entgegen seinem Versprechen war Dr. Avery, der Chef der Anästhesie, nicht anwesend. Das einzige freundliche Gesicht im Saal gehörte Guy Santini, der jedoch nur als Zeuge geladen war und so nervös wirkte, wie Kate es war.

Die Ärzte stellten sachlich ihre Fragen, und noch einmal wurde das ganze schreckliche Geschehen aufgerollt. Guy Santini bestätigte einige Fakten und sprach Kate das Vertrauen aus. Zum Schluss gestand man Kate eine letzte Erklärung zu.

Sie sagte ruhig: „Ich weiß, die Geschichte klingt bizarr, und ich kann sie noch nicht beweisen. Aber ich bin sicher, dass ich Ellen O'Brien die bestmögliche medizinische Versorgung gegeben habe, obwohl der Bericht zu beweisen scheint, dass mir ein Fehler unterlaufen ist. Ich glaube nicht, dass ich den Tod der Patientin verschuldet habe ..." Da es nichts mehr zu sagen gab, raunte sie nur ein leises „Danke" und verließ den Raum.

Nach zehn Minuten hatten die Ärzte ihr Urteil gesprochen, und sie wurde zurückgerufen. Als sie Platz nahm, entdeckte sie besorgt zwei neue Gesichter am Konferenztisch. Ein zufrieden wirkender George Bettencourt und der Anwalt des Krankenhauses hatten sich hinzugesellt.

Dr. Newhouse, der Komiteevorsitzende, verkündete das Urteil.

„Wir sind uns bewusst, dass Ihr Bericht nicht in Einklang steht mit der medizinischen Akte. Wir müssen uns aber nach dieser Akte richten, aus der zweifelsfrei hervorgeht, dass Ihre Behandlung der Patientin nachlässig war." Bei diesen Worten zuckte Kate zusammen. Dr. Newhouse nahm seufzend seine Brille ab. Diese müde Geste zeigte, welche Last er trug. „Sie sind erst knapp ein Jahr bei uns, Dr. Chesne. Und ein solches Missgeschick in so kurzer Zeit beunruhigt uns sehr. Nach allem, was wir gehört haben, müssen wir diesen Fall an den Disziplinarausschuss weiterleiten. Dort wird entschieden werden, wie Ihre zukünftige Position am Mid Pac Hospital aussehen wird."

Mit einem Seitenblick auf George Bettencourt fügte er hinzu: „Bis dahin haben wir keine Einwände gegen Ihre Suspendierung."

Alles vorbei! dachte Kate. Wie dumm von mir, etwas anderes zu erwarten.

Man billigte ihr ein letztes Wort zu, doch ihre Stimme versagte. Während die Ärzte langsam hinausgingen, blieb sie starr sitzen.

„Tut mir leid, Kate", sagte Guy Santini leise und verweilte einen Moment neben ihrem Stuhl, bevor auch er ging.

Kate wurde zweimal angesprochen, bevor sie aufmerkte und George Bettencourt und den Anwalt des Krankenhauses vor sich sah.

„Ich denke, es ist Zeit, über einen Vergleich zu sprechen, Dr. Chesne", schlug der Anwalt vor.

„Aber wieso denn? Ist das nicht ein bisschen früh?"

„Ein Reporter war in meinem Büro. Die O'Briens haben ihre Geschichte an die Presse weitergegeben. In der Zeitung sind Sie bereits verurteilt. Wir müssen das Krankenhaus aus den Schlagzeilen heraushalten. Das gelingt nur durch einen stillschweigenden außergerichtlichen Vergleich. Wir brauchen lediglich Ihre Zustimmung. Ich werde die Verhandlungen bei einer halben Million beginnen, aber vermutlich wollen sie mehr."

Es erschien Kate obszön, ein Menschenleben in Geld aufzuwiegen. „Nein", sagte sie.

„Wie bitte?", fragte der Anwalt verdutzt.

„Bis zum Prozess habe ich alle notwendigen Beweise für meine Unschuld."

„Es gibt keinen Prozess, Doktor. Dieser Fall wird vorher beigelegt, mit oder ohne Ihre Erlaubnis."

„Dann nehme ich mir eben einen eigenen Anwalt, der meine Interessen vertritt und nicht die des Krankenhauses", gab sie zurück.

Die beiden Männer sahen sich an, und der Anwalt erwiderte unfreundlich: „Ihnen ist wohl nicht klar, was ein Gerichtsverfahren bedeutet. Sie werden als Beklagte allein dastehen, und David Ransom wird Sie mit Wonne demontieren. Ich habe das schon erlebt."

„Mr Ransom hat den Fall abgegeben."

Er schnaubte: „Woher haben Sie das denn?"

„Er hat es mir selbst gesagt, als ich letzte Woche in seinem Büro war und ihm von dem EKG erzählte."

„Allmächtiger!" Der Anwalt warf seinen Kuli in die Aktentasche. „Also, Leute, das war's. Jetzt haben wir echte Probleme. Er wird Ihre verrückte Geschichte benutzen, um eine höhere Entschädigung herauszuschlagen."

„Aber wieso denn? Er hat mir geglaubt, deshalb hat er den Fall ja an einen Kollegen abgegeben …"

„Er hat Ihnen bestimmt nicht geglaubt! Ich kenne den Mann besser!"

Ich auch! hätte sie am liebsten geschrien. Doch das hatte keinen Sinn, die zwei würden ihr sowieso nicht glauben. Kate schüttelte nur den Kopf. „Ich stimme einem Vergleich nicht zu."

Der Anwalt klappte seine Aktentasche zu und wandte sich frustriert an Bettencourt. „George?"

Kate blickte den Verwaltungschef an, der sie mit unbewegtem Pokergesicht betrachtete. „Ich bin besorgt um Ihre Zukunft, Dr. Chesne. Möglicherweise wird der Disziplinarausschuss in Ihrem Fall harsch urteilen. Das würde den sofortigen Hinauswurf bedeuten. Ein Schandfleck in Ihrer Personalakte. Deshalb biete ich Ihnen diesen Ausweg an." Er schob ihr eine vorbereitete Kündigung hin. „Wenn Sie hier unterzeichnen, erscheint nichts weiter in Ihrer Akte. Und selbst wenn es noch zu einem Prozess kommen sollte, bekämen Sie trotzdem wieder eine Anstellung als Arzt, wenn auch nicht in dieser Stadt." Er reichte ihr einen Füllhalter. „Unterzeichnen Sie. Es ist zu Ihrem Besten."

Kate starrte nur auf das Papier.

„Wir warten, Dr. Chesne", drängte George Bettencourt.

Kate stand auf, sah ihm in die Augen und zerriss das Blatt. „Da haben Sie Ihre Kündigung", sagte sie und ging hinaus.

Als Kate am Verwaltungstrakt vorbeikam, wurde ihr bewusst, was sie getan hatte. Sie hatte eine ausgestreckte Hand ausgeschlagen. Jetzt musste sie diese Sache bis zum Ende durchstehen.

Es war Viertel nach fünf. Auf dem Flur war nur noch das Reinigungspersonal. Die letzten Sekretärinnen gingen zum Fahrstuhl. Am Ende des Korridors schimmerte unter Dr. Averys Bürotür ein schwacher Lichtschein hindurch. Kate fragte sich, warum er nicht bei der Anhörung gewesen war. Sie ging in sein Büro und war enttäuscht, nur seine Sekretärin anzutreffen. „Ist Dr. Avery noch im Hospital?", fragte sie.

„Haben Sie es denn nicht gehört?" Die Sekretärin blickte traurig das Foto auf dem Schreibtisch an. „Seine Frau ist letzte Nacht in einem Pflegeheim gestorben. Es kam ziemlich unerwartet. Man vermutet eine Herzattacke … Geht es Ihnen gut, Dr. Chesne? Sie sehen krank aus."

„Danke, es … es ist schon okay." Benommen ging Kate zum Lift. Während sie in die Eingangshalle hinunterfuhr, erinnerte sie sich deutlich an die zerbrochene Ampulle und Dr. Averys Worte: Ich muss sie einschläfern, es ist besser, wenn ich es mache.

Als sie in die grelle Halle hinaustrat, wollte sie nur noch wegrennen und irgendwo Schutz suchen … am liebsten bei David. Sie musste unbedingt zu ihm. Kate eilte zum Auto und fuhr los. Doch in der Rushhour kam sie nicht so schnell voran, wie sie wollte. Mit jeder Minute steigerte sich ihre Angst, David nicht mehr anzutreffen und vor der geschlossenen Bürotür zu stehen. Bitte, sei da! betete sie im Stillen. Bitte!

„Mr Ransom, ich möchte nur eine Erklärung haben. Vor einer Woche sagten Sie, unsere Chancen, zu gewinnen, seien gut, und jetzt ziehen Sie sich aus dem Fall zurück. Warum?"

David blickte verunsichert in Mary O'Briens silbergraue Augen. Er würde ihr nicht die Wahrheit sagen, aber er schuldete ihr eine Erklärung, und nach ihrem Blick zu urteilen, eine gute.

Er hörte das Knarren von Holz und Leder und sah ungehalten zu Phil Glickman hinüber, der sich in seinem Sessel regelrecht wand. David sandte ihm einen kurzen warnenden Blick zu, er solle sich beruhigen. Phil kannte die Wahrheit und schien damit herausplatzen zu wollen.

„Wie ich schon sagte, Mrs O'Brien, ich habe einen Interessenkonflikt entdeckt."

„Was soll das heißen? Arbeiten Sie etwa für das Krankenhaus?"

„Eigentlich nicht … es ist vertraulich. Ich kann nicht darüber reden." Dann wechselte er geschickt das Thema. „Ihr Einverständnis vorausgesetzt, übergebe ich den Fall an Sullivan und March. Das ist eine ausgezeichnete Kanzlei."

„Sie haben meine Frage nicht beantwortet. Was bedeutet Interessenkonflikt?" Mary O'Brien beugte sich vor und stemmte ihre knochigen Hände auf den Tisch.

„Tut mir leid, Mrs O'Brien. Ich kann Ihr Anliegen nicht mehr objektiv vertreten. Ich habe keine andere Wahl, als mich zurückzuziehen."

Der Abschied, ein kühler geschäftsmäßiger Handschlag, fiel ganz anders aus als das letzte Mal. Dann begleiteten David und Phil Glickman die Klientin hinaus.

„Ich hoffe doch sehr, dass es wegen dieser Sache keine Verzögerungen gibt", sagte sie.

„Wahrscheinlich nicht. Die grundsätzliche Arbeit ist ja bereits getan." Stirnrunzelnd bemerkte er den warnenden Gesichtsausdruck seiner Sekretärin.

„Sie glauben immer noch, die werden einen Vergleich anstreben?"

„Es ist unmöglich, etwas Endgültiges zu sagen …" Er brach ab, als seine Sekretärin jetzt fast in Panik zu geraten schien.

„Sie sagten zuvor, dass die einen Vergleich wollen."

Er hatte es plötzlich eilig, sie loszuwerden, und schob sie fast in den Empfangsraum. „Also, machen Sie sich keine Gedanken, Mrs O'Brien. Ich kann fast garantieren, dass die andere Seite schon einen Vergleich diskutiert …" Plötzlich blieb er wie angewurzelt stehen.

Vor ihm stand Kate. Langsam wanderte ihr ungläubiger Blick zu Mary O'Brien.

„Oh Himmel!", stöhnte Phil Glickman. Es war eine Szene wie aus einem Film: Die schockierten Parteien starrten einander an.

„Ich kann alles erklären", versicherte David.

„Das bezweifle ich", entgegnete Mary O'Brien.

Kate drehte sich wortlos um und eilte aus der Suite. Das Zuschlagen der Tür riss David aus seiner Erstarrung, und er folgte Kate. Bevor er den Flur erreichte, hörte er Mary O'Briens empörte Stimme: „Jetzt weiß ich, was Interessenkonflikt bedeutet!"

Da Kate bereits im Fahrstuhl nach unten fuhr, rannte er durch das Treppenhaus hinab. In der Eingangshalle war von Kate nichts zu sehen. Er lief auf die Straße und entdeckte sie einen Block entfernt, wie sie auf einen Bus zusteuerte. Eilig zwängte er sich durch die Passanten und schaffte es, Kate am Arm festzuhalten, als sie gerade einsteigen wollte.

„Lass mich los!", fuhr sie ihn an.

„Wohin willst du zum Teufel?"

„Oh ja, das hätte ich fast vergessen." Sie nahm die Autoschlüssel aus der Tasche und stopfte sie ihm in die Hand. „Ich möchte nicht beschuldigt werden, deinen wertvollen BMW gestohlen zu haben!"

Kate sah sich enttäuscht um, als der Bus hinter ihr davonfuhr. Sie entriss David den Arm und stürmte davon. Er folgte ihr.

„Lass mich erklären, Kate."

„Was hast du deiner Klientin gesagt? Dass mit dem Vergleich alles klargeht, nachdem du die dumme Ärztin dazu gebracht hast, dir aus der Hand zu fressen?" Sie drehte sich ruckartig zu ihm um. „Lernt man im Jurastudium, dass man mit der Gegenseite ins Bett geht, wenn nichts anderes mehr hilft?"

Das war zu viel. David packte sie am Arm und zerrte sie regelrecht in einen nahen Pub.

David schob Kate durch eine lärmende Menge in den hinteren Teil des Lokals an einen kleinen Zweiertisch und drückte sie unsanft auf die Sitzbank nieder.

„Guten Abend", sagte eine freundliche Stimme.

„Was ist?", fuhr David die erschrockene Kellnerin an, die lediglich ihre Bestellung aufnehmen wollte.

„Haben Sie einen Wunsch?"

„Bringen Sie uns einfach zwei Bier", entgegnete er unwirsch.

„Natürlich." Nach einem mitleidigen Blick auf Kate zog sie sich zurück.

Eine Minute starrten Kate und David sich unverhohlen feindselig an, dann fragte Kate: „Warum hast du Mrs O'Brien gesagt, dass eine Vereinbarung in Arbeit sei?"

„Ich wollte sie aus dem Büro haben."

„Und wie fand sie die Tatsache, dass du dich in diesem Prozess auf beiden Seiten tummelst?"

„Für eine intelligente Frau hast du erstaunliche Probleme zu begreifen, dass ich den Fall freiwillig und endgültig abgegeben habe. Mary O'Brien verlangte eine Erklärung dafür."

„Hast du ihr von uns erzählt?"

„Bin ich verrückt? Ich gestehe doch nicht freiwillig, dass ich mich mit der Gegenseite im Heu gerollt habe."

Seine Worte trafen sie wie ein Schlag ins Gesicht, da sie ihre Liebesbeziehung zu etwas Billigem machten. Für David war es offenbar eine flüchtige Affäre gewesen, die ihm nur Komplikationen einbrachte: eine verärgerte Klientin, den Rückzug aus dem Fall und die Demütigung, eine verbotene Romanze gestehen zu müssen, die er unbedingt geheim halten wollte. Aber man hielt wohl nur Dinge geheim, deren man sich schämte.

„Dann war ich nichts weiter als eine flüchtige Affäre, nicht wahr? Keine Sorge, David, ich bereite dir keine Ungelegenheiten mehr."

Kate wollte aufstehen, doch er sagte scharf: „Setz dich!", und fügte freundlicher hinzu: „Bitte!" Die Kellnerin stellte zwei Bier hin. Nachdem sie fort war, erklärte David: „Du warst nicht nur eine flüchtige Affäre, und was ich in meiner Freizeit mache, geht die O'Briens nichts an. Aber es war mir unangenehm, mich vor Mrs O'Brien so herauswinden zu müssen."

Kate starrte in ihr Glas. Sie hasste Bier, sie hasste Streitereien, und am meisten hasste sie diesen Abgrund zwischen ihnen. „Tut mir leid, wenn ich voreilige Schlüsse gezogen habe. Aber ich habe Anwälten eben nie getraut."

„Und ich traue Ärzten nicht. Dann sind wir quitt."

Nach längerem Schweigen fragte Kate: „Kannst du wirklich Schwierigkeiten bekommen? Und wenn sich die O'Briens nun an ein Aufsichtsgremium wenden?"

„Ich habe keine Angst. Schlimmstenfalls verliere ich meine Zulassung oder lande im Gefängnis", erwiderte er mit Galgenhumor. „Da fällt mir ein, wie war deine Anhörung?"

„Schlecht. Sie ging gegen mich aus. Meine Fürsorge für die Patientin war ihrer Ansicht nach nicht ausreichend, was wohl eine freundliche Umschreibung dafür ist, dass ich eine lausige Ärztin bin." David nahm wortlos ihre Hand und drückte sie mitfühlend. „Es ist seltsam. Ich wollte immer nur Ärztin sein. Und jetzt, da ich meinen Job verliere, merke ich, dass ich nichts anderes kann. Ich kann nicht tippen, keine Diktate aufnehmen, ich kann nicht einmal kochen."

„Das ist allerdings ein schwerwiegender Mangel. Vielleicht musst du an Straßenecken betteln."

Schwach lächelnd fragte Kate: „Wirfst du mir eine Münze in den Hut?"

„Ich tue sogar noch mehr, ich spendiere dir ein Essen."

„Danke, aber ich habe keinen Hunger."

„Du solltest das Angebot annehmen, wer weiß, wo dein nächstes Essen herkommt."

Kate sah ihn an. „Ich möchte nur nach Hause mit dir und in den Arm genommen werden. Nicht notwendigerweise in dieser Reihenfolge."

David kam um den Tisch herum, setzte sich neben sie und zog sie an sich. Genau das brauchte sie jetzt, die beschützende Umarmung eines Freundes.

Die Kellnerin räusperte sich neben ihnen und fragte: „Möchten Sie sonst noch etwas?"

„Ja", antwortete David freundlich lächelnd, „unter uns sein."

Als sich Kate nach dem Dinner wieder auf dem Beifahrersitz des BMW anschnallte, hatte sie wie stets das Gefühl, sich hier in einem sicheren Kokon zu befinden, wo ihr niemand etwas anhaben konnte. Dieses Gefühl hielt an, als sie den Pali Highway entlangfuhren, den Tunnel durch den Koolau-Berg passierten und auf der anderen Seite die gewundene Straße den Hang hinabrollten. Doch dann schaute David stirnrunzelnd in den Rückspiegel und fluchte leise.

„Verdammt. Ich glaube, wir werden verfolgt."

Kate sah sich ruckartig um und entdeckte in einiger Entfernung zwei Scheinwerfer. „Bist du sicher?"

„Ich habe ihn schon eine Weile im Auge, weil seine linke Parkleuchte defekt ist. Mal sehen, was er macht." David ging mit dem Tempo bis unter die Geschwindigkeitsbegrenzung herunter, doch der Wagen überholte sie nicht. „Schlauer Bursche", sagte David. „Er bleibt immer so weit zurück, dass ich sein Nummernschild nicht erkennen kann."

„Dort ist eine Abzweigung. Bitte fahr ab! Ich will sehen, ob er uns weiter verfolgt."

David bog in die schmale, fast von Buschwerk überwucherte Straße ein und gab Gas, dass die Äste heftig gegen die Windschutzscheibe schlugen.

Kate drehte sich wieder um, und die Scheinwerfer leuchteten hinter ihnen wie zuvor. „Es ist der Killer!", flüsterte sie, und ihr wurde übel vor Entsetzen, als sie sich klarmachte, wie nah er ihr gewesen sein musste.

„Verdammt, ich hätte es wissen müssen! Er hat das Krankenhaus beobachtet. Und dann ist er dir gefolgt."

David bog noch einmal scharf ab und gab Gas. Häuser und Bäume flogen nur so an den Fenstern vorbei. Kate konnte nicht mehr tun, als sich kräftig festzuhalten. Unvermittelt bog David in eine Einfahrt. Der Sicherheitsgurt schnitt in Kates Oberkörper, als der Wagen plötzlich in einer dunklen Garage zum Stehen kam. David schaltete Motor und Licht aus und zog Kate auf den Sitz herunter. Mit heftig pochendem Herzen beobachteten sie, wie ein Scheinwerferlicht näher kam. David hatte beide Arme um Kate gelegt und schützte sie mit seinem Körper.

Sie hörten das Motorengeräusch sich langsam verstärken und warteten atemlos, bis es wieder verklang. Schließlich richteten sie sich vorsichtig auf und blickten durch das Heckfenster. Die Straße war dunkel, der Wagen war fort.

„Nichts wie weg hier!" David startete den Motor und setzte zurück.

Auf der Rückfahrt blickte Kate sich immer wieder ängstlich um, doch der Wagen tauchte nicht wieder auf. „Wohin fahren wir?"

„Nach Hause können wir nicht. Falls er dir vom Krankenhaus gefolgt ist, kennt er auch meine Adresse. Ich stehe im Telefonbuch. Aber es gibt noch einen Schlupfwinkel. Du wirst nicht allein sein, und es ist sicher dort." Nach einer Pause fügte er schmunzelnd hinzu: „Aber du darfst den Kaffee nicht trinken." Auf ihren fragenden Blick hin erklärte er: „Ich bringe dich zu meiner Mutter."

12. KAPITEL

*D*ie kleine grauhaarige Frau, die ihnen in einem alten Bademantel und rosa Hausschuhen die Tür öffnete, sah sie an wie eine verblüffte kleine Maus. Dann freute sie sich jedoch über den Besuch und ließ sie beide eintreten. David stellte Kate und Gracie einander vor, dann schloss und verriegelte er die Tür und führte Kate in den Wohnraum. Dort saß seine Mutter mit dem Rücken zur Tür königlich in einem Sessel, den bandagierten Fuß auf ein Sitzkissen gelegt, neben sich ein Brett mit Scrabble.

„Ich glaube es einfach nicht, mein Sohn besucht mich", sagte sie. „Was ist los? Geht die Welt unter?"

„Schön, dich zu sehen, Mutter", erwiderte David trocken und holte tief Luft, um sich Mut zu machen. „Wir brauchen deine Hilfe."

Die grauhaarige Dame drehte sich um, sah ihren Sohn an und dann Kate. Sie bemerkte, dass David schützend einen Arm um Kates Schultern gelegt hatte, und ein Lächeln überzog ihr Gesicht. Mit einem Blick zum Himmel seufzte sie: „Na, dem Himmel sei Dank."

Als David später mit seiner Mutter bei einer Tasse heißem Kakao in der Küche saß, fühlte er sich wieder wie ein Sechsjähriger.

„Du erzählst mir nie etwas", beklagte sich Jinx Ransom. „Da gibt es eine Frau in deinem Leben, und du verheimlichst sie mir, als würdest du dich ihrer schämen. Oder schämst du dich nur deiner menschlichen Regungen?"

„Spar dir deine Psychoanalyse, Mutter."

„Mein Lieber, ich habe dich in Windeln gewickelt, und ich habe deine Wunden versorgt, als du klein warst. Sogar als du dir den Arm gebrochen hast, hast du nicht geweint. Da fehlt dir wohl ein Gen, genau wie deinem Vater. Du kannst nicht weinen. Gefühle hast du schon, du kannst sie nur nicht zeigen. Sogar als Noah starb ..."

„Ich will nicht über Noah sprechen."

„Siehst du? Der Junge ist seit acht Jahren tot. Aber ich muss nur seinen Namen erwähnen, und du verschließt dich wie eine Muschel."

„Komm zur Sache, Mutter."

„Die Sache heißt Kate. Du hast ihre Hand gehalten. Habt ihr schon miteinander geschlafen?"

David verschluckte sich an seinem Kakao und bekleckerte Hemd und Tischdecke. „Mutter!"

„Was regst du dich auf? Die Menschen tun das eben, die Natur hat es so gewollt. Nur du hältst dich offenbar für immun gegen alle Gefühle. Aber heute Abend habe ich einen bestimmten Ausdruck in deinen Augen entdeckt."

David versuchte, mit einem Küchenkrepp sein Hemd zu säubern. „Ich brauche ein neues Hemd für morgen."

„Zieh eins von deinem Vater an." Bevor seine Mutter weiterbohren konnte, ertönte lautes Poltern.

„Was macht Gracie denn da oben?"

„Sie sucht ein paar Sachen für Kate heraus."

David schauderte. Da er Gracies unvergleichlichen Geschmack kannte, würde Kate vermutlich in irgendeinem entsetzlichen Fummel in Bonbonrosa herunterkommen. Seltsam, sie waren erst seit einer Viertelstunde getrennt, und sie fehlte ihm schon. Solche Empfindungen waren ihm lästig, weil er sich dadurch schwach, hilflos und nur zu menschlich fühlte. Als er Schritte auf der Treppe hörte, drehte er sich hoffnungsvoll um. Doch es war nur Gracie. „Wo ist Kate?"

„Sie kommt gleich. Sie schaut sich Ihre Flugzeugmodelle an." An Jinx gewandt, meinte sie lachend: „Ich habe sie ihr gezeigt, um zu beweisen, dass David einmal ein Kind war."

„War er nicht", widersprach Jinx Ransom. „Er kam als Erwachsener auf die Welt, nur eben kleiner. Aber vielleicht entwickelt er sich ja rückwärts. Vielleicht lockert er mit der Zeit noch einmal richtig auf und wird kindisch."

„Wie du, Mutter." In diesem Moment schrillte das Telefon. „Lieber Himmel, es ist nach zehn!" David nahm den Hörer auf. „Hallo?"

„Ich habe Neuigkeiten", erklärte Pokie triumphierend. „Wir haben den Mann, Decker. Ich brauche Dr. Chesne hier, um ihn zu identifizieren. In einer halben Stunde, okay?"

David blickte auf, da Kate in der Tür stand, und machte ihr das Siegeszeichen mit dem Daumen nach oben. „Wir sind gleich da.

Wo halten Sie ihn fest, Pokie? Im Präsidium?"

Es entstand eine Pause. „Nein. Im Leichenschauhaus."

„Ich hoffe, Sie haben starke Mägen." M.J., die quirlige Leichenbeschauerin, zog die Stahlschublade heraus und öffnete den Reißverschluss der Leichenumhüllung. Unter der grellen Beleuchtung wirkte das Gesicht des Mannes unecht, wächsern.

„Ein Jachtbesitzer hat ihn heute Abend aufgefischt, trieb, Gesicht nach unten, im Hafen", erklärte Pokie und sah Kate erwartungsvoll an.

Kate betrachtete das aufgedunsene Gesicht des Mannes. Trotz der Entstellung waren diese besonderen Augen zu erkennen. Kate nickte. „Das ist er."

„Bingo", raunte Pokie.

M.J. fuhr mit behandschuhten Fingern über den Kopf des Toten. „Fühlt sich an, als hätte er hier eine Schädelfraktur." Dann schlug sie das Leichentuch zurück. „Sieht aus, als hätte er längere Zeit im Wasser gelegen."

Kate musste sich abwenden und legte den Kopf an Davids Schulter. David umarmte sie tröstend und sagte: „Um Himmels willen, M.J., decken Sie ihn wieder zu. Komm, Kate, wir gehen hinaus."

M.J.s Büro wirkte mit den vielen Pflanzen und alten Filmpostern bewusst fröhlich. Pokie schenkte Kaffee ein, gab David und Kate eine Tasse und setzte sich ihnen seufzend gegenüber. „Tja, das war's dann. Kein Prozess, kein Aufsehen. Gerechtigkeit durch den Tod des Killers."

„Wie ist er gestorben, Leutnant?", flüsterte Kate.

„Ich weiß nicht. Vielleicht fiel er betrunken vom Pier und wurde von einem Boot erwischt. Das passiert manchmal." Er sah M.J. an. „Was glauben Sie?"

„Ich kann noch gar nichts sagen." M.J. schlang gerade ein Sandwich hinunter. „Wenn eine Leiche so lange im Wasser gelegen hat, verändert sich die Anatomie. Nach der Autopsie weiß ich mehr."

„Wie lange war er im Wasser?", fragte David.

„Einen Tag, mehr oder weniger."

„Einen Tag?" Er sah Pokie an. „Wer zum Teufel hat uns dann im Auto verfolgt?"

„Sie haben zu viel Fantasie, Davy", meinte Pokie.

„Wer es auch war, der Bursche da in der Schublade jedenfalls nicht", fügte M. J. hinzu und biss herzhaft in einen Apfel.

„Wann kennen Sie die genaue Todesursache?", wollte David wissen.

„Nach meinem Dinner hier mache ich die Autopsie und die notwendigen Untersuchungen." M. J. drehte sich um und nahm einen Karton vom Regal. „Hier, seine persönlichen Sachen."

Unter den vielen in Plastik eingeschweißten Kleinigkeiten war auch ein Schlüssel mit Anhänger und dem Aufdruck „Victory Hotel".

„Victory Hotel", sagte Kate leise und nahm den Schlüsselbund hoch. „Hat er da gelebt?"

Pokie nickte. „Wir haben es überprüft, ein richtiges Loch, Ratten überall. Er war Samstagabend dort. Da hat man ihn auch das letzte Mal lebend gesehen." Pokie lächelte sie an. „Es ist vorbei, Doc. Unser Mann ist tot. Sie können nach Hause gehen."

„Ja", erwiderte sie müde und streifte David mit einem Blick, doch der schaute in eine andere Richtung. „Ich kann nach Hause gehen."

„Es ist zu einfach, David", sagte Kate leise auf der Heimfahrt, starrte in die Dunkelheit und sah Charles Deckers Gesicht im Spiegel vor sich. „Lieber Himmel, ich habe es in seinen Augen gelesen, aber ich war zu sehr in Panik, um es zu erkennen! Er hatte Angst, schreckliche Angst. Er muss etwas Furchtbares gewusst haben. Deshalb musste er sterben, genau wie die anderen …"

„Soll das heißen, er war ein Opfer? Warum hat er dich dann bedroht? Warum hat er im Cottage angerufen?"

„Vielleicht war es keine Drohung. Ja, vielleicht war es eine Warnung vor jemandem."

„Und die Beweise?"

„Welche Beweise? Ein paar Fingerabdrücke und seine Behandlung in der Psychiatrie? Vielleicht war eigentlich er der Zeuge in Anns Apartment. Vier Menschen sind tot, David, und alle kannten Jennifer Brook. Wenn ich nur wüsste, warum sie so wichtig war."

„Kate", seufzte David. „Der Mann ist tot, der Fall abgeschlossen."

„Nicht für mich. Vielleicht erfahren wir etwas im Victory Hotel."

„Lass dies nicht zur Besessenheit werden. Ich kann ja verstehen, dass du deinen Namen reinwaschen willst, aber es lohnt sich vielleicht nicht. Wenn du auf Vergeltung aus bist, die erreichst du nicht, jedenfalls nicht vor Gericht. Solche Chancen einzuschätzen, gehört zu meinem Beruf. Ich habe viel Geld damit verdient, Ärzte vor Gericht fertigzumachen. Ich möchte dir eine solche Erfahrung ersparen. Lass dich diskret auf einen außergerichtlichen Vergleich ein, bevor dein Name durch den Dreck gezogen wird."

„Würdest du einen Vergleich anstreben?"

Nach einer längeren Pause antwortete er: „Ja."

„Dann sind wir sehr verschieden. Ich kann nicht aufgeben, nicht kampflos."

„Dann wirst du verlieren."

„Und Anwälte übernehmen keine aussichtslosen Fälle, was?"

„Nicht dieser Anwalt."

„Seltsam, Ärzte tun das ständig. Mit einem Infarkt oder Krebs lässt sich nicht handeln."

„Und genau deshalb habe ich so gut verdient", entgegnete er.

„Durch die Arroganz der Ärzte!" Es war eine bösartige Erwiderung, die er sofort bedauerte. Doch er musste Kate unbedingt davon abhalten, noch mehr in Schwierigkeiten zu geraten. Trotzdem erschreckten ihn seine brutalen Worte. Sie zeigten wohl, wie hoch die Barrieren zwischen ihnen wirklich waren.

Den Rest des Weges fuhren sie schweigend. Zu Hause gingen sie wie zwei Fremde ins Schlafzimmer. Kate holte ihren Koffer hervor, doch David schob ihn in den Schrank zurück. „Warte bis morgen", sagte er nur, nahm Kate in die Arme, küsste ihre kühlen Lippen und hielt sie warm.

In dieser Nacht schliefen sie wieder miteinander. Doch es war mehr die Befriedigung von Lust und deshalb unbefriedigend. Anschließend lag David wach neben Kate und lauschte auf ihre ruhigen Atemzüge.

Er wollte nicht lieben, das machte ihn zu verletzlich. Seit Noahs Tod hatte er es vermieden, sich auf Gefühle einzulassen, und deshalb teilweise wie ein Roboter funktioniert. Als Linda ihn seinerzeit verließ, war das nur ein zusätzlicher Schmerz in all den Qualen gewesen, die er ohnehin litt. Er hatte sie einmal geliebt, doch nicht mit dieser bedingungslosen Liebe, die er Noah entgegengebracht hatte. Und er maß Liebe stets daran, wie sehr er durch ihren Verlust litt.

Schließlich stand er auf und ging in das Zimmer seines Sohnes, das er lange nicht betreten hatte. Er blieb hier eine Weile und hielt an Noahs Bett stumme Zwiesprache mit ihm. Nach einiger Zeit kehrte er ins Schlafzimmer zurück, legte sich neben Kate und schlief ein.

David erwachte im Morgengrauen, stand auf, duschte und zog sich an. Danach trank er in der Küche allein eine Tasse Kaffee. Kate würde heute ausziehen, und das war gut so. Ein paar Tage oder Wochen der Trennung, und er konnte wieder klarer denken.

Trotzdem machte er sich Sorgen um sie, da er wusste, dass sie weiter in Charles Deckers Vergangenheit suchen würde. Außerdem war er nicht aufrichtig zu ihr gewesen. Auch er war überzeugt, dass hinter den Todesfällen mehr steckte als die Raserei eines Verrückten. Vier Menschen hatten ihr Leben lassen müssen, und er wollte nicht, dass Kate das fünfte Opfer wurde.

Sie brauchte ihn immer noch. Und sie hatten zwei leidenschaftliche Nächte miteinander verbracht, dafür schuldete er ihr etwas.

David ging ins Schlafzimmer und schüttelte sie sacht. „Kate?"

Sie öffnete langsam und schläfrig die Augen. Er hätte sie gern geküsst, doch es war besser, es zu lassen. „Möchtest du immer noch ins Victory Hotel?"

Mrs Tubbs, die Managerin des Victory Hotel, war eine fette Frau mit zwei blassen Augenschlitzen. Trotz der Hitze trug sie eine alte graue Jacke über ihrem geblümten Kleid. Durch ein Loch im Socken lugte ein enorm geschwollener großer Zeh. Hinter ihr plärrte ein Fernseher, als sie Kate und David durch die halb offene Tür argwöhnisch betrachtete und sagte: „Charlie lebt nich' mehr hier. Is' tot. Die Polizei war schon da."

„Wir würden gern sein Zimmer sehen", erwiderte Kate. „Wir brauchen Informationen."

„Wenn Sie nich' von der Polizei sind, kann ich Sie nich' reinlassen. Anweisung von oben. Hab schon Ärger genug mit den Bullen. Machen alle Leute im Haus nervös." Sie wollte die Tür schließen, doch David hielt sie mit der Hand auf.

„Ich denke, Sie könnten eine neue Jacke gebrauchen, Mrs Tubbs." Er drückte ihr zwanzig Dollar in die feiste Hand.

Sie blickte auf das Geld. „Der Hotelbesitzer bringt mich um, wenn er es rauskriegt."

„Wird er nicht." David gab ihr noch einen Zwanziger.

„Der zahlt mir 'nen Hungerlohn dafür, dass ich diesen Abfallhaufen manage. Und dann muss ich auch noch den Beamten vom Ordnungsamt ausbezahlen." Sie faltete die Banknoten und stopfte sie in die unergründlichen Tiefen ihres Ausschnitts. Auf Socken führte sie Kate und David die Treppe hinauf. Oben angekommen, schloss sie schwer atmend die Tür von Zimmer 203 auf. „Charlie hat hier 'n Monat gelebt", japste sie. „War immer ruhig ... nich' so wie andere ..."

Am Ende des Flurs öffnete sich eine Tür, und zwei blasse Kindergesichter kamen zum Vorschein. „Kommt Charlie zurück?", rief das kleine Mädchen.

„Ich hab euch schon gesagt, Charlie is' für immer weg", antwortete Mrs Tubbs. „Warum seid ihr nich' in der Schule?"

„Gabe ist krank", erklärte das Mädchen. Wie zur Bestätigung wischte sich Klein-Gabe die verschnupfte Nase mit der Hand.

„Wo is' eure Ma?"

Das Mädchen zuckte die Schultern. „Arbeiten."

„Ja. Und lässt euch beide allein hier, damit ihr mir das ganze Haus abbrennt."

Die Kinder schüttelten ernsthaft die Köpfe. „Sie hat uns die Streichhölzer weggenommen."

Als sie den kleinen Raum betraten, huschte etwas Braunes über den Boden und verschwand in einer Ecke. Es roch nach kaltem Zigarettenrauch und altem Fett. Mrs Tubbs schob die Gardine zurück, sodass durch das schmutzige Fenster etwas Sonnenlicht hereinfiel. Es war leicht, zu sehen, warum sie das Ordnungsamt fürchtete. Neben dem Abfalleimer stand eine Rattenfalle, derzeit unbewohnt. Von der Decke hing eine einzelne nackte Glühbirne, und auf einer Kochplatte stand eine Pfanne mit einem dicken Rand aus altem Fett. Außer dem Fenster gab es keine Belüftung. Wenn hier jemand kochte, waberte die Luft von Fettschwaden.

Kate betrachtete die traurige Umgebung: ein zerwühltes Bett, ein Aschenbecher voller Kippen und ein Kaffeetisch voller einzelner Zettel. Sie nahm einen davon hoch und las ein kurzes Geburtstagsgedicht darauf. Es endete mit: Herzlichen Glückwunsch, Jocelyn. „Wer ist Jocelyn, Mrs Tubbs?"

„Die Göre von 210. Die Mutter arbeitet immer, sagt sie jedenfalls. Die Kinder hätten mir fast das Haus angezündet. Hätte sie am liebsten rausgeschmissen. Aber die zahlen immer in bar."

„Wie hoch ist die Miete?", fragte David.

„Vierhundert."

„Sie machen Witze."

„He, das is' 'ne gute Wohnlage, nah an der Buslinie. Wasser und Elektrizität frei." Eine Schabe krabbelte über den Boden. „Und wir gestatten Haustiere."

„Wie war Charlie, Mrs Tubbs?", erkundigte sich Kate.

„Was soll ich sagen? Er war 'n Einzelgänger. Machte nie Lärm, beklagte sich nie. War 'n guter Mieter."

Die weitere Inspektion förderte nur ein paar zerknitterte Hemden, etwas Unterwäsche und einige Dosen Fertignahrung zutage. Kate ging zum Fenster und sah hinaus. Ein trostloser Anblick bot sich ihr: zerfallene Häuser, Müll und Betrunkene, die am Straßenrand lungerten. In diese Gegend verschlug es die, die nicht mehr tiefer fallen konnten im Leben, außer ins Grab.

„Kate?" David holte aus dem Nachttisch ein Rezept von Dr. Nemechek und eine gerahmte Fotografie.

Kate wusste sofort, wer die junge lächelnde Frau im Badeanzug war. Sie hatte ausdrucksvolle braune Augen, aus denen die pure Lebenslust leuchtete. Kate nahm das Foto aus dem Rahmen. Die Ecken waren abgegriffen vom jahrelangen Anfassen. Auf der Rückseite stand: Bis zum Wiedersehen, Jenny. „Jenny", sagte Kate leise und betrachtete das Bild. Charlie hatte so wenig besessen im Leben. Nur dieses Foto hatte er all die Jahre aufbewahrt. Verständlich, denn diese Frau strahlte so eine Lebensfreude aus, dass man ihren Tod nicht fassen konnte. „Mrs Tubbs, was werden Sie mit seinen Sachen machen?"

„Verkaufen. Er schuldet mir noch 'ne Woche Miete. Aber er hatte nix Wertvolles, nur das, was Sie da haben."

Kate schaute das Foto an. „Ja, sie ist hübsch, nicht wahr?"

„Ich meine nich' das Bild. Den Rahmen. Er is' aus Silber."

682

Jocelyn und ihr Bruder hingen wie kleine Affen am Gitterzaun und kletterten herunter, als Kate und David das Hotel verließen. Das Mädchen, etwa zehn, war spindeldürr und ihre nackten Füße sehr schmutzig. Der Junge, etwa sechs, war ebenso schmuddelig und hielt sich am Rockzipfel seiner Schwester fest.

„Er ist tot, stimmt's", meinte Jocelyn. Auf Kates Nicken hin sagte sie offenbar zu den Flecken auf ihrem Kleid: „Die Erwachsenen sind so dumm, sagen uns nie die Wahrheit."

„Was haben sie dir über Charlie gesagt?", fragte Kate.

„Dass er einfach weggegangen ist. Aber er hat mir mein Geburtstagsgeschenk nicht gegeben." Jocelyn starrte auf ihre Füße. „Ich bin zehn."

„Und ich sieben", fügte ihr Bruder automatisch hinzu.

„Ihr müsst gute Freunde von Charlie gewesen sein", meinte David lächelnd.

Das Mädchen schaute auf, sah sein Lächeln, senkte scheu den Blick und zog mit dem bloßen Zeh schüchtern eine Linie auf den Gehweg. „Charlie hatte keine Freunde, genau wie ich. Ich habe nur Gabe hier, aber der ist bloß mein Bruder."

Gabe rieb lächelnd seine schleimige Nase an ihrem Kleid.

„Hat außer euch jemand Charlie gut gekannt?", fragte David.

Jocelyn dachte nach. „Nun ja … vielleicht versuchen Sie's mal bei Maloneys, das ist eine Bar, die Straße runter."

„Was habt ihr Gören hier schon wieder verloren? Haut ab, bevor ich meine Lizenz verliere!", schimpfte der Barkeeper, als die beiden Kinder durch das Halbdunkel hüpften und zwei Barhocker erklommen.

„Die Leute wollen dich sprechen, Sam", erklärte Jocelyn.

„Kann ich eine Olive haben?", fragte Gabe.

Sam griff mürrisch in ein Glas und warf eine Handvoll auf den Tresen. „Es ist nicht meine Schuld", sagte er an David gewandt. „Die Kinder kommen von der Straße herein …"

„Sie sind nicht vom Amt", versicherte Jocelyn und steckte sich eine Olive in den Mund.

Offenbar hatte in dieser Gegend jeder Angst vor irgendeiner Behörde. „Wir brauchen Auskunft über einen Ihrer Gäste, Charlie Decker."

Sam taxierte David offenkundig: teurer Anzug, Seidenkrawatte. „Bestellen Sie etwas?"

David verstand den Wink. Er bestellte Saft für die Kinder und Bier für Kate und sich. Nachdem er die überhöhte Rechnung bezahlt und noch ein üppiges Trinkgeld gegeben hatte, erinnerte er Sam: „Wir sprachen von Charlie Decker."

„Oh ja, Charlie. Fast 'nen Monat lang kam er jeden Abend, trank ein, zwei Whisky. Er sprach nicht viel wegen seiner Kehle. Dann kam er nicht mehr. Es gab ein Gerücht, er soll jemand umgebracht haben." Sam lachte. „Völlig unmöglich. Nicht Charlie, der saß immer nur da und schrieb Gedichte auf kleine Zettel. Er nahm das wirklich ernst. Als er einmal kein Geld hatte, gab er mir ein Gedicht und meinte, es könnte etwas wert sein."

„Haben Sie es noch?", fragte Kate.

Er nahm einen Zettel von der Pinnwand und hielt ihn ihr hin. Es begann:

Und das habe ich ihnen gesagt:
Heilung kommt nicht aus dem Vergessen …

Nachdem Kate zu Ende gelesen hatte, fragte Sam: „Nun, was meinen Sie, ist es gut?"

„Es muss gut sein, wenn es von Charlie ist", sagte Jocelyn.

Sam zuckte die Schultern. „Das hat nichts zu bedeuten."

„Wir stecken in einer Sackgasse", erklärte David, als sie wieder in den Sonnenschein hinaustraten. Er steckte die Hände tief in die Taschen und blickte auf einen Betrunkenen am Wegesrand.

Kate dachte, wenn David doch nur lächeln oder durch einen Blick sagen würde, dass nicht alles aus ist zwischen uns. Aber er war wie aus Eis. Sie kamen an einer Gasse vorbei, in der sich zerbrochene Bierflaschen türmten. „Ich verstehe nicht, wie die Polizei die Akte schließen kann bei den vielen offenen Fragen." Mit einem Blick zum Victory Hotel zurück fügte Kate hinzu: „Ist es nicht traurig, wenn jemand stirbt, ohne eine Spur zu hinterlassen, wer oder was er war?"

„Das ist bei uns auch nicht anders. Es sei denn, jemand hinterlässt ein Buch oder berühmte Bauwerke."

„Oder Kinder."

Nach einer Pause bestätigte er: „Ja, wenn man Glück hat."

„Eines wissen wir jedenfalls: Er hat Jenny Brook geliebt." Nach einem Moment fuhr sie plötzlich mit Nachdruck fort: „Es wird mir guttun, wieder zu Hause zu sein. Ich bin es gewohnt, allein zu leben."

David erwiderte schulterzuckend: „Ich auch."

Sie hatten sich beide in ihre Schneckenhäuser zurückgezogen. Ihnen blieb nur noch wenig gemeinsame Zeit, trotzdem redeten sie wie zwei Fremde. Beim Frühstück am Morgen hatten sie über alles Mögliche gesprochen, nur nicht über das, was Kate am meisten bewegte. Während des Packens dann wartete sie darauf, dass David sie bitten würde, zu bleiben. Er tat es nicht. Sie war froh, dass ihre eiserne Selbstbeherrschung sie nie im Stich ließ. Es würde keine Tränen geben.

Die Heimfahrt war viel zu kurz. Kate streifte David mit einem Seitenblick und dachte an den Tag ihres Kennenlernens. Damals hatte er genauso unnahbar gewirkt wie heute.

Als sie vor ihrem Haus angekommen waren, trug David ihr den Koffer zur Tür und schien eilig wieder wegfahren zu wollen.

„Möchtest du auf eine Tasse Kaffee mit hineinkommen?", fragte sie und kannte die Antwort.

„Ich kann jetzt nicht, aber ich rufe dich an."

Die berühmten letzten Worte, sie gehörten wohl zum Ritual. Kate sah, dass David auf seine Uhr blickte, schloss automatisch die Tür auf und gab ihr einen Schubs. Als sie in den Raum blickte, blieb sie starr auf der Türschwelle stehen. Dann wich sie entsetzt zurück und spürte, wie David sie stützend auffing.

Auf die gegenüberliegende Wand hatte jemand mit roter Farbe gesprüht: Hör auf zu schnüffeln!

Darunter prangte ein Totenkopf mit zwei gekreuzten Knochen.

13. KAPITEL

*U*nmöglich, Davy. Die Akte ist geschlossen." Pokie Ah Ching balancierte seinen Kaffee gelassen durch den überfüllten Vorraum in sein Büro und setzte sich.

„Aber das war eine Warnung für Kate!", sagte David mit Nachdruck. „Und sie kann nicht von Charlie Decker stammen. Die Nachbarn waren am Dienstag im Haus. Da war noch alles in Ordnung."

„Vielleicht ein Kinderstreich."

„So ein Unsinn!" David stemmte die Hände auf die Tischplatte. „Gestern haben Sie mir schon nicht geglaubt, dass wir verfolgt wurden. Dann liegt Charlie Decker im Leichenschauhaus und hatte einen praktischen kleinen Unfall!"

„Ich wittere eine Verschwörungstheorie." Pokie setzte seine Tasse ab und bespritzte dabei einige Papiere. „Also gut, ich gebe Ihnen eine Minute für Ihre Geschichte, dann werfe ich Sie hinaus."

David zog sich einen Stuhl heran und setzte sich. „Vier Tote: Tanaka, Richter, Decker und Ellen O'Brien. Es gibt jemanden, der es in wenigen Wochen geschafft hat, sich dieser vier Menschen zu entledigen. Jemand, der klug, umsichtig und medizinisch gebildet ist und sehr, sehr viel Angst hat."

„Wovor?"

„Kate Chesne. Vielleicht ist sie bei ihren Nachforschungen auf etwas Wichtiges gestoßen, dessen sie sich noch gar nicht bewusst ist. Jedenfalls ist der Killer so nervös, dass er ihr Warnungen an die Wand sprüht. Ich habe Ihnen bereits eine Liste mit Verdächtigen gemacht. Beginnen Sie mit Dr. Avery, dem Chef der Anästhesie. Seine Frau starb Dienstagnacht in einem Pflegeheim angeblich eines natürlichen Todes. Seltsam ist nur, dass Dr. Avery am Vortag Ampullen mit irgendeinem Narkotikum aus dem Krankenhaus geholt hat."

Pokie lachte: „Ein alternder Jack the Ripper, das kann ich mir nicht vorstellen. Außerdem, was sollte er für ein Motiv haben, Leute seines Teams umzubringen?"

David seufzte: „Das weiß ich nicht, aber es muss mit Jenny Brook zu tun haben."

Es klopfte, und ein rotäugiger, schniefender Sergeant Brophy kam herein und legte einige Papiere auf Pokies Schreibtisch. „Hier ist der Bericht, auf den Sie warten. Außerdem haben wir wieder einen Hinweis auf das vermisste Sasaki-Mädchen bekommen."

„Gehen Sie dem nach", erwiderte Pokie, als Sergeant Brophy bereits das Büro verließ. Dann zog er den Bericht zu sich heran und sagte: „Das war's, Davy. Ich habe zu arbeiten."

„Werden Sie den Fall wieder aufnehmen?"

„Ich denke darüber nach."

„Was ist mit Dr. Avery? Wenn ich Sie wäre ..."

„Ich sagte, ich denke darüber nach." Er öffnete den Bericht – eine Geste, die das Ende des Gesprächs unterstrich.

David merkte, dass weiteres Beharren sinnlos wäre, und ging zur Tür.

„Warten Sie, Davy." Als David stehen blieb, fuhr Pokie fort: „Wo ist Kate jetzt?"

„Ich habe sie zu meiner Mutter gebracht. Ich wollte sie nicht allein lassen."

„Dann ist sie in Sicherheit?"

„Wenn man es für sicher hält, in Gegenwart meiner Mutter zu sein, ja. Warum?"

Pokie schwenkte den Bericht. „Das ist gerade aus M.J.s Büro gekommen, Deckers Autopsiebericht. Er ist nicht ertrunken." Pokie lehnte sich leise fluchend zurück, bevor er hinzufügte: „Er war seit Stunden tot, bevor er ins Wasser fiel."

Jinx Ransom biss in einen frisch gebackenen Ingwerkeks und meinte: „Rache ist ein sehr logisches Motiv für Mord."

Sie und Kate saßen auf der hinteren Veranda mit Blick auf den Friedhof. Es war ein windstiller Nachmittag. Nichts bewegte sich, kein Blatt, nicht einmal die Luft. Gracie kam mit einem Tablett, auf dem die Kaffeetassen und Löffel aneinanderschlugen, aus der Küche und blickte zum Himmel.

„Es wird regnen", stellte sie fest.

„Charlie Decker war ein Poet", sagte Kate. „Er liebte Kinder, und Kinder liebten ihn. Glauben Sie nicht, dass sie etwas gemerkt hätten, wenn er gefährlich gewesen wäre?"

„Nein. Kinder sind genauso dumm wie wir alle. Und dass er ein Poet war, bedeutet auch nichts. Er hatte fünf Jahre Zeit, über seinen Verlust zu brüten. Das reicht, um aus einer Besessenheit Gewalttätigkeit werden zu lassen."

„Aber die Menschen, die ihn kannten, sind einstimmig der Meinung, dass er kein gewalttätiger Mann war."

„Gewalttätig sind wir alle, besonders wenn es um Menschen geht, die wir lieben. Liebe und Hass sind miteinander verknüpft."

„Das ist eine harte Einschätzung der menschlichen Natur."

„Aber eine realistische. Mein Mann war Richter, mein Sohn Staatsanwalt. Glauben Sie mir, die Realität ist grausamer als unsere Fantasie. Ich habe all ihre Geschichten gehört."

Kate blickte über die weite Rasenfläche und fragte: „Warum hat David das Büro des Staatsanwaltes verlassen? Er sprach zwar einmal von einem Sklavengehalt, aber ich glaube, Geld bedeutet ihm nicht wirklich etwas."

„Das ist richtig." Jinx blickte unentschlossen auf ihren angebissenen Keks, sah dann Kate an und sagte: „Sie waren eine Überraschung für mich, Kate. Nicht nur, weil David mir selten eine Frau vorstellt, sondern weil Sie Ärztin sind."

„David mag Ärzte nicht", fügte Gracie erklärend hinzu. „Man könnte schon sagen, er verachtet sie."

Jinx griff nach ihrem Stock und stand auf. „Kommen Sie, Kate. Ich möchte Ihnen etwas zeigen." Sie gingen langsam hinüber zum Friedhof zu einem schattigen Platz unter einem Baum. Zu ihren Füßen lag ein kleiner Blumenstrauß auf einem Grab.

Noah Ransom
sieben Jahre

stand auf der Grabplatte.

„Mein Enkel", sagte Jinx.

„Es muss schrecklich für David gewesen sein, sein einziges Kind zu verlieren", erwiderte Kate leise.

„Es war für uns alle schrecklich, aber für David wohl am schlimmsten. Irgendwie ist er wie sein Vater. Er verschenkt seine Liebe nicht leicht, aber wenn, dann vorbehaltlos. Dieser Junge war das Wertvollste, das er im Leben hatte, und er hat seinen Tod nie verwunden. Vielleicht hat er deshalb so viele Probleme mit Ihnen, Kate." Sie wandte sich ihr zu. „Wissen Sie, wie der Junge starb?"

„David erwähnte einmal etwas von Meningitis."

„Bakterielle Meningitis, eine heilbare Erkrankung, richtig?"

„Wenn sie rechtzeitig erkannt wird."

„Wenn! Und genau das bringt David um den Verstand. Als der Junge seinerzeit erkrankte, war David zu einer Tagung in Chicago. Linda dachte sich zunächst nichts Schlimmes, Kinder fangen sich immer schnell etwas ein. Erst als das Fieber nicht sank und der Junge über starke Kopfschmerzen klagte, brachte sie ihn zu einem Arzt. Ihr Hausarzt war in Urlaub, deshalb gingen sie zu einer Vertretung. Dort saßen sie zwei Stunden im Wartezimmer, dann befasste sich der Arzt fünf Minuten mit dem Kind und schickte sie nach Hause."

Kate starrte auf das Grab und fürchtete zu wissen, was nun kam.

„Linda rief den Arzt noch dreimal in dieser Nacht an, doch sie wurde nur als überängstliche Mutter beschimpft, die aus einer Erkältung eine Katastrophe mache. Als sie Noah schließlich ins Krankenhaus brachte, war er schon im Delirium und fragte immer nur nach seinem Daddy. Die Ärzte taten, was sie konnten, aber …" Jinx zuckte die Schultern. „Es war für beide nicht leicht. Linda hatte Schuldgefühle, und David zog sich in sein Schneckenhaus zurück und kam nicht mehr hervor. Es überraschte mich nicht, dass Linda ihn verließ."

Jinx blickte auf und sah zum Haus hinüber, als sie fortfuhr: „Es kam heraus, dass der behandelnde Arzt in Kalifornien wegen Alkoholismus seine Zulassung verloren hatte. Da begann David seinen persönlichen Kreuzzug. Er ruinierte den Mann. Doch der Drang, Ärzte für ihre Fehler zur Rechenschaft zu ziehen, beherrschte bald sein Leben. Er verließ das Büro des Staatsanwaltes und wurde Anwalt. Er verdiente viel Geld mit Kunstfehlerprozessen, aber irgendwie ruinierte er immer jenen einen Arzt, der Noah auf dem Gewissen hatte."

Deshalb hatten wir nie eine Chance, dachte Kate. Ich war immer der Feind, den es zu besiegen galt.

Während Jinx allein zum Haus zurückging, blieb Kate noch eine Weile unter dem Baum stehen und dachte darüber nach, was für eine gewaltige Kraft die Liebe zu einem Kind war. David hatte den tiefen Schmerz über Noahs Verlust all die Jahre hindurch konserviert. So wie Charlie den Verlust seiner Liebe fünf

Jahre in der Nervenklinik betrauert hatte.

Nervenklinik! Kate stutzte und dachte an das Rezept von Dr. Nemechek, das sie gefunden hatten. Die Luft war so drückend, dass man das Gefühl hatte, eine tonnenschwere Last liege auf den Schultern. Zweifellos gab es bald ein Gewitter.

Wenn sie sich beeilte, war sie in der Nervenklinik, bevor das Unwetter losbrach.

Dr. Nemechek war ein dünner, zerbrechlich wirkender Mann, der aussah, als hätte er in seinem zerknitterten Hemd und dem weißen Kittel geschlafen.

Während er mit Kate über das Krankenhausgelände ging, sprach er immer wieder Patienten mit ein paar Worten Trost zu. Auf dem Rasen blieb er stehen und sah sich um. „Charlie Decker gehörte nicht hierher. Ich habe denen von Anfang an gesagt, dass er kein Irrer mit kriminellen Neigungen ist. Aber das Gericht hatte einen sogenannten Gutachter vom Festland, und damit war die Sache erledigt. Charlie Decker war in sich gekehrt, sehr depressiv, und manchmal litt er vielleicht unter Wahnvorstellungen."

„Dann war er geistesgestört?"

„Aber nicht in gefährlicher Weise", widersprach Dr. Nemechek nachdrücklich. „Seine geistigen Störungen waren mehr ein Schutzschild vor dem Schmerz. Seine Selbsttäuschungen hielten ihn am Leben. Deshalb habe ich nie versucht, sie ihm zu nehmen. Hätte ich das getan, hätte ich ihn umgebracht."

„Die Polizei meint, er war ein Mörder."

„Lächerlich. Er war ein sehr freundlicher Mensch, er konnte nicht einmal einen Grashüpfer zertreten."

„Vielleicht fiel es ihm leichter, Menschen umzubringen."

Dr. Nemechek winkte ab. „Er hatte keinen Grund dazu."

„Und was ist mit Jenny Brook? War ihr Tod kein Grund?"

„Charlies Wahnvorstellungen hatten nichts mit Jenny zu tun. Deren Tod hatte er als etwas Unabänderliches hingenommen. Charlies Wahn bestand darin, dass er glaubte, seine Tochter lebe noch. Einer der Ärzte hatte ihm gesagt, dass das Kind lebend geboren worden war. Jeden August hielt er eine kleine Geburtstagsfeier ab und sagte uns, wie alt seine Tochter jetzt sei. Er wollte sie finden und großziehen. Aber ich wusste, dass er sie nie ernsthaft suchen würde, weil er Angst vor der Wahrheit hatte: dass das Baby tot war."

Die ersten Regentropfen ließen beide aufblicken. Der Wind frischte auf, und die Krankenschwestern ringsum drängten die Patienten, ins Haus zu gehen.

„Besteht eine Chance, dass das Kind noch lebt?", fragte Kate.

„Ausgeschlossen." Der Regen wurde heftiger. „Das Baby ist tot. Es existierte nur noch in Charlie Deckers Fantasie."

Während Kate durch den Regen zu Jinx Ransoms Haus zurück-fuhr, dachte sie immer wieder an Dr. Nemecheks Worte: Das Baby ist tot. Wie die Kleine wohl ausgesehen hätte, wenn sie am Leben geblieben wäre? Ob sie die dunklen Haare des Vaters und die ein-drucksvollen, lachenden Augen der Mutter gehabt hätte? Kate sah lebhaft Jenny Brooks Gesicht auf der Fotografie vor sich und wurde sehr nachdenklich. Dieses Gesicht war ihr irgendwie ver-traut, vor allem diese lebhaften, lachenden Augen. Die Erkenntnis, an wen es sie erinnerte, traf sie wie ein Schlag. Vor Schreck trat sie auf die Bremse. So musste es sein! Jenny Brooks Kind lebte!

Und er war fünf Jahre alt.

„Wo zum Teufel steckt sie bloß?" David warf den Hörer auf die Gabel und blickte gereizt zu Phil Glickman hinüber, der sich mit Stäbchen gebratene Reisnudeln in den Mund schob. „Dr. Neme-chek sagt, dass Kate das Krankenhaus um fünf verlassen hat. Sie müsste längst zu Hause sein. Ich verstehe einfach nicht, wo sie nur sein kann."

„Wissen Sie", meinte Phil Glickman kauend, „dieser Fall wird von Tag zu Tag komplizierter. Alles fing mit einem simplen Kunst-fehlerprozess an und endete mit mehrfachem Mord. Ich bin ge-spannt, wo das hinführt."

„Ich auch", seufzte David und drehte sich im Sessel zum Fenster. Er versuchte, die appetitanregenden Düfte von Phil Glickmans chinesischem Gericht zu ignorieren. Die Wolken draußen waren dunkelgrau. Erst jetzt wurde ihm klar, wie spät es schon war. Nor-malerweise würde er jetzt seine Aktentasche packen und heim-fahren. Aber er musste nachdenken, und das konnte er am besten hier vor dem Fenster.

„Jemandem die Halsschlagader durchzuschneiden, ist schon eine schlimme Art, einen Mord zu begehen", sagte Phil Glickman. „Man denke nur an das viele Blut. Das erfordert viel Mut."

„Oder Verzweiflung."

„Außerdem ist es bestimmt nicht einfach. Man muss sehr nah an sein Opfer herankommen, um die Arterie zu durchtrennen. Es gibt einfachere Wege. Gift zum Beispiel, etwas, das tötet und nicht nachzuweisen ist."

„Sie vergessen etwas. Wo bleibt die Befriedigung, wenn man das Opfer nicht leiden sieht?"

„Das ist ein Problem", stimmte Phil Glickman zu. „Dann lässt man es durch Terror leiden, durch Warnungen und Drohungen."

David dachte an den roten Totenkopf auf Kates Wohnzimmerwand. Ihm wurde immer unbehaglicher zumute. Irgendwie hatte er eine Ahnung drohenden Unheils. Er stand auf und packte einige Unterlagen in seine Aktentasche. Es war sinnlos, hierzubleiben. Sorgen machen konnte er sich auch zu Hause bei seiner Mutter.

„Wissen Sie, etwas leuchtet mir bei der ganzen Sache nicht ein", bemerkte Phil Glickman und beendete sein Mahl. „Dr. Tanaka und Ann Richter wurden auf blutigste Weise umgebracht. Warum ging der Mörder bei Ellen O'Brien anders vor und ließ ihren Tod wie eine Herzattacke aussehen?"

„Eines habe ich während meiner Zeit beim Staatsanwalt gelernt." David klappte seine Tasche zu. „Mord muss nicht sinnvoll sein."

„Mir scheint, dass sich unser Killer viel Mühe gegeben hat, die Schuld auf Kate Chesne abzuwälzen."

David war schon fast an der Tür, als er wie angewurzelt stehen blieb. „Was haben Sie da gesagt?"

„Ich sagte, dass sich der Killer Mühe gab, Kate Chesne die Schuld ..."

„Nein, Sie benutzten das Wort abwälzen."

„Vielleicht."

„Also, wer wird verklagt, wenn ein Patient unerwartet auf dem OP-Tisch stirbt?"

„Die Schuld wird meist geteilt von Anästhesist und ..." Phil Glickman brach ab. „Oh Himmel! Warum habe ich nicht eher daran gedacht?"

David griff bereits nach dem Telefonhörer und wählte die Nummer der Polizei. Er verfluchte sich im Stillen für seine Blindheit. Der Mörder war die ganze Zeit zugegen gewesen, beobachtend, abwartend. Er wusste, dass Kate nahe daran war, Antworten auf ihre Fragen zu finden, und er hatte Angst. Angst genug, um Warnungen an Kates Wände zu sprühen und sie auf einem dunklen Highway im Auto zu verfolgen. Und vielleicht trieb diese Angst ihn auch zu einem weiteren Mord.

Es war halb sechs, und die meisten Angestellten in der Abteilung für medizinische Berichte waren schon fort. Die einzige Dame, die noch dort war, nahm murrend Kates Anfragezettel entgegen und rief dann im Computersaal den Standort der Akte ab.

„Diese Patientin ist tot", sagte sie und deutete auf den Monitor. „Die Akte ist in der Ablage. Es wird eine Weile dauern, sie zu finden. Warum kommen Sie nicht morgen wieder?"

Kate erinnerte sich an ihre letzten Schwierigkeiten in dieser Abteilung und erwiderte etwas unwirsch: „Ich brauche die Akte jetzt." Und es ist eine Frage von Leben und Tod, fügte sie im Stillen hinzu.

Die Angestellte blickte auf die Uhr, tippte mit dem Kuli auf die Schreibtischplatte, erhob sich langsam und verschwand schließlich im Aktenraum.

Nach einer Viertelstunde kehrte sie mit dem Bericht wieder. Kate zog sich an einen Ecktisch zurück und las. Brook, Baby, weiblich. Die Akte enthielt nur wenige Blätter. Der Tod des Kindes wurde am 17. August um zwei Uhr früh festgestellt. Todesursache war eine Unterversorgung des Gehirns mit Sauerstoff. Den Totenschein hatte Dr. Tanaka unterschrieben.

Kate blickte noch einmal in die Kopie von Jenny Brooks Krankenakte, die sie mitgebracht hatte. Obwohl sie den Text schon so oft gelesen hatte, fiel ihr plötzlich etwas auf. Da es in der Familie einige Fälle von Spina bifida gegeben hatte, war in den ersten Schwangerschaftswochen eine Fruchtwasseranalyse vorgenommen worden. Damit konnten nicht nur mögliche Missbildungen des Fötus festgestellt werden, sondern auch das Geschlecht des Kindes.

Die Ergebnisse der Untersuchung waren nicht in der Krankenhausakte, was Kate nicht verwunderte. Vermutlich waren sie in Dr. Tanakas Patientenkartei. Aber dort waren sie auf wundersame Weise verschwunden! Kate schloss die Akte und legte sie hin. „Ich brauche noch einen Bericht", sagte sie wie im Fieber. „Der Name ist William Santini."

Es dauerte nur eine Minute, den zu finden. Als Kate ihn in Händen hielt, hatte sie fast Angst, ihn zu öffnen. Als Erstes sprang ihr eine Kopie der Geburtsurkunde ins Auge:

Name: William Santini
Geburtsdatum: 17. August
Zeit: 3 Uhr früh

Beide Kinder waren am 17. August geboren, aber nicht zur selben Zeit. Eine Stunde nachdem Baby Brook die Welt verlassen hatte, war William Santini in sie eingetreten.

Zwei Kinder: Eines lebte, eines war tot. Hatte es je ein besseres Motiv für Mord gegeben?

„Erzähl mir nicht, du hast noch Akten aufzuarbeiten", bemerkte eine erschreckend vertraute Stimme.

Kate hob ruckartig den Kopf. Guy Santini war gerade zur Tür hereingekommen. Sie klappte sofort die Akte zu, merkte aber, dass der Name mit Tinte in großen schwarzen Lettern auf dem Deckel stand. Sie presste die Akte an die Brust und setzte ein automatisches Lächeln auf.

„Ich … ich muss noch ein bisschen Papierkram erledigen." Dann fügte sie im Konversationston hinzu: „Du bist spät dran hier."

„Ich bin wieder gestrandet. Der Wagen ist in der Werkstatt. Susan holt mich ab." Er blickte sich nach der Angestellten um, die vorübergehend verschwunden war. „Wo ist die Dame hier eigentlich?"

„Sie war gerade noch da", erwiderte Kate und bewegte sich vorsichtig auf den Ausgang zu.

„Ich vermute, du hast von Dr. Averys Frau gehört. Es war ein Segen, wenn man bedenkt …" Er sah sie an, und sie erstarrte zwei Schritte von der Tür entfernt.

„Ist etwas nicht in Ordnung?", fragte er stirnrunzelnd.

„Nein. Ich muss … also, ich bin wirklich in Eile." Sie wandte sich ab und wollte fliehen, als die Dame aus der Registratur rief:

„Dr. Chesne!"

„Was?" Kate drehte sich um und sah die Frau vorwurfsvoll hinter einem Regal hervorspähen.

„Die Akte. Sie dürfen sie nicht aus der Abteilung mitnehmen, Dr. Chesne, das wissen Sie doch."

Kate blickte auf die Akte, die sie immer noch an die Brust presste, und überlegte sich fieberhaft ihren nächsten Schritt. Sie konnte das Dokument unmöglich zurückgeben, solange Guy noch am Tresen stand und die Aufschrift lesen konnte. Aber hier stehen zu bleiben wie eine Halbgescheite, war auch unmöglich.

Die beiden blickten sie verwundert an und warteten auf eine Antwort.

„Also, wenn Sie noch nicht fertig damit sind, kann ich sie für Sie hierbehalten", bot ihr die Dame an und kam zum Tresen.

„Nein, ich meine …"

Guy lachte: „Was steht denn darin? Staatsgeheimnisse?"

Kate merkte, dass sie die Akte so fest hielt, als fürchtete sie, man würde sie ihr entreißen. Mit heftigem Herzklopfen ging sie zum Tresen und legte die Akte, Frontseite nach unten, darauf. „Ich bin noch nicht fertig damit", sagte sie.

„Dann halte ich sie für Sie zurück." Die Dame griff danach, und einen Moment sah es so aus, als würde sie den Namen des Patienten preisgeben, doch sie nahm nur den Anforderungszettel von Guy Santini. „Setzen Sie sich doch, Dr. Santini", schlug sie vor. „Ich bringe Ihnen den Bericht an den Tisch."

Jetzt nichts wie raus hier, dachte Kate. Es kostete sie Mühe, nicht loszurennen. Als sie langsam zur Tür ging, spürte sie regelrecht Guys Blick im Rücken. Erst auf dem Flur draußen wurde ihr das ganze Ausmaß dessen, was sie gerade entdeckt hatte, bewusst. Guy Santini war ihr Kollege, ein Freund.

Er war aber auch ein Mörder, und sie war die Einzige, die das wusste.

Guy Santini starrte die Tür an, durch die Kate gerade verschwunden war. Er kannte Kate Chesne jetzt fast ein Jahr, aber er hatte sie noch nie so nervös erlebt. Verwundert setzte er sich an einen Ecktisch. Er liebte diese Nische in dem großen, unpersönlichen Raum. Noch jemand schien diesen Platz zu mögen, denn es lagen zwei Akten dort. Er wollte sie gerade beiseiteschieben, als sein Blick auf den Namen fiel: Brook, Baby, weiblich, verstorben.

Der Schreck fuhr ihm in die Glieder. Das konnte nicht dieselbe Brook sein. Hastig öffnete er die Akte und las den Namen der Mutter: Brook, Jennifer.

Dieselbe Frau, dasselbe Baby. Er musste nachdenken und Ruhe bewahren. Es gab nichts zu befürchten. Alle, die mit der Tragödie vor fünf Jahren zu tun hatten, waren tot. Niemand hatte einen Grund, neugierig zu sein. Oder doch?

Er sprang auf und eilte zum Tresen. Dort lag noch die Akte, die Kate Chesne so zögernd zurückgegeben hatte. Er nahm sie hoch und drehte sie um. Da stand der Name seines Sohnes.

Kate Chesne wusste also Bescheid. Dann musste er sie aufhalten!

„Das hätten wir." Die Dame von der Registratur kam mit einem Arm voller Akten vom Regal herunter. „Ich glaube, ich habe alle …" Sie hielt verblüfft inne. „Wohin wollen Sie, Dr. Santini?"

Doch Guy antwortete nicht. Er rannte auf den Flur und hinter Kate her.

Die Eingangshalle war beruhigend hell, als Kate aus dem Lift heraustrat. Ein paar Besucher warteten noch an der Eingangstür und schauten in das Gewitter hinaus. Ein Sicherheitsbeamter lehnte am Informationstisch und plauderte mit der hübschen jungen Dame. Kate eilte zu den Telefonkabinen. Die erste war defekt, die zweite besetzt. Kate stellte sich hinter den Mann, der gerade eine neue Münze einwarf, und wartete. Wind rappelte an den Fenstern, und der Parkplatz draußen verschwand hinter einem dunklen Regenschleier.

Kate betete, dass Leutnant Ah Ching in seinem Büro sein würde, und sie sehnte sich danach, Davids Stimme zu hören.

Der Mann telefonierte immer noch. Sie blickte sich um und bemerkte beunruhigt, dass der Sicherheitsbeamte fort war. Die junge Dame schloss den Informationsstand. Die Halle leerte sich zu rasch. Kate wollte auf keinen Fall allein hier zurückbleiben … nicht mit dem, was sie wusste.

Kurz entschlossen lief sie hinaus in den windgepeitschten tropischen Regen. Sie hatte Jinx Ransoms Wagen am Ende des Parkplatzes abgestellt, und als sie dort ankam, war ihre Kleidung völlig durchweicht. Sie brauchte einige Zeit, sich mit dem unbekannten Schlüsselbund zurechtzufinden und die Tür zu öffnen. So bemerkte sie den Schatten nicht, der sich ihr näherte. Als sie gerade einsteigen wollte, legte sich eine Hand auf ihren Arm.

Kate blickte auf und sah sich Guy Santini gegenüber.

14. KAPITEL

*R*utsch rüber", sagte Santini.

„Guy, mein Arm …"

„Ich sagte: Rutsch rüber!"

Kate stellte entsetzt fest, dass der Parkplatz wie ausgestorben war. Niemand würde sie schreien hören und ihr zu Hilfe eilen. Das Regentrommeln auf dem Autodach war das einzige Geräusch ringsum. Flucht war ebenfalls unmöglich. Guy versperrte den Fahrerausstieg, und zur anderen Seite würde sie es nicht so schnell schaffen. Bevor sie weitere Schritte planen konnte, schob Guy sie beiseite, nahm die Schlüssel, die auf den Sitz gefallen waren, und zündete den Motor.

Kate versuchte, sich auf Guy zu stürzen, ihm das Gesicht zu zerkratzen. Doch er reagierte rasch. Mit einer heftigen Abwehrbewegung eines Armes schob er Kate zurück, sodass sie gegen die Sitzlehne prallte. „Ich schwöre dir, wenn nötig, breche ich dir den Arm", drohte er mit ruhiger Stimme. Er setzte den Wagen zurück, trat aufs Gas, und sie schossen geradezu auf die Straße hinaus.

„Wohin bringst du mich?", fragte sie.

„Irgendwohin. Ich habe dir etwas zu sagen, und du wirst zuhören."

„Worum … worum geht es denn?"

„Das weißt du verdammt gut."

Sie näherten sich einer Kreuzung mit Ampel. Kate überlegte, dass sie sich hinausfallen lassen könnte, falls der Wagen zum Stehen kam. Doch Guy ahnte, was sie vorhatte, hielt sie am Arm fest, bis sie wieder freie Fahrt hatten, und gab erneut Gas. Ihr Tempo war geradezu halsbrecherisch. „Du hattest kein Recht, dich hier einzumischen, Kate." Guy konzentrierte sich wieder auf die Straße. „Die Sache ging dich nichts an."

„Ellen war meine Patientin … unsere Patientin!"

„Das gibt dir nicht das Recht, mein Leben zu zerstören!"

„Und was war mit ihrem Leben und dem von Ann? Die beiden sind tot, Guy!"

„Und mit ihnen wurde die Vergangenheit begraben. Lass es so!"

„Allgütiger! Ich dachte, ich würde dich kennen. Ich dachte, wir wären Freunde."

„Ich muss meinen Sohn beschützen und Susan. Glaubst du, dass ich ruhig zusehe, wie ihnen Schaden zugefügt wird?"

„Man wird euch den Jungen nicht wegnehmen. Nicht nach fünf Jahren. Das Gericht wird euch das Sorgerecht …"

„Wegen des Sorgerechts mache ich mir keine Gedanken. Kein Gericht der Welt würde uns den Jungen nehmen, um ihn einem Irren wie Decker zu übergeben. Nein, ich mache mir Sorgen um Susan."

„Das verstehe ich nicht."

Die Straße war glitschig vom Regen, sodass Guy das Lenkrad mit beiden Händen festhalten musste. Kate überlegte, dass es für sie möglicherweise tödlich ausging, wenn sie ihm noch einmal in den Arm zu fallen versuchte. Sie musste auf eine bessere Gelegenheit warten. Deshalb fragte sie so ruhig wie möglich: „Warum bist du wegen Susan besorgt?"

„Sie weiß von nichts. Sie denkt, William sei ihr Sohn."

„Das kann doch nicht sein!"

„Ich habe es all die Jahre vor ihr verheimlichen können. Sie war in Narkose, als unser Baby geboren wurde. Es war ein Notfall, ein Kaiserschnitt. Es war unser drittes Kind, unsere letzte Chance, und das Mädchen kam wieder tot zur Welt …" Er machte eine Pause und räusperte sich. Als er wieder sprach, klang seine Stimme leicht brüchig vor innerer Bewegung. „Ich wusste nicht, was ich tun oder Susan sagen sollte. Sie lag da, friedlich schlafend, während ich unser totes Kind in den Armen hielt."

„Und da hast du Jenny Brooks Baby als eures ausgegeben?"

Er wischte sich rasch mit dem Handrücken über die Stirn. „Es war ein Akt der Vorsehung, begreifst du das nicht? Mir jedenfalls kam es so vor. Die junge Frau war gerade gestorben, und der Junge, ein absolut gesundes Kind, schrie nebenan. Er hatte niemanden, der ihn halten und lieben würde. Über den Vater des Kindes war nichts bekannt, und es schien keine Verwandten zu geben. Susan begann schon aufzuwachen. Verstehst du nicht? Es hätte sie umgebracht, die Wahrheit zu erfahren. Dieser Junge war ein Gottesgeschenk. Es war Schicksal, dass alles so kam. Wir fühlten alle so, Ann, Ellen, nur Dr. Tanaka …"

„Er war nicht einverstanden?"

„Nein, zuerst nicht. Ich sprach mit ihm, flehte ihn praktisch an.

Doch erst als Susan aufwachte und nach dem Baby fragte, stimmte er schließlich zu. Ellen legte ihr den Jungen in die Arme. Und Susan ... sie sah ihn an ... und begann zu weinen." Guy wischte sich mit dem Ärmel über die Augen. „Da wussten wir, dass wir das Richtige getan hatten."

Auch Kate hatte das Gefühl, es sei eine salomonisch kluge Entscheidung gewesen. Dennoch hatte sie zu vier Morden geführt. Und bald würde ein fünfter folgen.

Der Wagen fuhr langsamer. Kate schöpfte wieder Hoffnung. Der Verkehr wurde dichter. Vor ihnen lag hinter einem Regenschleier der Pali-Tunnel. Sie wusste, dass irgendwo an der Einfahrt ein Notruftelefon war. Wenn Guy noch weiter mit dem Tempo herunterging, würde sie die Tür aufdrücken und sich herausfallen lassen.

Doch sie erhielt diese Chance nicht. Guy fuhr in einen dicht bewaldeten Seitenweg, vorbei an einem Hinweisschild zum Pali Aussichtspunkt. Das war's dann, dachte Kate. Das Kliff hoch über dem Tal war der Punkt, an dem lebensmüde Liebespaare ihren Pakt besiegelten, von dem Krieger im Altertum in den Tod gestürzt wurden. Der ideale Ort für einen Mord.

In einem letzten verzweifelten Versuch warf Kate sich gegen die Tür, doch Guy hielt sie fest. Dann trommelte sie mit beiden Fäusten auf ihn ein. Er verlor für einen Moment die Gewalt über das Steuer, doch mit seiner überlegenen Kraft entschied er den Kampf und lenkte das schlingernde Fahrzeug auf die Straße zurück. Kate sah entsetzt, wie sie die letzten Meter zum Aussichtspunkt zurücklegten.

Guy hielt an und stellte den Motor ab. Dann saß er lange schweigend da, als sammele er Mut für seine Tat. Der Regen war zu einem kräftigen Nebel geworden. Hinter dem Kliffrand wallte Nebel empor und verwehrte den Blick auf den tödlichen Abgrund.

„Was du eben gemacht hast, war komplett verrückt", sagte Guy ruhig. „Warum hast du das getan?"

Sie senkte langsam, müde und resigniert den Kopf. „Weil du mich wie die anderen umbringen wirst."

„Ich werde was?"

Kate sah ihn an und suchte in seinem Blick nach Anzeichen für Reue. Sie hoffte, an einen letzten Rest von Menschlichkeit in ihm

appellieren zu können. „War es leicht, Ann die Kehle durchzuschneiden und sie verbluten zu sehen? War das viele Blut für dich
nichts Erschreckendes?"

„Du meinst … du glaubst wirklich … Allmächtiger!" Er schlug
beide Hände vor das Gesicht. Plötzlich begann er zu lachen, leise
zuerst, dann immer heftiger, bis sich sein ganzer Körper schüttelte
vor Lachen oder Schluchzen. Er bemerkte die Scheinwerfer nicht,
die sich durch den Nebel näherten. Kate sah den zweiten Wagen
die Straße heraufkommen. Dies war ihre Chance. Sie konnte die
Tür öffnen und Hilfe holen. Doch sie unterließ es. Sie wusste
plötzlich, dass Guy nicht vorhatte, ihr etwas zu tun. Er war unfähig, einen Mord zu begehen.

Er öffnete die Tür, stieg aus und ging zum Kliffrand. Dort blieb
er mit gesenktem Kopf und hängenden Schultern stehen. Kate
folgte ihm und berührte sacht seinen Arm. „Dann hast du sie
nicht getötet?"

Er blickte auf und atmete tief durch. „Ich würde fast alles
tun, um meinen Sohn zu behalten. Aber Mord? Ich hatte mir
schon den Kopf zerbrochen, wie wir Charles Decker loswerden
könnten, denn er gab nicht auf, fragte überall nach, wo das Baby
sein könnte."

„Woher wusste er überhaupt, dass es noch lebte?"

„In jener Nacht war noch ein Arzt im Kreißsaal."

„Du meinst, Dr. Vaughn?"

„Ja, Decker sprach mit ihm und erfuhr einiges."

„Und dann starb Dr. Vaughn bei einem Autounfall."

„Ja, und ich dachte, nun sei alles erledigt. Aber als Decker aus
der Nervenklinik entlassen wurde, ging es wieder los. Früher oder
später hätte jemand geredet. Dr. Tanaka war bereit dazu, und Ann
Richter hatte schreckliche Angst. Ich gab ihr Geld, damit sie die
Inseln verlassen konnte. Doch Decker erwischte sie vorher."

„Guy, das ergibt keinen Sinn. Warum sollte er Menschen umbringen, die ihm seine Fragen beantworten konnten?"

„Aber er muss es gewesen sein. Es gab sonst niemanden, der …"

Von irgendwo aus dem Nebel erklang ein hartes, metallisches
Klicken. Guy und Kate erschraken, als sich langsam Schritte näherten. Aus dem Halbdunkel tauchte eine Gestalt auf, deren rotes

Haar gut zu erkennen war. Vor allem das dunkle Grau der Waffe in ihrer Hand fesselte jedoch Kates Blick, als Susan Santini vor ihnen stehen blieb.

„Geh aus dem Weg, Guy!", befahl sie leise.

Doch Guy regte sich nicht vor Verblüffung.

„Du warst es", flüsterte Kate. „Du warst der Täter, nicht Decker! Du wolltest es auf ihn und auf mich abwälzen."

Langsam richtete Susan ihren starren Blick auf Kate. Durch den Nebel wirkte ihr Gesicht geisterhaft. „Du verstehst mich nicht, Kate, oder? Du hattest nie ein Kind, hast dir nie Sorgen gemacht, dass ihm etwas zustoßen könnte. Ich war immer in Sorge um ihn."

„Susan!", stöhnte Guy. „Ist dir klar, was du getan hast?"

„Du hättest es nicht getan, also musste ich es tun. All die Jahre hatte ich keine Ahnung wegen William. Du hättest es mir sagen müssen, Guy. Ich habe es von Dr. Tanaka erfahren."

„Du hast vier Menschen umgebracht, Susan!"

„Drei. Die vierte hat sie mir abgenommen." Sie starrte Kate an. „In der Ampulle war kein Succinylcholin, sondern ein Narkotikum. Du hast Ellen die tödliche Dosis gespritzt." Sie sah wieder ihren Mann an. „Ich wollte nicht, dass man dir auch eine Schuld zuweist, Darling. Deshalb habe ich das EKG vertauscht und Kates Initialen daraufgeschrieben."

„Und damit war ich schuldig."

Susan nickte und hob die Waffe. „Ja, Kate. Und jetzt geh bitte zur Seite, Guy. Es muss getan werden, für William!" Da er sich nicht bewegte, runzelte sie ungläubig die Stirn. „Sie werden ihn mir wegnehmen. Verstehst du nicht? Sie werden mir mein Baby wegnehmen!"

„Das wird nicht geschehen, ich verspreche es."

Susan schüttelte den Kopf. „Zu spät, Guy. Ich habe die anderen umgebracht, und sie ist die Einzige, die es weiß."

„Aber ich weiß es auch! Willst du mich auch umbringen?"

„Du wirst mich nicht verraten, du bist mein Mann."

„Susan, gib mir die Waffe." Mit ausgestreckter Hand ging er langsam auf sie zu und wiederholte mit zärtlicher Stimme: „Gib mir die Waffe, Darling. Nichts wird geschehen, dafür sorge ich."

Sie wich einen Schritt zurück und verlor auf dem unebenen Boden fast das Gleichgewicht. Guy verharrte, als der Lauf der

Waffe schwankte und für einen Moment auf ihn zeigte.

„Du wirst mir doch nichts tun, Susan. Oder?" Er machte wieder einen Schritt vor.

„Ich liebe dich!", stöhnte sie.

„Dann gib mir die Waffe, Darling! Gib sie mir …" Der Abstand zwischen ihnen wurde immer geringer. Susan schien wie gelähmt, da sie ihre Niederlage erkannte. Guy spürte seinen Vorteil und ergriff die Waffe am Lauf. Doch Susans Widerstandskraft flackerte noch einmal auf. Sie rangen einen Moment miteinander. Plötzlich löste sich ein Schuss. Beide schienen für Sekunden wie versteinert, dann fiel Guy hintenüber und umklammerte sein Bein.

„Nein!", schrie Susan auf. Ihre Stimme klang unheimlich. Langsam wandte sie sich Kate zu und hielt immer noch die Waffe in der Hand.

Kate rannte blindlings in den Nebel hinein. Sie hörte einen Schuss, und die Kugel schlug hinter ihr in den Boden ein. Es ging plötzlich bergan. Durch den sich kurzzeitig lichtenden Nebel sah sie einen steilen, kaum mit Buschwerk bewachsenen Berghang vor sich. Der Rückweg war durch Susan blockiert. Ihre einzige Fluchtchance lag linker Hand. Sie musste zur alten Pali Road, dem ursprünglichen Pass über das Kliff. Susans Schritte kamen näher. Kate kletterte über eine alte Betonmauer, schlitterte, sich an Ästen und Weiden festhaltend, einen lehmigen Hang hinunter und landete verkratzt und atemlos auf einem Stück Asphalt: die alte Pali Road.

„Es gibt keinen Ausweg", ertönte Susans irre Stimme von oben. „Die alte Straße führt nicht weit, ein falscher Schritt, und du stürzt ab." Das Rascheln der Büsche bewies, dass Susan sich näherte.

Kate sprang auf und rannte weiter. Die alte Straße war verfallen und voller Schlaglöcher. Durch den Nebel sah sie immer nur ein paar Schritte voraus und konnte nur hoffen, dass sie nicht in vollem Lauf über den Abgrund in die Tiefe stürzte. Sie stolperte über einen Stein, schlug lang hin, rappelte sich wieder hoch und hastete ungeachtet der schmerzenden Knie weiter.

Eine Windböe fegte für Augenblicke den Nebel fort. Kate erkannte zu ihrer Linken den abgebrochenen Straßenrand über dem steilen Abgrund. Zur Rechten ging es ebenso steil den Berg hinauf. Dieser Hang war jedoch dicht mit Buschwerk bewachsen, und auf halber Höhe entdeckte sie den Eingang einer Höhle. Wenn sie rechtzeitig dorthin gelangte, konnte sie sich im Schutz der Dunkelheit verstecken, bis Hilfe kam. Verzweifelt begann Kate den Aufstieg. Der Regen hatte den Untergrund schlüpfrig gemacht, und es bestand die Gefahr, abzustürzen oder einen Felsbrocken zu lösen, der Susan aufmerksam machen würde.

Sie zog sich an Ästen hoch und hatte ein gutes Stück hinter sich gebracht, als sie unten auf der Straße Susans Schritte vernahm. Sie wurden langsamer und verharrten. Kate regte sich nicht. Nebel trieb jetzt wieder in dichten Schwaden den Hang hinauf und verbarg sie. Erst als die Schritte sich langsam entfernten, kletterte Kate weiter. Völlig erschöpft erreichte sie den Höhleneingang und kauerte sich zitternd und heftig nach Atem ringend zusammen. Sie schloss die Augen und dachte an David. Würde er betroffen sein über ihren Tod oder nur mit einem Schulterzucken darüber hinweggehen? Sie hatte sich noch nie so verlassen und einsam gefühlt wie jetzt.

Doch das Gefühl, niemandem wichtig zu sein, verlieh ihr auch eine letzte verzweifelte Kraft. Wenn sie sich retten wollte, musste sie selbst etwas unternehmen. Wieder näherten sich Schritte, und sie blickte vorsichtig über den Rand der Höhle nach unten. Der Nebel hatte sich gelichtet, und im Dämmerlicht war der Höhleneingang von der Straße aus noch zu sehen.

„Du bist da oben, stimmt's?", schrie Susan hinauf. „Ich hätte dich fast übersehen. Aber Höhlen haben einen Nachteil, Kate. Es sind Sackgassen." Steine lösten sich und polterten den Hang hinunter, als Susan den Hang in Angriff nahm.

Kate erkannte entsetzt, dass sie ihre Zuflucht verlassen und bis zum Bergrücken weiterklettern musste, auch wenn sie dabei in Susans Schusslinie geriet. Sie nahm einen faustgroßen Stein und spähte vorsichtig nach unten. Susan war auf halbem Weg. Ihre Blicke begegneten sich, und jede erkannte die Verzweiflung der anderen. Eine kämpfte um ihr Leben, die andere um ihr Kind, und für beide gab es keinen Kompromiss.

Kate warf den Stein. Er sprang vom Hang ab und prallte gegen Susans Schulter. Aufschreiend fiel sie wieder einige Meter zurück. Kate kam eilig aus der Höhle und kletterte weiter. Sie zog sich an Ästen empor, und ihre zitternden Arme und Beine arbeiteten exakt wie durch ein Wunder, geleitet vom schieren Überlebensinstinkt. Ihre Gliedmaßen waren blutig gekratzt, doch sie spürte keinen Schmerz. Bevor sie einen berankten Felsüberhang erreichte, schlug neben ihr eine Kugel ein. Erde und Steinsplitter spritzten ihr ins Gesicht. Glücklicherweise konnte Susan nicht genau zielen, da sie sich gleichzeitig festhalten musste.

Kate packte die Ranken und versuchte, sich über den blanken Fels hochzuziehen. Doch sie war unendlich erschöpft. Ein zweiter Schuss pfiff nah an ihrer Wange vorbei. Mit letzter Kraft zog Kate sich hoch, ihr Schuh rollte den Hang hinab. Jeder Zentimeter wurde zur Qual. Ihre Muskeln schmerzten so sehr, dass sie glaubte, es nicht einmal zu spüren, falls die nächste Kugel sie traf. Doch sie schaffte es und ließ sich, einem Kollaps nahe, auf den schmalen Felssims rollen. Hier wollte sie liegen bleiben und schlafen. Doch es gab keine Pause, Susan war ihr auf den Fersen.

Kate erhob sich schwankend. Bei jedem Schritt stachen ihr jetzt Dornen in den nackten Fuß. Ansonsten war der Anstieg von hier aus leichter, und es waren nur noch wenige Meter bis zur Bergkuppe. Sie musste es einfach schaffen!

Kate schaffte es.

Ein neuer Schuss zerriss die Stille. Kate empfand nicht Schmerz, sondern Überraschung, als die Kugel dumpf in ihre Schulter schlug. Der Himmel drehte sich über ihr, dann kippte sie hintenüber und überschlug sich mehrfach. Ein Halekoa-Busch, der seine Wurzeln tief in die Erde gerammt hatte, fing ihren Fall ab, bevor sie über einen Felsvorsprung in die Tiefe stürzen konnte.

Während Kate dort lag und sich klar zu werden versuchte, was geschehen war, hörte sie in der Ferne Sirenengeheul, das näher kam.

Benommen öffnete sie die Augen und sah einen Schatten über sich. Im schwindenden Tageslicht war Susans Kopf nur ein dunkler Umriss mit wehendem Haar. Wortlos richtete Susan die Waffe auf Kates Kopf. Die Sirene verstummte plötzlich, und Männer riefen etwas vom Tal herauf.

Kate richtete sich etwas auf und sagte ruhig: „Es besteht kein Grund mehr, mich zu töten, Susan. Die dort wissen auch von William." Sie deutete mit dem Kopf in die Richtung der Stimmen. „Ich habe es ihnen gesagt."

„Das kannst du nicht! Du warst dir nicht sicher!"

„Du brauchst Hilfe, Susan, und ich sorge dafür, dass du sie bekommst."

Die Waffe zeigte noch immer auf ihren Kopf, und Kate wunderte sich, wie gelassen sie ihrem Tod ins Auge sah. Sie hatte um ihr Leben gekämpft und verloren. Jetzt konnte sie nur noch auf das Ende warten. Doch plötzlich hörte sie durch das Heulen des Windes jemanden ihren Namen rufen. Es war Davids Stimme!

In diesem Moment wusste sie, dass sie um jeden Preis leben und ihm all das sagen wollte, was sie aus Stolz verschwiegen hatte: dass das Leben zu wertvoll sei, um es mit Rachefeldzügen zu vergeuden. Und dass sie ihm helfen würde, seine Trauer zu überwinden, wenn er sie nur ließ.

„Bitte, Susan", flüsterte sie. „Leg die Waffe weg!"

Susan bewegte sich, ohne die Waffe loszulassen. Sie schien auf die Stimmen zu lauschen, die sich von der alten Pali Road näherten.

„Verstehst du denn nicht?", schrie Kate. „Wenn du mich tötest, nimmst du dir die letzte Chance, deinen Sohn zu behalten!"

Bei diesen Worten schien alle Kraft aus Susans Armen zu weichen. Langsam ließ sie die Waffe fallen und senkte wie in Trauer den Kopf. „Es ist sowieso zu spät", flüsterte sie kaum hörbar. „Ich habe ihn schon verloren."

Ein Chor von Rufen zeigte an, dass man sie entdeckt hatte. Susan blickte auf die Ansammlung von Männern unten auf der Straße. „Es ist besser so", sagte sie leise. „So behält er mich in guter Erinnerung, und das ist wichtig für ein Kind."

Vielleicht war es eine plötzliche Windböe, die sie aus dem Gleichgewicht brachte, Kate konnte es nicht sagen. Jedenfalls schwankte Susan über dem Felsrand, und im nächsten Moment war sie fort.

Sie fiel geräuschlos, ohne den leisesten Schrei.

Nur Kate schluchzte auf, als sie auf dem kalten Fels zusammenbrach und die Welt ringsum sich zu drehen begann.

15. KAPITEL

*D*avid war als Erster bei Kate.

Er fand sie unterhalb der Bergkuppe auf einem blutverschmierten Fels liegend. Von Panik ergriffen warf er sein Jackett über sie. Du darfst nicht sterben! flehte er im Stillen. Hörst du mich, Kate? Du darfst nicht sterben! Er nahm sie in die Arme, und ihr Blut durchnässte sein Hemd. Immer wieder flüsterte er ihren Namen, als könnte er so verhindern, dass sie ihr Leben aushauchte. Er achtete kaum auf die Rufe der näher kommenden Retter. Kate fühlte sich so kalt an, er wünschte, ihr etwas von seiner Wärme und seinem Lebenswillen geben zu können. Schon einmal hatte er diesen Wunsch gehabt, als sein Kind gestorben war.

Nicht noch einmal! flehte er im Stillen und zog sie fest an sich. Nimm sie mir nicht auch noch!

Er wiederholte diesen Wunsch im Geist, als die Retter kamen, sie den Berg hinabtrugen und in den Krankenwagen schoben. Er hasste es, hilflos zusehen zu müssen, wie sie fortgebracht wurde, doch es war ihre einzige Chance.

Eine Hand legte sich auf seine Schulter. „Sind Sie okay, Davy?", fragte Pokie.

„Ja", seufzte er, „ja, ich bin okay. Wenn man unter diesen Umständen okay sein kann …"

„Sie wird es schaffen. Ich habe einen sechsten Sinn für so etwas." Er drehte sich um, als jemand nieste.

Sergeant Brophy näherte sich, das halbe Gesicht in einem Taschentuch verborgen. „Sie haben die Leiche heraufgeholt", sagte er. „Sie war in dem …", er schnäuzte sich die Nase, „… dem Buschwerk hängen geblieben. Genickbruch. Wollen Sie sie sehen, bevor sie ins Leichenschauhaus gebracht wird?"

„Nein", sagte Pokie. „Ich glaube Ihnen." Auf dem Weg zum Wagen fragte er: „Wie hat Dr. Santini die Nachricht aufgenommen?"

„Das war seltsam", erwiderte der Sergeant. „Er schien es irgendwie erwartet zu haben."

Pokie sah stirnrunzelnd zu, wie Susan Santinis bedeckte Leiche in den Ambulanzwagen geschoben wurde, und seufzte: „Vielleicht hatte er die ganze Zeit eine Ahnung und wollte es auch vor sich selbst nicht zugeben."

Sergeant Brophy öffnete die Autotür. „Wohin, Leutnant?"

„Ins Krankenhaus. Und beeilen Sie sich." Er deutete mit dem Kopf auf David. „Dieser Mann hat ein langes Warten vor sich."

Es dauerte vier Stunden, bevor gegen Mitternacht eine Schwester den Kopf zur Tür des Warteraumes hereinsteckte: „Sind Sie Mr Ransom?"

„Ja!", antwortete David mit heftig pochendem Herzen.

„Ich dachte, Sie würden gern wissen, dass die Operation beendet ist."

„Dann … ist alles in Ordnung?"

„Der Eingriff ist gut verlaufen." David seufzte erleichtert. „Wenn Sie heimgehen möchten, rufen wir Sie an, falls …"

„Ich muss sie sehen."

„Sie ist noch nicht bei Bewusstsein. Außerdem erlauben wir nur Familienangehörigen …" Sie verstummte, als sie seinen durchdringenden Blick auffing. Dann räusperte sie sich. „Fünf Minuten, Mr Ransom, mehr geht nicht. Sie verstehen?"

Er verstand sehr wohl, doch es kümmerte ihn nicht. Er drängte sich an ihr vorbei in den Aufwachraum. Kate lag blass und zerbrechlich im letzten Bett einer Reihe, nur durch einen Vorhang vom nächsten Patienten getrennt. David blieb am Fußende des Bettes stehen, während Schwestern um ihn herum mit Infusionsnadeln und Beatmungsgerät hantierten. Er sah erleichtert auf dem Monitor, dass Kates Herztöne gleichmäßig und kräftig waren. Ein Arzt kam und prüfte Kates Lungentätigkeit. David fühlte sich überflüssig. Er stand wie ein großer Fels nur allen im Weg, doch er konnte sich nicht überwinden, zu gehen. Eine der Schwestern deutete auf ihre Uhr und sagte: „Wir können so nicht arbeiten. Sie müssen jetzt gehen."

Das war unmöglich. Er musste erst wissen, dass es ihr gut ging.

„Sie wacht auf."

Kate hatte das Gefühl, das Licht von tausend Sonnen stäche ihr in die Augen, als sie langsam die Augen aufschlug. Verschwommen sah sie lächelnde Gesichter und erkannte die Krankenschwester Julie Sanders.

„Hören Sie mich, Dr. Chesne?", fragte Julie.

Kate versuchte zu nicken.

„Sie sind im Aufwachraum. Haben Sie Schmerzen?"

Kate wusste es nicht. Ihre Sinne kehrten erst langsam zurück, und der Schmerz musste wohl noch geweckt werden. Allmählich nahm sie auch andere Signale wahr: das Zischen von Sauerstoff an ihrer Nase, das Piepen des Herzmonitors über ihrem Kopf. Aber kein Schmerz. Sie fühlte sich nur leer und erschöpft und wollte schlafen.

Weitere Gesichter kamen in ihr Blickfeld: eine zweite Schwester und der ewig säuerliche Dr. Tarn. Dann hörte sie eine leise Stimme: „Kate?" Sie drehte den Kopf und sah Davids eingefallenes Gesicht. Verwundert versuchte sie die Hand zu heben, doch die war in einer Unzahl von Schläuchen gefangen, und sie ließ sie wieder sinken.

„Es ist alles in Ordnung", flüsterte David, nahm vorsichtig ihre Hand und drückte seine Lippen in die Handfläche.

„Ich erinnere mich nicht."

„Du bist operiert worden. Aber jetzt ist die Kugel raus."

Die Zusammenhänge fielen ihr wieder ein. Der Abhang, Susan Santini, die plötzlich im Nichts verschwand. „Ist sie tot?" Als David nickte, fragte sie: „Und Guy?"

„Er wird eine Weile nicht laufen können. Ich weiß nicht, wie er es zu dem Telefon geschafft hat."

„Er hat mir das Leben gerettet, und jetzt hat er alles verloren."

„Nicht alles. Er hat noch seinen Sohn."

Das stimmte. William würde für immer Guys Sohn sein. So blieb in dieser Tragödie wenigstens etwas intakt.

„Mr Ransom, Sie müssen jetzt wirklich gehen", drängte Dr. Tarn.

David nickte, beugte sich herunter und gab Kate einen linkischen Kuss. Wenn er etwas Zärtliches gesagt hätte, hätte sie auch Gefallen an dieser trockenen Berührung der Lippen gefunden, doch David ließ nur rasch ihre Hand los und ging.

Der Raum verschwamm vor ihren Augen. Dr. Tarn stellte weitere Fragen, die sie nicht beantworten konnte. Schwestern hantierten mit Schläuchen und zupften die Laken zurecht. Und dann gab man ihr noch eine Spritze, und sie wurde immer müder. Als man sie aus dem Aufwachraum hinausrollte, bemühte sie sich, wach zu bleiben. Sie hatte das Gefühl, dies sei ihre letzte Chance, David ihre Liebe zu gestehen. Doch sie hörte seine Stimme schon nicht mehr. Und selbst in diesem Zustand hielt ein letzter Rest von Stolz sie davon ab, ihre Gefühle zu offenbaren.

David blieb im Krankenzimmer bis zum Morgengrauen an Kates Bett. Er hoffte, dass sie im Schlaf wenigstens seinen Namen murmeln würde. Dann hätte er gewusst, dass sie ihn brauchte, und er hätte ihr gestanden, dass auch er sie brauchte. Doch sie schlief fest und regte sich nicht. Schließlich fuhr er heim und rief von zu Hause noch einmal das Krankenhaus an. Kates Zustand sei stabil, sagte man ihm zu seiner Erleichterung. Dann beauftragte er einen Floristen, Kate Rosen ins Krankenhaus zu bringen, und ließ sich schließlich erschöpft auf die Couch fallen.

Er dachte sich gute Gründe aus, warum er nicht verliebt sein konnte. Er hatte eine Existenz gegründet, die nur auf ihn zugeschnitten war. Er hatte sich ein Heim geschaffen. Doch als er sich umsah, fiel ihm auf, wie leblos seine Umgebung wirkte, wie eine sterile Hülle.

Ach zum Teufel! schimpfte er im Stillen. Vielleicht wollte Kate ihn ja auch gar nicht. Ihre Affäre war unter besonderen Umständen zustande gekommen. Kate hatte Angst gehabt, und er hatte sie getröstet. Bald stand sie wieder auf eigenen Beinen und nahm ihren Beruf wieder auf. Eine Frau wie Kate legte man nicht an die Leine.

Er bewunderte sie, und er sehnte sich nach ihr. Aber liebte er sie auch? Er hoffte nicht, denn er wusste am besten, dass Liebe der Beginn von Kummer war.

Dr. Clarence Avery brachte Kate schüchtern einen Strauß lustig gesprenkelter Nelken. Auf ihre Bitte hin stellte er sie in eine Vase, und sie bekamen einen Ehrenplatz neben Davids Rosen.

Dr. Avery betrachtete einen Moment die Blüten, dann räusperte er sich und begann: „Dr. Chesne, dies ist nicht nur ein Höflichkeitsbesuch. Ich bin hier, um mit Ihnen über Ihre Position hier am Mid Pac Hospital zu sprechen."

„Dann gibt es eine Entscheidung", sagte sie ruhig.

„Nun, bei all den neuen Erkenntnissen …" Er zuckte leicht die Schultern. „Ich hätte mich wohl eher auf Ihre Seite stellen sollen. Ich denke, ich war … es tut mir leid." Er blickte an seinem tintenverschmierten Laborkittel hinab. „Ich weiß auch nicht, warum ich mich an diese verdammte Chefarztposition geklammert habe. Sie hat mir nichts als Magengeschwüre eingebracht. Nun ja, ich bin hier, um Ihnen Ihren alten Job anzubieten. Es wird keinen Eintrag in Ihre Personalakte geben, nur einen Hinweis, dass eine Anklage gegen Sie erhoben und später fallen gelassen wurde. Was geschehen wird, wie man mir versicherte."

Seufzend schaute Kate aus dem Fenster. „Ich bin nicht sicher, ob ich meinen Job zurückhaben möchte, Dr. Avery. Ich habe in den letzten Tagen viel nachgedacht. Und ich frage mich, ob es nicht besser wäre, ganz wegzugehen von hier." Und weg von David, dachte sie.

„Ach herrje!"

„Sie finden bestimmt einen Ersatz. Es muss Hunderte von Ärzten geben, die gern im Paradies leben möchten."

„Das ist es nicht. Ich bin nur erstaunt. Nach all der Arbeit, die Mr Ransom sich gemacht hat, war ich sicher, dass Sie …"

„Wie meinen Sie das?"

„Nun, er hat sich bei jedem Mitglied des Krankenhausvorstandes für Sie eingesetzt." Eine Abschiedsgeste, dachte sie, dafür sollte ich ihm dankbar sein. „Ich muss sagen, es ist schon ungewöhnlich, wenn der Anwalt der klagenden Partei verlangt, dass der beklagte Arzt wieder eingestellt wird. Aber wegen der neuen Beweise und Dr. Santinis Aussage brauchte das Gremium ganze fünf Minuten für die Entscheidung, und natürlich hatten wir unterstellt, dass Sie Ihren Job zurückhaben wollen."

„Das war vielleicht einmal so. Aber die Dinge ändern sich." Sie wunderte sich, dass sie kein Triumphgefühl empfand, und blickte auf die Rosen.

Dr. Avery räusperte sich erneut. „Jedenfalls wartet Ihr Job auf Sie, und ich brauche Sie im Team. Besonders, da mein Ausscheiden bevorsteht."

Sie sah ihn erstaunt an. „Sie wollen aufhören?"

„Ich bin vierundsechzig, wie Sie wissen. Das ist lange genug. Meine Frau und ich wollten nach meiner Pensionierung durchs

Land reisen, sie hätte zweifellos gewollt, dass ich die Reise jetzt allein mache, glauben Sie nicht?"

„Bestimmt", bestätigte Kate lächelnd und verabschiedete sich von Dr. Avery.

Es regnete in Strömen, als David am Spätnachmittag zu Besuch kam. Kate saß im Solarium und blickte in den regenverhangenen Hof hinaus. Die Schwester hatte ihr gerade die Haare gewaschen, die jetzt zu kleinen Locken trockneten.

Als David sie ansprach, drehte Kate sich um. Seine windzerzausten Haare waren feucht, genau wie sein Anzug. Er wirkte müde. Sie hoffte, er würde sie umarmen, doch er gab ihr nur einen flüchtigen Kuss auf die Stirn.

„Wie ich sehe, bist du aufgestanden. Offenbar geht es dir schon besser."

Sie lächelte schwach. „Ich konnte noch nie den ganzen Tag im Bett liegen."

„Oh, ich habe dir etwas mitgebracht." Er legte ihr eine Schachtel Pralinen in den Schoß.

„Danke", flüsterte sie. „Und danke auch für die Rosen." Dann wandte sie sich wieder ab und blickte in den Regen hinaus. Es entstand ein längeres Schweigen, als wäre beiden der Gesprächsstoff ausgegangen.

„Ich habe gerade mit Dr. Avery gesprochen", sagte David schließlich. „Wie ich höre, bekommst du deinen Job zurück."

„Ja, dafür muss ich dir wohl auch danken. Dr. Avery sagte, du hast dich sehr für mich eingesetzt."

„Das war keine große Sache." Er holte tief Luft und fuhr gezwungen munter fort: „Dann bist du also bald wieder im OP, hoffentlich mit einer gehörigen Gehaltserhöhung."

„Ich bin nicht sicher, ob ich den Job will. Weißt du, ich habe über andere Möglichkeiten nachgedacht, über andere Orte, fern von Hawaii." Als er schwieg, fügte sie hinzu: „Es hält mich doch nichts hier."

Nach einer längeren Pause fragte er: „Wirklich nicht?"

Kate antwortete nicht. Sie saß nur reglos da und schwieg. Ein feines Paar sind wir, dachte David. Zwei angeblich intelligente Menschen bringen es nicht fertig, sich auszusprechen.

„Dr. Chesne?" Eine Schwester erschien in der Tür. „Möchten Sie wieder in Ihr Zimmer?"

„Ja", antwortete Kate. „Ich denke, ich sollte schlafen."

„Sie sehen wirklich müde aus." Die Schwester streifte David mit einem Blick. „Vielleicht sollten Sie besser gehen, Sir."

„Nein!", widersprach er und richtete sich zu voller Größe auf.

„Wie bitte?"

„Ich gehe nicht … noch nicht." Er sah Kate durchdringend an. „Nicht bevor ich mich endgültig zum Narren gemacht habe. Würden Sie uns jetzt bitte allein lassen?"

„Aber Sir …"

„Bitte!"

Die Schwester zögerte, spürte jedoch, dass hier etwas Entscheidendes vor sich ging, und zog sich zurück.

Kate beobachtete ihn verunsichert und besorgt. David beugte sich herunter und streichelte zart ihre Wange. „Und nun wiederhole, was du eben gesagt hast, dass dich hier nichts hält."

„Ich meinte damit …"

„Nenn mir den wahren Grund, warum du von hier wegwillst."

Sie schwieg, doch er las die Antwort in ihren Augen. „Oh, Kate", raunte er. „Du bist ja ein noch größerer Feigling als ich."

„Feigling?"

„Allerdings." Er richtete sich auf, steckte die Hände tief in die Hosentaschen und ging unruhig im Raum hin und her. „Ich wollte dir das nicht sagen, noch nicht. Aber da du vom Weggehen sprichst, habe ich keine Wahl." Er blieb am Fenster stehen und blickte in das silbrige Licht hinaus. „Also gut", seufzte er. „Da du den Mut nicht aufbringst, muss ich es tun, obwohl es nicht leicht ist. Seit Noahs Tod hatte ich meine Gefühle begraben. Das funktionierte gut, bis ich dich kennenlernte …" Er schüttelte leise lachend den Kopf. „Ich wünschte, ich hätte eines von Charlie Deckers Gedichten parat. Vielleicht könnte ich ein paar Zeilen zitieren, irgendetwas, das halbwegs intelligent klingt. Der arme Charlie, er hatte mir Beredsamkeit voraus." David blickte sie mit einem schwachen Lächeln an. „Ich habe es immer noch nicht gesagt, was? Aber du bekommst eine Ahnung."

„Feigling", flüsterte sie.

Er ging lachend zu ihr und hob ihr Gesicht an. „Also gut, ich liebe dich. Ich liebe deine Halsstarrigkeit, deinen Stolz und deine Unabhängigkeit. Ich wollte es nicht, aber nun ist es geschehen, und es ist mir unvorstellbar, dich nicht mehr zu lieben."

Er bot ihr eine Chance, sich zu entziehen. Doch sie hielt ganz still und umklammerte die Pralinenschachtel, wie um sich zu vergewissern, dass alles kein Traum war.

„Mit mir zu leben, wird nicht leicht sein", fuhr er fort. „Vielleicht wird es Tage geben, an denen du mich anschreien möchtest, damit ich endlich sage, dass ich dich liebe. Aber auch wenn ich es nicht sage, heißt das nicht, dass ich es nicht fühle." Er atmete tief durch. „Also, das war's dann. Ich hoffe, du hast zugehört, denn ich bin nicht sicher, dass ich meine Ansprache wiederholen kann. Und leider habe ich diesmal meinen Kassettenrekorder nicht dabei."

„Ich habe zugehört."

„Und?" Er wandte den Blick nicht von ihrem Gesicht ab. „Höre ich jetzt das Urteil, oder tagt die Jury noch?"

„Die Jury befindet sich im Schockzustand", flüsterte sie. „Und bedarf dringend der Mund-zu-Mund-..."

Falls er Wiederbelebung im Sinn gehabt hatte, so bewirkte sein Kuss eher das Gegenteil. Kate hatte das Gefühl, alle Muskeln in ihrem Körper gäben nach.

„Also, Feigling", raunte David nah an ihren Lippen. „Du bist dran."

„Ich liebe dich", gestand sie.

„Auf dieses Urteil hatte ich gehofft." Plötzlich hielt er sie etwas von sich ab. „Du bist wirklich sehr blass. Ich sollte die Schwester rufen, damit sie dir etwas Sauerstoff gibt ..."

Kate schlang ihm die Arme um den Nacken. „Ich brauche keinen Sauerstoff", flüsterte sie und küsste ihn erneut.

*D*ass ein Baby zu Besuch war, ließ sich am Protestgeheul aus dem oberen Schlafzimmer unschwer erkennen. Jinx Ransom steckte den Kopf zur Tür herein. „Was um alles in der Welt ist denn jetzt wieder mit Emma los?"

Gracie, im Mund eine rosa Sicherheitsnadel, blickte hilflos von dem schreienden Kind auf. „Es ist alles so neu für mich, Jinx. Ich fürchte, ich habe kein Geschick mehr."

„Wann hattest du das je gehabt im Umgang mit Babys?"

„Du hast recht." Gracie nahm seufzend die Sicherheitsnadel aus dem Mund.

„Mit Babys umzugehen, verlangt viel Übung, genau wie Klavierspielen."

Gracie schüttelte den Kopf. „Klavierspielen ist einfacher." Sie nahm die Nadel wieder in den Mund. „Und sieh dir diese unmöglichen Windeln an. Ich verstehe einfach nicht, wie man durch all dies Papier und Plastik eine Nadel stecken soll." Jinx lachte so hell auf, dass Gracie sie pikiert ansah. „Und was ist an meiner Bemerkung so witzig?"

„Liebe Gracie, hast du es noch nicht begriffen?" Jinx öffnete den Klettverschluss. „Für diese Windeln braucht man keine Sicherheitsnadel. Das ist ja der Witz." Sie blickte erstaunt hinab, als Baby Emma plötzlich wieder losheulte.

„Siehst du?", schniefte Gracie. „Ihr gefiel dein Lachen auch nicht."

Ein Blatt fiel vom Baum auf die frischen Gänseblümchen, und Sonnenlicht tanzte über das Gras und Davids blondes Haar. Wie viele Male hatte er in Trauer unter diesem Baum gestanden, aber heute lächelte er. Und er hörte, dass auch Noah lächelte, als er wieder mit ihm Zwiesprache hielt.

Ja, Noah, ich bin es. Du hast eine Schwester.
Ich habe mir immer eine Schwester gewünscht.
Sie nuckelt an zwei Fingern, genau wie du.
Wirklich?
Und sie lächelt immer, wenn ich ins Zimmer komme.

Das habe ich auch immer gemacht. Erinnerst du dich?
Ja, ich erinnere mich.
Und du vergisst es nie, nicht wahr, Daddy? Versprich mir,
dass du es nie vergisst.
Nein, ich werde es nie vergessen, das schwöre ich dir, Noah.

David wandte sich ab und sah durch einen Tränenschleier Kate einige Schritte entfernt. Worte waren nicht nötig zwischen ihnen, nur ein Blick und eine ausgestreckte Hand. Gemeinsam verließen sie den traurigen Ort, und als sie aus dem Schatten des Baumes traten, zog David sie in die Arme.

Sie berührte sein Gesicht. Er spürte die Wärme der Sonne in ihren Fingerspitzen. Und er war geheilt. Er war geheilt.

– ENDE –

Softcover
mit Lesebändchen
5 Romane
in einem Band

Linda Howard
Die Mackenzie-Saga

Das Land der MacKenzies

Mary Elizabeth Potter hat ein Anliegen: Wolf Mackenzie soll seinen Sohn unbedingt zurück auf die Schule schicken. Doch auf seiner Bergranch begegnet sie ihrem Schicksal ...

Das Geheimnis der MacKenzies

Dr. Caroline Evans ist klug, schön – und unerfahren. Damit sie nicht seinem ganzen Team den Kopf verdreht, kümmert sich Lieutenant-Colonel Joe Mackenzie persönlich um sie ...

Band-Nr. 95032
14,99 € (D)
ISBN: 978-3-86278-306-9
880 Seiten

Die Ehre der MacKenzies

Als Navy SEAL ist es ein Leichtes für Zane Mackenzie, die gekidnappte Barrie Lovejoy zu befreien. Die wahre Herausforderung ist aber, sein Herz nicht an sie zu verlieren ...

Der Traum der MacKenzies

Maris Mackenzies Gespür sagt ihr: Das ist der Mann fürs Leben. Doch sonst weiß sie nichts über den Fremden, neben dem sie aufwacht. Nur dass sie beide in Gefahr schweben ...

Das Spiel der MacKenzies

Notlandung in der Wüste! Sunny Miller verdankt Pilot Chance Mackenzie ihr Leben. Doch weiß sie wirklich, was hier gespielt wird? Chance hat eigene Pläne ...

Nora Roberts
Die Frauen der Calhouns 1–5

Catherine

Das Familienschloss verkaufen? Das ist das Letzte, was Catherine will! Bis Trent St. James, Manager einer Hotelkette, sie unter dem Mond von Maine mit einem Kuss von sich und seinem Plan überzeugt.

Amanda

Dieser Mann bedeutet Ärger! Davon ist Amanda sofort überzeugt, als der Architekt Sloan O'Riley ihr erklärt, wie er den Calhoun-Herrensitz umzubauen gedenkt. Aber noch nie war Ärger so unwiderstehlich ...

Band-Nr. 95031
15,00 € (D)
ISBN: 978-3-89941-972-6
880 Seiten

Lilah

In letzter Sekunde kann Lilah Calhoun einen Mann vor dem Ertrinken retten. Wer ist der attraktive Fremde, den ihr die Schicksalswelle direkt in die Arme gespült hat?

Suzanna

Wo ist der Familienschmuck? Hilfesuchend wendet die zarte Suzanna sich an Holt Bradford. Er scheint der Richtige: Um den Schmuck zu finden – und um ihr verwundetes Herz zu heilen.

Megan

Bei den Calhouns findet Megan ein neues, liebevolles Zuhause – und bei dem Bootsbesitzer Nathaniel Fury ein unverhofftes Glück. Doch dann taucht ein Mann auf, der ihre Zukunft gefährlich bedroht ...

Softcover
mit Lesebändchen
5 Romane
in einem Band

Nora Roberts
Die MacGregors 1–5

Die ersten 5 Bände der großen
Familiensaga erstmals in einem Buch!

Band-Nr. 95022
14,95 € (D)
ISBN: 978-3-89941-823-1
896 Seiten

Softcover
mit Lesebändchen
4 Romane
in einem Band

Nora Roberts
Die MacGregors 6–9

Der Abschluss der
großen Familiensaga

Band-Nr. 95026
12,95 € (D)
ISBN: 978-3-89941-863-7
976 Seiten